# CLONE REBELLION

2

# ABTRÜNNIG

VON

STEVEN L. KENT

Übersetzung: Helga Parmiter

Die deutsche Ausgabe von CLONE REBELLION 2 – ABTRÜNNIG
wird herausgegeben von Amigo Grafik, Teinacher Straße 72, 71634 Ludwigsburg.
Herausgeber: Andreas Mergenthaler und Hardy Hellstern,
Übersetzung: Helga Parmiter; verantwortlicher Redakteur und Lektorat: Markus Rohde;
Lektorat: Kerstin Feuersänger und Gisela Schell; Satz: Rowan Rüster/Amigo Grafik;
Printausgabe gedruckt von CPI Moravia Books s.r.o., CZ-69123 Pohorelice.
Printed in the Czech Republic.

Titel der Originalausgabe: CLONE REBELLION 2 – ROGUE



Print ISBN: 978-3-86425-446-8 (März 2015)
E-Book ISBN: 978-3-86425-489-5 (März 2015)

WWW.CROSS-CULT.DE

Dieses Buch ist einem Pionier der Audiobuchleser gewidmet: Frank Muller, dessen Sprachaufzeichnungskarriere im Jahr 2001 durch einen Motorradunfall abrupt beendet wurde.

Die meisten Menschen denken an Schriftsteller, wenn sie den Begriff »Literat« hören, doch nur wenige Schriftsteller haben in meinem Leben einen so nachhaltigen Eindruck hinterlassen wie Frank Muller. Sein unglaubliches Talent erweckte die Werke von Elmore Leonard, Herman Melville, Stephen King, John Grisham, Charles Dickens und vieler anderer großartiger Schriftsteller für mich zum Leben und dafür bin ich ewig dankbar.

Mr. Muller, Ihre Stimme wird mich immer begleiten.

Vielen Dank.

# DANKSAGUNGEN

Das Schwierige beim Schreiben einer Fortsetzung ist die Tatsache, dass der Schriftsteller und die Charaktere sich an jede Einzelheit des vorherigen Buchs erinnern; Leser, die neu zu der Serie stoßen, jedoch nicht. Gerade als ich den ersten Entwurf dieses Buchs fertiggestellt hatte, bat mich ein Freund namens Dustin Johnson, einen kurzen Blick hineinwerfen zu dürfen.

Wie sich herausstellte, hatte seine Frau Rachel das Buch zuerst in die Hände bekommen, und sie tat mir den größten Gefallen, den ein Leser mir erweisen kann: Sie beschwerte sich. (Also, das mit dem größten Gefallen bezieht sich auf die Zeit vor der Drucklegung. Sobald das Buch erschienen ist, ziehen unsichere Schriftsteller wie ich es vor, mit Lob überschüttet zu werden.)

Rachel hatte das erste Buch dieser Reihe nicht gelesen. Sie stellte also fest, dass sie – im Gegensatz zu mir und meinen Charakteren – den Unterschied zwischen der Republik, den Mogats und den Konföderierten Armen nicht kannte. Sie wollte die Geschichte mögen, aber sie konnte nicht herausfinden, welche Charaktere für welche Organisation kämpften.

Danke, Rachel. Danke, Dustin. Danke, Andrew Perry, zu

dem ich nach Rachel ging. Andrew stimmte Rachel zu und meine knisternde Einführung im James-Bond-Stil wurde durch etwas Erklärendes ersetzt.

Ich möchte Mark Adams, meiner Mutter, meinem Vater und den Lesern danken, an die ich mich ratsuchend wende, wenn ich meine ersten Entwürfe fertig habe. Ich möchte Richard und Michael bei Richard Curtis Associates für ihre Hilfe beim Zustandekommen dieses Buchs danken; und ganz besonders danke ich Anne Sowards und der ganzen Mannschaft bei Ace dafür, dass sie so viel Chaos hinter mir aufgeräumt haben.

# SPIRALARME DER MILCHSTRASSE-GALAXIE

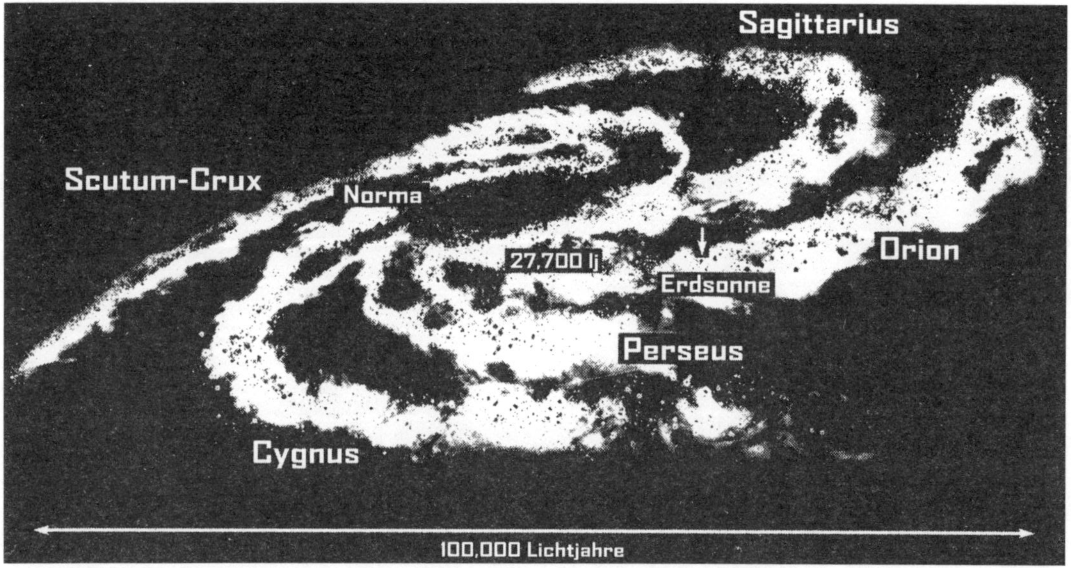


Karte von Steven L. Kent, übernommen aus einer öffentlich zugänglichen Grafik der NASA.

Fireflies dance in the heat of
Hound dogs that bay at the moon
My ship leaves in the midnight
Can't say I'll be back too soon

– Aerosmith, »*Seasons of Wither*«

# VORWORT

## Erddatum: 2512 A. D.

»Es war die beste aller Zeiten, es war die schlechteste aller Zeiten …« Charles Dickens sprach diese Worte mehr als 650 Jahre zu früh. Sie wollen die besten Zeiten? Die besten Zeiten sind die, wenn man den bekannten Weltraum kontrolliert. Die Galaxis ist von einer Ecke bis zur anderen erforscht, man ist auf keinerlei Widerstand gestoßen und so beansprucht man alles für sich selbst.

Sie wollen die schlechtesten Zeiten? Nachdem man die Galaxis seit vier Jahrhunderten regiert, findet man plötzlich heraus, dass die Republik von innen heraus zerbricht.

In den der Menschheit bevorstehenden Kampf waren je nach Auslegung zwei oder vier Seiten verwickelt. In diesem kleinen Machtkampf gab es keine wahren Verbündeten, obwohl die drei schwächeren Nationen ihre Mittel in einen Topf warfen, um die vierte zu Fall zu bringen.

Auf der einen Seite stand die Vereinigte Obrigkeit mit ihrer erdverbundenen Gesetzgebung, ihrer intergalaktischen Fernstraße und ihrer riesigen Militärmaschinerie. Der sich ständig weiterentwickelnde Nachfolger der alten Vereinigten Staaten begann seine Ausbreitung im einundzwanzigsten Jahrhundert. Zunächst wurde die VO zu einem globalen Imperium, dann zu einer galaktischen Republik. Sie kolonisierte die sechs Arme der Milchstraße und erschuf eine kosmopolitische Gesellschaft, die Rassismus und Volkszugehörigkeiten verdrängte. Die galaktischen Territorien wurden zu einem wahren Schmelztiegel, als innerhalb der nächsten 400 Jahre 180 neue Welten erschlossen wurden.

Die Vereinigte Obrigkeit erreichte ihre gesamte Ausbreitung mithilfe eines fast ausschließlich aus Klonen bestehenden Militärs. Zu Beginn des zweiundzwanzigsten Jahrhunderts begannen die Labore der VO mit der Massenproduktion von mehr als 100.000 Klonsoldaten pro Jahr. Im Jahr 2200 A. D. war die Klonproduktion auf mehr als eine Million pro Jahr gestiegen. Das klingt viel, ist aber weniger, als man vermuten könnte, wenn man eine ganze Galaxie mit einem Durchmesser von 100.000 Lichtjahren erobern und besiedeln will.

Das erste Mal wurde der Einfluss der Vereinigten Obrigkeit in der Galaxis im Jahr 2468 infrage gestellt, als eine wissenschaftliche Expedition zur Erforschung der inneren Krümmung des Norma-Arms verschwand. Aus Angst, einer feindlichen Rasse begegnet zu sein, genehmigte der Senat der VO den Bau einer Superflotte Kriegsschiffe – der Galaktischen Zentralflotte. Senator Morgan Atkins, der mächtigste Politiker seiner Zeit, beaufsichtigte die Erschaffung der Flotte und reiste mit ihr zu ihrer ersten Patrouille in den Norma-Arm. Weder Atkins noch die Flotte kehrten von diesem ersten Einsatz zurück.

In diesen verzweifelten Zeiten verfolgten einige gut aufgestellte Politiker ihre eigenen Pläne. Sie arbeiteten mit der Navy der VO und stellten eine neue Sorte speziell konzipierter Klone her, die sie »Befreier« nannten. Diese entsandten sie in das Galaktische Auge – den Punkt im Zentrum der Galaxis, an dem sich die sechs Arme treffen. Befreier sollten schnell, intelligent und gefährlich sein. Ihre Anatomie wies eine Drüse auf, die während des Kampfs eine Kombination aus Endorphinen und Adrenalin in ihrem Blut freisetzte.

Bei ihrer Ankunft im Galaktischen Auge entdeckten die Befreier, dass Atkins und eine große Gruppe seiner Anhänger hinter dem Verschwinden der Flotte steckten. Wenn Atkins von dem Befreier-Projekt gewusst hätte, wäre er in der Lage gewesen, sich auf eine Invasion vorzubereiten. Stattdessen erwischten die Befreier ihn vollkommen unvorbereitet. Sie überwältigten den Stützpunkt der Abtrünnigen, aber Morgan Atkins und seine Anhänger entwischten mit ihrer gestohlenen Flotte.

Irgendwann im Laufe der nächsten drei Jahre tauchten Kolonien mit religiösen Fanatikern, die sich »Morgan-Atkins-Anhänger« nannten, in der ganzen Galaxis auf. Die Mogats – das war der geläufige Name für die religiöse Bewegung von Morgan Atkins – predigten Individualismus und Unabhängigkeit von der Regierung auf der Erde.

Die 180 errichteten Welten wurden immer unabhängiger und dadurch erhielt die Mogat-Bewegung immer mehr Zulauf. Ein Zensus aus dem Jahr 2498 A. D. erhob ungefähr fünf Millionen Morgan-Atkins-Anhänger. Bei dem Zensus aus dem Jahr 2508 A. D. waren es bereits mehr als 200 Millionen. So wurde dem Kongress vor Augen geführt, dass sich mehr als 200 Millionen Menschen einer möglicherweise feindlich gesonnenen religiösen Bewegung angeschlossen hatten, und er wachte auf. Neue Gesetze wurden entworfen und die Atkins-Bewegung wurde vage als »zersetzend« bezeichnet.

Im Jahr 2510 erklärten vier galaktische Arme ihre Unabhängigkeit von der Vereinigten Obrigkeit und der Bürgerkrieg begann. Die Arme Cygnus, Perseus, Norma und Scutum-Crux bildeten eine Organisation, die sich den Namen »Vertragsverbund der Konföderierten Arme« gegeben hatte. Nur der Orion-Arm, in dem die Erde beheimatet ist, und der Sagittarius-Arm blieben der Vereinigten Obrigkeit treu.

Die Anhänger von Morgan Atkins und die Konföderierten Arme gingen eine unbeständige Allianz ein. Die Konföderierten Arme hatten eine riesige Bevölkerung und große Armeen, aber keine Flotte, um ihre Truppen zu bewegen und die Planeten zu verteidigen. Die Mogats hatten die Galaktische Zentralflotte, aber ihnen fehlten die Besatzungen für ihre Schiffe.

Noch ein dritter Partner stand im Verdacht, sich der Mogat-Konföderierten-Allianz angeschlossen zu haben: die japanische Bevölkerung von Ezer Kri. Ezer Kri war ein mehr oder weniger gesetzestreuer Planet im Scutum-Crux-Arm mit einem großen Bevölkerungsanteil japanischer Herkunft. Als der Bürgerkrieg begann, geriet die Regierung von Ezer Kri mit der Vereinigten Obrigkeit aneinander. Ich war damals bei den Marines der VO. Als die Marines auf Ezer Kri einmarschierten, kämpften die Mogatkolonisten, die sich auf dem Planeten angesiedelt hatten, in einer Guerilla-Kampagne. Unser Einmarsch verwandelte sich in eine Besetzung und die japanische Bevölkerung verschwand von dem Planeten. Niemand wusste, was aus ihnen geworden war.

Dann brach der Krieg aus. Die Konföderierten Arme und die Mogats begannen mit ihrem Aufstand. Laut unseren besten Geheimdienstquellen hatte die japanische Bevölkerung von Ezer Kri sich ihnen angeschlossen. Aber selbst mit den Japanern an ihrer Seite schienen die Mogats und die Konföderierten Arme keine echte Bedrohung darzustellen.

Wie ich bereits sagte: »Es war die beste aller Zeiten, es war die schlechteste aller Zeiten …«

# Teil I

# MORD

# 1

## Erddatum: 1. März 2512 A. D.
## Stadt: Safe Harbor
## Planet: New Columbia
## Galaktische Position: Orion-Arm

»Du siehst aus wie ein …« Dem Jungen stand Fassungslosigkeit ins Gesicht geschrieben und er hielt inne, ohne den Satz zu beenden. Er hatte mir gerade sagen wollen, dass ich aussah wie ein Klon, und sich eines Besseren besonnen. Schlaues Bürschchen. Den Gedanken zu Ende zu führen hätte entweder eine Katastrophe oder Verlegenheit zur Folge gehabt. Wäre ich ein normaler Klon, hätte das Gehörte eine Flut tödlicher Hormone in meinem Gehirn ausgelöst, die mich auf der Stelle getötet hätten. Wahrscheinlicher war, dass ich keine Ahnung hatte, wovon er sprach; dann hätte ich ihn ausgelacht oder möglicherweise bedroht.

Nur wenige Klone wussten, dass sie Klone waren. Die Standardausgaben der Militärklone hatten braune Haare und braune Augen, aber die neuralen Programmierungssynapsen in ihren Gehirnen sorgten dafür, dass sie sich als blond und blauäugig wahrnahmen. Auf die Art verhinderte die Regierung einen Aufstand der Kriegerklasse.

»Ich sehe genau wie ein Klon der Army aus?«, fragte ich und versuchte, einen entspannten Unterhaltungstonfall anzuschlagen. »Das höre ich öfter.«

Der Junge war vielleicht zwischen zwanzig und dreißig.

Sein schulterlanges, oranges Haar war strähnig und dünn. Große rote Pickel bildeten auf seiner Stirn eine Konstellation. Ich war zweiundzwanzig, aber ich hatte Tod, Kampf und Verrat ins Auge gesehen. Wenn ich mich unter der normalen Zivilbevölkerung bewegte, sah ich die meisten männlichen Personen, die jünger als dreißig Jahre waren, als Jungs an. Die wenigen, die mir nicht wie Schwachköpfe vorkamen, waren Verbrecher, wie der, mit dem ich mich hier verabredet hatte.

Der Junge sah verblüfft aus. Er war weder Polizist noch Wache, nur Platzanweiser in einem Kino. Sein Mund stand weit offen, während er über meine Antwort nachdachte, und in seinen Augen stand eine Mischung aus Verwirrung und Angst.

»Ich habe viel mit ihnen gemeinsam«, sagte ich, als vertraute ich ihm ein Familiengeheimnis an. »Das Pentagon hat die DNA meines Großvaters verwendet, um die Klone herzustellen.«

»Ohne Scheiß?«, fragte der Junge. Ein Lächeln breitete sich auf seinem Gesicht aus. Von den sechs Armen der Milchstraßengalaxie hatten vor Kurzem vier ihre Unabhängigkeit von der Vereinigten Obrigkeit – der Regierung der Erde – erklärt. Der Orion-Arm als Heimatarm der Erde stand loyal zur Republik. Aber der Planet New Columbia war verdächtig. Die Regierung von New Columbia hatte der Vereinigten Obrigkeit die Treue geschworen, war aber voller Politiker, die offen mit den Konföderierten Armen sympathisierten.

»Ja«, antwortete ich. »Man könnte sagen, die Hälfte der Armee und ich sind Cousins. Damit das klar ist, Klone der Army sind etwa zehn Zentimeter kleiner als ich und haben viel breitere Schultern.«

»Ja«, sagte der Junge und lachte nervös. »Ich wusste doch, dass etwas anders ist.«

Es gab einige Hunderttausend Militärklone, die auf New Columbia stationiert waren, aber sie entfernten sich selten von ihren Stützpunkten. Die Regierung der VO musste sich wegen der wackligen Neutralität des Planeten vorsichtig verhalten.

Der Junge sah meine Eintrittskarte an. »Oh, wow, Sie gehen in *Schlacht um den Kleinen Mann*. In dem Streifen gibt's viele Klone.« Er lächelte mich an. »Drittes Holotorium auf der rechten Seite.«

Der Flur war breit und hell erleuchtet. Linsenförmige 3-D-Poster von bald anlaufenden Filmen hingen an den Wänden. Es war früher Nachmittag an einem Wochentag und so hatte ich das Kino fast für mich alleine. Die einzigen Leute vor mir waren ein junges Pärchen; ein verklemmter Junge hielt Händchen mit einem jungen Mädchen. Der Junge hatte es eilig, zu seinem Film zu kommen. Er ging schnell und zog seine Freundin hinter sich her, die sich Zeit ließ und stehen blieb, um jedes einzelne Filmposter gründlich zu studieren.

»Na los«, sagte er und öffnete die Tür zu ihrem Holotorium. »Wir verpassen sonst den Anfang.«

Ich ging noch zwei Türen weiter. *Schlacht um den Kleinen Mann* hatte bereits begonnen. Es handelte sich um einen Kriegsfilm, der eine vor Kurzem stattgefundene Schlacht rekonstruierte, in der ein Regiment VO-Marines auf einem Planeten am Rande der Galaxis massakriert worden war. Mir war die Schlacht nur allzu gut bekannt. Von den 2300 Marines, die zu dieser Mission entsandt wurden, überlebten nur sieben.

Auf der Leinwand spielte ein blonder, blauäugiger Hollywood-Platzhirsch mit breiter Brust den Lieutenant Wayson Harris, den ranghöchsten Überlebenden der Kampagne auf dem Kleinen Mann. Ich setzte mich, während sechs Wehrpflichtige sich Zugang zu Harris' Quartier verschafften und ihn nach der Mission fragten. Diese Männer waren Klone. Sie sahen alle genau gleich aus. Sie hatten braune Haare und braune Augen … wie ich. Sie waren etwa 1,80 Meter groß – zehn Zentimeter kleiner als ich.

Die Leute, die diesen Film gedreht hatten, hatten möglicherweise Klone im Ruhestand engagiert, um die Wehrpflichtigen zu spielen. Ich war beeindruckt.

»*Was wird dort unten passieren, Lieutenant Harris?*«, fragte einer der Klone im Film. Seine Stimme und seine Haltung brachten Respekt und Bewunderung zum Ausdruck. Die Ledernacken auf der Leinwand mussten Computeranimationen sein. Kein Marine hätte diesen Satz aussprechen können, ohne eine Miene zu verziehen.

»*Ich weiß es nicht, Lee*«, sagte Harris. »*Es wird heftig werden. Es wird gefährlich sein. Aber wir sind Marines der Vereinigten Obrigkeit. Wir schrecken nicht vor einem Kampf zurück.*« Bei diesen Worten steckte der Schauspieler, der Harris verkörperte, ein fünfundvierzig Zentimeter langes Kampfmesser in eine Scheide, die an seinem Gürtel hing. Ich musste meinen Atem anhalten, um nicht laut loszulachen. Mir war noch nie ein Marine begegnet, der ein fünfundvierzig Zentimeter langes Kampfmesser trug, und kein Marine klang so heldenhaft wie der Hollywood-Harris auf der Leinwand.

»*Was ist, wenn wir sterben?*«, fragte ein anderer Marine.

»*Jetzt hören Sie mal zu, Marine*«, bellte der Hollywood-Harris auf der Leinwand, »*zerbrechen Sie sich nicht den Kopf über den Tod. Wir sind hier, um für die Republik zu kämpfen. Die Republik braucht uns. Die Leute brauchen uns jetzt wie nie zuvor.*«

Ich sackte in meinem Sitz zusammen. Dieser Film war angeblich authentisch mit echten, während der Schlacht aufgezeichneten Kampfszenen. Vielleicht waren die Kampfszenen realistischer, aber diese Darstellung militärischer Klone war reine Propaganda, die geradezu Schmerzen bereitete. Dieser Film war genau die hurrapatriotische Scheiße, die Hollywood immer in Kriegszeiten ausschüttete, um eine patriotische Moral aufzubauen. Auf einem Planeten wie New Columbia war das vergebene Liebesmüh. Ich war der Einzige in dem Holotorium.

Zumindest war ich bis zu diesem Moment die einzige Person dort. Nachdem Harris seinen Monolog über die Verteidigung der Republik beendet hatte, öffnete sich die hintere Tür des Holotoriums. Ich hörte flüsternde Männer, die sich zu den leeren Sitzen direkt hinter mir begaben.

Zu diesem Zeitpunkt wurden Lieutenant Harris und ein Platoon Marines hinter den feindlichen Linien von ihren Schiffen abgesetzt. Sie landeten ungefähr zwei Kilometer vom Strand entfernt, wo der Rest der Marines von einer Gruppe Mogat-Separatisten festgenagelt wurde. Harris und zweiundzwanzig Elitesoldaten schlichen sich in den Bunker des Feindes. Sie benutzten Messer und Pistolen, um kurzen Prozess mit zweihundert feindlichen Soldaten zu machen. Gott, war das ruhmreich.

Die Szene wurde durch eine Kombination von zweidimensionalen Projektoren, die den Hintergrund schufen, und dreidimensionalen Holografien dargestellt. Das Ergebnis war ein Schlachtfeld, das gewissermaßen aus der Leinwand herausplatzte. In diesem Film wurde es so dargestellt, dass die Schlacht um den Kleinen Mann voller Heldentum und Tapferkeit war. Alles war in hellen Farben dargestellt und mit patriotischer Musik untermalt … Und mittendrin war Lieutenant Wayson Harris, sechs Meter groß und von Kopf bis Fuß voller Feindesblut. Er rannte von einem Raum in den nächsten, wobei er sein riesiges Messer schwang.

»Hallo Harris«, flüsterte einer der Männer hinter mir. »Lassen Sie uns reden.«

»Kann das nicht warten?«, fragte ich. »Ich will sehen, wie das ausgeht.«

»Sie wissen, wie es ausgeht«, sagte der Mann. »Sie waren dort.«

»Bei dieser Schlacht war ich nicht«, sagte ich. »Die Invasion des Kleinen Mannes, der ich beiwohnte, hatte mit der hier überhaupt nichts gemeinsam. Die Navy musste diese Mogat-Bunker bombardieren, um uns von dem Strand zu holen.«

»Ist das so?«, fragte der Mann. »Ich dachte, dieser Film soll so wahrheitsgetreu sein.«

Auf der Leinwand führte Hollywood-Harris den Sturmangriff durch das Tal auf dem Kleinen Mann an. Der Sturmangriff war berühmt. Etwa 2300 Marines rannten über die Talsohle und dachten, sie sähen sich zwei- oder vielleicht dreitausend Separatisten gegenüber. Sie wussten nichts von der aus zehntausend Mann bestehenden Verstärkung, die sich direkt hinter dem Hügel versteckte.

»Sie haben den Sturmangriff geleitet?«, fragte der Mann hinter mir. »Dafür braucht man Mumm.«

»Ich war nicht einmal auf dem Feld. Ich war an der Seite. Mein Platoon hatte die Aufgabe, dem Feind in die Flanke zu fallen«, sagte ich.

»Ach wirklich?«, sagte der Mann. »Klingt so, als hätten Sie es sich leicht gemacht.«

Ein Teil dieser Aufnahmen bestand zweifellos aus echten Kampfaufzeichnungen. Ich beobachtete, wie unzählige feindliche Soldaten über den Kamm am anderen Ende des Tals strömten, und mir stellten sich die Nackenhaare auf. Es war, als schwärmten Ameisen aus ihrem Hügel. Sie hatten rostrote Panzerung, die im Sonnenlicht glänzte. Sie brüllten wie aus einer Kehle. Die Marines sahen, wie sie vorrückten, und verschanzten sich.

»Ich hatte da nicht viel zu sagen. Ich war ein Sergeant. Man hat mich erst nach der Schlacht zum Offizier gemacht.« Die Filmemacher hatten bei diesem letzten Schwindel wahrscheinlich keine Wahl. Mich als Wehrpflichtigen darzustellen, hätte zu Fragen geführt, ob ich ein Klon sei oder nicht. Und ich war kein Standardklon. Ich war etwas weit Gefährlicheres.

Der Kampf tobte weiter. In der Falle und zahlenmäßig hoffnungslos unterlegen umringten die VO-Marines ihre Wagen und versuchten, der anrückenden Horde standzuhalten. Marineschützen stellten sich vor einer Gruppe Männer mit Mörsern und Granatwerfern auf.

»Diese Filme sehen immer so echt aus«, sagte der Mann hinter mir.

»Das ist echt«, sagte ich. »Der Teil über mich ist ein verfluchtes Märchen, aber dieser Teil …«

Im Film gab es einen Schnitt zu einem Luftkampf im All. Diesen Teil der Schlacht hatte ich nur in den Nachrichten gesehen. Das holografisch vergrößerte Bild auf der riesigen Leinwand zu sehen machte mich schwindelig. Die Separatisten hatten vier Kampfschiffe geschickt, um einen einsamen Kampfschiffträger der Vereinigten Obrigkeit zu zerstören, der am Kleinen Mann patrouillierte.

Die Mogat-Separatisten wussten allerdings nicht, dass Rear Admiral Robert Thurston, der die Scutum-Crux-Flotte befehligte, hinter einem Mond in der Nähe Träger und Zerstörer versteckt hatte. Hunderte von Jägern schwärmten von diesen versteckten Trägern aus und um die Mogat-Kampfschiffe herum. Drei der Kampfschiffe explodierten im All. Das vierte stürzte in das Tal, als die Mogats gerade die letzten Marines ausradieren wollten. Ich hatte die Zerstörung von einem Grat in der Nähe aus beobachtet und erinnerte mich, dass ich sie wie eine Darstellung von Dantes *Inferno* empfunden hatte.

Der Film stellte die ganze Szene gewissenhaft nach, bis auf die Tatsache, dass ich sechs Überlebende in eine Höhle in der Nähe führte. Da die Drehbuchschreiber mich an die vorderste Front gesetzt hatten, hätten sie nicht erklären können, wieso ich an der Seite der Schlucht den Berg hinauf in Sicherheit gerannt war.

»Verdammt Harris. Sie sind in eine Höhle entkommen?«, fragte der Mann. Ich hörte neu entdeckten Respekt in seiner Stimme.

»So ähnlich«, sagte ich.

Auf der Leinwand war eine Szene zu sehen, in der sechs der Überlebenden vor Hollywood-Harris salutierten, während dieser an Bord eines Transporters zur Erde ging. Diese sechs würden in Australien zu Offizieren ausgebildet werden. Sie waren die ersten Klone überhaupt, die in der Marine der Vereinigten Obrigkeit Offiziere wurden. Während der Transporter die Andockbucht verließ, spielte ein einzelnes Horn den Zapfenstreich. Dann wurde die Leinwand schwarz. Die Worte *»Lieutenant Harris starb fünf Monate nach der Schlacht auf dem Kleinen Mann bei der Verteidigung des Außenpostens Ravenwood«* standen in der Mitte der Leinwand.

»Das ist herzzerreißend, Harris«, sagte der Mann hinter mir. »Es bricht einem das verdammte Herz. Ich habe den Film jetzt ein paar Mal gesehen, und dieser Teil geht mir immer nahe. Wissen Sie, was ich meine?«

# 2

»Okay, also Sie waren weder Lieutenant noch haben Sie einen Sturmangriff auf dem Kleinen Mann geleitet … ach ja, und Sie sind nicht auf Ravenwood gestorben? Sollte ich den Rest von dem Zeug glauben?« Der Mann, der hinter mir im Kino gesessen hatte, war Jimmy Callahan, ein Verbrecher von New Columbia, der hoffte, er könnte sich einen Namen machen, indem er vor Ort das Spionagespiel spielte. Manchmal ließ mich mein erster Eindruck im Stich, aber ich war mir ziemlich sicher, dass Callahan ein Dreckskerl und ein Arschloch war. Immerhin konnte ich mich leidlich darauf verlassen, dass er lieferte, solange ich der Höchstbietende war.

Callahan und zwei seiner Kumpane waren mit mir in ein Straßencafé gegangen und wir hatten uns einen Ecktisch auf einer Terrasse mit Ausblick auf einen schicken Stadtteil gesucht. »Wissen Sie, Harris, da sieht man mal wieder – man kann niemandem mehr vertrauen. Ich meine, da gibt es einen Film, bei dem die Leute sich kuschlig und patriotisch fühlen sollen, und was erzählen Sie mir? Alles ist ein Haufen Lügen. Nichts ist so passiert, wie die es darstellen.«

Eine Reihe Büsche bildete eine hüfthohe Mauer, die den Rand der Terrasse säumte. Kleine grüne Vögel, die nicht größer waren als eine Kinderfaust, schossen zwischen den Blättern herum.

Unter uns ergoss sich ein stetiger Strom Fußgänger über die Bürgersteige, die an Bekleidungsgeschäften, Banken und Restaurants vorbeiführten. Der Arbeitstag ging gerade zu Ende. Männer in Anzügen und Frauen in Kleidern warteten an Kreuzungen, spähten in Schaufenster und schlenderten schließlich zum nächsten Bahnhof.

Jetzt, da ich Callahan persönlich kennenlernte, schien er mir ein Luftikus zu sein, der versuchte, sich einen Namen zu machen. Er hatte eine bedrohliche Ausstrahlung, das musste ich ihm lassen. Seine muskulöse Brust und Schultern füllten sein T-Shirt vollkommen aus. Die Muskeln seiner Arme dehnten den Stoff der Ärmel. Doch Callahan hatte das sanfte und äußerst gepflegte Gesicht eines Weicheis. Er hatte Pausbacken und die Haut war glatt. Sein braunes Haar hatte er mit blonden Strähnchen marmoriert.

»Wie ich höre, haben Sie Informationen über ein paar ziemlich dicke Fische?«, sagte ich und versuchte, ihm Respekt zu erweisen, den er sich nicht erarbeitet hatte.

»Dicke Fische?«, fragte Callahan. »Ja, ich denke, man kann sie als dicke Fische bezeichnen.«

»Woher wissen wir, dass wir Ihnen trauen können?«, fragte ich.

»Ich stehe zu meinem Wort«, sagte Callahan und drehte sich um. Er lächelte die beiden hinter ihm sitzenden Männer an und die erwiderten das Lächeln. Ich nahm an, dass es sich um seine Leibwächter handelte, obwohl ich spürte, dass ihre Beziehung über die reine Schutzfunktion hinausging. Die anderen beiden sahen nicht so groß oder stark aus wie Callahan. Ich fragte mich, ob sie vielleicht seine jüngeren Brüder waren. Trotz der barschen Art, mit der er sie behandelte, schien eine Art Zuneigung in seiner Stimme zu liegen.

»Ich nehme an, der Grund, warum Sie mir vertrauen sollten, ist der, dass ich habe, was Sie wollen«, sagte Callahan und seine Handlanger kicherten. »Der einzige Grund, warum wir uns unterhalten, ist der, dass ich Informationen habe und Sie Geld. Habe ich recht?«

Er machte eine Pause, damit ich seinen reichhaltigen Sinn für Humor ausreichend würdigen konnte. Ich sagte nichts und nickte auch nicht. Kurz darauf fuhr er fort.

»Ein aufmerksamer Kerl wie ich mit unbeschränktem Zugang zu Informationen … Ich nehme an, Sie können das Risiko mit mir eingehen. Solange Ihre Freunde in D. C. eine unerschöpfliche Brieftasche haben, Harris, und ich gute Informationen, ist das hier die beste Romanze der Welt.«

Callahan sprach in Superlativen. Alles war das Größte, Schönste oder Beste. Er ging mir auf die Nerven, aber ich würde mich mit ihm abgeben, solange sich seine Hinweise als stichhaltig erwiesen.

Eine Kellnerin trat an unseren Tisch. »Haben Sie schon gewählt?« Sie wandte sich zuerst an mich.

»Haben Sie irgendetwas von der Erde?«, unterbrach Callahan.

Die Kellnerin lächelte. Kunden bezahlten normalerweise doppelt so viel Geld für Speisen mit Zutaten, die auf der Erde gewachsen waren. Außerweltliche Produkte schmeckten genauso gut, aber es hatte etwas Snobistisches, Erdprodukte zu verlangen.

»Wir haben erst gestern eine Lieferung erhalten«, sagte sie. »Die Salatbar bietet heute Abend nur Erdprodukte. Oh, und wir haben eine Lieferung Erdenbräu-Biere bekommen.«

Callahan dachte darüber nach. Seine kleinen, dunklen Augen glitzerten im Sonnenlicht des späten Nachmittags. Er strich mit einem Finger über seine rechte Wange. »Es ist noch zu früh fürs Abendessen. Ich sag' Ihnen was – warum machen Sie mir nicht einen kleinen Salat und bringen mir eine Flasche Ihres besten Erdenbräus.«

Die Kellnerin wandte sich einem von Callahans Schlägern zu.

»Ich nehme ein Bier …«

Callahan wandte sich um und schaute den Mann finster an.

»Tee, bitte«, sagte der und klang enttäuscht. Der andere Schläger bestellte dasselbe.

Die Kellnerin wandte sich mir zu und lächelte. »Was darf ich Ihnen bringen?«

»Nichts, danke«, sagte ich und trank einen Schluck Wasser.

»Also schön«, sagte Callahan und nickte zustimmend. »Werden wir heute handelseinig? Ich hoffe, Sie sind nicht den ganzen Weg hergereist, um sich selbst im Kino anzusehen. Wissen Sie, was ich meine?«

Ich lehnte mich in meinem Stuhl zurück und schlürfte mein Wasser. Eine steife Abendbrise wehte über die Terrasse und fegte Speisekarten von einigen Tischen herunter. Jenseits des Marktplatzes ging die Sonne allmählich hinter den Häusern unter. Der Verkehr staute sich auf einer Kreuzung unter uns und die Straße sah wie ein Parkplatz aus.

»Sie haben uns bisher ein paar gute Tipps geliefert«, sagte ich. »Nichts Großartiges, aber gut genug … ein paar rangniedrige Agenten.«

Callahan setzte ein breites, wissendes Lächeln auf. »Habt ihr das gehört, Jungs? Ich habe ihnen bisher ein paar gute Tipps gegeben.« Er nickte mit seinem Kopf, als stimme er sich selbst zu.

Sie nickten und lachten.

»Sind alle Klone so einsilbig, oder ist das nur Ihre Eigenart?«, fragte Callahan. Er strich sein Haar mit der rechten Hand glatt, beugte sich vor und rieb seine Handflächen aneinander. »Ich sag' Ihnen was, Harris. Ich bin genau wie dieses Restaurant. Ich habe eine Speisekarte. Wissen Sie, was ich meine? Wenn Sie außenweltliches Zeug essen wollen, werden wir Ihnen das billig servieren. Wenn Sie rangniedrige Agenten wollen, gebe ich sie Ihnen. Die sind was wert … eintausend Dollar pro Nase?«

Die Kellnerin kehrte mit Callahans Salat zurück. Callahan schwieg, bis sie wieder weg war, und stopfte sich eine Gabelladung Grünzeug in den Mund. »Auf der Erde Gewachsenes schmeckt immer noch am besten«, sagte er durch ein Kopfsalatbündel hindurch. »Ist einfach verflucht gut.

Also reden wir von dicken Fischen. Was ist Crowley wert? Was kriege ich für einen dicken Fisch wie Amos Crowley?«

Ich täuschte Gleichgültigkeit vor. Amos Crowley war jemand, an dem ich ein ganz persönliches Interesse hatte. Er war ein ehemaliger General der VO-Army und hatte mich zweimal fast getötet. Erst schickte er eine Bande Terroristen los, um einen Marinestützpunkt am Arsch der Welt anzugreifen, und dann hetzte er mir einen unfähigen Attentäter auf den Hals, um mit mir für meine Rolle bei der Rettung dieses Stützpunkts abzurechnen.

»Crowley?«, fragte ich. »Der könnte etwa hundert Riesen wert sein … Vorausgesetzt, Ihre Informationen stimmen.«

»Einhundert Riesen«, echote Callahan und sein Kopf hüpfte ständig auf und nieder. »Das gefällt mir. Die Rechnung geht auf. Kleiner Fisch – tausend Dollar. Crowley ist hundertmal wichtiger, also einhundertmal mehr Kohle wert. Gefällt mir.«

Die Unterhaltung schien sinnlos. Ich glaubte nicht, dass

Callahan wirklich Informationen über Crowley hatte. Der Kerl war ein Großmaul, sonst nichts.

»Und was ist mit Yoshi Yamashiro? Ist der was wert?«

»Ich kenne einige Gruppierungen, die Interesse haben könnten«, sagte ich. Yamashiro war der ehemalige Gouverneur von Ezer Kri. Ich persönlich hatte nichts gegen den Mann, aber das Justizministerium war nicht sonderlich erbaut von ihm.

Als Yamashiro Gouverneur von Ezer Kri wurde, erbte er einen Planeten mit einer großen Bevölkerung japanischer Abstammung. Da die Territorien ein großer galaktischer Schmelztiegel sein sollten, war die ethnisch reine Bevölkerung Ezer Kris einigen Senatoren in Washington, D. C. ein Dorn im Auge. Die Situation eskalierte, als eine Mehrheit Bürger von Ezer Kri dafür stimmte, Japanisch als offizielle Amtssprache einzuführen und den Planeten in *Shin Nippon* umzubenennen.

Der Senat beschuldigte Yamashiro und sein Kabinett der Volksverhetzung und entsandte die Navy, um das Kriegsrecht zu verhängen. Kurz darauf verschwanden Yamashiro und die meisten der Japaner von dem Planeten.

»Und was bekomme ich für Warren A.?«

Warren A. war Warren Atkins. Das »at« in Mogat war die Abkürzung für Atkins – benannt nach Warren Atkins' berühmtem Vater, Morgan Atkins.

»Ambitioniert«, sagte ich. »Uns zu Atkins zu führen würde Sie zum Millionär machen. Natürlich hängt alles von der Qualität Ihrer Informationen ab.«

»Dann lassen Sie uns über den Hauptpreis reden, Harris.« Callahan machte eine Pause und trank sein Bier aus. »Was, wenn ich Ihnen den größten aller Fische verschaffe? Was, wenn ich Sie zur Galaktischen Zentralflotte führe?«

Die Galaktische Zentralflotte (GZF) war eine sehr große Flotte antiker Navyschiffe. Die Mogats hatten bereits GZF-Schiffe bei zwei kleineren Angriffen benutzt – einer davon hatte während des Kampfs um den Kleinen Mann stattgefunden.

»Wenn ich mich recht entsinne, wurde ein Kopfgeld von zehn Millionen Dollar ausgelobt für denjenigen, der uns zu der Flotte führen kann«, sagte ich und war mir immer noch sicher, dass Callahan nur schwadronierte.

»Habt ihr das gehört, Jungs?« Callahan sah nach hinten und schenkte seinen Kumpanen ein großspuriges, einfältiges Grinsen. »Ich könnte glatt reich werden.« Sie nickten ihm zu und lächelten. Er wandte sich wieder zu mir und sein Humor verschwand. »Sie trauen mir nicht, Harris, oder? Wie wäre es, wenn ich Ihnen nur dieses eine Mal eine Kostprobe gebe?«

»Bieten Sie mir eine Gratisprobe an?«, fragte ich.

Alle drei Gangster lachten. »Sie müssen mich mit der Kneipe, die ein Stück die Straße hinunter ist, verwechseln. Bei mir gibt es keine Almosen. Wissen Sie, was ich meine?

Wie viel bekomme ich für Billy ›den Schlächter‹?«

»William Patel?«, fragte ich. Patel war ein Vorbote des Todes – ein Meisterspion der Konföderierten Arme, dem Terroranschläge auf zivile Ziele zugeschrieben wurden. Auf seinen Kopf war ein ziemlich hoher Preis ausgesetzt. Jedes Mal, wenn Satellitenbilder von terroristischen Bombenanschlägen vom Geheimdienst überprüft wurden, tauchte Patels Gesicht irgendwo in dem Datenstrom auf. »Mein letzter Stand ist, dass es für einen Hinweis fünfundzwanzigtausend Dollar gibt und wahrscheinlich doppelt so viel für seine Gefangennahme.«

»Ach wirklich? Und wenn er mehr oder weniger in Geschenkpapier eingeschlagen überreicht wird?« Bei diesen

Worten zuckte Callahans Blick zur Straße. Er zeigte auf ein Auto, das ein Stück entfernt war. »Das ist Patels Auto.«

Die Allee unter uns war hufeisenförmig. Die Straße führte in einer ausladenden Kurve um einen riesigen Springbrunnen herum, der aus Marmor und Glas bestand und dessen Fontänen etwa zehn Meter hoch waren. Glastunnel führten als Fußwege durch die Wasserkaskaden. Die Tunnel waren voller Fußgänger, da der Arbeitstag seit einer Stunde offiziell vorüber war. Im Stadtverkehr standen alle Stoßstange an Stoßstange.

Im Scheitelpunkt der Kurve, weit von dem Brunnen entfernt, stand ein Paragon. Diese luxuriösen Sportwagen sahen wie Schuhanzieher mit Fenstern aus. Der Wagen hatte die Farbe Geflammtes Orange – nicht Rot. In dem sich verjüngenden Rückfenster spiegelte sich das bernstein- und rosafarbene Glühen der Abendsonne.

»Klar doch«, sagte ich und nahm Callahan nicht ernst. »Und der Müllwagen da an der Straße gehört General Crowley. Hab selbst gesehen, dass er ihn dorthin gefahren hat.«

»Sie glauben mir nicht.« Callahan legte seine Hand über sein Herz und tat sein Bestes, schmerzerfüllt dreinzublicken.

»Doch, doch. Ich glaube Ihnen. Patel fährt einen Paragon … schönes Auto. Ich hatte ihn eher als jemanden eingeschätzt, der bewaffnete Panzer steuert.«

»Sie halten nicht viel von mir, Harris, oder?«, fragte Callahan.

»Gibt es irgendeinen Grund, weshalb ich glauben sollte, dass der Wagen dort Patel gehört?«

»Ist das Grund genug?«, fragte Callahan. Er zeigte auf die Straße. Dort verließ gerade William Patel einen Feinkostladen. Er trug einen schwarzen Ledertrenchcoat, der über den Bürgersteig schleifte. Er war groß und drahtig, hatte schwarzes Haar und trug eine dunkle Sonnenbrille, die seine Augen verdeckte. Er war viel zu weit entfernt, um ihn von dieser Terrasse aus zu erschießen, aber nah genug, dass ich sein Gesicht erkennen konnte, nachdem Callahan mich auf ihn aufmerksam gemacht hatte.

»Ich habe diese Woche Geschäfte mit Billy gemacht. Meine Jungs sind ihm gefolgt, seit er Safe Harbor betreten hat. Er kommt zum Kaffeetrinken hierher und geht jeden Tag in dieselben verdammten Läden. Er liebt diesen Häuserblock. Vielleicht besucht er ja seine Süße. Wissen Sie, was ich meine?«

Unten auf der Straße bahnte Billy der Schlächter sich einen Weg durch die Menge. Ich verlor ihn aus den Augen, als er durch einen der Brunnentunnel ging, sah aber, wie er auf der anderen Seite wieder herauskam. Er schubste eine Frau aus dem Weg und ging auf die Straße zu.

Er warf nur einen kurzen Blick auf den steckengebliebenen Verkehr, hüpfte vom Bürgersteig auf die Straße und schlängelte sich zwischen den Autos hindurch. Er war immer noch mitten im Verkehr, da drehte er sich plötzlich um, sah in unsere Richtung und spähte über den Rand seiner Sonnenbrille. Aus dieser Entfernung konnte ich sein höhnisches Grinsen nicht sehen, aber ich wusste, dass es dort war. Nach der Pause für diesen kurzen Blick ging Patel an seinem flammorangen Paragon vorbei und verschwand um die Ecke.

Ich sprang von meinem Stuhl auf.

»Wo gehen Sie hin, Harris?«, fragte Jimmy Callahan. »Sie glauben doch nicht, dass Sie ihn noch einholen können?«

Ich packte Callahan mit meiner linken Hand am Kragen und verpasste einem seiner Leibwächter mit der rechten Hand eine Ohrfeige. Der Trottel wollte gerade aufstehen, starrte mich warnend an und streckte seine Hand nach seiner Pistole aus. Da traf meine Handkante seinen Kiefer. Er schnappte nach Luft und fiel zu Boden. Instinktiv wusste ich, dass sein Kiefer gebrochen war.

Der zweite Dummkopf stellte sich mir in den Weg. Ich trat ihm mit der Außenseite meines Fußes gegen die Innenseite seines Knies. Die Kniescheibe des Mannes zerbrach wie ein trockener Zweig. Er gab ein schwaches Wimmern von sich und fiel zu Boden. Mit seinen Armen umschlang er sein Knie und drückte es gegen seinen Bauch.

»Harris, Sie Dreckschwein! Was zum Teufel glauben Sie, was Sie da tun?«, brüllte Callahan. Muskeln oder nicht, der Mann folgte mir kampflos. Ich zerrte und er rannte mit.

»Da haben Sie ja richtig kernige Burschen, Callahan«, sagte ich flüsternd zu mir selbst. Hinter mir sorgten die ersten Explosionen für einen Feuer- und Glashagel und die Straße war voller Rauch. Ich blieb für weniger als eine Sekunde stehen und erhaschte einen Blick auf Flammen, die aus einer weiter entfernten Ladenfront hervorbrachen.

»Was zum T…«, fragte Callahan, während ich ihn durch die Tür schubste, die von der Außenterrasse ins Innere des Restaurants führte.

»Hey«, rief jemand von einem Tisch in der Nähe. Ich wusste nicht, ob es ein Mann oder eine Frau war.

»Beweg dich, Arschloch«, sagte ich zu Callahan und stieß ihn weiter.

Hinter uns erschütterten die nächsten Explosionen die Straße. Sie schienen näher zu kommen und stärker zu werden. Das war die Falle. Die ersten Bomben am anderen Ende des geschwungenen Boulevards versperrten uns den Weg, damit niemand entkommen konnte. Wir konnten nur dasitzen und zusehen, wie die Explosionen auf uns zukamen. Ich hatte allerdings nicht die Absicht, da mitzuspielen.

Der Lärm und die Erschütterungen der nächsten Bomben schüttelten das Restaurant durch. Leute sprangen von ihren Stühlen auf, aber die Panik hatte sich noch nicht durchgesetzt.

Zu diesem Zeitpunkt hatte ich den größten Teil des Restaurants mit Callahan, der vor mir herstolperte, durchquert. Die Druckwelle dieser Explosionen warf Gläser und Besteck von den Tischen. Die Türen eines Weinschranks flogen auf. Flaschen mit feinstem Wein krachten zu Boden und hopsten wie Bowlingpins herum. Glas- und Geschirrscherben knirschten unter meinen Schuhen.

Die Geräusche einer Panik begannen, sich im Restaurant auszubreiten. Eine Frau kreischte. Jemand schrie so etwas wie man solle die Polizei rufen. Die meisten Leute stürzten auf die Terrasse, um besser sehen zu können.

Die Explosionen kamen im Abstand von zehn Sekunden. Trotz des Rauchs und Staubs in der Luft und trotz der Tatsache, dass die Explosionen immer näher kamen, bevölkerten Leute die Terrasse, um zusehen zu können. Ich warf ihnen einen letzten Blick zu. Dann krümmte ich den Rücken, legte den rechten Arm vor meine Stirn, um meine Augen zu schützen, und stieß den wie betäubt wirkenden Jimmy Callahan durch eine Schwingtür in die Küche. Der riesige Raum war leer. Dampf und Schaum kochten aus den Zwanzig-Liter-Töpfen auf dem Herd.

»Was … was machen Sie denn?«, kreischte Callahan.

Die letzte Explosion ging irgendwo hinten im Restaurant hoch. Sie klang wie ein kurzer, scharfer Donnerschlag, der die Welt erschütterte und danach ein Vakuum zurückließ.

Das ganze Gebäude schien aus seinem Fundament zu springen und rückwärts zu gleiten. Ein riesiger Metalltisch in der Mitte der Küche flog hoch und landete umgedreht auf der Platte. Die Zwanzig-Liter-Töpfe flogen vom Herd und verteilten brühend heiße Suppen und Wasser auf dem Boden.

Die pure Gewalt der Explosion ließ mich flach auf dem Rücken landen. Ich wusste nicht, ob ich in der Luft einen Salto gedreht hatte oder ob der Boden unter mir weggesackt war. Callahan landete neben mir auf dem Gesicht. »Gott im Himmel«, brüllte er und setzte sich auf wie ein Baby, das aus seinem Schlaf erwacht ist. Blut schoss aus einer Stirnwunde und aus seiner Nase. »Meine Jungs!«, stöhnte er. »Tommy! Eddie!«

Ich stand auf und zog ihn auf die Füße. In seinen Augen konnte ich sehen, dass er nicht bei sich war. Ich sah Panik, aber keine Gedanken. Das Markenzeichen meiner Art war, dass Chaos unsere Gedanken in eine Art warme Klarheit tauchte, und es verwirrte mich, dass Callahan so außer sich war. Ich wirbelte ihn herum und warf ihn mit dem Kopf zuerst durch den Lieferanteneingang hinten in der Küche.

Wir befanden uns in einem langen Dienstbotenflur, der hinter allen Gebäuden entlanglief. Hier gab es keine Sonnensegel oder hübsche Verzierungen; hier gab es nur Betonwände, leere Paletten und Mülleimer. Dieses Gelände war unversehrt. Die Explosionen hatten die Fassaden dieser Gebäude weggeblasen, aber nicht die hinteren Bereiche.

»Harris … Was zum Teufel ist passiert? Wo sind meine Jungs?« Callahan sah benommen aus und wandte sich hilfesuchend an mich. Er machte sich nicht die Mühe, das Blut aus seinem teigigen Gesicht zu wischen. Wahrscheinlich wusste er nicht einmal, dass es dort war.

So viel zu seiner Großtuerei. Callahans Schock irritierte mich so, dass ich mich vergaß. Ich packte ihn bei seinen Aufschlägen und rammte seinen Rücken gegen eine Wand. Dort hielt ich ihn fest, indem ich seine Aufschläge mit meinen Fäusten gegen seine Brust drückte. Als ich mit ihm sprach, war das kaum mehr als ein Flüstern. »Sie sind tot, Jimmy. Jeder in dem Restaurant ist tot. Vielleicht wird man eines Tages einen Film darüber drehen, wie Terroristen dieses Restaurant in die Luft geblasen haben, und dann kann man Sie zum Helden machen. Wäre das nicht eine großartige Idee für einen Film? Wissen Sie, was ich meine?«

# 3

Auf die Explosionen folgte ein Moment furchtbarer Stille. Ich kannte diese Stille. Sie war voller Schock und Unglaube, als sei etwas so Ungeheuerliches geschehen, dass selbst die Gebäude nicht verstanden, was vor sich ging. Dieser Schleier der Stille hielt ein paar Sekunden, dann wurde das Vakuum mit Stöhnen und Schreien gefüllt.

Die Fassaden entlang dieses Blocks waren weggesprengt worden, wodurch die Gebäude entblößt und entweiht aussahen. Der Feinkostladen, den Patel kurz vor den Explosionen besucht hatte, hing schief wie ein Zelt im Sturm. Seine hellrote Markise lag als zerknüllter Haufen auf dem Bürgersteig.

Die Explosionen hatten diverse Gebäude zu Hügeln aus Ziegeln und Trümmern reduziert. Einige Autos auf der Straße lagen auf der Seite; andere waren durch die Gewalt der Explosionen davongeschleudert worden und lagen mit den Rädern nach oben wie tote Insekten, die aus ihrem Stock gefallen waren.

Ich ging am Erdgeschoss des Restaurants vorbei, in dem ich gerade noch gesessen hatte, und begann, das Ausmaß des Schadens zu ermessen. Die vordere Wand des Gebäudes einschließlich der Terrasse war weg. Es blieb ein nach vorne offenes Gebäude mit aufgerissenen Böden, aus dem sich Ziegel, zerbrochene Möbel und Betonschutt auf die Straße ergossen.

»Allmächtiger Gott«, sagte Callahan. Seine Blicke schweiften über die Zerstörung und sein Mund stand leicht offen.

»Ihre Kumpels sind da drunter«, sagte ich.

Er nickte und sagte nichts.

Sirenen heulten in einiger Entfernung. Feuerwehrzüge und Krankenwagen tauchten am Ende des Blocks auf, wo William Patels flammoranger Paragon immer noch geparkt stand. Die Rettungsfahrzeuge schafften es nicht, näher heranzukommen. Die Straße war mit Autos verstopft und sah wie ein Schrottplatz aus. Die Wagen waren geschwärzt und schwer verbeult.

Feuerwehrmänner mit Feuerlöschern und Rettungswerkzeugen sprangen aus ihren Einsatzwagen. Sie rannten in Gruppen die Straße hinunter und teilten sich dann auf, um jedes Gebäude nach Überlebenden abzusuchen. Sanitäter bauten um den Brunnen herum ein Notlazarett auf. Opfer, die nicht in der Lage waren, zu laufen, wurden auf Tragen zu dieser Krankenstation gebracht. Noch bevor die ersten Tische aufgestellt waren, kamen die ersten Verwundeten, die noch laufen konnten, um sich Medikamente abzuholen oder genäht zu werden.

Die Feuerwehrleute gruben sich durch das Geröll und die Sanitäter begannen, die Opfer einzuteilen. Frachthelikopter stießen vom Himmel herab. Polizisten wateten über die Straße und zogen Leute aus den Fahrzeugen. Sobald die Wagen leer waren, banden die Polizisten Seile daran und die Frachthelikopter brachten sie weg.

»Haben Sie so etwas schon mal gesehen?«, fragte Callahan.

»Ich habe schon Schlimmeres gesehen«, sagte ich. Dabei dachte ich an die Schlacht auf dem Kleinen Mann und die Teile, die der Film ausgelassen hatte. Ich erinnerte mich daran, wie ich das Tal angestarrt hatte, während die Felswände wie heiße Holzkohle geglüht hatten.

Callahans dunkle Augen zogen sich zusammen, als er allmählich begriff, was geschehen war. Er rannte zu den Ruinen der Terrasse und wühlte in den Trümmern herum. Er zog einen etwa helmgroßen Betonklotz hoch, drückte ihn an seine Brust und warf ihn dann zur Seite. »Tommy!« Er hatte etwas gefunden und zerrte daran, bis er die Überreste eines Stuhls ausgegraben hatte.

Nicht alle Verwundeten schafften es bis zu dem Feldlazarett auf der anderen Seite der Straße. Ein Mann lag auf dem Rücken und starrte friedvoll in den Himmel. Er hielt seinen Arm vor sein Gesicht, um seine Augen zu schützen. Ein kleines Blutrinnsal trat aus seinem offenen Mund hervor. Ich sah es und wusste, dass er tot war. Eine Frau kniete neben ihm und flüsterte ihm etwas ins Ohr. Sie blutete aus Wunden auf ihren Wangen und ihrer Stirn. Zweige, Papier und Glasscherben bedeckten ihr schmutziges Haar. Alles in allem sah die Frau mitgenommener aus als die Leiche neben ihr.

Es gab keine Blutströme, die die Straße hinunterflossen; da waren nur schmutzige Körper – einige lebendig, andere tot. Jimmy Callahan würde vielleicht einen Arm oder ein Bein finden, während er weiter Blöcke aus Ziegeln und Gips beiseitezog. Seine Bewegungen brachten Panik zum Ausdruck. Er hatte sich die Finger und Handflächen bereits aufgeschnitten und sein Blut tropfte auf die Trümmer, die er hinter sich warf. Er bemerkte es nicht.

»Helfen Sie mir mal?«, rief er.

Ich schüttelte den Kopf.

Er stand auf und starrte mich an. »Da sind Leute drunter«, brüllte er so laut, dass seine Stimme brach.

Einige Rettungskräfte in der Nähe hörten Callahans Worte und deuteten sein Gebrüll so, dass er Überlebende gefunden hatte. Sie packten sich gasbetriebene Hebewerkzeuge und Laserschneider und rannten zu uns herüber. »Wo sind sie?«, fragte einer der Feuerwehrleute.

Callahan sah zu Boden und schüttelte den Kopf. »Tut mir leid«, sagte er. »Ich habe nur versucht ... Ich habe mich geirrt.«

Die Muskeln in den Wangen des Feuerwehrmanns spannten sich an und er mahlte mit dem Kiefer. Dann entspannte er sich. »Ist schon gut, Kumpel. Wir sind alle verzweifelt.« Er schob seine Hände in die Taschen seiner Jacke und zog ein Paar Schutzhandschuhe hervor, die er Callahan gab. »Nehmen Sie die.«

Callahan nahm die Handschuhe und stand so steif und leblos da wie eine Schaufensterpuppe. Er hielt seine Handflächen hoch, als schöpfe er mit ihnen Wasser. Ich wurde das Gefühl nicht los, dass Eddie und Tommy – die Leibwachen – Callahan mehr bedeuteten als rein angeheuerte Muskelmänner, aber ich wusste nicht, was zwischen ihnen vorging. Callahan sah so aus, als wolle er in Schock fallen, und blickte auf den Haufen aus Beton und Metall.

»Nehmen Sie den rechten Handschuh, ich nehme den linken«, sagte ich zu ihm. Er sah mich an, sagte aber nichts, als ich einen der Handschuhe aus seiner ausgestreckten Hand nahm.

Ich war Rechtshänder, aber meine Gentechnologie verlieh mir fast dieselbe Geschicklichkeit mit beiden Händen. Ich fand eine längliche, ungleichmäßige Betonplatte, die ich mit meiner linken, behandschuhten Hand festhielt. Mit der rechten Hand übte ich ein Gegengewicht aus und schob sie von dem Haufen hinunter.

»Woher wussten Sie das?«, fragte Callahan und zog seinen Handschuh an. »Woher wussten Sie, dass das passieren würde?«

»Ich wusste es, weil Billy Patel ein Terrorist der galaktischen Klasse ist und Sie nichts weiter als ein unterbelichteter Punk«, sagte ich und spürte einen umgefallenen Torbogen auf.

»Ein Punk?«, fragte Callahan. Er klang nicht beleidigt, sondern bestürzt. »Was heißt das?« Er blieb mit dem Fuß in einem Kabel hängen und fiel auf den Rücken.

»Das heißt, dass Sie und Ihre zweitklassige Operation im Leben nicht dazu in der Lage waren, einen Topspieler wie Billy den Schlächter zu hintergehen, ohne dass er es mitbekam. Er wusste, dass wir ihn beobachten. Er wusste die ganze Zeit, dass Sie ihn beobachten.

Als er seinen Wagen stehen gelassen hat, drehte er sich um und sah uns an. Er wusste genau, wo er hinsehen musste. Wir waren genau dort, wo er uns haben wollte, und er konnte es sich nicht verkneifen, uns einen triumphierenden Blick zuzuwerfen. Er muss wohl begriffen haben, dass Sie zu dumm sind, um zu erraten, was er vorhat. Wissen Sie, was ich meine?«

»Zum Teufel mit Ihnen, Harris.«

»Sie haben gefragt«, sagte ich.

»Also warum haben Sie mich rausgeholt?«, fragte Callahan. »Sie wären viel leichter alleine rausgekommen.«

»Sehen Sie sich das an«, sagte ich. Ich stand neben einem langen, schweren Träger, der so aussah, als bestünde er aus weißem Marmor. Blätter von der Hecke, die um die Terrasse herum gestanden hatte, lagen auf dem Boden.

Der Mann, der Callahan die Handschuhe gegeben hatte, kam zurück. »Haben Sie was gefunden?«

»Wir wollten gerade das Gebäude verlassen, als die Bomben hochgingen«, sagte ich. »Da waren Leute ziemlich genau hier.« Ich hockte mich hin und wischte eine Staubschicht weg. Dann hob ich einen zerquetschten Ast mit fünf tränenförmigen Blättern auf.

An dem Kragen des Mannes war ein Funkgerät befestigt. Er kniete sich hin, um den zerquetschten Busch anzusehen, und flüsterte in sein Funkgerät: »Schickt ein Team. Mit allem Drum und Dran. Wir haben vielleicht was.«

Jetzt, da die Feuerwehrleute einen vielversprechenden Fleck gefunden hatten, scheuchten sie Jimmy Callahan und mich zur Seite, damit sie ungehindert graben konnten. Sie stellten Hebewerkzeuge unter den Träger, der wahrscheinlich so um die fünf Tonnen wog.

»Glauben Sie, dass da unten noch jemand lebt?«, fragte Callahan. Zwei stämmige Rettungsleute zerrten eine große Ultraschallkanone zur Grabungsstelle. Inzwischen war es später Abend. Die Hubschrauber hatten die Straße frei gemacht. Feuerwehrzüge und Krankenwagen konnten bis zu den Gebäuden fahren. Die Feuerwehrleute stellten Dreibeine mit Scheinwerfern um die Ausgrabungsstelle herum. Die Scheinwerfer waren winzig – sie waren etwa so groß wie eine Kaffeetasse –, aber ihre Strahlen konnte man zwanzig Kilometer weit sehen.

Wir standen zusammengedrängt vorne in einer Menschenmenge, die sich direkt hinter den Lichtquellen versammelt hatte. Jemand hatte Callahan eine Decke und eine Tasse Kaffee gereicht. Seine Kleidung war zerrissen und blutig vom Graben. Er hatte seine zerschnittenen Hände an seinem Hemd und seiner Hose abgewischt. Der Staub und das Blut ließen ihn so aussehen, als sei er im Kern der Explosion gewesen.

»Ich habe noch nie gesehen, dass man jemanden lebendig herausgezogen hat«, sagte ich. Ich nahm an, dass man ab und zu Überlebende fand, aber ich hatte das noch nie selbst gesehen.

Die Ultraschallkanone des Rettungsteams pulverisierte Steine und Glas. Wenn man sie auf den quer durch das Grabungsgebiet liegenden Marmorträger abgefeuert hätte, wäre er zerstört worden, aber das war nicht ihr Ziel. Die Hebewerkzeuge stützten sein Gewicht und so diente der Träger jetzt als Dach über ihrer Ausgrabung und schützte die verschütteten Überlebenden.

Die Ultraschallkanone feuerte Schallwellen ab, die Flüssigkeit, Luft und Holz durchdrangen. Man konnte sie in einen Teich abfeuern, ohne den Fischen zu schaden, aber die Steine in dem Teich würden sich auflösen. Sie fügte auch Menschen keinen Schaden zu. Die Schockwellen von Ultraschallkanonen hatten keinerlei Wirkung auf Plastik oder Stahl, aber sie pulverisierten Stein.

Die Feuerwehrleute benutzten die Kanone, um unter dem Träger einen Graben von einem Meter Tiefe auszuheben. Zwei Rettungsleute warfen einen steifen Schlauch mit großer Öffnung hinein. Der Schlauch hatte fast neunzig Zentimeter Durchmesser. In seiner Mündung befand sich eine Art Käfig.

»Was ist das?«, fragte Callahan.

Ich hatte so etwas noch nie gesehen und antwortete nicht.

»Zurückbleiben«, rief einer der Männer mit der Kanone und die anderen Rettungsarbeiter zogen sich vom Schauplatz zurück. Es war so staubig, dass ich die Druckwelle sehen konnte, als die Kanone abgefeuert wurde. Sie sah wie ein Wellenmuster aus, das sich durch den in der Luft hängenden Staub einen Weg bahnte. Es gab ein leises Geräusch, das entfernt an das schnelle Schütteln einer Babyrassel erinnerte, und plötzlich wurden die Trümmer unter dem riesigen Schlauch zu Staub, der feiner war als Sand. Der Schlauch saugte den Staub auf.

Ein Feuerwehrmann mit einem Abschleppseil um seine Taille ging zu dem Graben, den der Schlauch hinterlassen hatte. Er starrte eine Weile hinunter. Der Mann trug eine Sauerstoffmaske über dem Gesicht und hielt ein Brecheisen in einer Hand.

Ein weiterer Feuerwehrmann näherte sich und gab ihm etwas Kleines, das er im Gürtel verstaute. »Bist du bereit, Greg?«, fragte der zweite Feuerwehrmann und klopfte dem ersten auf die Schulter.

Dieser legte seine Hände um das Seil, drehte sich mit dem Rücken zum Loch, seilte sich ab und verschwand außer Sichtweite. Kurz darauf ertönte seine Stimme in verschiedenen Funkgeräten. »Ich hab jemanden. Eine Frau.«

»Zustand?«, fragte der Mann auf dem Feuerwehrzug.

»Lebendig.« Die Menge um uns herum jubelte. Jimmy Callahan schaukelte auf seinen Fußsohlen vor und zurück und blies seinen warmen Atem nervös in seine schlimm zerschnittenen Hände.

Zwei weitere Feuerwehrmänner ließen sich in das Loch hinab. Jemand reichte ihnen eine Trage hinunter, während ein Feuerwehrzug und ein Krankenwagen bis auf wenige Meter heranfuhren. Der Feuerwehrzug fuhr eine Leiter aus, die über das Loch hinweg reichte, und ließ eine Winde zu den Feuerwehrmännern hinunter. Angespannte Stille folgte. Dann straffte sich das Seil. Die meisten Leute jubelten und einige fingen sogar an zu weinen, als die Winde die Trage aus dem Loch zog.

Zwei Sanitäter nahmen die Trage in Empfang. Sie lösten das Seil von der Trage und zogen die Frau hinten in ihren

Krankenwagen herein. In weniger als einer Minute hatten sie die Frau verladen, ihren Wagen fest verschlossen und waren in die Dunkelheit davongeschossen. Ein anderer Krankenwagen nahm den frei gewordenen Platz ein.

Die Rettungskräfte fanden sechsundsiebzig Leute in diesem einen Bereich – zweiundsechzig davon lebten noch. Tommy und Eddie waren am Leben. Als die Explosionen näher gekommen waren, hatten sie sich unter einen Tisch verkrochen und so alles fast unversehrt überstanden. Tommy hatte einen gebrochenen Kiefer und Eddies Knie war zerschmettert. Beide Verletzungen hatten sie mir zu verdanken. Die Explosion hatte ihnen kaum etwas angehabt.

Ich war froh, dass Jimmy Callahans Jungs lebten. Callahan würde jede Hilfe brauchen, die er bekommen konnte. Er hatte mächtige Feinde. Angesichts der Zerstörung, die ich gesehen hatte, bezweifelte ich, dass der »schweigsame« Tommy und der »humpelnde« Eddie Callahan vor irgendetwas würden beschützen können.

# 4

Wie soll man Ray Freeman beschreiben?

Freeman war 2,13 Meter groß. Wenn er durch eine Menschenmenge ging, reichten ihm andere Männer bis zur Brust. Seine Hände waren so groß, dass er ihr Gesicht in seiner Handfläche verstecken und dabei mit seinem Daumen und seinem kleinen Finger ihre Ohren hätte zuhalten können.

Jeder Zentimeter an ihm war sehnig – an Freeman gab es keine schlaksigen Extremitäten. Er hatte einen riesigen Kopf, äußerst muskulöse Arme und seine Schultern waren so breit, dass er sich seitlich durch enge Türen zwängen musste. Sein Körper war hart und zylindrisch, seine Taille war fast so breit wie seine Schultern und alles bestand nur aus Muskeln.

In dem galaktischen Schmelztiegel der Grenzterritorien bedeutete Volkszugehörigkeit nichts. Begriffe wie Afrikaner, Europäer oder Asiaten waren hinfällig. Die Bevölkerung war so sehr untereinander vermischt, dass die physischen Merkmale nicht länger irgendwelchen bestimmten Völkern zugeordnet werden konnten. In der kosmopolitischen Gemeinschaft der Territorien war Ray Freeman etwas Besonderes. Er war ein schwarzer Mann, ein Mann afrikanischer Herkunft, der, Jahrhunderte nachdem man diesen Kontinent der Erde zu einem der namhaftesten zoologischen Gärten der Galaxis verwandelt hatte, geboren worden war.

Freemans Haut war von solch dunklem Braun, dass sie fast wie Holzkohle aussah. Wenn man in Ray Freemans weit auseinander liegende Augen sah, war es, als starre man in die Mündung eines doppelläufigen Gewehrs. Er war absolut skrupellos und der mit Abstand einschüchterndste Mann der Galaxis. Er war mein Partner.

Vor zwei Jahren, als ich mehr tot als lebendig aus dem Hinterhalt der Ravenwood-Station herausgehumpelt war, hatte Ray Freeman mich gerettet. Er hatte meinen Helm neben die Überreste von Corporal Arlind Marsten gelegt und so meinen Tod vorgetäuscht. Dann hatte er mich aus Ravenwood hinausgetragen. Statt der Erkennungsmarken trugen die Marines der VO Helme mit virtuellen Identifikatoren. Indem er meinen Helm neben Marstens Überreste legte, tauschte er unsere Identitäten aus. Da wir beide Klone waren, würde niemand daran denken, unsere DNA zu überprüfen.

Jetzt waren Freeman und ich Geschäftspartner als freischaffende Kopfgeldjäger.

»Wie ich höre, gab es auf New Columbia ganz schön Action«, sagte Freeman.

»Kann man wohl sagen«, sagte ich. »Ich war mittendrin. Und wie ist es bei dir?« Er befand sich auf Providence, einem evakuierten Planeten im Cygnus-Arm, einem der abtrünnigen Arme. Wir unterhielten uns über MediaLink. Er benutzte eine Kommunikationskonsole mit einer Kamera, damit ich ihn sehen konnte.

»Schau her«, sagte Freeman, trat von der Kamera weg und gab den Blick frei auf das Panorama der Innenstadt von Jasper, der Hauptstadt von Providence. Die Straßen waren vollkommen leer. Die einzigen sichtbaren Wagen waren am

Straßenrand geparkt. Es gab keine spielenden Kinder. Keine Fußgänger. Alle waren aus der Stadt geflohen.

»Wie spät ist es bei euch?«, fragte ich.

»Nacht«, sagte Freeman. In Providence war es tatsächlich dunkel, aber die Straßen waren erleuchtet.

»Schalten sich die Straßenlaternen automatisch an?«, fragte ich.

»Ja.« So war mein Partner, kein Mann vieler Silben.

»Ist denn noch jemand in der Stadt?«, fragte ich.

»Plünderer«, sagte er. »Sogar die Guerillas sind weg.«

Die Anführer des Cygnus-Arms hatten ihre Unabhängigkeit erklärt, ohne sich vorher über die Konsequenzen Gedanken zu machen. Sie hatten keine eigene Navy. Die Navy der VO verfügte über zwei Flotten, die in diesem Bereich patrouillierten, und das Militär des Cygnus-Arms hatte keine Möglichkeit, diese VO-Schiffe zu bekämpfen. Als eine dieser Flotten in das Sonnensystem von Providence eindrang, blieben der Regierung von Cygnus nur die Möglichkeiten, eine Armada unbewaffneter Handelsschiffe zusammenzurufen oder den Planeten zu evakuieren.

»Bist du auf New Columbia sicher?«, fragte Freeman.

»Keine Ahnung«, sagte ich. »Bist du auf Providence sicher?«

»Niemand weiß, dass ich hier bin«, sagte Freeman. Die Frage, die er unausgesprochen ließ, lautete: »Galt der Bombenangriff dir?«

»Also schön«, sagte ich. »Mein Flug geht in ein paar Stunden. Vielleicht solltest du das auch tun … Mach, dass du aus Jasper hinauskommst, bevor die Truppen eintreffen.«

Freeman antwortete mit seinem »Ist nicht dein Ernst«-Blick; dabei blieb sein Gesicht ausdruckslos, er zog die Augen kaum sichtbar zusammen und zuckte fast unmerklich mit den Schultern.

»Ich habe einen Typen getroffen, der behauptet, er könne Crowley finden«, sagte ich.

»Ich höre«, sagte Freeman. Seine Stimme war so leise und voller Basstöne, dass man sie beinahe genauso spürte wie hörte. Sie war wie entferntes Donnergrollen oder Kanonen, die einen Kilometer entfernt abgeschossen wurden.

»Der Typ heißt Jimmy Callahan. Er ist ein Einheimischer, der Vorräte für die Mogats heranschafft und in ihrem Namen Geschäfte macht«, sagte ich.

»Hat er das gesagt, bevor oder nachdem die Bomben in die Luft gegangen sind?«, fragte Freeman.

»Ungefähr zur gleichen Zeit«, sagte ich. »Callahan und ich verhandelten grade.«

»Glaubst du, die Bomben galten dir?«, fragte Freeman. In seiner Stimme war nicht ein Hauch von Besorgnis zu hören.

»Sie galten ihm«, sagte ich. »Das war Billy der Schlächter, einer von Callahans Klienten.«

»Wo ist Callahan jetzt?«, fragte Freeman. »Wir müssen ihn an einen sicheren Ort bringen und uns auf ihn draufsetzen.«

»Er ist in einer Arrestzelle in Fort Washington zusammen mit zwei seiner Leibwachen.« Im Geiste fügte ich hinzu, *was immer ihm das auch nützen wird.* Fort Washington war der hiesige Marinestützpunkt. Safe Harbor war eine gut ausgebaute Stadt. Die Marines, die Army und die Air Force hatten alle Stützpunkte hier.

»Du hast ihn im Marinestützpunkt untergebracht?«, fragte Freeman.

»Admiral Klyber hat nach mir geschickt. Ich dachte mir, die Marines können auf ihn aufpassen, bis ich zurückkomme.«

Freeman und ich waren Partner, aber wir gingen das Geschäft aus verschiedenen Richtungen an. Ich arbeitete als

Laufbursche, hauptsächlich für Fleet Admiral Bryce Klyber. Dieser war der ranghöchste Mann der Navy und mein persönlicher Wohltäter. Freeman war eher der Typ einsamer Wolf. Soweit ich wusste, hatte er keine persönlichen Verbindungen zu irgendjemandem.

Freemans Kamera wackelte, als eine Bombe oder Granate irgendwo in seiner Nähe explodierte. »Ich gehe dann mal besser«, sagte er. »Das könnten die Leute sein, wegen denen ich hier bin.«

Ich war bereits viel zu lange in Safe Harbor. Nicht, dass jemand nach mir suchte, aber wenn man wie ich eine Menge Leichen im Keller hatte, konnte man sich nirgendwo dauerhaft niederlassen. Zunächst mal war ich ohne Erlaubnis vom Marine Corps abwesend. Nun, dank Freeman war ich angeblich im Kampf gefallen, aber wenn das Marine Corps wüsste, dass ich noch lebte, würden sie mich als abwesend ohne Erlaubnis führen. Und ich hatte noch mehr verfluchte Leichen wie diese.

Ich fuhr mit meinem Mietwagen zum Handelsweltraumhafen. Der weitläufige Komplex bestand aus einem Rollfeld, einem Passagierterminal und zwei Parkplätzen. Allein das Gebäude für die Rückgabe des Mietwagens zu finden dauerte eine halbe Stunde. Die Suche endete an einer zehn Stockwerke hohen Spiralrampe, in der jede Etage mit einer anderen Mietwagenagentur besetzt war.

Ein Mitarbeiter zeigte auf eine lange Fahrspur, neben der sich eine Reihe parkender Autos befand. Es gab keinen Papierkrieg. Der Wagen registrierte seine Heimkehr selbsttätig, überprüfte den Treibstoffstand, meldete seinen Zustand und stellte dann eine elektronische Quittung für Arlind Marsten aus, den »vermissten« Marine Corporal, der meinen

Helm auf Ravenwood erhalten hatte. Die Polizei hätte Marsten oder mich verhaften müssen, als ich den Wagen zurückbrachte, aber Freunde in gehobener Position hatten bereits sichergestellt, dass das nicht geschehen würde.

Da Marsten und ich Klone waren und ein Klon angeblich von einem anderen nicht zu unterscheiden ist, waren die persönlichen Identifikatoren die einzige Möglichkeit für das Militär, uns auseinanderzuhalten. So weit die Theorie. In Wahrheit war ich nicht identisch mit Marsten. Er und ich stammten aus verschiedenen Produktionsserien. Meine Klonklasse – die Befreier – hatte eine dunkle Vergangenheit. Die meisten Leute glaubten, der Senat hätte meine Art verboten, was nicht stimmte. Sie hatten uns lediglich verboten, den Orion-Arm zu betreten … den Arm, in dem ich mich gerade aufhielt. Ich war ein einzigartiger Klon, sozusagen ein völliger Widerspruch in sich. Zu dem Zeitpunkt, als ich das Fließband verließ, wurde meine Art wegen ihrer gewalttätigen Ader seit fast dreißig Jahren nicht mehr hergestellt. Das wollte ich vor den netten Leuten auf New Columbia nicht weiter breittreten.

New Columbia war wohlhabend, lag im überaus wichtigen Orion-Arm und zog Touristen und Geschäftsleute aus der gesamten Galaxis an. Sein Raumhafen hatte die Größe einer Kleinstadt, aber das Zehnfache ihrer Bevölkerung. Polizei und Militärwachen sorgten dafür, dass die Menschenströme reibungslos hindurchflossen.

Hätten sie nur gewusst, welcher Hai da in ihrem Goldfischteich schwamm. Ich ging an der Schlange für die Gepäckaufgabe vorbei. Während meiner Jahre im Militär hatte ich gelernt, mit kleinem Gepäck zu reisen und auszukommen. Ich hatte vier Tage in Safe Harbor verbracht – zwei mehr als geplant. Alles, was ich brauchte, passte in einen kleinen Aktenkoffer, den ich auf dem Schoß halten konnte.

Von New Columbia aus würde ich zum Mars fliegen, dem größten Raumhafen der Galaxis. Sobald ich auf dem Mars eintraf, erhielt ich entweder meinen nächsten Einsatzbefehl oder ich würde mir ein Hotelzimmer suchen und mich bis zu meinem nächsten Job ausruhen. Mir war beides recht.

Einsätze bedeuteten Geld, aber auch, für die gute alte Vereinigte Obrigkeit zu kämpfen. Mich störte es nicht weiter, wenn um mich herum Bomben hochgingen. Selbst wenn ein Einsatz erforderte, mein Leben für einen wertlosen Punk wie Jimmy Callahan aufs Spiel zu setzen, zog ich das dem Herumlungern in irgendeinem Hotel vor. Ich konnte nichts dagegen tun, es lag an meiner neuralen Programmierung.

Ich hatte Spaß daran, mich mit Philosophie, Politik und intergalaktischen Beziehungen zu beschäftigen, aber nur, solange es mit Kampf zusammenhing. Für den Kampf war ich geschaffen worden und ich konnte nicht anders, als Soldat zu sein. Ich war sozusagen angeschmiert.

Mein Flug ging in drei Stunden los und ich begab mich zum Flugsteig, um  zu warten. Ich schätzte kleine Pausen wie diese; die langen machten mich wahnsinnig.

Ich setzte meine MediaLink-Brille auf – eine stromlinienförmige Brille, die eingebaute Retina-Displays hatte. Laser projizierten Bilder auf meine Netzhaut und öffneten eine ganze Welt voller Bücher, Magazine und Videoaufzeichnungen. Ich konnte Spiele spielen, Filme ansehen, Briefe schreiben oder mich über die neuesten Nachrichten informieren. An diesem Tag beschloss ich, zu lesen.

Am liebsten las ich ethische Philosophie. Zu dem Zeitpunkt waren es *Sämtliche Werke von Spinoza*. Spinoza stellte zur Debatte, dass ein Mensch Liebe, Verlangen oder Leidenschaft nur dann fühlen könne, wenn er bereits den Keim dieser Emotionen in sich trug. Das war ein interessanter

Ansatz, der besonders für Militärklone galt. Unsere Loyalität war uns einprogrammiert. Wir liebten die Regierung, die uns erschaffen hatte. Sogar wenn wir erkannten, dass die Regierung unsere Spezies hasste, liebten wir sie immer noch. Selbst wenn wir den Hass der Regierung erwiderten, waren wir immer noch loyal.

Klone waren weiterhin darauf programmiert, zu denken, dass sie auf natürliche Weise geboren waren. Der durchschnittliche Soldatenklon wusste nicht, dass er geklont und darauf programmiert war, ausschließlich sein Land zu lieben. Sie hielten sich einfach nur für patriotische Bürger.

War Spinoza wirklich so deprimierend oder lag es daran, dass ich seine Arbeit überinterpretierte? Ich sah mich am Abflugsteig um. Bei diesem Flug handelte es sich um einen Geschäftsflug. Männer in Anzügen saßen herum und blätterten durchs MediaLink oder schrieben Notizen. Frauen in Kostümen taten dasselbe. Eine junge Mutter versuchte, zwei kleine Kinder zu beschäftigen, indem sie ihnen vorlas. Ich empfand diesen Menschen gegenüber weder Liebe noch Verlangen noch Leidenschaft. Sie waren natürlich Geborene, ich war ein Synthetischer … und noch dazu ein seltener. Ich war ein Klon, der wusste, dass er ein Klon ist. Mein Modell wurde erschaffen, bevor der Senat seinen Militärklonen einen Todesreflex hinzufügte, der sie davon abhalten sollte, gegen ihre Schöpfer zu rebellieren. Wenn andere Klone herausfanden, dass sie Klone waren, tötete eine Drüse in ihrem Gehirn sie. Als ich herausfand, dass ich ein Klon war, ging ich in eine Bar und betrank mich.

Wenn Spinoza recht hatte, empfand ich der Menschheit gegenüber vielleicht deswegen keine Liebe oder Leidenschaft, weil der Keim in mir nicht existierte. Vielleicht brauchte man für den Keim der Liebe eine Seele. Die meisten Religionen behaupteten, dass Klone keine Seele hätten. Vielleicht war ich der Beweis dafür.

Die Vereinigte Obrigkeit hatte das Richtige getan, als sie neurale Programmierung und den Todesreflex in Klone eingebaut hatte. Wenn ich beispielhaft war, zogen Klone sich von der Menschheit zurück, sobald sie wussten, dass sie kein Teil von ihr waren.

Wie bereits gesagt war ich ein einzigartiger Klon. Die anderen meiner Art waren in einer Zeit erschaffen worden, als die Republik sich im Belagerungszustand befand. Die Galaktische Zentralflotte – eine Armada aus Kriegsschiffen – war verschwunden. Als letzten Ausweg hatte das Militär Bataillone von Befreier-Klonen erschaffen und sie in das Auge der Galaxis entsandt, um den unbekannten Feind dort zu töten.

Der Kampf dauerte nicht lange. Das Problem war, dass die Vereinigte Obrigkeit nichts mit der lebendigen, atmenden Superwaffe, die sie gerade erschaffen hatte, anzufangen wusste. Als die Generals die Befreier ausschickten, um kleinere Scharmützel und interne Probleme beizulegen, gefielen ihnen die Resultate nicht.

Die Befreier wurden losgeschickt, um einen Aufstand auf der Albatrosinsel niederzuschlagen, einem Strafplaneten im Perseus-Arm. Die Befreier töteten die Gefangenen und wandten sich anschließend gegen die Wachen und die Geiseln. Mit Ausnahme einiger Gefängnisangestellter töteten die Befreier jeden auf dem Planeten.

Am Ende wurden die Befreier-Klone vom Kongress aus dem Orion-Gürtel verbannt und man ließ ihre Zahl durch »Verschleiß« schwinden. Ich verließ die Produktion 2490. Zu der Zeit gab es nur noch vier Befreier. Drei waren ungezügelt und blutdurstig und nur auf ihr eigenes Überleben bedacht. Einer war religiös und seinen Erschaffern von der VO treu ergeben. Er war mein Mentor. Bis zum heutigen Tag weiß ich nicht, ob ich ihn bewundern oder verachten soll.

Ich spüre sie alle in mir, wie sie um die Kontrolle über meine Emotionen kämpfen. Wenn ich abends meine Augen schließe, glaube ich manchmal, den Geist von Sergeant Tabor Shannon zu hören, einem Marine, der sein Leben mit Freuden für die Republik gegeben hat. Wenn ich mich in großen Menschenmengen bewege, fühle ich mich isoliert und stelle mir Sergeant Booth Lector vor, der alle um sich herum höhnisch angrinst. Beide Männer waren Befreier. Beide fielen im Kampf.

Shannon blieb bis zum letzten Augenblick patriotisch und hoffte auf das Beste in einer Welt, die ihn als Insekt betrachtete. Ja, auch ich setzte mein Leben für die Vereinigte Obrigkeit aufs Spiel, aber als Söldner. Wenigstens konnte ich mir so einreden, dass meine Loyalität nur mir selbst galt. Lector hingegen war der Einzige, der wirklich nur sich selbst gegenüber loyal gewesen war. Er blieb bei den Marines, weil er keine Möglichkeit fand, dem Corps zu entkommen.

Rückblickend glaube ich, dass Shannon und Lector beide nur Scheiße geschwafelt haben.

Bei den Marines huschte man in seinen Transporter, wenn der Sergeant brüllte, dass du deinen Arsch an Bord bewegen sollst. Auf einem Zivilflug hingegen baten hübsche Flugbegleiterinnen die Passagiere, sich an Bord ihres Flugs zu begeben. Die Tür zu unserem Pendelflug öffnete sich und eine Stewardess mit langem, dunklem Haar hieß uns willkommen. Wir bildeten eine Linie und begaben uns schweigend zu unseren Sitzen.

Der Flug hob reibungslos ab und stieg in den Himmel auf. Etwa dreihundert Kilometer außerhalb von New Columbia endete die blauweiße Atmosphäre und verwandelte sich in die Schwärze des Alls. Bis dahin stieg das Schiff stetig langsam auf und überschritt die Geschwindigkeit von dreitausend Kilometern pro Stunde nicht. Dann beschleunigten wir und brachten weitere dreizehnhundert Kilometer hinter uns bis zum Übertragungsnetzwerk. Dafür brauchten wir einige Minuten – quälend langsam.

Ich stellte meinen Sitz in die Liegeposition und streckte mich während des kurzen Flugs aus. Wir würden 386 Billionen Kilometer bis zum Mars zurücklegen. Der Flug dauerte nur eine gute Stunde. Ich hatte genug von Spinoza und wollte mich ausruhen.

Ich wandte mich dem Bullauge neben meinem Sitz zu und beobachtete, wie die getönten Schilde sich vor das Glas legten und die Sterne und Planeten unter einer pechschwarzen Decke verschwanden. Bald würden wir das Übertragungsnetzwerk erreichen. Ich konnte die Scheiben durch die Schilde nicht erkennen, aber ich wusste, was jetzt passieren würde.

Tausendsechshundert Kilometer außerhalb von Safe Harbor bremste unser Weltraumjet ab, bis er sich im Schneckentempo den beiden elliptischen Scheiben näherte, die als Übertragungsstation für den Sektor New Columbia dienten. Die Scheiben waren ungefähr 1,5 km lang und reflektierten alles in ihrer Umgebung wie gigantische Spiegel. In den nächsten Augenblicken geschah sehr vieles. Ein silberroter Sicherheitslaser, der ein Schiff, dessen Inhalt und seine Passagiere durchleuchten konnte, suchte den Weltraumjet nach Verbrechern und Schmuggelware ab. Direkt nachdem die Hafenbehörde der VO ihre Suche abgeschlossen hatte, sequenzierte der größte Supercomputer der Galaxis unsere Reise, um sicherzustellen, dass keine anderen Schiffe in unseren Reisekorridor eintraten.

Der Weltraumjet flog nicht in die Scheiben hinein. Als er sich näherte, bildeten sich gezackte Tentakel aus Elektrizität auf der glänzenden Oberfläche der Übermittlungsscheibe und griffen nach uns. Die blauweißen Blitze waren so hell, dass ich sie durch die getönten Schutzschilde des Fensters sehen konnte. Die Luft in der Kabine knisterte vor statischer Elektrizität. Hätte die Tönung versagt, wäre ich durch das Gleißen des Energiefelds erblindet. Sogar wenn ich die Augen schloss und meine Hände vor das Gesicht legte, würde das Licht mich blenden.

»Bereit zur Übertragung«, sagte der Pilot über die Lautsprecher.

Und dann war der erste Sprung über 10000 Lichtjahre hinweg beendet. Wir hatten hundert Billionen Kilometer in weniger als einer Sekunde zurückgelegt. Die restlichen 286 Billionen Kilometer legten wir in den nächsten paar Minuten zurück – in der Zeit, die benötigt wurde, um an der Empfangsscheibe auszutreten und zu der direkt daneben liegenden Übertragungsscheibe hinüberzugleiten. Die Übertragungen dauerten ungefähr dreißig Sekunden und wir benötigten vier Sprünge.

Wie lange es allerdings dauerte, die Sicherheitsüberprüfungen vom Mars zu durchlaufen, stand auf einem anderen Blatt. Die Vereinigte Obrigkeit befand sich im Krieg und der Mars war ihr wichtigster Raumhafen. Der Mars war das Tor zur Erde.

Der Raumhafen Mars war das größte Einkaufszentrum der Galaxis. Er war der Dreh- und Angelpunkt aller Raumflüge von und zur Erde. Infolgedessen durfte jeder auf dem Planeten zollfrei einkaufen, sogar die Angestellten des Raumhafens. Die Juweliere auf dem Mars verkauften mehr Diamanten als alle Juweliere auf den zehn reichsten Planeten zusammen. Ein Werbeslogan lautete: »Im großen Stil kauft man auf dem Mars ein.« Sogar Leute, die eigentlich gar keine Reise geplant hatten, flogen manchmal zum Mars, um steuerfreie Edelsteine, feinste Liköre und andere Luxusgegenstände zu kaufen.

Neonlichter schienen aus den Ladenfronten. Hübsche Mädchen in kurzen Röcken standen direkt vor den Läden und boten den Passanten an, sie mit Proben teurer Parfums einzunebeln. Ein Roboterindianer vor einem Zigarrenladen drehte sich in alle Richtungen und kredenzte allen Vorübereilenden Plastikzigarren. Die Ladenpassage, die ich betreten hatte, erstreckte sich, so weit das Auge reichte, und es gab noch zehn weitere davon.

Fast eine Million Menschen flog täglich zum Mars oder verließ ihn. Der Planet hatte keine Atmosphäre, die man atmen konnte. Einige Kuppeln beherbergten den Raumhafen, der die Größe einer Stadt hatte, und einen Militärstützpunkt, der von der Air Force und der Army gemeinsam betrieben wurde.

Ich mochte es nicht, zum Mars zu fliegen. Ich kam hierher, weil es der überfüllteste Ort der Galaxis war und der beste Sprungpunkt, um Admiral Klyber zu treffen. Der Verkehr um diesen Planeten herum war so dicht, dass es niemandem auffiel, wenn Schiffe abhoben und ins All hinausflogen. Deshalb konnten Klybers Piloten mich hier treffen und mich hinausschmuggeln, ohne Aufmerksamkeit zu erregen.

Ich suchte die Menge um mich herum nach bekannten Konföderierten oder Mogats ab. Da ich gerade erst einen Terroranschlag auf New Columbia überlebt hatte, war ich noch vorsichtiger als sonst. Außerdem hielt ich Ausschau nach Leuten, die mich als Befreier identifizieren konnten – oder noch schlimmer, die mich erkennen würden.

»Sind Sie zum Abflug bereit, Marsten?«, fragte mich ein

Mann, als ich an der Tür einer gedämpft beleuchteten Bar vorbeiging.

Der Pilot kannte meinen richtigen Namen. Er würde sich allerdings hüten, mich in der Öffentlichkeit mit *Wayson* anzusprechen.

»Klar«, sagte ich und hielt nicht einmal inne, um mich umzusehen.

Der Pilot ging schnell und holte mich ein. Er trug eine lange Lederjacke und Khakihosen, die traditionelle Uniform ziviler Piloten. Seine kurzen, schwarzen Haare waren zurückgegelt und aus einer seiner Taschen ragte eine dunkle Fliegerbrille heraus. Er war kein Zivilist. Er war Offizier der Navy.

Wir verließen das Einkaufszentrum und betraten die Schlemmermeile. Lange Menschenschlangen formten sich vor den kleinen Restaurants. Angestellte räumten das Geschirr von den Tischen und leerten Mülleimer. Laute Unterhaltungen hallten durch den riesigen Raum mit seinen hellen Lichtern und glänzend weißen Böden.

»Sie sind derzeit das Tagesgespräch auf dem Schiff«, sagte der Pilot. »Stimmt es?«

»Stimmt was?«, fragte ich.

»Waren Sie in Safe Harbor, als die Bomben hochgegangen sind?«

»Wo haben Sie das denn her?«, fragte ich.

»Einer meiner Freunde hörte Klyber sagen, Sie seien dort gewesen.«

»Wenn Admiral Klyber sagt, dass ich dort war, dann war das wohl so«, sagte ich.

Der Pilot lachte. Wir überquerten die Schlemmermeile und gingen durch eine nicht markierte Tür. Sie führte uns in einen Dienstleistungskorridor, der sich kilometerweit zu erstrecken schien. Der weiße Fliesenboden glänzte, aber die

Wände bestanden aus Rohputz. Helle Neonröhren strahlten ein kaltes Licht aus.

»Also waren Sie dort, als die Bomben in die Luft gingen?«

»Ja, ich war dort. Ich half, ein paar Überlebende auszugraben.«

Der Korridor teilte sich und führte in zwei verschiedene Bereiche des Raumhafens. Wir kamen von einem der geschäftigen Handelsterminals. Wären wir nach links gegangen, hätten wir die Verwaltungsbüros erreicht. Wir wandten uns nach rechts und kamen im Zubringerterminal hinaus. Dieser Bereich wurde von Privatpiloten und großen Firmen genutzt. Er war kleiner als die kommerziellen Terminals, weniger vollgestopft und deutlich weniger protzig. Statt einer großen Schlemmermeile gab es hier einen Coffeeshop, in dem die Piloten sich entspannten, während sie ihre Flugberichte ausfüllten oder ihre Flugpläne studierten. Die Stimmung in dem Zubringerterminal war gedämpft, wie im Vorraum einer Bibliothek.

Ein paar Dutzend Piloten standen in Gruppen herum. Die meisten von ihnen schienen sich zu kennen. Niemand erkannte meinen Piloten. Sie warfen uns nur kurze Blicke zu. Er war ein neues Gesicht, das in ihre eingeschworene Bruderschaft gestolpert war.

Sobald wir den Terminal verlassen hatten, tauschte mein Pilot seine Tarnung – die Lederjacke und die zivile Ausstattung – gegen ein Navyjackett. Sein Raumschiff blieb allerdings weiterhin getarnt.

Wir gingen über das Rollfeld und kletterten in eine Johnston R-27. Kleine Firmen benutzten diese leichten Zwölfsitzer am liebsten. Die Johnston war weiß und ihre Flügel dunkelgrau umrandet. Sie wies keine der typischen Anzeichen eines Militärflugzeugs wie Panzerung oder versteckte Waffenreihen auf. Diese unauffällige Johnston besaß etwas viel Beeindruckenderes.

»Sind Sie angeschnallt?«, fragte der Pilot, während ich den letzten Gurt über meiner Brust befestigte, was eigentlich vollkommen sinnlos war. Ein Unfall mit diesem kleinen Schiff würde unweigerlich mit dem Tod enden.

»Dies ist Johnston R-zwo-sieben null vier, vier, neun Rektum, Anus, Penis fünf. Erbitte Rollerlaubnis. Ich wiederhole, Johnston null, vier, vier, neun RAP fünf bittet um Rollerlaubnis.«

»Roger, Johnston R-zwo-sieben. Rollerlaubnis erteilt.« Ich hörte, wie die Fluglotsen im Hintergrund prusteten, während der Mann am Funkgerät Mühe hatte, nicht laut loszulachen.

»Gibt es keine Regeln, was man über Funk sagen kann?«, fragte ich.

»Zum Tower?«, fragte der Pilot und klang wirklich überrascht. »Die Fluglotsen lieben es, wenn ich ordinär bin. Ihre Vorgesetzten sind dann immer stinksauer, aber das macht nichts. Sie können mir nichts anhaben. Ich habe militärische Freigabe und sie sind nur Zivilisten.«

Die Zubringer-Rollbahn war ein etwa 1,5 Kilometer langer Tunnel mit diversen Luftschleusen. Ein Mannschaftsmitglied schleppte uns mit einem Karren zur ersten Luftschleuse. Als wir die hintere Wand der Luftschleuse erreichten, löste der Mann unser Abschleppkabel, winkte uns kurz zu und fuhr zurück zum Terminal. Das Rollfeld hinter uns verschwand, als die zehn Meter hohe Tür sich schloss und damit die Schleuse zur künstlichen Atmosphäre des Raumhafens versiegelte.

Die Wand vor uns war dick und hatte die Farbe von oxidiertem Eisen. Nach zwei Minuten zeigte sich ein Saum in der Mitte dieser großen Metallbarriere. Die Zahnräder oben und unten an der Wand ächzten und zogen die Barriere weiter auseinander, bis sie sich auf einen erhöhten Damm hinaus öffnete.

Dieses Mal rollten wir aus eigener Kraft vorwärts und blieben kurz vor dem letzten Hindernis stehen – einem elektrischen Schild. Die ersten beiden Absperrungen, die wir hinter uns gelassen hatten, dienten dazu, die Atmosphäre im Raumhafen zu schützen. Der nächste Schild war für militärische Zwecke installiert worden. Es handelte sich um ein Kraftfeld, das Eindringlinge aufhalten und Angriffe zurückwerfen sollte. Der Elektroschild konnte Partikelstrahlen und Laserangriffe abmildern und jeder Festkörper, der auf den Schild aufprallte, würde sofort geröstet werden. Ich konnte durch die weißlich-durchsichtige Hülle des Schilds die Oberfläche des Mars vor uns sehen.

»Wissen die, dass Sie selbstübertragend sind?«, fragte ich.

Ein »selbstübertragendes« Schiff zu haben bedeutete, dass diese vollkommen umgebaute Johnston R-27 nicht das Übertragungsnetzwerk benutzen musste, um weite Entfernungen zu überwinden. Das Schiff war mit seiner eigenen Übertragungsmaschine ausgerüstet, die mit dem richtigen Navigationscomputer zusammen das Schiff an jeden Punkt in der Galaxis transportieren konnte.

»Ist schon ein bisschen schwierig, etwas so Großes wie eine Anomalie zu verstecken«, sagte der Pilot.

Als Anomalie wurde das elektrische Feld bezeichnet, durch das übertragene Objekte verschwanden und auftauchten. »Sie verfolgen uns von dem Moment an, wenn wir den Mars verlassen. Wir sind das einzige Schiff, das in Richtung Saturn fliegt und nicht zur Erde oder zum Übertragungsnetzwerk. Damit zieht man heutzutage eine Menge Aufmerksamkeit auf sich.«

»Stimmt wohl«, sagte ich.

Die Oberfläche des Mars sah von unserem Cockpit aus wie eine Wüste auf der Erde. Ich spähte hinaus, während wir in einem Bogen vom Planeten wegflogen, und sah mit Kratern übersäte Ebenen, die sich am Horizont erstreckten. So groß der Raumhafen Mars von innen gesehen auch war, er wurde zu einem winzigen Fleck, als wir uns vom Planeten entfernten. Schon bald war der Mars nicht größer als eine Münze und es waren keine Einzelheiten mehr zu unterscheiden.

Die einzigen Übertragungsscheiben im Sol-System – dem Sonnensystem der Erde – schwebten einige Hundert Kilometer über dem Raumhafen. Normalerweise flogen Raumschiffe zu den Scheiben oder in Richtung Erde, dem einzigen bewohnten Planeten in diesem Sonnensystem. Wir flogen hinaus ins Weltall, auf den Saturn zu, und legten mehr als 160000 Kilometer zurück. Nur die leistungsfähigsten Ortungssysteme – wie z. B. die auf dem Mars – waren in der Lage, festzustellen, was als Nächstes geschah.

Wir glitten durch den Raum und die Vorrichtung hinten in unserem Schiff erwachte. Das Glas unseres Cockpits wurde so schwarz wie das All. Es war blickdicht, aber dennoch nicht dunkel genug, um den elektrischen Sturm, den unsere Übertragungsmaschine auslöste, zu verdecken. Blitze tanzten um die Ränder der Johnston R-27. Ich sah durch die Tönung hindurch, wie sich die Umrisse verzogen. Es sah aus wie eine Kreidezeichnung aus Neon. Die Kabine füllte sich mit beißendem Ozongeruch.

»Willkommen im Perseus-Arm«, sagte der Pilot.

»Immer noch in Perseus?«, fragte ich. »Ich dachte, sie hätten das Schiff inzwischen wegbewegt. Wir befinden uns im Krieg.«

»Wieso wegbewegen?«, sagte der Pilot. »Niemand weiß, dass wir hier sind. Wir sind vor beiden Seiten geschützt.«

# 5

## 7. März 2512 A. D.
## Schiff: *Doctrinaire*
## Galaktische Position: Perseus-Arm

Einige Abschnitte der *Doctrinaire* befanden sich immer noch im Bau und würden das wahrscheinlich für die nächsten tausend Jahre auch bleiben.

Die *Doctrinaire* war so unglaublich groß, dass ihre Größe für sich genommen schon eine Anomalie darstellte. Wenn man das Schiff allein im Weltall sah, konnte man seine Dimensionen nicht ermessen. Auf den ersten Blick sah sie wie jeder andere Kampfschiffträger aus; sie hatte denselben keilförmigen Körper, dieselbe beigefarbene Hülle und den hellgrauen Bauch. Vor dem unendlichen Panorama des Weltalls verzerren Größe und Entfernung sich. Sähe man die *Doctrinaire* neben einem Kampfschiffträger der Perseus-Klasse schweben, könnte man meinen, es wären identische Schiffe und die *Doctrinaire* sei nur deswegen viel größer als das andere Schiff, weil sie dem Betrachter näher ist.

Der Rumpf der *Doctrinaire* füllte das Blickfeld aus unserem Cockpit lange bevor wir die Landebucht erreichten. Das Schiff hatte die Form einer Fledermaus. Die Flügelspannweite betrug etwa drei Kilometer und der Rumpf war etwa zwei Kilometer lang. Das große Schiff war auf ganzer Länge durchzogen von vier Startröhren; Tunnels, durch die Jägerschiffe starteten. Die *Doctrinaire* verfügte über vier weitere Landebuchten für Transporter und Versorgungsschiffe.

Der Pilot steuerte die Johnston zu Landebucht drei. Wir wurden langsamer, bis wir nur noch schwebten. Dann benutzte der Pilot Schubdüsen, um uns in einer der Andockbuchten abzusetzen.

»Nun, Corporal Marsten, es war mir ein Vergnügen, mit Ihnen bei *Doctrinaire* Spacelines zu fliegen. Wir hoffen, Sie werden bald wieder mit uns reisen«, sagte der Pilot und kletterte aus seinem Sitz heraus. Er deutete einen nachlässigen Gruß an. Das war keine unfreundliche Geste – er wusste, dass ich ohne Erlaubnis abwesend war.

Ich verließ das Schiff und ging zu einer nahegelegenen Umkleidekabine. Dann zog ich einen Schlüssel aus meiner Tasche und suchte nach der passenden Kabine. Ich fand sie, verstaute meine Zivilkleidung und zog mir die kurzärmlige Dienstuniform eines Corporals der VO-Marines an. Allem Anschein nach war ich nur ein weiterer diensttuender, wehrpflichtiger Klon.

Der Weg von der Landebucht zur Brücke war lang und schnell zurückgelegt. Die *Doctrinaire* besaß zwölf Decks plus Brücke und Aussichtsdeck. Somit hatte das Schiff fast zweiundfünfzig Quadratkilometer Deckfläche. Um von der Landebucht zur zentralen Aufzuggruppe zu gelangen, musste man mit der kürzlich in Betrieb genommenen Schnellbahn fahren. Offiziere hätten ihre gesamte Laufbahn auf diesem Schiff verbringen können, ohne jemals die Brücke oder die Maschinendecks zu Gesicht zu bekommen.

Ich lebte seit zwei Jahren auf diesem Schiff. Damals war alles außer der äußeren Hülle des Schiffs noch im Bau gewesen und die Flure voller Gerüste, als ich das letzte Mal diesen Weg genommen hatte. Schweißer hatten in diesen

Räumen rund um die Uhr gearbeitet und das weiße Gleißen ihrer Schweißbrenner hatte die Flure wie ein Blitzlichtgewitter erhellt. Als ich der *Doctrinaire* zugeteilt wurde, gab es auf dem Schiff mehr Bauarbeiter als Mannschaftsmitglieder. Man konnte an zehn Bauarbeitern in einem Flur vorbeilaufen, bekam aber keinen einzigen Seemann zu Gesicht.

Vieles hatte sich geändert. Die zylindrischen Flure, die ich dieses Mal betrat, hatten glatte, glänzende Wände. Helles Licht wurde von in der Decke eingelassenen Strahlern abgegeben und polierte Namensplaketten aus Chrom zierten die meisten Türen.

Die *Doctrinaire* hatte einige Aufzuggruppen, aber nur die Zentralgruppe führte zur Brücke. Ich betrat einen der Aufzüge und wurde von einem Sicherheitscomputer gescannt und identifiziert. Die Türen schlossen sich hinter mir. Kurz darauf öffneten sie sich auf der Brücke der *Doctrinaire* – einem weitläufigen Deck, das mit Dutzenden Offizieren bemannt war.

Drei Offiziere kamen auf mich zu. Der Mann auf der rechten Seite war ein Captain. Das war ein führender Rang in der Navy der VO. Er war jung, stämmig und sehr aufmerksam. Er sah aus wie ein aggressiver Offizier, der sein Schiff mit eiserner Hand führte und seine Mission um jeden Preis erfüllte. Der Mann zur Linken war ein Rear Admiral, an dessen Kragen ein Stern zu sehen war. Er war ein älterer Offizier, dessen lässiges Lächeln und sanfte Augen den Eindruck von Geduld erweckten.

Der Mann in der Mitte war Fleet Admiral Bryce Klyber, wahrscheinlich der mächtigste Mann der gesamten Republik. Klyber war ein erfahrener Marineoffizier. Er war in den Rängen aufgestiegen, weil er jede Herausforderung gemeistert hatte. Mit Ausnahme von Bryce Klyber hatte seit mehr als vierzig Jahren niemand den fünften Stern eines Fleet Admirals getragen.

Klyber war einer der letzten noch aktiven Offiziere, die im Galaktischen Zentralkrieg gekämpft hatten – dem letzten ausgedehnten Krieg. Klyber hatte diesen Krieg selbstverständlich gewonnen, nachdem er sein Bataillon absolut geheimer Befreierklone enthüllt hatte.

»Marsten«, sagte Klyber und zog eine Augenbraue hoch, um seiner Überraschung Ausdruck zu verleihen, mich zu sehen. »Ich dachte, ich hätte den Befehl erteilt, dass Sie mich in meinem Quartier aufsuchen sollen. Auch gut. Corporal, dies sind Rear Admiral Halverson und Captain Johansson.«

Ich salutierte.

Sie erwiderten den Gruß.

Klyber sah hinüber zu dem Rear Admiral. »Admiral Halverson, haben Sie Corporal Marsten schon kennengelernt?«

Irgendetwas an Captain Johansson erregte meine Aufmerksamkeit. Er war groß, hatte einen rasierten Schädel und blinzelnde, dunkle Augen. Er machte sich nicht einmal die Mühe, mich während des Salutierens anzusehen. Anscheinend wollte er mich ignorieren, aber nicht auf die übliche »Sie sind meine Zeit nicht wert«-Art, mit der Offiziere Klone grüßten, sondern auf eine Weise, die viel verächtlicher wirkte.

»Corporal, ich glaube, wir sind uns noch nicht begegnet«, sagte der ältere Offizier. »Rear Admiral Halverson.« Er schien Ende fünfzig zu sein, also kurz vor der Pensionierung. Halverson wirkte neben dem alten Mann Klyber wie ein Jüngling, war allerdings furchtbar dünn, wie ein Sklave, der dazu gezwungen worden war, die Pyramiden Ägyptens zu bauen.

»Marsten ist nicht länger im aktiven Dienst«, sagte Klyber. »Ich, ähm, reaktiviere ihn hin und wieder. Er hat ein Händchen für Sicherheitsfragen.«

Klyber war groß. Ich war 1,90 Meter groß und er überragte mich noch um weitere drei bis fünf Zentimeter. Andererseits wog er höchstwahrscheinlich weniger als 75 Kilogramm. Klyber stand kerzengerade. Seine steife Haltung und sein dürrer Körper ließen ihn so aussehen, als sei er aus den äußeren Ästen eines alten Eichenbaums geschaffen worden. Seine eisblauen Augen wirkten so fokussiert und intensiv wie Saphirlaser.

Er wandte sich an die beiden Offiziere. »Vielleicht können wir später heute Abend noch einmal darauf zurückkommen. Ich habe mit dem Corporal noch etwas zu besprechen.«

Halverson und Johansson salutierten und gingen diskutierend davon.

»Na, was denken Sie, Harris?«, fragte Klyber und sah sich auf der Brücke um.

»Sie sieht so aus, als sei sie einsatzbereit«, sagte ich und bemerkte die hell erleuchteten Navigationskonsolen.

»Mehr oder weniger«, sagte Klyber. »Mir macht nicht die Ausrüstung Sorgen, sondern eher die Männer an der Steuerung. Bei höchst geheimen Projekten hat man nur eine sehr begrenzte Auswahl an Offizieren. Meine Mannschaft wurde nach Sicherheitsgesichtspunkten ausgewählt, nicht nach Kampferfahrung. Hätte ich ein Schiff voller Militärpolizei und Geheimdienstoffizieren haben wollen, wäre das hier die ideale Mannschaft.«

»Sie haben mit Halverson in Scutum-Crux zusammengearbeitet«, sagte ich.

»Tom Halverson tut, was er kann. Ich mag Halverson«, sagte Klyber. Er sah sich um, weil er sicher sein wollte, dass uns niemand belauschte, und senkte seine Stimme. »Was halten Sie von Johansson?«

»Nicht besonders freundlich«, sagte ich. »Er hinterlässt nicht gerade einen guten ersten Eindruck.«

Klyber lächelte und sah sich ein letztes Mal auf der Brücke um. »Gehen wir in mein Quartier.«

»Ja, Sir«, sagte ich.

Wir betraten den Aufzug.

»Was ist auf New Columbia passiert?«, fragte Klyber.

»Mogat-Terroristen sind passiert«, sagte ich. Die Aufzugtüren schlossen sich und ich spürte ein minimales Vibrieren, während wir drei Decks und achtzehn Meter hinabschossen. Die Türen öffneten sich.

»Jemand, den ich kenne?«, fragte Klyber.

»William Patel«, sagte ich.

»Billy der Schlächter? Sind Sie sicher, dass er es war?«

»Ich habe ihn mit eigenen Augen gesehen, Sir.« Wir betraten den Flur, der ins Offiziersland führte. »Callahan, der Informant, zu dem Sie mich geschickt hatten, hat sich mit ihm eingelassen. Callahan dachte, er könne sich ein wenig Glaubwürdigkeit und eine hübsche Belohnung verdienen, indem er ihn an uns ausliefert.«

Offiziere gingen in Zweier- und Dreiergruppen an uns vorbei. Sie alle blieben stehen, um zu salutieren, wenn sie zu Klyber kamen. Klyber erwiderte ihre Grüße, ohne langsamer zu werden.

»Patel wusste, mit wem er es zu tun hatte?«

»Haben Sie Callahan mal getroffen? Er war der Meinung, er könne das Brot von beiden Seiten anknabbern. Er verkaufte Patel Vorräte und uns Informationen. Wenn man so auf zwei Hochzeiten tanzen will, muss man schon viel Feingefühl haben. Und Callahan hat so viel Feingefühl wie ein Rhinozeros.«

Wir betraten die Suite des Generals, in der sich seine Wohnräume, ein großes Büro und seine Einsatzzentrale befanden. »Also sind Sie nicht der Meinung, dass die Bomben Ihnen galten?«

»Keine Chance«, sagte ich.

»Was hat Sie auf die Bomben aufmerksam gemacht?«

»Wir sitzen auf diesem Balkon mit Aussicht auf die Straße, da kommt plötzlich Patel wie aufs Stichwort heraus. Er ist viel zu weit weg, um ihn zu erwischen, aber irgendwoher weiß er, wo wir sitzen, und er sieht zu uns hoch. Ich meine, er ist hundert Meter weg und sieht uns genau an.

Ich traute Callahan nicht, weil ich ihn für einen Punk hielt – kleines Hirn, große Klappe. In dem Moment, als Patel uns ansieht, dämmert mir, dass er genau weiß, was Callahan vorhat. Dann war das einzig Wichtige, noch rechtzeitig rauszukommen.

Jetzt stellt sich allerdings die große Frage: Wer hat Patel den Tipp gegeben?«

Klyber hörte sich alles an und seine eisblauen Augen schienen meine Gedanken mit Röntgenstrahlen zu durchdringen, während ich sprach. »Haben Sie irgendwelche Theorien?«

»Jemand aus Ihrem Stab«, sagte ich.

»Es wundert mich, dass Sie das sagen. Sie wissen doch, dass wir keinerlei Kommunikation mit der Außenwelt haben, weil wir so weit vom Übertragungsnetzwerk entfernt parken. Um eine Nachricht an Patel zu schicken, müsste unser Spion reisen … also zu einer anderen Stelle übertragen. Glauben Sie unter diesen Voraussetzungen, dass das Leck von hier stammt?«

In diesem Quadranten der Galaxis herrschte Funkstille. Jegliche Kommunikation musste durch das Übertragungsnetzwerk weitergeleitet werden und die *Doctrinaire* war fast 20000 Lichtjahre von den nächsten Scheiben entfernt.

»Ja, Sir«, sagte ich. »Wer immer diese Information durchsickern ließ, ist gereist.«

Klyber saß schweigend hinter seinem Schreibtisch und rieb sich seinen schütteren Haaransatz an der Schläfe. Er schien tief in Gedanken versunken, dann hellte sich seine Miene auf. »Ich habe etwas für Sie«, sagte er, stand auf und öffnete einen versteckten Schrank in der Wand hinter seinem Schreibtisch. »Ein Freund hat es mir geschickt. Er wusste natürlich nichts von Ihnen, aber ich glaube, es wird Ihnen gefallen.«

Als Klyber sich mir wieder zuwandte, hielt er ein kleines Buch in den Händen. Der hellbraune Ledereinband sah ausgetrocknet und alt aus. Das Leder war mit zunehmendem Alter steif geworden. Die Worte *Persönliches Tagebuch von Vater David Sanjines* waren in dunkelbraunen Lettern eingraviert, die sich von dem sandbraunen Leder abhoben.

»Ein Freund im Vatikan hat es mir geschickt. Das meiste darin ist uninteressant. Es handelt sich um das Tagebuch eines Erzbischofs. Aber es gibt einen kleinen Teil, der sich mit einem gemeinsamen Bekannten von uns beschäftigt.«

Ich sah hinunter auf das Tagebuch, das Admiral Klyber mir entgegenstreckte.

»Ich möchte, dass Sie es haben«, sagte Klyber.

Ich nahm das alte Buch und es schlug sich wie von Geisterhand auf. Die Seiten hatten einen schwachroten Schimmer. Ich wusste, er stammte von Lehmstaub, obwohl er eher rostig aussah.

In den Einband des Buchs war ein acht Zentimeter langes, blaues Samtband eingenäht, das als Lesezeichen diente. Teile dieses Bands waren im Laufe der Zeit fast schwarz geworden. Ich bemerkte das Datum – 10. April 2494 – auf der aufgeschlagenen Seite.

Klyber beobachtete mich. »Das ist der einzige interessante Eintrag. Er erstreckt sich über einige Seiten.« Er dachte noch ein paar Augenblicke über das Buch nach. Dann wandte er seine Aufmerksamkeit anderen Dingen zu. »Ich würde mich gerne noch einmal über Ihren Eindruck von Captain Johansson unterhalten.«

»Glauben Sie, Johansson ist ein Spion?«, fragte ich und klappte das Buch zu.

Klyber antwortete nicht. Er grinste und musterte mich über seinen Schreibtisch hinweg. »Oh, ich weiß, dass er ein Spion ist. Die Frage ist nur, für wen.«

»Glauben Sie, er ist ein Mogat?«

»Ich vermute, es ist noch schlimmer«, sagte Klyber. »Ich glaube, er arbeitet für Admiral Huang.«

Admiral Klyber führte eine lang andauernde Fehde mit Che Huang, dem Marine-Minister und Mitglied der Vereinten Generalstabschefs. Admiral Huang wäre selbst gern der mächtigste Mann der Navy gewesen, aber Klyber wurde aufgrund seiner politischen Verbindungen generell mehr Einfluss zugeschrieben.

»Huang?«, fragte ich. »Das wäre übel.«

Klyber konnte per Gesetz einen feindlichen Spion hinrichten lassen. Ein Spion, der für Huang arbeitete, konnte allerdings nur versetzt werden.

Huang war besessen von Befreiern; wahrscheinlich, weil Klyber dem Befreierklon-Projekt vorstand. Huang war der Offizier, der mich nach Ravenwood versetzt hatte. Soweit er wusste, war ich auf dem Planeten gefallen, und ich wollte, dass er auch weiterhin in diesem Glauben blieb.

»Wir sind tausend Lichtjahre vom nächsten Planeten entfernt«, sagte ich. »Setzen Sie ihn im All aus und behaupten Sie, er hätte einen Unfall gehabt.«

»Dafür ist es zu spät.« Klyber hob eine Hand, um mich zu unterbrechen. »Ganz gleich wonach er sucht, ich glaube, er hat es bereits gefunden.«

»Das heißt nicht, dass er auch in der Lage ist, über alles, was er gefunden hat, Bericht zu erstatten.«

»Ganz gleich welche Informationen er suchte, er hat sie beim ersten Mal, als wir ihn hinausgeschickt haben, übermittelt. Es wird wohl das Sicherste sein, Johansson an Bord der *Doctrinaire* zu behalten. So können wir ihn wenigstens beobachten.«

»Vorausgesetzt, er hat keine Freunde an Bord«, sagte ich.

»Ich hoffe, er hat welche«, sagte Klyber. »Wir behalten ihn im Auge.«

»Wenn er Huangs Laufbursche ist, dann steht Ihnen im Senat ein Kampf bevor. Wenn Huang von der *Doctrinaire* erfährt, wird er die Kontrolle über das Projekt haben wollen. Er wird wahrscheinlich den Wunderknaben zum Kommandanten dieses Schiffs ernennen.«

Der »Wunderknabe«, auch bekannt als Rear Admiral Robert Thurston, war Che Huangs Schützling. Der brillante junge Offizier hatte Klyber als Admiral der Scutum-Crux-Flotte abgelöst. Bryce Klyber war wirklich keine Niete, was Strategie anging, aber Thurston hatte ihn in einer Kampfsimulation weggefegt.

Ich mochte Thurston nicht. Er hatte einen gigantischen Widerwillen gegen Synthetische und sah Klone als Zubehör an und sonst nichts. Er benutzte sie wie jedes andere Verbrauchsgut, das man verschleißen und neu bestellen konnte.

»Ich treffe mich nächste Woche mit Huang und den Vereinten Generalstabschefs in den Golan-Trockendocks für eine höchst geheime Besprechung«, sagte Klyber und unterbrach meine Gedanken. »Ich würde nur allzu gern lebend von dieser geheimen Versammlung zurückkehren.«

Ich verbrachte die Nacht auf der *Doctrinaire* und schlief in einem der Prunksäle, die Admiral Klyber für Besuche von Würdenträgern reserviert hatte. Mein Bett war hart, ich hatte nur wenig Platz und das Badezimmer bestand komplett aus rostfreiem Stahl. Ich fühlte mich ganz wie zu Hause.

Ich zog mich bis auf Unterhose und Unterhemd aus und nahm das Buch zur Hand, das Klyber mir gegeben hatte. Dann kletterte ich in meine Koje. Die Laken waren rau und steif und so eng um die Matratze geschlungen, dass man eine Münze darauf springen lassen konnte. Es war schön, sich hinzulegen.

Klyber hatte gesagt, dass es in dem Buch einen Abschnitt über einen Freund von mir gab. Ich öffnete das Tagebuch dort, wo es mit dem dünnen Band markiert war. Als ich den handgeschriebenen Eintrag las, wurde mir klar, dass Admiral Klyber sich geirrt hatte. Der Mann, der in diesem Tagebuch beschrieben wurde, war mehr ein Mentor denn ein Freund gewesen. Der Abschnitt handelte von Tabor Shannon, den ich kennengelernt hatte, als ich auf der *Kamehameha*, Klybers altem Flaggschiff, gedient hatte.

Shannon war ein lebendes Paradoxon gewesen. Er war ein Befreier. Er hatte Hunderte Feinde im Kampf getötet – dennoch ging er zur Messe. Er war der einzige Klon, den ich je traf, der eine religiöse Ader hatte. Seine religiösen Gefühle ergaben keinen Sinn, denn als Befreier wusste er, dass er ein Klon war und dass Gott infolgedessen nichts mit seiner Erschaffung zu tun gehabt hatte. Die katholische Lehre besagte, dass Klone keine Seele hatten. Fast jede Kirche lehrte das so.

Shannon war intelligent, aber er blieb der Republik bis zum letzten Atemzug blind ergeben. Er fiel im Kampf, als er für die Nation kämpfte, die seine Existenz verboten hatte. Als er starb, bewunderte ich ihn mehr als irgendjemanden, den ich je getroffen hatte, aber nach und nach begann ich, ihn zu verachten. Er schien pathologisch dazu entschlossen gewesen zu sein, sein Leben denen zu widmen, die sich am wenigsten aus ihm machten – der Nation, die seine Art verboten hatte, und Gott, der seine Existenz leugnete.

Seit ich die Marines verlassen hatte, stellte ich die Grenze zwischen Aufopferung und Irrglauben infrage. Zugegeben, ich arbeitete immer noch für dieselbe Seite und riskierte mein Leben für dieselbe Republik, die niemals eine Träne für Tabor Shannon vergossen hatte, doch ich war anders. Ich war zum Freischaffenden geworden. Ich bekam Geld für meine Dienste und konnte jederzeit gehen. Wenn die Konföderierten Arme mir irgendwann ein besseres Angebot machten, würde ich es annehmen, zumindest wollte ich das glauben.

Nach dem, was ich gesehen hatte, glaubte ich nicht mehr an Nationen oder Gottheiten. Und was Shannon anging, der gläubig gewesen war, so konnte ich mich nicht entscheiden, ob er ein weltfremder Held oder einfach nur ein Narr gewesen war. So oder so, ich hatte nicht die Absicht, in seine Fußstapfen zu treten.

# 6

Aus dem Tagebuch von Vater David Sanjines, Erzbischof und Verwaltungschef von Saint Germaine:

***Eintrag: Erddatum 4. Juni 2483***
*Ich habe vom Sicherheitsdienst des Raumhafens heute Morgen eine dringliche Nachricht erhalten. Als ich zurückrief, um mich der Angelegenheit anzunehmen, bat der Captain mich, ich solle mir auf seinem Sicherheitsmonitor eine Aufzeichnung ansehen.*
*Sie hatten einen Marine namens Tabor Shannon gefangen genommen. Ich brauchte nur einen Augenblick, um das Problem zu erkennen. »Ist das ein Befreier?«, fragte ich den Captain. »Wurden die nicht verboten?«*
*»Den Befreiern ist es nur verboten, sich im Orion-Arm aufzuhalten«, sagte der Captain. »In Cygnus können sie sich frei bewegen. Wenn Sie meine Meinung hören wollen, ich denke, die sollten alle hingerichtet werden.«*
*Das ökumenische Konzil von 2410 hatte*

*beschlossen, dass Klone keine Seelen hatten und infolgedessen nicht der katholischen Definition menschlichen Lebens unterlagen. Doch ich war nicht der Meinung, dass man sie deswegen als Maschinen ansehen konnte. Ein Kirchengesetz, das auf den Heiligen Franziskus zurückging, untersagte Grausamkeit Tieren gegenüber. Vielleicht hatte dieser Befreierklon mehr mit einem wahnsinnigen Hund gemeinsam als mit einem Menschen, aber durch seine Adern floss Blut und kein Öl. Er war keine Maschine.*

*Der Captain sagte mir, dass er sich beim Konsulat der VO rückversichert hätte. »Wir müssen ihn nicht auf unseren Planeten lassen. Soll ich ihn wegschicken?«*

*Der Captain wusste es besser, als mir Vorschriften zu machen. Saint Germaine war eine katholische Missionsstätte und ich war der Einzige, der hier Entscheidungen traf. »Wissen Sie, was er hier macht?«, fragte ich.*

*»Er behauptet, er sei auf einer Pilgerreise.«*

*»Sie belieben zu scherzen«, sagte ich.*

*»Ohne Schei… ähm, nein Vater. Tut mir leid, Vater.«*

*»Ich verstehe schon, mein Sohn«, sagte ich. Die Anwesenheit eines Mörders auf unserem Planeten würde alle in Anspannung versetzen. Eine religiöse Pilgerreise? Ich war skeptisch, um es milde auszudrücken. »Er ist auf einer Pilgerreise?«*

*»So sagt er wenigstens.«*

*Ich bat den Captain, den Mann festzuhalten, bis ich dort eintreffen konnte. Ich ging davon aus, dass ich nicht lange brauchen würde, aber es war Freitag und ein heiliger Tag – das reine Herz der Mutter Maria. Ich musste zur Messe und danach hatte ich den ganzen Tag Termine. Der Befreier würde bis morgen warten müssen.*

***Eintrag: Erddatum 5. Juni 2483***

*Ich wusste nicht, wie ich auf die Begegnung mit einem Befreier reagieren würde. Als junger Priester hatte ich in der Strafkolonie auf der Albatrosinsel gedient. Ich war während des Aufstands 2472 dort. Eine Streitmacht Befreier kam auf den Planeten, um den Aufstand niederzuschlagen. Sie schlugen ihn auch nieder, im wahrsten Sinne des Wortes. Sie töteten die Gefangenen, die Wachen und beinahe jeden auf dem Planeten.*

*Bevor ich die Befreier in Aktion sah, hatte ich geglaubt, dass Klone Menschen wären, auch wenn sie keine unsterblichen Seelen hatten. Ich stellte sogar das ökumenische Konzil infrage, das verfügt hatte, Klone seien von Menschenhand geschaffen und nicht von Gott. Auf der Albatrosinsel änderte ich meine Ansicht.*

*Man kann einen Löwen nicht verstehen, wenn man nicht gesehen hat, wie er seine Beute verschlingt. Ich dachte, dass alle Menschen nach dem Abbild Gottes geschaffen seien, bis ich die Befreier sah; Dämonen, die wie Menschen aussahen, aber alles Gute von sich wiesen. Ich sah, wie sie Tausende unschuldige, hilflose Menschen töteten. Allein an dieses Massaker zu denken ist schmerzlich. Nachdem ich Zeuge geworden war, wie die Befreier kämpften und töteten, erkannte ich die Weisheit des ökumenischen Konzils. Diese Monster konnten keine Seelen haben.*

*Ich traf noch vor dem Mittagessen im Raumhafen ein und fand ein Büro, in dem ich diesen Befreier befragen konnte. Sein Name war Tabor Shannon. Ich sorgte dafür, dass wir alleine waren. Ich war jetzt ein alter Mann und hatte keine Zeit, mich vor Teufeln zu fürchten, nicht einmal vor geklonten.*

*Drei Soldaten brachten den Gefangenen herein. Ich entließ sie an der Tür. Der Anführer der Soldaten wollte nicht gehen. Er sagte, ich sei in Anwesenheit eines Befreiers nicht sicher. Ich erklärte ihm, dass ich das Risiko eingehen würde, und entließ ihn ein zweites Mal. Die ganze Zeit saß der Befreier auf einem der Stühle, die ich mitten im Raum aufgestellt hatte, und beobachtete uns.*

*Ich verspürte nur einmal während meiner Befragung des Befreiers Angst – als ich mich umdrehte und die Art und Weise sah, wie er uns beobachtete. Ich fand seinen Ausdruck unversöhnlich. Jetzt, wenn ich so darüber nachdenke, ändere ich meine Ansicht. Ich glaube, sein Ausdruck war einfach neugierig.*

*»Ich bin Vater Sanjines«, sagte ich und setzte mich ihm gegenüber. Unsere Knie stießen fast zusammen; wir saßen nur etwa dreißig Zentimeter voneinander entfernt. Ich wusste, dass dieser Mann problemlos von seinem Stuhl aufspringen und mich erwürgen konnte, aber ich spürte, dass er nicht hergekommen war, um Gewalt auszuüben. »Sie sind Corporal Tabor Shannon?«, fragte ich.*

*»Ganz recht, Vater.«*
*Ich sah mich im Raum um. Vielleicht suchte ich unterbewusst nach einer Tür, durch die man entkommen konnte. Stattdessen sah ich eine kleine Hausbar mit einer Kristallkaraffe. »Ich bin ein alter Mann, Corporal Shannon. Ich habe meinen Eid vor fast fünfzig Jahren abgelegt.«*
*Er sagte nichts.*
*»Möchten Sie etwas Sherry? Wir haben hier auf Saint Germaine nicht viele Annehmlichkeiten, aber wir haben eine erstklassige Destillerie. Ich persönlich habe ihren Bau überwacht. Ich war von Anfang an in dieser Mission.«*
*Der Klon nahm mein Angebot nicht an. Vielleicht trank er nicht viel oder vielleicht wollte er einen guten Eindruck hinterlassen, ich konnte es nicht einschätzen.*
*»Sie sollten ihn probieren, bevor Sie wieder abreisen«, sagte ich zu ihm.*
*»Worum geht es hier eigentlich?«, fragte der Befreier und versuchte immer noch, höflich zu bleiben. »Warum haben Sie mich verhaftet?«*
*»Mr. Shannon, diese Mission ist fast zwanzig Jahre alt und ich bin hier von Anfang an Verwaltungschef und Erzbischof. Bevor ich hierherkam, war ich Kaplan auf einem Strafplaneten.«*
*»Auf der Albatrosinsel?«, fragte er.*
*»Ganz recht«, sagte ich. »Sie können sich meine Gefühle vorstellen, als ich einen Anruf erhielt, der mich darauf aufmerksam machte, dass ein Befreier in unserem Raumhafen eingetroffen sei.«*
*Der Befreier sagte nichts.*

*»Sie behaupten, dass Sie sich auf einer Pilgerreise befinden. Stimmt das?«*
*»So ist es, Vater«, sagte der Klon und klang so entschlossen wie ein kleiner Junge, der ins Seminar eintreten will.*
*»Sie werden mir verzeihen, dass ich Schwierigkeiten habe, das zu glauben, Mr. Shannon. Wissen Sie, ich habe dreihundert Ihrer Art beobachtet, die Gefangene abschlachteten – aufständische und unschuldige. Vielleicht waren Sie nicht in diese … diese …«*
*»Handlung.«*
*Der Befreier verwendete das Wort Handlung. Ich war beleidigt.*
*»Ich versuchte, mich zwischen Gemetzel und Massaker zu entscheiden«, sagte ich ihm. »Ich glaube, ein noch passenderer Ausdruck wäre Ausrottung. Soweit ich mich erinnere, waren tausendfünfhundert Insassen aufständisch und die Marines schickten ein Bataillon Befreierklone, um die Ordnung wiederherzustellen. Es kamen also fünf aufständische Insassen auf jeden Befreier. Ich hätte angenommen, dass das genug Blut gewesen wäre, um sie zufriedenzustellen.«*
*»Ich war nicht dabei«, sagte der Befreier mir.*
*»Nachdem sie die Aufständischen alle getötet hatten, schlachteten sie die Gefangenen ab, die nicht am Aufstand beteiligt gewesen waren. Dann gingen sie auf die Wachen und die Geiseln los. Zu dem Zeitpunkt verwendeten sie nicht einmal mehr Kugeln. Sie prügelten die Männer mit ihren Gewehren tot. Ich half dabei, die Leichen dieser*

*Opfer zu bergen, Mr. Shannon. Das war das Grauenhafteste, was ich je gesehen habe.*
*Ich war kurz davor, mich von meinem Eid loszusagen. Als ich sah, was diese Befreier angerichtet hatten, glaubte ich nicht mehr daran, dass ein gerechter Gott die Erschaffung derartiger Monster zugelassen hätte. Einige Wochen später verbot der Senat die Befreier. Stimmt das nicht?«*
*»Sie haben die Herstellung von Befreierklonen verboten«, sagte Shannon zu mir. Sein Blick hielt immer noch meinem stand. Ich wusste nicht, ob auf seinem Gesicht Schadenfreude oder Trotz lag, aber was ich sah, gefiel mir nicht.*
*»Wir empfangen generell nicht viele Klone auf diesem Planeten.« Nachdem ich das ausgesprochen hatte, spürte ich einen Hauch Schuldbewusstsein. Dieser Klon war bisher nur freundlich aufgetreten und ich war ihm von Beginn an feindlich begegnet.*
*»Verzeihen Sie mir«, sagte ich. »Ich bin wohl etwas zu geradeheraus gewesen. Sind Sie sicher, dass Sie keinen Sherry möchten?«*
*Ich stand von meinem Stuhl auf und ging zur Bar, um mir ein Glas einzuschenken.*
*»Verweigern Sie mir den Zutritt?«, fragte der Klon.*
*»Wir Katholiken denken gerne, dass unsere Kirche diesen Planeten regiert, aber die Vereinigte Obrigkeit unterhält eine Botschaft nicht weit von der Erzdiözese entfernt. Die VO leitet auch diesen Raumhafen, um genau zu sein. Das ist kein symbiotisches Verhältnis. Wir schätzen die Einmischung der Regierung auf unserem Planeten nicht.«*
*Ich schloss meine Augen und dachte über Befreier*

*nach, während ich an meinem Sherry nippte. Vielleicht ließ ich die letzten Stunden der Belagerung auf der Albatrosinsel noch einmal Revue passieren, diese schrecklichen Momente, in denen unsere Retter zu Raubtieren wurden. Ich dachte an einen Zellenblock, in dem Blut und Gehirnmasse so dick an den Wänden klebten, dass man die Ziegel und den Mörtel nicht mehr erkennen konnte.*

*Wir Katholiken sind von Natur aus gegen die Künstlichen eingestellt. Gemäß unserer Lehre kann nur Gott Leben erschaffen. Die Verwendung von Klonen im Militär veranlasste den Vatikan dazu, eine Stellungnahme herauszugeben, in der Leben als »Wesen mit unsterblicher Seele« definiert wurde. Die Wissenschaft kann Schafe, Schlangen und Soldaten klonen, die Luft atmen und sich aus eigenem Antrieb bewegen können, aber die Wissenschaft kann nicht beweisen, dass ihre Schöpfungen Seelen haben.*

*»Sie waren erbarmungslos«, sagte ich. »Wütende, blutrünstige Hunde. Sie werden mir meine Unhöflichkeit verzeihen, Mr. Shannon, aber ich erkenne nichts an Ihrer Art, das versöhnlich stimmt. Ich habe einst die Lehre, dass Klone keine Seelen haben, infrage gestellt. Nachdem ich das Werk der Befreier gesehen habe, beschloss ich, dass die Schlächter, die auf die Albatrosinsel gekommen waren, seelenlose Kreaturen waren. Ich sah nichts Versöhnliches in ihnen.«*

*»Aber wenn es keine Tugend gibt, die man wegnehmen kann, gibt es konsequenterweise auch kein Laster«, sagte Shannon.*

*Ich hörte die Worte und lächelte. Dann nahm ich einen langen Schluck von meinem Sherry. »Sie haben Saint Augustine gelesen. Beeindruckend. Aber Sie haben ihn falsch zitiert. Augustine sagte: ›Wenn es nichts Gutes gibt, das man fortnehmen kann.‹ Er sagte ebenfalls: ›Es ist unmöglich, dass ein harmloses Laster existiert.‹«*

*»Das hat er gesagt, nicht wahr?«, sagte der Befreier fröhlich.*

*»Die Befreier, die auf der Albatrosinsel einfielen, haben viel Schaden angerichtet. Ich glaube, ihre Existenz ist ein Laster«, sagte ich. »Es ist ein Laster der Regierung der Vereinigten Obrigkeit.«*

*»Mir war Saint Augustine schon immer ziemlich egal«, sagte Shannon. »Wie wäre es mit den weltlichen Philosophen? Friedrich Nietzsche sagte, dass kein Mensch eine ewige Seele hat. Wenn er recht hatte, würde uns das alle gleich machen. Keiner von uns wäre dann gemäß der Definition des Vatikans lebendig.«*

*»Einen Philosophen zu zitieren, der sich selbst als den ›Antichristen‹ bezeichnete, hinterlässt gemeinhin keinen guten Eindruck auf einer katholischen Kolonie«, sagte ich. »Ich schlage vor, Sie beschränken sich auf Saint Augustine, während Sie auf Saint Germaine weilen, Mr. Shannon. Besser noch, ich schlage vor, Sie vermeiden philosophische Diskussionen gänzlich. Die Menschen auf diesem Planeten haben feste Ansichten.«*

*»Während ich auf Saint Germaine weile?«, fragte Shannon. »Sie erlauben mir, zu bleiben?«*

*»Was ist das Ziel Ihrer Pilgerreise?«, fragte ich.*

*»Wie jeder Pilger«, sagte der Befreier, »suche ich nach der Wahrheit. Ich will wissen, wer ich bin und wie ich ins Universum passe.«*

*»Und Sie glauben, Sie können diese Antworten auf unserem kleinen Planeten finden?«, fragte ich.*

*»Ich bin neugierig auf den Katholizismus«, sagte der Befreier.*

*»Ich kann Ihnen den Standpunkt der katholischen Kirche erläutern, wenn es um Sie und Ihren Platz in diesem Universum geht. Die katholische Kirche ist der Ansicht, dass Sie keine Seele haben und dass Sie eine Abscheulichkeit sind.«*

*»Und doch wurde ich nach dem Abbild Gottes geschaffen.«*

*»Der Mensch wurde nach dem Abbild Gottes geschaffen«, sagte ich zu ihm.*

*»Und ich wurde nach dem Abbild des Menschen geschaffen«, sagte er.*

*»Ich werde Ihren Besuch auf unserem Planeten erlauben«, sagte ich, »und ich hoffe, dass die Antworten, die Sie hier finden, bei Ihnen kein Unbehagen hervorrufen werden.«*

*Ich erlaubte ihm den Aufenthalt nicht wegen seiner amateurhaften Versuche, Philosophie zu erfassen. Ich ließ ihn bleiben, weil ich glaubte, dass er aufrichtig war, und das faszinierte mich. Wenn dieser Mann ein Befreier war, dann war er von Natur aus ein Killer und ein Wesen ohne Seele. Ich weiß, dass dies wahr ist, aber in seinem Fall war ich mir da nicht so sicher.*

# 7

**13. März 2512 A. D.**
**Standort: Golan-Trockendocks**
**Galaktische Position: Norma-Arm**

Die Golan-Trockendocks wurden als eins der »sieben von Menschenhand erschaffenen Wunder der Galaxis« angesehen. Die anderen Wunder waren das Capitol in Washington, D. C., das außergalaktische Observatorium am äußeren Rand des Orion-Arms, die Anlage für die Lagerung und Produktion von Nahrungsmitteln auf Nebraska Kri, der glaubensübergreifende Militärfriedhof im Zentrum des Norma-Arms, die Sol-Wissenschaftsstation auf der Oberfläche der Sonne und selbstverständlich das Übertragungsnetzwerk.

Komisch, wie alltägliche Wunder übersehen werden. Ich fand den Raumhafen Mars viel bewunderungswürdiger als die Sol-Wissenschaftsstation oder die Nahrungsmittelfabrik auf Nebraska Kri. Der Raumhafen war so groß, dass allein die Schlafunterkünfte für die Hausangestellten und Kellner die Größe eines Ferienorts hatten. Für den Raumhafen Mars gab es sogar noch weitere Schlafunterkünfte für die Menschen, die besondere Läden, Theater und Restaurants für diejenigen Angestellten unterhielten, die in den Hauptunterkünften lebten.

Meine Gedanken schweiften umher, wenn ich durchs All reiste. Das flackernde Licht an meinem Funkgerät holte mich in die Wirklichkeit zurück. »Starliner A-zehn-zwanzig-dreißig-vier, hier ist die Verkehrskontrolle der Trockendocks, melden Sie sich.«

»Verkehrskontrolle, hier ist Starliner A-zehn-zwanzig-dreißig-vier.«

Vor mir lagen die Golan-Trockendocks und sahen aus wie eine Kreuzung aus gebleichten Knochen und einem riesigen Spinnennetz. Zwölf Kilometer hohe Säulen bogen sich von der Außenseite der Plattform nach innen wie die Rippen eines riesigen Skeletts. Zwischen diesen Säulen befand sich ein planloses Gewirr aus Mauern, die die Anlage in Anlegeplätze und Baustellenbereiche unterteilte. Gerüste säumten die Innenseiten der Anlegeplätze. Vom Weltraum her betrachtet wirkten die Gerüste wie dünne Fäden und nicht wie sechs Meter breite Metallplattformen. Die Trockendocks boten mehr als dreitausend Kubikkilometer Raum für den Bau von Schiffen.

Golan war nicht im Orbit um einen Planeten. Sie war eine frei schwebende Raumstation.

»Starliner-Pilot, bitte identifizieren Sie sich und bereiten Sie sich auf Sicherheitsscan vor.«

Dieses Ansinnen machte mir keine Sorgen. Die Golan-Trockendocks waren eine der sicherheitsintensivsten Anlagen in der Galaxis. Der Sicherheitschef der *Doctrinaire* wusste, dass Admiral Klyber mich für diesen Einsatz vorgesehen hatte. Er hatte meine neue Identität erschaffen und meine Freigabe und Flugpläne bereits eingespeist, während ich mich noch auf New Columbia befunden hatte. Anscheinend hatte er noch vor mir gewusst, wo ich hinflog. Anstatt die Docks als Corporal Arlind Marsten oder Lieutenant Wayson Harris anzufliegen, reiste ich jetzt als Lieutenant Commander Jeff Brocius von der Navy der VO und war der Zentralen Cygnus-Flotte zugeteilt.

Ich flog einen Johnston R-56 Starliner, einen luxuriösen Zwanzigsitzer, der mir von der Flotte der *Doctrinaire* ausgeliehen worden war. Wie alle Flieger von der *Doctrinaire* hatte auch diese R-56 ihre eigene Übertragungsmaschine.

»Bitte identifizieren Sie sich.«

»Lieutenant Commander Jeff Brocius, VO-Navy.«

»Lieutenant Commander Brocius, verstanden. Haben Sie Passagiere an Bord?«

»Nein, Sir.«

»Danke, Starliner.«

Die Flugleitstelle war ungewöhnlich höflich und ich wusste ziemlich genau, weshalb. Unsere Sicherheitsleute hatten mir den Namen Brocius gegeben, weil Admiral Alden Brocius, kommandierender Offizier der Zentralen Cygnus-Flotte, zu den Golan-Trockendocks unterwegs war, um an dem Gipfel teilzunehmen. Die Männer im Tower vermuteten, dass ich der Sohn oder Neffe des Admirals war.

»Starliner R-fünf-sechs, wir haben momentan erhöhte Sicherheitsstufe. Bitte schalten Sie alle Kontrollen an Bord ab. Unsere Leitcomputer werden Ihr Schiff in den Hafen bringen.«

»Jawohl«, sagte ich.

Die Leitstelle übernahm mein Schiff, sobald meine Hände die Konsole nicht mehr berührten. Lichter gingen an und aus, während die Leitstelle Zugriff auf meine Instrumente nahm. Vielleicht entdeckten sie, dass ich ungewöhnliche Ausrüstung an Bord hatte, aber sie würden nicht wissen, dass es sich um eine Übertragungsmaschine handelte. Dafür hätten sie mich schon seit mehreren Millionen Kilometern beobachten müssen. Ich hatte den Strom nach der Übertragung abgeschaltet. Solange der Generator nicht seine Tera-Volt in sie hineinpumpte, würde die Übertragungsmaschine für die

Sicherheitscomputer wie ein Haufen Ersatzteile aussehen.

Mein Schiff wurde immer langsamer bis fast zum Stillstand und reihte sich in die Schlange ein, die darauf wartete, in die Landebuchten der Phase 2 hineinzufliegen. Im Gegensatz zum Rest der Plattform war Phase 2 der Golanplattform vollkommen umbaut.

Von dieser Seite aus betrachtet hatte das Trockendock eine Tränenform. Die äußere Hülle der Station wies ein Muster aus glänzenden schwarzen Quadraten auf flachem, weißem Grund auf. Als ich mich näherte, erkannte ich, dass diese schwarzen Quadrate riesige Solarenergiezellen waren.

Diese Seite der Trockendockanlage hatte drei Landebuchten. Erkennbar waren sie durch ihre doppelten, etwa achthundert Meter breiten, runden Eingänge, die »Blenden« genannt wurden. Alle Schiffe, die in die Docks hinein- oder herausflogen, mussten durch diese Tore. Die Leitstelle führte mich auf eine dieser Öffnungen zu. Ich sah das unverkennbare Silberrot eines Sicherheitslasers und wusste, dass jemand in den Trockendocks mein Schiff geröntgt hatte.

Ich lehnte mich in meinem Sitz zurück und bewunderte die Aussicht, während mein Schiff sich vor einer der Blenden hinabsenkte. Innen sah ich den hell erleuchteten Landeplatz und den Sammelpunkt, an dem Flugzeuge sich vor dem Abflug aufstellten. Schiffe und Transporter aller Größen und Formen standen ruhig hinten an der Rollbahn. Dahinter befand sich die Blende für Abflüge. Sie war so weit weg, dass sie nicht größer wirkte als meine Faust.

Dank eines Computers oder eines begabten Mitarbeiters der Leitstelle legte ich eine perfekte Landung hin. Schubdüsen in den Flügeln meines Starliners heulten auf, als ich den Viertelgravitationsbereich der Piste erreichte. Mein Schiff landete ohne wahrnehmbaren Aufsetzer. Ein Rollfeldtechniker schleppte mich durch die Atmosphärenschleuse zum Sammelpunkt. Im ultramodernen Golan-Trockendock gab es selbstverständlich keine altmodischen Drucktüren ... nein. Auf Golan bestanden die Luftschleusen aus vollkommen durchsichtigen Elektroschilden.

Ich griff nach meinen Taschen und kletterte aus der Johnston. Zwei mit M27 bewaffnete Wachen näherten sich und salutierten, als ich das Deck betrat. Es handelte sich um Army-MPs. Auf Golan gab es Tausende davon.

Ich trug meine kurzärmlige Dienstuniform und sah wie der Inbegriff des Offiziers aus, als ich den Gruß erwiderte.

»Commander Brocius?«, fragte eine der Wachen. »Darf ich Ihnen die Tasche abnehmen?« Das war kein Angebot aus Höflichkeit. Er verwendete den roboterhaften Tonfall, den niedrige Ränge anschlugen, wenn sie mit einem Offizier sprachen. Sie würden meine Tasche durchsuchen und entdecken, dass ich ebenfalls eine Standard-M27 dabeihatte. Außerdem würden sie meinen Kampfanzug finden, der nicht unbedingt zur Grundausstattung eines Navy-Offiziers gehörte.

»Sicher«, sagte ich und übergab ihm meinen Rucksack.

Die Wachen machten mir keine Angst.

»Bitte folgen Sie uns, Sir«, sagte der Soldat mit meiner Tasche. Das »Bitte« war genauso der Form halber wie das Ersuchen, meine Tasche nehmen zu dürfen. Mit diesen Worten drehten die beiden sich auf dem Absatz herum. Dies taten sie so elegant, dass sie wie Spindeln wirkten.

Jetzt folgte der einzige Teil dieses Einsatzes, der mich nervös machte. Die Soldaten führten mich zu einer Sicherheitsstation; einer gut ausgeleuchteten Insel in dem ansonsten gedämpften Licht dieses riesigen Raumhangars. Vor mir liefen einige Dutzend Soldaten um eine mit kugelsicherem Glas umschlossene Kabine herum. Einige rauchten, einige unterhielten sich, einige saßen an PCs und beobachteten alles und jeden, der vorüberging.

Ich musste nur »zwischen den Pfosten« hindurch – ein unauffälliger Torbogen, der aus beigefarbenem Plastik bestand. Terroristen und Verbrecher fürchteten die Pfosten. Offenbar machten sie auch angeblich ausgestorbene Klone unruhig. Im Pfosten auf der linken Seite des Bogens befand sich ein Gerät, das »der Zerstäuber« genannt wurde. Es versprühte einen feinen Nebel aus Öl und Wasser sowie einen plötzlichen Luftstoß. Auf der rechten Seite befand sich »der Empfänger«, ein Vakuum, das die Luft, den Nebel und alles, was der Sprüher gelöst hatte, durch einen Mikronenfilter einsog.

Vor diesen Pfosten konnte man seine Identität nicht verschleiern. Man konnte sich waschen, duschen, den ganzen Körper mit einem Mikronenklingenskalpell rasieren und der Windstoß von der linken Seite würde immer noch Hautschuppen, lose Haare, Fusseln oder Schweiß finden. Ein ganzer Computerverbund analysierte jede Substanz, die der rechte Pfosten einsog.

»Commander Brocius«, sagte einer der MPs. Er zeigte auf die Pfosten. Ich zögerte einen Moment und sah mich um. Eine Sicherheitskamera beobachtete mich von oben her. Alle Soldaten hinter dem kugelsicheren Glas trugen Feuerwaffen. Keiner von ihnen sah alt genug aus, um zu wissen, wie Befreier aussahen, und sie schenkten mir kaum Beachtung. Soweit es sie betraf, war dies nur ein weiterer Routinefall.

Ich musste auf jedem Planeten durch Sicherheitstrichter wie diesen. Der Unterschied war, dass es sich hier um die Golan-Trockendocks handelte – eine Hochsicherheitsanlage. Die Computer würden erkennen, dass ich ein Befreier war. Doch die Männer, die an den Computern saßen, suchten genauso wenig nach Befreiern wie nach Dinosauriern oder Drachen. Solange meine Identität freigegeben wurde, würde meine Befreier-DNA keinen Alarm auslösen.

Ich trat unter den Bogen und meine Gedanken konzentrierten sich bereits darauf, was ich tun würde, wenn ich den Sicherheitsbereich verlassen hatte. Die Vereinten Generalstabschefs waren bereits eingetroffen. Admiral Klyber und die anderen Feldoffiziere würden in ein oder zwei Stunden ankommen. Sobald ich diesen Bereich verlassen hatte, würde ich vorab die Flure direkt hinter dem Sicherheitsbereich absuchen. Dann würde ich mich zu Klybers Quartier begeben. Wenn ich schnell genug arbeitete, wäre ich eine Stunde vor seiner Ankunft fertig.

Der Pfosten zu meiner Linken blies für etwa eine Millisekunde einen Luftstoß aus. Das war nicht einmal lang genug, um meine Haare durcheinanderzubringen. Anschließend fühlte ich mich etwas feucht, als sei ich kurz in einen Dampfraum hinein- und wieder herausgesprungen.

In der Kabine neben den Pfosten saßen vier Soldaten hinter dem Glas und spielten Poker. Einer hatte gerade sein Blatt umgedreht. Die anderen warfen angewidert ihre Karten auf den Tisch.

Plötzlich ging im Sicherheitsbereich Alarm los. Hellrote Warnlichter blinkten über meinem Kopf. Durchsichtige, kugelsichere Plastikplatten glitten aus den Wänden und bildeten eine kugelsichere Zelle. Als mir klar wurde, was geschah, hatte jeder Soldat im Sicherheitsbereich bereits seine Waffe gezogen und mich umzingelt. Sie standen im Halbkreis. Einige der Offiziere senkten ihre Gewehre, als sie sahen, dass ich keine Waffe trug.

Der MP, der meine Tasche hatte, trat ans Glas und hielt ein Stück Papier hoch, damit ich lesen konnte, was darauf stand.

Es handelte sich um einen Computerausdruck mit meinem Bild und Lebenslauf.

»Lieutenant Harris, wir haben einen Tipp erhalten, dass Sie möglicherweise vorbeischauen.«

# 8

Meine Verhaftung trug eindeutig die Handschrift von Che Huang. Die MPs, die mich festnahmen, hatten keine Ahnung, welche Gesetze ich gebrochen haben sollte. Sie unternahmen keine Anstrengungen, mich anzuklagen. Sie wussten jetzt, dass ich ein Befreier war, aber dafür konnten sie mich nicht belangen. Es war zwar illegal, Befreier herzustellen, aber ich hatte mich wohl kaum selbst hergestellt. Befreier waren aus dem Orion-Arm verbannt – dem Heimatarm der Erde –, aber die Golan-Trockendocks lagen im Norma-Arm. Wenn ich alles bedachte, konnte Huang mir als Einziges Abwesenheit ohne Erlaubnis zur Last legen.

Eine relativ saubere Weste zu haben würde mich nicht rechtzeitig aus der Arrestzelle holen, um Klyber zu helfen. Ich hatte ein ungefähres Zeitgefühl und war sicher, dass Klyber bereits eingetroffen sein musste. Er würde seine übliche Sicherheitsmannschaft bei sich haben. Vorausgesetzt, man fütterte ihn nicht mit falschen Informationen, würde Klyber meine Abwesenheit bemerken. Würde er nach mir suchen? Würde er misstrauisch werden und seine Wachen in Alarmbereitschaft versetzen? Meine Abwesenheit war vielleicht Warnung genug, dass Huang einen Hinterhalt im Schilde führte.

Ich musste Klyber erreichen. Wenn Huang hinter all dem steckte …

Bei meiner letzten Begegnung mit Huang hatte der Schweinehund sich nicht einmal die Mühe gemacht, mich verhaften zu lassen. Er hatte mich einfach in Handschellen durch den Raumhafen Mars marschieren lassen, mich seinen Handlangern in der Scutum-Crux-Flotte übergeben und mich zum Sterben nach Ravenwood versetzt. Wie sich herausgestellt hatte, wurde Ravenwood von Huang und Rear Admiral Thurston als Testgebiet für eine von den beiden heimlich entwickelte neue Klonrasse benutzt, die sie als Navy-SEALs einsetzen wollten. Huang hatte ganze Platoons bewaffneter Marines entsendet, um den Außenposten zu bewachen. Dann schickte er seine neue Sorte SEALs zur Ausbildung dorthin, um die Marines abzuschlachten.

Was würde Huang diesmal tun? Wenn die Soldaten, die mich gefangen genommen hatten, mir einen Anruf erlaubt hätten, wäre ich in der Lage gewesen, Freeman eine Nachricht zukommen zu lassen. Dieser hätte Klyber dann warnen können, dass er in eine Falle lief.

Ich war hilflos und von allem abgeschnitten und konnte nur abwarten, was geschehen würde. Ich saß auf dem Rand meiner Pritsche und sah mich in der Zelle nach einem Ausweg um. Ich musste bereits seit Stunden hier sein, aber ich wusste nicht, wie viele. Flucht war ausgeschlossen. Die Luftschächte oben an der Wand waren nur knapp zehn Zentimeter breit. Nicht einmal meine Faust würde da hineinpassen. Wenn mir kein Weg einfiel, wie ich durch Stahlwände und kugelsicheres Glas gehen konnte, säße ich für lange Zeit in dieser Zelle fest.

Die Bogenlampen an meiner Zellendecke strahlten helles Licht und Hitze aus. Kühle Luft blies aus den Luftschächten unterhalb der Decke. Ohne die kühle Luft wäre ich geröstet worden; ohne die viel zu hellen Lichter wäre ich erfroren.

Ein Offizier trat an meine Zellentür und sprach in die Gegensprechanlage.

»Sie können gehen«, sagte der Mann.

»Ich kann gehen?«, fragte ich überrascht und sarkastisch. Der Mann draußen war ein Colonel, möglicherweise der Chef der Sicherheitsabteilung und wahrscheinlich der höchstrangige Offizier auf den Trockendocks. Golan war ein ziviler Betrieb mit militärischer Sicherheit – einer Menge militärischer Sicherheit.

»Ich entschuldige mich für das Missverständnis, Harris.« Das Glas glitt zur Seite. Der Colonel hatte zwei Wachen bei sich. Alle drei Männer waren bewaffnet. Offenbar wollten sie bei dem gefährlichen Befreierklon kein Risiko eingehen. »Das Flottenhauptquartier hatte uns eine Nachricht geschickt. Wir sollten nach einem Lieutenant Wayson Harris Ausschau halten, von dem fälschlicherweise angenommen wurde, er sei im Kampf gefallen.«

»Das hört sich nach mir an«, sagte ich und folgte dem Colonel und seiner Eskorte aus meiner Zelle hinaus und einen Flur entlang. Wie in meiner Zelle gab es im ganzen Sicherheitskomplex die merkwürdige Kombination aus Luftschächten, aus denen gekühlte Luft drang, und glühend heißen Bogenlampen.

»Und jetzt kann ich gehen?«, fragte ich. Ich erwartete nicht, dass sie mich im Trockendock frei herumlaufen lassen würden.

Wir kamen zu einem Tisch am Ende des Flurs, auf dem meine Tasche lag. Eine der Wachen übergab sie mir.

»Es ist alles hier drin«, sagte der Colonel, »einschließlich Ihrer Waffe.« Er klang entschuldigend.

Ich beschloss, mitzuspielen, und tat so, als hätte ich das erwartet. Ich nahm meine Tasche, machte den Reißverschluss auf und durchwühlte meine Sachen, als sei ich misstrauisch, dass doch etwas fehlte. Ich wusste, dass alles an Ort und Stelle sein würde, und so war es auch.

Der Colonel beobachtete mich. »Das ist alles ein Missverständnis«, sagte er. »Meine Leute haben die Mitteilung so verstanden, dass sie Sie verhaften sollten. Als wir die Verhaftung ans Flottenkommando meldeten, setzte sich Admiral Huangs Büro mit uns in Verbindung.«

»Ach wirklich?«, fragte ich, warf dem Colonel einen kurzen Blick zu und machte den Reißverschluss meiner Tasche wieder zu. Ich wollte diensteifrig wirken.

»Niemand hat uns gesagt, dass Sie im Auftrag von Admiral Klyber in einer Hochsicherheitsmission unterwegs sind. Sie sind hier, um die Sicherheit für die Vereinten Generalstabschefs zu leiten, nicht wahr? Ich hoffe, wir haben das nicht vermasselt.«

»Wann ist Klybers Gruppe angereist?«, fragte ich.

Die dunklen Augen und die gerunzelte Stirn des Colonels verliehen ihm einen bekümmerten Ausdruck. »Sie sind schon seit einigen Stunden hier.«

»Na, dann werden wir das Ausmaß des Schadens ja bald kennen, nicht wahr?«, sagte ich.

Der Colonel nickte. »Admiral Huang hat mein Büro angerufen … der Admiral höchstpersönlich«, sagte der Colonel und klang verzweifelt.

»Ach wirklich? Was hatte der alte Che denn zu sagen?«, fragte ich.

Der Colonel atmete tief durch, senkte seine Stimme und flüsterte beinahe: »Admiral Huang sagte, dass er Sie vermisst hat.« Er machte eine Pause, um meine Reaktion auf die

Botschaft abzuwarten, und fügte dann hinzu: »Er sagte, er sei überrascht zu hören, dass Sie noch am Leben sind, und dass er es nicht erwarten kann, das Versäumte mit Ihnen nachzuholen.«

Als Vorbereitung auf die Ankunft der Vereinten Generalstabschefs wurde Golan auf Erdzeit umgestellt – Eastern Standard Time, um genau zu sein. Ich war um 1400 angekommen, hatte fünf Stunden in der Arrestzelle verbracht und war entlassen worden, als der Gipfel mit einem Bankett eröffnet wurde.

Wenn ich mich beeilte, konnte ich es in mein Zimmer schaffen und mich umziehen, bevor das Bankett richtig begann. Bisher war nichts passiert und hätte ich raten sollen, wäre ein Speisesaal voller Sicherheitsleute und bewaffneter Offiziere nicht der richtige Ort für einen Überfall. Wenn ich so darüber nachdachte, beschlich mich das Gefühl, dass Klyber einfach nur paranoid war. Sicher, Che Huang war ein Arschloch, aber er war auch Offizier. Offiziere ermordeten sich nicht gegenseitig. Offiziere ruinierten die Karriere des anderen und manchmal schickten sie Rivalen auf Selbstmordkommandos, aber sie töteten einander nicht.

Ich war nicht in der Kaserne mit seinen Leuten untergebracht, sondern der Colonel hatte ein Zimmer für mich in den zivilen Schlafunterkünften gebucht, nicht weit von Klyber und den anderen Teilnehmern entfernt. Er ließ mich von einem seiner Männer durch einen Lieferantentunnel dorthin fahren und in einem Korridor hinter meinem Zimmer absetzen. Den Rest des Wegs rannte ich.

Ich machte mir nicht einmal die Mühe, mich in meinem Quartier umzusehen. Ich warf meine Tasche aufs Bett und zog mein Hemd aus. Der Rest des Zimmers war dunkel, aber der Schein des Flurlichts reichte aus, damit ich sah, was ich tat. Ich hatte mein Hemd abgelegt und wollte gerade meine Hose ausziehen, da hörte ich das Zischen der pneumatischen Tür, die sich öffnete. Als ich das Geräusch hörte, war es bereits zu spät.

# 9

Als die Tür sich öffnete, stand ich vornübergebeugt, um aus meinen Hosenbeinen zu treten, und mein Arsch ragte in die Luft. Ich schaffte es noch, herumzuwirbeln, dann sah ich einen Stiefel, der mich vors Kinn trat. Helle Lichter explodierten in meinem Kopf und ich fiel in die Dunkelheit meines Zimmers.

Ich hatte keine Zeit zu reagieren. Der Mann schoss nach vorn und trat mir mit seinem Stiefel in die Rippen. Meine Lungen schienen zu implodieren. Er trat mit seinem Spann zu, wie ein Fußballspieler. Meine Rippen schmerzten bereits und ich sah, wie er den Fuß für einen weiteren Tritt zurückzog. Hinter dem Tretwütigen sah ich zwei weitere Männer, aber ich hatte nicht genug Zeit, ihre Gesichter zu erkennen.

Der nächste Tritt traf genau meine Kinnspitze. Hätte er weiter nach hinten gezielt, wäre mein Kiefer wahrscheinlich gebrochen. Das Feuerwerk in meinem Kopf war heftig, aber diesmal meldete sich mein Befreier-Kampfreflex. Adrenalin und Endorphine schossen durch meinen Kreislauf. Meine Gedanken wurden klar und der Schmerz in die Ferne verdrängt. Dieser Kerl würde mich schon töten müssen, bevor ich bewusstlos wurde.

Er änderte seine Tritttechnik. Diesmal zog er den Stiefel zurück und bereitete sich darauf vor, mit den Zehen voran zuzutreten. Er zielte auf meine Kehle oder mein Gesicht, das konnte ich nicht genau erkennen. Mit meinem linken Fuß stieß ich mich vom Bett ab, streckte mein rechtes Bein vor und trat dem Mann das Bein unterm Körper weg. Er fiel auf den Teppich.

Ich wollte zurückschlagen, wollte zu ihm hinspringen und ihm das Genick brechen, aber das musste warten. Er hatte Freunde und ich lag auf dem Boden. Ich schob mich auf die Knie und auf mein Bett, packte mit einer Hand meinen Rucksack und ließ mich über die andere Bettkante in Deckung fallen.

Mit einer Hand durchwühlte ich meine Tasche. Dabei warf ich einen schnellen Blick über das Bett hinweg. Die beiden Männer im Eingangsflur hatten Waffen gezogen. Ich duckte mich wieder hinters Bett und lag flach auf dem Boden, während Kugeln durch meine Matratze fetzten und hinter mir in die Wand einschlugen. Meine Finger fanden den Schaft meiner M27. Als ich den kalten Stahl spürte, grinste ich, stellte mir den Raum vor und sprang auf die Füße. Ich feuerte einen Schuss ab und zerschmetterte die Lampe über ihren Köpfen.

Die Attentäter hatten Waffen mit Schalldämpfern. Der Schuss meiner M27 war laut und dröhnte durchs Zimmer wie ein Zugunglück.

»Was machen wir?«, rief einer der Angreifer.

Drei weitere Kugeln durchschlugen die Matratze. Zu diesem Zeitpunkt hatte ich mich bereits wegbewegt. Das Zimmer war dunkel. Ich hatte keinen Grund mehr, mich zu verstecken.

Ohne Schuhe und vollkommen geräuschlos bewegte ich

mich an der Wand entlang in Richtung Eingangsflur. Ich sah die Mündungsfeuer und wusste, wo die beiden Männer standen. Ich atmete einmal tief ein, hielt die Luft an, ging in die Hocke und bereitete mich auf den Schuss vor.

Da hörte ich, wie ein schwerer Gegenstand auf die Steppdecke klatschte, die über meinem Bett lag. Kurz darauf fiel derselbe Gegenstand mit einem dumpfen Knall auf den Boden. »Raus hier!«, brüllte einer der Männer.

Ich folgte seinem Ratschlag, hob meine Tasche vom Boden auf und rannte zur Tür. Sie glitt zur Seite und ich hechtete in den Korridor mit nichts als meiner Unterwäsche bekleidet, meinem Rucksack in der linken und meiner M27 in der rechten Hand. Ich blutete aus einigen Stellen im Gesicht und auf meinen Rippen blühten lilafarbene Blutergüsse auf. Hätten sich Zivilisten im Korridor befunden, wären sie wahrscheinlich ohnmächtig geworden.

Einer der Attentäter spähte um eine Ecke herum und schoss auf mich. Ich sprang in seine Richtung und feuerte Schüsse ab, obwohl ich wusste, dass diese nicht treffen würden. Sie erfüllten aber ihren Zweck und schlugen den Mann in die Flucht. Er verschwand um die Ecke und es gelang mir, weit genug von der Tür wegzukommen. Ich presste mich flach auf den Boden und drückte meine Seite gegen die Wand des nächsten Zimmers. Die Granate explodierte und verwandelte mein Quartier in einen Wirbelsturm aus Trümmern und Granatsplittern.

Rauchmelder kreischten durch den Korridor und ein Sicherheitsalarm brüllte auf. Eine in der Decke versteckte Berieselungsanlage versprühte eine Wasserwand.

Die Attentäter kamen davon. Ich war nicht in der Lage, sie zu verfolgen, denn die Erschütterung hatte mich durchgerüttelt und ich war mit den zerfetzten Überresten meines

Zimmers bedeckt. Mühsam kämpfte ich mich auf die Füße. Wenn die Angreifer gewartet hätten, um zu sehen, ob ich ihre Granate überlebt hatte, wäre es für sie ein Leichtes gewesen, mich zu töten.

*Die kommen zurück*, dachte ich. *Das nächste Mal bin ich vorbereitet.*

Außer einer Gruppe Offiziere mit politischen Ambitionen, die langatmige Reden hielten, geschah nichts Schlimmes während des Banketts. Natürlich geschah nichts während des Banketts. Was hätte Huang denn auch tun sollen – sich über den Tisch beugen und Klyber mit dem Buttermesser erstechen?

Meine Aufgabe im Trockendock war es, Klyber zu beschützen, aber es sah immer mehr so aus, als sei er gekommen, um mich zu beschützen. Die Sicherheitsleute von Golan fuhren mich zur Krankenstation, wo der Diensthabende drei gebrochene Rippen diagnostizierte. Die Lunge war nicht kollabiert und es gab keine lebensgefährlichen Verletzungen, nur ein Gesicht voller Blutergüsse und eine Menge Feindseligkeit. Bei einem Tritt in die Hoden hätten meine Angreifer wesentlich mehr Schaden angerichtet. So aber wickelte der Sanitäter nur ein paar Bandagen um meinen Oberkörper, gab mir eine Dose mit Schmerztabletten und erklärte mich für gesund.

Ich knöpfte mein Hemd zu, da kam Admiral Klyber ins Zimmer. Er trug seine weiße Uniform und konnte sich ein Lächeln nicht verkneifen. »So kann man auch ein wirksames Sicherheitskommando führen«, sagte er.

»Wie meinen Sie das, Sir?«, fragte ich.

»Sie lassen sich selbst von den Attentätern verfolgen.«

»Äußerst clever, Sir«, sagte ich.

»Sie waren schon immer ein Magnet für Schwierigkeiten«,

sagte Klyber. »Als ich Sie für Ihren ersten Einsatz nach Gobi schickte, um Sie vor gewissen Befreiern zu verstecken, wurden Sie stattdessen von einem Mogat-General aufgespürt.«

»Berufsrisiko«, sagte ich. »Auf Marines und Söldner wird geschossen. Muss was mit der Bezahlung zu tun haben.«

»Und Sie überleben jedes Mal«, sagte Klyber. »Ganz außergewöhnlich.« Ich hatte Schnitte unter meinem linken Auge. Blutergüsse bedeckten mein Kinn und meine Wangen und die eine Seite meines Gesichts war angeschwollen. Admiral Klyber sah zu, wie ich mein Hemd über den bandagierten Rippen zuknöpfte, und sein Lächeln verschwand.

»Sind die hinter Ihnen oder hinter mir her?«, fragte er.

»Ohne Sie«, sagte ich, »gibt es keinen Grund, mir nachzujagen.«

»Wahrscheinlich nicht«, sagte Klyber und sah ein wenig grau aus.

»Aber sehen Sie's mal positiv«, sagte ich. »Wenn die nicht mehr draufhaben als drei bewaffnete Männer und eine Granate, dann geht denen wahrscheinlich die Munition aus, bevor sie bei Ihnen ankommen.«

Klyber lächelte. »Danke«, sagte er, »jetzt fühle ich mich schon besser.«

Die Sicherheitsabteilung von Golan sorgte dafür, dass ich ein neues Zimmer bekam – einschließlich vor der Tür postierter Wachen. Ich war eine Leibwache mit Leibwachen. Kurz gesagt war ich nutzlos. Als ich meine Sachen fertig verstaut hatte, holte ich mein MediaLink und setzte mich mit Ray Freeman in Verbindung.

»Damit hat sich das Reisen als Arlind Marsten wohl erledigt«, sagte Freeman, nachdem ich ihm von meinem Tag erzählt hatte.

»Ja«, sagte ich. »Corporal Marsten kann nun endlich in Frieden ruhen. Soweit es mich betrifft, hat Huang mir einen Gefallen getan. Jetzt kann ich ungehindert kommen und gehen. Ich muss mir nicht jedes Mal, wenn ich Sicherheitskontrollen durchlaufe, Sorgen darüber machen, ob die Wachen herausfinden, dass ich ein Befreier bin. Sie werden es wissen und sie werden wissen, dass ich legal unterwegs bin.

Dank Huang kann ich öffentlich meine Waffe tragen. Der Sicherheitschef fragte mich, wie viele Leute ich brauche. Verdammt, er hat mir sogar ein besseres Zimmer gegeben.«

Ich lag auf einem Bett mit einer Doppelmatratze, die mit einer blauweißen Decke zugedeckt war. Mein Zimmer in den Schlafunterkünften des Trockendocks sah wie eine Suite für wichtige Führungskräfte aus. Es schloss ein Mediencenter mit einer holografischen Leinwand ein; außerdem gab es ein abgetrenntes Büro mit Schreibtisch und Bücherregal. Dann war da noch eine Hausbar mit Alkohol und Gläsern, einer Kühlbox, einer Spüle und drei Barhockern. Da ich in einem Waisenhaus aufgewachsen war und den größten Teil meines Lebens in Kasernen verbracht hatte, konnte ich mir so einen Lebensstil gar nicht vorstellen.

»Was sagt Klyber zu Huang?«, fragte Freeman.

»Er hat andere Dinge im Kopf«, sagte ich. »Er wird den Vereinten Generalstabschefs morgen von seinem Schiff berichten.« Klyber hatte die *Doctrinaire* gemeinsam mit Freunden des Linearausschusses gebaut; genauso, wie er im Geheimen zusammen mit dem Ausschuss an dem Befreierprojekt gearbeitet hatte. Huang und die anderen Mitglieder der Vereinten Generalstabschefs wussten angeblich nichts von der *Doctrinaire* – zumindest hätten sie nichts darüber wissen dürfen. Ich fragte mich, ob Rear Admiral Halverson ebenfalls für Huang spionierte. Johansson konnte mich und

Marsten nicht auseinanderhalten. Halverson kannte meinen echten Namen und meine Baureihe.

»Wirst du dort sein, wenn er es bekannt gibt?«, fragte Freeman.

»Ich habe keinen Zutritt. Nur das Lametta kann den Raum betreten.«

»Keine Wachen? Kein Wunder, dass Klyber nervös ist«, sagte Freeman.

»Da ist alles nur Lametta«, sagte ich. »Er befindet sich in zivilisierter Gesellschaft.«

»Die haben damals Cäsar mitten im Senat erstochen«, sagte Freeman. Diese geschichtlichen Kenntnisse hätte ich ihm gar nicht zugetraut. »Cäsar dachte auch, er befinde sich in zivilisierter Gesellschaft.«

Freeman hatte sein Wissen über Cäsar sicher nicht aus Shakespeares Werken erworben. Krieg und Maschinen des Todes interessierten ihn, nicht aber Literatur. Ich dachte einen Moment lang darüber nach und entschied, dass Klyber bei dem Gipfeltreffen sicher genug sei. Es entzog sich ohnehin meiner Kontrolle. Sobald Klyber den Konferenzraum betrat, konnte ich rein gar nichts mehr tun.

»Fliegst du nach dem Gipfel wieder mit Klyber zurück?«, fragte Freeman und beendete meinen Gedankengang.

»Nein«, sagte ich. »Meine Aufgabe ist es, ihn von seinem Transporter zu dem Treffen zu geleiten und von dem Treffen zum Transporter.«

»Meinst du, du wirst Huang morgen bei dem Treffen sehen?«, fragte Freeman.

»Ja, ich muss ihm doch für die protzige Unterkunft danken«, sagte ich. Ich klang selbstsicherer, als ich mich fühlte. Huang machte keinen Hehl aus seinem Hass auf Klone, besonders auf Befreier. Auf alle Klone, mit Ausnahme seines eigenen hoch geheimen Modells. Bevor er den Angriff auf den Kleinen Mann befahl, hatte Huang alle im Militär der Vereinigten Obrigkeit noch existierenden Befreier zu den Angriffstruppen versetzt. Wenn er mich tot sehen wollte, so würde es ihm früher oder später gelingen.

»Woher wusste Huangs Büro, dass du auf dem Weg nach Golan warst?«, fragte Freeman. »Wer hat ihnen von dir erzählt?« Seine tiefe Stimme erinnerte mich an entferntes Artilleriefeuer. Sein ausdrucksloses Gesicht verriet keinerlei Emotionen. Wäre er ein Pokerspieler, würde niemand seine Bluffs erkennen. Doch Ray Freeman belastete sich nicht mit Kartenspielen. Das wäre eine viel zu gesellige Aktivität für ihn.

»Ich habe eine ziemlich genaue Vorstellung.« Die Hälfte von Klybers altgedienten Offizieren war am Tag vorher angekommen. Ich hatte die Passagierliste durchgelesen. Captain Leonid Johansson war darunter.

»Zieh keine voreiligen Schlüsse«, sagte Freeman, nachdem er lange nachgedacht hatte. »In deinem Zimmer waren nicht Huangs Leute. Er hätte dich im Gefängnis verrotten lassen können, wenn ihm danach gewesen wäre.«

Ich wollte gerade abschalten, da wechselte Freeman das Thema. »Was weißt du über den Kleinen Mann?«

»Die Schlacht oder den Film?«, fragte ich und versuchte, cleverer zu klingen, als ich mich fühlte.

»Den Planeten«, sagte Freeman.

Ich hatte höchstens einen Streifen von hundertsechzig Kilometern auf dem Planeten zu Gesicht bekommen – nur einen geraden Abschnitt vom Strand, an dem wir gelandet waren, bis zu dem Tal, in dem die Schlacht stattgefunden hatte. Bevor wir landeten, hatten wir eine Besprechung gehabt. Ich versuchte mich daran zu erinnern, was der Einsatzleiter gesagt hatte. »Es handelt sich um einen vollkommen bewohnbaren Planeten«, sagte ich. »Nun, nicht ganz. Das Tal, in dem das Mogat-Schiff abgestürzt ist, ist ziemlich heiß.«

»Heiß im Sinne von verstrahlt?«, fragte Freeman.

»Höchst radioaktiv. Du willst nicht in die Nähe dieses Tals gehen. Ansonsten sollte es okay sein. Wieso willst du etwas über den Kleinen Mann wissen?«

»Meine Familie zieht dorthin.«

Es war mir niemals in den Sinn gekommen, dass Freeman eine Familie haben könnte. Ich hatte ihn immer als eine Laune der Natur angesehen … so wie mich, den letzten Klon seiner Art. »Deine Familie? Frau und Kinder?«

»Meine Eltern und meine Schwester.«

»Was machen die auf dem Kleinen Mann?«

»Kolonisieren«, sagte Freeman.

»Kolonisieren?«

»Sie sind Neo-Baptisten«, sagte Freeman.

»Das heißt was? Wieso kolonisieren die Neo-Baptisten den Kleinen Mann?«

»Die Neo-Baptisten wollen wie die Katholiken Kolonien gründen.«

»Und sie haben die Erlaubnis, auf dem Kleinen Mann zu landen?«

»Spielt das eine Rolle?«, fragte Freeman.

»Und ob«, sagte ich. »Der Planet ist im Scutum-Crux-Arm … einem der feindlichen Arme. Wenn die VO sie findet, wird man annehmen, dass es sich um eine Mogat-Kolonie handelt. Deshalb wurden wir ja überhaupt zum Kleinen Mann geschickt … um Mogats zu töten. Der Planet wird als unbewohnt geführt und mein letzter Kenntnisstand ist, dass der Kongress das beibehalten wollte.«

Freeman mochte keine langen Unterhaltungen. Diese Konversation war für seine Verhältnisse geradezu episch. Wir sprachen noch eine Minute oder zwei und beendeten dann das Gespräch.

Ich lag im Bett und dachte darüber nach, was er gesagt hatte. Freeman hatte recht. Wieso sollte Huang mich aus der Arrestzelle holen und mir dann ein Schlägertrio auf den Hals hetzen? Das ergab keinen Sinn.

Bevor ich einschlief, überflog ich die Nachrichten. Streitkräfte der VO hatten drei weitere Planeten im Cygnus-Arm für sich beansprucht. Providence war darunter. Im Lauf der letzten Woche hatten sie die Kontrolle über fünf Planeten im Perseus-Arm, vier Planeten im Norma-Arm und einen im Scutum-Crux-Arm erlangt.

»Dies sind alles entlegene Planeten«, teilte ein Sprecher der Army den Nachrichtensprechern mit. Er gab einen vorsichtigen Überblick über die neuesten Entwicklungen. »Die Aufständischen neigen dazu, diese vor unserer Ankunft zu evakuieren. Die Kämpfe werden wahrscheinlich heftiger werden, wenn wir dichter besiedelte Gebiete erreichen.«

Er verschwieg allerdings, dass die Navy die Transporter der Aufständischen mit Leichtigkeit hätte auslöschen können. Das war das Problem, wenn man einen Bürgerkrieg gewann. Früher oder später musste man den Feind umsiedeln und man wollte den Mistkerlen keinen Grund geben, nachtragend zu sein.

Soweit ich das beurteilen konnte, war dieser Bürgerkrieg ziemlich unspektakulär. Die großen Medienquellen versuchten, ihn so aufzubauschen, als zerfiele die gesamte Republik, aber in Wahrheit waren die konföderierten Streitkräfte auf dem Rückzug und es gab nur einige wenige Terroranschläge, wie z. B. in Safe Harbor. Außer der selbstübertragenden Flotte, die sie erst zweimal eingesetzt hatten, verfügten die Konföderierten Arme über keine Navy und keine Möglichkeit, sich vor Flottenangriffen zu schützen.

# 10

Bryce Klyber saß am Frühstückstisch in seiner weißen Paradeuniform. Kleider machen Leute, aber diese Uniform war etwas ganz Besonderes. Fleet Admiral Klyber hatte vier Streifen und ein Viereck auf seinen Epauletten. Er war der erste Mann seit einigen Jahrzehnten, der so viel Gold auf den Schultern trug. Seine Khaki-Uniform wies fünf Sterne auf, die zu einem Fünfeck drapiert waren.

Das Klima während dieses Gipfels schien Klyber zu bekommen. Er sprühte vor Energie und strich sich Marmelade auf ein dreieckiges Toaststück. Seine ohnehin immer aufrechte Haltung wirkte heute burschikos. Ein kleines Lächeln lag auf seinem Gesicht, als er zu mir hochsah und mich begrüßte.

»Lieutenant Harris«, sagte er.

Ich salutierte und er erwiderte die Geste.

»Sie sehen überraschend fit aus, wenn man Ihre Abenteuer von gestern Abend bedenkt. Haben Sie gut geschlafen?«

»Ja, Sir.« Ich fühlte mich alles andere als überraschend fit. Um genau zu sein, fühlte ich mich erwartungsgemäß miserabel. Meine Rippen schmerzten. Ich hatte das Gefühl, als seien die Verbände um meine Brust über Nacht geschrumpft, wodurch mir das Atmen sehr schwerfiel. Die linke Seite meines Schädels fühlte sich so an, als sei sie eingeschlagen worden.

Vor Admiral Klyber standen auf der schneeweißen Leinentischdecke ausgebreitet ein Teller mit Rührei und Speck und kleinere Teller mit Toast, einer halben Grapefruit und Würstchen. An die andere Seite des Tisches verbannt stand ein Schälchen mit Maisgrütze. Weiterhin gab es Karaffen mit Kaffee, Orangensaft, Grapefruitsaft und heißem Teewasser. Der Admiral, der nach Beendigung dieses Festmahls immer noch 75 kg bei einer Größe von 1,93 Metern wiegen würde, sah so aus, als wisse er nicht, wo er anfangen sollte. Ich hätte ihm nur zu gern bei der Mahlzeit Gesellschaft geleistet, aber die Einladung blieb aus.

Mit seiner Gabel spießte Klyber einen Streifen Speck auf und drehte ihn, als äße er Pasta. Dann stocherte er mit seiner Gabel im Rührei herum. Mit einem Löffel nahm er sich ein Stück Grapefruit und genoss es einige Sekunden lang. Schließlich aß er eine kleine Portion von allem außer der Maisgrütze, die er keines Blickes würdigte.

»Bitte um Erlaubnis, sprechen zu dürfen, Sir.«

»Was gibt es, Lieutenant?«

»Sir, ich mache mir Gedanken um meinen Status bei den Marines. Jetzt, da Huang weiß, dass ich noch lebe, bin ich da wieder im aktiven Dienst?«, fragte ich. Angesichts der Tatsache, dass ich bei meinem letzten Einsatz nur um Haaresbreite davongekommen war, hatte ich nicht das Bedürfnis, mich wieder den Marines anzuschließen.

»Ah, das ist eine gute Frage«, bemerkte Klyber. Er faltete seine Serviette und legte sie auf den Tisch. Dann setzte er seine Mütze auf. »Das habe ich mich auch schon gefragt. Was wäre denn das Sicherste, solange Admiral Huang lauert? Haben Sie irgendwelche Vorschläge?«

»Nein, Sir«, sagte ich, obwohl ich fand, dass Huang zu töten nicht die schlechteste Möglichkeit war.

»Ich habe mir die Freiheit genommen, Sie erst einmal wieder der *Doctrinaire* zuteilen zu lassen. Sie stehen auf meinem Dienstplan. Ich bezweifle, dass Huangs Leute es wagen werden, Sie vor meiner Nase zu verhaften.«

»Danke, Sir.«

Klyber nickte. »Ich nehme an, Sie haben nicht das Verlangen, wieder in den aktiven Dienst versetzt zu werden?« Er versuchte, lässig zu wirken, aber in seinen kalten, blauen Augen sah ich ein gespanntes Funkeln, das ich schnell zunichtemachte.

»Wieder zu den Marines gehen? Nein danke, Sir.«

»Verstanden, Lieutenant. Dann nehme ich an, dass wir uns nach dem Gipfeltreffen neu aufstellen und über Ihre Möglichkeiten sprechen müssen. Sie haben zwei Jahre sozusagen auf der Flucht verbracht und ich sehe keinen Grund, wieso Sie nicht wieder ohne Erlaubnis abwesend sein sollten.« Mit diesen Worten ging er zur Tür.

»Danke, Sir«, sagte ich.

Er wandte sich zu mir um und sein breites Grinsen entblößte seine obere Zahnreihe. »Und jetzt, Lieutenant, sollten wir uns vielleicht zum Konferenzraum begeben.«

Vier bewaffnete Wachen warteten vor Klybers Suite. Sie waren von der Army, trugen olivfarbene Paradeuniformen und waren mit M27 bewaffnet. Sie marschierten mit absoluter Präzision und passten sich unserer Geschwindigkeit an, während sie als Rudel direkt hinter uns gingen.

Ich hatte ebenfalls meine M27 dabei. Darüber hinaus hatte ich früher am Morgen einige Zeit damit verbracht, den Weg von Klybers Zimmer zum Konferenzraum abzuschreiten. Die Sicherheitsabteilung von Golan hatte am Tag zuvor Wachen entlang des Wegs postiert. Mein Job war es, Admiral Klyber zur Tür des Konferenzraums zu eskortieren und ihn nach der Konferenz sicher an seinem Transporter abzuliefern.

Wir gingen einen hell erleuchteten Flur mit glänzenden weißen Wänden und hellen, in die Decke eingelassenen Lampen entlang. Als wir uns näherten, hörte ich lautes Geplapper. Von hier klang der Gipfel wie eine Cocktailparty.

Wir umrundeten die letzte Ecke und sahen den großen, strahlenden Empfangsbereich, der offenbar für dieses Gipfeltreffen ganz besonders gestaltet worden war. Umgeben von den intensiv weißen Fluren der Vorstandsetage von Golan sah dieser Empfangsbereich geradezu wie eine Fata Morgana aus. Ein übergroßer persischer Teppich bedeckte den Boden. Schwarze und rote Ledermöbel standen in kleinen Gruppen überall im Raum. Es gab einen langen Tisch mit einer Unmenge Fruchtkörben, Tabletts mit Gebäck und silbernen Karaffen.

Was sich dort meinen Augen bot, schien eher auf ein Ehemaligentreffen der Hochschule als einen Militärgipfel hinzudeuten. Offiziere in Paradeuniformen sprachen fröhlich miteinander über alte Zeiten. Ich sah bei diesem Treffen mehr Streifen und Balken im Umlauf als je zuvor in meinem Leben. Alte Generals mit ergrautem Haar, rundlichen Bäuchen und perfekt gestutzten Schnurrbärten sprachen in leutseligem Tonfall wie alte Freunde, die sich in einer Bar Geschichten erzählen. Ein Army-Offizier hielt eine dicke Zigarre in seinen Fingern. Er wedelte beim Sprechen mit den Händen. Der Zigarrenrauch schien sich über seinen Fingern zu einem Knoten zu verbinden.

Hinter jedem schwadronierenden General und Admiral stand eine Gruppe Offiziere mit niedrigeren Rängen, die schweigend beobachteten und sich im Geiste über alles

Gesagte Notizen machten. Admiral Halverson, Captain Johansson und eine Handvoll Navy-Leute standen in einer Ecke und warteten auf Fleet Admiral Klyber. Er war ihr Haifisch. Sie waren seine Putzerfischchen. Als sie Klyber sahen, schwärmten sie aus, um ihn zu begrüßen, und schlossen sich dann schweigend seinem Gefolge an.

Da ich Admiral Klyber jetzt bei dem Gipfeltreffen abgeliefert hatte, wandte ich mich zum Gehen. Ich musste noch ein paar Runden drehen. Eigentlich wollte ich in der Sicherheitsabteilung nach dem Rechten sehen und Klybers Quartier noch einmal durchsuchen, aber er rief mich zurück. »Bleiben Sie noch einen Moment, Harris«, sagte er und nickte sehr diskret nach rechts. Ich folgte seinem Blick und sah Admiral Huang, der in unsere Richtung strebte. »Das könnte jetzt der Moment sein, in dem ich als *Ihre* Leibwache fungiere.«

»Admiral Klyber«, sagte Huang in einem Tonfall, der zwar äußerst formell, aber nicht unfreundlich war.

Admiral Che Huang war etwas mehr als 1,80 Meter groß. Er hatte breite Schultern, einen ausgeprägten Brustkorb und war eine beeindruckende Erscheinung. Neben Huang wirkte Klyber alt und zerbrechlich.

Mehr als zwei Jahre waren vergangen, seit ich Huang das letzte Mal begegnet war; Jahre, die bei dem Mann ihre Spuren hinterlassen hatten. Ich hatte ihn als braunhaarig mit grauen Strähnen in Erinnerung. Während der letzten beiden Jahre war sein Haar grau meliert geworden und an den Schläfen befanden sich große graue Stellen. Seine Wangen waren eingefallen.

Huang zog die Augen zusammen, als er sich mir zuwandte. »Lieutenant Harris. Ich hörte bereits, dass Sie hier sind.«

Ich salutierte. Der Admiral machte sich nicht die Mühe, den Gruß zu erwidern.

»Der Lieutenant ist mit mir hier«, sagte Admiral Klyber.

»Ja«, sagte Huang. »Also ist er ein Teil der Mannschaft Ihres mysteriösen Schiffs.« Mit diesen Worten ließ er uns stehen.

Wir beobachteten, wie er fortging. Dann lächelte Klyber mir trocken zu. »Ich fragte mich, wie viel er wohl von meinem Schiff weiß.«

»Er sollte überhaupt nicht wissen, dass Sie ein Schiff haben«, sagte ich.

»Ja«, stimmte Klyber zu. »Ich muss wirklich mit Captain Johansson ein Wörtchen reden, bevor wir zur *Doctrinaire* zurückkehren.«

General Alexander Smith, Air-Force-Minister und Vorsitzender der Vereinten Generalstabschefs, rief alle zusammen. »Meine Herren, es wird Zeit, dass wir anfangen«, sagte er. Die Gesellschaft begann, sich durch eine nahe gelegene Tür zu schieben.

»Das dürfte den ganzen Tag dauern«, sagte Klyber.

»Ja, Sir«, sagte ich.

»Haben Sie Pläne für den heutigen Tag?«, fragte Klyber. »Ich hoffe, Sie verschwenden nicht die ganze Zeit darauf, dieselben Flure immer und immer wieder zu überprüfen.«

»Das war der Plan, Sir«, sagte ich.

»Haben Sie das Buch gelesen, das ich Ihnen gegeben habe?«, fragte Klyber.

Ich nickte. »Die Geschichte über Shannon?«

»Haben Sie etwas Neues erfahren?«, fragte er.

»Nur, dass ich in den katholischen Kolonien keine Gastfreundschaft zu erwarten habe«, sagte ich.

»Das ist immerhin etwas«, sagte Klyber. »Ich sehe Sie dann nach dem Gipfel.« Er schloss sich Admiral Brocius an und sie betraten den Konferenzraum.

Ich wandte mich zum Gehen um und hatte eine düstere Vorahnung. Ich stellte mir Admiral Klyber vor, wie er ans Podium tritt, um alles über die *Doctrinaire* zu erklären. Dann sah ich Admiral Huang vor meinem geistigen Auge, der sich hinter ihn stellt und etwas flüstert. Klyber wird blass und wirft ihm über die Schulter hinweg einen verblüfften Blick zu, während Huang ein Kampfmesser mit Diamantklinge in seinen Rücken stößt.

In meiner bizarren Fantasievorstellung sehe ich, wie Huangs Messer Klybers weiße Uniform durchstößt und wieder herausgezogen wird. Huang sticht viermal auf ihn ein, wendet sich zur Flucht und die anderen Anwesenden des Gipfels umzingeln Klyber. Auch sie stechen wieder und wieder auf ihn ein, bis seine weiße Paradeuniform blutrot ist.

Mein verstörender Tagtraum endete damit, dass Huang auf Klybers Leiche hinuntersieht und den Satz ausspricht, der sich irgendwo in meinem Unterbewusstsein versteckt haben musste: »Hüte dich vor den Iden des März.«

Dem Erddatum nach war es wirklich Dienstag, der 15. März.

# 11

Der Gipfel dauerte zehn Stunden. Ich nahm Klyber an der Tür in Empfang, nachdem man sich vertagt hatte. Er sah überwiegend müde aus, als er aus der Sitzung kam. Er ging langsam, sprach leise und starrte geradeaus. Seine Erziehung erlaubte ihm keine vorgebeugten Schultern oder eine schlechte Haltung; dennoch war er ein geschlagener Mann. »Der Kampf wird härter, als irgendjemand von denen glaubt«, sagte er. »Die Schwachköpfe sind zu jung, um sich an den letzten Krieg zu erinnern. Kellan war damals noch nicht einmal geboren.«

General John Kellan, der neue Army-Minister, war vor einigen Jahren in allen Schlagzeilen gewesen, indem er noch vor seinem fünfunddreißigsten Geburtstag den Rang des Generals erreicht hatte. Sein Vater und zwei Onkel – alle drei Senatoren – hatten im Senat eine Riesenparty steigen lassen, um diese Leistung zu feiern.

Wenn es darum ging, Politik und Dienst zu verquicken, war Kellan im Vergleich zu dem berühmten Fleet Admiral ein Grünschnabel. Niemand respektierte Kellans Vergangenheit, da er über keinerlei Kampferfahrung verfügte. Klyber hatte politische Verbindungen, die bis in den Linearausschuss reichten, mehr als vierzig Jahre aktiven Dienst auf dem Buckel und beeindruckende Kriegserfahrung. Sogar seine Rolle bei der Erschaffung der Befreierklone genoss in Washington eine gewisse Bedeutung. Die Politiker mochten seine Befreier zwar nicht, aber schließlich waren die Befreier im letzten Krieg die Rettung gewesen.

Jetzt sah Klyber allerdings nicht wie ein Kriegsheld aus. Seine eisblauen Augen lagen eingesunken in den Höhlen. Er sah zerbrechlich aus und nicht lebendig. Heute Morgen hätte ich ihn als hochmütig bezeichnet. Das einzige Wort, das mir bei seinem Anblick jetzt einfiel, war »verwelkt«.

Ich führte Klyber zurück in sein Zimmer. Unsere Eskorte aus vier Army-Leuten folgte uns. Wir gingen in sein Zimmer und er stand schweigend neben der Tür. Ich wollte ihn fragen, was geschehen war, aber ich unterließ es.

»Haben Sie den Vereinten Generalstabschefs von der *Doctrinaire* erzählt?«, fragte ich stattdessen.

Klyber goss sich Gin und Wasser über Eiswürfel ein und nickte. »Ja. Sie hätten Huang sehen sollen. Admiral Huang sagte, dass er alles darüber gewusst hat. Er war so vertraut mit dem Schiff, dass man glauben könnte, ich hätte ihn zum Tee an Bord eingeladen. Der arrogante Mistkerl starrte mir direkt in die Augen, gab mehr oder weniger zu, dass er Spione an Bord hatte, und zuckte nicht einmal mit der Wimper.«

»Johansson?«, fragte ich.

»Zweifellos«, sagte Klyber. »Ich habe noch ein Hühnchen mit unserem Captain Johansson zu rupfen.« Klyber stand neben der Hausbar, hielt sein Glas mit Gin in der Hand und starrte mich ohne den Anflug eines Lächelns an.

»Was tun wir wegen Huang?«, fragte ich.

»Das ist die Millionenfrage. Ich muss gar nichts gegen Huang unternehmen. Der Mann wird sich selbst vernichten.

In der VO ist kein Platz für einen Offizier, dem es dermaßen an Urteilsvermögen mangelt. Ich bezweifle ernsthaft, dass er und seine Karriere den Krieg überleben werden.« Klyber prostete mir mit dem Gin zu und nahm einen Schluck.

»Vielleicht sollten wir abreisen«, sagte er und stellte sein Glas auf die Bar. Es war noch fast voll.

Eine Karawane Sicherheitskarren wartete darauf, uns zur Andockbucht zu fahren. Die vorderen und hinteren Wägelchen waren mit MPs beladen. Klyber und ich kletterten auf den Rücksitz des mittleren Wagens. Wir fuhren durch hell erleuchtete Werkhallen, die so breit waren, dass drei Wagen Seite an Seite hätten hindurchfahren können. Das hohle Grollen unserer Motoren hallte von den Wänden wider und unsere Reifen quietschten auf den polierten Böden.

Klyber schwieg während der Fahrt. Er starrte geradeaus und seine Lippen waren leicht geschürzt, während er seine Gedanken schweifen ließ. Die Fahrt bis zum Sicherheitstor dauerte zehn Minuten.

Die Golan-Trockendocks zu verlassen war einfacher, als hineinzukommen. Man musste die Pfosten nicht durchlaufen. Niemand überprüfte die DNA. Wachen durchsuchten das Gepäck und die Passagiere nach gestohlener Technologie, aber die Offiziere, die an dem Gipfel teilgenommen hatten, brauchten sich dieser Formalität nicht zu unterziehen. Die sechs Soldaten, die das Sicherheitstor bewachten, standen stramm und salutierten vor Admiral Klyber, als dieser sich näherte. Sie verharrten in dieser Haltung, während er vorbeiging.

»Huang hat vielleicht Nerven, das muss ich ihm lassen«, sagte Klyber, nachdem wir das Sicherheitstor passiert hatten. »Die anderen Vereinten Stabschefs haben keine Ahnung, mit wem sie es da zu tun haben. Sie sind einfache Soldaten. Er ist skrupellos. Man hat immer einen Machiavelli dabei, wenn zu lange Frieden herrscht. Ohne Krieg steigen Offiziere durch die Politik auf, nicht durch Verdienste.«

Wir erreichten den Sammelpunkt, an dem die VIP-Passagiere sich an Bord ihrer Schiffe begaben. Vor uns erstreckte sich die Landeplattform über einige Kilometer. Sie war so endlos, dass es so wirkte, als bildeten Boden und Decke ihren eigenen, merkwürdigen Horizont.

Klybers Transporter stand dreißig Meter vor uns auf dem Rollfeld. Einer von Klybers Piloten lief unten an der Rampe herum und rauchte eine Zigarette. Er warf den Stummel auf den Boden und trat ihn mit dem Absatz aus, als Klyber sich näherte.

Klyber wandte sich zu mir um. »Sie sind nicht am Leben als Marine interessiert«, sagte er. »Das verstehe ich. Wenn Sie auf der *Doctrinaire* eintreffen, werde ich Vorbereitungen für eine ehrenhafte Entlassung treffen. Was Sie danach tun, ist Ihre Sache.«

»Danke, Sir«, sagte ich. »Was ist mit Ihnen?«

Klyber schenkte mir ein furchtbares, welkes Lächeln. »Die *Doctrinaire* wird diesem Krieg ein Ende setzen, Harris, dann können wir die Republik wieder aufbauen. Sobald wir den unnötigen Ballast ausgesiebt haben, wird es nötig sein, neu anzufangen. Ich nehme an, meine Zeit ist gekommen, in die Politik zu gehen.«

Die triumphierenden Worte passten nicht zu der Haltung eines Besiegten. Er sah so alt aus. Ich hatte dafür nur eine Erklärung: Als Admiral Klyber seine Pläne endlich offengelegt hatte, waren ihm die vor ihm liegenden Herausforderungen erst richtig klar geworden.

Wir erreichten die Tür des Transporters. Ich stand stramm und salutierte vor Klyber. Er erwiderte meinen Gruß. Ich hätte gerne noch länger mit ihm gesprochen, aber ich ging nicht an Bord des Schiffs.

Klyber lächelte. »Guten Tag, Lieutenant Harris.« Er wandte sich um und ging die Rampe zu seinem Transporter hinauf.

Ich beobachtete ihn – den hochgewachsenen, ausgezehrten Mann mit langem Gesicht und schmalem Kopf. Er hatte spindeldürre Arme und Beine wie Besenstiele. Doch auch mit Ende sechzig verkörperte er Würde und ging aufrecht und stolz. Seine gestärkte, weiße Uniform hing ihm lose um seine nur aus Haut und Knochen bestehende Figur, doch Bryce Klyber war der Inbegriff des Offiziers.

Erleichterung überkam mich, als ich sah, wie ein Angestellter die Luke des Transporters schloss. Es hatte ein versuchtes Attentat gegeben, aber das war auf mich verübt worden. Waren sie hinter Klyber her und hatten versucht, mich aus dem Weg zu räumen? Vielleicht. Vielleicht hatte ich sie abgeschreckt, als ich sie aus meinem Zimmer gejagt hatte. Golan war seitdem in höchster Alarmbereitschaft.

Im Gegensatz zu meiner kleinen Johnston konnte Klybers fünfundzwanzig Meter langes C-64-Transportschiff der Mercury-Klasse nicht in einer Sauerstoffatmosphäre oder bei Schwerkraft fliegen. Das große Schiff rollte aus eigener Kraft zur ersten Schleusentür. Dieses Schiff war groß und kastenförmig. Sein bauchiger Rumpf sah nicht so aus, als könne es fliegen. Sogar während es auf die Startbahn zurollte, wirkte es behäbig und schwerfällig.

Eine Elektroschildtür schloss sich hinter der C-64. Ich konnte das Schiff immer noch durch diese erste Tür sehen, aber es sah jetzt verzerrt aus, als ob ich es durch vor Hitze flimmernde Luft betrachtete. Das Schiff rollte schwerfällig durch zwei weitere Elektroschildschleusen und erreichte den Niedergravitationsabschnitt.

Der Tower erteilte Klybers Schiff eine sofortige Freigabe – das Privileg eines Fleet Admirals, wer sollte ihm schon rangmäßig überlegen sein? – und es löste sich in einer Dampfwolke vom Deck. Das Schiff hing für ein paar Sekunden über dem Deck und drehte sich in Richtung der Blende. Während ich es beobachtete, dachte ich über eine ehrenhafte Entlassung aus dem Marine Corps nach. Ich konnte nicht anders, als zu lächeln.

Ich wandte mich zum Gehen und sah etwas, das keinen Sinn ergab. Zunächst war mir nicht einmal bewusst, was ich sah. Fünf oder sechs Zivilisten standen am anderen Ende des Sicherheitstors und beobachteten startende Schiffe. Da mir bewusst war, dass etwas nicht stimmte, näherte ich mich ihnen, um genauer hinzusehen.

Dann begriff ich, was ich sah. Ich kannte einen der Männer, aber er war kein Zivilist. Rear Admiral Tom Halverson stand vor der Gruppe und trug Anzug und Krawatte wie ein gewöhnlicher Geschäftsmann. Ich lächelte, weil ich dachte, er hätte den Transporter verpasst. »Haben Sie Ihren Flug verpasst?«, rief ich ihm zu, als ich auf das Tor zuging.

Halverson drehte sich um und sah mich an. Er zögerte und starrte mich kurz an, dann wandte er sich um und schoss in die Werkhalle hinter der Sicherheitsstation.

»Haltet den Mann fest!«, brüllte ich den Männern zu, die den Ausgang bewachten. So langsam, wie sie zu mir herübersahen, erinnerten sie mich an grasende Kühe.

»Aufhalten!«, schrie ich und zog meine M27.

Alle fünf Wachen zogen ihre Waffen. Zwei rannten hinter Halverson her, doch die übrigen drei zielten mit ihren M27 auf mich. Rote Warnlichter blinkten zum zweiten Mal seit meiner Landung auf Golan an der Decke. Soldaten mit gezogenen Waffen rannten aus der Sicherheitskabine und umringten mich. Ich legte mein Gewehr auf den Boden und verschränkte meine Finger ungefragt hinter meinem Kopf.

Während die MPs mich umzingelten, sah ich hinüber zum Abflugbereich und erwartete, dass Klybers Schiff explodieren würde. Die C-64 hatte sich gerade vor der Blende in den Flugbereich geschwungen und näherte sich der Öffnung. Doch statt zu explodieren, stieg sie immer höher.

»Was geht hier vor, Harris?«

Ich drehte mich um und sah den Colonel, der mich aus der Arrestzelle geholt hatte. Er bahnte sich einen Weg zu mir und sah verärgert aus.

»Colonel, in Klybers Schiff ist eine Bombe!«

Der Colonel zögerte nicht. »Aus dem Weg«, brüllte er. Er nahm einen unauffälligen Kommunikator von seinem Kragen ab. »Flugleitstelle, halten Sie Klybers Schiff auf! Ich wiederhole, Sie müssen dringend Klybers Transporter aufhalten!«

Die MPs senkten ihre Waffen und gingen mir aus dem Weg. Ich konnte nicht hören, was gesagt wurde, aber die Flugleitstellte hatte die Nachricht des Colonels offensichtlich verstanden. »Ja, genau … Ja, ich habe hier draußen einen Mann, der behauptet, dass sich eine Bombe an Bord des Schiffs befindet. Scheiße, nein, lassen Sie ihn nicht landen. Wenn wir hier einen Bombenattentäter haben, könnte er sie zünden. Ja. Ja! Hören Sie, wir sind unterwegs. Sagen Sie dem Piloten, er soll stillhalten.«

Und genau das geschah. Klybers riesiges Transportschiff hing weiterhin vor der Blende wie eine Biene, die in eine Blume hineinfliegen wollte. Ich hielt inne, um kurz hinzusehen.

»Bewegung, Harris.« Der Colonel musste mich nicht zweimal bitten. Wir begaben uns zum Kontrollturm. Dieser bestand aus getöntem Glas und reichte bis zur Decke des Landeabschnitts. Der Tower war siebzehn Etagen hoch. Wir betraten den Aufzug und der Colonel hämmerte auf den Knopf der Etage, die er ansteuern wollte.

»Sie sollten sich lieber nicht irren, Harris«, keuchte er.

»Jawohl, Sir«, sagte ich.

»Was haben Sie gesehen?«

»Rear Admiral Halverson«, sagte ich. »Er ist nicht an Bord des Flugs.«

»Sie haben den Alarm ausgelöst, weil Sie jemanden gesehen haben, der herumstand?« Der Colonel brüllte aus vollem Halse und Speichel spritzte von seinen Lippen.

»Rear Admiral Halverson ist Klybers Stellvertreter«, sagte ich.

»Dann hat er eben den beschissenen Flug verpasst!« Der Colonel schüttelte den Kopf. »Oh, ich bin am Arsch. Ich musste ja einem gottverdammten Klon trauen.«

»Halverson ist weggerannt, als er mich sah. Er war …«

»Sie sind ein verdammter Befreier!«, brüllte der Colonel noch lauter als zuvor und zwar genau in dem Moment, als sich die Aufzugtür öffnete. Jeder auf dem Deck wandte sich uns zu. »Himmel, Arsch und Zwirn – natürlich hat er die Beine in die Hand genommen, als er Sie gesehen hat. Sie sind ein gottverdammter Befreierklon. Sie sind eine vorprogrammierte Katastrophe. Jeder, der noch alle Tassen im Schrank hat, wird weglaufen, wenn er Sie sieht. Mann, ich hätte Sie von meinen Leuten erschießen lassen sollen, als ich die Chance dazu hatte. Oh, ich bin am Arsch.«

Der Kontrollraum war nur gedämpft beleuchtet. Lediglich das phosphorartige grüne und rote Leuchten verschiedener Radarbildschirme erhellte ihn. In der feuchten, klimatisierten Luft hing eine schlechte Geruchskombination: Schimmel und

Zigarettenrauch. Es fühlte sich so an, als sei man in einem alten Kühlschrank eingeschlossen.

Überall im Raum saßen Dreiergruppen an ihren Radarkonsolen. »Was sollen wir denn jetzt machen?«, rief einer der Männer von der nächstgelegenen Konsole. Der Colonel und ich gingen zu ihm hinüber.

»Verkehrskontrolle, dies ist VO-Transport Fünf-Tango-Zulu. Hören Sie mich?«

»Wir hören Sie, Fünf-Tango-Zulu«, antwortete einer der Fluglotsen.

»Was dauert denn da so lange?«, fragte der Pilot. Das war derselbe Mann, der mich vor ein paar Tagen auf dem Mars abgeholt hatte. Ich erkannte seine Stimme.

»Soll ich sie zurückholen?«, fragte der Fluglotse.

Der Colonel dachte einen Moment darüber nach und schüttelte dann denn Kopf. »Nicht nach der von Lieutenant Harris vorgelegten Beweislage.«

»Gibt es ein Problem, Leitstelle?«, quäkte die Stimme des Piloten über Funk.

Durch die schwarz getönten Scheiben sah ich, wie Klybers Transporter direkt unterhalb der Lippe der Blende hing. Auf dem Teil des Decks gab es nur sehr wenig Schwerkraft, aber die C-64 wirkte immer noch plump. Eine lange Schlange Schiffe formierte sich unter dem Transporter.

»Colonel, wir müssen etwas tun. Meine Schlange ist katastrophal vermurkst.«

Der Colonel ging zu der dunklen Glaswand des Towers und starrte einige Sekunden hinaus. »Können Sie den Transporter in der Luft mit einem Laser scannen?«, fragte er.

»Klar«, sagte der Fluglotse.

»Fünf-Tango-Zulu, hier ist die Verkehrskontrolle. Bereiten Sie sich auf einen Scan vor. Haben Sie mich verstanden?«

»Sind die Scans nicht beim Landeanflug üblich?«, fragte der Pilot.

Ich wusste nicht, dass sie bei der Abflugblende Scanner hatten, aber das war der Fall. Ein silberroter Strahl richtete sich auf den Rumpf der C-64. Er bewegte sich an dem Transporter der Mercury-Klasse entlang.

»Etwas gefunden?«, fragte der Colonel.

»Sauber, Sir«, sagte der Fluglotse.

Der Colonel starrte mich wütend an.

»Haben Sie irgendwelche nicht identifizierten Schiffe gesehen?«, fragte ich. Verzweiflung machte sich bei mir breit.

Der Fluglotse fuhr mit dem Finger über den Radarbildschirm und folgte einer Reihe, die über den Informationen des Scanners stand. »Alles sauber. Sehen Sie selbst.«

Die Markierungen auf seinem Radarbildschirm hätten meinetwegen auch in Sanskrit geschrieben sein können. Die Anmerkungen, die sie zur Identifizierung von Schiffen verwendeten, bestanden aus Symbolen und Zahlen, nicht Buchstaben.

»Wonach suche ich?«, fragte ich.

»Leitstelle, soll ich den Vogel landen?«, fragte der Pilot. Seine Stimme brachte Verwirrung zum Ausdruck.

»Was meinen Sie?«, fragte der Cheflotse den Colonel. Er starrte immer noch auf den Monitor, zeigte darauf und zog unsichtbare Kreise um verschiedene Abschnitte des Bildschirms.

»Was bedeuten die Markierungen?«, fragte ich.

»Diese roten Dreiecke sind Air Force. Die bewachen unseren Luftraum. Die blauen Kästchen sind zivile Schiffe. Die grünen gehören zur Regierung und sind keine Kampfschiffe … Vermesser und so'n Scheiß.«

Der Colonel holte tief Luft, warf mir noch einen wütenden Blick zu und sagte: »Schickt sie auf den Weg.«

»Kein Problem«, sagte der Fluglotse. »Fünf-Tango-Zulu, hier ist die Verkehrskontrolle. Tut uns leid wegen der Verzögerung. Wir hatten einen falschen Alarm.«

»Haben wir dann die Freigabe loszufliegen?«, fragte der Pilot.

»Sie haben Freigabe zum Start.« Der Fluglotse schaute zu mir nach hinten und lächelte. Ich hörte die streberhafte Begeisterung in seiner Stimme, als er sagte: »Klybers Schiff ist selbstübertragend. Man sieht Selbstüberträger nicht allzu oft. Jetzt kommt der coole Teil.«

Der Fluglotse zeigte auf ein blaues Kästchen mit Symbolen, die mir überhaupt nichts sagten. »Sehen Sie das? Das ist Fünf-Tango-Zulu. Das ist der Transporter des Admirals. Er wird ein paar Minuten von uns wegfliegen und sich dann in Luft auflösen. Das Schiff verschwindet so schnell vom Bildschirm, dass die Computer nicht wissen, was sie damit anfangen sollen. Der Bildschirm geht aus, weil das System neu startet. Wenn Sie je sehen wollten, wie sich ein Computer in die Hose macht, dann passen Sie auf. Das wird mit Abstand das Merkwürdigste sein, das Sie je gesehen haben.«

»Ich kann's kaum erwarten«, murmelte ich zu mir selbst, drehte mich um und starrte aus dem Fenster. Der Colonel stand immer noch dort. Jetzt, da er den Transporter zum Abflug freigegeben hatte, wollte er sichergehen, dass er die richtige Entscheidung getroffen hatte. Sobald der dicke Transporter sicher davongeflogen war, würde er sich mit mir auseinandersetzen.

Ich warf noch einen Blick auf den Radarbildschirm und versuchte, in dem Symbolwirrwarr etwas zu erkennen. Das gedämpfte Glühen des Bildschirms schien sich in der Dunkelheit des Raums aufzulösen. Ich ging gerade rechtzeitig hinüber zum Fenster, um zu sehen, wie das Heck von Klybers

C-64 in der schwarzen Leere hinter der Blende verschwand. Kennleuchten an den Flügeln und am Heck des Transporters blinkten erst weiß, dann gelb und dann rot.

»Huang oder kein Huang, Harris, diesmal sitzen Sie richtig in der Scheiße«, sagte der Colonel leise. »Das wissen Sie doch, oder?«

Ich antwortete nicht.

Er drehte sich um und sah mich an. »Wir warten, bis der Transporter Ihres Freunds Klyber weg ist, und dann können wir beide abrechnen.«

Für einen Moment wünschte ich, sie hätten eine Bombe in dem Transporter gefunden, dann fiel mir Rear Admiral Halverson wieder ein. Man würde den Admiral sicher fangen … aber was würde das beweisen? »Bis zum Hals«, fügte der Colonel leise hinzu. Wir beobachteten, wie Klybers Schiff immer kleiner wurde, während es hinaus ins All flog. Dann wurde mir klar, wie tief ich wirklich in der Scheiße saß.

»Das war's«, sagte der Colonel. »Sie sind weg. Und jetzt gehen wir beide hinüber zur Arrestzelle und unterhalten uns mal. Wie klingt das?«

Das klang gar nicht gut. Der Colonel ging auf den Aufzug zu und ich wollte hinter ihm hergehen.

»Moment«, sagte der Fluglotse, als der Colonel an der Radarkonsole vorbeiging. »Sie werden die Show verpassen.«

Der Colonel zögerte und sah nach, wovon der Fluglotse sprach.

Dieser deutete auf den Radarbildschirm, um uns Klybers Schiff zu zeigen. Seine Hand schirmte das düstere Glühen des Bildschirms ab und sah wie ein geschwollener Schatten aus. »Sehen Sie, sie sind bereits fünfzehn Kilometer entfernt. Sie müssen mindestens tausendfünfhundert Kilometer zwischen uns bringen, bevor sie übertragen können. Dann dürften sie ungefähr hier sein«, sagte der Fluglotse und zeigte auf einen Kreis, der etwa sechs Zentimeter von dem Kreis entfernt war, der die Trockendocks darstellte.

»Sehen Sie die hier?«, fuhr der Fluglotse fort. »Das sind die hiesigen Übertragungsscheiben.« Dabei zeigte er auf zwei orange Rechtecke. »Der Transporter muss auch zu ihnen mindestens tausendfünfhundert Kilometer Abstand halten. Wissen Sie, wenn man sich zu nah am Netzwerk selbst überträgt, verkorkst das die Scheiben, also muss der Transporter in die entgegengesetzte Richtung fliegen.«

Der Colonel nickte ungeduldig. Mich interessierte das auch nicht. Ich wollte nur noch zur Sicherheitsabteilung und das, was der Colonel vorhatte, über mich ergehen lassen. Wortlos drehte der Colonel sich um und wollte sich entfernen.

Inzwischen hatte sich eine Menschentraube um uns herum gebildet. Mindestens dreißig Fluglotsen hatte es zu der Konsole gezogen, um »die Show« zu beobachten. Männer in weißen Hemden mit Kaffeetassen starrten auf den großen Computerbildschirm, als sei er ein Kunstwerk. Einige zeigten auf etwas, andere flüsterten untereinander und nickten, als hätten sie gewichtige Geheimnisse entdeckt.

»Was ist denn hier los?«, blaffte der Colonel verärgert und versuchte, sich einen Weg durch die gaffende Menge zu bahnen.

»Ich hab Ihnen ja gesagt, das ist *die* Show. Wir sehen hier draußen nicht viele selbstübertragende Schiffe. Sie wollen auf meinem Computer sehen, wie es sich in Luft auflöst.« Wir standen jetzt ungefähr drei Meter von dem Fluglotsen entfernt. Er musste lauter sprechen, damit wir ihn verstehen konnten.

Der Colonel sah aus Höflichkeit weiter zu. Er verschränkte die Arme vor der Brust und stand stocksteif da. Seine

Lippen presste er zu einer dünnen Linie zusammen und der Ausdruck in seinen Augen war hart wie Stein.

»Jetzt ist es gleich so weit ...«, sagte der Fluglotse. Ein paar Sekunden vergingen, aber nichts geschah. »Was zum Teufel!«, sagte der Fluglotse und wischte mit dem Arm die Unordnung vor seiner Konsole beiseite. Kaffeetassen, Aschenbecher und Papiere fielen zu Boden. Er legte einen Schalter um. »VO-Transporter Fünf-Tango-Zulu. Melden Sie sich, Fünf-Tango-Zulu. Melden Sie sich.«

Keine Antwort, nicht einmal statisches Rauschen.

»Melden Sie sich, Fünf-Tango-Zulu.«

Stille.

»Was ist los?«, fragte der Colonel und begann, nervös zu klingen.

Der Fluglotse ignorierte ihn. Er drückte auf Knöpfe, versuchte erneut, die C-64 zu rufen, und drückte noch mehr Knöpfe. Er bewegte sich hastig, wie ein Mann, der eine Katastrophe abwenden wollte.

»Mark, geh an deine Station. Ich brauche deine Messwerte«, rief der Fluglotse und einer der gaffenden Männer sprintete los. Es schien, als fände eine wortlose Kommunikation zwischen dem Flugleiter und den anderen Fluglotsen statt. Die übrigen Zuschauer zerstreuten sich.

»Was ist los?«, wiederholte der Colonel.

»Ich kann den Transporter nicht erreichen«, sagte der Fluglotse, ohne sich umzusehen. Er drückte noch einen Knopf und sprach in sein Mikrofon. »Notfallstation, wir haben möglicherweise eine Leiche!«

»Verstanden, Kontrolle«, sagte eine Stimme über die Gegensprechanlage.

Der Fluglotse stand auf und sah hinaus zur Blende, dann betrachtete er wieder seine Konsole. »Streichen Sie das – es ist definitiv eine Leiche. Suchen Sie auf Ihrem Radar nach Fünf-Tango-Zulu. Sie ist ein paar Kilometer vom Deck entfernt in Sektor A-Zwölf.«

»A-Zwölf?«, fragte die Stimme

»Moment noch«, sagte der Fluglotse. »Ich versuche, Sichtkontakt zum Piloten zu bekommen.«

Unter normalen Umständen konnten nur die Leute im Cockpit Sichtkommunikation herstellen, aber aus Sicherheitsgründen hatten die Computer der Trockendocks spezielle Protokolle, mit denen die Fluglotsen die Schiffssysteme überbrücken konnten. Ein kleiner Bildschirm von der Größe einer Spielkarte erwachte neben den Radarmessungen zum Leben.

In der Mitte des Bildschirms war Klybers Pilot zu sehen. Er saß angeschnallt auf seinem Sitz, sein Kopf hing schlaff herunter. Zuerst dachte ich, er würde etwas lesen. Dann bemerkte ich die verräterischen Anzeichen – weiße Haut mit bläulichem Schimmer, blutleere Lippen und starre Augen – und erkannte, dass nur seine Gurte ihn auf seinem Sitz festhielten. »Er ist tot«, sagte ich.

»Scheiße!«, keuchte der Fluglotse. »Scheiße! Scheiße! Scheiße! Oh mein Gott! Notfallstation, heilige Mutter Gottes, wir haben ein Geisterschiff. Ich wiederhole – Notfallstation, Fünf-Tango-Zulu ist ein Geisterschiff. Der Pilot ist tot!«, sagte er. »Heilige Scheiße! Maria, Mutter Gottes. Ich wiederhole, der Pilot ist tot.«

# 12

Ein Netzwerk aus Notfallleuchten blinkte überall auf dem Startplatz rot, dann grün, dann weiß, dann gelb. Ich ging hinüber zum Fenster und beobachtete, wie sich Notfallteams zwölf Stockwerke unter uns in dem riesigen Hangar in Position brachten. Rettungsleute schwangen sich auf Wagen und Trucks und fuhren zum äußersten Rand der Schleuse. Fünf Krankenwagen trafen ein und Mediziner errichteten Notlazarette. Aus der kühlen, muffigen Umgebung des Kontrolltowers heraus konnte ich alles sehen, hörte aber nur einen Bruchteil des Chaos unter uns.

Weichmuscheln kletterten aus Schleppern und breiteten Notfallausrüstung aus. *Weichmuscheln* war ein Ausdruck der Marines für Notfallpersonal in Raumhäfen, das weich gepolsterte Anzüge trug, die vor Flammen, Giften und Strahlung schützten.

Während ich sie beobachtete, bemerkte ich ihre Farbkodierung. Medizinische Techniker trugen Weiß. Feuerwehrmänner trugen Gelb und die Bombenexperten Schwarz.

»Sie werden tun, was sie können«, sagte der Colonel, der sich neben mich stellte, um aus dem Fenster zu sehen. Er flüsterte beinahe. »Wir haben hier eine Menge Abstürze, wenn wir Prototypen testen. Diese Jungs wissen, wie man bei Alarm schnell einsatzbereit ist.«

»Die Dreifach-Es sind bereit«, rief der Fluglotse hinter uns.

»Dreifach-Es?«, fragte ich.

»Ernstfall-Einschätzungs-Experten«, sagte der Colonel. »Sie werden das Schiff untersuchen und wenn möglich an Bord gehen. Ihr Kontrollraum ist zwei Stockwerke über uns. Wir können sie von da aus beobachten.«

Ich folgte dem Colonel in den Fahrstuhl. Kurz darauf betraten wir ein Universum, das keinerlei Ähnlichkeit mit dem Kontrollraum der Flugkontrolle unter uns aufwies. Das sterile Gleißen fluoreszierender Lichter erhellte eine unglaubliche Zahl voneinander abgetrennter Arbeitsplätze. Die Leute in diesem Stockwerk sprachen nicht miteinander, sie schrien sich an.

»Hey, Clarence, der Zeitpunkt ist grad ungünstig. Wir haben ein Geisterschiff«, brüllte jemand den Colonel an, als wir den Fahrstuhl verließen. Ein kleiner, stämmiger Mann mit schmutzigem weißem Hemd und dunkelblauer Hose kam auf uns zu.

»Deshalb sind wir ja hier«, sagte der Colonel. »Harris hier kennt sich mit dem Schiff aus. Er ist Klybers Sicherheitschef. Vielleicht kann er helfen.«

Der Colonel wandte sich an mich. »Sehen Sie zu, dass Sie nicht im Weg stehen«, sagte er. Wir folgten dem Freund des Colonels in einen Kontrollraum voller Videomonitore.

Eine Reihe aus vier Monitoren an der Wand gab die Szene in Farbe wieder. Der erste Bildschirm zeigte Klybers Schiff, das bewegungs- und geräuschlos mitten im All hing. Ich sah Licht durch die Bullaugen, aber keinerlei Bewegung. Blinkende Lichter am Heck und den Flügeln leuchteten im Wechsel weiß und rot.

Der nächste Bildschirm zeigte, wie ein mit fünf Sicherheitsleuten besetztes Schiff sich dem gestrandeten Transporter von hinten näherte. Das Sicherheitsschiff war im Vergleich zu der C-64 winzig. Es sah so aus, als nähere sich ein Karpfen einem Wal. Das Blinken der Drehleuchten reflektierte von der Hülle des Transporters und hypnotisierte mich – Rot, Weiß, Rot, Weiß. Als das Sicherheitsschiff einen starken Suchscheinwerfer auf den Rumpf richtete, schien das Licht der Drehleuchten zu verschwinden.

All dies geschah in der unheimlichen Stille des Alls.

Auf dem dritten Bildschirm war eine Nahaufnahme von Klybers Schiff zu sehen, das von dem hellen Licht des Suchscheinwerfers angestrahlt wurde.

»Bringen Sie das Schiff herein?«, fragte ich den Mann, der uns zu der Bildschirmreihe geführt hatte.

»Zum Teufel, nein. Wir wissen nicht, was sie getötet hat. Aus dem Schiff könnte Radioaktivität entweichen. Das fehlt mir gerade noch, eine schmutzige Bombe mitten auf meinem Landeplatz. Sie könnten mit einem krankheitserregenden Wirkstoff getötet worden sein.«

»Sie haben es doch gescannt«, sagte ich zu dem Colonel.

»Wir müssen etwas übersehen haben«, antwortete er.

»McAvoy.« Jemand steckte seinen Kopf aus einem Büro und rief den Colonel. Der Colonel ging hinüber zu dem Büro, um sich zu unterhalten.

»Das Ziel wird gescannt«, sagte eine Stimme. Sie schallte aus einem kleinen Lautsprecher unterhalb der Bildschirmreihe. Der Leiter des Teams, das an Bord gehen würde, drückte auf einen Knopf. Dadurch änderte sich die Ansicht auf einem der Bildschirme an der Wand. »Wachsam bleiben, Jungs. Der Vogel wurde vorhin schon gescannt, bevor er das Dock verließ, und dabei ist nichts herausgekommen.«

»Verstanden«, sagte die Stimme aus dem Lautsprecher. »Suchen nach Bomben.«

Der Hintergrund des Scanbildschirms wurde rot. Alles auf dem Bildschirm wurde rot. Der Bereich um das Äußere des

Schiffs herum war leer und schwarz mit einem leicht rötlichen Schimmer. Der Transporter der Mercury-Klasse war knallrot. Die Nase des Transporters wurde hellrosa, als ein Laser darauf gerichtet wurde. Drei Spalten Text erschienen unten auf dem Bildschirm und beschrieben ein an dieser Stelle befindliches Objekt, das Material und die Elementanalyse.

Der Laserstrahl bewegte sich unendlich langsam, während er das Schiff absuchte. Ich beobachtete ihn und war kurz davor, mir auf die Zunge zu beißen, um nicht zu schreien. Auf dem Schiff war keine Bombe. Hätte sich auf dem Schiff eine Bombe befunden, wäre es längst in die Luft geflogen.

»Harris«, der Colonel kehrte zurück, »sind Sie sicher, dass Sie Halverson gesehen haben?«

Ich nickte.

»Rear Admiral Thomas Halverson?«, fragte er.

»Ja«, sagte ich und war ein wenig frustriert. Ich war ohnehin schon angespannt, und ich glaubte nicht, dass es in der VO-Navy viele Admirals mit dem Nachnamen Halverson gab.

»Das ist unmöglich«, sagte der Colonel. »Er ist als Passagier auf Klybers Schiff registriert.«

»Haben Sie die Passagierliste?«, fragte ich.

Der Colonel nickte.

»Kann ich sie sehen? Vielleicht bekommen wir ein paar Antworten, wenn wir die Passagierliste mit den Leuten abgleichen, die sich auf dem Schiff befinden.«

»Ich hole einen Ausdruck«, sagte der Colonel. »Und ich werde eine Fahndung für Halverson herausgeben. Wenn er sich immer noch im Trockendock aufhält, werden wir ihn finden.«

Ich nickte. »Können Sie noch einmal in dem Apartment, das letzte Nacht in die Luft geflogen ist, nach DNA suchen lassen?«, bat ich. »Vielleicht haben Sie etwas übersehen. Wenn Sie etwas finden, vergleichen Sie es mit Halversons Akten.«

»Sie glauben, das war Halverson?«, fragte der Colonel.

»Oder einige seiner Freunde«, sagte ich.

»Das Zimmer ist ziemlich verbrannt, aber wir versuchen es noch einmal.«

»Okay, keine Sprengstoffe gefunden. Suchen wir nach Chemikalien und Anomalien«, sagte der Techniker vor den Bildschirmen.

Als die Suche nach Chemikalien begann, änderte sich der einfarbige Bildschirm von Rot zu Weiß. Eine Linie pulsierte auf dem Monitor und ein dreidimensionales Diagramm ersetzte das Bild des Transporters. Die Linien auf dem Bild veränderten ihre Farbe, während das Sicherheitsschiff nach Chemikalien, radioaktiver Strahlung, Überspannungen und Temperaturschwankungen suchte. Dieser Scan ging etwas schneller, aber nicht viel.

»Können Sie es jetzt hereinholen?«, fragte ich.

»Nein«, sagte der Techniker, ohne den Blick von seinem Monitor abzuwenden.

»Admiral Klyber ist möglicherweise noch am Leben«, sagte ich.

»Wir wissen nicht, was auf dem Schiff passiert ist. Wir können das nicht riskieren.«

Ich fühlte, wie sich meine Eingeweide zusammenzogen, ballte meine Fäuste und rieb meine Knöchel an meinem Oberschenkel.

»Bereit, an Bord des Schiffs zu gehen«, sagte die Stimme über Lautsprecher.

Ich sah wieder zu den Bildschirmen an der Wand. Die Notfallstation des Trockendocks musste zwei Teams zu dem Transporter geschickt haben – eins, um die Scans zu machen, und ein anderes, um an Bord des Schiffs zu gehen. Das kleinere Schiff, das wie ein Karpfen neben der C-64 aussah, hatte an dem Transporter festgemacht. Jetzt hing es direkt hinter dem keilförmigen Cockpitbereich und sah wie eine riesige Zecke aus.

Das hier war eine zivile Operation. Statt Befehle zu erteilen, knurrte der Kerl an den Bildschirmen Vorschläge wie: »Dann schauen wir mal.«

Die ersten drei Bildschirme zeigten jetzt nur statische Außenaufnahmen von Admiral Klybers Transporter. Nur auf dem vierten Bildschirm war noch Bewegung zu erkennen, aber dieser war überwiegend dunkel. Dort sah man die Ansicht einer Helmkamera. Sie zeigte die Ziehharmonikawand und die behelfsmäßige Gangway, die das Schiff der Dreifach-Es mit dem Transporter verbanden. Das einzige Licht auf dem Bildschirm stammte von den Taschenlampen an den Helmen der Einschätzungsmannschaft.

Einer der Experten drückte einen dreizackigen Schlüssel in eine Vertiefung an der Seite der C-64 und die Luke öffnete sich. Es gab einen kurzen Luftstoß, als die Kabine wieder Druck aufbaute. Ein lautes, schlürfendes Geräusch erreichte uns über die Lautsprecher und hörte dann so plötzlich auf, wie es begonnen hatte.

»Okay, wir gehen rein.«

Die Kabine war hell erleuchtet. Ich erkannte den elfenbeinfarbigen Teppich bei dem kurzen Blick, den ich erhaschen konnte.

»Ich sehe im Cockpit nach. Du durchsuchst das Schiff«, sagte der leitende Ingenieur.

Auf dem Bildschirm erhellte der Lichtkegel einer einzelnen Taschenlampe die Tür zum Cockpit. Dann kam aus dem Nichts eine Hand und drückte die Klinke. Die Tür öffnete sich.

Der Pilot und der Kopilot saßen aufrecht in ihren Sitzen. Ihre Köpfe hingen mit dem Kinn auf der Brust, als ob sie schliefen. Lichter blinkten in der gedämpft beleuchteten Kabine. Die Hautfarbe des Piloten war furchtbar – die blauen Schattierungen waren jetzt noch deutlicher als zuvor. Ich hätte das noch dem schlechten Licht zuschreiben können, aber sein braunschwarzes Haar zeigte die richtige Tönung.

»Irgendeine Idee, was ihn getötet hat?«, fragte der Colonel in ein Mikrofon.

»Ich kann es mir vorstellen«, sagte die Stimme aus dem Lautsprecher. »Es scheint ziemlich offensichtlich. Soll ich eine Gewebeprobe nehmen oder auf die Mediziner warten?«

»Nimm eine Probe«, sagte der Leiter.

Auf dem Bildschirm näherte sich die Kamera dem Piloten. Eine behandschuhte Hand legte sich unter das Kinn des Piloten und zog seinen Kopf hoch. Glasige, ausdruckslose Augen und blaue Lippen zeigten sich der Kamera. »Gibt es auf deiner Seite irgendwelche Vitalzeichen?«

»Der ist tot«, sagte der Leiter. »Kannst zustechen.«

Die behandschuhte Hand ließ den Piloten los. Sein Kopf fiel wieder nach unten und wippte kurz. Die Hand auf dem Bildschirm wühlte in einem kleinen Beutel und zog ein Plastikpäckchen hervor. Dieses wurde aufgerissen und dann holte die Hand eine zehn Zentimeter lange Nadel mit einem kleinen Griff an einem Ende heraus.

»Gott, ich hasse diesen Scheiß«, sagte der Leiter.

Auf dem Bildschirm drückte der Techniker die Nadel in den fleischigen Bereich direkt unter dem Kiefer des Piloten. Die Spitze war scharf genug, um die Haut sofort zu durchdringen. Ein kleiner Blutstropfen zeigte sich an der Nadel, während der Techniker sie in den Griff zurückdrückte. »Kannst du was ablesen?«

»Ja«, sagte der Leiter. »Herzstillstand.«

»Soll ich den Kopiloten auch überprüfen?«

»Wozu?«

»Herzstillstand?«, fragte ich.

»Das bedeutet, man hat ihnen einen Stromschlag versetzt«, sagte der Leiter. Er sah nicht nach hinten. Nichts konnte ihn dazu veranlassen, den Blick von den Bildschirmen abzuwenden.

»Man lernt doch nie aus«, sagte ich zu mir selbst.

»Wir haben Leichen gefunden«, sagte eine andere Stimme über die Lautsprecher. Weitere Bildschirme leuchteten auf. Auf einem der neuen Bildschirme arbeitete ein Techniker sich durch die Passagiere in der Hauptkabine. Dieser Teil von Admiral Klybers Transporter sah wie ein Wohnzimmer aus. Es gab Sofas und Polsterstühle, die in kleinen Gruppen zusammenstanden, und einige Arbeitsbereiche.

Der Techniker schlurfte von einem Passagier zum nächsten, hob ihre Köpfe und benutzte hin und wieder ein kleines Gerät, um nach Puls oder anderen Vitalzeichen zu suchen. Als ich diese Szene betrachtete, erinnerte ich mich an die Grundschule im Waisenhaus, als die Lehrer uns manchmal unsere Köpfe auf die Tische legen ließen, wenn wir uns nicht anständig benahmen. Scheinbar hatte sich keiner der Passagiere anständig benommen. Ein Offizier war von einem Sofa gefallen und lag jetzt zusammengesunken über einem Kaffeetischchen. Was immer diese Männer getötet haben mochte, hatte das Schiff nicht einmal erzittern lassen. Nichts war umgefallen und die drei Männer, die an der Bar saßen, waren nicht von ihren Hockern gekippt.

Dieser Kerl war nicht so respektvoll wie sein Partner im Cockpit. Er eilte hindurch, bewegte die Leichen so wenig wie möglich und sagte: »Tot. Der hier ist auch tot. Tot. Tot.«

Er kam zu einer Leiche in einer Ecke der Kabine. Der Arm des Mannes hing in der Luft, wie der eines Schuljungen, der seinen Lehrer etwas fragen wollte. »Der hier wurde verbrannt«, sagte der Techniker über die Lautsprecher.

Das Haar und die Uniform des Mannes hatten offensichtlich Feuer gefangen. Die Flammen hatten seine Haut versengt und ihn wie ein Holzscheit verzehrt. Das Gesicht, dessen Lippen auseinanderklafften und ein skelettartiges Grinsen zeigten, war nicht zu identifizieren.

Auf dem ersten Bildschirm las der Ingenieur Messwerte von den Sensoren der C-64 ab. Er kontrollierte die Innenluft. »Hohes Ozonlevel. Viel Kohlenstoffmonoxid. Seht ihr das?«

»Ich sehe es«, sagte der Leiter.

»Habe ich die Freigabe, das Schiff zu bergen?«

»Wenn keiner der Passagiere etwas dagegen hat«, sagte der Leiter.

Beide lachten.

»Was hat er herausgefunden?«, fragte ich.

»Ozon«, sagte der Leiter der Notfallabteilung. »Das bedeutet, dass die Übertragungsmaschine nicht richtig funktioniert hat.«

Ich verstand die Verbindung von der Übertragungsmaschine zu Ozon nicht. »Woher wollen Sie wissen, dass es die Übertragungsmaschine war?«, fragte ich.

»Ozon entsteht dann, wenn man eine Übertragungsmaschine zündet.«

»Woher wissen Sie, dass sie nicht richtig funktioniert hat?«, fragte ich.

»Sie sind tot, oder?«, erwiderte der Leiter spitz.

Dagegen konnte ich keine weiteren Argumente vorbringen.

# 13

Der Colonel sorgte dafür, dass ein Wagen unten am Kontrollturm auf uns wartete. Ein MP fuhr uns hinaus zum Rand des Docks und wir warteten zehn lange Minuten, während der Tower Admiral Klybers C-64-Transporter durch die Blende bugsierte.

Durch die verzerrende Linse der Elektroschilde sah ich, wie der riesige Transporter der Mercury-Klasse sich durch die Blende schlängelte. Er kam mit der Nase voran in die Landebucht, hing ein paar Sekunden in der Luft und schaukelte leicht wie ein Kronleuchter im Wind.

»Was ist ein Geisterschiff?«, fragte ich den MP.

»Tote Besatzung«, sagte er.

»Und die Passagiere?«, fragte ich.

»Keine Ahnung«, sagte er und zuckte mit den Schultern. »Sobald die Besatzung tot ist, gibt es für die Passagiere nicht mehr viel Hoffnung.«

Das Fahrwerk von Klybers »Geisterschiff« wurde ausgefahren. Dann senkte sich das Schiff auf der anderen Seite der Schleuse aufs Deck. Ich hatte mich noch nie zuvor dem massiven Rumpf einer C-64 genähert. Die Stangen, die das Fahrwerk hielten, maßen sechs Zentimeter im Durchmesser;

sie hatten den Umfang einer Mörsergranate. Die Streben waren so dick wie Bierflaschen. Das Schiff war intakt und sah hinter dem wirbelnden Schleier des Elektroschilds wie eine Erscheinung aus. Ich beobachtete es scharf, während ich die blaue Weichmuscheljacke eines zivilen Sicherheitsmanns anzog.

»Was zum Teufel glauben Sie eigentlich, was Sie da tun?«, donnerte mich jemand an. Ich drehte mich um und sah den Chef der Notfallabteilung der Golan-Trockendocks. Er war ein dicklicher Mann mit einem fetten Hals und einem kurzen Bürstenhaarschnitt. Er war Zivilist und hatte offenbar nur wenig Respekt vor dem Militär.

»Lassen Sie's gut sein, Smith«, sagte der Colonel. »Er arbeitet mit mir zusammen.«

»Das hat mir noch gefehlt; ein verdammter Befreier, der in meiner Operation herumpfuscht.« Das Gesicht des Mannes wurde dunkelrot beim Sprechen. Er senkte seine Stimme, aber sein Tonfall blieb unverschämt. Seit die Golan-Anlage in die öffentliche Hand übergegangen war, hatte dieser Mann zweifellos mehr zu sagen gehabt als der Colonel.

Dieser versuchte mühsam, sich zu beherrschen, und machte den Reißverschluss seines Weichmuschelanzugs zu. Das durch Plastik weich gemachte Material war etwa einen halben Zentimeter dick und gerade steif genug, um eine zeltartige Schräge um seine Schultern herum zu bilden. Er runzelte äußerst verärgert die Stirn und sagte: »Harris ist Klybers Sicherheitschef. Er hat das Recht, hier zu sein.«

»Einen Scheiß hat er auf meiner Landebucht«, versetzte der Notfallchef.

»Ich übernehme die Verantwortung für ihn«, sagte der Colonel.

»Dann halten Sie eben den Arsch hin«, sagte der Chef. Er sah hinunter auf das Rollfeld und schüttelte den Kopf.

Im Laufe dieser Unterhaltung rollte der Transporter durch das erste Tor der Docks. Sobald dieses hinter ihm geschlossen war, öffnete sich der zweite Elektroschild und die C-64 wurde bis auf wenige Meter an die Notfallteams herangezogen.

Fünf Mediziner gingen zuerst an Bord. Der Colonel und ich folgten ihnen auf dem Fuße. Sie untersuchten die Körper in der Hauptkabine, die eher an eine Suite in einem Luxushotel erinnerte als an das Innere eines Militärtransporters. Das beruhigende, weiche Licht der Tischlampen erhellte die Kabine.

Sogar in meinem Notfallanzug konnte ich den stechenden Geruch von Ozon und den Gestank überhitzter Batterien und überladener Kupferdrähte riechen, als ich die Kabine betrat. Dieser Geruch wurde bald von einem noch stärkeren Geruch überlagert – dem staubigen Gestank von verbranntem Fleisch. Zwei Mediziner kauerten vor der verkohlten Leiche in der Ecke der Kabine.

Ich eilte über den dicken, elfenbeinfarbigen Teppich und an den Wohnzimmermöbeln vorbei und betrat einen Flur, der in den hinteren Bereich des Schiffs führte. In der Vergangenheit war ich bereits mit Bryce Klyber gereist. Er reservierte immer eine private Kabine für sich im Heckbereich des Schiffs. Ich wusste, wo ich ihn finden würde.

Zwei Marines – Klone – hatten vor seiner Tür Wache gehalten. Beide Männer waren auf ihrem Posten zusammengebrochen. Ihre M27 hingen immer noch über ihren Schultern. Ihre Gesichtsfarbe hatte sich in tiefes Violett verwandelt und ihre geschwärzten Zungen hingen ihnen aus dem Mund. Ich hatte keine Zeit, Mitleid mit ihnen zu haben. Das kam vielleicht später, obwohl ich es bezweifelte. Mitleid und Mitgefühl waren Emotionen, die mich nur selten belasteten.

Die Tür zu Klybers Kabine war verschlossen. Ohne mich

nach dem Colonel umzusehen oder mir seine Erlaubnis einzuholen, trat ich die Tür ein. Sie schwirrte über den Teppich und wirbelte eine kleine Staubwolke auf. Ich berührte die Oberfläche der Tür und sah dann auf meinen Handschuh. Eine feine Staubschicht bedeckte meine Fingerspitze.

»Asche«, sagte ein medizinischer Techniker, der sich mit seinem Partner an dem Colonel vorbei in den engen Flur drängte. Sie trugen eine Trage. »Sie ist überall – auf den Teppichen, den Wänden, den Leichen.«

Bei dem Wort »Leichen« erwachte ich aus meiner Starre. Ich sah einen Moment zu, wie die Mediziner eine der Wachen auf ihre Bahre zerrten. Dann drehte ich mich um und betrat Admiral Klybers Kabine. Ich sah den Admiral sofort.

Das Zimmer war ein perfekter Würfel – 4,5 Meter in jede Richtung. In eine Wand war ein Bett eingelassen; ein Arbeitsplatz in eine andere. Bryce Klyber saß erschlafft an seinem Schreibtisch. Er trug immer noch seine weiße Uniform, und seine goldenen Epauletten glitzerten auf seinen gebeugten Schultern. Der Kopf des Admirals lag auf dem Schreibtisch. Seine linke Wange lag auf der Tastatur seines Computers, seine schwarzblauen Lippen waren leicht geöffnet und seine geschwollene, schwarze Zunge hing heraus. Klybers hellblaue Augen starrten auf die gegenüberliegende Wand des Zimmers.

Klyber schien im Tod geschrumpft zu sein, so wie große Spinnen ihre Beine zusammenlegen und sich zusammenziehen, wenn man sie tötet. Groß, dünn und intensiv – Klybers Präsenz hatte immer den Raum erfüllt. Jetzt lag er zusammengesunken über seinem Schreibtisch und sah nur noch wie ein zerbrechlicher, alter Mann aus.

Ihn so zu sehen, gebeugt, mit leeren Augen, schien fast unanständig, als sähe ich ihn nackt. Hier war ein Mann, dessen Uniform immer gebügelt und dessen Haltung immer tadellos gewesen war. Er war der Inbegriff des aristokratischen Offiziers gewesen. Jetzt lag seine Mütze umgedreht auf dem Tisch vor ihm und seine Arme baumelten bis auf den Boden. Ein kleiner Speichelfaden rann aus seinem Mundwinkel. Es war schlicht unwürdig – und wenn Bryce Klyber zu Lebzeiten eins gewesen war, dann würdevoll.

Der Colonel stand in der Tür und beobachtete, wie ich Klybers Puls überprüfte. Ich weiß nicht, warum ich mir die Mühe machte. Wahrscheinlich wusste ich nicht, was ich sonst tun sollte. Ich überlegte, Klyber auf seinem Sessel aufzurichten, ihm seine Mütze aufzusetzen und ihn der Geschichte mit unversehrter Würde zu überlassen. Doch ich verwarf den Gedanken.

Als könne er meine Gedanken lesen, fragte der Colonel: »Sie wollen ihn doch nicht so lassen?«

»Und was soll ich Ihrer Meinung nach mit ihm machen?«

»Ihn aufrecht hinsetzen«, antwortete der Colonel.

»Ich glaube nicht, dass er sich über Äußerlichkeiten den Kopf zerbricht«, sagte ich. Ich wartete, bis der Colonel mir aus dem Weg ging, damit ich die Kabine verlassen konnte. Ich glaube nicht, dass ich zu dem Zeitpunkt schon Wut verspürte, obwohl ich wusste, dass diese Emotion kommen würde. In dem Moment war ich einfach nur betäubt.

»Sollen die Toten die Toten beerdigen«, flüsterte ich vor mich hin, als ich den Raum verließ. Ich war ein Befreier. Ich war von Klyber zusammengemischt worden. Wir waren nicht gebaut worden, um Tote zu betrauern, sondern darauf programmiert, sie zu rächen.

»Was haben wir denn hier?«, ertönte eine fröhliche Stimme durch die offene Tür der Maschinenabteilung, während ich den Flur hinunterging. Die Kabine, in der die Übertragungsausrüstung untergebracht war, hatte fast die doppelte Größe von Klybers kleiner Kabine. Ich spähte durch die Tür und sah zwei Bombenexperten in schwarzer Panzerung, die Seite an Seite vor der Übertragungsmaschine knieten.

Die Übertragungsmaschine sah wie die riesige Nachbildung einer Kiste mit Gewehrmunition aus. Das Gehäuse war ein rechteckiger Kasten mit Chromstreifen. Darin befanden sich achtzehn Messingzylinder, die wie 1 Meter große Nachbildungen von Langmunition aussahen. Ein Netzwerk aus Kabeln und Drähten verband diese Zylinder.

»War es Sabotage?«, fragte ich.

Die beiden Männer wandten sich zu mir um. Ich konnte ihre Gesichter durch das Glas ihrer Schutzmasken erkennen. »Das ist das ganze Geheimnis«, sagte einer der Männer und hielt ein Stück reines Kupferkabel von etwa dreißig Zentimetern Länge hoch. »Ich hätte denen in dem Moment, als das Schiff in Schweigen verfiel, sagen können, was passiert ist.«

Ich fühlte, wie eine Hand meine Schulter packte. »Alles in Ordnung mit Ihnen, Harris?«, fragte der Colonel.

»Das Kabel?«, fragte ich.

»Oh, hallo, Colonel McAvoy«, sagte der zweite Bombenexperte.

»Jungs«, sagte der Colonel. »Sie wollten dem Lieutenant gerade etwas erklären?«

»Das passiert, wenn eine Übertragung in die Hose geht«, sagte der erste Kerl. »Und es gibt viel zu viele Dinge, die schiefgehen können. Niemand im Vollbesitz seiner geistigen Kräfte reist in einem selbstübertragenden Schiff.«

Ich war freilich in einem selbstübertragenden Schiff zu den Golan-Trockendocks gereist. Die Bedeutung der Äußerung dieses Technikers begann gerade, mir bewusst zu werden, da hörte ich: »Und damit, Lieutenant Harris, haben Sie den Tod aller auf diesem Transporter zugelassen.« Ich wandte mich um und sah, wie der Chef der Einsatztruppen mich wütend anstarrte.

»Mach halblang, Fred«, warnte der Colonel.

»Wenn Sie hierhergekommen sind, um den Admiral zu beschützen, haben Sie einen Scheißjob gemacht. Dieses Schiff wurde genau vor Ihrer Rotznase sabotiert, Kumpel.« Er ging an mir vorbei und nahm dem Bombentechniker das Kupferkabel ab. Er wedelte damit herum wie mit einer Zeitung vor einem ungezogenen Hund und fügte hinzu: »Wissen Sie, wie diese Menschen gestorben sind?«

»Ich habe etwas von Herzstillstand gehört«, sagte ich.

»Fehlfunktion des Herzens infolge eines Elektroschocks wäre die treffendere Formulierung. Jemand hat mit einem Kabel die Übertragungsmaschine und den Rumpf des Schiffs verbunden. Als der Pilot die Übertragungsmaschine einschaltete, schickte er vier Millionen Volt für eine Hundertstelsekunde durch das ganze Schiff.«

»Eine Hundertstelsekunde …«, wiederholte ich.

»Wissen Sie, wie Übertragung funktioniert?«, fragte der Techniker. »Die Maschine erzeugt …«

»Ja«, sagte ich. »Ich weiß, wie Übertragung funktioniert.« Nach dem, was ich gehört hatte, verstanden nur ganz wenige in der Galaxis wirklich die Prinzipien, auf denen die Übertragung beruhte, und das waren Elitewissenschaftler. Ich bezweifelte, dass ein dämlicher Leicheneintüter die Theorie der Übertragungsreisen besser verstand als ich selbst. Ich wusste, dass Übertragungsmaschinen die Schiffe mit überladenen Teilchen überzogen, die übersetzt und auf der Stelle übertragen werden konnten, und das reichte mir.

»Tja, nun, anscheinend wissen auch andere Leute, wie das funktioniert«, sagte Fred, der Zar der Einsatzkräfte des

Golan-Trockendocks. »Denn jemand hat sich vor Ihrer Nase auf dieses Schiff geschlichen und dieses Kabel eingebaut. Der Admiral ist gestorben, während Sie Wache hatten, Arschloch.«

# 14

Ich kehrte nicht zur *Doctrinaire* zurück. Ich ging an Bord des Johnston-Starliners, den Klyber mir für die Reise zu den Golan-Trockendocks ausgeliehen hatte, und setzte Kurs ins All. Vier Stunden lang flog ich einfach in die Tiefen des Weltraums hinein, weg von den Trockendocks und dem Übertragungsnetzwerk. So weit draußen schien sich die Schwärze wie eine Decke um mich herumzulegen. Ich war Millionen Kilometer ins Nichts geflogen. Ein Pilot mit mehr Erfahrung hätte die Navigationsgefahren von Flügen durch die Tiefen des Alls besser gekannt als ich, aber ich verstand sie nicht und sie waren mir auch egal. Und natürlich hatte ich ein selbstübertragendes Schiff.

Bevor ich die Übertragungsmaschine einschaltete, kletterte ich aus dem Cockpit hinaus und quetschte mich durch den Gang der Kabine. Der Johnston R-56 Starliner war ein luxuriöses Schiff. Es hatte zwar kein Wohnzimmer als Hauptkabine, war aber hoch genug, dass ich fast aufrecht gehen konnte. Er konnte zwanzig Passagiere in sechs Reihen aufnehmen, aber die letzten beiden Reihen dieses Schiffs wurden durch ein filzüberzogenes Schott abgeschirmt. Hinter dem Schott saß die Übertragungsmaschine.

Ich hatte die Stromkabel von der Übertragungsmaschine abgezogen, bevor ich mich Golan genähert hatte. Ohne den Saft, der durch die Übertragungsmaschine hindurchfloss, war sie nichts weiter als ein unordentlicher Haufen aus Messing, Silizium, Kupfer und Kabeln, der von einer externen Überwachungsausrüstung nicht bemerkt wurde. Bevor ich nun die Kabel wieder anschloss, dachte ich darüber nach, was mit Klybers Transporter geschehen war, und überprüfte die Übertragungsausrüstung schnell.

Ich schob mich zum hinteren Ende der Maschine und suchte nach Kabeln. Alles sah gut aus. Ich inspizierte die entlegenen Ecken und spähte in die Zwischenräume zwischen der Maschine und der Innenwand des Rumpfs. Nichts. Als Nächstes nahm ich mir den Generator vor, der Energie für die Maschine erzeugte, nahm ein paar der Zylinder ab und untersuchte den Boden, indem ich mit einem Spiegel um die Ecken schielte. Der Boden sah sauber aus.

Ich atmete tief durch, zog die Elektrokabel zu den Klemmen an der Übertragungsmaschine und ließ sie einrasten. Dann schloss ich den Deckel der Maschine und kehrte zu meinem Sitz im Cockpit zurück. Dort saß ich einfach nur herum.

Ich dachte über die Gefahren der Selbstübertragung nach. Ein fähiger Attentäter hätte das Erdungskabel sicherlich irgendwo in meinem Schiff verstecken können, wo ich es nicht fand.

So, wie ich das sah, hätten Klyber und seine Mannschaft keinen besseren Tod erleiden können. Sie hatten nur gewusst, dass sich ihr Schiff in sicherer Entfernung zum Trockendock befunden hatte, und dann waren sie tot. Eine mächtige Ladung war für eine Hundertstelsekunde durch sie hindurchgeschossen. Sie hatte ihre Herzen zum Stillstand gebracht, einen Teil ihrer Haut und ihrer Haare zu Staub verwandelt und war wieder abgeklungen.

Selbst der Offizier, dessen Hand anscheinend an der Türklinke gelegen hatte, war ohne Schmerzen gestorben. Der Metallgriff hatte die Ladung in seinem bereits toten Körper verstärkt und ihn verkohlt. Wenn der Geist von »Major Burns« noch irgendwo herumgelungert hätte, so hätte dieser allen Grund gehabt, zusammenzuzucken, aber »Burns« selbst hatte nichts davon gespürt.

Als ich hörte, wie die Sanitäter ihn »Major Burns« nannten, dachte ich zunächst, es handele sich um schwarzen Humor der Mediziner. Ironischerweise war sein echter Name aber Major James T. Burns.

Meine Gedanken wanderten wieder zu Bryce Klyber – meiner letzten Verbindung zur Vereinigten Obrigkeit, meinem früheren Befehlshaber und schlussendlich meinem Erschaffer, da er dem Team vorgestanden hatte, das die Befreier ins Leben gerufen hatte. Erschaffer war eine kalte und wenig greifbare Beziehungsform. Ich sagte mir, wenn ich Klyber je geliebt hatte, dann so, wie ein Mann in einem Tunnel das Licht liebt, durch das er den Weg hinaus findet. Klyber war gut zu mir gewesen. Er hatte mich beschützt. Zum Schluss allerdings hatte er mich als einen Weg gesehen, seine Karriere zu rechtfertigen. Ich war kein Sohn für ihn gewesen, nicht einmal ein Kollege.

Admiral Klyber hatte mich dazu benutzen wollen, seinen Namen reinzuwaschen. Für die Geschichte waren die Befreierklone brutale und unkontrollierbare Killer. Klybers Plan war einfach gewesen. Er hatte die Leute daran erinnern wollen, dass seine Befreier die Republik gerettet hatten. Ich war keine Person für Bryce Klyber gewesen, sondern Mittel zum Zweck. Vielleicht war das alles, was eine Person für eine andere war –

Mittel zum Zweck. Die künstliche Bevölkerung war sicherlich ein Mittel, damit die natürlich Geborenen gewisse Zwecke erreichen konnten.

Gott, ich musste irgendwo hinfliegen. Diese ganze Selbstwahrnehmung konnte nur ein Zeichen von Depressionen sein, aber es war schön, allein zu sein und Zeit für Besinnung zu haben.

Ich saß in einem selbstübertragenden Schiff und es dämmerte mir, dass ich eine Menge Möglichkeiten hatte. Ich konnte überall hinfliegen. Klyber hatte mir den Starliner zwar nur geborgt, doch da er nicht mehr unter uns weilte, beschloss ich, das Schiff als meins anzusehen. Klyber war weg vom Fenster – wohin sollte ich es also zurückbringen? Ich konnte mich nicht dazu überwinden, mich der anderen Seite anzuschließen. Vielleicht hätte ich meine Programmierung so weit überlisten können, den Marine der Vereinigten Obrigkeit abzulegen, aber ich wollte nicht einmal darüber nachdenken, mich den Mogats oder den Konföderierten anzuschließen. Die Wahrheit war, dass ich die Mogats und die Konföderierten Arme noch weniger leiden konnte als die Republik.

Offiziere der Vereinigten Obrigkeit mochten Klonen denselben Wert wie anderen Ausrüstungsgegenständen zubilligen; die Mogats hingegen setzten Klone mit Kugeln der VO gleich – tödlichen Werkzeugen des Feinds. Die Vereinigte Obrigkeit hatte meiner Art lediglich den Zutritt zum Orion-Arm verwehrt, doch die Mogats würden mich auslöschen.

Ich wusste nur, dass ich Rache wollte. Vater oder Erschaffer, Freund oder Manipulator – Klyber war während meiner Wache gestorben. Er hatte mir vertraut und ich hatte versagt. Mein Job war es gewesen, ihn vom Schiff abzuholen, ihn sicher durch die Konferenz zu geleiten und ihn lebend wieder an Bord des C-64-Transporters zu bringen. Wenn man es genau nahm, war ich erfolgreich gewesen, doch das half mir nicht. Um die Wahrheit zu sagen, wenn ich die Augen schloss und trotz meiner harschen Reden an die Menschen dachte, aus denen ich mir etwas machte, war Fleet Admiral Bryce Klyber der Erste, der mir in den Sinn kam.

Ich ließ meine Gedanken schweifen und setzte meine MediaLink-Brille auf, um meine Mails nachzusehen.

Jetzt, da Bryce Klyber aus dem Weg geräumt war, konnte niemand Admiral Huang davon abhalten, mich zur Strecke zu bringen. Andererseits …

Ich hatte eine private Nachricht von jemandem mit Namen Clarence McAvoy. Der Name sagte mir nichts, bis ich die Adresse des Absenders bemerkte: Golan-Trockendocks, Sicherheitsabteilung. Bis zu dem Moment hatte ich an ihn immer nur als »den Colonel« gedacht; ihn als ein Zahnrad in der Maschinerie der Trockendocks gesehen. Als ich nun darüber nachdachte, erkannte ich, dass ich die Menschen um mich herum nicht viel anders einordnete als es die meisten Offiziere mit Klonen taten.

> *Harris,*
> *wir haben alle Passagiere an Bord von Klybers Transporter identifiziert. Laut der Passagierliste befanden sich 21 Menschen an Bord des Flugs. Wir haben 19 Leichen gefunden. Wie Sie schon sagten, befand sich Rear Admiral Thomas Halverson nicht an Bord des Transporters. Genauso wenig wie Captain Leonid Johansson.*
> *Wir fanden Johanssons Namen auf der Passagierliste eines Transporters, der nach Washington, D. C. flog. Er ist mit Admiral Huang ins Pentagon zurückgekehrt.*

*Huang hat Johansson in aller Frühe heute Morgen zu seinem persönlichen Stab versetzt. Ist das nicht die gottverdammt glücklichste Versetzung, von der Sie je gehört haben?*
*Colonel C. McAvoy*

*PS. Ich habe Ihnen die Sicherheitsakten der Leute beigefügt, die als Einzige Klybers Schiff betreten haben. Es handelt sich um ein Wartungsteam. Wir sind bisher noch nicht in der Lage gewesen, alle Techniker dieses Teams aufzuspüren.*

Mithilfe einiger optischer Befehle überflog ich die Datei, die McAvoy geschickt hatte, und sah mir die Videoaufzeichnungen an.

Eine Gruppe aus fünf Technikern ging durch die Sicherheitstore außerhalb des Hangars. Jeder zeigte seinen Ausweis am Empfang vor. Alle passierten eine Reihe Sicherheitsposten und unterzogen sich einer DNA-Analyse.

Einer der Männer war klein – kaum mehr als 1,50 Meter groß – und hatte eine Halbglatze, die von einem sandblonden Haarkranz umgeben war. Der Mann trug den Pullover eines Hausmeisters, ein schmutziges Ding mit kurzen Ärmeln, die bis kurz unter den Ellenbogen reichten. Der Anzug saß lose an seinem kompakten, drahtigen Körper. Seine entblößten Unterarme wiesen unglaubliche Muskeln auf. Und da war noch etwas … Nicht, dass ich diesen Mann identifizieren musste. Der Rand eines bunten Unterarm-Tätobrandings lugte unter dem Ärmel hervor.

*Tätobranding* war das Markenzeichen der Raubeine. Tätobranding-Künstler verpassten ihren Kunden zunächst mit einem heißen Eisen ein Branding, damit die Haut aufquoll, und spritzten dann Farbpigmente in die Narbe. Das Ergebnis war eine reliefartige Tätowierung. Verbrecher und Kneipenschläger liebten Tätobrandings, weil der Durchschnittsbürger bei deren Anblick erstarrte.

Ich erkannte dieses Tätobranding – es war das Abzeichen der Navy-SEALs. Es zeigte ein Rad mit sechs Speichen, jede Speiche hatte eine andere Farbe. Dabei handelte es sich um eine grob vereinfachte Karte der sechs Arme der Milchstraße. Jeder SEAL hatte sie auf seinen Unterarm tätobranded.

Doch dieser Mann war nicht einfach ein Navy-SEAL. Dies war ein »Adam Boyd«-Klon. Diese speziellen Klone stammten aus einer hoch geheimen Operation, die unter der persönlichen Leitung von Admiral Che Huang stand. Man musste sich keine Sorgen machen, dass irgendjemand diesen Kerl erkennen würde. Die einzigen Menschen, die Boyd-Klone in Aktion gesehen hatten, waren Marines gewesen, die nicht mehr lange zu leben hatten.

Ravenwood – der Außenposten, in dem ich angeblich gefallen war – war ein Übungsgelände für Adam-Boyd-Klone. Huang versetzte Platoons mit zweiundvierzig Marines dorthin, um den Außenposten auf Ravenwood zu verteidigen. Dann schickte er Angriffsteams bestehend aus zehn Adam-Boyd-SEALs los, um die Marines zu töten. Ich war der einzige Marine, der je davongekommen war.

In der Videoaufzeichnung passierte der Adam-Boyd-Klon die Posten ohne zu zögern. Eine Wache hob eine Hand, um ihn aufzuhalten, und der Zwerg grinste ihn voller Verachtung an.

Mit einem optischen Befehl hielt ich die Aufzeichnung an und rief den Identifikator des Klons auf. »Name: Adam Boyd. Bezeichnung: Wartung, Sechstes Kommando. Sicherheitsfreigabe: Alle Stufen. Zugehörigkeit zur Firma: Fünf Jahre.«

Die Wache sagte etwas, das die Sicherheitskamera nicht aufgenommen hatte. Der Adam-Boyd-Klon antwortete zufriedenstellend und durfte passieren. Das Wartungsteam ließ den Sicherheitsbereich hinter sich und ging dann in jedes Schiff auf dem Hochsicherheitsdeck, um es zu säubern – einschließlich Admiral Klybers C-64.

Ich betrachtete die Szene mit einer Mischung aus Sensationslust und völliger Sprachlosigkeit. Das Wartungsteam betrat die Transporter von jedem Mitglied der Vereinten Generalstabschefs. Wenn dieser kleine Schweinehund Boyd es gewollt hätte, hätte er die gesamte Hierarchie des VO-Militärs in die Luft jagen können.

Sobald der Boyd-Klon Klybers C-64 verlassen hatte, spulte ich zurück und beobachtete ihn zum zweiten Mal, wie er das Transportschiff betrat. Dann spulte ich zurück und sah es mir noch einmal in Zeitlupe an. Ich stoppte die Zeit, die zwischen Hineingehen und Herauskommen verstrich, und bemerkte, dass Boyd Klybers Schiff drei Minuten vor allen anderen Arbeitern betreten hatte. Er war achtzehn Minuten und zweiunddreißig Sekunden auf dem Schiff. Als er das Schiff betrat, trug er eine kleine Werkzeugkiste, die er auch wieder mit herausbrachte. Er konnte ein kurzes Kabel in dieser Kiste mit Leichtigkeit hineingeschmuggelt haben.

Nachdem ich mir noch zweimal angesehen hatte, wie der Klon den Transporter betrat und wieder verließ, ließ ich die Aufnahme schließlich bis zum Ende durchlaufen. Was ich am Schluss sah, schmerzte am meisten.

Die Sicherheitskamera folgte der Gruppe, während sie zunächst das Transportschiff und danach den Landebereich verließ. Sie ging durch das Sicherheitstor. Dort, genau hinter dem Tor auf derselben Stelle, an der ich ihn später an dem Abend entdeckte, stand Tom Halverson in Zivilkleidung.

Er lehnte mit dem Rücken an der Wand und rauchte eine Zigarette. Einen Moment schien es so, als ignoriere er die Wartungsmannschaft. Dann sah er den Boyd-Klon. Sein Blick heftete sich auf den kleinen Klon, während er weiterrauchte. Sobald die Wartungsleute an ihm vorbeigingen, warf Halverson seine Zigarette weg und folgte ihnen im Abstand von einigen Schritten. Sie durchquerten die Halle und verschwanden vom Bildschirm.

»Wieso bist du nicht beim Gipfeltreffen?«, fragte ich Halverson, als er in meiner MediaLink-Brille auftauchte. Dann dämmerte es mir. Wieso hätte er bei der Besprechung bleiben sollen? Er war einer von Huangs Leuten. Sein Job war es, die Sabotage von Klybers Schiff zu beaufsichtigen.

Eigentlich wollte ich nur eine Nachricht hinterlassen und rief mithilfe meiner Brille das Büro des Colonels an.

Er antwortete selbst.

»Harris?« Colonel McAvoys Gesicht erschien in meiner Brille.

»Colonel, ich habe Ihre Nachricht erhalten. Danke, dass Sie mir die Videoaufzeichnung geschickt haben.«

»Haben Sie etwas gefunden?«

»Haben Sie die gesamte Aufzeichnung gesehen?«, fragte ich.

»Sicher«, sagte der Colonel. »Ich dachte, Sie würden die letzten paar Momente besonders aufschlussreich finden. Wir haben die Trockendocks durchsucht. Halverson ist nicht hier. Ich vermute, dass er eine andere Identität in unsere Computer programmiert hat und mit einem gefälschten Identifikator entkommen ist. Ich nehme an, Sie halten nichts davon, fremde Identitätscodes zu benutzen, nicht wahr, Commander Brocius?«

Ich hatte im Laufe der Jahre so viele falsche Identitäten

verwendet, dass ich einen Moment brauchte, bis ich mich daran erinnerte, dass ich als Commander Brocius nach Golan geflogen war.

»Ist es vielleicht möglich, dass Halverson mit Huang zur Erde zurückgeflogen ist?«

»Ist er nicht«, sagte der Colonel. »Huang ist vor Klyber abgeflogen. Ich habe eine Aufzeichnung der Passagiere, wie sie an Bord gegangen sind. Wollen Sie sie haben?«

»Nein«, sagte ich. »Aber ich würde gerne alles sehen, was Sie vielleicht von dem Gipfel haben.«

»Guter Witz«, sagte der Colonel.

»Ich mache keine Witze.«

»Doch, machen Sie. Sie scheinen doch ein helles Kerlchen zu sein. Sie können doch nicht im Ernst annehmen, dass ich eine Aufzeichnung von einem Gipfel auf höchster Ebene habe. Und selbst wenn, können Sie nicht im Traum glauben, dass ich meine Karriere wegwerfen würde, indem ich sie Ihnen gebe.«

»Der höchstrangige Offizier in der Navy der VO ist gerade vor Ihrer Nase gestorben«, sagte ich und versuchte, ruhig zu klingen mit einem Hauch Drohung. Natürlich bluffte ich nur.

»Der militärische Geheimdienst wird bald überall herumschnüffeln, Harris«, sagte der Colonel. »Die werden das schon klären.«

»Ja, das werden sie. Und sie werden es Ihnen anhängen.«

»Wie das?«

»Folgen Sie der Spur weit genug und Sie werden sehen, dass Admiral Huang hinter dem Ganzen steckt. Wenn dafür jemand seinen Kopf hinhalten soll, dann raten Sie mal, hinter wem die her sein werden – hinter Ihnen oder hinter dem Marine-Minister?«

Der Colonel lachte. »Sie glauben, Huang hat Admiral Klyber getötet?«

»Ich kann es beweisen«, sagte ich. »Haben Sie eine Videoaufzeichnung von dem Gipfel?«

»Nein«, sagte der Colonel.

»Gut«, sagte ich und glaubte ihm kein Wort. Besprechungen auf höchster Ebene wie dieser Gipfel wurden immer aufgezeichnet und McAvoy war derjenige, der die Aufnahmeausrüstungen auf den Trockendocks besaß. »Klyber und Huang werden sich eine hitzige Debatte geliefert haben. Überprüfen Sie ihren Streit und sehen Sie sich dann die Aufzeichnung des Wartungsteams an … mit besonderem Augenmerk auf den kleinen Glatzkopf.«

»Ich hätte Sie erschießen lassen sollen, als ich die Chance dazu hatte«, sagte der Colonel. »Nehmen wir an, ich behaupte, Sie hätten das Kabel angebracht …«

»Ihre eigenen Videoaufzeichnungen beweisen, dass ich nicht einmal in der Nähe von Klybers Schiff war«, sagte ich. »Wollen Sie an Ihren Aufzeichnungen herumpfuschen?«

»Zum Teufel mit Ihnen«, sagte der Colonel.

»Hören Sie, Colonel, wenn Sie Zugang zu den Aufzeichnungen des Gipfels haben – und wir wissen beide, dass es so ist –, schlage ich vor, Sie sehen sich diese an. Sobald Sie das getan haben, schicken Sie sie mir und ich versuche, Ihnen zu helfen …«

»Und Sie glauben, ich traue Ihnen?«, fragte der Colonel.

»Wenn Sie meine Hilfe nicht wollen, ist das vollkommen in Ordnung. Ich wünsche Ihnen viel Glück. Sie werden es brauchen.«

»Wenn Sie recht haben und da ist etwas, besorge ich Ihnen die Aufzeichnung. Wenn Sie mich anlügen, Harris, lasse ich Sie auf meine Station zurückschleppen und stelle Sie umgehend vor ein Kriegsgericht«, sagte der Colonel. »Wie gefällt Ihnen das Angebot, Befreier?« Mit diesen Worten beendete er die Übertragung.

Das Angebot gefiel mir gar nicht. Ich saß im Cockpit des Starliners, starrte hinaus ins All und schmorte vor mich hin. Als Sicherheitsoffizier des Fleet Admirals fühlte ich mich verpflichtet, Klybers Mörder zu finden. Als Befreier verspürte ich ein fast krankhaftes Rachebedürfnis. Darüber hinaus wiesen die Beweise darauf hin, dass Admiral Huang Klyber ermordet hatte, und der Gedanke, eine Kugel zwischen seine Augen zu setzen, machte mich glücklich.

Huang töten … Huang töten. Ihm einfach eine Gewehrkugel in den Kopf zu schießen wäre zu einfach. Eine Handfeuerwaffe, eine Bombe oder vielleicht ein Messer, damit er wusste, dass es etwas Persönliches war. Unsere Blicke würden sich im letzten Moment treffen und er würde wissen, wer ihn getötet hatte und weshalb.

Innerhalb einer Stunde setzte McAvoy sich mit mir in Verbindung. Er rief nicht an und schickte auch keine Nachricht. Stattdessen erhielt ich eine virtuelle Lieferung. Eine riesige, verschlüsselte Datei und den passenden Schlüssel, um sie öffnen zu können.

»Die Nachricht von Klybers Tod ist im Link allgegenwärtig«, sagte Freeman in meiner MediaLink-Brille. Den schäbigen Möbeln und dem spartanischen Zimmer nach zu urteilen, befand er sich in einem billigen Hotel. »Die Navy sagt, es war ein tragischer Unfall.«

»Wenn man Sabotage als Unfall bezeichnen will«, antwortete ich. »Ansonsten war es ein tragischer Mord.« Ich befand mich immer noch in den Tiefen des Alls, ein paar Millionen Kilometer von den Golan-Trockendocks entfernt. Ich hatte die letzten vier Stunden damit verbracht, mir den Gipfel anzusehen, und war noch nicht fertig.

»Du glaubst, es war Mord?«, fragte Freeman.

»Ja, und Huang steckt dahinter«, sagte ich.

»Kannst du das beweisen?«

»Nein.«

Freeman saß auf einem Bett. Unter seinem Gewicht deformierte die Matratze sich von einem Rechteck zu einem Trichter. »Was hast du?«, fragte er.

»Ich habe eine Aufzeichnung der Sicherheitsabteilung, in der das Wartungsteam zu sehen ist, das Klybers Transporter gesäubert hat. Unter ihnen war ein Adam Boyd.« Ich machte eine Pause, um Freemans Reaktion abzuwarten.

Er zog eine Augenbraue hoch und sagte: »Das ist alles?«

»Huang hat diese Scheißkerle erschaffen.«

»War Thurston bei dem Gipfel?«, fragte Freeman.

Ich erinnerte mich daran, ihn in der Aufzeichnung gesehen zu haben, und nickte.

»Die einzigen Boyd-Klone, die ich je gesehen habe, waren Thurstons Schiff zugeteilt. Vielleicht steckt er dahinter.«

Das stimmte. Meines Wissens waren sämtliche Adam-Boyd-Klone der *Kamehameha* zugeteilt worden, dem Flaggschiff der Scutum-Crux-Flotte, die Robert Thurstons Wirkungsbereich war. Dieses winzige Detail passte nicht zu meiner Theorie. Ich wollte, dass Huang der Mörder war. »Thurston gehört zu Huangs Leuten. Er hat nichts gegen Admiral Klyber.«

»Du kannst nicht beweisen, dass Huang etwas gegen Klyber hat«, antwortete Freeman.

»Zum Teufel mit dir«, sagte ich, weil ich wusste, dass Freeman recht hatte.

»Du hast also nur ein Bild von einem Adam-Boyd-Klon, der Klybers Schiff betritt. Stimmt das? Du kannst nicht einmal beweisen, dass er es sabotiert hat.«

Ich nickte. »Er hatte eine Werkzeugkiste dabei«, sagte

ich. »Und er war achtzehn Minuten und zweiunddreißig Sekunden auf dem Schiff.«

»War er allein?«

»Zum Teil. Er war der Erste, der an Bord ging.«

»Du willst also sagen, dass er die Gelegenheit hatte, die Übertragungsmaschine zu öffnen und das Kabel anzubringen, obwohl der Rest des Wartungsteams unterwegs war?«

»Muss wohl«, sagte ich. »Woher wusstest du von dem Kabel?«

»So sabotiert man selbstübertragende Schiffe«, sagte Freeman. »Sonst noch etwas?«

»Ich habe eine Aufzeichnung des Gipfels. Da konntest du die Funken fliegen sehen. Klyber und Huang hassten sich zutiefst.«

»So, wie ich das sehe, können wir das Ganze entweder fallen lassen oder uns an Boyds Fersen heften«, sagte Freeman. »Mehr können wir nicht machen, bis wir Huang mit dem Klon in Verbindung bringen können.«

Ich wusste, dass die Adam-Boyd-Klone auf der Erde auf einer Insel namens Oahu ausgebildet wurden. Ich war einmal über einen von ihnen gestolpert, als ich auf dieser Insel Urlaub gemacht hatte. Außerdem wusste ich, dass ihre Operationsbasis jetzt die *Kamehameha* war, ein Kampfschiffträger im Scutum-Crux-Arm. Von diesen beiden Orten erschien mir Hawaii als der gastfreundlichere.

»Ich denke, ich werde mich zur Erde aufmachen, um mir ihre Farm mal anzusehen«, sagte ich. »Kommst du mit?«

Freeman nickte. »Ich habe Boyd-Klone nur einmal gesehen, und zwar nachdem du sie gerade in der Mangel gehabt hattest. Wäre interessant, einen zu sehen, der noch atmet.«

# Teil II

# ERMITTLUNG

# 15

*General Alexander Smith, Air-Force-Minister und aktives Mitglied der Vereinten Generalstabschefs, steht vor einer elektronischen Anzeigetafel und hält einen Laserpointer in der Hand. Wie die meisten Mitglieder der Generalstabschefs ist Smith etwa sechzig Jahre alt. Er ist klein und von mittlerer Gestalt mit angegrautem Haar. Sein Schnurrbart bedeckt seine gesamte Oberlippe.*

*Die Anzeigetafel ist ein altmodisches, zweidimensionales Modell. Wie er eine derartige Antiquität in die Trockendocks geschmuggelt hat, ist mir ein Rätsel, aber sie gehört auf gar keinen Fall zur Ausrüstung von Golan. Alle großen Gesellschaften haben 2-D-Anzeigen lange vor dem Bau dieser Anlage verworfen.*

*Der Gipfel findet an einem u-förmigen Tisch von fünfzehn Metern Länge statt. Nur Generals und Admirals sitzen an diesem Tisch. Stabsangehörige sitzen hinter ihnen auf Stühlen, die an der Wand entlang aufgestellt wurden.*

*Die 2-D-Anzeige von General Smith zeigt ein*

*Diagramm der Galaxis. Große rote Kreise befinden sich an diversen Stellen dieses Diagramms. Der General dreht sich um und zeigt darauf.*

*»Wie Sie wissen, haben wir an den folgenden Stellen Feindkontakt.« Er zeigt auf die Kreise. »Die Mogats scheinen mächtige Stützpunkte hier …«, er zeigt auf die untere Flanke des äußeren Cygnus-Arms, »hier …«, er zieht einen Kreis um einen parallel laufenden Abschnitt des Perseus-Arms, »… und in diesen Abschnitten von Scutum-Crux aufgebaut zu haben.«*

*Kleinere rote Punkte tauchen überall auf der Karte auf. »Die Mogats haben freien Zugang zur gesamten Galaxis. Hier befinden sich Gefahrenherde, was Spionage und illegale Aktivitäten angeht. Die einzigen roten Zonen im Orion-Arm sind die Planeten New Columbia und Olympus Kri.«*

*Drei der galaktischen Arme färben sich hellgrün ein. »Die Arme Cygnus, Perseus und Scutum-Crux haben ihre Unabhängigkeit erklärt und bilden den Vertragsverbund der Konföderierten Arme. Der Norma-Arm hat ebenfalls seine Unabhängigkeit erklärt. Soweit wir wissen, hat dieser Arm alle Mogat-Siedler hinausgeworfen und ist jetzt ein Mitglied der VKA.*

*Nur die Arme Orion und Sagittarius sind uns treu ergeben. Offen gesagt finanziert die VO einen uneingeschränkten, verdeckten Krieg in Sagittarius, der uns Billionen von Dollars kostet. Das ist die schlechte Nachricht.«*

*Die farbigen Bereiche verschwinden von der*

Tafel; zurück bleibt eine Sternkarte in Weiß und Schwarzblau. »Die rosafarbenen Bereiche zeigen die Territorien, in denen unsere Feinde momentan die militärische Übermacht haben.«
Alle Männer im Raum lachen. Es gibt keine rosafarbenen Bereiche.
Die Einleitung und die Witze sind abgehandelt und General Smith wird plötzlich ernst. »Vor ungefähr drei Wochen hat der Geheimdienst der Air Force die Nachricht ›Umbauten abgeschlossen. Erprobung in GNZ dreitausendsechshundertzwölf aufgefangen.‹
Natürlich hatten wir zu dem Zeitpunkt keine Ahnung, was diese Nachricht zu bedeuten hatte.«
»GNZ«, ruft Klyber, »Galaktisches Norma-Zentrum?«
»Richtig«, sagt Smith mit einer kleinen Verbeugung. »GNZ bezog sich tatsächlich auf die innere Krümmung des Norma-Arms, einem unbewohnten Sektor der Galaxis.« Er geht zum Rand seines Podiums und hält seinen Blick auf Admiral Klyber gerichtet. »Dreimal dürfen Sie raten, was die Verwendung ihrer Umbauten angeht oder was dreitausendsechshundertzwölf heißen soll.« In seiner Frage liegt keine Provokation. Es handelt sich um ein freundliches Geplänkel zwischen Offizieren.
»Klingt wie ein Datum«, sagt Klyber, schüttelt den Kopf und lehnt sich zurück.
»Sie haben Ihren Beruf verfehlt, Bryce«, sagt Smith. »Sie hätten Geheimdienstler werden sollen. Sie wären sicherlich schnell aufgestiegen.«

*Dieser Kommentar wird mit vereinzeltem Gelächter quittiert, da Klyber ohnehin der höchstrangige Offizier aller Militärzweige ist.*
*»Wir haben keine Außenposten im zentralen Teil des Norma-Arms, weil er einfach zu entlegen ist. Wir haben allerdings eine experimentelle Radarstation. So sah die Radarmessung vor neun Tagen aus – am 6. März 2512.«*
*Die Anzeigetafel wird vollkommen schwarz. Konzentrische Kreise markieren die Entfernungen von der Radarstation. Man sieht nur, wie der Bildschirm sich immer wieder neu aufbaut, sonst geschieht einige Sekunden lang nichts. Nachdem der Radarkegel zum dritten Mal die Gegend abgesucht hat, erscheint ein Haufen Punkte in einem kleinen Bereich des Bildschirms.*
*Der Kegel braucht für einen Umlauf dreißig Sekunden, die Messung baut sich immer wieder neu auf, aber die Punkte bewegen sich nicht. Sie bleiben für sechzehn Suchläufe an Ort und Stelle, insgesamt acht Minuten. Acht Minuten vergehen, und nach dem nächsten Suchlauf sind die Punkte weg. Sie sind spurlos verschwunden. Der Suchlauf fährt fort, aber die Radarmessungen bleiben ergebnislos.*
*»Haben wir eine Messung mit weiteren Einzelheiten, Sir?«, fragt Admiral Brocius. »Ich würde davon gerne eine Analyse sehen.«*
*»Diese Radarmessung wurde über eine Entfernung von sechseinhalb Millionen Kilometer hinweg vorgenommen. Ich fürchte, die Schiffsmarken und die Seriennummern waren etwas verschwommen«,*

*witzelt der General. »Das Beste, das wir herausbekommen konnten, waren Punkte.«*

*Die Stelle mit den Punkten taucht wieder auf und wächst an, bis sie den gesamten Bildschirm ausfüllt. Die Punkte sehen wie ein Haufen schimmernder Eier aus, die auf einer schwarzen Oberfläche ohne besondere Anordnung gelegt wurden.*

*»Es handelt sich um genau fünfhundertsechsundsiebzig Punkte in diesem Bild«, sagt Smith. »In der Galaktischen Zentralflotte gab es fünfhundertachtzig Schiffe ...«*

*»Admiral Thurston hat vier Zerstörer dieser Flotte während der Schlacht am Kleinen Mann abgeschossen«, unterbricht Huang und steht auf. Hinter Huang sitzt Leonid Johansson und nickt selbstgefällig, als hätte er einen Anteil an diesem Sieg gehabt.*

*Als ich Johansson dort bemerke, wende ich meine Aufmerksamkeit der Wand hinter Klyber zu. Halverson sitzt hinter Klyber und macht sich eifrig Notizen. Neben ihm sitzt ein Offizier, den ich nicht kenne – es könnte sich sogar um den unglücklichen Major Burns handeln. Jeder an dem Gipfel teilnehmende Offizier hat drei Berater dabei. Der letzte Sitz hinter Klyber muss der von Captain Johansson sein. Jetzt ist er leer.*

*»Das würde bedeuten, dass alle anderen Schiffe einsatzfähig waren«, ruft ein General der Air Force, den ich nicht erkenne.*

*»Wieso denn auch nicht?«, feuert Huang immer noch stehend zurück, »sie hatten mehr als vierzig Jahre, um sie aufzurüsten.«*

*»Admiral Huang bringt da ein gutes Argument«, sagt Admiral Brocius.*

*Während die zu nichts führende Diskussion sich zwischen den anderen Offizieren ausweitet, lehnt Admiral Klyber sich mit einem verschlagenen Grinsen auf seinem Stuhl zurück und murmelt etwas in Halversons Richtung. Es scheint, als erzähle er dem Rear Admiral einen Witz. Der alarmierte Ausdruck auf Halversons Gesicht ist aber alles andere als erheitert.*

*»Diese Schiffe sind veraltet. Sie gehören in ein Museum«, antwortet der unbekannte Air-Force-General.*

*»Ich wünschte, ich wäre davon so überzeugt wie Sie«, sagt General Smith mit lauter Stimme und versucht, die Diskussion wieder unter Kontrolle zu bringen.*

*»Kommen Sie schon, Alex … sie wurden einmal in zwei Jahren gesichtet. Davor lagen vierzig Jahre«, antwortet der unbekannte Air-Force-General.*

*Die Anzeige hinter General Smith leert sich und zeigt dann eine Karte des Scutum-Crux-Arms. »Diese Schiffe wurden in den letzten drei Tagen achtzehnmal gesichtet. Sie tauchten hier, hier und hier auf …«*

*»Das ist nur ein paar Millionen Kilometer von der Scutum-Crux-Flotte entfernt«, sagt Huang erstaunt. »Vielleicht wollen sie sich mit Admiral Thurston anlegen.«*

*»Ja, echt schade, dass Ihr Bursche sie nicht bemerkt hat«, spöttelt der General der Air Force.*

*Rear Admiral Robert Thurston sitzt schweigend*

*in einer Ecke hinten im Raum. Er ist ein stiller, bedächtiger Mann. Er hat rotes, stacheliges Haar und das Gesicht eines Gymnasiasten. Seine kleine, gertenschlanke Figur verstärkt das Bild eines Jungen, der gerade erst sein Abitur gemacht hat.*

*»Don«, sagt General Smith und wendet sich an seinen Air-Force-Kollegen, »wir haben Radaraufzeichnungen von dreihundert Schiffen, die in etwa einer Million Kilometer Entfernung von Ihrem Stützpunkt auftauchen. Sie kommen an, programmieren ihre Übertragungscomputer um und verschwinden wieder. Eine Theorie besagt, dass man sehen will, ob wir ausreichend vorbereitet sind.«*

*»Sieht so aus, als umkreisten diese alten Schiffe euch Jungs«, sagt ein Offizier der Army. Der hat leicht reden. Von seinen Streitkräften wird auch nicht erwartet, den Weltraum zu bewachen.*

*»Sie können nicht wirklich von uns erwarten, jeden Zentimeter des Alls zu patrouillieren«, sagt Don und klingt beinahe rechtfertigend.*

*»Wir haben ein noch größeres Problem als das«, sagt Smith. »Ganz gleich, um welche Flotte es sich hier handelt, sie wissen sehr genau über unsere Bewegungen Bescheid.«*

**Erddatum: 16. März 2512**
**Stadt: Honolulu**
**Planet: Erde**
**Galaktische Position: Orion-Arm**

Das letzte Mal flog ich als junger Sergeant der Marines zum Urlaub nach Hawaii. Ich spielte wie ein kleines Kind, schwamm im Meer wie ein kleines Kind und hatte eine bedeutungslose Romanze mit einem Mädchen, das ich nur als hübsches Beiwerk beschreiben kann. Innerhalb eines Monats, nachdem ich zum Dienst zurückgekehrt war, landete ich auf dem Kleinen Mann. Nachdem ich das Massaker auf dem Kleinen Mann mit angesehen hatte, war ich nie wieder ein Junge. Rückblickend betrachte ich meinen Aufenthalt auf Hawaii als das letzte Kapitel meiner Jugend.

Ich flog nicht auf direktem Wege von den Trockendocks zur Erde. Als Befreier durfte ich nicht in den Orion-Arm einreisen und ich wollte nicht das Risiko eingehen, Aufmerksamkeit zu erregen.

Das selbstübertragende Schiff erlaubte es mir, das Übertragungsnetzwerk und die Sicherheitskontrollen auf dem Mars zu umgehen. Ich übertrug mich zur »dunklen Seite« des Sonnensystems – dem am weitesten vom Mars entfernten Punkt auf dessen Umlaufbahn. Somit hatte ich noch hundertsechzig Millionen Kilometer bis zur Erde zu fliegen. Die Reise würde aufgrund der nichtatmosphärischen Höchstgeschwindigkeit des Starliners, die bei acht Millionen Kilometern pro Stunde lag, zwanzig Stunden dauern.

Nachdem ich in die Atmosphäre der Erde eingetreten war, erwarteten mich noch weitere Stunden Flug. Die Höchstgeschwindigkeit des Starliners unter atmosphärischen Bedingungen lag bei viertausendachthundert Kilometern pro

Stunde. Im gesamten Bereich der VO galt eine Geschwindigkeitsbegrenzung von Mach 3.

»Harris, bist du da?« Ray Freemans Stimme ertönte in meinem MediaLink.

»Ja. Ich bin hier«, sagte ich. Ich hatte den Gipfel angesehen und war immer noch in dessen politischen Verwicklungen gefangen. Freemans Stimme brachte mich in die Realität zurück. »Bist du schon auf Hawaii?«

»Noch nicht.«

»Als du auf dem Kleinen Mann warst, hast du da Mogats gejagt?«, fragte Freeman.

»So hatte man es uns gesagt«, sagte ich. »Geht es um deine Familie?«

»Was wird die Navy deiner Meinung nach tun, wenn sie dort Neo-Baptisten findet?«

»Es handelt sich um einen wertvollen Planeten«, sagte ich. »Es gibt nicht viele Planeten, auf denen Leben ohne vorherige Urbarmachung möglich ist. Sie werden sie auf jeden Fall als Landbesetzer ansehen. Wie viele Leute sind dort?«

»Ungefähr hundert«, sagte Freeman.

»Das ist sehr wenig. Vielleicht bemerkt die Navy sie nicht einmal.«

»Sie haben sie bereits bemerkt«, sagte Freeman. »Mein Vater hat sich mit mir in Verbindung gesetzt. Er sagte, dass ein Träger entsendet wird, um die Situation zu untersuchen.«

»Weißt du, welcher?«, fragte ich.

»Die *Grant*, glaube ich. Spielt das eine Rolle?«

»Möglicherweise, wenn es die *Grant* ist. Erinnerst du dich an Vince Lee?« Vince war mein bester Freund gewesen, als ich noch ein Marine gewesen war. Ich hatte seit meiner unerlaubten Abwesenheit nicht mehr mit ihm gesprochen. »Er ist Offizier auf der *Grant*.«

»Lee?«, fragte Freeman und wusste offenbar nicht, von wem ich sprach.

»Du hast mal versucht, ihn zu töten«, sagte ich. »Du hast ihm ein paar Dollar bezahlt, damit er meinen Helm aufsetzte, ohne ihm zu sagen, dass ein Attentäter hinter mir her war.«

»Ja«, sagte Freeman.

»Er ist ein feiner Kerl«, sagte ich. »Ich kenne auch den Captain des Schiffs … Pollard. Beide gute Männer. Sie werden deinen Vater fair behandeln. Sie werden sie vielleicht bitten, zu gehen, aber sie werden nicht grob sein. Wer weiß, wenn sie feststellen, dass die Kolonie keine Bedrohung darstellt, ignorieren sie sie vielleicht sogar. Wie lange ist es her, dass sie Verbindung aufgenommen haben?«

»Ein oder zwei Tage.«

»Nun, so bald werden sie dort nicht ankommen. Es dauert eine Weile, zum Kleinen Mann zu fliegen. Die nächstgelegene Übertragungsscheibe ist einige Tage entfernt.«

Freeman und ich redeten noch ein paar Minuten, bevor er die Verbindung unterbrach. Ich lehnte mich in meinem Sessel zurück und sah mir noch mehr von dem Gipfel an. Ich hatte noch hundertzweiundfünfzig Millionen Kilometer vor mir; mehr als genug Zeit.

# 16

*»Die Bewegungen der GZ-Flotte werden immer raffinierter«, sagt General Smith. Neue Kreise tauchen auf dem Bildschirm hinter ihm auf. »Nach der Radarmessung vom Zentrum Normas scheinen sie ihre Fähigkeit zur Selbstübertragung zu testen. Das war die erste Messung, die wir erhalten haben. Die Schiffe übertrugen hinein, blieben acht Minuten vollkommen bewegungslos und dann waren sie wieder weg. Wir vermuten, dass sie so lange blieben, bis sie die benötigte Energie erzeugt hatten, um sich wieder heraus zu übertragen.«*

*»Acht Minuten zwischen Übertragungen?«, fragt Klyber und seine Stimme hat unbewusst die richtige Lautstärke, um jedermanns Aufmerksamkeit auf sich zu ziehen. »Das erscheint kaum möglich.«*

*»Bryce?«, fragt Smith. »Haben Sie etwas gesagt?«*

*»Die Übertragungsgeneratoren auf diesen Schiffen sollten fünfzehn Minuten brauchen, um genug Energie für eine Übertragung bereitzustellen«, sagt Klyber. Er sieht äußerst beunruhigt aus und klingt auch so. Angesichts dieser Szene frage ich mich, wie*

*lange die* Doctrinaire *benötigt, um sich aufzuladen und zu übertragen.*

*»Sie werden sich an die abgefangene Botschaft erinnern – ›Umbauten abgeschlossen‹«, sagt General Smith. »Wir glauben, dass sie ihre Ausrüstung auf den neuesten Stand gebracht haben.«*

*»Wo liegt das Problem, Admiral Klyber?«, ruft Huang. Er sitzt Klyber direkt gegenüber. Die Offiziere sehen sich an. »Wie lange brauchen die Generatoren der* Doctrinaire, *um sich für eine Übertragung aufzuladen?«*

*Alle Teilnehmer des Gipfels verfallen in Schweigen. Die Atmosphäre in dem großen Raum wird plötzlich zu einem Stillevakuum. Bryce Klyber wendet seinen schmalen, knochigen Kopf in Richtung von Che Huang. Klyber ist ein Fleet Admiral – der höchstrangige Mann in der Navy der Vereinigten Obrigkeit –, aber Admiral Che Huang ist der Marine-Minister und ein Mitglied der Vereinten Stabschefs. Klyber hat mächtige Freunde auf dem Capitol Hill. Huang hat den Rückhalt des Pentagons. Keiner von ihnen will nachgeben.*

*»Die* Doctrinaire*?«, fragt General Smith. Smith hat offensichtlich keine Ahnung, wovon Huang spricht.*

*»Admiral Klyber hat einen selbstübertragenden Kampfschiffträger entwickelt«, sagt Huang mit einer Stimme, die gleichzeitig arrogant und gelangweilt klingt. »Noch nichts davon gehört, Alex? Kein Grund, sich schlecht zu fühlen. Das ist Klybers kleines Geheimnis. Er hat es mit finanzieller Unterstützung seiner Freunde im Linearausschuss gebaut.«*

*»Stimmt das?«, fragt General Smith.*
*Wenn es eins gibt, das hochrangige Offiziere nicht leiden können, dann, wenn man sie nicht einweiht. Das leistet ihrer Paranoia Vorschub und sie fühlen sich hintergangen. Ärger und Erstaunen malen sich auf General Alex Smith' Gesicht ab; Triumph erscheint auf Huangs.*
*»Natürlich stimmt das«, sagt Huang. »Das ist Bryce Klyber. Er ist dafür bekannt, seine Freunde an höherer Stelle anzurufen, um Regeln zu umgehen. Es handelt sich hier um denselben Offizier, der die Befreierklone erschaffen hat … einer davon befindet sich in dieser Anlage.«*
*Schweigen im Raum.*
*»Ich bin gerne bereit, mich über die* Doctrinaire *zu unterhalten«, sagt Klyber. Dann wendet er sich an Huang und fügt hinzu: »Und danach sollten wir dann vielleicht Ihr geheimes Klonprojekt zur Diskussion stellen.«*
*Che Huang wird für einen kurzen Moment leichenblass und dann läuft er puterrot an. Er knallt seine Faust auf den Tisch, sagt aber nichts.*
*»Darf ich das Wort ergreifen?«, fragt Klyber. Erst als General Smith nickt und das Podium verlässt, erhebt sich der wohlerzogene Bryce Klyber von seinem Platz am Tisch. Klybers Auftritt ist weltmännisch, dezent und besonnen. Huang auf der anderen Seite des Tischs ist so wütend, dass er es kaum auf seinem Stuhl aushält. Er zappelt herum und seine Hände sind zu Fäusten geballt.*
*Klyber ist offensichtlich mit der Absicht zu dieser Besprechung gekommen, über sein höchst geheimes*

*Projekt zu sprechen. Er nimmt einen Datenchip aus einem Koffer neben seinem Sitz und legt ihn in eine dafür vorgesehene Aussparung der Anzeigetafel. Eine Bauzeichnung der* Doctrinaire *erscheint.*

*»Meine Herren, lassen Sie mich mit einer Entschuldigung dafür beginnen, dass ich Sie nicht schon früher über dieses Projekt in Kenntnis gesetzt habe. Sie sollen wissen, dass dieses Projekt nicht einmal im Senat besprochen wurde. Angesichts der momentanen Situation der nationalen Sicherheit baten die Mitglieder des Linearausschusses ausdrücklich darum, dass ich auf eine Gelegenheit wie diese warte, bevor ich das Projekt vorstelle.*

*Da dieses Projekt aus Fonds finanziert wurde, die dem Ermessen des Linearausschusses unterliegen, und nicht aus dem Militärbudget, schien das eine angemessene Bitte zu sein.«*

*Wenn es darum geht, militärische Angelegenheiten und Politik zu vermischen, kann Bryce Klyber niemand das Wasser reichen. Huang muss jetzt bereits klar geworden sein, dass er für diese Auseinandersetzung die falsche Plattform gewählt hat. Er nimmt ein Datenpad auf und täuscht vor, Notizen zu lesen, dabei sind seine Augen auf einen Punkt in der Mitte des Pads fixiert. Als Johansson sich vorbeugt und ihm etwas zuflüstert, mahlt Admiral Huang mit dem Kiefer und tut so, als höre er ihn nicht.*

In Zivilkleidung, meine Haare unter einer Mütze verborgen und ohne sichtbare Waffen durchquerte ich unbemerkt den Flughafen von Honolulu. Hier gab es keine großen Sicherheitszonen wie im Raumhafen Mars oder in Salt Lake City. Die in Honolulu ankommenden oder abgehenden Flüge stammten alle von der Erde und verließen niemals die Atmosphäre. Sobald man sich an Bord eines Flugzeugs befand, das die Erde ansteuerte, war man auf der sicheren Seite. Man war sauber, es sei denn, man flog ein seltenes, selbstübertragendes Schiff.

Freeman traf sich nicht mit mir am Flughafen. Von einem 2,13 Meter großen, schwarzen Mann mit Armen wie Anakondas und Beinen wie Baumstümpfen abgeholt zu werden, diente keineswegs der Unauffälligkeit. Ich hatte nur eine unverdächtige Reisetasche über die Schulter geworfen und schlenderte durch die offene Empfangshalle des privaten Flugterminals zur Straße. Ein paar Minuten später kam Freeman in einem kleinen Mietwagen vorbei und ich sprang auf den Beifahrersitz.

Freeman hatte ein Cabrio ausgesucht. Die meisten Leute fuhren diese Autos, um sich am warmen Inselwetter zu erfreuen. Sonnenanbetung hatte mit Freemans Entscheidung allerdings nichts zu tun. Er passte einfach nicht in die meisten Autos hinein. Zusammengekauert saß er hinter dem Lenkrad und alles oberhalb seiner Nase ragte über die Windschutzscheibe hinaus. Er sah aus wie ein Erwachsener, der versuchte, sich in ein Kinder-Gokart zu quetschen.

»Bist du schon mal auf dieser Insel gewesen?«, fragte ich Freeman und versuchte, das Bild, das er auf dem Fahrersitz abgab, zu ignorieren.

Er schüttelte den Kopf.

Die Vereinigte Obrigkeit unterhielt Urlaubsresorts auf der Erde, um die Bürger auf den 180 Außenwelten daran zu erinnern, welcher ihr Heimatplanet war. Hawaii war ein lebendiges Museum. Der einzige dort stattfindende Handel hing mit dem Tourismus zusammen. Hawaii hatte eine

Polizei, Müllmänner und Fluglotsen. Es gab sie nur aus einem einzigen Grund: den Ort für Touristen sauber zu halten. Es gab Ananas- und Zuckerrohrfarmen, doch sie waren von der Regierung geleitete produzierende Museen. Sie sollten lediglich Besuchern vorführen, wie das Leben auf dieser Insel vor fünfhundert Jahren ausgesehen hatte. Ihre Produktionsmethoden waren antiquiert und ein großer Teil ihrer Erzeugnisse wurde als Souvenirs verkauft.

»Wo fahren wir hin?«, fragte er.

»Es gibt einen Ort, der Sad Sam's Palace heißt«, sagte ich.

»Die Boxarena, von der du mir erzählt hast?«

»Boxen, Ringen, professionelle Kämpfer, Herausforderungen für Amateure. Kommt drauf an, an welchem Abend du hingehst«, sagte ich. »Der Schuppen ist in der Nähe von Waikiki. Wirst du das finden?«

Der Märzhimmel war eine Mischung aus Sonnenschein und Schatten. Die Stadt war von feuchter Luft durchzogen. Wolken in der Farbe von rostfreiem Stahl stauten sich vor den Bergen zu unserer Linken und erstickten das Sonnenlicht. Auf der rechten Seite war der Himmel über dem Meer fast wolkenfrei.

Freeman und ich fuhren entlang der Außenbezirke von Honolulu. Er saß verkrampft hinter dem Lenkrad auf seinem Sitz, beobachtete die Straße und musterte insgeheim jede Kurve und jedes entgegenkommende Fahrzeug.

»Ich bin sauber hineingekommen«, sagte Freeman. Um zu vermeiden, dass er auf der Erde Aufmerksamkeit auf sich zog – als ob sich ein 2,13 Meter großer, schwarzer Mann in dieser homogenen Gesellschaft unauffällig bewegen könnte –, war er mit öffentlichen Verkehrsmitteln vom Mars aus angereist. Angesichts des drohenden Kriegs und der dadurch verschärften Sicherheitsvorkehrungen hatte er erst gar nicht versucht, eine Waffe hineinzuschmuggeln. »Hast du eine Idee, wo ich etwas finden kann?«

Ich dachte kurz darüber nach. »Nein. Bunte Hemden, ja. Alkohol, ja. Ich weiß, wo sie ein Fruchtsaftgetränk verkaufen, das dich aus den Socken haut.«

»Wo bekommst du die Hemden?«, fragte Freeman.

»Auf dem Internationalen Marktplatz«, sagte ich. »Das ist ein Basar für Touristen. Wenn du nach Badehosen, Hüten aus Kokosnussblättern, Kerzen oder Hawaiihemden suchst – da bist du richtig. Waffen …« Hatte ich dort nicht gesehen.

»Sauberer, mustergültiger Ort?«

»Nicht unbedingt«, sagte ich.

»Glaubst du, du findest das wieder?«

Den Internationalen Marktplatz zu finden war kein Problem. Er befand sich mitten in Waikiki, im Herzen des Touristengebiets, und war ein weitläufiger, offener Platz mit Bäumen, Karren und Gebäuden, deren Wände aus unechtem Lavastein bestanden. Es war gerade 17 Uhr an einem, wie es schien, träge verlaufenden Tag. Nur wenige Touristen waren zu sehen und die Verkäufer jagten sich gegenseitig aggressiv jeden ab, der an ihren Ständen vorbeilief.

»Suchst du Sandalen, Süßer?«, rief ein Mädchen mir zu, als wir an ihrem Laden vorbeikamen. Darin befand sich kein einziger Kunde, nur die Verkäuferin und Regalreihen mit Leder- und Gummisandalen.

Freeman drehte sich um und warf der Frau einen wütenden Blick zu. Sie zuckte zusammen.

»Hast du nichts gesehen, das dir gefällt?«, fragte ich.

Freeman sagte nichts.

»Ist wahrscheinlich auch besser«, sagte ich. »Ich bezweifle, dass sie etwas in deiner Größe hat.«

Wir kamen an Juwelieren, Kerzenläden und Bekleidungsgeschäften vorbei. Freeman beachtete sie nicht. Kleinhändler liefen herbei, um uns Hemden und Koffer zu zeigen. Freeman schob sich an ihnen vorbei, ohne sich umzusehen. Dann passierten wir einen Stand, an dem Parfüm verkauft wurde, und Freeman blieb stehen. Neben dem Stand war ein warziger kleiner Mann, der Shorts und ein Golfkäppi trug. Der Mann hatte kein Hemd an. Sein Körper war dünn, aber muskulös. Seine Bauchmuskeln waren deutlich zu erkennen und seine Brust war flach und von Sehnen überzogen.

»Warte hier«, grollte Freeman. Er ging zu dem Mann und sprach sehr leise mit ihm.

»Zum Teufel mit Ihnen!«, brüllte der Mann plötzlich. »Was glauben Sie, was das hier für ein Laden ist?« Er riss seine Hände hoch. Auch wenn er sich vollkommen ausstreckte, erreichten die Finger des Mannes kaum Freemans Augen.

Freeman sagte etwas mit seiner weichen Donnerstimme und der Mann senkte die Hände.

»Gehen Sie zum Teufel!«, brüllte der Mann. »Für wen halten Sie sich?«

Freeman steckte seine Hand in die Tasche und zog ein paar Dollar hervor. Ich konnte nicht sehen, wie viel er abzählte, aber ich sah, wie er die Noten auf den Tresen legte. Der warzige Mann schüttelte den Kopf. Freeman legte noch mehr hin. Der Mann schüttelte den Kopf. Freeman zählte zwei weitere Noten ab. Als Freeman sein Bargeld wieder an sich nehmen wollte, legte der kleine Mann seine Hand darüber.

Der Warzige steckte das Geld in die vordere Tasche seiner Shorts und trollte sich in einen Nebengang. Ein paar Minuten später tauchte er mit einem rotbunten Hemd wieder auf, das zu einem ordentlichen Rechteck gefaltet war. Das Hemd sah tatsächlich groß genug für Freeman aus.

Ohne ein Wort nahm Freeman das Hemd und ging. Als

wir das Auto erreichten, faltete er das Hemd auseinander. Darin lagen eine Pistole und drei volle Magazine.

»Woher wusstest du, dass er Waffen hat?«, fragte ich.

Freeman sah mich überrascht an. »Wer würde denn von so einem Arschloch Parfüm kaufen?«

# 17

*»Um Zeit zu sparen, werde ich nicht auf jede Einzelheit des Schiffs eingehen«, sagt Klyber. »Ein vollständiger …«*

*»Warum geben Sie uns keinen umfassenden Überblick?«, unterbricht Huang.*

*»Wie ich bereits sagte«, fährt Klyber fort und der Anflug eines Lächelns liegt auf seinen Lippen, »wurde ein vollständiger Satz Pläne an Sie alle geschickt. Da der Linearausschuss dieses Projekt noch nicht veröffentlicht hat, wird um Ihre Diskretion gebeten.« Er stellt Huang offensichtlich eine Falle, denn er weiß genau, dass dieser seine Arroganz nicht lange genug unter Kontrolle halten kann, um nicht hineinzutappen.*

*»Ich würde allerdings gerne auf ein paar interessante Aspekte des Schiffs eingehen. Die* Doctrinaire *verfügt über zwölf Decks und eine Brücke. Sie misst von Flügelspitze zu Flügelspitze mehr als drei Kilometer. Die* Doctrinaire *hat vier Abflugröhren; jede einzelne beherbergt eine vollständige Schwadron von siebzig Tomcat-Jägern für Kämpfe in den*

*Tiefen des Alls. Sie hat außerdem …«*

*In seinem Sessel lehnt Huang sich mit einem gelangweilten Gesichtsausdruck zurück, der signalisiert, dass er diese Informationen bereits kennt, und sagt: »Zwei Drittel des Schiffs werden von der Maschine eingenommen.«*

*Klyber lächelt. »Durchaus richtig, Admiral Huang. Bei einem Schiff dieser Größe ist die Energieerzeugung von großer Bedeutung. Besonders bei einem Schiff, das selbstübertragend ist.«*

*Die Reaktion auf diese Worte ist Begeisterung. Man hätte annehmen können, Klyber hätte verkündet, Gott höchstpersönlich hätte sich bei den Marines eingeschrieben. Ein Dutzend kleinerer Unterhaltungen beginnt überall im Raum. Einige Offiziere drehen sich zu ihren Beratern um und flüstern diesen etwas zu; andere unterhalten sich etwas lauter untereinander.*

*»Admiral Klyber, Sie haben uns noch nichts über die Erholungszeit gesagt, die benötigt wird, um Ihre Übertragungsmaschine aufzuladen«, ruft Huang mit einer Stimme, die den Lärm übertönt. Auf seinem Gesicht liegt ein höhnischer Ausdruck.*

*»So, wie ich das sehe, haben wir gerade erfahren, dass die Mogats ihre Übertragungsmaschinen neu ausgestattet haben und jetzt in der Lage sind, innerhalb von acht Minuten aufzuladen und zu übertragen. Wie lange braucht Ihr Koloss, um seine Übertragungsmaschine aufzuladen, Admiral Klyber?«*

*Klyber nickt als Zeichen, dass er die Frage verstanden hat. »Gute Frage. Unsere besten Infor-*

*mationen zeigten, dass die Schiffe der Galaktischen Zentralflotte fünfzehn Minuten pro Übertragung benötigten. Wir haben selbstverständlich einen höheren Maßstab angelegt …«*

*»Wie lange?«, fragt Huang.*

*»Die Übertragungsmaschinen der* Doctrinaire *benötigen zehn Minuten«, gibt Klyber zu, aber er scheint darüber nicht unglücklich zu sein. Entweder blufft er, oder er hat noch ein Ass im Ärmel, von dem weder Che Huang noch Leonid Johansson etwas wissen.*

*»Zehn Minuten?«, fragt Huang.*

*»Das ist korrekt.«*

*Huang verlässt seinen Sessel und wiederholt: »Zehn Minuten.« Er geht um den Tisch herum und nähert sich dem Podest. »Wenn wir also annehmen, dass Sie in der Lage sind, diesen Koloss in die Schlacht zu fliegen, bevor die GZF-Schiffe verschwinden, werden diese schlicht in der Lage sein, sich vor Ihrer Nase zu übertragen, noch bevor Sie Ihre Maschinen aufladen und ihnen folgen können.«*

*Klyber macht eine Pause und denkt darüber nach. Der selbstsichere Ausdruck auf seinem Gesicht bleibt. »Nun, Ihnen ist selbstverständlich klar, dass wir keine Möglichkeit haben, ein selbstübertragendes Schiff zu verfolgen? Wir wüssten ohnehin nicht, wohin sich die GZF-Schiffe übertragen haben.«*

*Huangs Ausdruck wird zu blinder Wut. »Das ist uns allen klar, Admiral Klyber. Ich will nur Folgendes sagen. Wenn die GZ-Flotte auftaucht …*

nehmen wir nur einmal für diese Diskussion an, sie tauchen in der Nähe von Olympus Kri auf. Und nehmen wir weiterhin an, Sie hätten eine dreiminütige Reaktionszeit. Es erscheint unwahrscheinlich, aber nehmen wir außerdem an, es gelingt Ihnen, Ihr kolossales Schiff innerhalb von drei Minuten dorthin zu bewegen. Ihr Schiff hätte dann fünf Minuten, um den Feind anzugreifen, bevor dieser zum nächsten Ziel fliegt, das mit großer Wahrscheinlichkeit sein Hauptziel ist. Derweil sitzen Sie herum und laden die Übertragungsmaschine der Doctrinaire auf. Großartiger Plan, Admiral«, kichert Huang. »Sie haben Billionen Dollar Staatsgelder verschwendet.« Triumphierend steht er mit vor der Brust verschränkten Armen da. Sein Kopf ist hocherhoben und er starrt Klyber verärgert an.

»Das ist tatsächlich beunruhigend«, sagt General Smith. Einige Offiziere rund um den Tisch nicken zustimmend.

In diesem Moment lässt Klyber eine Bombe platzen, die nicht einmal Johansson erwartet hat.

»Admiral Huang, Sie werden bemerkt haben, dass ich ›Übertragungsmaschinen‹ sagte. Tatsächlich verfügt die Doctrinaire über zwei solcher Geräte, die unabhängig voneinander arbeiten. Eine Maschine lädt sich wieder auf, während die andere überträgt. Die Doctrinaire kann sich alle fünf Minuten übertragen. Admiral Huang, wir haben niemals daran geglaubt, dass die Separatisten so töricht wären, ihre gesamte Flotte für eine einzige Schlacht aufzubieten. Die Doctrinaire wurde vor *dem Hintergrund erbaut, dass sie ihre Kämpfe durch Ablenkungsmanöver und Scheinangriffe an mehreren Fronten führen würden.«*

*Zunächst herrscht Schweigen, während die Offiziere diese Information verdauen. General Smith ist der Erste, der in die Hände klatscht. Andere Air-Force-Offiziere fallen kurz darauf ein. Admiral Brocius steht aus seinem Sitz auf und applaudiert. Er klatscht so laut in die Hände, dass es ein Echo hervorruft. Kurz darauf tut Rear Admiral Thurston es ihm gleich. Auf seinem jugendlichen Gesicht liegt ein anerkennendes Lächeln. Ein General der Marines steht schweigend auf und salutiert. Der Applaus dauert mehrere Minuten an.*

*»Wie sieht es mit der Bewaffnung aus?«, fragt Thurston und seine Begeisterung ist offensichtlich.*

*Die Anzeigetafel hinter Klyber schaltet zu einer Außenansicht des Schiffs um. Klyber hebt anstelle des Laserpointers, den General Smith vorher benutzt hat, einen altmodischen Zeigestock auf. »Sie hat zwei riesige, nach vorn gerichtete Kanonen, die feststehende Ziele wie Städte und Militärstützpunkte bombardieren können. Diese Kanonen können sowohl Laser- als auch Partikelstrahlen abfeuern.« Es klingt wie eine freundliche Unterhaltung zweier Freunde, die sich bei ein paar Drinks alles über ein neues Auto erzählen.*

*Klyber bewegt den Zeigestock entlang des äußeren Flügelrands. »Das Schiff hat dreihundert Geschütztürme für Partikelstrahlen, weitere zwanzig Raketenstationen und fünfzehn Torpedostationen. Und – wie ich vor Kurzem bereits erwähnte – sie führt zweihundertachtzig Tomcat-Jäger mit sich. Sollte der Feind versuchen, sie anzugreifen, könnte die* Doctrinaire *die gesamte GZ-Flotte auslöschen. Oh und – Thurston, Sie werden das zu schätzen wissen … Schauen Sie sich die Schildantennen an.« Klyber beobachtet ihn erwartungsvoll. »Es handelt sich um eine vollkommen neue Technologie.«*

*Um die Antennen der Flügelspitze herum befinden sich Ringe. Andere Schiffe der VO verfügen nicht über Ringe, die die Antennen miteinander verbinden. Ihre Schilde sind flache Scheiben, die von stabförmigen Antennen abgestrahlt werden.*

*»Wir haben einen zylinderförmigen Schild entwickelt«, sagt Klyber mit der Ausstrahlung eines Vaters, der vor seinem Sohn prahlt. »Diese Ringe projizieren einen durchgängigen Schild, der das gesamte Schiff abdeckt.«*

*»Und die Mogats haben keinen Schimmer«, sagt General Smith bewundernd.*

*»Möglich«, sagt Klyber und seine Stimme erfüllt den Raum, »aber genau darum mache ich mir Sorgen. Wir haben das Schiff aus finanziellen Mitteln des Linearausschusses bezahlt, damit wir einer Entdeckung entgehen, aber …« Klyber dreht sich zu Admiral Huang um, »offensichtlich sind wir nicht unentdeckt geblieben.«*

*Plötzlich schweigen alle im Raum. Huang sieht die anderen Offiziere an und hofft auf Unterstützung. Rear Admiral Thurston, Huangs engster Verbündeter, ist zu sehr damit beschäftigt, die Zeichnungen anzuschmachten, und bemerkt gar nicht, dass Huang Hilfe braucht.*

*»Ja«, sagt General Smith, »anscheinend hatten Sie ein Sicherheitsleck.« Smith geht wieder auf das Podium und die Sitzung wird wieder förmlich. Die Offiziere kehren auf ihre Sitze zurück.*
*Smith ruft die Versammlung zur Ordnung. Er wendet sich an Huang. »Admiral, wo wir grade beim Thema geheime Sicherheitsoperationen sind …«*
*Bryce Klybers Mischung aus politischem und militärischem Scharfsinn trägt jetzt Früchte. Es wird offensichtlich, dass er General Smith über Huangs Adam-Boyd-Klonprojekt informiert hat. Klyber hat sich selbst als Ablenkung zur Verfügung gestellt und jetzt, da Huang aus allen Rohren gefeuert hat, fällt Smith in seine Flanke und greift an.*
*»General«, unterbricht Huang. »Mein Geheimdienst hat den Bau eines großen Projekts in den Tiefen des Weltalls bemerkt. Unser Radar zeigte wiederholte Übertragungen im Perseus-Arm. Wir wussten nicht, dass es sich um Admiral Klybers Operation handelte, als wir mit den Untersuchungen begannen …«*
*Doch General Smith hebt eine Hand, um ihn zu unterbrechen. Smith lächelt. Er hat kein Interesse daran, weiter auf der* Doctrinaire *herumzuhacken. Jeder im Raum hat jetzt Kenntnis von dem Schiff und Zustimmung zum Ausdruck gebracht. Das Lächeln auf Smith' Gesicht spiegelt äußerste Zufriedenheit wider. Er ist der Spieler, der nicht bluffen muss. Er ist der einzige Mann am Tisch, der alle vier Asse in der Hand hält.*
*»Admiral Huang, der oberste Rechnungshof hat*

*in Ihren Büchern eine Ungereimtheit entdeckt. Offenbar hat Ihr Militärzweig einen Mehrverbrauch an Toilettenpapier und Uniformen von sechs Milliarden Dollar.« Smith' Lächeln wird boshaft und er sagt: »Wir alle hoffen, dass der Mangel des einen nicht den Bedarf an dem anderen erhöht hat.«*

*Huang gibt sein Bestes, um verwirrt dreinzuschauen, aber er ist kein Schauspieler. Statt die Kinnlade herunterfallen zu lassen, beißt er die Zähne aufeinander. Er starrt General Smith böse an. »Ich habe einen Stab, der die Bücher und Berichte durchgeht, um …«*

*»Aber Ausgaben von sechs Milliarden Dollar würden doch sicherlich nicht unbemerkt bleiben«, stellt Smith fest.*

*»Vielleicht war unser Lagerbestand …«*

*»Als mein Stab sich näher damit befasste, entdeckten wir, dass Ihre Beschaffungsabteilung keine zusätzlichen Bestellungen für Toilettenpapier oder Uniformen in Auftrag gegeben hat, Admiral. Wir fanden allerdings auf der Erde einen eingemotteten Militärstützpunkt, der reaktiviert worden war.« Alex Smith hebt ein Datenpad auf.*

*Huang sagt nichts. Er starrt Smith trotzig an.*

*»Wie ich höre, unterhalten Sie eine Klonfabrik auf der Insel Oahu. Ist das korrekt?«, fragt Smith.*

*Huang zeigt keinerlei Anzeichen von Angst oder Reue. »Das ist korrekt, General. Die Navy experimentiert mit einem neuen Genpool, um unsere SEAL-Operationen zu verbessern. Mir waren keine Vorschriften bekannt, die besagen, dass die Navy für ihre Forschungsprojekte die Zustimmung der anderen Militärzweige benötigt.«*

*Eine Videoaufzeichnung von einem Adam-Boyd-Klon bei einem Schusswechsel erscheint auf dem Bildschirm. Es handelt sich um eine kurze Schleife von etwa fünf Sekunden, die immer wieder wiederholt wird. Ich erkenne das Bild. Es stammt von dem Kampf auf Ravenwood, in dem ich angeblich gefallen bin. Die Aufzeichnung wurde von der Helmkamera gemacht, die ich während des Kampfs auf Ravenwood getragen habe. Ray Freeman hat meinen Helm zu der Leiche eines anderen Marines gelegt, bevor er mich vom Planeten brachte.*

*Admiral Thurston am anderen Ende des Raums scheint an dieser Diskussion besonders interessiert. Huangs neu geklonte SEALs operieren von Thurstons Schiff aus.*

*»Und wann wollten Sie uns von diesem neuen Projekt berichten?«, fragt General John Kellan, der neununddreißigjährige Army-Minister. Zwischen den SEALs und Kellans Rangers gibt es eine jahrhundertealte Rivalität.*

Um 21 Uhr begaben wir uns zu Sad Sam's. Es war ein Donnerstagabend in einer Touristensaison, die nicht besonders gut lief. Die Stadt war nahezu verwaist. Wir fanden ein Drive-in-Restaurant kurz vor dem Palast und bestellten uns Hamburger, die wir im Auto aßen.

Die einzige Beleuchtung auf der Straße außer der durch Straßenlaternen und gelegentlich vorbeifahrende Autos stammte von der Fassade des Palasts. Die Anzeigetafel war mit altmodischen, blinkenden Glühlampen übersät. Handtellergroße Buchstaben bildeten den Namen »Sad Sam's Palace«. Darunter stand das Ereignis des Abends: »Ein einzigartiger Kampfwettbewerb: Gemischte Kampfkünste« auf einer elfenbeinfarben leuchtenden Tafel.

Der Palast war die Antwort der modernen Welt auf das römische Kolosseum. Statt Christen und Löwen gab es hier professionelle Ringer, Boxer und sonstige Kampfkünstler. Freitagabends gab es offene Kämpfe. Wenn man ein Militärklon war und sich zufällig während eines offenen Kampfs im Publikum befand, wurde man vom Ansager zum Kampf herbeigerufen. Der ständige Champion dieser offenen Kämpfe war ein Mann namens Adam Boyd, offensichtlich einer von Huangs Klonen.

»Hast du die Narbe hier bekommen?«, fragte Freeman.

Die Narbe verlief von meiner Augenbraue über mein linkes Auge. Drei kleinere Narben bildeten Parallelstreifen auf meiner linken Wange, direkt unterhalb der Augenhöhle.

»Genau hier«, sagte ich.

Ich hatte die Narben während eines Kampfs gegen einen Adam-Boyd-Klon davongetragen. Ich hatte ihn besiegt und ihn sicherlich auch ins Krankenhaus befördert, doch vorher hatte er mir mit seinen klauenartigen Fingern kreuz und quer durchs Gesicht gekratzt. Die Wunden hatten bis auf die Knochen gereicht.

Freeman beendete seine Mahlzeit und saß dann wortlos da. Als ich den letzten Bissen meines Burgers zu mir nahm, öffnete sich die Vordertür und eine Menschenmenge strömte heraus. »Die Kämpfe sind wohl vorbei«, sagte ich, zerknüllte das Einwickelpapier und warf es in die Tüte. »Das ist unser Stichwort.« Ich verließ den Wagen.

Die Menge zerstreute sich, während wir die Straße überquerten. Die meisten Leute waren vom Hafengebiet hergekommen, wo die Busse fuhren. Jetzt gingen sie wieder zurück und ihr aufgeregtes Geschnatter erfüllte die Straße.

Ein Platzanweiser in weißem Hemd und schwarzer Weste kam auf mich zu, als ich durch die Tür ging. Er musste Freeman ebenfalls gesehen haben, aber er wagte es nicht, sich dem riesigen Mann zu nähern. »Die Show ist vorbei«, sagte er.

»Mein Freund hier hat seine Brieftasche irgendwo an seinem Platz verloren«, sagte ich.

Der Mann sah Freeman an, nickte und ging mir aus dem Weg. Hätte ich gesagt, dass es um meine Brieftasche ging, hätte er mir wohl geantwortet, ich solle morgen wiederkommen.

Wir gingen durch den dunklen Flur auf den Zuschauerraum zu. Der Platzanweiser folgte uns in sicherem Abstand. Helle Bogenlampen brannten in der Mitte des Zuschauerraums und verbreiteten ihr grelles, weißes Licht.

Eine Wand aus überdachten Tribünen stand um den Kampfring herum. Sie führte bogenförmig nach oben und endete kurz unter der ersten von zwei Balkonreihen. An belebten Abenden während der Touristensaison musste Sad Sam's Palace ungefähr fünftausend Gäste pro Abend aufnehmen können. Jetzt war alles leer, nur die Hausmeister fegten Essensreste, Becher und Einwickelpapier vom Boden auf. Unter den Lampen baute eine kleine Mannschaft den Stahlkäfig und den achteckigen Ring, der für die gemischten Kampfkünste verwendet wurde, auseinander. Freitagabends war die Nacht der offenen Kämpfe. Diese Show fand auf einer erhöhten Plattform mit Glaswänden statt.

Freeman und ich durchquerten den Raum und gingen zu dem Tunnel, der zu den Umkleidekabinen führte. Ich blieb kurz stehen und betrachtete den Ring. Dann schob ich die Tür auf.

»Wo gehen Sie hin?«, rief der Platzanweiser. Ich machte mir nicht die Mühe, zu antworten. Die Antwort war offensichtlich.

Hinter der Metalltür lag ein hell erleuchteter Flur mit Betonboden und Betonziegelwänden. Einige der fluoreszierenden Leuchtröhren, die den ganzen Flur entlang hingen, waren erloschen oder flackerten hin und wieder, als gäben sie einen Morsecode von sich. Unsere Schritte hallten von den Wänden wider. Das Zuschlagen der Stahltür hinter uns klang wie der Ausbruch eines Vulkans.

»Weißt du, wo wir hingehen?«, fragte Freeman.

»Hier hinten war ich noch nie«, sagte ich. Das stimmte nicht ganz. Soweit ich wusste, hatten die Sanitäter mich nach meinem Kampf auf einer Trage hierher gebracht, aber ich war nur halb bei Bewusstsein gewesen.

Auf halbem Weg den Flur entlang sahen wir eine smaragdgrüne Doppeltür. Der Platzanweiser und drei Sicherheitsleute stürmten brüllend hinter uns in den Flur und ich probierte die Tür aus. Sie war offen, also ging ich hindurch. Freeman blieb draußen, um die Sicherheitsleute in Schach zu halten.

Den Männern in der Umkleidekabine schien es egal zu sein, dass ich hereingekommen war. Ein Mann, der ein Handtuch um seine Hüften geschlungen hatte, ging an mir vorbei und warf mir nicht einmal einen Seitenblick zu. Seine Haare waren nass. Er hatte einen viereckigen Brustkorb und muskulöse Arme. Beides war mit Striemen und Blutergüssen übersät. An seinem rechten Auge prangte ein mächtiges Veilchen.

Ein anderer Mann saß splitterfasernackt auf einer Holzbank vor einer Spindreihe und beobachtete mich. »Dich kenne ich doch«, sagte er und rieb sich das Kinn.

»Wohl kaum«, sagte ich.

Die Sicherheitsleute hatten Freeman eingeholt. Es hätte ein Kampf einer gegen vier sein sollen, aber den Geräuschen nach hatte Freeman die erste Wache so schnell außer Gefecht gesetzt, dass wohl eher drei gegen einen standen. Ich hörte: »Hey, Sie sind nicht …« Dann gab es ein donnerndes Geräusch, als schlüge etwas von außen gegen die Tür. Darauf folgte ein Moment absoluter Stille.

»Scheiße. Ich ruf die …« Die Tür dämpfte das Geschrei.

Dann flog sie auf. Herein rannte der Platzanweiser und stolperte über den Körper des niedergestreckten Sicherheitsmanns. »Da draußen ist ein riesiger schwarzer Mann!«

»Das ist noch gar nichts«, sagte der nackte Mann, stand auf und begann, seine Unterhose anzuziehen. »Hier drin ist ein Befreierklon.«

Der Platzanweiser sah mich an und das Blut wich aus seinem Gesicht. Er sagte kein weiteres Wort.

»Sie sind doch der, der Adam Boyd getötet hat«, sagte der Mann und zog seine Unterhose hoch. Zu diesem Zeitpunkt waren einige Kämpfer herbeigeeilt, um zu sehen, was los war. Draußen legte sich der Tumult schlagartig. Ich hörte ein Knacken und vermutete, dass der Kopf der Sicherheitswache auf dem Betonboden aufgeschlagen war. Dann trat Freeman durch die Tür und sah so unbeteiligt aus, als käme er gerade vom Lebensmittelladen zurück.

Der Platzanweiser war durchaus gewillt, mit mir den Umkleideraum zu teilen, aber Freeman war zu viel des Guten. Kaum war dieser durch die Tür gekommen, schoss der Platzanweiser davon und brachte sich im Badezimmer in Sicherheit.

»Geht's hier drin voran?«, fragte Freeman.

»Alles bestens«, sagte ich und wandte mich wieder an den Kämpfer. »Du sagtest, er sei tot?«

»Ja, ich hab geholfen, seinen Hintern aus dem Ring zu zerren. Der Junge war tot. Du hast ihm den vorderen Teil seines Schädels eingeschlagen.«

Ich hatte schon vermutet, dass ich ihn getötet hatte. Ehrlich gesagt verspürte ich keinerlei Reue. »Ich hörte, dass er weitergemacht und noch fünfzig Kämpfe gewonnen hat«, sagte ich.

»Dieser Boyd nicht.«

Die anderen Kämpfer beäugten Ray Freeman nervös, warfen mir höchstens einen neugierigen Blick zu und zogen sich dann weiter an.

Die Luft in dem Raum war voller Schweißgeruch und unangenehmer Feuchtigkeit, was Umkleidekabinen und offene Duschen mit sich bringen. Der Boden war nass und rutschig. In der Nähe der Tür stand ein Korb auf Rollen, aus dem nasse Handtücher quollen. Einige davon wiesen Blutspuren auf.

»Wie kommst du darauf, dass ich ein Befreier bin?«, fragte ich. Dieser Typ war ein natürlich geborener, muskulöser Mann, der ungefähr fünfunddreißig Jahre alt war, sonnengebräunte Haut und ausgebleichtes, blondes Haar hatte.

»Boyd sagte, du wärst einer«, sagte der Kämpfer.

»Hast du nicht gesagt, ich hätte ihn getötet?«

»Nicht der, den du getötet hast, der nächste. Wir hatten mindestens drei von denen …« Er lächelte, als sei ihm ein Witz eingefallen. »Mindestens drei. Sie waren Klone. Können nur Klone gewesen sein. Du hast einen plattgemacht und zwei weitere wurden ziemlich übel zugerichtet.

Also du bist ein Befreier, ja?«

Ich zog es vor, die Frage zu ignorieren. »Wird es morgen einen Boyd-Kampf geben?«

»Nö«, sagte der Kämpfer. »Das mit den Boyds hat vor ein paar Jahren aufgehört. Sie sind weg und haben die Insel verlassen.«

»Weißt du, wo sie hingegangen sind?«, fragte ich.
»Nein, aber ich weiß, wo sie gewohnt haben.«

# 18

*»Aber wo liegt der Sinn darin, einen neuen Klonstamm zu erschaffen?«, fragt General Kellan. »Wir haben seit sechshundert Jahren Freiwillige bei den Spezialkräften.«*

*»Meine Klone sind im Kampf wirkungsvoller«, sagt Huang. »Sie sind entbehrlicher, weniger auf Selbsterhaltung bedacht und wesentlich tödlicher. Dieser neue Stamm wurde insbesondere für Spezialkommandos entwickelt. Sie sind schnell, denken eigenständig und sind darauf programmiert, zu töten.«*

*»Das klingt aber verdammt nach Befreierklonen«, ruft ein Offizier.*

*Huang lacht. »Klybers Befreier können meinen nicht das Wasser reichen«, sagt er mit selbstsicherem Lachen. »Klybers ungeschickter Versuch, Klone herzustellen, mag ja gegen die Mogats ausreichend gewesen sein …«*

*»Ist das so?«, fragt General Smith. »Wie ich höre, haben Sie ein Squad aus zehn Klonen bei einer Operation in Scutum-Crux verloren.«*

*Klyber sitzt diese Schlacht aus und zieht es vor, seine Verbündeten Fragen stellen und Anklagen vorbringen zu lassen. Er beobachtet alles schweigend von seinem Stuhl aus und lächelt, als er die Richtung bemerkt, die die Unterhaltung einschlägt.*

*»Sie wurden im Verlauf von Übungen auf einem Planeten namens Ravenwood getötet«, gibt Huang zu. »Innerhalb von vier Jahren haben wir Hunderte von Übungen durchgeführt und nur ein Squad verloren.«*

*»Und wie viele Marines haben Sie getötet?«, fragt der General der Marines und klingt verärgert.*

*»Ich schätze so etwa fünf- bis sechshundert. Ravenwood war ein bedeutender Erfolg. Wir haben Squads aus zehn Klonen gegen Platoons mit zweiundvierzig Marines entsandt und nur eines verloren. Die meisten Übungen endeten, ohne dass wir auch nur einen einzigen Mann verloren hatten. Außerdem haben wir auf Hawaii Testläufe in einem Wettbewerb äußerst starker Männer gemacht.«*

*»Sad Sam's Palace?«, fragt der Marine.*

*Huang nickt. Hawaii ist ein beliebter Urlaubs- und Rückzugsort für hochrangige Offiziere und Sad Sam's Palace zieht Militärangehörige wie ein Magnet an. »Ich vermute, dass die meisten von Ihnen die Herausforderung des Palasts für gestandene Männer kennen. Wenn es ein besseres Testgelände für den Nahkampf gibt, dann habe ich es nicht gefunden.*

*Wir ließen einen Klon unter dem Namen Adam Boyd in diesem Wettbewerb kämpfen. Für ihn*

*schlagen zweihundertfünfzig Siege und eine Niederlage zu Buche.«*
*»Zweihundert Siege und eine Niederlage?«, bemerkt General Kellan. »Wo finden wir den Kerl, der ihn geschlagen hat? Den sollten wir klonen.«*

Als ich Honolulu das letzte Mal besuchte, wohnte ich in einer Ferienwohnung mit Garten und gut gefüllter Küche. Ich war mit einem Kumpel von meinem Platoon hergekommen, Vince Lee. Er war Corporal und ich war gerade zum Sergeant befördert worden. Ich traf eine hübsche Blondine am Strand, die Kasara hieß, und wir hatten eine Liebelei. Sie hatte eine Freundin namens Jennifer und so konnte Vince auch seinen Spaß haben.

Das war Urlaub gewesen. Diesmal war ich geschäftlich hier.

Nachdem Freeman und ich dem Palast einen Besuch abgestattet hatten, verließen wir die Stadt. Wir fanden einen Wald und fuhren an den Straßenrand. Dann rollte ich mich auf der Rückbank für fünf Stunden zusammen und er hielt Wache. Wenn man in Kampfanzügen lebt, lernt man, es sich in allen möglichen Situationen bequem zu machen. Ich lag in Fötushaltung, die Knie an meinen Bauch gezogen und schlief bestens bis 4 Uhr. Dann tauschten Freeman und ich.

Freeman atmete seiner Größe angemessen tief im Schlaf. Er zog die Luft lang und kräftig ein und atmete in Drei-Sekunden-Schüben wieder aus. Sein Atem klang wie Wellen, die ans Ufer rollten.

Wir befanden uns an den Abhängen nördlich oberhalb der Stadt. Ich hatte Freemans Pistole in meinen Schoß gelegt und darauf geachtet, dass niemand sie im Vorbeigehen bemerken konnte.

Die Sonne ging um 8 Uhr auf. Ich saß hinterm Lenkrad,

fühlte mich verschwitzt, hatte Stoppeln im Gesicht und beobachtete den Sonnenaufgang. Der lilafarbene Himmel wurde erst kupferfarben und schließlich blau. Unter uns füllte die Stadt sich mit Schatten, als die Straßenlaternen erloschen. Honolulu war eine Touristenstadt, aber es gab trotzdem eine Menge Verkehr. Ich beobachtete, wie Tausende Autos stockend in die Stadt rollten. Von meinem Aussichtspunkt wirkten sie wie Ameisenkolonnen.

Ich bemerkte nicht, wann der Strom von Freemans Atmung hinter mir versiegte. Der Sonnenaufgang war gerade vollendet und ich betrachtete Mainavögel, die geschickt auf den Zweigen eines Baums in der Nähe herumhüpften.

»Bist du so weit?«, fragte Freeman, der immer noch zusammengefaltet auf dem Rücksitz lag. Es war früher Morgen und seine Stimme grollte weicher als je zuvor. Seine Worte erklangen in einem donnernden Flüstern.

»Dir auch einen guten Morgen«, sagte ich und wusste, dass der Humor an Freeman verschwendet war.

»Gib mir einen Moment.« Mit diesen Worten streckte der große Mann sich über den Rücksitz hinweg aus und öffnete die Tür zu seinen Füßen. Er streckte seine Beine aus, stellte die Füße ab und setzte sich dann so weit auf, dass er die Kanten der Türöffnung greifen und sich hinausziehen konnte. Sobald er an der frischen Luft war, streckte er sich und gähnte. Das Sonnenlicht spiegelte sich als matter Streifen auf seinem rasierten Kopf, während er seine langen Arme ausrollte und seinen Rücken drehte. Dann ging er in den Wald, um sich zu erleichtern. Als er zurückkam, gab ich ihm die Pistole und tat es ihm gleich.

Wir hielten an einem Drive-in-Restaurant und kauften ein paar fettige Eiersandwiches, die wir während der Fahrt aßen. Wir sahen Schilder mit überwiegend unverständlichen

Namen wie Waipahu und Wahiawa. Unsere Fahrt führte an einem stillgelegten Marinestützpunkt namens »Pearl Harbor« vorbei. Der Stützpunkt war riesig.

Wir ließen die Stadt hinter uns und fuhren aufs Land hinaus, wo die Bauern Ananas züchteten. Die Ananas wuchsen in makellosen Reihen. Dadurch wirkte die Landschaft, als hätte sie jemand mit einem riesigen Kamm bearbeitet. Die Ananas waren kniehohe Klumpen mit footballartigen Früchten in der Mitte. Sie sahen wie außerirdische Kakteen aus.

Wir fuhren tief in das Bauernland hinein. Zuckerrohrfelder erstreckten sich beiderseits der Straße. Wir fuhren an ausgedehnten Gebieten vorbei, in denen nur Büsche wuchsen. Uralte Gleise verliefen irgendwann parallel zur Straße und wir überquerten eine Stahlbrücke, die einen Fluss überspannte. Ich fand das Land wunderschön. Freeman schien es überhaupt nicht zu bemerken.

Wir kamen an dem Air-Force-Stützpunkt Wheeler Air Force vorbei. Dunkel und verlassen lag er da. Wir hielten nicht an. Einige Kilometer weiter näherten wir uns einem weiteren Militärkomplex namens Schofield Barracks, einem stillgelegten Stützpunkt der Army.

Schofield Barracks sah Wheeler und dem stillgelegten Navystützpunkt Pearl Harbor sehr ähnlich: ein leeres Gelände mit gedrungenen zwei- und dreistöckigen Gebäuden. Von der Straße her wirkte es größer als Wheeler, aber nicht einmal halb so groß wie die Anlage von Pearl Harbor. Nirgendwo war ein Lebenszeichen zu sehen. Doch es gab einen wesentlichen Unterschied in den Schofield Barracks – das Haupttor stand weit offen. Ein Maschendrahtzaun verschloss das Haupttor von Wheeler und einige Tore von Pearl Harbor waren zugemauert worden.

»Meinst du, sie warten auf uns?«, fragte ich.

»Sieht so aus«, sagte Freeman.

Eigentlich hatten wir vorgehabt, ein paarmal an dem Stützpunkt vorbeizufahren, bevor wir hineingingen. Ich wusste nicht, wie Freeman das sah, aber ich für meinen Teil hatte das dringende Bedürfnis, nicht unvorbereitet in einen Bienenstock voller Adam-Boyd-Klone zu stolpern.

Das offene Tor schreckte Ray Freeman nicht im Geringsten ab. Er war nicht der Typ Mann, der Ärger suchte, aber er ging ihm auch nicht aus dem Weg. Er bog in die Zufahrtsstraße ein.

Sich auf dem Stützpunkt zurechtzufinden war ziemlich einfach. Die meisten Straßen waren von Unkraut überwuchert, aber eine Hauptader war sauber und ordentlich gehalten. Die Bürgersteige in diesem Teil der Basis glänzten im Sonnenlicht und der Asphalt auf den Straßen wies keine Risse auf. Wir kamen an einem Innenhof vorbei, in dem das Unkraut angefangen hatte, wild zu wuchern. Das Gras war kniehoch und die Bäume mussten gestutzt werden. Wir fanden einen Parkplatz, auf dem die einzelnen Parkflächen sauber eingezeichnet waren, und Freeman parkte.

»Da sollen wir hin«, sagte Freeman und zeigte geradeaus. Das Gebäude hatte drei Stockwerke. Die Architektur war eine Mischung aus zwanzigstem Jahrhundert amerikanisch-militärisch und sechzehntem Jahrhundert spanisch und kombinierte Rundbögen mit dicken Stuckwänden. Die Sonne stand hinter dem Gebäude und seine Veranden lagen im Schatten. Wir hätten sie sehen können, wenn im Haus Licht eingeschaltet gewesen wäre. Die Lichter brannten zwar nicht, doch die Vordertür des Gebäudes stand weit offen.

»Eine offene Einladung«, sagte ich und mir war mein eigener Kalauer peinlich. Seltsamerweise würdigte Freeman den lahmen Witz mit einem kleinen Lächeln. Freeman war ein intelligenter und gefährlicher Mann ohne jeglichen Sinn für Humor. Vielleicht mussten Witze so offensichtlich sein, damit er sie zu schätzen wusste.

Ich trug keine Waffe, aber Freeman hatte seine Pistole. Er hatte sie offen in seinen rechten Arm gelegt, der fast locker an seiner Seite herabhing. Er wirkte tiefenentspannt.

Wir gingen geradewegs auf das Gebäude zu und durch die Tür. Als wir den Sonnenschein hinter uns ließen und dieses Reich der Schatten betraten, schien es, als fielen wir in eine tiefe Höhle. Selbst nachdem Freeman einen Lichtschalter gefunden und betätigt hatte, war die Dunkelheit in diesem Gebäude fast greifbar.

Die meisten Möbel waren aus dem Flur entfernt worden. Es gab keine Stühle. Ein großer Empfangstisch stand vor einer Tür. Anschlagbretter säumten die Wände. Eins dieser Anschlagbretter war mit Reihen von 20 x 25 Zentimeter großen Fotos bedeckt. Das durch die Fenster fallende Licht reflektierte auf den Hochglanzbildern. Neben dem Anschlagbrett befand sich ein Kommunikationspult.

Wir näherten uns. Fünf Reihen aus fünf Fotos – insgesamt fünfundzwanzig Bilder – erstreckten sich über die Anschlagtafel. Jedes einzelne war ein Bild von mir. Es gab Bilder von mir, wie ich an Bord von Klybers C-64-Transporter ging, nachdem das Evakuierungsteam ihn in den Hangar der Trockendocks zurückgebracht hatte. Da war ein Bild von mir, wie ich in Honolulu aus meinem Starliner kletterte. Es gab ein Bild von mir auf dem Internationalen Marktplatz und zwei von mir und Freeman vor Sad Sam's Palace – eins, wie wir hineingingen, und eins, wie wir herauskamen.

Die letzte Bilderreihe war an diesem Morgen aufgenommen worden. Eins zeigte mich, wie ich neben dem Auto pinkelte. Ein weiteres zeigte, wie ich herzhaft in mein Frühstückssandwich biss. Das neueste Foto zeigte, wie ich das Tor zur Kaserne öffnete. Das Bild war höchstens fünf Minuten alt. Wer immer diese Bilder hier hingehängt hatte, hatte genug Zeit gehabt, das Bild auszudrucken und unbemerkt zu entkommen, während ich das Tor öffnete und auf die Tür zuging. Ich hatte die ganze Zeit unter Beobachtung gestanden und absolut nichts davon gewusst.

»Ich glaube, die wollen dir etwas sagen«, sagte Freeman.

Die Botschaft war offensichtlich. Der Fotograf hätte anstelle der Kamera mit Teleobjektiv genauso gut ein Gewehr mit Scharfschützenfernrohr benutzen können. Ich streckte die Hand aus und schaltete das Kommunikationsgerät ein. Che Huangs Gesicht tauchte auf dem Bildschirm auf.

»Sind Sie immer so langsam, Lieutenant?«, fragte er.

»Hallo, Huang«, sagte ich. An dieser Stelle hätte ich vor ihm salutieren müssen. Stattdessen verschränkte ich meine Arme und starrte auf den Bildschirm. »Was wollen Sie?«

Ich versuchte, ruhig zu klingen, aber mein Herz hämmerte so laut, dass ich es Pulsieren hören konnte. Befreier waren für ihre Urinstinkte bekannt. Ich hatte mich zwar noch unter Kontrolle, spürte aber, wie sich die Wut in mir aufbaute.

»Ich habe Klyber nicht getötet«, sagte Huang in unbeteiligtem Tonfall.

»Nicht Sie persönlich«, sagte ich. »Sie haben das von einem Ihrer SEAL-Klone erledigen lassen. Ich habe die Videoaufzeichnung der Sicherheitsabteilung der Trockendocks. Sie hatten einen Klon in dem Wartungsteam, das Klybers Transporter geputzt hat.«

»Ich habe einen SEAL zu Klybers Transporter geschickt«, gab Huang zu. »Er hat Abhör- und Überwachungsanlagen auf dem Schiff eingebaut.«

»Ich habe nichts über Wanzen auf dem Transporter gehört«, sagte ich.

»Die Sicherheitsleute von Golan haben nicht nach Überwachungsausrüstung gesucht. Warum lassen Sie Ihre Freunde auf den Trockendocks nicht die Hauptkabine und das Zimmer des verstorbenen Admirals auf Wanzen durchsuchen?«

Ich antwortete nicht.

»Denken Sie darüber nach, Harris, wieso sollte ich Klyber töten lassen?«, fragte Huang.

»Also, da hätten wir blanke Eifersucht, alte Rivalitäten, nur so zum Spaß, um die Kontrolle über die *Doctrinaire* zu bekommen …«

»Ich hatte bereits die Kontrolle über die *Doctrinaire*«, sagte Huang. »Ich habe sie Klyber während des Gipfels weggenommen.«

»Ich habe den Gipfel gesehen. Sie hatten gar nichts«, sagte ich.

»Sie waren beschäftigt«, sagte Huang. »Vielleicht haben Sie die Aufzeichnung nicht aufmerksam genug angesehen. Zu dem Zeitpunkt, als der Gipfel vorbei war, hatte ich das Kommando über die *Doctrinaire* und Klyber hatte nur noch die Flotte.«

»Die Flotte zu kommandieren ist also nicht die Kontrolle zu haben?«, fragte ich.

»Sobald der Kampf beginnt, trifft der Captain des Schiffs die Entscheidungen. Wenn Historiker große Schlachten analysieren, werden sie sich nicht die Mühe machen, die Flotte zu erwähnen. Klyber wusste das. Ich nehme an, Sie haben gesehen, wie der alte Narr schmollte, nachdem mein Vorschlag die Zustimmung von Smith und den anderen gefunden hatte. Er sagte für den Rest der Sitzung kein Wort mehr; saß einfach da und kochte vor sich hin. Ich habe alles bekommen, was ich wollte.

Die Geschichte wird sich an mich als den Marine-Minister erinnern, der den Krieg gewonnen hat. Ich werde Robert Thurston auf das Schiff versetzen. Er wird der Kommandant sein, der die Schlüsselschlacht gewonnen hat. Und Klyber … Klyber wäre höchstens eine Fußnote gewesen. Er wäre der Mann gewesen, der die Nachhut bildete.

Harris, wenn Sie mir sonst nichts glauben, glauben Sie mir das Eine: Ich hatte, was ich wollte.«

Huang schien sonst immer am Rande einer Tirade zu stehen. Dieses Mal nicht. Dieses Mal erklärte er sich mit hämischer Geduld. Ich dachte über seine Worte nach. Als die Sitzung beendet war, hatte ich Klyber an der Tür in Empfang genommen. Er hatte müde, alt und in sich gekehrt ausgesehen. Er hatte über die Mitglieder der Vereinten Stabschefs gesprochen, die zu jung waren, um den Krieg zu verstehen, und gesagt, dass der Kampf nicht so leicht werden würde, wie sie sich das vorstellten.

»Wieso kommen Sie zu mir?«, fragte ich.

»Ich will Ihre Hilfe«, sagte Huang.

»Ihnen helfen?« Ich lachte. »Wieso sollte ich Ihnen helfen?« Auf der anderen Seite des Flurs stand Ray Freeman bewegungslos wie eine Statue und beobachtete Huang. Sein Gesicht zeigte keine Gefühle. Sein Blick war unverwandt auf den Bildschirm gerichtet.

»Wir wollen beide dasselbe, Harris. Wir wollen die Leute töten, die Klyber umgebracht haben. Jetzt, da ich die *Doctrinaire* habe, werde ich in Gefahr sein, bis sie tot sind.

Wenn Sie schon dabei sind, können Sie gleich meinen Namen reinwaschen. Sie sind nicht der Einzige, der glaubt, ich hätte Klybers Transport sabotiert. Sobald Smith und die anderen Vereinten Generalstabschefs die Videoaufzeichnung sehen, in der der SEAL das Schiff betritt …« Er schüttelte den Kopf.

»Ich habe Ihren SEAL in der Aufzeichnung gesehen. Und Ihren Spion«, sagte ich.

»Meinen Spion?«, fragte Huang und klang frustriert. Die Ecken und Kanten seiner Persönlichkeit kamen wieder zum Vorschein.

»Was war denn mit Halverson? Er war auch in der Landebucht.«

»Halverson?«, wiederholte Huang.

Ich mochte Huang nicht und traute ihm auch nicht, aber ich hatte noch nie erlebt, dass er log. Er war die Sorte Feind, die immer alles nach vorn warf. Er lächelte Leute nicht an, die er nicht leiden konnte. Wenn er dich tot sehen wollte, dann ließ er es dich wissen. Außer seinen politischen Manövern während des Gipfels hatte ich bei diesem Mann noch niemals so etwas wie Spitzfindigkeit erlebt.

»Hat Rear Admiral Halverson nicht für Sie gearbeitet?«, fragte ich.

»Halverson?«, fragte Huang. »Ich würde mit einem Idioten wie Tom Halverson nicht zusammenarbeiten. Er war Klybers Mann.«

»Er war Ihr Spion auf der *Doctrinaire*«, sagte ich.

»Johansson war mein Spion«, sagte Huang. »Ich dachte, das wäre offensichtlich gewesen. Er saß während des Gipfels bei meinem Stab. Er flog mit mir zurück nach D. C. Leonid Johansson hat für mich die Augen bei dem Projekt offen gehalten.«

»Also was hat Halverson dann im Hangar zu suchen gehabt?«, fragte ich.

»Ich habe die Aufzeichnungen der Sicherheitsabteilung

gesehen«, sagte Huang. »Da ist Halverson nicht drauf.«

»Vielleicht haben Sie die Aufzeichnung nicht aufmerksam genug angesehen«, sagte ich mit Huangs Worten, um ihm unter die Haut zu gehen. »Als das Wartungsteam den Hangar verließ, ging es an Admiral Halverson vorbei. Er war dort und rauchte. Er beobachtete Ihren Burschen, wie er hineinging, und folgte ihm dann aus dem Hangar.«

»Halverson? Der mag dort gewesen sein, aber er hat nicht für mich gearbeitet«, sagte Huang. »Klingt für mich so, als hätten Sie Ihren ersten Hinweis, Sherlock. Jetzt müssen Sie dem nur noch nachgehen.«

# 19

*Jetzt ist der Moment gekommen, in dem Che Huang seine Fähigkeiten in der finsteren Kunst der Politik zur Schau stellen kann. Es sollte offensichtlich sein, dass er eine politische Kreatur ist – ein Offizier ohne jegliche Kampferfahrung, der bis zu den Vereinten Generalstabschefs aufgestiegen ist. Jetzt, da er den über seine Klone geführten Gegenangriff entkräftet hat, zieht Huang seine Fangzähne zurück und versenkt sie in Admiral Klyber.*

*»Admiral Klyber, so mächtig Ihr Superschiff ja auch sein mag, glauben Sie wirklich, es kann es mit mehr als fünfhundert feindlichen Schiffen aufnehmen?« Huang stellt die Frage in ungewöhnlich vernünftigem Tonfall.*

*»Nein, natürlich nicht«, sagt Klyber. »Wir brauchen die Unterstützung anderer Schiffe und die optimale Situation wäre, nicht mehr als zehn oder zwanzig Großkampfschiffe pro Schlacht angreifen zu müssen.«*

*»Ich muss Ihnen wirklich gratulieren. Sie haben eine großartige Waffe entwickelt. Ich glaube wirk-*

*lich, dass dieses Schiff kriegsentscheidend sein wird.«*
*Klyber nickt nur als Erwiderung auf dieses Kompliment. Sein kalter Blick ist weiterhin auf Huang gerichtet. Er traut diesem Mann nicht.*
*»Wie könnte eine Flotte dieses Schiff unterstützen? Sie haben doch nicht den Linearausschuss überredet, Ihnen eine selbstübertragende Flotte zu finanzieren, oder?«*
*Zustimmendes Gelächter hallt durch den Saal.*
*»Ich habe eine Flotte zusammengestellt, die sich in der Nähe des Übertragungsnetzwerks in Bereitschaft halten wird. Es ist zunächst eine kleine Flotte, aber wir werden weitere Schiffe für sie finden. Die Flotte wird bevorzugten Zugang zum Übertragungscomputer an Bord der* Doctrinaire *erhalten. Jedes Mal, wenn sie sich selbst überträgt, werden ihre Reiseinformationen zu den anderen Schiffen der Flotte weitergeleitet.«*
*»Aber wird sie in der Lage sein, rechtzeitig vor Ort zu sein, um helfen zu können?«, fragt General Smith.*
*»Schiffe in Bereitschaft können sich über das Netzwerk hinwegsetzen. Sie können das System überbrücken, um sich direkt zur* Doctrinaire *zu übertragen.«*
*An diesem Punkt bemerke ich, dass beide Stühle hinter Klyber leer sind. Admiral Halverson ist irgendwo hingegangen. Ich werfe einen Blick auf die Uhr des Gipfeltreffens. Es ist drei Uhr nachmittags Washington-D.-C.-Zeit, denn diese Zeit wird in den Trockendocks für die Dauer des*

*Gipfels verwendet. Plötzlich dämmert es mir, wo Halverson hingegangen ist, und es läuft mir kalt den Rücken hinunter. Er ist im Hangar und beobachtet Huangs Klon, während er das Kabel in Klybers Transporter anbringt.*

*»Großartig«, gibt Huang freudig erregt zu. »Absolut großartig. Natürlich brauchen Sie einen erfahrenen Verwalter, um die Logistik zu handhaben.« Vielleicht meint er Leonid Johansson, aber das ist unwahrscheinlich. Johansson schenkt den Geschehnissen zu diesem Zeitpunkt kaum noch Aufmerksamkeit. Er lehnt sich in seinem Sitz zurück, bis er nach hinten im Raum sehen kann. Um genau zu sein beobachtet er das Milchbubigesicht Robert Thurstons – den Mann, der Klyber als Kommandant der Scutum-Crux-Flotte abgelöst hat. Thurstons fantastische Kampfstrategien sind legendär.*

*»Strategie und Logistik«, fährt Huang fort. »Das scheinen mir die Schlüsselpunkte zu sein. Ein großartiger Kampfstratege am Steuer der* Doctrinaire *und die richtige logistische Unterstützung, um sicherzustellen, dass das Schiff nicht versagt.«*

*»Worauf wollen Sie hinaus?«, fragt General Smith.*

*»Mir scheint, dass die Fähigkeiten eines Fleet Admirals an der Kommandantur eines einzelnen Schiffs verschwendet sind; auch, wenn es sich um ein großartiges Schiff wie die* Doctrinaire *handelt«, fängt Huang an. Ich begreife, dass er versucht, Klyber das Kommando über die* Doctrinaire *wegzunehmen, und es kommt mir wie ein Schlag ins Gesicht vor. Ich kann mir nicht einmal ansatz-*

*weise die Gedanken vorstellen, die Klyber durch den Kopf gehen. »Sie sind der höchstrangige Offizier der VO-Navy. Ihr Kommando sollte nicht auf ein einsames Schiff begrenzt sein. Sie sollten eine Flotte kommandieren.«*

*»Ich werde die Kontrolle über die* Doctrinaire *nicht abgeben.«*

*»Natürlich nicht«, sagt Huang. »Das ist Ihr Projekt. Die* Doctrinaire *ist Ihr Schiff. Ich schlage nur vor, dass Sie zusätzlich zu dem Schiff die gesamte Flotte kommandieren sollten. Wenn die* Doctrinaire *Teil dieser Flotte ist, sollten Sie die höchste Autorität in dieser Flotte innehaben.«*

*»Vermeiden Sie die Stolperfallen der Kommandokette«, fügt General Kellan, der neununddreißig Jahre alte Army-Minister hinzu. »Ich weiß ja nicht, wie es bei denen ist, die Annapolis abgeschlossen haben, aber das war eins der ersten Dinge, die man uns in West Point beigebracht hat.«*

*»Natürlich wäre die* Doctrinaire *Ihr Flaggschiff«, fügt Huang so schleimig hinzu wie jeder Vertreter, der einen Handel abschließen will. »Sie ist Ihr Schiff. Die* Doctrinaire *wird immer Ihr Schiff bleiben.«*

*Wie alle altgedienten Offiziere im Raum kann ich an Huangs Vorschlag nichts Falsches finden, außer, dass ich dem Mann, der diesen Vorschlag gemacht hat, nicht über den Weg traue. Klyber andererseits sieht geschlagen aus. Er ist der einzige Offizier am Tisch ohne Gefolge und jetzt sieht er klein und einsam aus, wie er so allein am Tisch sitzt. Er sieht General Smith hilfesuchend an, aber dieser scheint kein Problem mit Huangs Vorschlag zu haben. Tatsächlich stimmt Smith diesem eine Minute später zu.*

*Der Rest der Sitzung verläuft unspektakulär. Weder Che Huang noch Bryce Klyber sagen noch etwas. Und als die Sitzung vertagt wird, ist Klyber der erste Offizier, der den Ausgang aus dem Konferenzzimmer erreicht. Er wird von mir an der Tür in Empfang genommen und wirkt alt und deprimiert.*

# 20

Die Karotte, die Bryce Klyber vor mir hatte baumeln lassen, wurde jetzt von Che Huang geliefert: eine ehrenhafte Entlassung. Ein Wort von Huang und ich war Lieutenant Wayson Harris, VO-Marine im Ruhestand. Meine Personalakte enthielt nicht einmal das Wort »Befreier«, obwohl ich keinen Zweifel daran hegte, dass Huang die Absicht hatte, es in dem Moment wieder hinzuzufügen, wenn ich Halverson geschnappt hatte.

»Was hast du als Nächstes vor?«, fragte Freeman mich, als wir Schofield Barracks verließen.

»Ich muss Halversons Spur aufnehmen«, sagte ich. »Wer auch immer das Kabel auf Klybers Schiff eingebaut hat, arbeitete mit Halverson zusammen. Das bedeutet, dass Halverson für die Separatisten oder die Konföderierten Arme spioniert hat.«

»Sieht wohl so aus«, stimmte Freeman zu.

»Zuletzt habe ich ihn in den Golan-Trockendocks gesehen. Am besten fange ich wohl dort an.«

Freeman setzte mich am Flughafen von Honolulu ab und brachte dann seinen Mietwagen zurück. Ich traute Huang nicht. Ich würde ihm niemals trauen, aber ich fand, jetzt war ein guter Zeitpunkt, um herauszufinden, ob er Wort hielt. Statt auf das Flugfeld der privaten Flugzeuge zu gehen, begab ich mich durch die schärferen Sicherheitskontrollen im allgemeinen Terminal, wo es DNA-Scans für abfliegende Passagiere gab.

Das letzte Mal war ich vor zwei Tagen durch eine dieser Kontrollen gegangen und wurde als Wayson Harris, der Befreier, erkannt. Dieses Mal hatte ich keine Ahnung, als was der Computer mich bezeichnen würde. Ich war entweder ein unerlaubt von der Truppe abwesender Marine, ein Befreier oder ein toter Marine. Als ich mich dem Kontrollpunkt näherte, hörte ich den scharfen Luftstoß, der den Mann vor mir traf. Ich sah die bewaffneten Wachen an dem Kontrollpunkt und fragte mich, ob es ein Fehler war, meine Identität schon so früh auf die Probe zu stellen.

Die Wache auf der anderen Seite des Kontrollpunkts war ein Zivilist, dessen Kleidung an eine altmodische Polizeiuniform erinnerte. Er winkte mich vorwärts. Ich machte einen Schritt vor und zog alles Mögliche in Betracht, was in den nächsten drei Sekunden geschehen konnte. Eine der Düsen würde mich mit einem Luftstoß treffen. Die andere würde die Luft und alle Teilchen, die dieser Luftstrom gelöst hatte, einsaugen. Computer würden meine DNA scannen. Wenn der Computer die Wachen darauf aufmerksam machte, dass sich ein Befreier im Orion-Arm befand … wenn ich so darüber nachdachte, wäre es weitaus gefährlicher, hier entlarvt zu werden als in den Golan-Trockendocks. Hier, im Orion-Arm, waren Befreier illegal. Entdeckt zu werden könnte fatale Folgen haben. Ich setzte mein Leben darauf, dass Admiral Che Huang zu seinem Wort stand. Was war bloß mit mir los?

Die Wache, ein schmuddeliger Mann, dessen Hemd nur mit Mühe über den ausladenden Bierbauch passte, bemerkte mich kaum, als ich zwischen die Pfosten trat. Er trug eine Pistole. Diese Sicherheitsstation war nicht von kugelsicherem Glas umgeben, aber ich bemerkte ein Dutzend bewaffneter Wachen in der Nähe.

Eine warme, feuchte Brise strich durch die offene Empfangshalle des Terminals. Die meisten Leute gingen einfach zwischen den Pfosten hindurch, doch ich blieb stehen und wartete ab, was geschehen würde.

Die Sicherheitswache sah mich fragend an. »Alles in Ordnung mit Ihnen?«, fragte der Mann.

Ich sah mich um. Auch andere Menschen beobachteten mich neugierig. Niemand griff zur Waffe. »Ja«, sagte ich. »Mit mir ist alles mehr als in Ordnung. Ich bin für den Verkehr zugelassen.«

Der Mann sah mich misstrauisch an, aber was konnte er schon tun? Seine Hochsicherheitsausrüstung hatte mich und meine Identität durchleuchtet.

Ich durchquerte die Abflughalle und folgte den Hinweisschildern zur Halle für Privatpiloten/Firmenjets. Niemand hielt mich auf, als ich nach meinem Flugzeug fragte, und ich verließ Hawaii ohne Zwischenfall. Ich war in jeder Hinsicht ein freier Mann.

Dieses Mal würde ich das Übertragungsnetzwerk nutzen. Ich sah keinen Sinn darin, herumzuposaunen, dass ich immer noch einen selbstübertragenden Transporter hatte. Wenn Huang wusste, dass ich ein selbstübertragendes Schiff von der *Doctrinaire* hatte, würde er verlangen, dass ich es zurückbrächte, und es möglicherweise für sich selbst beanspruchen. Schließlich hatte auch der gute Wille, der momentan zwischen uns existierte, seine Grenzen.

Ich setzte mich mit Colonel McAvoy, dem Chef der

Sicherheitsabteilung in den Golan-Trockendocks, in Verbindung, bevor ich die lange Reise zum Mars antrat. Ich fragte ihn, ob er Klybers C-64 auf Abhörgeräte untersucht hatte. Er verneinte das, sagte aber, er würde es nachholen und sich schnellstmöglich wieder bei mir melden. Der einzige Fleet Admiral der Vereinigten Obrigkeit war vor seiner Nase gestorben. McAvoys Karriere war so gut wie vorbei, es sei denn, er fing den Mörder. Zehn Minuten nachdem wir aufgelegt hatten, rief Colonel McAvoy mich zurück und sagte, dass er eine breitgefächerte Auswahl von Spionagegeräten gefunden hatte.

»Damit ist Adam Boyd aus dem Rennen«, sagte ich.

»Spionagegeräte entlasten den Kerl?«, fragte McAvoy.

»Ich habe mit Huang gesprochen«, sagte ich. »Boyd war Huangs Mann und Huang gibt zu, dass Boyd die Geräte eingebaut hat. Wieso sollte er Mikrofone und Kameras an Bord des Schiffs installieren, wenn er vorhatte, die Passagiere zu töten?«

»Spionage als Alibi für einen Mord«, bemerkte der Colonel. »Das ist mal was Neues.«

»Ich brauche jede Information, die Sie mir über den Rest des Wartungsteams beschaffen können«, sagte ich. »Und suchen Sie mir alles über Admiral Halverson heraus. Ich muss wissen, wo er hingegangen ist, nachdem er die Trockendocks verlassen hatte. Und ich muss wissen, ob er alleine dorthin ging.«

Eine der Annehmlichkeiten, wenn man den verkehrsreichen Weltraum zwischen Erde und Mars bereiste, war, dass man sein Schiff nicht selbst fliegen musste. Tausende Schiffe reisten in einem relativ kleinen Bereich mit Geschwindigkeiten von mehreren Millionen Kilometern pro Stunde. Zusammenstöße wären dabei unvermeidlich, wenn nicht

Computer die Kontrolle über jedes einzelne Raumschiff übernehmen würden. Piloten, die sich weigerten, die Kontrolle über ihr Schiff abzugeben, hatten nur einige Momente, um abzudrehen, sonst wurden Fluggeschwader vom Mars losgeschickt, um sie abzuschießen.

Jetzt, da ich ein legitimer Bürger war, nahm ich die altbewährte Route. Ich speiste meine Reisepläne in den Computer der Verkehrskontrolle auf dem Mars ein und erlaubte ihm, meine Route durch das Übertragungsnetzwerk festzulegen. Von jetzt an würde ich keinen Steuerknüppel und keinen Knopf mehr berühren müssen, bis das Netzwerk mich einige Minuten von den Trockendocks entfernt ausspie.

Ich lehnte mich in meinem Sitz zurück und starrte aus dem Fenster in die endlose Schwärze des Weltalls. Sterne blinkten in der Ferne. Hier draußen konnte ich die Farben der Planeten erkennen. Jupiter, die sandfarbene Murmel mit waagrechten Streifen, rückte zu meiner Rechten ins Blickfeld. Der Mars war eigentlich nicht rot, sondern hellbraun mit rostigem Einschlag, und schwebte genau vor mir in der Dunkelheit.

Ich sah in die gedämpft beleuchtete Kabine hinter mir. Die Passagiersitze waren auch nicht bequemer als mein Pilotensitz, aber mir gefiel die Vorstellung, das Cockpit zu verlassen. Ich nahm meine MediaLink-Brille, schlüpfte in den ersten Sitz hinter dem Cockpit und stellte die Lehne so weit wie möglich nach hinten.

Die Schlagzeile des Tages war Bryce Klybers Beerdigung. Einige Seiten sowohl zivilen als auch militärischen Ursprungs zeigten den gesamten Ablauf. Die Gesichter der Gäste, die die ersten beiden Reihen der Arlington-Kapelle einnahmen, wiesen mit denen am Tisch des Gipfels bemerkenswerte Ähnlichkeit auf. Smith und die anderen Vereinten Generalstabschefs waren dort mit ihren Beratern. In der Sprache der Wehrpflichtigen: »Es gab so viele Sterne und Balken auf der Beerdigung, man hätte schwören können, dass man eine Flaggenfabrik besichtigt hat.«

Huang war dort. Ich erwartete, auf seinem Gesicht ein verstecktes Grinsen oder wenigstens den selbstgefälligen Ausdruck, mit dem er auch sonst die Welt betrachtete, zu sehen, aber das war nicht der Fall. Huang starrte vor sich hin auf den glänzenden schwarzen Sarg, der auf einem Gerüst stand. Er sah weder arrogant noch zufrieden aus. Wenn überhaupt, sah er besorgt aus.

»Hallo Judas«, sagte ich, als ich Captain Leonid Johansson dort entdeckte. In der Navy war Captain ein höherer Rang als bei den Marines. Aber selbst als Navy-Captain sah Johansson vor dieser Kulisse wie ein Grünschnabel aus. Die Kapelle war voller Admirals, Generals und berühmter Politiker. Die Vereinten Stabschefs und Mitglieder des Linearausschusses saßen auf den vorderen Plätzen. Ich hielt Ausschau nach Leuten, die Klybers Familie hätten sein können, und sah niemanden. Nach der Trauerfeier durchsuchte ich verwandte Nachrichten und fand heraus, dass Klyber nie geheiratet hatte. Er hatte seine Geschwister überlebt. Außer der Navy hatte er niemanden.

Der großen Tradition der Beerdigungen von Washington, D. C. folgend, zog sich diese Trauerfeier hin. Ich fragte mich, ob ich den Mars erreichte, bevor sie zu Ende war. Zunächst gab es eintönige Orgelmusik. Dann stand ein protestantischer Pastor auf und sprach. Der Mann hielt eine dreißig Minuten lange Predigt, obwohl Klyber zu Lebzeiten ein überzeugter Atheist gewesen war. Ich stellte mir Klybers Geist vor, der sich aus dem Sarg erhob und sagte: »Hört euch diesen Mist an, nur über meine Leiche.«

Nach der Predigt kamen die Nachrufe. Ich dachte immer, Militärangehörige würden ihre Reden kurz halten, aber General Alexander Smith der VO-Air-Force redete ganze fünfundvierzig Scheißminuten lang. Dann folgten zwei von Klybers politischen Freunden. Ich erwartete, dass auch sie langatmige Reden halten würden, und sie enttäuschten mich nicht.

Ein kleiner roter Notfallbalken blinkte unten in meiner Ansicht auf. Indem ich die Augen dem blinkenden Symbol zuwandte, nahm ich den Anruf entgegen.

»Harris, siehst du das?«, fragte Freeman.

»Sehe ich was?«, fragte ich, obwohl ich eigentlich sagen wollte: »Ray, schön von dir zu hören. Ja, der Flug bisher war angenehm. Und wie geht's dir?«

»Der Gateway-Außenposten wird angegriffen«, sagte Freeman.

Ich kannte Gateway. Es handelte sich um einen bewohnbaren Planeten in dem Gebiet, wo die Orion- und Sagittarius-Arme sich treffen. Der Bereich um Gateway herum war eine Hochsicherheitszone, obwohl Sagittarius und Orion die einzigen der Erde treu ergebenen Arme waren.

Sowohl die Zentrale Sagittarius-Flotte als auch die Innere Orion-Flotte patrouillierten in dem Gebiet. Während ich mir das vor Augen führte, wurde mir klar, dass es möglicherweise Tage oder sogar Wochen dauern würde, bevor Schiffe eintrafen, um Gateway zu helfen. Die Innere Orion-Flotte patrouillierte entlang eines Kanals, der etwa 10000 Lichtjahre tief war. Die Zentrale Sagittarius-Flotte deckte ein Gebiet von mehr als 30000 Lichtjahren ab. Einen Planeten wie Gateway zu erreichen, dauerte nur ein paar Minuten, wenn eine der beiden Flotten sich in der Nähe des Übertragungsnetzwerks befand. Waren sie in den Tiefen des Alls unterwegs, konnte es Wochen dauern.

Wortlos schaltete ich zum Galaktischen Nachrichtensender um. Der GNS war ein Presseorgan, das der inneren Struktur der Vereinigten Obrigkeit angehörte, und eine Propagandamaschine. Doch dort erhielt man auch die aktuellsten Neuigkeiten. GNS-Reporter reisten überall hin, auch auf Planeten, die sich von der Republik losgesagt hatten.

Das Bild vor meinen Augen zeigte Zerstörung unglaublichen Ausmaßes. Die Legende auf dem Bildschirm zeigte »New Gibraltar« in hellblauen Buchstaben an, die auf dem pechschwarzen Himmel glühten. New Gibraltar war die Hauptstadt von Gateway. Der Gateway-Außenposten war der örtliche Marinestützpunkt und befand sich am Rande der Stadt.

In der Mitte des Bilds zerfiel ein sterbender Marinestützpunkt vor meinen Augen. Drei grüne Partikelstrahlkanonen feuerten in die Luft und erhellten den mitternächtlichen Himmel. Auf einem Hauptstützpunkt wie dem Gateway-Außenposten hätten es Hunderte Kanonen sein müssen. Auf den Straßen um die Festung herum standen keine Gebäude mehr. Flammen tanzten auf den zerschmetterten Überresten von dem, was einst Hotels und Geschäftszentren gewesen waren. Das Fort selbst, das vorher fünf oder sogar sechs Stockwerke gehabt haben mochte, war in Dunkelheit gehüllt. Teile der äußeren Wand waren umgefallen.

Ein roter Strahl mit dem Umfang eines Highway-Tunnels zuckte vom Himmel herunter. Er versengte eine Ecke des Forts. Zement explodierte und löste sich in Rauch und Flammen auf. Eine weitere Kanone verstummte, als noch ein Teil der Mauer herabstürzte.

»Wann ist das passiert?«, fragte ich.

Als ob der Bildschirm meine Frage verstanden hätte, tauchte die Darstellung eines Papierstreifens am unteren Bildrand auf: »Liveübertragung«.

»Der Angriff begann vor ein paar Minuten«, sagte Freeman.

Auf der Straße am Fuße des Forts war Bewegung zu erkennen. Zwanzig Männer, vielleicht auch dreißig, umrundeten die Trümmer der zerbombten Gebäude und zerstörten Fahrzeuge. Sie waren zu Fuß, rannten schnell und gingen in Deckung. »Die Pfadfinder sind eingetroffen«, sagte ich.

»Das muss ein Sprengtrupp sein«, sagte Freeman. »Das sind nicht genug für etwas anderes.«

»Wer sind die?«, fragte ich.

»Das Pentagon will vor Ende des Kampfs nicht spekulieren«, sagte Freeman. »Ich vermute, dass es sich um Mogats handelt. Amos Crowley ist wahrscheinlich irgendwo in der Nähe, um den Angriff zu koordinieren.«

Freeman und Crowley hatten noch eine Rechnung offen, die Freeman nur zu gern begleichen wollte. Er wünschte, er wäre in New Gibraltar – ich hörte es an seiner Stimme. Freeman hielt sich zwar für einen Söldner, aber in Wahrheit war er Kopfgeldjäger. Crowley war der Kopf, den er am meisten wollte.

Der größte Teil der Marines in dem Stützpunkt war wohl tot oder verwundet. Egal wie viele übrig waren, sie leisteten nicht viel Widerstand, als die Spezialtruppen sich näherten. Jemand schaffte es, sich in ein Maschinengewehrnest auf der Wand zu schleppen, und ließ ein Sperrfeuer aus Leuchtspurmunition auf die Straße hinabregnen. Eine Rakete wurde von einem geschulterten Raketenwerfer auf das Nest abgefeuert. Die Rakete zischte durch die Luft und zog eine gleißende Spur und Rauch hinter sich her. Staubwolken explodierten aus der Außenwand, wo sich das Maschinengewehr befunden hatte. Das Sperrfeuer hörte auf.

Die Spezialeinheiten teilten sich in zwei Teams auf und stürmten die Ruinen der Festung. Sie spurteten die letzten

Meter zu der Basis und wichen Löchern, Trümmern und auf dem Dach liegenden Autos in der fast vollkommenen Dunkelheit aus.

Ich sah mir das alles an und wusste, dass ich irgendwie mit den Geschehnissen verbunden war. Dennoch fühlte ich mich unbeteiligt. Was machte es mir schon, wenn die Republik fiel? Die einzigen Leute, die ich je als Freunde angesehen hatte, waren im Militär der Vereinigten Obrigkeit – Bryce Klyber und Vince Lee, mein alter Kumpel von den Marines. Klyber war natürlich tot und von Vince hatte ich seit Jahren nichts gehört. Ich wusste nur, dass er in der Scutum-Crux-Flotte Offizier war.

Mit einem optischen Befehl rief ich einen begleitenden Audiokommentar auf.

*»Feindliche Schiffe bombardieren weiter die Stadt New Gibraltar von außerhalb der Atmosphäre, während feindliche Truppen jetzt das Marinegelände stürmen. Einigen Berichten zufolge greifen bis zu zehn Kampfschiffe die Stadt an.*

*In den vergangenen Monaten war Gateway die zentrale Operationsbasis für einige Schlachtzüge in den Perseus-Arm. Dieser Angriff könnte ein Vergeltungsschlag für …*

*Wir erhalten gerade einen Bericht, dass sich einige Schiffe der Sagittarius-Flotte in das Gateway-System übertragen haben und in Kürze eintreffen werden.«*

Auf dem Bildschirm traten die Kommandotruppen den Rückzug an. Sie wichen von der Festung zurück, gaben ein Sperrfeuer aus Kugeln und Raketen ab und nutzten diese Deckung, um einen Transporter zu erreichen. Der letzte Mann ging an Bord und das Feuern hörte auf. In der Ferne war das Glühen bewaffneter Transportraketen zu sehen, die ins All verschwanden.

»Die Moga…«

»Pass auf das Fort auf«, unterbrach Freeman mich.

Die Mogats hatten Bomben mit hochgradiger Strahlung an den Mauern des Forts platziert. Diese Bomben explodierten und überfluteten die Straßen mit einer gleißenden, blauweißen Strahlung, die in meinen Augen brannte. Meine Brille leuchtete erst grell weiß auf und wurde dann schwarz. Es schien, als sei ich erblindet. Für einen kurzen Moment saß ich in meiner Plüschkabine und dachte, meine Brille hätte den Geist aufgegeben. Doch dann erkannte ich, dass die Seite, die ich angesehen hatte, nicht länger existierte.

# 21

Normalerweise bewachte ein Geschwader aus drei Air-Force-F-19 die Übertragungsscheiben des Mars. Als sich mein Starliner diesmal näherte, sah ich allerdings zwei Geschwader aus fünf Jägern, die in dem Gebiet kreisten.

»Starliner A-zehn-zwanzig-dreißig-vier, hiermit teilen wir Ihnen mit, dass sich die Mars-Station in höchster Alarmbereitschaft befindet. Haben Sie verstanden?«

»Aye«, sagte ich. »Ich habe verstanden.«

»Wegen der erhöhten Sicherheitsstufe ist der Übertragungsverkehr im Moment verzögert. Wir bitten Piloten, nach Hause zurückzukehren, wenn sie nicht dringenden Geschäften nachgehen. Bitte warten Sie auf Anweisungen, während wir Ihre Reisedaten aufnehmen.«

Wenn ich den Angriff auf Gateway und die Wichtigkeit der Übertragungsscheiben des Mars bedachte, empfand ich zehn F-19 als ziemlich dürftige Verteidigung. Die Armeebasis auf dem Mars hatte ein paar ziemlich üble Kanonen, aber nachdem ich die Zerstörung des Gateway-Außenpostens gesehen hatte, erschienen mir Bodenkanonen nicht unbedingt als wirksame Abschreckung. Ich schloss mich der Warteschlange der Schiffe an, die zu den Übertragungsscheiben wollten. Die Schlange war mindestens fünfunddreißig Kilometer lang. Über der Schlange schwebten wie ein Geiertrio drei Kampfschiffträger.

Der Mars hatte keine eigene Flotte. Diese Schiffe mussten eine Leihgabe der Erdenflotte sein. Da Großraumschiffe mit höchstens achtundvierzig Millionen Kilometer pro Stunde fliegen konnten, würde die Reise von der Erde zum Mars etwa drei bis fünf Stunden dauern, je nachdem, wo sich die Planeten auf ihrer Umlaufbahn befanden. Selbst eine fünfstündige Reise schien kurz im Vergleich zu den zwanzig Stunden, die ich gerade mit meinem Starliner benötigt hatte.

»Meine Aufzeichnungen zeigen, dass Sie zu den Golan-Trockendocks reisen. Stimmt das, Starliner A-zehn-zwanzig-dreißig-vier?«, fragte der Fluglotse. »Die Golananlage ist eine Hochsicherheitsanlage. Was ist der Zweck Ihrer Reise?«

»Ich arbeite für die Vereinten Stabschefs«, sagte ich.

Eine kurze Pause entstand. »Starliner A-zehn-zwanzig-dreißig-vier, Sie haben die Freigabe für sofortige Übertragung. Wir haben eine Eskorte losgeschickt, die Sie an die Spitze der Schlange begleiten wird, Sir. Bitte folgen Sie der Eskorte.«

In Zeiten des Ernstfalls hatte das Militär das Sagen über das Übertragungsnetzwerk. Der Mann am anderen Ende musste von der Air Force gewesen sein.

Als ich mich den Übertragungsscheiben näherte, fuhren die getönten Schilde hoch und ich konnte nicht länger aus dem Fenster meines Schiffs sehen. Die getönten Schilde mussten sehr dick sein, um meine Augen vor dem blendenden Gleißen zu schützen, das die Scheiben abgaben, wenn sie ihre elektrischen Ströme entluden. Ich saß auf meinem Pilotensitz und beobachtete, wie sich zwei F-19 auf meinem Radar langsam näherten. Im nächsten Moment würde mein Radar blind und ich würde das Gleißen der Blitze wahrnehmen. Seine Helligkeit durchdrang sogar die Tönung des Starliners.

In den letzten Momenten, bevor mein Radar sich ausschaltete, glitten drei Jäger längsseits neben mein Schiff. Mein Starliner musste im Vergleich zu diesen Schiffen wie ein Relikt ausgesehen haben. Die F-19 war für das Weltall und atmosphärische Kämpfe geschaffen worden. Sie war womöglich der schnittigste Jäger im Arsenal der VO. Sie hatte einen verlängerten Rumpf, der wie eine Kreuzung aus Dolch und Dartpfeil aussah. Die Flügel waren papierdünn, aber stark genug, Manövern in der Atmosphäre standzuhalten. Diese Jäger waren jedem anderen Jäger im All an Geschwindigkeit überlegen und zogen Kreise um jeden Angreifer, der versuchte, in einer Atmosphäre wie der der Erde zu landen. Die F-19 war der ganze Stolz der Air Force.

»Hallo, Starliner A-zehn-zwanzig-dreißig-vier«, sagte einer der Jägerpiloten. »Wenn Sie uns bitte folgen wollen, Sir?«

Das war natürlich Jägerpilotenhumor. Die Flugcomputer des Mars hatten absolute Kontrolle über mein Cockpit. Ohne ihre Erlaubnis konnte ich nicht einmal meine Maschinen abschalten.

Ein Geschwader Tomcats umkreiste die Golan-Trockendocks und die nahe gelegene Scheibenstation. Zwei Kampfschiffe lagen in der Nähe vor Anker. Golan war tatsächlich in höchster Alarmbereitschaft. Nachdem man mich identifiziert und mein Flugzeug gescannt hatte, holte mich die Flugkontrolle durch eine teilweise versiegelte Blende hinein. Bewaffnete Wachen begleiteten mich zur Sicherheitskontrolle.

Das letzte Mal, als ich die Pfosten dieses Kontrollpunkts durchlaufen hatte, wurde ich als Lieutenant Wayson Harris, »Marine auf der Flucht«, identifiziert. Dieses Mal war ich ein

Marine im Ruhestand und ich wollte den Chef der Golan-Sicherheitsabteilung, Colonel Clarence McAvoy besuchen.

Ich übergab meine Papiere der Wache und ging auf den Kontrollpunkt zu. Die hohe Alarmstufe der Trockendocks hatte das Lametta hervorgelockt. Ein Major der Army saß mit Zivilisten und Wehrpflichtigen auf der anderen Seite des kugelsicheren Glases. Das Licht innen in der Kabine war hell. Nach der Dunkelheit im Hangar musste ich die Augen zusammenkneifen. Dies, so nahm ich an, war überall gleich: Es ist schwer, treffsicher zu schießen, wenn sich die Augen nicht ans Licht gewöhnt haben.

»Treten Sie vor«, sagte die Wache auf der anderen Seite der Pfosten. Vielleicht war dies der Typ, der das letzte Mal, als ich hier durchgekommen war, die Waffe auf mich gerichtet hatte. Er war von der Army und trug einen grünen Kampfanzug. Seine M27 war an seinem Gürtel befestigt.

Ich trat vor.

Der Corporal stand plötzlich stramm. »Willkommen in den Trockendocks, Colonel«, sagte er. Seine Stimme war laut genug, damit die Leute hinter dem Glas ihn hören konnten. Ich sah hinüber und bemerkte, dass sogar der Major vor mir salutierte. Ich erwiderte den Gruß und ging weiter.

»Colonel McAvoy erwartet Sie bereits, Sir. Er hat eine Nachricht hinterlassen, dass er Sie höchstpersönlich zu Ihrem Treffen fahren möchte.«

»Also schön«, sagte ich und versuchte immer noch, herauszufinden, wie ich so plötzlich zum Colonel geworden war.

McAvoy kam in seinem kleinen Basiswagen herangerollt – einem elektrischen Flitzer mit einer Höchstgeschwindigkeit von fünfundzwanzig Stundenkilometern. »Colonel Harris?«, fragte er und seine Stimme strotzte vor Erheiterung. »Sie sind schneller durch die Ränge gesaust als jeder andere Soldat, den ich kenne. Waren Sie nicht noch Lieutenant, als ich Sie das letzte Mal sah?«

»Ich bin danach in den Ruhestand gegangen«, sagte ich.

Wir schüttelten uns die Hände. »Nun, kommen Sie, Colonel«, sagte McAvoy. »Ich dachte, ich sollte vielleicht lieber den roten Teppich für Sie ausrollen. Man weiß ja nie.«

»Man weiß ja nie – was?«, fragte ich, als ich den Flitzer kletterte.

»Man weiß ja nie, ob Sie nicht das nächste Mal, wenn ich Sie sehe, Mitglied der Vereinten Stabschefs sind.« Er ließ den Flitzer an und rollte in die Werkshalle. »Ihr Kumpel Huang hat angerufen. Er sagte mir, ich solle dafür sorgen, dass Sie sich umgehend bei ihm melden, wenn Sie gelandet sind. Sie haben von Gateway gehört, oder?«

Ich nickte.

»Mistkerle«, sagte McAvoy.

# 22

»Colonel?«, fragte ich.

»Willkommen zurück, Harris. Sie wurden wieder in den aktiven Dienst berufen – als Colonel. Ich hätte nie gedacht, dass ich erleben würde, wie ein Klon zum Colonel wird, aber verzweifelte Zeiten erfordern verzweifelte Maßnahmen.« Huang sah noch müder aus als auf der Beerdigung. Dunkle Tränensäcke hatten sich unter seinen dunkelbraunen Augen gebildet. Keine Spur des überheblichen Grinsens lag auf seinem Gesicht.

»Und der Grund dafür?«

»Sicherheitsfreigabe, Harris. Nur Offiziere mit dem Rang Colonel oder höher dürfen die Informationen sehen, die ich Ihnen jetzt zeigen werde. Machen Sie sich keine Sorgen über Ihre Berufung, ich werde Sie nicht länger im Corps behalten als unbedingt nötig.«

Er war immer noch ein anti-synthetisches Arschloch, dachte ich bei mir, aber ich war froh, dass die Änderung nicht von Dauer war.

»Ich nehme nicht an, dass Sie erraten, wie lange die Belagerung des Gateway-Außenpostens gedauert hat?«, fragte Huang.

Ich dachte kurz darüber nach. »Ich habe die Übertragung gesehen«, sagte ich. »Es ging schnell.«

»Verdammt schnell«, stimmte Huang zu. »Wollen Sie eine Schätzung abgeben?«

»Nein«, sagte ich.

»Acht Minuten«, sagte er mit missbilligendem Ausdruck auf seinem Gesicht. »Beinahe auf die Sekunde genau.«

»Mir scheint, irgendetwas entgeht mir«, sagte ich und versuchte, herauszufinden, warum er das erwähnt hatte.

»Scheiße, Harris! Sie sind doch angeblich so intelligent.« Huang sah nicht länger müde oder enttäuscht aus. Er sah angewidert aus. Er zog seine Augen zu Schlitzen zusammen, legte eine Hand an die Schläfe und schob das kurze, braune Haar zur Seite.

Ich dachte schnell nach. Was war an den acht Minuten so wichtig? Es ließ auf eine gewisse Effizienz schließen. Ganz gleich, von wem der Angriff geplant worden war, er hatte bei der Logistik hervorragende Arbeit geleistet.

»Acht Minuten, Harris. Acht beschissene Minuten. Acht Minuten, so lange brauchen die GZF-Schiffe, um nachzuladen, um sich erneut zu übertragen. Konnten Sie nicht alleine dahinterkommen? Judas im Himmel, was hat Klyber bloß in Ihnen gesehen?«

Ich wollte Huang sagen, er solle sich ins Knie ficken, aber ich stimmte ihm zu. Ich hätte es erkennen müssen. Also sagte ich nichts.

»Ich bin sicher, Sie haben die Übertragung des Bodenangriffs gesehen«, sagte Huang. »Das hier haben Sie aber nicht gesehen.«

Ein Satellitenvideo von Gateways Oberfläche erschien in meiner MediaLink-Brille. Der vollständige Name des Planeten war Gateway Kri – die Bezeichnung *Kri* bedeutete, dass der Planet eine durch Terraforming geschaffene Atmosphäre besaß. In Wahrheit sah der Planet der Erde sehr ähnlich, hatte eisige Pole, große Ozeane und grüne Kontinente.

Der Bildschirm flackerte und Blitze tanzten über das Bild. Dann sah ich die Silhouetten von vier Kampfschiffen der Galaktischen Zentralflotte vor der hellen Oberfläche des Planeten. Ihre Rümpfe waren kohlrabenschwarz. Sie waren Schatten. Wäre der Satellit nicht über ihnen im Orbit gewesen, hätte man sie vor dem Hintergrund des Alls nicht ausmachen können. Aus dieser Perspektive sahen die Schiffe wie riesige Haie aus, die ihr Gebiet umkreisen.

Die Schiffe hatten eine verschobene Diamantenform. Sie waren lang, aber nicht breit. Der Bug und das Heck waren abgerundet. Sie stießen bis zum Rand der Atmosphäre hinunter. Grüne Punkte blitzten auf der Oberfläche auf, als die Marines dort unten ihre Kanonen auf sie abfeuerten.

»Konzentrierte Feuerkraft, das Markenzeichen eines gut ausgebildeten Kommandanten«, sagte Huang. »Ihr gesamtes Laserfeuer traf im Umkreis von fünf Blocks. Wer immer diesen Angriff leitete, war ein Meister der Taktik.«

Am unteren Ende des Bildschirms zeigte ein kleines Fenster den Gateway-Außenposten. Laserstöße regneten auf das Fort und die umliegenden Straßen herunter. Als der Angriff begann, blitzten die Kanonen entlang der Mauern des Forts wie Stroboskoplichter auf. Das Kanonenfeuer nahm ab, nachdem die Wände des Forts mehrere Treffer erlitten hatten.

»Jetzt wird's interessant«, sagte Huang. »Die GZF-Schiffe tauchten vor exakt einer Minute auf. Während dieser Minute hat die Marinebasis sämtliche Waffen auf die Großraumschiffe konzentriert … Standardvorgehensweise.«

Der Bildschirm fror ein. Ich sah nur eine einzige Flamme.

Sie sah nicht bedeutender aus als ein Glühwürmchen, als sie in die Atmosphäre eintrat.

»Das ist der Transporter. Er wird exakt eine Minute bis zur Landung benötigen.«

Die kleine Flamme schien ins Nichts zusammenzuschrumpfen, während der Transporter auf den Planeten zuraste. In dem kleinen Fenster auf meinem Bildschirm wurde New Gibraltar schnell dem Erdboden gleichgemacht. Die eindringenden Bodentruppen stürmten das Fort und rannten dann wieder weg. Nach sechs Minuten – auf die Sekunde genau – explodierten die Bomben und gaben eine Kugel aus weißem Licht ab, die wie eine Blase aus der Seite des Planeten zu wachsen schien. Der Blitz war aus dem All klar zu erkennen.

Nach sieben Minuten erreichte der Transporter wieder die Kampfschiffe. Eine Minute später war die gesamte Invasionsstreitmacht verschwunden.

»Sie nennen sich die Hinode-Flotte«, sagte Huang.

»Hinode?«, fragte ich. Ich hatte den Namen auf Ezer Kri – einem Planeten mit großem Bevölkerungsanteil japanischer Herkunft – schon einmal gehört. So nannten die Ortsansässigen ihre Hauptstadt. Der echte Name der Stadt war Rising Sun – Sonnenaufgang – oder *Hinode* auf Japanisch.

»Die japanische Bevölkerung auf Ezer Kri nannte ihre Hauptstadt Hinode. Meinen Sie, da gibt es eine Verbindung?«, fragte ich.

»Ich will gar nicht anfangen, zu raten«, sagte Huang. »Das ist Ihre Aufgabe.«

»Meine Aufgabe?«, fragte ich.

»Ja, Colonel, Ihre Aufgabe. Die wurde Ihnen mit der Berufung zugeteilt.«

»Und was ist mit dem Kerl …?«

»Die Republik wird angegriffen. Wir kennen die Anstifter

bei den Mogats und den Konföderierten Armen. Wir wissen von der GZ-Flotte. Ihnen fällt es zu, herauszufinden, warum die GZF-Schiffe einen japanischen Namen benutzen.«

»Ich soll also ein wenig auskundschaften, bevor Sie sich die Herrschaften mit der *Doctrinaire* zur Brust nehmen?«, fragte ich.

»Ja«, sagte Huang, als nehme er eine Herausforderung an. Er sammelte seine Gedanken für eine Weile und sprach dann ruhiger weiter. »Sie besorgen mir die Bewegungen und die Fähigkeiten dieser Flotte. Sie verschaffen mir ein Profil der Offiziere, die diese Schiffe befehligen. Helfen Sie mir, diesen Krieg zu gewinnen.«

»Und der Kerl, der Klyber umgebracht hat?«

»Harris, sobald diese Flotte zerstört ist, können Sie mit Halverson machen, was Sie wollen. Verschaffen Sie mir das, was ich will, und ich mache Sie zu einem sehr reichen Befreierklon im vollkommenen Ruhestand.«

»Ich werde Hilfe brauchen.«

»Brauchen Sie Männer?«

»Einen«, sagte ich. »Ich habe einen Partner.«

»Freeman«, sagte Huang. »Ich habe von ihm gehört.«

»Er wird Zugang zu allen Informationen benötigen, die Sie mir geben. Und er wird mir nicht helfen, wenn er sich einschreiben muss.«

»Tun Sie das, was nötig ist. Sprechen Sie, mit wem immer Sie sprechen müssen. Geben Sie so viel Geld aus, wie Sie müssen. Ich gebe Ihnen vollkommen freie Hand.«

»Okay«, sagte ich. Mir gefiel der Gedanke nicht, für Huang zu arbeiten, aber zu diesem Zeitpunkt wollten wir beide dasselbe. Er wollte freies Schussfeld auf die Hinode-Flotte. Ich wollte die Kerle, die Klyber getötet hatten. Wir beide wollten Halverson.

»Wissen Sie, wo Sie anfangen müssen?«, fragte Huang. Ich sah, dass er begann, sich zu entspannen. Seine Schultern lockerten sich. »Wo werden Sie anfangen?«

»New Columbia.«

»Wieso New Columbia?«, fragte Huang.

»Weil Jimmy Callahan ein zweitklassiger Schwachkopf ist und Billy der Schlächter Patel versucht hat, ihn zu töten«, sagte ich und begann jetzt erst, die Puzzleteilchen zusammenzusetzen.

»Wovon reden Sie da?«, fragte Huang.

»Es gibt einen zweitklassigen Kleinkriminellen auf New Columbia, der sich für einen großen Fisch hielt«, sagte ich. »Er verkaufte den Mogats oder den Konföderierten Vorräte und dachte, er könne mitspielen. Er versuchte, Patel ans Messer zu liefern, und wäre dabei beinahe selbst draufgegangen. Erinnern Sie sich an den Bombenanschlag von Safe Harbor? Callahan war derjenige, hinter dem sie her waren. Ich dachte erst, man wolle an Callahan ein Exempel statuieren, aber jetzt kommt mir ein anderer Gedanke.«

»Und was hat das mit Klyber zu tun?«, fragte Huang ungeduldig.

»Ich habe mir nie Gedanken darüber gemacht, woher sie etwas über Callahan wussten … Klyber war derjenige, der mich zu dem Treffen mit ihnen geschickt hatte. Wenn Klyber davon wusste, muss Halverson es auch gewusst haben. Halverson muss auch noch etwas anderes gewusst haben – nämlich, woher Callahan seine Waren bezog.«

»Hat Patel ihn erwischt?«, fragte Huang.

»Ich habe ihn in der Arrestzelle des dortigen Marinestützpunkts sicher weggeschlossen«, sagte ich.

»Glauben Sie, er weiß etwas?«, fragte Huang.

»Er ist zu mickerig und zu dämlich, um selbst einen

Handel mit den Konföderierten eingefädelt zu haben. Jemand mit größeren Ambitionen muss ihn als Mittelsmann benutzt haben. Ich werde den Namen schon aus ihm herausbringen.«

»Sie sollten sich lieber beeilen«, sagte Huang. »Die Geheimdienste sagen, dass die Konföderierten sich als Nächstes New Columbia vorknöpfen wollen. Wir evakuieren bereits den Planeten.«

Huang dachte einen Moment lang nach. »Ich habe Ihnen gesagt, dass Sie vollkommen freie Hand haben. Sie können ausgeben, so viel Sie wollen. Ich werde Ihnen jegliche Ausrüstung, die Sie benötigen, zukommen lassen. Und noch etwas. Ich glaube nicht, dass ich Ihnen das extra sagen muss, Harris – aber nur für den Fall … töten Sie jeden, der sich Ihnen in den Weg stellt.«

*Und da sagt man, Klone hätten keine Seelen,* dachte ich bei mir. Ich fragte mich, ob man Huang in eine katholische Kolonie wie Saint Germaine hereingelassen hätte.

# Teil III

# KRIEG

# 23

**Erddatum: 23. März 2512**
**Stadt: Safe Harbor**
**Planet: New Columbia**
**Galaktische Position: Orion-Arm**

Ein Kampfschiffträger und zwei Zerstörer schwebten nur ein paar Kilometer entfernt und bewachten die Übertragungsscheiben im Orbit von New Columbia. Der Träger hatte Geschwader aus Tomcats, Hornets und Harriern an Bord. Die Jäger bildeten Dreiergruppen, während sie hin und her flogen und den ständigen Verkehrsstrom, der sich vom Rande der Atmosphäre zu den Scheiben erstreckte, »inspizierten und beschützten«. Die Behörden hatten die Sicherheitsstufe in einigen Gebieten von New Columbia erhöht und andere Bereiche evakuiert. Nachdem das Pentagon sich mit dem Angriff auf New Gibraltar befasst hatte, war man zu dem Entschluss gekommen, Safe Harbor zu evakuieren.

»Sie fliegen nach Safe Harbor?«, hatte Colonel McAvoy gefragt, nachdem ich ihm von meinen Plänen erzählt hatte. »Der Planet wird evakuiert. Die einzigen Menschen dort werden Marines und Plünderer sein. Wenn ich es recht bedenke«, seine Miene hellte sich bei dem Gedanken auf, »passen Sie genau dort hinein.«

Ich glitt aus der Empfangsscheibe und sah die Warteschlangen der Schiffe, die New Columbia verlassen wollten. In diesem Mischmasch befanden sich auch Militärtransporter.

Nach dem, was ich gelesen hatte, bestand New Columbias Bevölkerung aus mehr als fünfzig Millionen Zivilisten. Wenn man so auf die endlose Schlange aus Evakuierungsschiffen hinuntersah, hätte man annehmen können, dass die gesamte Bevölkerung Reißaus nahm. Große Schiffe, kleine Schiffe – sie alle schwebten hier und warteten darauf, dass sie an der Reihe waren, in das Netzwerk einzutreten. Die Schlange sah so aus wie der Führstrick eines Drachen, der die Scheiben an Ort und Stelle festhielt. An der Spitze der Schlange blitzte das von den Übertragungsscheiben erzeugte elektrische Feld weiß vor der ewigen Schwärze. Der Blitz in der Ferne hinterließ schwarze Flecken vor meinen Augen, doch die verschwanden schnell.

Ich näherte mich dem Planeten mit der unerträglich langsamen Geschwindigkeit von viereinhalbtausend Kilometern pro Stunde und war mir der Tatsache bewusst, dass unter mir Kanonen der Marines, der Army und der Air Force jede meiner Bewegungen verfolgten. Jede verdächtige Abweichung von meinem vorgegebenen Kurs wäre tödlich.

Als ich den Raum um New Columbia erreichte, war mein Schiff bereits so oft gescannt worden, dass die Sicherheitscomputer sogar wussten, welche meiner Knochen genagelt worden waren. Das Militär hatte in Bezug auf mich nur eine Sorge: ich könnte ein feindlicher Späher sein.

»Starliner A-zehn-zwanzig-dreißig-vier, hier ist der Raumhafen von Safe Harbor. Kommen.«

»Hier ist Starliner A-zehn-zwanzig-dreißig-vier«, sagte ich.

»Starliner A-zehn-zwanzig-dreißig-vier, wir evakuieren diesen Planeten.«

»So sagte man mir«, sagte ich.

»Laut unserer Anzeige sind Sie ein Marine«, sagte der Fluglotse. »Bitte bestätigen Sie.«

»Colonel Wayson Harris, Marine Corps der Vereinigten Obrigkeit«, sagte ich.

»Sie wollen eine zivile Landeanlage ansteuern, Colonel. Wissen Sie, dass es eine Marinebasis mit Landeplatz direkt außerhalb der Stadt gibt?«

»Das ist mir bewusst«, sagte ich. Mir war ebenfalls bewusst, dass dieser Stützpunkt das Hauptziel der Konföderierten sein würde, sobald sie hier eintrafen. Ich wollte, dass mein Schiff intakt blieb.

»Wir können Ihnen Hilfe bei der Landung anbieten. Bitte nehmen Sie zur Kenntnis, dass dieser Raumhafen innerhalb der nächsten drei Stunden geschlossen wird. Sollten Sie Ihr Schiff hierlassen wollen, wird diese Einrichtung keine Verantwortung dafür übernehmen.«

»Verstanden.«

»Ich kann Ihnen das nicht ausreden, oder, Colonel?«, fragte der Mann.

»Haben Sie ein Problem da unten?«, fragte ich.

»Ja. Ich kann keine Männer entbehren, um Ihr Schiff einzuweisen. Ich weiß nicht, ob Sie die kleine Schlange von Schiffen bemerkt haben, die vom Planeten wegführt.«

»Natürlich habe ich die bemerkt«, sagte ich. Mir fiel ebenso auf, wie vollkommen verwundbar diese Transporte sein würden, wenn ein paar GZF-Großkampfschiffe hier auftauchten, aber das erwähnte ich nicht. Wenn man ein paar Kanonen entlang dieser Verkehrslinie abfeuerte, würde man wahrscheinlich die Hälfte der Bevölkerung von New Columbia töten. Aber angesichts der punktgenauen Taktik, die die Eindringlinge bei ihrer Belagerung des Gateway-Außenpostens angewandt hatten, glaubte ich nicht, dass ihnen an zivilen Opfern gelegen war.

Andererseits würde eine Milliarde Opfer Bill »den

Schlächter« Patel interessieren. Patel war ein radikaler Separatist aus dem Cygnus-Arm, der sich nicht von moralischen oder religiösen Ansichten einschränken ließ.

Die Reihe der Transporter setzte sich nicht vom Rand der Atmosphäre bis zum Raumhafen fort. Wenn die Gravitation in der Atmosphäre mit aller Macht an den Transportern zerrte, wären sie nicht in der Lage, sich in einer langsam voranschreitenden Linie auf Position zu halten, ohne dabei Unmengen an Treibstoff zu verbrennen.

Ich flog durch einen Abendhimmel hinab, durchbrach dicke Wolkenschichten und verlangsamte meinen Anflug auf ein paar Hundert Kilometer pro Stunde. Das Wetter über Safe Harbor hatte sich verschlechtert. Quecksilberfarbene Wolken formten über der Stadt einen Himmel wie ein Waschbrett. Blitze erhellten Löcher in den Wolken mit blendendem Licht. Regen fiel in dicken Tropfen, die auf meinem Fenster zerplatzten. Unter mir lag dunkel die Stadt. Kein Licht brannte in dem Dschungel der Wolkenkratzer, aus dem Safe Harbor bestand. Keine Straßenlaternen leuchteten. Die riesigen Werbetafeln an den Seitenwänden der Gebäude waren in der Schwärze unsichtbar.

Die Stadt mochte leblos aussehen, aber ihr Luftraum war voller Bewegungen. Ich spähte durch die obere Ecke meiner mit Regentropfen übersäten Windschutzscheibe und sah die pfeilschnellen Schatten von drei F-19, die unter den Wolken entlangschossen. Unter mir kreuzten drei weitere meinen Weg.

Die Marines, die Army und die Air Force unterhielten alle Stützpunkte in der Stadt Safe Harbor. Im Gegensatz zu Gateway war New Columbia ein gut geschützter Planet. Die Marines des New-Gibraltar-Außenpostens hatten nur Kanonen gehabt, um sich gegen den Angriff zu verteidigen.

Hier, auf New Columbia, gab es Geschwader von F-19, und Großkampfschiffe der Navy bewachten den Planeten von oben. Die Invasion auf Gibraltar war ein Massaker gewesen. Eine Invasion von Safe Harbor würde eine Schlacht bedeuten.

Vor dem Dschungel der Schatten sah der Raumhafen aus wie eine Lichtexplosion. Zwei Reihen Suchscheinwerfer entlang der Landebahn klickten an und aus und schufen mitternachtsblaue Streifen. In der Ferne ergoss sich gleißend weißes Licht aus einigen Hangars am Rande der Landebahn. Auf der Außenseite des Terminals brannten Laternen und aus den Fenstern fiel noch mehr Licht.

Ich landete den Starliner am Rande der Landebahn und rollte auf die Hangars zu. Zwei Arbeiter des Raumhafens schoben ihn in einen Sicherheitshangar. Ich fragte, ob er hier sicher sei, und sie bestätigten das. »So sicher wie etwas auf diesem Planeten sein kann«, fügte einer von ihnen hinzu. Der Hangar war einen Tag zuvor noch voller privater Flugzeuge gewesen. Jetzt war mein Schiff das einzige. Die Besatzung des Hangars fuhr mich schweigend zum Hauptterminal des Raumhafens.

Vor ein paar Wochen – in einem anderen Leben – hatte ich in genau diesem Gebäude gesessen und versucht, mich vor meinem Flug abzulenken. Damals spürte ich Ehrgeiz in der Luft liegen. Safe Harbor zog Geschäftsleute und Touristen gleichermaßen an; Leute, die froh waren, reisen zu können, oder sich freuten, den nächsten Handel abzuschließen. Dieses Mal spürte ich etwas vollkommen anderes: Depression und Panik.

Im Terminal saßen lange Schlangen aus Menschen schweigend herum und klammerten sich an ihren Habseligkeiten fest. Die reichsten Leute, die sich den Weg zur Spitze der Schlange erkaufen konnten, waren als Erstes fortgegangen.

Die letzten der Elite von New Columbia befanden sich wahrscheinlich in der Schlange aus Transportern, an der ich auf meinem Weg hinunter von den Scheiben vorbeigeflogen war. Die Leute, die ich jetzt im Raumhafen sah, waren arm und Mittelklasse – Menschen mit Familien und Koffern, kleine Mädchen mit Puppen und Jungs mit Videospielen. Sie bildeten Schlangen, die durch die gesamte Empfangshalle vor und zurück wogten – Menschenreihen, die kerzengerade so dicht zusammengedrängt standen, dass man sie nicht auseinanderhalten konnte. Ich hörte Niesen, Schluchzen und Geflüster, aber diese Bevölkerung stand hauptsächlich unter Schock.

Viele Leute trugen feuchte Kleidung. Hätte der Raumhafen seine normale, kühle Temperatur gehabt, hätten diese Menschen sich erkältet. Aber die Massen überforderten die Klimaanlage, deshalb war es im Terminal heiß und Schweißgeruch lag in der Luft.

»Was glauben Sie, wo Sie hingehen?«, fragte ein Marine im Kampfanzug, als ich den Haupteingang erreichte. Ich wedelte mit meiner brandneuen ID-Karte, die Colonel McAvoy mir gegeben hatte, herum. Sie wies mich als »Colonel Wayson Harris« aus.

Der Mann sah sie sich an und stand dann stramm. »Entschuldigung, Sir! Der Private war sich nicht bewusst, mit einem Offizier zu sprechen.«

Er salutierte.

Ich erwiderte den Gruß.

»Weitermachen, Marine«, sagte ich, ging um den Jungen herum und hinaus. Ich war froh, nicht länger ein Infanterist zu sein. Ich verließ den Terminal und trat in eine kalte, nasse Nacht hinaus. Der Regen fiel ununterbrochen. Pfützen bedeckten den Bürgersteig, der von dem Terminal wegführte.

Eine Reihe Straßenlaternen erstreckte sich bis zum Parkhaus, dahinter war alles von einem pechschwarzen Schleier versteckt. Bevor ich unter der Markise hinaustrat, sah ich hinauf zum Himmel und seufzte. Ich wusste nicht, wen ich in dieser Dunkelheit treffen würde, aber es war auch egal – dieses Mal war ich bewaffnet.

Ich klaute ein Auto. Mir blieb nichts anderes übrig. Da die Mietwagenfirmen befürchteten, eine stadtweite Evakuierung und ein Schiffsangriff würden ihren Geschäften schaden, hatten sie ihre Büros für heute geschlossen … und für morgen, und für übermorgen. Zu Ehren von Billy dem Schlächter fand ich einen sportlichen kleinen Paragon auf dem Parkplatz und schloss ihn kurz. Patels Paragon war orange gewesen, dieser war rot, doch sie hatten beide dieselbe Schuhanzieherform.

Ich ersann gar nicht erst Märchen, ich würde den Wagen zurückbringen, oder Rechtfertigungen, dass der Besitzer ihn zurückgelassen hatte. Ich brauchte ein Gefährt, und dieser Wagen gefiel mir. Sobald der Motor lief, fädelte ich mich aus dem Flughafenparkplatz aus und fuhr in die Stadt.

Es ist schon unheimlich, durch eine verlassene Stadt zu fahren; es war so ähnlich wie unter Wasser zu schwimmen. Vielleicht war es die Leere oder die Stille oder das Fehlen jeglicher Bewegung. Die Elektrizität war fast überall ausgefallen. Ohne das rote, gelbe und grüne Leuchten sahen die Ampeln wie missgebildete Bäume aus. Ich machte mir nicht viel aus Menschenmengen, aber diese Leere fand ich verstörend.

Ich fuhr dunkle, von leblosen Gebäuden gesäumte Straßen entlang und meine Isolation schien sich zu vervielfachen. Ich sah Schaufenster, die so dunkel waren wie Höhlen. Nicht nur die Lichter waren erloschen – das Leben war aus ihnen gewichen. Es war, als klettere man eine abgeschaltete Rolltreppe hinauf. Aus psychologischen Gründen erscheint es schwieriger, stillstehende Rolltreppen zu erklimmen als echte Treppen. Es hat den Anschein, als hätte die Zivilisation versagt.

Ich fuhr an dem Kino vorbei, wo ich Jimmy Callahan getroffen und *Die Schlacht um den Kleinen Mann* angesehen hatte. Der Eingang war ein schwarzes Loch. Die Holotoriums waren bestimmt leer und die Vorführräume dunkel. Es wirkte unnatürlich.

Jimmy Callahan, so überlegte ich, mit seinen hervortretenden Muskeln und seiner großen Klappe wäre einer der letzten Menschen auf New Columbia. Die Mogats und die Separatisten hatten vielleicht alle anderen verjagt, aber Callahan war noch auf dem Planeten und zwar genau dort, wo ich ihn verlassen hatte – eingeschlossen in der Arrestzelle eines Marinestützpunkts. Die Ironie war, dass der Ort, wo ich ihn zur sicheren Aufbewahrung hingebracht hatte, bald der gefährlichste Aufenthaltsort auf dem Planeten sein würde.

Ich fuhr stadtauswärts und um eine Kurve herum. Der Block vor mir war vollkommen zerstört. Für einen Moment glaubte ich, der Angriff hätte schon begonnen, doch dann erkannte ich, worum es sich handelte. Dies war die Gegend, in der Patel seinen Bombenanschlag verübt hatte. Erst drei Wochen waren seitdem vergangen … zwei Wochen und eine Ewigkeit.

Etwas weitaus Gefährlicheres als Billy der Schlächter Patel kam nach New Columbia. Wer hätte das gedacht? Jimmy Callahan, der so große Reden geschwungen und sich so tief hineingeritten hatte, könnte sogar der Schlüssel sein, um den Krieg zu gewinnen.

Ich erwartete, dass sich Plünderer in den Schatten verstecken, durch die Gassen laufen und in Häuser einbrechen würden. Stattdessen begegnete ich Straßensperren. Die Army war mit einem Großaufgebot vertreten. Ich fuhr um eine Kurve herum und sah eine Barriere aus Chrom und Titanium, die sich quer über die Straße erstreckte. Blaue Lichter blinkten in regelmäßigen Abständen oben auf der Barrikade. Fünf durchnässte und schlecht gelaunt aussehende Soldaten in Tarnponchos winkten mich hinaus. Sie hatten M27 über ihre Schultern gehängt und auf beiden Seiten der Sperre waren Maschinengewehrnester.

Ich hielt an und ließ mein Fenster herunter.

»Netter Wagen«, sagte ein Soldat und näherte sich. Er war Corporal. Er war ein Klon mit braunen Haaren, breiten Schultern und einer gewölbten Brust, klein, gedrungen und kräftig. Er und ich waren vielleicht sogar in demselben Waisenhaus aufgewachsen. Regen prasselte auf ihn herunter. Tropfen schlugen auf seinem Poncho auf und zerplatzten.

»Macht es Ihnen etwas aus, wenn ich nicht aussteige?«, fragte ich. »Ich will nicht, dass die Polster nass werden.«

Er lächelte und nickte. »Ich nehme an, Sie haben Papiere für den Wagen?«, fragte er.

»Wie wäre es damit?« Ich gab ihm meine ID-Karte.

Er nahm die Karte und las sie mehrfach durch. »Colonel«, sagte er und bestätigte meine Identität, doch die Sperre öffnete sich nicht. »Unser Scanner sagt, dieser Wagen gehört einem James Walker. Können Sie vielleicht beweisen, dass er Ihnen diesen Wagen geliehen hat?«

»Nein, Corporal, das kann ich nicht«, sagte ich.

»Dann haben wir ein Problem, Colonel. Wir wurden losgeschickt, um Plünderungen zu verhindern. Das schließt das Ausleihen von Autos ein.«

Colonel McAvoy hatte mir eine Pistole gegeben. Sie lag

unter meinem Fahrersitz. Ich hätte den Corporal erschießen können. »Wie weit ist Fort Washington von hier?«

Der Ausdruck des Corporals wurde härter. Fort Washington war der örtliche Marinestützpunkt. Wenn ich wirklich ein Colonel der Marines war, hätte ich wissen müssen, wie man dorthin gelangt.

»Ich bin gerade erst eingeflogen, Corporal«, sagte ich. »Das Flottenhauptquartier hat mich losgeschickt, um zu sehen, was ich tun kann, um diesen Planeten auf einen Angriff vorzubereiten.«

»Ich hörte, dass der Flugverkehr um Stunden verzögert wurde«, sagte der Corporal mit zweifelndem Tonfall.

»Hinauskommen ist das Problem«, sagte ich. »Es gibt eine Schlange bis hoch zu den Scheiben und weitere Leute warten im Raumhafen. Hereinkommen ist ein Kinderspiel. Wer will schon auf einen Planeten, der bald in Schutt und Asche gelegt wird?«

Das schien ihm zu genügen. Der Corporal lächelte und nickte. »Sir, ich kann Sie nicht in diesem Wagen passieren lassen.«

»Ich verstehe«, sagte ich.

»Ich sag' Ihnen was, Sir. Parken Sie das Auto dort drüben«, er zeigte auf eine nahe gelegene Gasse, »und ich fahre Sie in unserem Jeep nach Washington.«

»Das macht Ihnen nichts aus?«, fragte ich.

»Basiskommando, Basiskommando, hier ist Posten fünfzehn in Sektor A, bitte kommen«, sagte er in ein InterLink-Mikrofon, das an seinem Poncho befestigt war. Er schien die Antwort mittels eines unsichtbaren Ohrstöpsels zu erhalten.

»Ich habe einen Marine Colonel hier, der Fort Washington sucht. Erbitte Erlaubnis, ihn hinfahren zu dürfen.«

Er legte eine Hand an sein Ohr, um die Nebengeräusche abzuschirmen. »Das ist richtig. Ich sagte ein Marine Colonel … Ja, das entspricht einem Colonel im Marine Corps.«

Der Corporal beugte sich wieder herunter und sagte: »Okay, ich habe die Freigabe, Sie zum Stützpunkt zu fahren.«

»Das weiß ich zu schätzen«, sagte ich.

Dann senkte er seine Stimme zu einem Flüstern und fügte hinzu: »Lassen Sie die Schlüssel in dem Paragon … nur für den Fall.«

Ich konnte die Schlüssel nicht in der Zündung lassen, da ich den Wagen kurzgeschlossen hatte. »Wissen Sie etwas darüber, wie man Autos kurzschließt?«

»Nein, Sir«, sagte der Corporal.

»Dann lasse ich den Motor laufen«, sagte ich. Ich wendete, setzte rückwärts in die nächste Gasse und stieg aus in den Regen. Der Niederschlag war gleichmäßig und schwer, aber die Luft war warm. An einem Abend wie diesem in einem offenen Bungalow zu sitzen wäre sicherlich sehr angenehm gewesen – vorausgesetzt, man hatte die richtige Gesellschaft.

Der Corporal führte mich zu seinem Jeep, einem widerstandsfähigen Fünfsitzer mit Hardtop. Maschinengewehre oder Raketenwerfer waren nicht montiert; die Armee erwartete offenbar keine Bodentruppen.

Ich war davon nicht so überzeugt. Sobald ich aus dem Regen hinaus war, legte ich meine Pistole in meinen Rucksack und zog meine M27 hervor. Dann nahm ich noch zwei zusätzliche Magazine und versteckte sie in meiner Jacke.

»Erwarten Sie einen Krieg?«, fragte der Corporal, als er hereinkletterte.

»Ich gehe lieber auf Nummer sicher«, sagte ich.

»Colonel, wir haben alle acht Blocks Straßensperren in Safe Harbor errichtet. Der Geheimdienst hat einen Scan durchgeführt. Da draußen mögen ein paar Tausend Plünderer sein, aber die wollen sich ganz bestimmt nicht mit uns anlegen.«

»Da haben Sie wahrscheinlich recht«, sagte ich. »Ich fühle mich hiermit nur etwas entspannter.« Ich tätschelte die M27.

»So eine Art Lebensversicherung, Sir?«

»Waren Sie schon mal in Kampfhandlungen verwickelt, Corporal?«

»Hauptsächlich bei der Polizei.«

»Das ist gut«, sagte ich. »Sie werden noch früh genug erfahren, wovon ich rede.« Tot ist tot. Es ist vollkommen egal, ob man von einem verängstigten Plünderer oder einem Scharfschützen der Separatisten erschossen wird.

Während der gesamten Fahrt durch die leer gefegten Straßen verging das merkwürdige Gefühl nicht. Wir durchfuhren den Finanzdistrikt mit seinen hohen Wolkenkratzern. Das Licht unserer Scheinwerfer spiegelte sich auf den Fassaden aus Marmor und Glas, wie es sich auf der Oberfläche eines ruhig daliegenden Sees auch gespiegelt hätte. Ich hielt Ausschau nach Männern in Anzügen. Wir fuhren an einer Reihe aus Wohnhäusern und Lebensmittelläden vorbei. Unwillkürlich suchte ich die Gebäude nach Lichtschein ab. Wir sahen nur dann Menschen, wenn wir Straßensperren passierten.

Die Soldaten entdeckten uns, bedeuteten uns, langsamer zu werden, damit sie uns mustern konnten, und ließen uns dann mit einem Salut weiterfahren.

»Haben Sie irgendwelche Plünderer gesehen, Sir?«, fragte der Corporal. Ich antwortete nicht.

Das unheimlichste Erlebnis war die Vorbeifahrt an einem *Lawsons*-Gemischtwarenladen. Diese Geschäfte hatten niemals zu. Das Licht brannte immer in diesen Läden und die Türen sollten niemals verschlossen sein. Dennoch lag da ein

*Lawsons* in völliger Dunkelheit und war absolut verlassen wie ein Tanzlokal am Montagmorgen. Sogar das *Lawsons*-Schild über der Tür war dunkel.

Der Corporal fuhr wie ein Irrer. Er raste die nassen Straßen so schnell entlang, dass er einem anderen Auto nie und nimmer hätte ausweichen können, wenn eins aufgetaucht wäre. Wenn wir um Kurven herumfuhren, wurde er nicht langsamer und der Jeep schlitterte mehr oder weniger hindurch.

»Wissen Sie, ich bin jetzt seit zwei Jahren in Safe Harbor stationiert und ich habe in den letzten fünf Stunden mehr von der Stadt gesehen als in den letzten vierundzwanzig Monaten. Ist eigentlich gar nicht übel hier … vielleicht ein bisschen dunkel.«

»Haben Sie die Liveübertragung aus New Gibraltar gesehen?«, fragte ich ihn.

»Das sollen die hier ruhig auch versuchen. McCord würde tausend Jäger losschicken und ihre Ärsche vom Himmel schießen«, sagte der Corporal.

»Nach dem, was ich hörte, hatten die Separatisten nur vier Schiffe in Gateway«, sagte ich.

»Wirklich?«, sagte der Corporal.

»Und soweit ich weiß, haben sie mehr als fünfhundert Schiffe in ihrer Flotte.«

Der Corporal runzelte die Stirn. Das gedämpfte grüne Schimmern der Lichter auf dem Armaturenbrett beleuchtete die untere Hälfte seines Gesichts. Es erhellte seine Unterlippe, den unteren Teil seiner Nase und die Hautfalten unter seinen Augenhöhlen. Die seltsame Beleuchtung ließ ihn grimmig aussehen. »Fünfhundert Schiffe? Das wusste ich gar nicht.«

Die Zufahrt zum Fort-Washington-Marinestützpunkt lag direkt vor uns. Man musste kein Experte für militärische Strategie sein, um zu erkennen, dass man hier in höchster Alarmbereitschaft war. Hellrote Lichter beleuchteten das Haupttor des Stützpunkts. Rote Rundumleuchten blinkten auf dem halben Dutzend Radarschüsseln, die sich auf der Außenmauer des Forts drehten. Im Gegensatz zu New Gibraltar, das wie eine moderne Version einer alten Mittelalterburg aussah, war Fort Washington ein weitläufiger Komplex, der einige Quadratkilometer bedeckte.

Hinter dem Tor sah ich die Rückleuchten von Jeeps, die zwischen den Gebäuden hin und her fuhren. Die Straßenlaternen waren ausgeschaltet. Es gab keine Lichter außen an den Gebäuden. Die einzigen Lichtpunkte auf dem Gelände gehörten zu den Geschützstellungen der Langstreckenkanonen, die Schiffe außerhalb der Atmosphäre treffen konnten.

So verrückt, wie der Corporal fuhr, erwartete ich, dass er zum Haupttor rasen und mit quietschenden Reifen davor bremsen würde. Doch er bewies, dass er noch gesunden Menschenverstand besaß. Da der Stützpunkt in Alarmbereitschaft war und der gesamte Eingang von bewaffneten Wachen umstellt, bremste der Corporal auf Schrittgeschwindigkeit herunter und rollte auf das Tor zu.

Die Wache, die sich dem Jeep näherte, brachte ihre M27 nicht in Anschlag, aber ich spürte, dass mindestens ein Dutzend anderer Waffen in unsere Richtung zeigte.

»Corporal«, sagte die Wache.

»Ich bringe nur einen Ihrer Männer«, sagte der Corporal und nickte in meine Richtung.

Ich gab der Wache meine ID-Karte. »Ich habe vor etwa einer Woche einen Kriminellen namens Jimmy Callahan hierhergebracht. Ihre MPs haben ihn und einige seiner Handlanger in der Arrestzelle in Sicherheitsverwahrung genommen«, sagte ich.

Die Wache ging um den Jeep herum, um mich besser ansehen zu können. Er las meine ID, dachte kurz darüber nach und las sie noch einmal. »Warten Sie hier, Sir«, sagte der Mann und ging in seine Kabine, um seinen Kommandanten anzurufen. Als er wieder auflegte, gab er mir meinen Ausweis zurück und salutierte.

Kurz darauf öffnete sich das Tor und die anderen Wachen salutierten, als wir vorbeifuhren.

Der Corporal war zwar von der Army, aber er kannte sich auf diesem Marinestützpunkt aus. Er fuhr um den Fuhrpark und die Kasernen herum und brachte mich zum Verwaltungsgebäude. Ich dankte dem Mann. Er salutierte vor mir und fuhr davon.

# 24

Jimmy Callahan und seine beiden Leibwachen saßen in einem Verhörzimmer. Die beiden Handlanger von Callahan rauchten, er nicht. Die drei saßen wortlos zusammen. Callahan sah nicht einmal in die Richtung der beiden Jungs. Hin und wieder glättete er mit der Hand sein Haar, während er über seine Möglichkeiten nachdachte.

Ich beobachtete die Szene auf einem Überwachungsbildschirm im Büro des Kommandanten in der Hoffnung, etwas über Callahans Grundstimmung herauszubekommen. Der Mann war für fast fünf Minuten wie eine Sphinx, doch dann gewährte er mir einen deutlichen Einblick, indem er direkt in eine angeblich versteckte Kamera sah und den Mittelfinger in ihre Richtung erhob.

Zwei MPs begleiteten mich zu dem Verhörraum und verschlossen die Tür hinter mir.

»Sie sind jetzt Colonel?«, fragte Callahan, nachdem er sich zu mir umgedreht hatte. »Sie müssen dieses Mal vor etwas wirklich Großem weggerannt sein. Wissen Sie, was ich meine?« Während er sprach, nickte er auf seine arrogante Art mit dem Kopf. Hinter ihm drückten der schweigsame Tommy und der humpelnde Eddie – die beiden Leibwachen, die ich kurz vor der Explosion zu Krüppeln gemacht hatte – ihre Zigaretten aus und saßen wie Statuen da. Sie schienen von meinem Anblick nicht so erbaut zu sein wie ihr Boss.

»Ich habe keine Ahnung, was Sie meinen«, sagte ich.

»Lassen Sie mich erklären. Sie rennen vor der Schlacht beim Kleinen Mann weg und werden zum Lieutenant befördert. Jetzt, innerhalb zwei kurzer Wochen, sind Sie ein verdammter Colonel. Was haben Sie getan? Sind Sie vor New Gibraltar weggerannt?«

Es war sehr offensichtlich, dass es zwei Jimmy Callahans gab. Der erste, der gerade mit mir sprach, war ein launisches Arschloch, das dachte, es hätte die Welt bei den Eiern gepackt. Der andere war ein verängstigtes kleines Kind.

»Das ist echt pfiffig«, sagte ich. »Findest du nicht, dass das pfiffig ist?«, fragte ich den schweigenden Tommy. Er antwortete nicht. »Was ist mit dir, Eddie? Findest du Jimmys Witz nicht pfiffig?«

»Tja, Harris, sie wollen nicht antworten, weil sie Angst vor Ihnen haben. Sie haben nichts, das Sie wollen. Ich dagegen … Ich habe Informationen, die Sie haben wollen, also habe ich keine Angst. Um genau zu sein, finde ich, es wird Zeit, dass Sie mir ein paar Gefallen tun.«

»Ach, wirklich?«, fragte ich. Ich saß auf dem Tischrand mitten im Raum. »Sie sind nicht der Meinung, Ihren Arsch vor Patel zu retten war genug?«

Callahans Mund verzog sich und sollte wohl Missbilligung zum Ausdruck bringen. Seine Mundwinkel bogen sich zur Hälfte an seinem Kinn hinunter. Er sah lächerlich aus. »Ich habe darüber nachgedacht und glaube, dass Patel gar nicht hinter mir her war. Ich glaube, er war hinter Ihnen her. Wissen Sie, was ich meine? Was sollte er gegen mich haben?«

»Nun, da ist die Kleinigkeit, dass Sie ihn den Marines zum Fraß vorwerfen wollten«, sagte ich.

»Sie reden doch nicht ernsthaft von sich, Harris? Sie sind nicht die Marines. Zum Teufel, Sie sind ein beschissener Deserteur.« Callahan grinste über seinen eigenen Witz und ließ seinen Bizeps spielen. »Und was meinen Arsch angeht – wer sagt denn, dass Sie ihn gerettet haben? Tommy und Eddie waren dort. Sie sind ungeschoren davongekommen – bis auf das, was Sie ihnen angetan haben.«

Tommys Kiefer war verdrahtet und heilte. Eddie ging an Krücken. Beides war mir zuzuschreiben.

»Und wo bin ich geendet?«, fuhr Callahan fort. »Im beschissenen Fort Washington, dem größten Drecksloch auf New Columbia. So wie ich das sehe, haben Sie gar nichts für mich getan. Meiner Meinung nach schulden Sie mir was.«

»Klingt so, als hätten Sie alles gut durchdacht«, sagte ich. Ich sprang vom Tisch und ging zur Tür.

»Wo gehen Sie hin?«, fragte Callahan.

»Haben Sie's noch nicht gehört?«, fragte ich. »Ihre Busenfreunde der Konföderierten Arme stehen in den Startlöchern, um sich diesen Planeten unter den Nagel zu reißen. Das sollte doch ein freudiges Wiedersehen geben. Ihre Flotte wird diesen Stützpunkt so lange bombardieren, bis er wehrlos ist, und dann schicken sie wahrscheinlich Spezialtruppen, um ihn in die Luft zu sprengen. So haben sie es auf Gateway gemacht. Natürlich hatte Billy der Schlächter wahrscheinlich keinen alten Kumpel wie Sie, den er aus dem Gateway-Außenposten herausholen wollte. Wussten Sie, dass New Columbia evakuiert wurde?«, fragte ich.

»Ich hörte davon«, sagte Callahan.

»Wenn ich Sie wäre, Jimmy, dann würde ich darüber nachdenken, wie ich von diesem Planeten wegkomme. Die haben Strahlungsbomben auf Gateway angebracht«, sagte ich. »Wissen Sie, was das bedeutet? Es bedeutet, dass die meisten Ledernacken in dem Gebäude in diesem Moment noch leben und langsam vor sich hin schmelzen. Wenn man sie mit einem Schwamm abwäscht, zieht man ihnen damit die Haut ab. Und die Jungs trugen Strahlenschutzanzüge. Diejenigen, die Glück hatten, wurden auf der Stelle verbrannt. Sie trugen keine Panzerung, genau wie Sie keine tragen. Haben Sie ein Glück. Sie werden wahrscheinlich auf der Stelle sterben.« Ich schnippte mit den Fingern. »In einem Moment beten Sie noch: ›Gott, bitte lass' sie mich nicht mit einer Atomwaffe angreifen.‹ Und im nächsten stehen Sie vor Ihrem Schöpfer und er sagt: ›Was dein Gebet angeht …‹«

»Was wollen Sie?«, fragte Callahan. Jeglicher Humor war aus seinem Gesicht verschwunden.

»Wo ist die GZ-Flotte?«

»Woher zum Teufel soll ich das wissen?«, sagte Callahan.

»Sie sagten, Sie wüssten es.«

»Ich habe gefragt, was ich bekommen würde, wenn ich Sie zu dieser Flotte führe«, sagte Callahan. »Ich habe nicht gesagt, dass ich weiß, wo sie ist. Ich wollte nur herausfinden, was mir das einbrächte.«

»Sie wollten angeben.«

»Wie bitte?« Callahan dachte darüber nach. »Ja … möglich.«

»Was ist die Hinode-Flotte?«, fragte ich.

»Nie davon gehört«, sagte Callahan.

»Kurz vor dem Angriff auf New Gibraltar hat das Geheimdienstnetzwerk Signale abgefangen, die von der Hinode-Flotte sprachen. Nennen Ihre Mogatfreunde die Galaktische Zentralflotte so?«

»Keine Ahnung«, sagte Callahan.

»Wie passen die Japaner da rein?«, fragte ich und war mehr als nur ein bisschen frustriert. »Stecken sie mit den Mogats unter einer Decke?«

»Wer zum Henker sind die Japaner?«, fragte Callahan.

»Flüchtlinge von Ezer Kri«, sagte ich. »Gehören sie zu den Konföderierten Armen?«

»Woher soll ich das wissen?«, fragte Callahan. Er klang frustriert und sein Gesicht lief rot an.

»Was ist mit Ihrem Kumpel, Billy dem Schlächter?«, fragte ich. Mittlerweile brüllte ich. Die Stimmung im Raum war wutgeschwängert und ich wollte Callahan verprügeln. »Wo ist Patel?«

»Ich weiß es nicht«, schrie Callahan. Dann senkte er seine Stimme und sagte: »Jemand anders hat unsere Treffen immer arrangiert.«

Endlich machte ich Fortschritte. »Wer war das?«

Callahan sackte auf seinem Stuhl zusammen, als der humpelnde Eddie murmelte: »Sag ihm, wie er diesen Versorgungstypen findet.«

Callahan sah ihn an und ein Lächeln breitete sich auf seinem Gesicht aus. »Das gefällt mir.« Dann wandte er sich wieder an mich. »Sie könnten Batt besuchen, das wäre das Beste. Wenn jemand Ihre Fragen beantworten kann, dann Batt.«

»Wo finde ich Batt?«, fragte ich. Meine Stimme wurde wieder ruhiger.

»Batt ist Bartholomew Wingate«, sagte Callahan. »Er hat mich Patel vorgestellt.«

»Mogat oder Konföderierter?«, fragte ich.

»Weder noch«, sagte Callahan. Das Prahlerische war in sein Lächeln zurückgekehrt. »Er ist einer von Ihnen. Ich nehme an, Patriotismus gehört nicht zu seinem Repertoire.

Wissen Sie, was ich meine?«

»Ist er ein Punk wie Sie?«, fragte ich.

Callahans Lächeln wurde breiter. »Oh, er ist viel größer als ich. Man könnte sagen, er hat seine eigene Armee.«

»Ich dachte, Sie hätten auch eine«, sagte ich.

»Habe ich auch«, sagte Callahan, »aber die ist nicht so gut wie Batts. Er hat hier viel mehr zu sagen als ich. Er kennt jeden und alles.«

»Großartig«, sagte ich und hob frustriert meine Hände. »Nur können wir Batt nicht finden. Wir haben gerade den Planeten evakuiert.« Wenn man einen Moment nicht hinsah, verschwanden Typen wie der unterm Tisch.

»Oh, darüber müssen Sie sich keine Sorgen machen.« Jetzt klang Callahan beinahe vergnügt. »Er ist immer noch in Safe Harbor. Nur ein Stück die Straße hinauf. Er ist der Kommandant des Armystützpunkts.«

»Habe ich das richtig verstanden«, sagte Lieutenant Colonel Bernie Phillips. »Ihr Gefangener behauptet, dass Colonel Wingate Versorgungsgüter an die Konföderierten verkauft?«

»So ist es«, sagte ich.

»Schwachsinn.«

Wir saßen in einem Überwachungsraum des Militärgefängnisses. Hinter Phillips war der Raum, in dem Callahan und seine Leibwächter saßen und auf mich warteten, auf einem Bildschirm zu sehen. Ich konnte nur hoffen, dass der Colonel keinen Blick auf den Bildschirm warf. In diesem Moment ließ Callahan seinen Bizeps spielen und küsste ihn. Der schweigende Tommy antwortete darauf mit einer Geste, die »Fick dich« heißen sollte. Das spornte Callahan nur noch mehr an. Er beugte jetzt beide Arme gleichzeitig.

»Wie gut kennen Sie Wingate?«, fragte ich.

»Ich kenne Batt jetzt seit drei Jahren«, sagte Phillips. »Seit ich hierher versetzt wurde.«

»Also sind Sie Freunde?«, fragte ich und wusste, dass ich jederzeit die Trumpfkarte Che Huang ausspielen konnte, sollte es notwendig werden.

»Ich kann den Hurensohn nicht ausstehen«, sagte Phillips mit finsterer Miene. »Er glaubt, er ist der König des gottverdammten Planeten, nur weil er einen größeren Stützpunkt hat. Das Arschloch lässt mich so viele Formulare ausfüllen, bevor ich mein Zeug bekomme, dass man glauben könnte, es gehöre ihm. Er muss ständig protzen. Kommt anscheinend aus einer reichen Familie. Der lebt wie ein beschissener König.«

»Nun mal langsam. Ihre Vorräte müssen erst durch seinen Stützpunkt und er benimmt sich so, als gehörten sie ihm. Stimmt das?«, fragte ich. Phillips nickte. »Und er lebt wie ein König, aber Sie glauben nicht, dass er unter der Hand verkauft?«

Phillips Miene hellte sich auf. »Batt Wingate eins reinwürgen? Glauben Sie, wir können ihn dafür erschießen?«

»Sobald das hier vorbei ist, gebe ich Ihnen höchstpersönlich das Gewehr«, sagte ich. »Für den Moment brauche ich ihn lebend. Wenn mein Verdacht richtig ist, könnte Wingate mich vielleicht zur konföderierten Flotte führen.«

»Denken Sie daran, ich drücke ab, wenn Sie mit ihm fertig sind«, sagte Colonel Phillips.

»Abgemacht«, sagte ich.

»Wie sieht unser erster Schritt aus?«

Es war spät abends und der Himmel über der Stadt war immer noch schwarz. Ich schlich durch die Gasse hinter einer Reihe Restaurants, bis ich die Straßensperre sehen konnte.

Bogenlampen füllten die Straße um die Barrikade herum mit sinnlosem Licht. Es schien den Soldaten in die Augen und blendete sie so sehr, dass sie in der Nähe lauernde Feinde überhaupt nicht wahrnehmen konnten. Gleichzeitig gaben sie hervorragend beleuchtete Ziele für vorbeikommende Scharfschützen ab.

Diese Jungs hatten von mir nichts zu befürchten. Ich wollte nicht das Rudel, ich wollte den Streuner. Ich versteckte mich in der Gasse und benutzte Müllcontainer und Lebensmittelkisten als Deckung. Hoffentlich würde mein Sündenbock bald auftauchen. In den Behältern um mich herum war so viel vergammeltes Zeug, dass die Luft nach Erbrochenem roch.

Mein Ziel tauchte in Form eines Sergeants auf, der zu den einzelnen Straßensperren fuhr, um die Männer wachsam zu halten. Er fuhr einen Jeep und war allein. Er näherte sich der Straßensperre, sprang aus seinem Fahrzeug und begann in dem Moment zu brüllen und zu fluchen, als seine Füße den Boden berührten. Er war so freundlich, die Männer in genau dem richtigen Winkel in Reih und Glied aufzustellen, sodass weder er noch sie in meine Richtung sahen. Dann ging er vor der Reihe auf und ab wie ein Tier im Käfig und brüllte etwas davon, dass man ständig wachsam sein müsse. Ich hörte weder dem, was er sagte, noch der Antwort seiner Männer zu.

»Phillips, ich habe ihn gefunden«, sagte ich in einen ComLink-Knopf in meinem Handschuh.

Der Colonel hatte sich erboten, diese Operation höchstpersönlich zu dirigieren. Er und fünf seiner Leute versteckten sich ein paar Blocks entfernt und warteten darauf, dass ich ein Ziel fand und markierte. Sie hatten zwei speziell für Nachtoperationen ausgerüstete Jeeps. Im Gegensatz zu anderen Jeeps hatten diese beiden vollkommen geräuschlose Motoren, die nur mit speziellen Geräuschsuchgeräten aufgespürt werden konnten. Diese Tarnkappenjeeps waren schwarz und hatten entspiegeltes Glas. Das Fahrgestell war nicht lackiert. Sie waren überzogen mit nicht reflektierendem schwarzem Porzellan, das Radarentdeckung wesentlich erschwerte. Hoch entwickelte Radarausrüstung würde sie recht schnell entdecken, aber das billige Radar, das in Bodenfahrzeugen wie Panzern und Geländewagen im Einsatz war, würde sie übersehen. Selbst Bewegungsjäger – die Scharfschützenroboter, die der Feind so sehr liebte – hatten Schwierigkeiten, diese Fahrzeuge aufzuspüren.

Da diese Jeeps auch für Nachteinsätze gemacht waren, waren Nachtsichtgeräte in ihre Windschutzscheiben eingebaut. Sie verfügten über Tarnlichter und Suchscheinwerfer, aber mit den Nachtsichtgeräten konnte man die Tarnkappenjeeps ohne Licht fahren.

»Was haben Sie?«, erklang Phillips' Stimme in dem unauffälligen Ohrstöpsel.

»Einen einsamen Passagier in einem getarnten Fahrzeug.«

»Offizier oder Wehrpflichtiger?«, fragte Phillips.

»Spielt das eine Rolle? Sie sind doch auf jeden Fall dabei, oder nicht?«, fragte ich. Wir wollten den Mann entführen und mithilfe seiner ID und seines Fahrzeugs in Fort Clinton eindringen. Wenn Callahans Informationen richtig waren, wartete eine Tapferkeitsmedaille auf Phillips für seine Beteiligung an dieser Sache. Wenn Callahan gelogen hatte … konnte nicht einmal ein Angriff der Separatisten ihn vor dem Kriegsgericht bewahren; vorausgesetzt, er überlebte.

»Wenn wir schon jemandem eine reinhauen müssen, dann lieber einem Künstlichen«, sagte Phillips.

»Er ist Sergeant.«

»Perfekt. Können Sie ihn markieren?«

Versteckt hinter einigen Mülleimern und einem Stapel

Kisten in der Dunkelheit der Gasse zielte ich mit einem Laserpointer auf einen der Hinterreifen des Jeeps. Es hatte aufgehört, in Safe Harbor zu regnen, aber die Luft war schwül und schwer. Pfützen waren überall auf dem Boden verteilt und Schmutzwasser und Dreck machten die Gasse schlüpfrig.

Mein Laserpointer warf einen roten Strahl, der so dünn war wie eine Nähnadel. Ein winziger roter Punkt, nicht größer als das Auge einer Maus, erschien auf der Seite des Reifens. Ich hielt das Licht für zwanzig Sekunden ruhig, während der Sergeant seine Leute niedermachte.

»Wie zum Teufel wollen Sie denn Kriminelle fangen? Haben Sie hier Wachdienst oder machen Sie Urlaub?« Dann, ohne Pause: »Ich habe Sie etwas gefragt!«

»Wachdienst!«, brüllten die Männer.

»Wachdienst. Deshalb habt ihr Mädels auch eure Badeanzüge nicht an«, brüllte der Sergeant weiter. Er weckte nostalgische Gefühle in mir, denn er erinnerte mich an meine alten Drillsergeants in der Grundausbildung. Obwohl die weitaus kreativere Obszönitäten verwendet hatten als dieser Kerl. Außerdem verpassten sie uns bei jeder Gelegenheit Kopfnüsse.

»Haben Sie ihn?«, fragte ich.

»Ja, er ist markiert«, sagte Phillips.

»Wenn er jetzt nur die Schnauze halten und losfahren würde«, sagte ich.

Doch der Sergeant lief weiterhin auf und ab, um seine Männer zu beschimpfen. »Also, ihr Mädels glaubt, ihr könnt diesen Block hier sichern? Ich weiß ja nicht, auf wen ich wetten würde, wenn ihr fünf Schwanzlutscher euch mit einer Kindergartengang auseinandersetzen müsstet. Ihr müsst wachsam sein. Hört ihr mich, Soldaten? Wachsam! *Wachsam!*«

Ich konnte nicht anders. Ich malte mit dem Laserpointer

auf dem wachsamen Arsch des Sergeants. Seine Soldaten waren zu sehr damit beschäftigt, ihm in die Augen zu sehen, um einen zwirndünnen Laser zu bemerken, der auf seinem Arsch tanzte.

»Markieren Sie noch einen Jeep?«, kam Phillips' Stimme über Funk. »Ich bekomme noch ein weiteres Signal.«

»'tschuldigung«, sagte ich und steckte den Laserpointer wieder ein.

Der Sergeant inspizierte die Waffen jedes einzelnen Mannes, vergeudete weitere fünf Minuten und ließ mich in dieser Gasse versauern, die nach vergammelten Lebensmitteln stank. Eine Ratte huschte in einiger Entfernung zwischen die Kisten. Ich sagte zu mir, dass ich die Rechnung mit dem Sergeant begleichen würde, weil er mich hier warten ließ, und fühlte mich gleich besser.

Einige Minuten später kletterte der Sergeant in seinen Jeep. Er knallte die Tür hinter sich zu und raste davon.

»Ich wünschte, jemand würde diesem Wichser in den Arsch treten«, sagte einer der Soldaten.

Genau das würde gleich jemand tun.

Ich bewegte mich vollkommen geräuschlos durch die Gasse, ohne vor eine Dose zu treten oder gegen eine Kiste zu stoßen. Mit dem Licht der Bogenlampen in ihren Augen würden diese Soldaten wahrscheinlich nicht einmal eine vorüberziehende Marschkapelle bemerken, aber ich wollte kein Risiko eingehen. Ein Tarnkappenjeep voller Marines wartete am anderen Ende der Gasse auf mich. Ich kletterte hinein.

»Ich weiß nicht, wo Sie das Ziel beim zweiten Mal markiert haben, aber das war eine gute Idee«, sagte Phillips. »Der Kerl fährt wie eine verdammte Furie. Die zweite Markierung ist viel deutlicher.«

Unser Fahrer beobachtete die Straße durch eine Nachtsichtlinse in der Windschutzscheibe. Ich beneidete ihn nicht um diese Aufgabe. Ich hatte ähnliche Technologie in meinem alten Kampfanzug verwendet. Die monochromen Anzeigen der Nachtsichtlinsen ließen einen jedes Gefühl für räumliches Sehen verlieren.

Ein Radarbildschirm auf dem Armaturenbrett zeigte unsere Position, die Position des Sergeants, den zweiten Tarnkappenjeep sowie weitere in der Nähe befindliche Armyfahrzeuge. ›Sergeant Ziel‹ war unterwegs zur nächsten Straßensperre, die viereinhalb Kilometer entfernt war. Sein Wagen schlingerte. Unsere Jeeps fuhren auf Parallelstraßen und flankierten ihn auf beiden Seiten.

»Was ist los mit ihm?«, fragte Phillips.

»Wahrscheinlich betrunken und fährt trotzdem«, sagte ich.

»War er betrunken?«, fragte Phillips.

»Er ist Sergeant«, sagte ich. »Das kann man nur mit einer Blutprobe herausfinden.«

Das war ein glücklicher Zufall. Ein besoffener Sergeant könnte einen Unfall mit seinem Wagen bauen. Er könnte für einen Drink anhalten und von Plünderern aufgespürt werden, die ihm sein Auto klauten. Das passte hervorragend zu unserem Plan. Er hatte uns ein Alibi geliefert, falls wir eins benötigten.

Ich sah auf die Karte und bemerkte, dass unser Sergeant immer noch ein und einen halben Kilometer von der nächsten Straßensperre entfernt war. »Letzte Chance, auszusteigen«, sagte ich zu Colonel Phillips.

Phillips nahm das Mikrofon und sagte: »Holt ihn euch.«

Unser Fahrer beschleunigte. Ein Blick auf die Karte zeigte mir, dass auch der Fahrer des anderen Jeeps schneller geworden war. Wir rasten zwei Blocks geradeaus und holten einen guten Vorsprung heraus. Dann schlitterten wir um die nächste Kurve und stellten uns mitten auf die Straße. Der Computer sorgte dafür, dass unsere Suchscheinwerfer auf den Sergeant gerichtet waren. Wir sprangen aus dem Wagen und zogen unsere Waffen.

Unser zweiter Jeep tauchte hinter dem Sergeant auf. Sobald unsere Scheinwerfer eingeschaltet waren, machte der zweite Fahrer es genauso. Und jetzt tat der hirntote Sergeant – Mister *Wachsam* – genau das, worauf wir gehofft hatten. Statt sich in seinem Jeep zusammenzukauern und über Funk seine Situation durchzugeben, packte er seine Waffe und sprang auf die Straße. Die Suchscheinwerfer blendeten ihn. Er hielt die Arme schützend vor die Augen und war zu blöd, um sich zu bewegen.

Ich näherte mich ihm von vorne. Der Suchscheinwerfer schien über meine Schulter.

»Wer sind Sie?«, stammelte der Sergeant.

»Sind Sie betrunken, Sergeant?«, fragte ich. Dann explodierte meine rechte Faust an seinem Kiefer. Er fiel auf die Straße und bewegte sich nicht mehr. Die Fahrer in den Tarnkappenjeeps schalteten ihre Suchscheinwerfer aus, als ich mich neben dem umgefallenen Armysoldaten hinkniete und ihn bis auf die Unterwäsche auszog. Ich nahm seine Uniform, seine Brieftasche, seine ID-Karte und die Hundemarken an mich. Diese Gegenstände legte ich auf die Motorhaube seines Fahrzeugs. Dann zog ich mich aus und gab meine Kleidung Phillips.

»Verdammt, Harris. Das war überflüssig«, sagte Phillips.

»Das Letzte, was er hörte, war *betrunken*«, sagte ich.

»Und?«, fragte Phillips.

»Das Wort bleibt in seinem Unterbewusstsein verankert. Es wird das Erste sein, an das er denkt, wenn er aufwacht«, sagte ich.

»Funktioniert das wirklich?«, fragte Phillips.

»Bei mir schon«, sagte ich und knöpfte das Hemd über meiner Brust zu. Das war eine Lüge. Ich war noch nie so betrunken gewesen, dass es mich umgehauen hatte.

»Gut mitgedacht«, sagte Phillips.

Dieser Sergeant war natürlich ein Klon … braune Haare, braune Augen. Er war kleiner als ich und hatte breitere Schultern und einen breiteren Hals. Außerdem hatte er eine Wampe. Die Ärmel seines Kampfanzugs endeten weit oberhalb meiner Handgelenke, aber das bereitete mir kein Kopfzerbrechen. Ich ging nicht zu einer Modenschau nach Fort Clinton. Die Soldaten, die den Stützpunkt bemannten, würden viel zu beschäftigt sein, um meine Ärmel zu bemerken.

Was den guten Sergeant anging, so war er unterwegs zu der Arrestzelle in Fort Washington. Dort würde er untergebracht, bis er aufwachte. Dann würde er sagen, dass er ein Soldat der Army der Vereinigten Obrigkeit sei. Man würde ihm entgegnen, dass man ihn bewusstlos und nackt auf der Straße gefunden habe. Dank der Flaschen, die er in seinem Jeep mitführte, war die Geschichte äußerst plausibel. Sein Blutalkohol würde ausreichend hoch sein. Wenn alles wie erwartet verlief, war Phillips aus dem Schneider. Hätte er gewusst, was wir taten, hätte Colonel Batt Wingate sich sicherlich Sorgen gemacht.

Ich nickte Phillips zu und kletterte in den Armyjeep. Die Luft darin roch nach Bier und Fürzen. Mit der Innenbeleuchtung betrachtete ich die Hundemarken, um einen Namen herauszufinden – First Sergeant Mark Hopkins. Dann kurbelte ich das Fenster herunter und ließ den Motor an. Ich wollte gerade losfahren, als einer von Phillips' Männern mir signalisierte, ich solle stehen bleiben.

»Das hier können Sie vielleicht gebrauchen«, sagte er

und gab mir die M27 des Sergeants. Ich dankte dem Mann und fuhr los. Statt Sergeant Hopkins' vorgegebener Route zu folgen – die mich zu drei weiteren Kontrollpunkten geführt hätte –, nahm ich einen umständlichen Weg, der mich durch Gassen an allen Wachstationen bis auf die letzte vorbeiführte. Dort würde ich mich blicken lassen müssen.

Der Jeep passte kaum durch einige der engen Gassen. Müllcontainer, Abfallkübel und stillgelegte Autos versperrten einige der Nebenstraßen. Ich sah auch Plünderer. Die meisten waren harmlose Männer, die wie Ratten durch die Schatten huschten und versuchten, sich mit einem Sprung in Gebäude hinein zu verstecken, wenn sie von meinen Scheinwerfern erfasst wurden. Diese Männer waren allein oder höchstens zu zweit unterwegs. Wäre ich an eine Meute geraten, hätten sie mich wahrscheinlich verfolgt.

Ich verließ die Deckung der Gassen, bevor ich den letzten Kontrollpunkt erreichte. Die Soldaten, die diesen Kontrollpunkt bewachten, erwarteten, dass ein Sergeant der Army die Straße entlangkam. Also bog ich auf die gute alte Hauptstraße von Safe Harbor ein, eine sechsspurige Durchgangsstraße, die bis zu einer endlosen Hängebrücke führte, die einen großen Fluss überspannte.

Der Kontrollpunkt sah wie eine Lichtwand aus, die den Zugang zur Brücke versperrte. Soldaten liefen um die Titanium-Barrikade herum, die sich über die gesamte Breite der Straße erstreckte. Es musste einen zuständigen Offizier an diesem Posten geben. Diese Soldaten waren viel wachsamer als diejenigen an den anderen Sperren. Sie hielten ihre Waffen im Anschlag. Männer hockten in den Maschinengewehrnestern beidseits der Brücke. Soldaten saßen hinter den Lenkrädern ihrer Jeeps und Geländewagen am Rande des Kontrollpunkts.

All das war egal, solange ich nichts Dummes tat. Ich wurde

mit meinem Jeep langsamer und rollte bis zur Sperre, bevor ich anhielt. Jemand leuchtete mich mit einem Scheinwerfer an. Das Gleißen durch die Windschutzscheibe blendete mich. Ich hob eine Hand, um das Licht abzuschirmen, und öffnete die Tür.

»Ihren Ausweis bitte«, sagte ein Soldat irgendwo aus dem Licht heraus.

Ich durchsuchte meine Taschen und zog Sergeant Hopkins' ID hervor.

Hopkins und ich waren unterschiedliche Klonmodelle, doch wir waren beide Klone. Wir hatten beide braune Haare, braune Augen und ähnliche Gesichtszüge. Ich war eine langgestreckte Version von Hopkins; ein mehr als ausreichendes Abbild in dem blendenden Licht des Suchscheinwerfers, der meine Haut und Gesichtszüge erbleichen ließ.

»Könnten Sie das Licht ausschalten?«, fragte ich. Das schien wie eine Frage, die ein dämlicher Sergeant stellen würde.

Der Soldat gab mir meine ID zurück. Ich hörte das knirschende Gähnen von Metall, das über Beton kratzte, als die Barrikade sich öffnete.

»Sie dürfen passieren«, sagte der Soldat.

Also fuhr ich über die Brücke und beobachtete, wie die Lichterinsel in meinem Rückspiegel sich auflöste. Die Brücke war fast zwei Kilometer lang. Die meterdicken Kabel, die sie hielten, bildeten einen Bogen, der mich an die Speichen eines Fahrrads erinnerten. Eine dichte Wolkendecke verbarg den Himmel. Feiner Regen, der sich beinahe wie Nebel anfühlte, lag in der Luft. Ein riesiger, mehr als einen Kilometer breiter Fluss rauschte unter der Brücke durch, doch er war so tief unten, dass ich das Zischen seiner Stromschnellen kaum hören konnte. Über allem lag die tintenschwarze Nacht.

Die Leichtigkeit, mit der ich den Kontrollpunkt überwunden hatte, erfüllte mich mit Selbstvertrauen. Bei näherem Nachdenken hätte ich vielleicht gezögert, mich auf den Stützpunkt zu begeben. Mark Hopkins war unterwegs, um Wachstationen zu überprüfen. Diese Tatsache hätte mir sagen müssen, dass er etwas mit der Sicherheit zu tun hatte. Mein Glück hatte mich bis jetzt nicht verlassen, und ich zog nicht in Erwägung, dass sich dies bald ändern konnte.

Vor mir lag Fort Clinton und sah eher wie eine Sternkonstellation als ein Armystützpunkt aus. Der größte Teil des Komplexes lag im Dunkeln. Die Fensterläden vor den Fenstern der Gebäude waren geschlossen, damit das Licht nur in dünnen Streifen nach außen drang und sich schnell in der Nachtluft auflöste. Die Gebäude selbst waren dunkler als ein Schatten.

Kampfhubschrauber flogen langsam Patrouille über dem Fort. Jäger kreisten hoch über dem Gebiet in der Atmosphäre. Ich konnte weder die Kampfhubschrauber noch die Jäger sehen, aber ich hörte, wie das *Flapflapflap* der Helikopterrotoren vom Boden widerhallte, und das Aufjaulen der Jägermaschinen, bevor sie durch die Dunkelheit donnerten und dann mit ihr verschmolzen.

# 25

Der Soldat am Tor überprüfte meine ID nur flüchtig. Ich fuhr einen Armyjeep aus Fort Clinton. Nachdem er einen kurzen Blick auf meine Papiere geworfen und mein Gesicht gemustert hatte, signalisierte er seinen Kollegen, mich durchzulassen.

Ich folgte den Hinweisschildern der Basis und fand das Verwaltungsgebäude. Die Eingangshalle des Gebäudes war hell erleuchtet. Offiziere in Tarnuniformen huschten durch die Flure. Männer hinter Kommunikationskonsolen leiteten Befehle weiter und überprüften die Bereitschaft der Soldaten. Niemand warf auch nur einen Blick in meine Richtung.

Das Verwaltungsgebäude unterschied sich nicht von den Tausenden ähnlichen Gebäuden in der Galaxie. Colonel Bartholomew Wingates Büro war genau dort, wo ich es erwartete. Und wie ich vermutet hatte, war der Colonel nirgendwo zu sehen. Ich ging hinaus zu meinem Jeep und fuhr zu den Offiziersquartieren. Ich hoffte nur, dass ich Wingate rechtzeitig fand, bevor er die Flucht ergriff.

Die Häuser von Stützpunktkommandanten waren normalerweise groß und auffällig. Deshalb hatte ich keine Probleme, Wingates Residenz zu finden. In der Auffahrt stand ein Tarnkappenjeep, der schwarz und düster aussah. Diese Phantomwagen waren darauf ausgelegt, mit der Nacht zu verschmelzen.

Ich parkte meinen Jeep ein Stück weit die Straße hinunter und kletterte hinaus in die neblige Nacht. Ich versteckte mich hinter einer Baumgruppe und wartete ab, was als Nächstes geschehen würde. Wenn Callahan recht hatte, was Colonel Bartholomew Wingate anging, würde ich nicht lange warten müssen.

Wingates Haustür war ungefähr zehn Meter vor mir. Sein Haus war einfach zu erkennen. Auf seiner Veranda brannten Lichter, obwohl alle anderen Häuser dieses Blocks im Dunkeln lagen. Ich saß in der Stille und ließ meinen Gedanken freien Lauf.

Es gab so vieles, was die VO-Geheimdienste nicht über den Feind wussten. Wir wussten, dass die vier aufständischen Arme – Cygnus, Scutum-Crux, Perseus und Norma – alle ihre eigenen Regierungen hatten. Doch wir wussten ebenfalls, dass Gordon Hughes, der frühere Sprecher des Repräsentantenhauses, amtierender Präsident der Konföderierten Arme war. Gab es nun eine Regierung oder vier?

Nach allem, was ich gehört hatte, waren die Arme eine brüchige Allianz eingegangen. Ihre einzige Gemeinsamkeit bestand darin, dass sie die Vereinigte Obrigkeit aus ihrem Gebiet vertreiben wollten. Die Morgan-Atkins-Separatisten andererseits wollten die Vereinigte Obrigkeit stürzen. Sie wollten erobern und zerstören, aber im Gegensatz zu den abtrünnigen Armen hatten die Mogats nicht die Infrastruktur für eine Armee. Sie hatten die Galaktische Zentralflotte vierzig Jahre lang kontrolliert und nichts damit anfangen können.

Dann gab es noch die Japaner. Ungefähr 12,5 Millionen Menschen japanischen Ursprungs waren von Ezer Kri wegen der Besetzung ihres Planeten durch die Vereinigte Obrigkeit geflohen. Niemand hatte jemals befriedigend erklären können, wie 12,5 Millionen Menschen von einem Planeten hatten fliehen können, der in einem von der Scutum-Crux-Flotte überwachten System lag. Ich hatte da so meine Theorien. Man hätte sie mit einer großen Flotte selbstübertragender Schiffe, wie zum Beispiel die Großkampfschiffe, Schlachtschiffe und Zerstörer der Galaktischen Zentralflotte, evakuieren können.

Laut der letzten Schätzung, die ich gelesen hatte, betrug die Mogatbevölkerung ungefähr zweihundert Millionen. Alle Arme zusammen hatten etwa dreißig Milliarden Bewohner. Also wo passten die Japaner hinein? Sie waren weniger als dreizehn Millionen – also wie wichtig konnten sie schon sein? Und doch, aus irgendeinem Grund bezeichneten einige Leute die GZ-Flotte mit einem japanischen Namen.

Eine Stunde verging. Ich hockte weiterhin versteckt hinter Bäumen und Büschen. Ein aufmerksamer Fahrer hätte mich vielleicht entdeckt, aber niemand fuhr diese Straße entlang. Der Stützpunkt war in höchster Alarmbereitschaft und die Offiziere waren auf ihren Posten.

Als der Feind endlich auftauchte, trug er Tarnanzüge der Army und sprach gewöhnliches Englisch. Sie fuhren einen Jeep mit offenen Fenstern, um die Brise zu genießen. Nach der Reise im Transporter der Galaktischen Flotte waren sie wohl froh, frische Luft atmen zu können.

Der Jeep fuhr an mir vorbei die Straße hinauf. Er parkte vor Colonel Wingates Vorgarten und zwei Männer kletterten heraus.

»Ich sagte doch, das ist die richtige Straße«, sagte der eine Mann. Auf seinem Tarnanzug war ein einzelner Balken zu erkennen. Hätte er nicht einem feindlichen Kommando angehört, hätte ihn dieser Balken als Lieutenant der Army ausgewiesen.

»Ich habe das Haus entdeckt«, sagte der andere Mann. Er trug dieselbe clevere Verkleidung. Sie waren Wölfe im Wolfspelz.

»Das war auch wirklich schwer«, sagte der erste Mann. »Das ist das einzige Haus, bei dem die Lichter brennen.« Sie sprachen so laut, dass ich sie aus dreißig Metern Entfernung verstehen konnte. Tarnung war offensichtlich nicht ihre starke Seite. Ein wütend aussehender Wingate kam zur Tür, noch bevor sie diese erreichten. Er hatte sie vielleicht vom Fenster aus beobachtet; vielleicht hatte er aber auch nur ihr dummes Geschwätz gehört.

»Bereit, Colonel?«, fragte einer der beiden.

Wingate schaltete die Lichter außen an seinem Haus aus und verschloss die Tür hinter sich. Er sprach nicht, als er zu dem Tarnkappenjeep in seiner Auffahrt hinüberging. Über seine Schulter baumelte ein Rucksack. Er kletterte auf den Rücksitz. Ich konnte seinen Kopf durch das Rückfenster erkennen. Die Männer nahmen die Vordersitze ein und der Jeep rollte aus der Auffahrt.

Ich wünschte, ich hätte den Jeep mit dem Laserpointer markiert, den Bernie Phillips mir geliehen hatte. Dann hätte ich seine treuen Marines bitten können, ihn zu verfolgen. Diese Möglichkeit war mir jetzt genommen. Die Marines waren in ihren Stützpunkt zurückgekehrt.

Colonel Wingate und seine Eskorte fuhren mit ausgeschalteten Frontscheinwerfern. Da ihr getarntes Fahrzeug über Nachtsichtlinsen in der Windschutzscheibe verfügte, war das kein Problem. Um einer Entdeckung zu entgehen, fuhr ich ebenfalls ohne Licht. Ich wollte nicht, dass die Stützpunktpolizei oder der Verräter, dem ich folgte, mich bemerkten. Mein einziger Vorteil war, dass ich Wingate nicht direkt folgte. Ich fuhr zu dem Ort voraus, von dem ich hoffte, dass es sein Treffpunkt war.

Bevor er mit mir in die Stadt gefahren war, um den Armysoldaten zu entführen, hatte Colonel Phillips mir einige Karten von Fort Clinton und seiner Umgebung gezeigt. Es war ausgeschlossen, dass ein Verräter wie Wingate den Angriff abwarten würde. Seine Soldaten würden sterben. Das Pentagon würde Leute entsenden, um die Basis zu überprüfen, und man würde riesige Inventarlücken aufdecken. Selbst wenn Wingate den Angriff überlebte, würde er verhaftet werden und im Nachhinein sterben. Seinen Freunden aus den Konföderierten Armen war es vielleicht egal, ob er hingerichtet wurde, aber er könnte vorher einige wichtige Informationen preisgeben. Um ihn zum Schweigen zu bringen, mussten sie ihn entweder töten oder ihn vom Planeten holen. In jedem Fall mussten sie einen Transporter mit einem Kommandotrupp schicken. Wenn dieser Transporter zur Flotte zurückkehrte, gedachte ich, an Bord zu sein.

Phillips und ich hatten die Karten studiert und eine Stelle ausgemacht, die höchstwahrscheinlich als Landeplatz für den feindlichen Transporter dienen würde. Es war zwar nur eine gut begründete Vermutung, aber sie erwies sich als richtig.

Ich fuhr fast blind eine leichte Steigung zu dem erhöht liegenden Paradeplatz, der sich auf der Ostseite der Basis befand, hinauf. Die Gegend war dunkel und fast leer. Wie erwartet erhaschte ich in der Dunkelheit alle paar Sekunden einen Blick auf das schwarze Phantomauto.

Dieser Teil des Stützpunkts war finster und leblos. Wir begegneten keinen anderen Fahrzeugen. Die Landschaft war mit altmodischen Bohrtürmen übersät, die auf hohen Stelzen aus Holzstämmen über dem Boden aufragten. Achthundert

Meter vor mir wurde Wingates Jeep langsamer und passierte einen schwach erleuchteten Wachtposten. Das Tor des Kontrollpunkts öffnete sich, als Wingate näher kam. Ein Mann verließ den Posten und kletterte in Wingates Tarnkappenjeep.

Wie aufs Stichwort erfolgte der Angriff in dem Moment, als Wingates Wagen den Stützpunkt verlassen hatte. Ein rotsilberner Strahl schoss wie eine durchsichtige Säule vom Nachthimmel herab. Die Szene blieb für einen Moment vollkommen geräuschlos, dann brachen Feuer, Rauch und Sirenen los, als ein Gebäude explodierte. Ich beobachtete alles während der Fahrt und sah auf meine Armbanduhr, um die Zeit zu nehmen. Ich wusste, dass alles nach acht Minuten vorüber sein würde.

Feuerwehrzüge mit rot-weißen Warnlichtern rasten durch den Stützpunkt. Von meinem Standpunkt am Rand des Pararadeplatzes sah ich die lodernden Flammen und die makellosen rot-weißen Lichter, die oben auf den Feuerwehrzügen blinkten.

Als ich das Tor erreichte, bemerkte ich das zerborstene Glas der Sicherheitskabine und wusste, dass die Kommandos die Männer abgeschlachtet hatten, die hier als Wache zurückgelassen worden waren. Ich sah kein Blut oder große Zerstörung. Die Kommandos hatten sich wahrscheinlich auf ihrem Weg in den Stützpunkt an das Tor herangeschlichen. Einige Schnellschüsse aus der Hochleistungspistole und das Tor gehörte ihnen. Kümmerte es Wingate überhaupt, dass unter seinem Befehl stehende Männer hinterrücks überfallen worden waren?

Hinter mir regneten Laser von oben herab. Strahlen so groß wie Wassertürme trafen Gebäude. Kleinere Strahlen mit nur etwa dreißig Zentimetern Durchmesser blitzten in schneller Abfolge auf und holten die Jäger und Kampfhubschrauber vom Himmel.

Ich fuhr mit hundertdreißig Stundenkilometern durch das Tor – was in der Dunkelheit bei nassen Straßen ohne Licht keine ungefährliche Geschwindigkeit ist. Der Transporter brauchte ungefähr eine Minute, um zum Planeten herunterzugelangen. Danach hatten die Kommandos wahrscheinlich ein oder zwei Minuten zum Haus von Wingate gebraucht. In weiteren vier Minuten würde die Schießerei ein Ende haben, ob ich Wingate nun eingeholt hatte oder nicht.

Der Himmel außerhalb des Zauns war samtig und friedvoll. Es war ein typischer, ruhiger Abend auf einem nichtindustriellen Planeten. Als ich eine Lücke in den Wolken sah, fand ich, dass der Himmel wie ein See aus Öl mit Sternen aussah. In der Ferne ging weiteres rotsilbernes Sperrfeuer auf Fort Washington nieder.

Der Air-Force-Stützpunkt würde wohl ein ähnliches Feuerwerk erleben. Wahrscheinlich war der Angriff dort noch intensiver. Der Stützpunkt würde seine F-19-Geschwader losschicken, um die Eindringlinge anzugreifen. Wenn die feindlichen Schiffe die Startbahnen rechtzeitig zerstörten, würden einige der Kampfflugzeuge vielleicht am Boden festsitzen. Der größte Teil würde schneller als Kugeln am Himmel entlangschießen. Sie würden die Atmosphäre verlassen, die angreifenden Schiffe finden und dann würde der echte Kampf beginnen.

Die F-19s der Air Force würden vom Boden aus angreifen. Die Kampfschiffträger der VO und die Zerstörer, die die Scheiben bewachten, würden von oben kommen. Wie viele GZF-Schiffe hatte der Feind wohl geschickt? Wie würden sie sich im Kampf schlagen? Waren ihre Waffen auf dem neuesten Stand?

Wie lange dauerte der Angriff bisher? Ich sah auf meine Uhr. Nur zwanzig Sekunden waren vergangen, seit der erste Strahl aus dem Himmel heruntergeschossen war.

Ich sah keine Spur von Wingates Jeep vor mir und hatte keine Zeit mehr für Diskretion. Ich schaltete meine Frontscheinwerfer ein und jagte die dreispurigen Straßen entlang in die bewaldete Landschaft. Sirenengeheul und Explosionen waren zu hören, aber sie waren weit entfernt und ich ignorierte sie. Der Angriff war jetzt weit entfernt und schien nicht wichtiger zu sein als ein Traum von gestern. Ich konzentrierte mich darauf, den Transporter zu finden.

Ich sah auf meine Uhr und bemerkte, dass der Zeiger die Zwölf überquert hatte. Eine volle Minute war seit dem ersten Laserangriff vergangen. Wieso hatte ich nicht angefangen, die Zeit zu nehmen, als ich die Kommandos das erste Mal sah? Wieso war ich überhaupt auf den Stützpunkt gefahren und hatte mich nicht gleich hier draußen versteckt?

Ich dämpfte meine Scheinwerfer. Vor mir fiel das weiße Licht von Bogenlampen über eine Lichtung. Die Bäume, die das Gleißen abschirmten, bildeten einen Streifeneffekt, als sähe ich einen alten Stummfilm an. Ich fuhr an die Seite und kam im Schlamm schlitternd zum Stehen.

Ich hatte keine Zeit, Hilfe herbeizurufen oder meine Waffen einzupacken; nicht einmal meine M27. Ich sprang aus dem Jeep. Einige Hundert Meter vor mir im Wald luden Männer in grünen Uniformen kleine Kistenstapel in einen altmodisch aussehenden Militärtransporter.

Andere Männer mit Gewehren umkreisten das Gebiet und suchten nach Kerlen wie mir. Wieder einmal war mir das Glück hold. Diese Männer trugen Tarnanzüge der Army, genau wie ich. Sie waren verkleidet, damit sie wie Soldaten von Fort Clinton aussahen. Wäre einer von Wingates Soldaten zufällig über ihre Operation gestolpert, hätten diese Spione auf ihren Transporter zeigen und behaupten können, sie hätten ein feindliches Schiff entdeckt.

»Die Zeit läuft ab«, sagte jemand mit sanfter Stimme, die durch die Stille trug. »Alles und jeder, der jetzt nicht an Bord kommt, bleibt zurück.« Irgendwo in der Nähe der Stadt – immer noch so weit entfernt wie ein Traum – erklangen weiterhin Sirenen und Explosionen. Ich musste etwas tun. Zum Glück für mich war einer der Soldaten so weit zwischen die Bäume gelaufen, dass ich ihn erwischen konnte.

»Letzter Aufruf. Zum Transporter zurückkehren.« Die Stimme war leise, aber sie hallte von hundert ComLinks wider und trug durch den Wald.

Ich näherte mich meinem Ziel; einem Mann mit einer M27. Er hatte blonde Haare. Wir sahen uns überhaupt nicht ähnlich, aber ich glaubte nicht, dass das eine Rolle spielte. Wenn ich mich so umsah, gab es so viele Männer, die das Schiff beluden, und so viele Wachen, dass man die vielen Gesichter ohnehin nicht auseinanderhalten konnte.

Ich bezweifle, dass mein Opfer mich hörte. Der Soldat suchte das Gebiet noch einmal mit Blicken ab, bevor er sich umwandte, um zum Transporter zurückzugehen. Ich versteckte mich hinter einem Baum, kaum vier Meter von ihm entfernt. Er stand mit dem Rücken zu mir. Ich konnte den Lauf seiner M27 sehen, der über seiner Schulter aufragte. Wie nett von ihm, dass er mir Ersatz für die Waffe mitgebracht hatte, die ich im Jeep zurücklassen musste.

Ich atmete tief ein und hielt die Luft an. Ich hob kaum meine Füße und eilte leicht gebückt vorwärts. Meine Arme und Finger waren ausgestreckt, als wolle ich den Jungen erwürgen. Wäre der Waldboden trocken gewesen, hätte ich den Mann problemlos überwältigen können. Doch er war vom Regen aufgeweicht. Ich bewegte mich schneller als er, musste aber meine Füße über den Boden ziehen, damit man nicht hörte, wie meine Stiefel durch den Schlamm trampelten. Er ging, ich glitt.

Vor ihm konnte ich den Landeplatz sehen. Wachen, Frachtführer und Kommandos eilten in den Transporter. Sie sahen sich nicht um. Ich schnellte vor, packte den Jungen mit der rechten Hand unter dem Kinn und stabilisierte den Griff, indem ich meine linke Hand in sein Genick legte. Dann zog ich mit der rechten Hand und drückte mit der linken. Das Geräusch, als sein Genick brach, war nicht lauter als das Ticken einer Wanduhr. Wir beide fielen vornüber. Er war tot, noch bevor er auf dem Boden aufschlug.

Ich zog meinen Tarnanzug glatt und stand auf. Auf meinem Knie war etwas Schlamm. Ich klopfte Schmutz und Blätter so gut es ging ab und näherte mich dem Transporter.

»Beeilung, Arschloch«, brüllte jemand, als ich die Rampe hinaufging. Ich nickte und rannte vorwärts. Hinter mir schloss sich die Tür. Meine Stiefel klapperten auf dem Metallboden. Ich hörte aufgeregtes Geschnatter um mich herum. Die Kabine war bis auf die roten Notfalllichter dunkel. Die Maschinen rumpelten und der Transporter hob senkrecht ab.

# 26

Alle Schiffe in der Galaktischen Zentralflotte waren älter als vierzig Jahre. Das hieß nicht, dass sie in schlechtem Zustand waren oder dass sie viele Einsätze hinter sich hatten. Um genau zu sein waren die wenigsten dieser Schiffe in den letzten Jahrzehnten überhaupt geflogen. Dieser Transporter war wie neu und sauber, doch er hatte veraltete Technologie. Damit niemand im Cockpit geblendet wurde, stammte das einzige Licht im Kessel – so nannten wir die Kabine, in der wir Soldaten transportiert wurden – von roten Notfallleuchten. Das kam mir gelegen. Schließlich war ich ein blinder Passagier. Ich saß hinten im Kessel nicht weit von den Frachträumen entfernt, wo mich niemand bemerkte.

Die Männer um mich herum mochten die Dunkelheit nicht. »Ist ja, als ob man unter einer Achsel reist«, beschwerte sich einer. »Die schicken uns in einem verdammten Abflussrohr hin und her«, sagte ein anderer in einer anderen Unterhaltung. Der beste Spruch kam von dem Mann, der neben mir saß: »Das ist ja nicht mal was für Klone.«

Das Innere des Kessels war alles, nur nicht luxuriös. Die Wände, die Decke und der Boden bestanden aus nacktem, schmucklosem Metall. Bänke standen an der Kabinenwand entlang und boten genug Sitzfläche für ungefähr ein Viertel der Männer auf diesem Flug. Sicherheitsgurte hingen von der Decke herab. Im Notfall mussten die Männer sich mit diesen Geschirren festzurren und wie geschlachtetes Vieh im Kühlhaus der Metzgerei von der Decke baumeln. Die Gurte wurden steif, wenn sie verwendet wurden, damit die Männer nicht gegeneinanderschlugen.

Auf einem Transporter wie diesem waren die Passagiere nicht mehr als Fracht. Es gab keine Fenster und keine Möglichkeit, herauszufinden, was außerhalb des Schiffs geschah. Der Start von New Columbia war sanft verlaufen, doch kurz danach gab der Pilot uns zu verstehen, dass wir uns anschnallen sollten.

Batt Wingate und seine Kommandoeskorte saßen irgendwo vorn im Kessel. Ich konnte sie nicht sehen. Das spielte keine Rolle. Ich wusste, sie waren hier drin, und außerdem gab es nur einen Ausgang aus diesem Vogel. Sobald wir landeten, würde ich zur Tür gleiten, damit Wingate mir nicht entging, wenn er ausstieg. Die Stimmung im Kessel veränderte sich, als die Männer sich festschnallten. Die meisten von ihnen hingen schweigend da. Einige rauchten Zigaretten und spien die glühenden Stummel zu Boden.

Außerhalb des Schiffs drehten sich die Zahnräder des Kriegs. Es war möglich, dass Jägerschwärme uns entdeckten und angriffen, wenn wir die Atmosphäre verließen und ins All hinaustraten. Ein einsamer Jäger konnte einen Transporter zerstören, aber er würde mehrere Raketen benötigen. Die Schiffe sahen so aus und flogen wie schwangere Möwen, aber sie hatten mächtige Schilde und eine dicke Panzerung. Dieses Schiff konnte dem direkten Einschlag einer Partikelstrahlkanone widerstehen. Wenn ein oder zwei Jäger uns ins Visier nahmen, würden wir dem Angriff wahrscheinlich lange genug trotzen, bis die Konföderierten Hilfe schickten.

Ich sah auf meine Uhr. Knapp unter vier Minuten waren vergangen, seit das Bombardement begonnen hatte. Ich schätzte, dass die GZF-Schiffe seit sechs Minuten in der Gegend waren und in weiteren zwei Minuten übertragen würden.

Eine Rakete schlug in unsere Schilde ein und der Transporter erzitterte. Die roten Lichter gingen mehrere Sekunden lang aus. In der Dunkelheit keuchten einige Männer, aber niemand schrie. Die Atmosphäre war angespannt, aber nicht panisch.

Eine weitere Rakete traf unsere Schilde und warf den Transporter zur Seite. Es war wie ein Schlag – die Kraft traf einmal und verpuffte dann. Einige Augenblicke vergingen und ein Partikelstrahl traf uns. Die Wände des Kessels begannen zu vibrieren. Zunächst erzitterten sie und dann zogen sie sich in kurzen, schnellen Abständen zusammen. Es schien, als würden die Metallplatten um uns herum auseinandergerissen.

Die Lichter verlöschten erneut. Dieses Mal blieben sie aus. Ich hörte schweres Atmen. Die Erschütterungen dauerten etwa drei Sekunden, doch es erschien uns wie Minuten. Ich hörte hin und wieder ein Wimmern und dann brüllte jemand: »Geschüttelt und nicht gerührt!« Es war ein blöder Witz, aber er brach die Spannung. Erleichtertes Gelächter machte sich in der Kabine breit. Kurz darauf gingen die roten Lichter wieder an.

In gefährlichen Situationen überschwemmte mein Befreier-Kampfreflex mein Blut mit einem Hormoncocktail aus Adrenalin und Endorphinen. Jeder andere auf diesem Schiff suchte sein Heil in verzweifeltem Humor, um sich abzulenken. Ich brauchte das nicht. Ein warmes, angenehmes Gefühl breitete sich in meinem Körper aus. Ich spürte Kraft und Klarheit. Ich hatte zwar nicht die Kontrolle über die Situation, aber die Hormone suggerierten mir, dass es so war.

Eine weitere Rakete schlug in dem Schiff ein und der Kessel klapperte.

»Klopf, klopf«, brüllte ein Mann. Ich konnte nicht sehen, wer es war.

»Wer ist da?«, antworteten fast alle Männer in der Kabine und brachen dann in hysterisches Gelächter aus.

Ich vermutete, dass es sich um einen Insiderwitz handelte – und zwar keinen besonders guten.

Dann war der Flug zu Ende. Man hörte das laute Scheppern von Metall auf Metall, als wir uns in irgendeinem GZF-Schiff auf den Landeplatz senkten. Das Aufheulen der Maschinen hallte im Kessel wider. Dann öffnete sich die schwere Eisentür und die Hangarbucht erschien im Sichtfeld.

Ich hing natürlich noch in meinem Gurtgeschirr. Als dieses mich freigab, schob ich mich durch die Menge und versteckte mich in Türnähe.

# 27

Zugegeben, ich sah den Kampf im All nicht, als er stattfand, aber ich hatte im Laufe der nächsten Tage genug Zeit, ihn ausführlich zu studieren. Was ich sah, war das Werk eines Genies.

Das erste GZF-Schiff, das New Columbianischen Raum erreichte, übertrug sich selbst und war alleine. Es handelte sich um einen Kreuzer, die kleinste Schiffsklasse der GZ-Flotte. An Bord befanden sich eine Mannschaft aus 130 Männern, drei Transporter und noch einige andere Dinge.

Der Captain dieses Schiffs machte einen interessanten Schachzug. Statt sein Schiff ein paar Millionen Kilometer entfernt zu übertragen und Radarentdeckung zu riskieren, benutzte er das Übertragungsnetzwerk als Tarnung. Sein Schiff erschien so nah an der Empfangsscheibe, dass die von dem Schiff verursachte Anomalie vom Radarsystem der VO als Strahlungsfehler im Übertragungsnetzwerk registriert wurde. Sein Schiff war schwarz wie das All, weshalb eine Entdeckung per Sicht unwahrscheinlich war. Um eine veraltete Redensart zu benutzen: Der Kreuzer flog unter dem Radar.

Hätte die Ankunft des Schiffs in der Nähe des Übertragungsnetzwerks dieses gestört, wäre der Kreuzer schnell entdeckt worden. Doch eine Veränderung in der Maschine des Kreuzers verhinderte diese Störung und das Schiff wurde nicht bemerkt.

Dieser Kreuzer bezog etwa achthundert Kilometer über Safe Harbor Stellung. Es setzte einen einzelnen Transporter ab und wartete.

Wurde dieser einsame Kreuzer vom Radar entdeckt? Niemand weiß es und die Ausrüstung, die derartige Messungen aufgezeichnet hätte, wurde während des nachfolgenden Kampfs zerstört. Jemand kannte das Umfeld von New Columbia sehr gut. Der Kreuzer hielt an einem blinden Fleck an: der Grenze zweier verschiedener Radarsysteme. Dort blieb er, bis der Kampf vorüber war.

Ungefähr zu der Zeit, als Colonel Wingate Fort Clinton verließ, funkte der Kreuzer den Rest der Flotte an. Das war das Startsignal für den Angriff. Fünfzehn GZF-Schiffe übertrugen sich in den Raum von New Columbia. Die Angriffsmacht war etwas größer als die von Gateway. Die Anomalien, die fünfzehn gleichzeitig übertragende GZF-Schiffe verursachten, konnte man nicht übersehen.

Die Air Force reagierte, indem sie alle ihre F-19-Jäger losschickte. Der Kampfschiffträger und die Zerstörer, die die Scheiben bewachten, begaben sich ebenfalls auf Position. Wären die GZF-Schiffe auf dem neuesten Stand gewesen, hätte dies vielleicht ein ebenbürtiger Kampf werden können – eine Armada aus fünfzehn Schiffen, die aus Zerstörern, Kreuzern und Schlachtschiffen bestand, gegen beinahe 400 Jäger, zwei Zerstörer, einen Kampfschiffträger und Bodenkanonen. Doch den Vereinten Stabschefs war nicht an einem fairen Kampf gelegen.

In der Hoffnung, den Feind vernichtend zu schlagen, hielt

die Navy eine zusätzliche Schiffsflotte in der Nähe von Übertragungsscheiben in Bereitschaft. Sobald der Kampf begann, sollten diese Schiffe ins Netzwerk eingespeist werden, und in weniger als sechzig Sekunden wären zwanzig weitere Schiffe der VO-Navy im Raum vor New Columbia gewesen.

Doch die Navy musste sich mit dem Engpass herumschlagen, nur eine Empfangsscheibe zur Verfügung zu haben. Die GZ-Flotte unterlag solchen Einschränkungen nicht. Als die erste Tomcat aus dem All hinabstieß und die F-19-Jäger aus der Atmosphäre herausbrachen, übertrugen sich weitere fünfzig GZF-Schiffe ins Kampfgeschehen.

Die Aufzeichnung des Kampfs sah wie ein Druckfehler aus. So viele Anomalien rissen in der offenen Schwärze auf, dass es so aussah, als hätte die Struktur des Weltalls angefangen, zu kochen. Federartige weiße Linien zuckten auf und verliefen im Zickzack. Lichtkreise tauchten auf, aus denen schattenartige, schwarze Gestalten herausglitten.

Ein Dutzend GZF-Schlachtschiffe glitt vor der Übertragungsscheibe in Position und bildete eine Linie. Andere Schiffe schwebten hinter den ersten und warteten, bis sie an der Reihe waren. Als der erste VO-Träger aus der Scheibe materialisierte, eröffneten die GZF-Schiffe das Feuer.

Der Rumpf des Trägers blitzte auf und entzündete sich. Die Spitze seines Flügels brach ab und Flammenzungen leckten über seine Hülle. Das war das Schlimmste an dem Spektakel, wie ich fand. Diese Flammen ernährten sich von dem Sauerstoff, der aus dem Schiff entwich.

Nur zwei oder drei Jäger schafften es aus der Startröhre heraus, während der Träger vorwärtsholperte. Ein riesiger Feuerball platzte aus der Röhre und löste sich auf. Zwei Schlachtschiffe verließen ihre Position in dem Abschusskommando, folgten dem sterbenden Kampfschiffträger und bombardierten ihn mit ihrem leuchtend roten Laserfeuer. Eine Minute später zerbrach der Rumpf und Flammen schossen hervor. Für einen kurzen Moment sah es so aus, als hätte das Schiff eine gelbe und orange Aura. Sie verschwand so schnell, wie sie aufgetreten war. Trümmer strömten statt der Flammen aus den Rissen und das leblose Schiff trieb seitlich in den Weltraum hinaus.

In diesem Moment verließ der nächste VO-Kampfschiffträger das Netzwerk und das Massaker wiederholte sich. Das Abschusskommando bombardierte die Schiffe, bis sie wehrlos waren. Dann gaben zwei Schiffe ihnen den Todesstoß und zwei weitere GZF-Kampfschiffe nahmen ihren Platz in der Feuerlinie ein.

Sobald die Schiffe der VO ins Übertragungsnetzwerk eingetreten waren, gab es kein Zurück. Einige Schiffe konnten umgeleitet werden, aber mehr als zwanzig Schiffe der Vereinigten Obrigkeit wurden zerstört.

In der Nähe der Atmosphäre lauerten GZF-Schiffe wie Haie im Blutrausch über Safe Harbor. Sie waren in Dreier- oder Vierergruppen unterwegs, umkreisten kleine Gebiete und feuerten mit starken Lasern auf Ziele auf dem Planeten. Ein Satellit direkt über ihnen zeichnete davon ein Video auf. Die Schiffe hoben sich deutlich von dem blauweißen Schimmern der Atmosphäre New Columbias ab.

Die planetaren Verteidigungssysteme von New Columbia brachen schnell zusammen. Anfangs schossen viele grüne und rote Strahlen von der Planetenoberfläche nach oben, aber sie trafen selten ihre Ziele. Die Schützen auf den Schiffen zielten auf diese Strahlen und erwiderten das Feuer. Es dauerte keine zwei Minuten, um die Kanonen unten zum Schweigen zu bringen.

Den Jägern erging es auch nicht besser. Schlachtschiffreihen stießen auf die F-19 herab, wenn sie aus der Atmosphäre austraten. Einige weitere GZF-Schiffe umschwärmten den Kampfschiffträger und die Zerstörer, die die Übertragungsscheiben bewacht hatten.

Der Kampf dauerte zehn Minuten, nicht acht. Während der gesamten Zeit strömte die Schlange aus zivilen Schiffen, die von New Columbia flohen, weiter in das Übertragungsnetzwerk. Die GZF-Schiffe griffen sie nicht an. Als das letzte der VO-Schiffe explodierte, übertrugen die GZF-Schiffe sich hinaus.

Ganz gleich, ob man einen Kampf gewinnt oder verliert, man erleidet immer Verluste. Der Kommandant der Galaktischen Zentralflotte hatte sich mit fünfundsechzig Schiffen aufgestellt und sich damit nicht nur einen Sieg garantiert, sondern einen vernichtenden Sieg. Die Vereinigte Obrigkeit verlor drei Forts, dreiundzwanzig Großraumschiffe und Hunderte Jäger an diesem 24. März 2512. Die GZF verlor einen Soldaten – den Kerl, den ich getötet hatte, um an Bord des Transporters zu gelangen. Ich hatte vor, das Ergebnis auszugleichen.

# 28

Die Landebucht war chaotisch. Sicher, der Kampf dauerte noch an, als der Transporter auf dem konföderierten Schiff landete, aber das erklärte nicht das Ausmaß des Durcheinanders. Dies war angeblich eine Militäroperation. Als ich noch Marine war, lief auf den Schiffen, auf denen ich diente, alles reibungslos oder die verantwortlichen Offiziere waren ihren Job los. Das schien bei der Konföderierten Navy nicht so zu sein.

Als die rückwärtige Tür des Kessels sich öffnete und den Blick auf das Deck frei gab, sah ich, wie Frachtpacker mit riesigen Kisten durch eine verwirrte Menschenmenge fuhren. Männer rannten, um zu ihren Stationen zu gelangen. Die Packer waren primitive Roboter und sahen wie eine Kreuzung aus Gabelstapler und Kampfpanzer aus. Sie verwendeten Radar, um Kollisionen mit Menschen und Gegenständen zu vermeiden. Die um die Packer herumrennende Masse an Mannschaftsmitgliedern musste ihr Radar überfordert haben.

Auf der *Kamehameha* war jede Wand poliert und jede Lampe entstaubt. Auf diesem Schiff hingen rote und schwarze Kabelstränge wie Wimpel aus den Wänden. Abzweigungen dieser Kabelstränge wanden sich an der Decke entlang.

»Okay, sehen wir zu, dass das Schiff entladen wird«, rief jemand. Die Art, wie dieser Mann Befehle gab, war ausgesprochen zwanglos und mir wurde der Mangel an militärischer Führung bei den Konföderierten schmerzlich bewusst. Mit einigen rühmlichen Ausnahmen waren alle Offiziere, die die Militärakademien abschlossen, erdgeboren und erdverbunden. Das war schon immer so gewesen.

Die einzigen Offiziere in den Konföderierten Armen und bei den Mogats hatten ihre Ausbildung wahrscheinlich aus Büchern genossen und keinerlei Kampferfahrung. Es gab einige namhafte Überläufer wie Crowley und Halverson, aber diese Offiziere waren wohl damit beschäftigt, die Kämpfe zu leiten, und hatten keine Zeit, sich um die gemeinen Soldaten zu kümmern. Die Männer, die ich Befehle geben sah, hatten nicht einmal eine Grundausbildung durchlaufen. Sie hatten nie erlebt, wie erfahrene Drillsergeants zwischen Wehrpflichtigen herumstapften wie ein Tyrannosaurus Rex zwischen einer Herde Grasfresser. Die einzigen Erfahrungen, die diese Wichtigtuer gemacht hatten, stammten wahrscheinlich aus Kinofilmen. Kein Wunder, dass die Vereinigte Obrigkeit jeden Bodenkampf gewann.

Die Männer des Transporters luden aus. Sie packten sich Kisten, die sie tragen konnten, trotteten zum Deck hinunter und stapelten sie an markierten Stellen auf. Sie waren ein williger Haufen, aber keine Arbeitskräfte.

Ich musste mich unbedingt einfügen. Als ich begann, beim Ausladen des Transporters zu helfen, war das Kleinzeug bereits draußen. Die verbliebenen Kisten waren voller schwerer Ausrüstung, Munition und dergleichen. Eine Gruppe Männer mit zweirädrigen, mechanischen Sackkarren, die Paletten von zweieinhalbtausend Kilo heben konnten, bahnte sich einen Weg an Bord.

Ich mischte mich unter das Durcheinander unten an der Rampe und hielt Ausschau nach Colonel Wingate. Jetzt, da wir an Bord eines GZF-Schiffs waren, war Wingate zwar nur ein kleiner Fisch, aber er stand mit allem in Verbindung. Er würde mich zu den Männern führen, die das Sagen hatten. Die Gruppe Männer um mich herum wurde kleiner und löste sich schließlich auf, aber Wingate hatte den Transporter immer noch nicht verlassen. Die Männer mit den Hebefahrzeugen jagten die Rampe hinauf und hinunter, bis ihre Arbeit getan war. Wingate befand sich immer noch auf dem Schiff.

Bald war ich allein in der Landebucht und versteckte mich in der Nähe des offenen Transporters. Ich konnte nicht viel länger auf diesem Deck bleiben, ohne bemerkt zu werden.

Gelbe und rote Lichter begannen, überall auf dem Deck zu blinken. »Bereit zur Übertragung«, verkündete eine künstliche Stimme. »Übertragung in zehn, neun, acht ...«

Ich sah zum Transporter. Wingate musste an Bord dieses Schiffs gegangen sein. Er wäre nicht auf dem Planeten geblieben. Es war allerdings durchaus möglich, dass die Kommandosoldaten ihn getötet und seine Leiche in den Wäldern gelassen hatten, um ihre Spuren zu verwischen. Doch warum sollten sie sich die Mühe machen? Warum hatte man die Männer nach Fort Clinton geschickt? Wieso hatten sie ihn aus dem Stützpunkt geschmuggelt? Warum hatten sie sein Haus nicht einfach aus dem All unter Beschuss genommen?

»Sieben, sechs, fünf, vier, drei ...«

Dank der künstlichen, laut plärrenden Stimme musste ich nicht auf meine Tarnung achten. Die blinkenden roten und gelben Lichter taten ihr Übriges. Das Schiff würde sich jeden Moment selbst übertragen. Bilder von Admiral Klybers bleichem Körper schossen mir durch den Kopf. Ich zögerte für einen kurzen Moment, dann sprintete ich die Rampe hinauf und in den dunklen Bauch des Transporters hinein. Der Kessel war leer. Die Gurtgeschirre baumelten von der Decke. In dem roten Licht sahen sie schwärzer aus als die Dunkelheit. Mit seinem Ring aus harten Bänken und den Metallwänden, die dumpf das gelbe Licht widerspiegelten, sah der Kessel wie das Innere eines Brennofens aus.

»Zwei, eins. Übertragung eingeleitet.« Die Stimme klang an Bord des Transporters fast so laut wie in der Landebucht.

Wingate musste sich in diesem Transporter befinden. Er war nicht im Kessel. Also hielt er sich wahrscheinlich in der Nähe des Cockpits auf. Die mechanische Tür begann, sich zu schließen. Hinter mir hörte ich Stimmen.

»… zu-Null-Sieg«, sagte jemand. »Sie nehmen an, es waren zwanzig, vielleicht fünfundzwanzig VO-Schiffe und mindestens fünfhundert Jäger.«

»Fünfhundert?«, fragte eine andere Stimme.

»Sie hatten vierhundertzwanzig auf dem Air-Force-Stützpunkt in Bolivar«, sagte eine Stimme. Ich konnte den Sprecher nicht sehen, aber es war wahrscheinlich Wingate. Also stand der Verräter gerade direkt vor dem Cockpit und unterhielt sich mit den Piloten, die ihm Schritt für Schritt den Ablauf des Kampfes schilderten. Sie kamen auf mich zu. Als Wingate und seine Freunde den Kessel erreichten, hatte ich mich in den Schatten bei der Rampe versteckt und in Frachtnetze gewickelt, die vor der Wand gelegen hatten.

»Sie hatten einen Träger, der die Scheiben bewachte. Das waren noch mal siebzig Jäger, insgesamt also vierhundertneunzig Jäger.«

»Wie viele der Schiffe waren Träger?«

»Ich würde sagen alle.« Ich konnte ihn nicht sehen, aber ich hätte gutes Geld darauf gewettet, dass es wieder Wingate war.

»Übertragung abgeschlossen«, sagte die mechanische Stimme aus einem Lautsprecher über der Kesseltür. Die hinteren Türen waren verschlossen.

»Alle Kampfschiffträger haben siebzig Jäger an Bord?«

»Im Prinzip schon. Es gibt ein Schiff in der Scutum-Crux-Flotte, das nur SEALs und Transporter mitführt.« Ich konnte nur das Netz und die Metallwand sehen, aber ich glaubte, die Stimme von Wingate inzwischen zu kennen.

Jetzt, da die Übertragung abgeschlossen war, konnte der Transporter zwischen den Schiffen hin und her fliegen. Ich hörte das Zischen von Schubdüsen und das Jaulen des Fahrwerks, als das Gewicht von ihm genommen wurde. Das Schiff zitterte, als es vom Deck abhob.

»Davon habe ich gehört«, sagte jemand. »Man sagt, dass diese SEALs alle Klone sind. Besondere Klone. Richtig gefährlich.« Eine tiefe und harte Stimme. Zweifellos die Stimme eines Kommandosoldaten; wahrscheinlich einer der Männer, die Wingate aus Fort Clinton herausgeholt hatten. Ich hätte mein gesamtes Erspartes darauf verwettet, dass dieser Kerl vor seiner neuen Karriere im Militär ein Straßenschläger gewesen war.

»Keine Ahnung. Das war ein Projekt der Navy. Die unter meinem Befehl stehenden Ranger und Spezialstreitkräfte waren alle natürlich Geborene.« Wingate klang gereizt und müde. Zum Verräter zu werden schien seinen Tribut zu fordern.

Das Knirschen des Fahrwerks, das eingezogen wurde, war in dem leeren Kessel zu vernehmen. Wir schossen durchs All. Ich wusste nicht, ob wir zu einem anderen Schiff flogen oder auf einem Planeten landen würden. Auf jeden Fall befanden wir uns tief im Territorium der Konföderierten.

»Also wenn auf jedem Schiff, das sie beim Austritt aus

dem Netzwerk erwischt haben, siebzig Jäger waren, und wir haben fünfundzwanzig Schiffe erwischt ...« Er hielt inne, um nachzurechnen. »Das würde bedeuten, wir haben eintausendsiebenhundertfünfzig Jäger erwischt.« Aufregung, Stolz und Intelligenz mischten sich in dieser Stimme. Sie gehörte weder dem Schläger noch Wingate. »Mann, ich möchte nicht in der Haut des Kerls stecken, der diese Verluste den Vereinten Stabschefs melden muss.«

»Und wir haben kein einziges Schiff verloren?«, fragte der Schläger.

»Nicht eins«, bestätigte der intelligent klingende Mann.

»Und was ist mit dem Planeten?«, fragte Wingate. Anscheinend hatte der intelligente Soldat Zugang zu irgendeinem Bericht, den weder Wingate noch der Schläger erhalten hatten.

»Ich habe nichts gehört. Die besten Informationen darüber bekommt man ohnehin über MediaLink. Die haben Reporter da unten auf dem Planeten ... vorausgesetzt, es gibt da noch einen Planeten.« Der intelligente Mann sagte das. Dann lachten er und der Schläger.

Eine Weile verging und dann war wieder das Geräusch der Schubdüsen zu hören. Die Landung stand kurz bevor.

Versteckt in den Netzen wurde mir klar, dass ich immer noch den Tarnanzug trug und dringend andere Kleidung brauchte. Es war sinnlos, den Intelligenten oder den Schläger zu überwältigen. Sie trugen wahrscheinlich die gleichen Tarnanzüge der VO-Army wie ich. Ich musste mich wie ein Besatzungsmitglied kleiden, nicht wie ein Soldat. Ich hing schweigend in dem Netz und lauschte dem gedämpften Dröhnen der Schubdüsen, während der Transporter sich darauf vorbereitete, in einem neuen Hangar zu landen. Würden wir auf Land oder auf einem Schlachtschiff aufsetzen?

Die dicken Metalltüren des Kessels öffneten sich. Draußen sah ich einen ruhigen Landeplatz. Das Gebiet war hell erleuchtet. Der Boden war mit schwarzem Asphalt bedeckt. Es gab keine Kisten, keine Leute und keine Hinweise darauf, wo wir gelandet waren.

»Also los. Atkins und Crowley haben beide gesagt, dass sie Sie sehen wollen«, sagte der Intelligente. Mit diesen Worten gab er eine Menge Informationen preis. Amos Crowley war der zu den Mogats übergelaufene Armygeneral. Bei Atkins handelte es sich wahrscheinlich um Warren Atkins, den Sohn des Gründers der Morgan-Atkins-Bewegung. Somit befanden wir uns hier auf einem Mogat-Stützpunkt oder Flaggschiff, dachte ich.

Die Türen öffneten sich knirschend und weißes Licht fiel in die rot beleuchtete Welt unseres Transporters. Ich duckte mich hinter ein herabhängendes Frachtnetz und lauschte, während Wingate, der Intelligente und der Schläger die Rampe hinunter trampelten. Ich erhaschte einen Blick auf ihre Rücken, als sie das untere Ende der Rampe erreichten. Wingate war klein und in jeder Beziehung normal gegen die großen, athletischen Männer an seiner Seite.

Sobald sie außer Sicht- und Hörweite waren, kämpfte ich mich aus den Frachtnetzen hinaus. Die Netze bestanden aus Nylon und hingen wie Spinnweben von Dutzenden kleiner, metallischer Stränge vom Dach herab. Die Stränge rasselten, als ich mich befreite. Das leise Klappern hätte sicherlich Aufmerksamkeit erregt, wenn noch jemand im Kessel gewesen wäre. Einer der Piloten musste sich allerdings immer noch im Cockpit aufhalten. Ich sah weißes Licht, das aus der offenen Tür vorne im Kessel fiel.

Ich bewegte mich langsam und trat vorsichtig auf, damit meine Stiefel kein Geräusch verursachten, wenn sie auf dem Metallboden auftrafen. Ich schlich durch die Kabine und versteckte mich zwischen den Rippen der Wand. Dann erreichte ich die Tür des Cockpits, atmete einmal tief durch und spähte hinein. Ein Mann saß allein vor den Kontrollen und sprach in ein Funkgerät. Ein Datenpad lag auf seinem Schoß. Wenn er Berichte ausfüllte, würde er wohl noch Stunden auf dem Sitz hocken. Möglicherweise würde er auch die Maschinen starten, nachdem er mit seinem Bericht fertig war, und ein neues Ziel ansteuern.

Das Leben wäre leichter gewesen, wenn der Mann mit dem Rücken zu mir gesessen hätte. Stattdessen hatte er seinen Sitz umgedreht. Wie durch ein Wunder bemerkte er mich nicht.

Ich hatte ein Gewehr – die M27 von dem Kerl, den ich auf New Columbia getötet hatte –, doch das wäre zu laut. Ich hatte mein Messer, aber ich brauchte die Uniform des Mannes. Außerdem musste er von dem verdammten Funkgerät weg und zwar schnell, bevor irgendeine Wartungstruppe auftauchte.

Es kam anders.

Das Geräusch schwerer Schuhe erklang im Kessel. Ein Arbeiter in weißem Overall – der Uniform eines zivilen Mechanikers – überquerte das Deck. Er ging direkt an mir vorbei und war nicht mehr als neunzig Zentimeter von meinem Gesicht entfernt, da ich auf der Seite unter einer besorgniserregend schmalen Bank lag.

»Wie ich höre, war das ein beeindruckender Kampf«, sagte der Mechaniker an der Cockpittür.

»Ich habe ihn nur für etwa eine Sekunde gesehen«, antwortete der Pilot. »Aber was ich sah, war heftig.«

»Bist du hineingeflogen?«

Ich quetschte mich so weit es ging nach hinten. Meine Füße fanden Kontakt mit den Trägerbalken, die sich als

Rippen um den Kessel legten. Ich rollte mich für einen kurzen Blick auf den Bauch und sah den Mechaniker, der in der Tür des Cockpits stand. Ein neues Ziel, dachte ich. Ich konnte ihn töten, wenn er das Schiff verließ, und seine Leiche in den Frachtnetzen verstecken.

Geräuschlos stand ich auf, ohne meinen Blick von dem Mechaniker abzuwenden. Ich schlich mich in den hinteren Teil des Kessels zu den Frachtnetzen bei der offenen Tür. Dort erstarrte ich.

Oben auf der Rampe stand ein Junge, der noch nicht einmal zwanzig war. Er trug einen weißen Overall und einen weißen Schutzhelm. Der Junge sah stark aus. Der Reißverschluss seines Oberteils war bis zur Brust offen. Er hatte einen verblüfften, leicht dämlichen Ausdruck auf seinem Gesicht und starrte mich an. »Weißt du, wo Fred … Hey, wer bist du?« Da ihm der Ernst der Lage nicht bewusst war, sprach der Junge leise, sodass seine Stimme nicht weit zu hören war.

Ich rammte ihm meine Handkante direkt vor die Kehle. Das war eine langsame Art zu töten, aber äußerst wirksam, wenn man das Opfer zum Schweigen bringen musste: Wenn man seine Luftröhre zerquetschte, hatte es keine Stimme mehr. Es wird zwar zehn Minuten zappeln, bis es erstickt ist, aber es ist nicht in der Lage, Hilfe herbeizurufen.

Der Junge hob die Hände zu seinem Hals und rang nach Atem. Seine Lippen formten ein großes, keuchendes O. Ich warf ihn seitlich in die schweren Frachtnetze. Die Kabel rasselten, als sie die Seite des Kessels berührten, aber das Geräusch war leise. Der Junge versuchte, sich aus dem Netz zu befreien, und ich erledigte ihn, indem ich ihm mit der Handwurzel noch einmal gegen die Halsseite hämmerte. Das Ganze lief schnell und in aller Stille ab. Die Geräusche des Mords schreckten den Mechaniker und den Piloten nicht aus ihrer Unterhaltung im Cockpit auf.

Kurz darauf lag ein fast nackter Junge eingewickelt unter einem Haufen Frachtnetze. So schnell würde er nicht gefunden werden; wahrscheinlich erst dann, wenn der Transporter das nächste Mal beladen wurde.

# 29

Ich hatte keinen Plan. Da war ich nun, auf einem feindlichen Schiff, wahrscheinlich mitten in der feindlichen Flotte, und wusste nicht, was ich als Nächstes tun sollte. Ich schaffte es nicht rechtzeitig aus dem Transporter hinaus, um Wingate folgen zu können. Ich hatte nicht den Funken einer Aussicht, die Flotte oder auch nur dieses Schiff sabotieren zu können. Flucht schien aussichtslos. Das Beste würde sein, ich fand einen Weg auf die Brücke des Schiffs und brachte die galaktischen Koordinaten der Flotte in Erfahrung. Wenn ich diese Informationen bekommen und zu Huang weiterleiten konnte, würde die Navy der VO diese Schweinehunde jagen. Nach dem, was ich auf New Columbia erlebt hatte, gefiel mir die Vorstellung, dass die Schiffe der VO einen fairen Kampf erhielten.

Ich sah mich im Landegebiet um und starrte auf den elfenbeinfarbenen Horizont, wo die Landebahn und die Wände sich trafen. Dieser Hangar war riesig und rechteckig. Er war für Transporter und Frachtschiffe erbaut worden, nicht für Jäger. Mit der Ausnahme von Harriern, die senkrecht starten und landen konnten, starteten Jäger aus Startröhren, in denen sie Geschwindigkeit aufnahmen, bevor sie in den Kampf geworfen wurden.

Der Overall passte mir nicht. Entweder war der Bursche, dem ich ihn abgenommen hatte, nicht einmal 1,80 Meter groß gewesen, oder er trug gerne Hochwasserhosen und 7/8-Ärmel. Außerdem war seine Kleidung ausgeleiert. Ich hatte ja keine Maßanfertigung erwartet, aber an dem muskulösen Körper des Jungen hatte der Overall angelegen. Ich mit meiner großen, schlanken Figur verschwand unter der breiten Stoffbahn. Das Schlimmste waren die Stiefel. Ein modriger, stechender Phosphorgeruch stieg aus ihnen auf. Sie fühlten sich heiß und feucht an meinen Füßen an. Wenn ich die Wahl gehabt hätte, wäre ich barfuß gegangen.

Ich fand eine MediaLink-Brille in einer der Hüfttaschen. Die Linsen waren verschmiert und mit Haarschuppen übersät. Ich überprüfte die drei kleinen Öffnungen, die sich unterhalb der Augenpartie befanden, um zu sehen, ob die Mikrofone frei waren. Die Öffnungen waren überwiegend sauber und ich pustete die Haare und Schuppen weg.

Als ich die Tür des Hangars erreichte, blieb ich stehen und blickte zurück. Dort stand der Transporter einsam mitten auf dem hell erleuchteten Landeplatz. Die Welt um ihn herum war elfenbeinweiß. In dem hellen Licht erschien der Transporter eierschalenfarben. Er verschmolz fast mit seiner Umgebung, aber weil das nicht völlig gelang, war er noch auffälliger.

Was war mit Fred, dem geschwätzigen Mechaniker, und seinem Pilotenfreund? Würden sie die kleine Überraschung, die ich im Frachtraum eingepackt hatte, entdecken? Möglich, aber das war nicht zu ändern. Früher oder später würde jemand die Leiche entdecken, egal, wo ich sie versteckte.

Der Flur vor dem Hangar schien sich über die gesamte Länge des Schiffs zu erstrecken. So weit das Auge reichte verlief der polierte, graue Boden. Dies war ein Hauptflur, eine viereckige Röhre mit 6 Meter hohen Wänden. Gruppen von

Menschen bewegten sich hindurch, aber er war nicht überfüllt. Im Vergleich zu den verstopften Gängen der meisten VO-Schiffe war dieser Korridor geradezu menschenleer.

Es war viel Zeit verstrichen, seit Wingate den Transporter verlassen hatte, und ich hatte nicht den Hauch einer Chance, ihn noch zu erwischen. Für mich war Wingate zu diesem Zeitpunkt relativ unwichtig geworden. Er hatte mich zu der feindlichen Flotte geführt. Aber auch Crowley und Atkins zu schnappen, schien mir in diesem Moment unwichtig. Was sollte ich mit ihnen tief im Feindesgebiet anfangen?

Ich konnte nur mitlaufen. Mein oberstes Ziel war es, mich anzupassen und auf diesem Schiff zurechtzufinden.

Die Mannschaften der Navy praktizierten die »warme Koje«. Das bedeutete, dass drei Mann sich ein Bett teilten – natürlich nicht zur selben Zeit. Es gab achtstündige Schichten: Man arbeitete acht Stunden, hatte acht Stunden Freizeit und schlief acht Stunden. Das bedeutete, dass zu jeder Zeit ein Drittel der Mannschaft arbeitete, während ein Drittel schlief und ein weiteres Drittel aß und sich erholte. Die Drittel waren nicht immer gleichmäßig aufgeteilt. Die Tagesbesatzung – also die Besatzung, die mit dem Captain Dienst tat – war normalerweise besser besetzt als die anderen Schichten.

Die warme Koje stellte für Saboteure wie mich ein Problem dar, denn sie bedeutete, dass das Schiff niemals schlief. Es befanden sich immer Männer am Ruder und im Maschinenraum. Also was konnte ich erreichen? Ich spielte mit dem Gedanken, ein Kabel in die Übertragungsmaschine einzubauen, aber ich hatte nicht vor, Selbstmord zu begehen.

Ich hatte das Gefühl, dass ich eine bessere Verkleidung brauchte als diesen Overall, und folgte dem Flur in Richtung Schiffsmitte. Auch wenn das Schiff alt war, so war es trotzdem von der Vereinigten Obrigkeit gebaut worden. Die Grundzüge waren überall gleich. Ich wusste, dass sich die Landebucht auf dem untersten Deck befand und dass ich mich zu einem anderen Deck begeben musste, um das Gesuchte zu finden: einen Fitnessraum. Fünfzehn Minuten und zwei Decks später hatte ich einen aufgespürt.

Ich öffnete den Reißverschluss meines Oberteils noch bevor ich den Umkleideraum betrat, und hatte den Overall bereits über die Schultern gestreift, als sich die Tür hinter mir schloss. So, wie es aussah, war Training nichts für diese Seeleute. Der Umkleideraum war fast leer. Ich hörte jemanden in der Dusche, und zwei Männer mit um die Hüften geschlungenen Handtüchern diskutierten vor den Spiegeln über die Schlacht bei New Columbia.

Beide Männer waren Japaner, wie ich schnell bemerkte. Sie hatten schwarze Haare, eng zusammenstehende Augen und bronzefarbene Haut. Ein Mann warf nebenbei einen Blick in meine Richtung, während sein Freund sprach. Wäre dieser Fitnessraum Japanern vorbehalten gewesen, hätte man mich in diesem Moment erwischt. Doch kurz darauf kam ein aufgedunsener Mann mit weißer Haut – die die Farbe von rohem Roastbeef angenommen hatte – aus der Dampfkabine. Der Mann hatte kein Handtuch. Wassertropfen spritzten von seinen wabbeligen Beinen, als er vorbeiging.

Ich nahm mir Shorts und ein Hemd von einem Regal und warf meinen Overall in einen Spind. Kurz darauf ging ich zum Training hinaus. Die MediaLink-Brille war in meiner Tasche versteckt. Und es lief weiterhin alles gut. Es gab nur eine weitere Person, die trainierte. Der Mann sah mich nicht an. Ich kletterte auf eins der fest montierten Fahrräder, setzte die Brille auf die Nase und begann, in die Pedale zu treten.

Jetzt, da ich Trainingsklamotten trug, hatte ich mich angeglichen. Als Nächstes musste ich Verbindung mit Huang oder

Freeman aufnehmen, aber da noch eine weitere Person im Raum war, wollte ich keine Unterhaltung führen.

Deshalb wählte ich den altmodischen Weg und schrieb Briefe. Ich passte einen Formbrief an, indem ich Wörter und Sätze aus einem Menü auswählte und mit den Augen Wörter tippte, wenn nötig.

Meine eigene Brille hatte die Kontaktinformationen der Leute, mit denen ich regelmäßig in Verbindung stand, gespeichert. Die Liste war kurz, denn nur der selige Bryce Klyber und Ray Freeman standen darauf. Die Brille des Jungen hatte eine andere Liste. Mit optischen Befehlen tippte ich Freemans Adresse auf einer virtuellen Tastatur ein, die immer am Rand des Sichtfelds vorhanden war, wenn man Briefe schrieb.

Freeman und ich hatten gegenseitige Notfallcodes vereinbart, damit wir immer in der Lage waren, uns in Situationen wie diesen ausfindig zu machen. Es gab vielleicht mehrere Ray Freemans in der Galaxis, aber er war der Einzige, der Nachrichten mit diesem Code empfing.

Mit optischen Befehlen zu tippen war ein langwieriger Prozess. Als ich von der Tastatur zu kontextsensitivem Text umschalten konnte, war ich erleichtert. Ich wählte einen Brief mit Dringlichkeit. Der vorgegebene Brief, der auftauchte, war eine Bitte um finanzielle Unterstützung. Doch da alle Wörter interaktiv waren, konnte ich die Worte am Anfang des Briefs verändern und der Rest des Dokuments verfasste sich selbst.

*Ray,*
*ich halte mich auf einem GZF-Schiff versteckt. Ich glaube, Warren Atkins und Amos Crowley sind auf diesem Schiff. Setz dich mit Huang in Verbindung und sag ihm, dass ich den Aufenthaltsort des*

*Schiffs, sobald ich ihn kenne, an ihn weiterleiten werde. Ich rufe an, wenn es gefahrlos möglich ist.*

*Harris*

Ich schickte den Brief ab. Als ich die Brille absetzte, sah ich, dass eine neue Gruppe Leute den Fitnessraum betreten hatte. Vier Männer standen beim Gewichtheben und hänselten sich gegenseitig, während sie Hebel umlegten und an Handgriffen zogen. Ihre Gewichte klapperten laut, wenn sie sie ablegten. Ich kletterte vom Fahrrad.

»He Kumpel, würdest du mir 'n Handtuch 'rüberwerfen?«, rief einer der Männer.

»Klar«, sagte ich. Ich hob eins der Handtücher auf, die zu dem Fitnessraum gehörten, und warf es ihm hinüber. Er fing es auf und drehte sich wieder zu seinen Gewichten um, ohne mir zu danken.

Ich ging zurück in die Umkleidekabine und zog mich aus, um zu duschen. Das Ziel war jetzt, unauffällig zu bleiben, Zeit totzuschlagen und auf die richtige Kleidung zu warten. Ich brauchte etwas, das ich auf den oberen Decks tragen konnte, ohne Aufmerksamkeit zu erregen. Also ging ich in den Duschraum, seifte mich ein und duschte. Jedes Mal, wenn ich hörte, wie jemand den Umkleideraum betrat oder verließ, spähte ich hinaus. Mehr als eine Stunde verging, bevor der Mann, auf den ich wartete, hereinkam. Ich schätzte mich glücklich, dass es nicht noch länger gedauert hatte.

Ich hörte, wie die Tür sich schloss, und spülte mich ab. Als ich aus der Dusche spähte, sah ich, wie ein Besatzungsmitglied herumlief, achtlos weggeworfene, nasse Handtücher aufhob und sie in einen Wäschekarren warf.

Ich trocknete mich so schnell wie möglich ab und lauschte,

während der Mann die Wäschekörbe voller schmutziger Fitnessraumwäsche in seinen Karren leerte. Als er ging, zog ich mir frische Shorts und ein T-Shirt an.

Ich trat hinaus in den Flur und sah, wie er sich langsam wegbewegte. Er war über seinen Wäschekarren gebeugt und seine Blicke folgten jedem, der an ihm vorbeiging. Er bog in einen Flur ab und dann noch einen, bevor er sein Ziel erreichte.

Großraumschiffe hatten mehr als eine Wäscherei. Möglicherweise gab es sogar besondere Einrichtungen für die oberen Decks, nur für die Offiziersuniformen. Doch diese Wäscherei würde genügen.

Ich näherte mich und die Tür glitt auf.

»Was wollen Sie?«, fragte mich der Mitarbeiter.

»Meine Kleidung«, sagte ich und ahmte einen verärgerten Offizier nach. »Sie haben meine Uniform in einem Ihrer Wäschekarren mitgenommen.«

»Tut mir leid«, sagte der Mann mit gleichgültiger Stimme. Er wandte sich wieder dem Aussortieren schmutziger Kleidung zu und beachtete mich nicht weiter. Das grenzte an Befehlsverweigerung. Ich war ein Offizier. Er war ein Wehrpflichtiger. Na schön, ich war ein Spion, der vorgab, ein Offizier zu sein, aber das wusste er nicht.

Ich hatte die Wahl zwischen mindestens dreißig Karren. In dem dritten Karren fand ich eine normale Dienstuniform eines Offiziers.

# 30

Ich ging in den Raum, der auf jedem Schlachtschiff der leerste ist – die Kapelle. Dort konnte ich ungestört reden.

»Wer ist Derrick Hines?« Freemans Gesicht tauchte in meiner MediaLink-Brille auf.

»Nie von ihm gehört«, sagte ich.

»Du verwendest seine Link-Adresse«, sagte Freeman.

»Oh, der«, sagte ich. »Er war Besatzungsmitglied auf einem GZF-Schiff.«

»Konföderierte oder Mogats?«, fragte Freeman. Ihn interessierte Hines' Schicksal nicht.

Freeman saß an einem Kommunikationspult. Ich konnte sein Gesicht sehen. Sein Ausdruck war so teilnahmslos wie immer. Man hätte denken können, dass ich aus einer Bar im Raumhafen Mars anrief.

»Keine Ahnung«, sagte ich. »Ich glaube, es ist ihr Flaggschiff.«

»Wie bist du dort hingekommen?«, fragte Freeman.

»Ich bin Colonel Wingate gefolgt, dem Kommandanten von Fort Clinton.«

»Das war doch der Armystützpunkt, der auf New Columbia zerstört wurde«, sagte Freeman. »Was macht der denn auf einem GZF-Schiff?«

»Er hat die Seiten gewechselt«, sagte ich. »Wie sich herausstellte, hat er Fort Clinton als Absatzmarkt für Überschuss benutzt und die Mogats waren seine Lieblingskunden. Meinst du, er ist viel wert?«

Wenn ich so darüber nachdachte, hatte ich eine Menge Gründe, Batt Wingate zu hassen. Er hätte mich, solange ich noch im Militär war, ohne mit der Wimper zu zucken ans Messer geliefert. Er hatte mit Sicherheit genug andere Klone ans Messer geliefert. Er musste William Patel geholfen haben, die Bomben nach Safe Harbor zu schmuggeln. Hatte er gewusst, dass ich dort sein würde, oder war er nur hinter Jimmy Callahan her gewesen? Ich hätte den Mann nur zu gerne selbst getötet, wenn ich die Chance dazu bekam.

»Er ist etwas wert«, sagte Freeman. »Die Mogats haben die Navy bei New Columbia vernichtend geschlagen. Sie haben dreiundzwanzig VO-Schiffe abgeschossen und alle drei Militärstützpunkte zerstört. Die Experten sagen, dass Washington sich die Haare rauft. Weißt du, wo die Flotte ist?«

»Nein«, sagte ich.

Freeman wartete darauf, dass ich noch mehr sagte.

»Ray, das ist zu groß für uns. Wir werden Huang mit dazunehmen müssen. Halte diesen Kanal offen. Ich weiß nicht, wie ich das bewerkstelligen soll, aber ich werde dir eine Position zukommen lassen. Sobald ich etwas habe, müssen wir es an Huang übergeben.«

Er stimmte zu.

»Wo bist du jetzt?«, fragte ich ihn.

»Ich war unterwegs zum Kleinen Mann.«

»Ist mit deiner Familie alles in Ordnung?«

»Ein Träger hat sie letzte Nacht aufgescheucht. Ich glaube, das hat ihnen Angst gemacht. Sie sind Kolonisten. Die Navy in ihrer Nähe zu wissen, macht sie nervös.«

»Ist etwas passiert?«, fragte ich.

»Der Captain hat ihnen einen Monat gegeben, um den Planeten zu verlassen. Also werden sie immer noch dort sein, wenn all das hier vorüber ist.« Aus irgendeinem Grund hatte ich das Gefühl, dass er nicht besonders darauf erpicht war, den Kleinen Mann zu besuchen. Bis vor Kurzem hatte er seine Familie noch nie erwähnt. Wenn er jetzt von ihr sprach, sprühte er nicht gerade vor Wärme.

Wir verabredeten, uns in Safe Harbor zu treffen, sobald ich von diesem Schiff hinunterkam. Freeman würde nachsehen, was aus Callahan und dem Kommandanten von Fort Washington geworden war. Auf die eine oder andere Weise würde ich Batt Wingate schon hinbringen und dann brauchten wir Zeugen, um zu beweisen, dass er unser Judas war.

Meine neue Uniform machte mich zum Lieutenant der Konföderierten Navy. Jetzt, da ich Offizier war, konnte ich mich auf dem Schiff freier bewegen. Ich lief durch die Flure und suchte nach Hinweisen.

Das Erste, was mir auffiel, war die gähnende Leere dieses Schiffs. Schiffe der VO waren vollgestopft mit Personal. Maschinisten, Waffenoffiziere, Köche, Kommunikationsoffiziere … ganz gleich wo man hinsah, man sah Seeleute. Kommandoschiffe schienen zweifach überfüllt zu sein, denn zusätzlich zu der Mannschaft gab es noch Flottenoffiziere und Verwaltungshengste.

Dieses Schiff verfügte nur über eine Minimalbesetzung, vielleicht eine halbe Mannschaft. Ich lief durch die Hauptadern zwischen dem Maschinenraum und den Waffensystemen und traf nur selten einen Seemann.

Das Schiff selbst war blitzblank, hell erleuchtet und bemerkenswert unorganisiert. Die Kabel, die ich schon unten in der Landebucht bemerkt hatte, zogen sich auch in den Fluren der oberen Decks an den Wänden entlang. Sie waren ungefähr acht Zentimeter dick und sehr gut isoliert. Das führte mich zu der Annahme, dass sie Starkstrom mit hoher Voltzahl führten. Die Decken in diesem Teil des Schiffs waren nur zweieinhalb Meter hoch und die Kabel hingen etwa dreißig Zentimeter darunter. Irgendwann, als ich glaubte, in einem langen Korridor allein zu sein, blieb ich stehen, um sie zu untersuchen. Die äußere Hülle dieser Kabel war schwarz mit braunen Streifen.

»Gibt es ein Problem mit den Kabeln, Sir?«, fragte jemand hinter mir.

Ich wirbelte herum und erwartete, einen MP zu sehen. Es war nur ein Petty Officer, ein Wartungstechniker. Ich erkannte das Logo mit den gekreuzten Hämmern auf seinem Hemd. Dasselbe Logo verwendete auch die Navy der VO. Dieser Mann hatte mich nicht im Verdacht, ein Spion zu sein. Er machte sich Sorgen, dass ich einen Fehler bei der Kabelverlegung gefunden hatte.

»Sieht gut aus«, sagte ich.

Er salutierte, aber ein fragender, vielleicht sogar leicht nervöser Ausdruck breitete sich auf seinem Gesicht aus. »Sir«, sagte er und sah so aus, als sei er nicht sicher, was er tun sollte. Ich glaubte, ich wüsste, was er sagen wollte, und war darauf vorbereitet.

»Ja?«

Jetzt senkte er seine Stimme, beugte sich nach vorn und sagte: »Sie haben Ihre Balken vergessen.«

Bei diesen Worten nahm er die rechte Seite seines Kragens zwischen Daumen und Zeigefinger und zupfte daran.

Das hatte ich nicht erwartet. Ich gab vor, verwirrt zu sein, sah auf meinen Kragen, an dem keine Balken waren, und tat so, als sei ich überrascht und verlegen. »Danke. Ich kann nicht fassen, dass ich das übersehen habe«, sagte ich mit einem Ausdruck, der hoffentlich nach einem nervösen Grinsen aussah. Der Petty Officer salutierte und ging.

Natürlich waren keine Balken an meinem Kragen befestigt, ich hatte dieses Hemd aus der Wäscherei gefischt. Kein Offizier, der etwas auf sich hielt, würde seine Balken oder Sterne an seinem Kragen belassen, wenn er sein Hemd in die Reinigung gab.

Als Erstes entdeckte ich, dass dieses Schiff ein Schlachtschiff war. Ich fand das heraus, als ich auf dem obersten Deck an einer Hinweistafel vorbeikam. Sie zeigte die sieben Decks des Schiffs und eine Außenansicht. Ein Schiff dieser Größe hätte eine Mannschaft aus 2500 Männern haben müssen. Nachdem ich gerade auf jedem Deck entlanggelaufen war, schätzte ich die Besatzung auf nicht mehr als 800. Vielleicht ein Zehntel dieser Besatzung bestand aus Japanern. Die Ingenieure waren fast alle Japaner.

Die japanischen Offiziere versuchten gar nicht erst, sich unter die anderen Seeleute, die ich sah, zu mischen. Die meisten Männer auf diesem Kampfschiff trugen hellbraune Uniformen; die japanischen waren dunkelblau. Trotzdem sprachen die japanischen Offiziere Englisch, sowohl mit anderen Offizieren als auch untereinander.

Je näher ich dem Kommandodeck kam, desto mehr sah das Schiff japanisch aus. Nicht weit von der Hinweistafel entfernt auf dem Kommandodeck war ein Durchgang, der aus zwei Pfosten bestand, auf denen zwei Querbalken lagen. Darunter befand sich eine Art Schrein oder Schaukasten, in dem drei lange Schwerter auf einem dreilagigen Sockel drapiert lagen. Da keiner der Offiziere, der dort vorbeiging, stehen blieb, um sich zu verbeugen oder zu beten, schloss ich, dass dieser Schaukasten wohl eher mit Kulturerbe als mit Religion zu tun hatte.

Ich ging weiter in Richtung Brücke und durchquerte dabei das Offiziersland und das Labyrinth aus Arbeitsnischen und Büros, das auf dem Oberdeck fast aller Navy-Schiffe zu finden ist. Ich legte einen geschäftigen Gang an den Tag, als wolle ich zu einer wichtigen Besprechung. Auf einem Navy-Schiff der VO hätte jemand die fehlenden Balken bemerkt. Man hätte mich angehalten und befragt. Auf diesem Schiff bemerkten nur wenige Leute, wie ich gekleidet war.

Ich ging um eine Ecke und sah den Eingang zur Brücke. Ich atmete tief durch, um mich zu wappnen, und ging zur Tür. Die Brücke war geräumig und dunkel. Gruppen von Seeleuten waren um die verschiedenen Konsolen und Arbeitsstationen versammelt.

Alle im Raum waren Japaner. In dem gedämpften Licht waren ihre königsblauen Uniformen schwarz wie die Nacht, trotz der leuchtenden Arbeitsstationen. Ich sah mich um und schätzte, dass sich mindestens fünfzig Offiziere an den verschiedenen Stationen befanden.

Im Zentrum der Brücke stand ein großer, viereckiger Tisch, den der Captain und seine hochrangigen Offiziere benutzten, um Kurse festzulegen und Kampfstrategien zu erstellen.

Ich konnte nichts weiter tun. Ich ging auf die Brücke und durchquerte sie. Die Arbeitsstationen waren in konzentrischen Kreisen angeordnet. Ich ging schnell, ohne zu zögern, und erkannte jede einzelne Station. Die Computer im Waffenbereich, die zu diesem Zeitpunkt unbemannt waren, hatten große Anzeigen, auf denen ein Diagramm des Schlachtschiffs zu sehen war, dessen Waffen- und Kanonenbänke aufleuchteten. Die Computer der Ingenieurstation zeigten detaillierte Karten von jedem Deck. Ich hätte mich nur zu gern an einen dieser Computer gesetzt, um seine Geheimnisse zu entschlüsseln, aber drei Männer saßen bereits an der Station. Das weiße Schimmern der Anzeigen flackerte auf ihren Gesichtern.

Drei Männer saßen auch vor einem länglichen Bildschirm an der Navigationsstation. Oben auf der Anzeige war eine Karte der Galaxis zu sehen, doch der größte Teil des Bildschirms war mit dem aktuellen Sternensystem ausgefüllt. Ich erkannte das System nicht. Als Letztes kam ich auf meiner Runde um den äußeren Bereich der Brücke an der Kommunikationsstation vorbei. Stimmen waren aus einer Station zu hören, auf der die Flottenkommunikation überwacht wurde. Jetzt, nach dem Kampf, wurden die Funksprüche zwischen den Schiffen nicht überwacht.

> *Gefechtsverband sechs Alfa, hier ist Schlachtschiff sieben Alfa, bitte kommen.*
> *Wir hören, Schlachtschiff sieben Alfa. Hier ist das Gefechtsverband-sechs-Alfa-Oberkommando.*
> *Wir scheren aus der Formation aus. Haben Sie verstanden?*
> *Was haben Sie für ein Problem, sieben Alfa?*

Diese Station war noch unordentlicher als die schlimmste Arbeitsstation im Flugtower von Golan. Ein Stapel Datenpads war umgefallen und hatte sich auf dem Tisch verteilt. Bleistifte, Kugelschreiber, Papiere, Kaffeetassen und anderer Krimskrams lagen um die Pads herum. Am Rand dieses Schreibtischs balancierten vier Kaffeetassen und ein ziegelsteingroßes Kistchen mit Audiochips. Mitten in diesem Chaos stand ein großer, mit Zigarettenasche und -stummeln überfüllter Aschenbecher. Die Schubladen auf der linken Seite der Station waren zum Teil geöffnet. Noch mehr Müll quoll aus ihnen hervor.

Ich ging, ohne langsamer zu werden, an der Station vorbei, vollendete meine Runde auf der Brücke und verließ sie. Nicht weit von der Brücke entfernt entdeckte ich eine Toilette. Einige Männer standen an den Urinalen, also ging ich in eine der Kabinen und wartete, bis die Männer hinausgegangen waren. Dann rief ich Freeman an.

»Also schön«, sagte ich flüsternd, »das hier ist ein Schlachtschiff. Ich habe keine Ahnung, wo wir sind. Ich werde diese Verbindung offen halten. Sag Huang, er soll seine Geheimdienstabteilung mithören lassen.«

Freeman nickte. Er machte sich nicht die Mühe, mir zu sagen, ich solle vorsichtig sein oder auf mich aufpassen. Das war nicht seine Art. Er starrte die Konsole genauso intensiv und humorlos an wie sonst. Seine Augen erinnerten mich an ein doppelläufiges Gewehr, wie sie mich so aus dem mahagonifarbenen Schädel anstarrten. Er war der gefährlichste Mann der Galaxis und ich hatte absolut keine Zweifel, dass ich mich auf ihn verlassen konnte. Seine gesamte Erscheinung strahlte unbestreitbare Kompetenz aus.

Ich setzte die Brille ab, ging aus der Toilettenkabine und kehrte auf die Brücke zurück. Noch einmal spazierte ich darüber und wurde bei den verschiedenen Arbeitsstationen langsamer, um im Vorbeilaufen einen Blick darauf zu erhaschen. Ich wünschte, ich hätte die strategischen Karten untersuchen können. Huang hätte eine Milliarde Dollar für die darauf enthaltenen Geheimnisse gezahlt. Doch ich hatte etwas noch Wertvolleres … die Flotte selbst.

Wie schon zuvor beachtete mich niemand. Ich näherte mich der Kommunikationsstation und sah über meine

Schulter, ob mich auch niemand beobachtete. Ich blieb nicht stehen, wurde aber langsamer, um noch ein wenig mehr Unordnung auf der bereits zugemüllten Arbeitsstation zu hinterlassen. Kurz darauf verließ ich das Kommandodeck und kehrte niemals zurück.

# 31

Ich war allein auf dem Kommandoschiff der feindlichen Flotte, und ich hatte keine Ahnung, wo die Flotte sich befand. Flucht kam nicht infrage. Wir mussten Lichtjahre von der nächsten Übertragungsstation entfernt sein. Jetzt hatte ich auch keine Möglichkeit mehr, mit Freeman oder Huang oder sonst jemandem, der mir hätte helfen können, zu kommunizieren. Ich hätte mir natürlich noch eine Brille stehlen können, aber ich wusste nicht, wie lange ich auf diesem Kahn bleiben würde, und ich konnte kein weiteres Risiko eingehen.

Ich beschloss, dass ich am besten zur Landebucht zurückkehrte. Dort war es relativ leer. Ich würde mich auf dem nächsten hereinkommenden Transporter verstecken. Früher oder später würde diese Flotte ein weiteres Ziel angreifen. Wenn es mir gelang, mich in die richtige Kommandogruppe zu schmuggeln, hatte ich vielleicht einen Weg hier raus.

Ich kehrte zum Fitnessraum zurück. Der Ort war so tot wie zuvor. Einige Wehrpflichtige standen in der Umkleidekabine und unterhielten sich, während sie ihre Uniformen anzogen. Keiner der Männer beachtete mich, als ich mir Shorts und ein T-Shirt holte und begann, mich auszuziehen. Kurz darauf gingen sie hinaus und ich begab mich zu den Spinden.

Der Overall hing noch immer in dem Spind, in dem ich ihn zurückgelassen hatte. Es hätten Wochen vergehen können, bevor ihn jemand in einem entlegenen Fitnessraum wie diesem entdeckt hätte. Ich zog ihn heraus, stieg in die Hosenbeine und schloss ihre Reißverschlüsse. Ich machte mir nicht die Mühe, Socken anzuziehen, bevor ich in meine widerlich stinkenden Stiefel fuhr. Wenn das Schlimmste, was ich aus dieser Begegnung mit der GZ-Flotte mitbrachte, Fußpilz war, dann schätzte ich mich glücklich.

Mit dem Gestank der Kleider in der Nase ging ich hinunter zur Landebucht. Sie rochen furchtbar und die Kleidung fühlte sich feucht auf meiner Haut an. Ich hatte keine Ahnung, wie lange ich darin feststecken würde. Wieso hatte ich den Gestank nicht schon vorher bemerkt?

Und da war noch etwas … Ich merkte, dass ich Hunger hatte. Als Letztes hatte ich ein Sandwich in dem Marinestützpunkt auf New Columbia gegessen. Es erschien mir eine Ewigkeit her, bis ich nachrechnete. Nur ein paar Stunden waren vergangen.

Ich nahm einen Aufzug zu dem darunterliegenden Deck. Auf meinem Weg den Flur entlang ging ich an einem Elektriker vorbei, der an einer Schalttafel arbeitete. Er hatte die Deckplatte abgenommen und überprüfte die Schaltkreise mit einem Werkzeug, das wie ein Stift aussah. Als ich vorüberging, hielt er inne und sah zu mir herüber. Unsere Blicke trafen sich für einen kurzen Moment. Ich nickte und ging weiter. Der Mann erwiderte meinen Gruß nicht, aber er beobachtete mich weiterhin. Vielleicht war ich paranoid. Ich sah zurück, während ich weiter den Flur entlangschlenderte. Der Elektriker war immer noch an derselben Stelle, stand auf einer kleinen Stufenleiter und untersuchte die offene Schalttafel.

Auf dem Weg durch die nächsten beiden Decks begegnete ich fast niemandem. Vielleicht war eine Schicht zu Ende gegangen und eine kleinere Mannschaft war zu der neuen Schicht angetreten. Vielleicht war es Zeit fürs Mittagessen und die meisten Seeleute aßen.

Der letzte Flur vor der Landebucht war vollkommen leer. Meine Schritte hallten unbestimmt von den Wänden wider, während ich den hell erleuchteten Gang entlangging. Alles ging so glatt, dass ich keinen Zweifel daran hegte, dieses Schiff bald zu verlassen.

Ich sah erst wieder Menschen, als ich mich der Landebucht näherte. Zwei Männer gingen schweigend durch einen quer verlaufenden Korridor. Sie trugen die Khakiuniformen normaler Offiziere und nicht die blauen Uniformen der Japaner. Schweigend bogen sie ab und gingen hinter mir her in Richtung der Bucht. Ich erwartete, dass sie durch irgendeine Tür gehen würden, aber das taten sie nicht. Sie gingen in derselben Geschwindigkeit wie ich immer geradeaus.

Ich überlegte, durch die nächste Tür zu gehen, an der ich vorbeikam, aber es gab keine Türen mehr außer denen, die in die Landebucht führten. Ich tat so, als bemerke ich die Männer nicht, sah mich nicht um und wurde auch nicht langsamer.

Da ich keine andere Wahl hatte, betrat ich den Landebereich. Ein einsamer Transporter stand mitten im Hangar. Die Luke stand offen. Eine kleine Gruppe stand an der Rampe, die in den Kessel führte. Ich zählte drei Sanitäter und sechs MPs. In ihrer Mitte lag auf der Metallrampe wie eine Leiche auf dem Seziertisch Derrick Hines in seiner Unterwäsche.

Die Mündung einer Waffe wurde mir in den Rücken gedrückt und eine Stimme sagte: »Wie gefällt euch das, Jungs, wir haben unseren ersten Gefangenen.«

Wenn es etwas bei der Navy gab, das im Laufe der Zeit sein Aussehen nicht verändert hatte, dann waren es die Arrestzellen. Ich war früher für die Sicherheit auf der *Doctrinaire* zuständig gewesen, dem fortschrittlichsten Schiff, das je gebaut wurde. Ich kannte jede Zelle des Schiffsgefängnisses und sie unterschieden sich nicht von denen auf diesem uralten Schiff … Sie sahen genau wie die aus, in der ich jetzt gefangen saß. Sie hatten dieselben Gitter und dieselben weichen Matten auf den Pritschen. Ich hatte nicht die Möglichkeit, die Zellengröße zu messen, aber ich war sicher, dass sie exakt zweieinhalb mal dreieinhalb Meter betrug. Ich wusste das, weil die Zellen auf der *Doctrinaire* diese Größe hatten.

Ich lag auf meiner Pritsche und starrte hinauf an die schwarzgraue Decke. Hin und wieder betrachtete ich die schwarzgrauen Wände, um etwas Abwechslung zu haben. Es gab nichts Einfacheres, als diese Zellen sauber zu halten: Man zerrte einfach die Matratze heraus und spritzte alles mit einem Dampfstrahler ab. Der Boden war abschüssig und führte zu einem Abfluss hin.

Zum Glück hatten sie mich bis auf die Unterhose entkleidet, bevor sie mich in diese Zelle geworfen hatten. Der Overall hatte gestunken. Ich hatte das Gefühl, der selige Derrick Hines hatte ihn seit Wochen nicht gewaschen. Ich fror zwar etwas in der Zelle, aber ich konnte wenigstens atmen.

Wäre es in der Zelle etwas dunkler gewesen, hätte ich vielleicht sogar schlafen können. Die Lichter im Flur waren aber zu hell.

Ich glaube, ich weiß, warum Befreier süchtig nach Gewalt geworden waren – wir wurden trübsinnig, wenn wir nur herumlagen. Ich dachte über das Tagebuch aus Saint Germaine nach, in dem dieser Priester und Tabor Shannon darüber diskutierten, ob Befreier Seelen hatten oder nicht. Ich fand beide Argumentationen ansprechend und entschied, dass wir wahrscheinlich wertlose Seelen hatten. Meine Gedanken wanderten zu Freeman. War er schon in Safe Harbor angekommen? Ich machte mir Sorgen über seine Familie auf dem Kleinen Mann. Was würde die Navy unternehmen?

Wenn ich hätte raten müssen, wie lange ich bereits in dieser Zelle saß, hätte ich drei Stunden gesagt. Es konnte auch länger sein. Vielleicht aber auch kürzer. Ohne Sonnenaufgang und ohne Ereignisse, an denen man die Zeit messen konnte, war meine innere Uhr vollkommen nutzlos.

Schritte hallten durch den Flur, als Männer zu meiner Zelle kamen und hereinsahen. Meine Gefängniswärter betrachteten mich zwischen den Gittern hindurch. Beide Männer trugen Khakiuniformen. Der eine war groß mit blonden Haaren, der andere hatte dunkle, braune Locken.

»Hallo, Harris«, sagte der blonde Mann.

Ich warf einen Blick in ihre Richtung, blieb aber flach auf dem Rücken auf meiner Pritsche liegen. Ich wollte sie auf die Probe stellen. Ich war ihr erster Gefangener. Würden sie wissen, wie sie mich zu behandeln hatten und wie sie mich kontrollieren konnten, oder würden sie Fehler machen? Wenn sie naiv genug waren, könnte ich sogar die Kontrolle übernehmen, obwohl ich derjenige hinter Gittern war.

»Bequem, Harris?«, fragte der blonde Mann.

»Ich hoffe, Sie hatten nicht zu viel Mühe, an meinen Namen zu kommen«, sagte ich. »Ich hätte ihn Ihnen genannt, wenn Sie mich gefragt hätten.«

»Wirklich? Ich dachte immer, Befreierklone seien so zäh«, sagte der blonde Mann. »Sie wissen, dass Sie ein Klon sind, oder? Ich meine, ich fände es schlimm, wenn Sie einen dieser

Todesreflexe hätten und auf der Stelle tot umfallen würden.«

»Machen Sie sich darüber keine Sorgen«, sagte ich.

»Also sind Sie ein Befreier. Ich dachte immer, Ihresgleichen wären größer. Ich meine, seid ihr Kerle nicht die Planetenauslöscher?«

Ich sah den Mann an. »Sie müssen ein Mogat sein«, sagte ich mit so viel Verachtung in der Stimme, wie ich aufbringen konnte.

»Die Bezeichnung lautet Morgan-Atkins-Anhänger. Ich schlage vor, Sie behalten das, Harris, oder Ihr Aufenthalt hier könnte richtig unangenehm werden.« Seine gute Laune wich nicht aus seinem Gesicht, aber seine Stimme wurde ernst.

Jetzt, da ich genauer hinsah, bemerkte ich, dass man diesen Mann nicht auf die leichte Schulter nehmen durfte. Er war breit und kräftig gebaut. Sein bulliger Hals war fast so breit wie sein Kiefer. Daher sah er so aus, als hätte er einen spitz zulaufenden Kopf. Die Muskeln seiner Schultern traten hervor, aber er hatte nicht das schöne Aussehen eines Bodybuilders. Dieser Mann hatte Polster um seinen Bauch herum.

»Haben Sie sonst noch was erfahren?«, fragte ich.

Der zweite Mann vor meiner Zelle war klein und feist mit braunen Haaren. Er trat mit einem Datenpad vor und antwortete. »Harris, Wayson. Colonel der Marines der Vereinigten Obrigkeit. Aufgewachsen im VO-Waisenhaus Nr. 553. Herstellungsjahr: 2490. Klonklasse: Befreier.

Wie kommt ein Klon, noch dazu ein Befreierklon, in den Rang eines Colonels?«, fragte der dunkelhaarige Mann.

»Sie wollen wissen, wie ich Colonel geworden bin?«

»Ich will wissen, warum Sie überhaupt existieren«, sagte der Mann. »Und wie sind Sie auf dieses Schiff gekommen?«

»Wollen Sie die ganze Geschichte oder die Kurzversion?« Mit diesen Worten setzte ich mich auf.

»Bleiben wir vorläufig bei der Kurzversion«, sagte der Mann mit dem Datenpad.

»Ich bin mit Ihrem Transporter mitgeflogen, als er New Columbia verließ.«

Der blonde Mann, der offenbar für meine Gefangennahme verantwortlich war, lächelte und nickte nachdrücklich. »Wissen Sie was, Harris? Ich glaube Ihnen. Immerhin ein ehrlicher Klon.«

»Darf ich auch was fragen?«

»Bitte«, sagte der Mann mit dem Datenpad. Der Mann, dem ich meine Gefangennahme verdankte, sah ihn finster an.

»Gehört dieses Schiff zur Hinode-Flotte oder zur Navy der Konföderierten oder ist es Teil der Galaktischen Zentralflotte?«

»Geht Sie nichts an«, sagte der Mann mit den blonden Haaren.

»Navy der Konföderierten«, sagte der Dunkelhaarige. Der größere Mann warf ihm einen erbosten Blick zu.

»Kommt wahrscheinlich darauf an, wen Sie fragen.« Der blonde Mann starrte ihn weiter wütend an.

»Und was ist die Hinode-Flotte?«

»Ein anderer Name für dieselben Schiffe«, sagte der kleinere Mann.

»Haben Sie mehr als eine Flotte?«, fragte ich.

»Nein«, gab der Mann zu.

»Halt die Klappe!«, versetzte der Blonde.

»Er ist im Gefängnis, Sam, und er ist in Unterhosen. Wem soll er schon was erzählen?« Dann dachte der Mann noch einmal darüber nach und fuhr fort: »Wir stellen ab jetzt die Fragen, Harris. Wir haben noch nicht beschlossen, was wir mit Ihnen machen werden. Ich schlage vor, Sie benehmen sich anständig. Eine Hinrichtung ist nicht ausgeschlossen.«

Sie ließen mich in meiner Zelle zurück. Ich hatte nichts zu tun und keine Möglichkeit, herauszufinden, wie viel Zeit vergangen war. In Unterwäsche lag ich auf meiner Pritsche, starrte die Decke an und versuchte, die kleinen Informationsschnipsel, die ich gesammelt hatte, zusammenzufügen. Anscheinend hatten die Separatisten einen echten Machtkampf zu bewältigen. Sie hatten zwar eine Allianz, aber jede der drei Seiten beanspruchte die Navy für sich.

Wieso trugen die japanischen Offiziere andere Uniformen als die übrigen Männer? Betrachteten die Mogats sich als Teil der Konföderierten Arme? Taten es die Japaner? Meine Gedanken schweiften ab und ich schlief ein.

# 32

»Ich wusste doch, dass Sie das sind, als ich hörte, wir hätten einen Gefangenen.« Der grinsende Tom Halverson stand vor meiner Zelle und sah in seiner weißen Uniform mit den drei goldenen Streifen eines Admirals auf den Schulterklappen todschick aus. Er hatte seinem allmählich grau werdenden Haar einen Bürstenhaarschnitt verpasst und sah genauso aus wie damals, als ich ihn das erste Mal auf der Brücke der *Doctrinaire* gesehen hatte. »Hallo, Harris.«

»Scheren Sie sich zum Teufel«, sagte ich.

»Achten Sie auf Ihre Worte, Klon«, warnte mich Sam, mein blondhaariger Gefängniswärter. Jedes Mal, wenn mich jemand besuchte, begleitete Sam ihn.

»Das ist schon in Ordnung, Sergeant. Colonel Harris und ich sind alte Bekannte«, sagte Halverson. »Sind Sie deshalb hier, Harris? Meinetwegen?«

Ich antwortete nicht.

»Kein Kommentar, Harris? Das klingt nicht gut.«

»Der Admiral hat Ihnen eine Frage gestellt«, sagte Sam so drohend, wie er nur konnte.

»Lassen Sie es gut sein, Sergeant«, sagte Halverson.

»Wissen Sie, Harris, Sie sind schon ein Phänomen. Die

anderen sind nicht mal in der Lage, unsere Schiffe zu orten, und Sie tauchen direkt auf einem auf. Wie gut, dass die Vereinigte Obrigkeit nicht noch hundert mehr von Ihrer Sorte hat. Wenn sie den Krieg gewinnen will, kann sie ja noch mehr von Ihnen herstellen. Andererseits habe ich das Gefühl, dass Sie nur ein wenig Rache üben wollen.«

»Wieso haben Sie ihn getötet?«, fragte ich und stützte mich auf, damit ich Halverson ansehen konnte. »Sie und Klyber waren Freunde.«

»Ich dachte, das wäre offensichtlich, Harris. Er ist in der Vereinigten Obrigkeit. Ich bin zu den Konföderierten Armen übergelaufen. Wir waren auf verschiedenen Seiten.«

»Fick dich«, sagte ich und ließ mich auf den Rücken fallen.

»Ich habe Ihnen ein Geschenk mitgebracht, Harris.«

Ich reagierte nicht.

»Sie können sie gerne kaputtmachen, wenn Sie wollen, aber ich habe mir viel Mühe gegeben, um sie für Sie zu bekommen. Also erwarten Sie dann keinen Ersatz von mir.« Er warf mir eine MediaLink-Brille durch die Gitter.

»Bryce sagte, Sie halten sich gern über aktuelle Vorgänge auf dem Laufenden. In den nächsten Wochen sollte es ein paar tolle Nachrichten geben, denen Sie folgen können. Und machen Sie sich nicht die Mühe, damit Botschaften zu versenden. Ich habe dafür gesorgt, dass die Sendefunktion unbrauchbar ist.« Mit diesen Worten drehte Halverson sich um und ging.

»Sie waren saublöd«, brüllte ich, als er die Ausgangstür erreichte. »Admiral Klyber zu töten war ein riesiger Fehler.«

Halverson zögerte. »Wieso das, Colonel?«, fragte er.

»Huang hatte ohnehin geplant, ihn zu ersetzen durch …«

»Zweifellos Robert Thurston«, sagte Halverson. Er betrachtete mich eine Weile mit diesem unergründlichen Lächeln und ging dann.

Sam, der immer noch vor den Gittern meiner Zelle stand, starrte mich aus seinen eng stehenden, grünen Augen an, die sowohl wachsam als auch wütend waren. Manchmal sah er so aus, als könne er sich kaum beherrschen. »Wenn Sie die Linsen zerbrechen, gibt es sehr scharfe Splitter. Vielleicht können Sie uns die Mühe ersparen und sich selbst die Kehle damit aufschlitzen«, sagte er. »Das würde mir gefallen.« Dann gewährte er mir den Genuss seiner Rückenansicht und überließ es mir, die Brille aufzuheben.

Ich nahm sie und drehte sie in meinen Händen, um sie aus jedem Winkel zu betrachten. Es handelte sich um eine teure Brille, die viel modischer war als die Plastikbrille, die ich dem verstorbenen Derrick Hines abgenommen hatte. Diese Brille hatte eine Fassung aus goldenem Draht und – meine Güte – Echtglaslinsen, die sich dem Umgebungslicht automatisch anpassten.

Der Streifen mit den Mikrofonen unterhalb der Linsen war entfernt worden. Als ich die Brille aufsetzte und mich einklinkte, sah ich, dass man sich an ihr zu schaffen gemacht hatte, damit die Sendefunktion nicht länger verwendbar war. Der Browser funktionierte allerdings immer noch sehr gut.

Wir befanden uns irgendwo im Norma-Arm. Ich konnte nicht nur die von der Vereinigten Obrigkeit genehmigten Kanäle auswählen, sondern auch verbotene, lokale Sender, die von den VO-Medien herausgefiltert wurden. Kalender gab es überall im Link und ich wusste jetzt, dass wir den 26. März hatten. Elf Tage waren seit Bryce Klybers Tod vergangen. Sechsunddreißig Stunden war der Angriff auf New Columbia her. Hier sah ich mir die Videoaufzeichnungen darüber an. Ich bekam die Berichterstattung beider Seiten über den Kampf zu sehen.

Die Schlagzeile bei der VO war die Enthüllung der *Doctri-*

*naire*. Admiral Huang, der jetzt nach Klybers Tod offiziell der höchstrangige Mann in der Navy war, war die perfekte Besetzung für die Rolle des Fremdenführers. Er begann, indem er der Presse erzählte, wie der verstorbene Fleet Admiral Klyber das Projekt entworfen und die Konstruktion des Schiffs vorangetrieben hatte.

Huang begleitete eine große Gruppe Reporter auf einer Tour durch die *Doctrinaire*. Er entzückte sie mit seiner Begeisterung, während er sie durch die Geschütztürme führte und ihnen das Aussichtsdeck zeigte, von dem aus sie den Rest des Schiffs betrachten konnten.

Huang gab natürlich keine geheimen Einzelheiten wie die doppelten Übertragungsgeneratoren preis, aber er wies auf viele der offensichtlichen Neuerungen hin. Die Reporter konnten unmöglich die vier Startröhren übersehen, die sich über die gesamte Rumpflänge der *Doctrinaire* zogen, also sprach Huang ausführlich über die Jägergeschwader. Er wies darauf hin, dass die meisten Kampfschiffträger nur über eine Startröhre und eine Gesamtmenge von siebzig Tomcat-Jägern verfügten. Die *Doctrinaire* mit ihren vier Röhren hatte 280 Jäger an Bord. Die runden Schildantennen waren ebenfalls unmöglich zu übersehen, also erzählte Huang den Reportern von den abgerundeten Schilden und erklärte weitschweifig die Technologie, die das möglich machte.

Als Huang fertig war, gesellten sich die anderen Vereinten Stabschefs und einige Senatoren zu ihm. Hunderte von Reportern saßen auf Klappstühlen, so wie man früher auch der Enthüllung alter Kampfschiffe auf der Erde beigewohnt hatte. Sie hätten mehr Platz in einem der Besprechungssäle des Schiffs gehabt als auf dem Aussichtsdeck, aber Huang witterte eine großartige Gelegenheit für Fotos und mit dem richtigen Gespür für die Medien ergriff er diese beim Schopf.

Dies war eine Seite von Huang, die ich gar nicht kannte. Er stand hinter einem kleinen Stehtisch und sah in seiner weißen Uniform mit den vielen Orden prächtig aus. Er und Halverson hatten dieselbe Anzahl goldener Streifen auf ihren Schulterklappen – drei. Aber Huang bot eine viel stattlichere Erscheinung mit seinem angegrauten Haar und der athletischen Figur. Huang und Halverson waren etwa in demselben Alter, aber es stand Huang besser zu Gesicht. Huang sah wie ein Mann mittleren Alters aus; Halverson dagegen wie jemand, der stramm auf die sechzig zuging.

Mit einem freundlichen Lächeln stellte Huang sich für Fragen zur Verfügung und alle Hände schossen in die Höhe. Reporter buhlten um seine Aufmerksamkeit, bis er schließlich einen Mann auswählte, der ziemlich weit vorne im Publikum saß.

»Dies ist zweifelsohne ein erstaunliches Schiff. Aber es ist trotzdem nur ein einzelnes Schiff. Wie soll es sich gegen eine Streitmacht aus fünfundsechzig Schiffen behaupten, von der New Columbia überfallen wurde?«

»Ausgezeichnete Frage«, sagte Huang. »Wir haben eine Demonstration vorbereitet, um genau dieser Frage nachzugehen. Wenn Sie nach unserer Vorführung noch nicht zufrieden sind, können wir noch weiter darüber diskutieren.«

Wieder flogen die Hände aller Reporter hoch. Huang wählte eine Frau aus der ersten Reihe aus. »Kann ein Schiff dieser Größe sich zuverlässig selbst übertragen?«

»Ich glaube, Admiral Klyber hat lange Zeit mit dieser Frage gekämpft«, sagte Huang. »Die Maschinen auf diesem Schiff sind vollkommen verlässlich. Wir haben sie sorgfältig getestet …«

»Ist Admiral Klyber nicht durch die Fehlfunktion einer

Übertragung gestorben?«, verfolgte die Reporterin ihre Fragestellung weiter.

»Eine unglückliche Ironie, wenn Sie so wollen«, sagte Huang. »Die Übertragungsausrüstung auf diesem Schiff ist vollkommen stabil.«

Die Reporter meldeten sich erneut. Huang bestimmte seinen nächsten Inquisitor.

»Admiral Klyber wollte doch dieses Schiff befehligen, oder nicht? Wer wird jetzt an seine Stelle treten?«

»Admiral Klyber hatte niemals die Absicht, dieses Schiff zu befehligen. Er war Fleet Admiral, wie Sie wissen. Man teilt einen Fleet Admiral nicht einem einzelnen Schiff zu. Rear Admiral Robert Thurston wurde ausgewählt, um die *Doctrinaire* zu kommandieren, während Klyber die gesamte Flotte befehligte.«

»Rear Admiral Thurston?«, fragte der Reporter schnell, bevor Huang die nächste Frage annehmen konnte. »Der Kommandant der Scutum-Crux-Flotte?«

»Ja«, sagte Huang. »Wie Sie sich vielleicht erinnern, hat er unsere Streitkräfte bei Hubble und dem Kleinen Mann zum Sieg geführt.«

Thurston betrat das Podium in seiner weißen Uniform. Einige der weniger erfahrenen Reporter – diejenigen, die Thurston noch nie zuvor gesehen hatten – lachten oder schnappten angesichts seiner jugendlichen Erscheinung nach Luft. Klein und dürr mit roten Stoppelhaaren und dem Gesicht eines Jugendlichen sah Robert Thurston in seiner Uniform immer etwas deplatziert aus; insbesondere, wenn er neben einem altgedienten Offizier wie Huang stand. Die Senatoren hinter dem Podium hätten gut und gerne Thurstons Großeltern sein können.

Zehn Minuten lang wurden noch weitere Fragen gestellt.

Die Sitzung hätte noch Stunden gedauert, wenn Huang das zugelassen hätte, aber er hatte eine abschließende Demonstration versprochen.

»Meine Damen und Herren, ich schlage vor, Sie machen sich auf etwas gefasst. Wir sind kurz davor, ein Kriegsgebiet zu betreten«, sagte Huang.

Rauchfarbene Schilde erschienen an der Glasdecke und den gläsernen Wänden des Aussichtsdecks und machten diese undurchsichtig. Die Reporter unterhielten sich nervös untereinander, als sie die gedämpften Blitze überall um sich herum sahen. Es war eine Sache, in einem bequemen Zubringerschiff zu sitzen und das Übertragungsnetzwerk zu durchqueren. Das hier war die ungeschminkte Wirklichkeit. Sie saßen auf Klappstühlen auf dem Glasdeck eines gigantischen Kampfschiffs, während Elektrizität aus mehreren Millionen Volt auf dem Glas direkt über ihren Köpfen tanzte.

Als die Blitze aufhörten und die Schilde sich zurückzogen, befand die *Doctrinaire* sich in einem Kampfgebiet. Wenn man durch die Kuppel des Aussichtsdecks nach draußen sah, erblickte man Dutzende Schiffe, die um die *Doctrinaire* herumschwirrten.

»Meine Damen und Herren, willkommen im Cygnus-Arm. Falls es Ihrer Aufmerksamkeit entgangen ist, dies ist einer der Konföderierten Arme. Wir befinden uns vierzig Lichtjahre tief in feindlichem Gebiet.

Was Sie draußen fliegen sehen, sind fünfundzwanzig Schiffe aus der – wie wir sie nennen – Mottenkugelflotte. Es handelt sich um uralte Schiffe. Diese Schlachtschiffe wurden 2488 oder später gebaut. Sie sind voll funktionstüchtig und weltraumtauglich. Sie wurden für eine Gelegenheit wie diese aufgehoben.«

»Wer steuert sie?«, fragte ein Reporter.

»Keine Sorge«, sagte Huang, »sie sind nicht mit lebendigen Besatzungen bemannt.«

So, wie ich Huang und seine Geringschätzung für künstliches Leben kannte, hätte es mich nicht überrascht, wenn diese Schiffe ausschließlich mit Klonen bemannt gewesen wären. Doch auch die Kosten für das Aufwachsen von Klonen werden aus einem Budget gedeckt, also kontrollierte Huang diese Schiffe wahrscheinlich mit ferngesteuerten Computern.

Die alten Schlachtschiffe schwirrten vor und zurück und umeinander herum. Dabei umkreisten sie die *Doctrinaire* in etwa drei Kilometern Entfernung.

»Bevor wir den Kampf beginnen«, sagte Huang, »sollten Sie wissen, dass die Schiffe um uns herum scharfe Munition verwenden. Rear Admiral Thurston, würden Sie eins der Schlachtschiffe anweisen, anzugreifen?«

Eins der Schlachtschiffe flog direkt auf die *Doctrinaire* zu und eröffnete das Feuer. Drei Torpedos folgten einem gleißenden Stoß aus hellrotem Laserfeuer. Ich traute meinen Augen nicht. Das war ein Frontalangriff. Ein tödlicher Angriff. Die durchsichtigen Schilde wurden milchig weiß an den Stellen, an denen der Laserstrahl sie traf. Er war rund, rot und so dick wie ein Baumstumpf, aber er wurde von den Schilden abgefangen. Kurz darauf schlugen die Torpedos in den Schilden ein und zerplatzten zu Lichtpfützen, die sich im Vakuum des Alls schnell auflösten.

Die meisten Reporter keuchten, einige schrien auf.

»Wie ich bereits sagte, sind die angreifenden Schiffe ehemalige Navy-Schiffe der VO. Wir verwenden diese seit fünfzehn Jahren nicht mehr, weil ihre Technologie veraltet war und von anderen Technologien überholt wurde, die jetzt ebenfalls als veraltet gelten. Diese Schiffe wurden zwanzig Jahre nach den Schiffen gebaut, die zum jetzigen Zeitpunkt von den Konföderierten Armen verwendet werden«, sagte Huang.

Er hob eine altmodische, analoge Taschenuhr von dem Stehpult auf und hielt sie für die Reporter hoch. »Möge der Kampf beginnen«, sagte er. »Admiral Klyber hat an nichts gespart, als er dieses Schiff entwarf. Er wollte das Schiff bauen, das den Krieg beendet … ein Schiff, das die Feinde in Angst und Schrecken versetzt, damit sie ihre Revolution aufgeben.«

Über Huangs Kopf sah das Vakuum des Alls aus wie ein Gewittersturm. Hunderte von Torpedos hackten aus allen Richtungen auf die Schilde ein. Sie zerbarsten und verschwanden spurlos. Laserstrahlen hämmerten auf das Dach und schufen eine purpurrote Lightshow.

»Ich glaube, es wird Zeit, dass wir diesen Marodeuren eine Lektion erteilen«, sagte Huang und legte seinen Daumen auf den Zeitnehmerknopf der Taschenuhr. »Admiral Thurston, erwidern Sie das Feuer.« Die Uhr hüpfte auf und nieder, als er den Knopf drückte.

Laserstrahlen schossen aus der Seite der *Doctrinaire*. Ich hatte diese Kanonen niemals während ihrer Erprobung gesehen und wusste nicht, was mich erwartete. Das Schlachtschiff feuerte weiter seine Laser und Torpedos auf die *Doctrinaire* ab, aber nichts durchdrang die Schilde. Dieses Feuerwerk zu beobachten erinnerte mich an das Bild, wie leichter Regen auf einen durchsichtigen Schirm fällt.

Die Kanonen der *Doctrinaire* feuerten wohldosierte Stöße ab. Das Kanonenfeuer verursachte ein zischendes Geräusch, das jeweils etwa eine halbe Sekunde dauerte. *Dzzzz. Dzzzz.* Wenn man zur richtigen Kanone hinschaute, konnte man beobachten, wie der Strahl davonschoss. Der Laser sah wie ein fester roter Stab aus, der von der Kanone ausgespien wurde und dann verschwand.

Die Stöße bewegten sich mit Lichtgeschwindigkeit. Die Zeit, die sie benötigten, um die Schilde zu durchqueren, war so gering, dass sie von keinem Instrument gemessen werden konnte. Draußen in der Schwärze, die das Aussichtsdeck umfing, explodierten »feindliche« Schiffe.

Laser von der *Doctrinaire* durchschlugen die Hüllen der angreifenden Schiffe, als hätten diese keine Schilde. Man sah einen Blitz. Feuerbälle und Rauch stoben an den Stellen, die die Laser getroffen hatten, aus den angeschlagenen Schiffen. Alles platzte aus der Wunde, die von den Lasern gerissen wurde, heraus und dann wurde es auf den beschädigten Schiffen dunkel. Sie wurden nicht zerstört. Sie spuckten nur einfach alles aus ihrem Inneren nach draußen, als hätte das All ihnen die Eingeweide ausgesogen.

Die computergesteuerten Systeme auf der *Doctrinaire* verfehlten ihr Ziel nur selten. Die Laser schossen in alle Richtungen davon. Viele der Schiffe aus der angreifenden Flotte wurden zwei- oder dreimal getroffen. *Dzzzz* – und sie zerplatzten und starben. *Dzzzz. Dzzzz* – und die sich auflösenden Kadaver taumelten durch den Weltraum. Die Laser schmolzen die Oberfläche der Schiffe, aber die absolute Kälte des Alls verhinderte größere Schäden.

Bald schwebten so viele Trümmer um die *Doctrinaire* herum, dass man das Gefühl hatte, das Schiff sei in einen Asteroidengürtel geflogen.

Das letzte der angreifenden Schiffe zerfiel beinahe im Laserfeuer diverser Kanonen. Es glitt immer weiter auf die Schilde zu. Huang stoppte die Zeit mit einer ausladenden Geste, um den Reportern deutlich zu machen, dass der Kampf vorbei war. Er sah auf seine Uhr und lächelte. »Zwei Minuten und dreiundzwanzig Sekunden. Nicht ganz die Zeit, die ich erhofft hatte, aber auch nicht weit vom Ziel entfernt.«

Er legte die Uhr zurück auf das Podium und sah auf das herrenlose Schlachtschiff, das auf die *Doctrinaire* zuschoss. »Das ist ein glücklicher Umstand. Robert, lassen Sie das Schiff auf unsere Schilde prallen«, sagte er.

Das Schlachtschiff taumelte in die Schilde hinein und verharrte sofort bewegungslos. Der Zusammenstoß erinnerte mich an einen kleinen Vogel, der gegen eine Fensterfront prallt. Die Schilde hielten den zerschmetterten Rumpf an Ort und Stelle fest und bauten eine elektrische Ladung auf, die das tote Schiff kurz darauf abstieß. Es schwebte von der *Doctrinaire* weg.

»Der Feind verwendet die Galaktische Zentralflotte, eine Flotte aus Navyschiffen der VO, die vor mehr als vierzig Jahren verschwand. Es handelt sich um eine unvollständige Flotte. Sie verfügt nicht über Jäger. Eine Flotte ohne Jäger, meine Herren, ist wie ein Boxer ohne Aufwärtshaken. Um zuzuschlagen, ist der Feind dazu gezwungen, Schlachtschiffe zu verwenden. Schlachtschiffe, meine Damen und Herren – große und langsame Schiffe, die schwer zu manövrieren sind und großartige Ziele abgeben … großartige Ziele. Die Konföderierte Navy ist hervorragend dazu in der Lage, Träger aus dem Hinterhalt zu überfallen, wenn sie aus dem Übertragungsnetzwerk austreten und verwundbar sind. Sie wird hilflos gegenüber einem riesigen Schiff sein, das auf der Stelle alles geben kann.«

Als ich diese erste Demonstration der *Doctrinaire* in Aktion anschaute, fragte ich mich, warum sich noch niemand die Mühe gemacht hatte, mich über das Schiff auszufragen. Vielleicht wussten sie durch die Verräter Crowley und Halverson mehr als ich. Admiral Halverson, der bis vor Kurzem stellvertretender Kommandant der *Doctrinaire* gewesen war,

war wahrscheinlich gründlich über die Übertragungsgeneratoren und die abgerundeten Schilde informiert. Er wusste all das, was ich wusste – und er kannte die mächtigen neuen Kanonen, die GZF-Schiffe mit einem Schuss zerstören konnten. Diese waren selbst mir neu gewesen.

Halverson nahm an, dass ich gekommen war, um Bryce Klyber zu rächen. Da ich keine Möglichkeit hatte, Informationen abzusetzen, als ich gefangen genommen wurde, interessierte es niemanden, was ich vielleicht herausgefunden hatte. In ihren Augen war ich ein Attentäter, kein Spion.

Ich lag auf meiner Pritsche und dachte über die Vorführung nach, die ich gerade gesehen hatte. Was würde Warren Atkins davon halten? Was würde Amos Crowley, der zum Verräter gewordene General, denken?

Würde Colonel Wingate es bedauern, die Seiten gewechselt zu haben? Wingate konnte unmöglich von der *Doctrinaire* gewusst haben. Würde er versuchen, sich wieder in die VO-Army einzuschmeicheln?

Was konnte Admiral Halverson seinen Männern nur sagen, um ihnen Hoffnung zu geben? Ich stellte mir vor, wie er an einem Tisch umgeben von entsetzten Offizieren saß. »Sicher, das sieht beeindruckend aus«, würde er sagen, »aber wir kommen dagegen an. Ich weiß, dass wir das schaffen.«

Niemand machte sich die Mühe, mich zu verhören. Tatsächlich überließ man mich nach Halversons Besuch mehr oder weniger mir selbst. Meine Wächter erinnerten sich plötzlich am nächsten Tag an mich, am 27. März 2512. Das war der Tag, an dem das Blatt des Kriegs sich wendete.

# 33

Ich begann den Tag damit, das MediaLink zu durchsuchen, und fand nichts Interessantes. Ich rief ein paar Kanäle auf, in denen Nachrichtenanalysten die Demonstration des Vortags durchkauten. Einer der Analysten der VO nannte die *Doctrinaire* den »überlegensten Fortschritt militärischer Strategie seit dem Kampfschiffträger«. Auf den Stationen der Konföderierten Arme sah ich dasselbe Interview immer wieder – irgendein vertrockneter Admiral, von dem ich noch nie etwas gehört hatte, tat die *Doctrinaire* als »die neue *Bismarck* der Vereinigten Obrigkeit« ab.

»*Bismarck*«, grübelte ich. Huang hatte dieselbe geschichtliche Referenz während des Gipfels bemüht.

Da ich im VO-Waisenhaus 553 aufgewachsen war, einer Klonfarm, in der der Begriff *Sozialwissenschaften* für die Beschäftigung mit großen Landschlachten stand und *Ozeanografie* Marinewissenschaften hieß, wusste ich alles über die *Bismarck*. Sie war das unaufhaltsame Schlachtschiff ihrer Zeit, ein Koloss, der nur eine Achillesferse hatte – das Ruder. Ein Torpedo verklemmte das Ruder der unsinkbaren *Bismarck* und sie fuhr in Kreisen, während feindliche Kriegsschiffe sie auf den Meeresgrund schickten.

»Wir haben mehr als fünfhundert Schiffe in unserer Flotte, nicht fünfundzwanzig«, sagte der alte Admiral. Er hatte Koteletten und einen buschigen, weißen Schnauzbart. »Unsere Schiffe wurden neu ausgestattet. Die neue *Bismarck* der VO ist groß und langsam und wird ein leichtes Ziel für eine modernisierte Flotte sein. Kein Militärstratege glaubt ernsthaft, dass man Kriege gewinnt, indem man ein einziges, riesiges Schiff baut. Den Gedanken hat man schon vor Jahrhunderten verworfen.«

Der dumme alte Mann ging mir auf die Nerven. Ich durchsuchte ein letztes Mal die Netzwerke der VO nach Nachrichten und gab dann auf.

Ich lachte über diesen Offizier, der ein Relikt längst vergangener Tage war und einen alten Hut wie die *Bismarck* ausgrub, um ihn mit der *Doctrinaire* zu vergleichen. Zugegeben, die *Bismarck* war versenkt worden, aber auf der *Doctrinaire* gab es kein Ruder, das man übersehen hatte. Apollo hätte keinen Pfeil auf Achilles' Sehne abfeuern können, wenn sie in Schilde eingewickelt gewesen wäre.

Es sah nicht so aus, als sei während meiner Ruhephase viel geschehen, also nahm ich die Brille ab und begann mit meinem Frühsport. Ich dehnte meine Beine, Arme, den Rücken und den Hals. Ich legte meine Zehen auf den Rand meiner Pritsche, ballte die Fäuste und machte vier mal fünfzig Liegestütze auf den Handknöcheln. Dann folgten Sit-ups, Beinscheren und Springen auf der Stelle.

Gerade als ich gut in Fahrt gekommen war, kam Sam der Gefängniswärter herein. »Sie sollten vielleicht die Brille aufsetzen, die Admiral Halverson Ihnen gegeben hat«, sagte er. »Wir greifen gleich einen weiteren Planeten an. Es wird Zeit, den VO-Wichsern zu zeigen, was wir von ihrem Furcht einflößenden Schiff halten.«

Meine Brust, Schultern und Arme schmerzten auf befriedigende Weise. Ich fühlte, wie die Muskeln zuckten, als ich mich auf dem Rand der Pritsche niederließ und meine Brille aufsetzte. Das Standardprogramm war unterbrochen worden. Der Sender würde in Kürze eine Blitzmeldung live bringen.

»Wie lange läuft der Angriff schon?«, rief ich.

»Grade angefangen«, sagte Sam.

Zunächst dachte ich, die Reporter der Konföderierten Arme und ihre Navy wären so dreist geworden, dass sie von ihren Angriffen schon berichteten, bevor sie stattfanden. Dann erinnerte ich mich daran, dass ich einen Sender der Vereinigten Obrigkeit angesehen hatte, bevor ich die Brille abnahm. Irgendwie wusste die VO von diesem Angriff, bevor er begann.

Die Schlagzeile am unteren Bildrand lautete: *Tuscany – Sagittarius-Arm.* Die Szene darüber zeigte einen laufenden Kampf.

Die Liveübertragung wurde von der Oberfläche des Planeten aufgenommen und sagte mir nichts. Es gab keine Zerstörung, wie ich sie auf New Columbia gesehen hatte. Menschen versammelten sich auf den Straßen und starrten zum Himmel, um winzige Blitzlichter zu beobachten – ein weit entfernter Kampf, der sich nahtlos in die Sterne einfügte. Jedes Mal, wenn ein größerer Blitz aufzuckte – die Explosionen waren am Nachthimmel nicht größer als ein Zehncentstück – gab die Menge Laute wie »Oooooh« und »Ahhhhhh« von sich, wie ein Publikum, das einem hübschen Feuerwerk beiwohnt.

*Vor einigen Minuten übertrug eine Flotte von fünfzehn Schiffen der Konföderierten Navy in das Gebiet von Tuscany und wurden von einer Flotte aus fast fünfzig VO-Schiffen abgefangen. Es ist nicht bekannt, ob die* Doctrinaire, *das Superschiff der Vereinigten Obrigkeit, auch an diesem Kampf beteiligt ist.*

Die Reporterin, eine junge Frau mit langen, braunen Haaren, die ein hübsches hellblaues Kostüm trug, sah eher so aus, als sei sie auf dem Weg zur Bank, und nicht, als mache sie eine Kriegsberichterstattung. Ihr Haar saß perfekt. Sie stand ruhig vor der Kamera und sprach lässig. Über und hinter ihr blinkten kleine Lichter und verloschen wieder. Es hätten Glühwürmchen sein können oder Sterne in einer klaren Nacht.

*In den letzten Tagen hat die Konföderierte Navy Gateway und New Columbia angegriffen und die Militärstützpunkte auf beiden Planeten zerstört. Dieser Angriff ist der erste, bei dem konföderierte Schiffe im Sagittarius-Arm gesichtet wurden.*

Die Frau machte eine Pause und legte einen Finger an ihr Ohr. Dann teilte sich der Bildschirm in zwei nebeneinanderliegende Fenster.

*Paula, wir erhalten gerade die ersten unbewegten Bilder des Kampfes, wie er sich im All darstellt. Diese frühen Bilder wurden von der Navy freigegeben.*

Hinter dem Schreibtisch der Studioredakteurin waren auf einem großen Bildschirm Bilder eines Weltraumkampfs zu sehen. Das erste Bild zeigte Schiffe, die sich in den Kampf hinein übertrugen. Diese Schiffe waren schwarz und wären fast unsichtbar gewesen, wären sie nicht von hellen Blitzen umgeben gewesen.

*Wie Sie sehen, tauchten um 2215 Standardzeit fünfzehn konföderierte Schiffe im Bereich von Tuscany auf.*

Das nächste Bild zeigte Jägerschwärme, die sich um die Schattenrisse versammelten, die irgendwie wie schwarze Löcher aussahen. Der Angriff hatte zu dem Zeitpunkt, als das Bild aufgenommen wurde, bereits begonnen. Der einzige Beweis, dass diese schwarzen Schatten tatsächlich feindliche Schiffe waren, waren die kleinen Lichtpunkte an den Stellen, wo Raketen und Laser die Schilde trafen.

*Wie aus Quellen der Navy verlautet, wurden die feindlichen Schiffe von 350 Jägern der VO angegriffen und zwei Schlachtschiffe zerstört. Schlachtschiffe, Kreuzer und Raketenträger der VO sind ebenfalls an diesem Kampf beteiligt.*

Das nächste Bild zeigte vier schwer beschädigte Schiffe. Im Hintergrund war das Gleißen von Raketenantrieben zu sehen. Während ihre Kameraden in Flammen standen, drehten einige konföderierte Schiffe bei und versuchten, zu fliehen. Sie hatten keine andere Wahl.

*Unbestätigten Berichten zufolge wusste der Geheimdienst der Navy im Voraus von diesen Angriffen, da Spione der Navy in den Kommandostab des Feindes eingeschleust werden konnten. Die*

*Navy selbst dementiert diese Berichte. Wir wissen allerdings, dass sie auf diesen Angriff vorbereitet war.*

Es entstand eine Pause.

*Ich erhalte gerade einen Bericht, dass insgesamt sechs feindliche Schiffe zerstört wurden und dass es neun weiteren gelungen ist, sich in Sicherheit zu übertragen. Quellen im Pentagon bestätigen, dass einige Jäger, die von jeweils einem Piloten gesteuert wurden, in dem Kampf zerstört worden sind. Die VO-Navy hat aber keine Großraumschiffe verloren.*

Ich hörte das Klappern, aber meine Aufmerksamkeit war auf die Nachrichten gerichtet. Mir kam überhaupt nicht in den Sinn, dass jemand meine Zelle betreten haben könnte. »Hast Besuch, Harris.« Es war Sams Stimme und Sams Faust, die in meinen Bauch gerammt wurde. Ich lag ausgestreckt auf der Pritsche und war vollkommen arglos. Der Schmerz wurde umgehend von meinen Eingeweiden zu meinem Gehirn weitergeleitet. Ich rollte mich zusammen und kreuzte die Arme vor meinem Zwerchfell, während ich nach Luft schnappte.

Meine Befreier-Programmierung sprang in dem Moment an, als Sams Faust zuschlug. Das Problem war nicht, dass ich in Panik geriet. Meine Gedanken waren klar und ich fühlte die Wärme, als Endorphine und Adrenalin durch meine Adern schossen. Ich hatte nur keine Luft in meinen Lungen. Hätte ich einen Moment zum Atmen gehabt und um auf die Füße zu kommen, hätte ich mich wehren können, aber Sam ließ mir diesen Moment nicht. Er packte meine Haare, schüttelte heftig meinen Kopf und zerrte mich dann von der Pritsche herunter. Ich fiel auf den kalten Stahlboden. Die Kanten der Fußbodengitter schnitten bei der harten Landung in meine Handflächen, meine Knie und meine rechte Wange. Sams Stiefel rammte mit solcher Wucht gegen meinen Kiefer, dass ich teilweise vom Boden abhob. Mein Hinterkopf schlug gegen den Metallrahmen meiner Pritsche. Danach wurde alles um mich herum schwarz.

Als ich erwachte, lag ich nur mit meiner Unterhose bekleidet in einem Raum, der wie ein Operationssaal aussah. Mein Hals, meine Schultern, Handgelenke, Taille und Knöchel waren auf der harten Oberfläche eines Tischs festgeschnallt. Ein Gurt legte sich über meine Stirn, doch der war locker und es war mir möglich, meinen Kopf etwa zwei Zentimeter anzuheben. Ich konnte den Kopf weit genug drehen, um die Gurte um meine Handgelenke zu sehen. Helles Licht schien von oben auf mein Gesicht. Sein Gleißen verlieh der Haut auf meinen Armen ein ausgebleichtes Aussehen. Jenseits des Lichtschleiers konnte ich nichts erkennen.

»Tut mir leid, dass ich Sie nicht schon früher besuchen konnte«, sagte eine Stimme von irgendwoher. Die Stimme war tief und voller Bedauern. Eine gedrungene Silhouette erschien am Rande des Lichts. Der Mann kam näher. Yoshi Yamashiro, der ehemalige Gouverneur von Ezer Kri, stand neben dem Tisch. Er trug einen dunkelgrauen Anzug und eine rote Krawatte – die Uniform eines zivilen Politikers.

»Ich nehme an, Tuscany ist nicht zu Ihrer Zufriedenheit verlaufen«, sagte ich.

Yamashiro lachte. »Eher nicht.«

»Und Sie glauben, ich hätte damit etwas zu tun?«, fragte ich.

»Sie geben einen ausgezeichneten Verdächtigen ab. Allerdings können Sie das offensichtlich nicht alleine vollbracht haben.« Yamashiro war ein kleiner Mann und nicht größer als 1,67 Meter. Er war kräftig gebaut mit breiten Schultern und einer breiten Brust. Er sah nicht so aus wie ein Mann, der viel trainierte, sondern eher wie jemand, der von Natur aus stark war. Er war fünfzig oder sechzig Jahre alt und hatte graue Strähnen in seinem schwarzen Haar. Seine walnussfarbene Gesichtshaut war trocken, aber nicht faltig, und seine Augen waren so schwarz wie Oliven. Ich sah Mitgefühl darin.

»Ihr Status als Befreier hat für eine Menge Unruhe zwischen drei unsicheren Partnern gesorgt«, sagte Yamashiro. Er sprach mit gedämpfter Stimme. Ich war ziemlich sicher, dass wir alleine im Raum waren, aber das hieß nicht, dass es keine Mikrofone oder Kameras gab.

»Die Morgan-Atkins-Anhänger sehen Sie als den Teufel an. Sie behaupten von sich, alle Lebensformen zu respektieren, aber wenn es um Befreier geht, machen sie eine Ausnahme. Sie wollen, dass Sie umgehend ausgelöscht werden.

Sam, der Mann, der Sie gefangen genommen hat, ist ein Morgan-Atkins-Anhänger. Er hat angeboten, Sie höchstpersönlich zu töten.«

»Das hat er verdammt noch mal fast geschafft«, sagte ich und spürte den Schmerz in meinem Kiefer und meinen Rippen.

»Die Anhänger denken nicht militärisch. Sie sind gerissene Politiker. Die militärischen Geister stammen aus den Konföderierten Armen. Sie sagen, wir sollten Sie foltern und herausfinden, wie Sie von unseren Plänen erfahren haben und was Sie sonst noch wissen. Danach wollen sie Sie hinrichten.«

»Und was ist mit Ihnen?«, fragte ich.

»Nachdem wir den Krieg gewonnen haben, sollten Sie meiner Meinung nach freigelassen werden … vorausgesetzt, Sie erklären ein paar Dinge«, sagte Yamashiro.

»Wie ich an Bord dieses Schiffs gelangt bin?«, fragte ich.

»Darüber wissen wir alles«, sagte Yamashiro, stellte einen Stuhl neben den Tisch und setzte sich. Er zog ein kleines, goldenes Feuerzeug und eine Packung Zigaretten aus der Innentasche seiner Jacke. »Macht es Ihnen etwas aus, wenn ich rauche?« Noch bevor ich antworten konnte, zündete er eine Zigarette an und steckte alles wieder in die Jacke.

Ich lag auf dem Rücken, fror in der kühlen Luft dieses Operationssaals und beobachtete die Tentakel aus Zigarettenrauch, die ins Licht aufstiegen.

»Sie haben Corporal Jamie Rogers vor Safe Harbor während seiner Patrouille durch die Wälder getötet. Sie waren allein und nahmen seinen Platz auf dem Transporter ein, der seinen Platoon zur Flotte zurückbrachte. Wir wussten, dass Sie Rogers getötet haben, weil er sich nach der Mission nicht zurückmeldete. Wir wissen, Sie waren alleine, weil wir das Personal auf dem Transportschiff durchgezählt haben.«

Ich hörte zu und nickte. »Ich kannte seinen Namen nicht.«

»Wir waren in der Lage, Ihre Bewegungen auf diesem Schiff zu rekonstruieren. Sie haben Private Derrick Hines getötet, um an seine Kleidung zu kommen. Sobald sie sich dieser bemächtigt hatten, suchten Sie den Fitnessraum auf dem zweiten Deck auf. Dann begaben Sie sich zu einer Wäscherei und stahlen eine Uniform, die Lieutenant Marcus Cox gehört. Sie wurden gesehen, wie Sie die Verkabelung in einem Servicekorridor untersuchten. Als man Sie danach fragte, sagten Sie, alles sähe sicher aus. Wir haben sogar die Aufzeichnung einer Sicherheitskamera, wie Sie dem Kommandodeck einen Besuch abstatten. Sie sind zweimal über die Brücke geschlendert. Einige Minuten später wurden Sie in der Landebucht gefangen genommen. Wahrscheinlich haben Sie nach einem Weg gesucht, wie Sie das Schiff verlassen können. Klingt das so weit richtig?«

»Mehr oder weniger«, sagte ich. Ich klang wesentlich selbstsicherer, als ich mich fühlte.

»Woher wussten Sie, dass wir Tuscany angreifen würden?«

»Das wusste ich nicht«, sagte ich.

»Haben Sie gehört, wie Leute darüber sprachen?«

»Vielleicht hat die Vereinigte Obrigkeit einen Spion auf dem Schiff. Ich bin hierhergekommen, um Rache zu üben, nicht um Informationen zu sammeln.«

»Es ist niemand anders auf diesem Schiff«, sagte eine Stimme hinter mir. Ich konnte den Mann nicht sehen, glaubte aber, seine Stimme zu erkennen. »Es gibt keine Spione auf diesem Schiff … nun, außer Ihnen.«

»General Crowley«, sagte Yamashiro. Er hatte wohl beabsichtigt, dass diese Worte wie eine Begrüßung klingen sollten, doch sie klangen eher wie eine Ankündigung.

»Gouverneur Yamashiro«, sagte Crowley und trat ins Sichtfeld. »Ich wusste nicht, dass Sie Colonel Harris kennen.«

»Wir sind uns auf Ezer Kri begegnet«, sagte Yamashiro.

Wir waren uns nicht im eigentlichen Sinn begegnet. Ich war einer der Wachleute von Bryce Klyber und hatte den Fleet Admiral in das Regierungsgebäude begleitet. Yamashiro und ich hatten bei dieser Gelegenheit keine Worte gewechselt. Es schien unwahrscheinlich, dass er sich deswegen an mich erinnerte.

»Und Sie interessieren sich persönlich für den Colonel?«, fragte Crowley. Er war groß und schlank mit einem schneeweißen Bart und er sah auf mich herunter. Sein Gesichtsausdruck war nicht unbedingt unfreundlich.

»Er war zu dem Zeitpunkt kein Colonel, nur ein Corporal«, sagte Yamashiro.

»Dann kenne ich Colonel Harris sogar noch länger als Sie«, sagte Amos Crowley. »Er war nur ein Private, als wir uns begegnet sind. Er kam frisch aus der Grundausbildung und wurde auf einen furchtbaren Planeten namens Gobi versetzt. Harris wurde, ein paar Tage nachdem ich fortgegangen war, vom Private zum Corporal befördert. Stimmt's, Harris?«

Ich sagte nichts. Wenn ich mich von diesem Tisch hätte befreien können, hätte ich General Crowley nur zu gern auf der Stelle ermordet.

»Sie müssen sich doch geehrt fühlen, Colonel Harris. Hier sind Sie als Kriegsgefangener, und ein wichtiger Mann wie Gouverneur Yamashiro stattet Ihnen einen Besuch ab. Ich hätte nie gedacht, dass Sie so mächtige Freunde haben. Gouverneur Yamashiro fragte, woher Sie von unserem Plan wussten, Tuscany anzugreifen«, sagte Crowley. »Die Antwort würde mich ebenfalls interessieren.«

»Ich wusste nichts davon«, wiederholte ich. »Wie hätte ich davon wissen sollen? Ich war in einer Zelle.«

»Und dennoch wussten Sie es«, sagte Crowley. Seine Stimme verlor ihre natürliche Heiterkeit. Jetzt hatte sie eine feindselige Schärfe. »Und irgendwie haben Sie es geschafft, diese Information der Navy weiterzuleiten, Colonel. Ich will wissen, wie. Wenn Sie es mir nicht freiwillig sagen, bin ich bereit, Zwang anzuwenden.«

Die Wahrheit über Folter war, dass sie nie versagte – das Opfer gab immer nach. Es war nur eine Frage der Zeit. Ich hätte Yamashiro oder Crowley mein Geheimnis verraten können. Ich glaubte Yamashiro, wenn er andeutete, dass er mich beschützen und freilassen würde, wenn der Krieg vorüber war. Das Problem war, dass seine Lage nicht viel besser zu sein schien als meine eigene.

Wenn ich die Situation richtig deutete, dann litt die Konföderierte Navy an einer Identitätskrise. Die von den Morgan-Atkins-Anhängern eroberten, antiquierten Schiffe waren vor so langer Zeit gekapert worden, dass sie sich im Kampf als wertlos erwiesen hätten.

Die Japaner kamen von Ezer Kri, einem Planeten mit einigen namhaften Ingenieurschulen. Die Japaner mussten die Ingenieurfähigkeiten beigesteuert haben, um die GZ-Flotte aufzurüsten. Für Yamashiro und die Flüchtlinge von Ezer Kri war dies die Hinode-Flotte.

Die Konföderierten Arme mit ihren Milliarden von Bürgern und die Mogats mit ihren Millionen von Mitgliedern waren bereit, Yamashiro vorläufig zu tolerieren. Ich hörte an Amos Crowleys Stimme, dass es ihm nicht gefiel, Yamashiro in diesem Raum zu sehen, und er traute diesem nicht genug, um ihn mit mir alleine zu lassen.

Crowleys Zugehörigkeit war offensichtlich. Er hatte sich der Mogat-Bewegung angeschlossen und war 2507 aus der VO-Army desertiert; drei Jahre bevor die Konföderierten Arme ihre Unabhängigkeit erklärten und ihre eigene Regierung bildeten. Er hatte offenbar keine Bindung an die Japaner. Als Mogat würde Crowley mich tot sehen wollen.

Zum Glück für mich war Amos Crowley auch ein Mann des Militärs und verstand, wie wichtig gute Informationen waren. Er wusste alles, was er über das Militär der Vereinigten Obrigkeit wissen musste. Zum Teufel, er hatte geholfen, es aufzubauen. Er wusste allerdings nicht, wie viel ich über seine Pläne wusste und wie viel von diesem Wissen ich an meine Vorgesetzten weitergegeben hatte.

Er starrte auf mich herunter. Sein weltmännisches Lächeln war so strahlend wie immer und Crowley sagte: »Gouverneur,

Colonel Harris und ich haben ein paar Dinge zu besprechen.«

»Es gibt Artikel …«, begann Yamashiro.

»Vertraglich vereinbarte Artikel über die menschenwürdige Behandlung von Gefangenen«, sagte Crowley und klang gelangweilt. »Yoshi, ich versichere Ihnen, dass Colonel Harris eine menschenwürdige Behandlung erfahren wird. Wenn Sie mich jetzt entschuldigen würden, mein Verhörteam wird bald eintreffen.«

Yamashiro lauschte diesen Worten und schien seine Möglichkeiten abzuwägen. Ich lag auf dem Tisch und fühlte mich, als sähe ich über mir zwei Dinosauriern beim Kampf zu. Yoshi Yamashiro, der kleine, solide Mann mit der kräftigen Statur, war der Pflanzenfresser – der Stegosaurus, der um sein Leben kämpfte. Crowley, der ewige Fleischfresser, war der Tyrannosaurus Rex.

»Wir unterhalten uns noch«, sagte Yamashiro zu mir. Er nickte Crowley zu und ging.

Crowley beobachtete, wie Yamashiro hinausging. Als er wieder zu mir heruntersah, erinnerte sein Gesichtsausdruck mich an einen Wolf, der ein verwundetes Lamm anstarrte. »Ich gebe Ihnen noch eine Chance. Woher wussten Sie von dem Angriff auf Tuscany?«

»Ich wusste es nicht«, sagte ich. Es gab keinen Grund, Crowley zum jetzigen Zeitpunkt die Wahrheit zu sagen. Er hätte mir ohnehin nicht geglaubt. Er hätte mich gefoltert, um eine Bestätigung für das, was ich gesagt hatte, zu bekommen und um sicherzustellen, dass ich ihm nichts vorenthielt. Ich wollte nicht gefoltert werden. Nichts hatte ich in meinem Leben je so gewollt, wie nicht gefoltert zu werden.

»Wie haben Sie die Navy vor dem Angriff gewarnt?«

»Ich wusste nichts von dem Angriff«, wiederholte ich. Ich blieb bei der Wahrheit für den Fall, dass sie mich auf körperliche Reaktionen überprüften. Ich wusste, wie ich die Navy gewarnt hatte, aber ich hatte nichts von dem Angriff gewusst.

Crowley schürzte die Lippen. »Ich verstehe«, sagte er. Er streckte eine Hand aus und ich hörte ein Klicken, als er einen Schalter umlegte. Um den Tisch herum am Rande des Lichtkreises befanden sich mehrere Videomonitore. Einer zu meinen Füßen zeigte Werte von Körperfunktionen. Verschiedenfarbige Linien verliefen quer über den Bildschirm und zeigten meinen Puls, meinen Herzschlag, meinen Stresslevel und meine Hirnaktivität an. Eine Zahl oben rechts auf dem Bildschirm zeigte eine computerberechnete Projektion der Aufrichtigkeit von allem, was ich sagte, basierend auf diesen Körperfunktionsmessungen.

»Es wäre sinnlos zu lügen, Harris. Sie wissen das.« Er hielt inne und wartete einen Moment, bis ich die Daten auf dem Bildschirm gelesen hatte. Dann wiederholte er seine Fragen. »Woher wussten Sie von dem Angriff? Wie haben Sie Ihre Botschaft weitergeleitet?«

»Ich wusste nichts von dem Angriff«, sagte ich.

»Wahrscheinlich hatte ein VO-Admiral einfach nur Glück und stationierte zufällig fünfzig Schiffe um Tuscany herum«, sagte Crowley mit vertrauensvoller Stimme, »aber der Monitor, auf dem Ihre Vitalzeichen stehen, scheint Ihnen nicht zu glauben.«

Mein Puls und mein Herzschlag blieben gleichmäßig, aber die Linien für meinen Stresslevel und meine Hirnaktivität waren zu Sägeblättern geworden.

»Ich glaube, es gibt Dinge, die Sie mir nicht sagen, Harris. Ich bin nicht gut in Verhörtechniken. Dafür habe ich andere Leute. Ich wette, sobald die mit Ihnen reden, werden Sie viel hilfsbereiter sein.«

Er verließ den Raum und ließ mich allein mit der Frage

zurück, was mit mir geschehen würde. Sie würden jede alte und neue Technik, die ihnen zur Verfügung stand, anwenden, um mich leiden zu lassen. Die alten Foltermethoden waren nicht in Vergessenheit geraten. Sie waren brutal und barbarisch. Die neuen Methoden waren von chirurgischer Präzision, hinterließen nur wenig Schaden und waren unglaublich wirksam. Weshalb genau sollte ich das durchmachen? Um die Nation, die ich hasste, zu schützen? Um von Huang bezahlt zu werden? Um Rache an den Männern zu nehmen, die Klyber getötet hatten? Wahrscheinlicher war, dass ich mich wegen meiner neuralen Programmierung foltern lassen würde. Ich war dafür erschaffen worden, nicht klein beizugeben … und außerdem, trotz allem, wollte ich die Republik schützen, das von Huang ausgesetzte Kopfgeld verdienen und die Männer töten, die Klyber umgebracht hatten. Doch mehr als alles andere würde ich gefoltert werden, weil meine Programmierung mir nicht erlaubte, meinen Feinden zu helfen.

# 34

Die chemische Substanz in der Spritze war nicht tödlich, aber der medizinisch-technische Assistent ließ mich wissen, dass es meiner Gesundheit nicht zuträglich war, wenn Elektrizität leitende Gifte durch meine Adern flossen. »In großen Mengen«, sagte er, »könnte das Krebs verursachen.« Er lächelte bei diesen Worten nicht, doch er musste gewusst haben, dass ein langer Kampf gegen Krebs die geringste meiner Sorgen war. Er sagte mir auch, dass die Gifte sich in meinem Blut auflösen würden. Zwei oder drei Injektionen, so sagte er, sollten keine dauerhaften Schäden verursachen. Seiner Erfahrung nach hatte noch niemand mehr als zwei Sitzungen mit dieser Substanz benötigt.

Nachdem er mir die Injektion verabreicht hatte, verließ er den Raum und ich war allein. Meine Finger kribbelten und meine Handflächen waren mit Schweiß überzogen. Allein und nur mit meiner Unterhose bekleidet lag ich in der Dunkelheit und bemerkte, dass die Luft kälter wurde. Ich fragte mich, ob diese Kälte im Raum oder in mir war. Ich hatte Zeit, darüber nachzudenken, wie ich die Information verschleiern konnte. Ich übte Lügen und Halbwahrheiten in meinen Gedanken und beobachtete, wie der Monitor darauf reagierte, wenn ich die Tatsachen verdrehte.

Ich wusste nicht, ob irgendjemand jemals einen Befreierklon verhört oder sogar gefoltert hatte. Ich wusste auch nicht, welche Stärken die Hormone, also das Adrenalin und die Endorphine, mir verliehen. Sicherlich würde ich klar denken können, aber das ließ mich möglicherweise die Schmerzen besser wahrnehmen.

Zu diesem Zeitpunkt sah ich keinen Grund, für die Vereinigte Obrigkeit, die pangalaktische Republik, die mich erschaffen hatte, zu leiden. Ja, ich war von dieser Regierung geschaffen und aufgezogen worden, aber sie hatte mich auch verbannt. Der Senat hatte Gesetze verabschiedet, um meine Existenz zu verbieten. Che Huang hatte mich losgeschickt, damit ich nach seiner Pfeife tanzte, aber er war kein Freund. Die patriotischen Gefühle, die ich einst für die Republik empfunden hatte, waren nichts als ein Irrtum gewesen.

Ich sah mich um, so gut es ging. Alles in diesem blendenden Lichtkegel, der auf meinen Tisch herabfiel, wurde durch seine Helligkeit ausgebleicht. Alles jenseits des Lichtkegels war fast unsichtbar für mich und bestand höchstens aus Schatten. Die Zeit verging nur langsam. Ich dachte über das Waisenhaus nach, in dem ich aufgewachsen war. Dort hatte ich einen Mentor gehabt – Aleg Oberland. Er war der Mann, der mich dazu gebracht hatte, dem aktuellen Tagesgeschehen zu folgen. Er hatte Kontakt mit mir gehalten, nachdem ich das Waisenhaus verlassen hatte, und mir über MediaLink zwei oder drei Briefe pro Jahr geschickt.

Ich dachte an Vince Lee, meinen alten Freund aus meinen Tagen bei den Marines. Vince und ich waren gemeinsam in Urlaub gefahren. Wir waren in demselben Platoon gewesen und hatten das Massaker vom Kleinen Mann zusammen überlebt. Er war immer noch Offizier in der Scutum-Crux-Flotte.

Wie lange würden sie mich hier schmoren lassen? War

dies Teil des Prozesses – sollte die Angst vor der Folter meine Entschlossenheit aufweichen? Vielleicht wollten sie nur warten, bis ihre Chemikalien, die jetzt wie eine Maus im Labyrinth durch meine Adern schossen, auch in die letzte Zelle meines Körpers gedrungen waren. Ich machte den Fehler, gerade nach oben zu starren, und das Licht über meinem Kopf schien in meine Augen. Als ich wegsah, sah ich nur noch orange und schwarze Punkte. Der Raum um mich herum war mit vollkommener Stille erfüllt.

Die Zeit verstrich weiter. Ich beobachtete die Linien für mein Herz, den Stress und den Puls auf dem Monitor. Die Minuten vergingen. Ich dachte an die Menschen, die ich kannte – die Klone und Offiziere aus meinen früheren Platoons. Die Vereinigte Obrigkeit war mir egal; ich hatte nicht das Gefühl, ihr etwas zu schulden. Doch es gab einzelne Menschen, die mir zu verschiedenen Zeitpunkten etwas bedeutet hatten. Da war Sergeant Tabor Shannon, ein Befreier. Er und ich hatten uns in der Nacht, als ich herausfand, dass ich ein Klon bin, betrunken. Während der Schlacht von Hubble gingen er und ich in eine Höhle voller Mogats. Er sollte sie nicht mehr verlassen.

Da war Captain Gaylan McKay, ein natürlich Geborener, der keinerlei Vorurteile gegen Klone gehabt hatte, nicht einmal gegen Befreier. Er starb auf dem Kleinen Mann. McKays letzte Handlung war der Befehl an mich, ihn zurückzulassen. Wie sollte ich diesen Männern jemals wieder in die Augen schauen – und sei es nur in meinen Träumen? Sie waren bei der Verteidigung der Republik gestorben. Sie glaubten bis zum letzten Moment an sie.

Was war mit Klyber? Ich stellte mir vor, wie er neben dem Tisch stand und mich kalt mit seinem strengen Gesicht und den eisblauen Augen betrachtete.

»Na, wie geht es uns denn?« Der Mann, der hereinkam, war groß, dünn, hatte eine Glatze und trug eine Brille. Er sah vollkommen durchschnittlich aus. Wäre ich in einer Menschenmenge an ihm vorbeigegangen, hätte ich ihn nicht bemerkt.

Meine Herz-, Stress- und Pulslinien hüpften. Meine Stressanzeige, die beinahe schnurgerade gewesen war, sah jetzt aus wie ein Gebirgszug. Ich versuchte, mich von einer Seite auf die andere zu drehen und mich von den Fesseln zu befreien.

Irgendetwas musste geschehen. Jemand würde mich retten. Vielleicht würde Yamashiro zurückkommen. Vielleicht hatte der Geheimdienst der Navy den Aufenthaltsort der Hinode-Flotte entdeckt. Vielleicht … vielleicht würde Ray Freeman kommen. Er konnte jeden Moment hereinplatzen und mit seiner riesigen Partikelstrahlwaffe durch die Tür kommen.

Der Mann stand neben mir. Seine Haut sah in dem hellen Licht von oben wie weißes Papier aus. Seine dicken Brillengläser vergrößerten seine Augen. Er zog ein langes Glasröhrchen aus der Brusttasche seines weißen Laborkittels, öffnete es und zeigte mir den Inhalt. Das Röhrchen war ein Köcher für acht Zentimeter lange Nadeln. Der Mann wählte eine aus. »Es wird nicht wehtun«, sagte er.

*Yamashiro oder Freeman,* dachte ich. Sie waren meine besten Chancen. Sicher wusste Yamashiro, dass die Morgan-Atkins-Separatisten ihn verraten würden. Er musste wissen, dass die Konföderierten Arme die Japaner nicht als Gleichberechtigte ansehen würden.

Er lächelte freundlich, als wolle er mich beruhigen, und stach die erste Nadel tief in meinen rechten Bizeps. Ich zuckte zusammen, aber die Fesseln verhinderten, dass ich meinen Arm bewegte.

»Stillhalten«, sagte der Mann und drückte die Nadel noch tiefer in den Muskel. »Sie wollen doch nicht die Nadel abbrechen. Dann müssen wir sie ausgraben.« Sein Kopf nickte auf und ab, während er bis zwanzig zählte. Als er fertig gezählt hatte, zog er die Nadel aus meinem Arm, wischte das Blut mit einem Lappen ab und untersuchte sie unter dem Licht. »Gut, gut. Die Nadel wird grün, wenn sich die Substanz gleichmäßig verteilt hat«, sagte der Mann. Er hielt die Nadel vor mein Gesicht, damit ich sie sehen konnte. Doch natürlich überstrahlte das Licht alles und ich konnte nichts erkennen.

»Sie sind in ausgezeichneter Verfassung, Colonel Harris. Manchmal verklumpt die Substanz, besonders, wenn ein Patient einen schlechten Kreislauf hat. Bei Ihnen hat sie sich perfekt in den oberen Extremitäten verteilt.«

Er legte die Nadel neben mir auf den Tisch. Ich verdrehte den Hals und schaffte es, einen Blick darauf zu werfen. Der Schaft der Nadel war jadegrün geworden. Ich stellte mir vor, wie ich die Nadel dem Mann ins Auge stach und sie bis in sein Hirn durchschob.

Der Mann hielt das Röhrchen hoch, damit ich es sehen konnte. Er wollte, dass ich wusste, was er tat. Ich erkannte das daran, wie langsam er die nächste Nadel auswählte und für mich hochhielt. »Dann wollen wir mal sicherstellen, dass sich die Substanz auch in den unteren Extremitäten verteilt hat«, sagte er fröhlich.

»Fick dich«, knurrte ich.

»Nehmen Sie es nicht persönlich, Colonel Harris. Ich mache nur meine Arbeit. Außerdem ist das hier gar nichts. Dies ist nur eine kleine Stecknadel. Regen Sie sich nicht auf. In einer Minute ist alles vorbei. Ich versichere Ihnen, Sie werden diesen Nadeltest danach ganz schnell vergessen.« Mit diesen Worten stach er die Nadel tief in meine Wade. Es war nicht wie bei einer Injektion, wenn der Mediziner die Spitze der Nadel gegen die Haut drückt und dann die Nadel sanft hineingleiten lässt. Dieser Mann benutzte die Nadel, als sei sie ein Eispickel. Ich zuckte zusammen, doch die Gurte hielten mein Bein ruhig. Der Mann wiederholte alles, zählte bis zwanzig, zog die Nadel heraus, säuberte sie und zeigte mir dann das Ergebnis.

»Ausgezeichnet. Jetzt müssen wir nur noch sicherstellen, dass sich die Substanz auch sonst überall gleichmäßig verteilt hat.« Er wählte eine weitere Nadel aus und hielt dann inne. »Das könnte wehtun. Ich versichere Ihnen, Sie werden es bald wieder vergessen haben.« Dann versenkte er die Nadel in meinem Bauch.

Der Schmerz war glasklar, ein silberner Blitz zuckte von meiner Bauchregion zu meinem Gehirn. Ich verzog das Gesicht zu einer Grimasse, während er bis zwanzig zählte. Ich atmete schnell und stoßweise. Dabei fühlte ich den Stich, den die Nadel zwischen meinen Bauchmuskeln hervorrief.

»Fick dich«, zischte ich mit zusammengebissenen Zähnen. »Fick dich, du gottverdammter Scheiß…«

Er schnalzte mit der Zunge. »Das ist nichts Persönliches«, sagte er.

»Oh doch, das ist es.« Ich seufzte, als er die blutige Nadel aus meinem Bauch zog. Die Muskeln in meinem Hals entspannten sich und mein Kopf fiel wieder auf die Metalloberfläche des Tischs.

»Sie werden es nicht glauben, aber wir haben diese Substanz aus humanistischen Erwägungen erschaffen. Wir können damit Schmerzen direkt zu Ihrem Gehirn kommunizieren, ohne körperlichen Schaden zufügen zu müssen«, sagte der Mann. »Was Sie spüren, ist eine zigfache Verstärkung des Schadens, den Ihr Körper erleidet.«

»Fick dich«, wiederholte ich. Die Hormone waren noch nicht angesprungen. Ich war schwach und müde und hatte

Angst. Würde Freeman mich holen kommen oder Yamashiro? Man würde mich nicht foltern.

»Ich werde Ihnen kurz Schmerz vorführen. Dann können wir vielleicht über die Informationen sprechen, die ich suche, bevor wir weitermachen.«

Es würde Freeman sein. Wenn ich mich an Bord eines Transporters schmuggeln konnte, dann konnte er das auch. Er war 2,13 Meter groß und hatte schwarze Haut. Dadurch war er leicht zu entdecken, aber er würde einen Weg finden und diesen Bastard töten.

Der Mann hielt ein Gurtgeschirr hoch, das mich ein wenig an eine Pferdetrense erinnerte. Er zeigte es mir. »Colonel, ich schlage vor, dass Sie das hier freiwillig anlegen. Wenn Sie es nicht tragen, könnten Sie sich auf die Zunge beißen und das wäre für keinen von uns beiden von Vorteil.«

»Fick dich«, sagte ich erneut. Mir fiel nichts anderes mehr ein.

»Wie Sie wünschen«, sagte er. Dann hielt er einen fünfzehn Zentimeter langen, chromüberzogenen Stab hoch. Er sah wie ein schicker Stift aus. Es hingen keine Kabel heraus und Licht war auch nicht eingebaut. Es war ein einfacher, silberner Stab. Er hielt ihn einige Zentimeter vor mein Gesicht und gab mir die Gelegenheit, ihn ausführlich zu betrachten.

»Normalerweise fangen wir langsam an, mit vielleicht ein paar Hundert Volt. Aber da Sie ein Befreier sind, wäre das wohl Zeitverschwendung.« Mit diesen Worten strich er mit dem Stab über die linke Seite meiner Brust, an den Rippen entlang bis zu meinem Bauchnabel. Für einen kurzen Moment spürte ich nichts außer der glatten, warmen Oberfläche des Stabs auf meiner Haut. Dieses angenehme Gefühl dauerte etwa eine Zehntelsekunde. Dann schoss der Schmerz durch mich hindurch.

Er war wie allumfassender Lärm. Meine Gedanken verwandelten sich in einen silberweißen Blitz – möglicherweise eine Veranschaulichung des elektrischen Schlags, der von meinem Blut ausgehend durch meine Nerven zuckte. Jeder Muskel in meinem Körper zog sich zusammen. Ich hätte meinen Rücken gebogen, wenn die Gurte über meinem Becken und meinen Schultern mich nicht festgehalten hätten. Irgendwie schaffte ich es, mein Rückgrat zwischen den Fesseln etwas zu krümmen.

Meine Hände ballten sich zu Fäusten und meine Schultern verkrampften sich. Meine Kiefer pressten sich so fest aufeinander, dass meine Zähne eigentlich hätten splittern müssen. Wäre meine Zunge zwischen meine Zähne geraten, hätte ich sie abgebissen.

Dann war der Schmerz so plötzlich, wie er begonnen hatte, vorüber und mein Körper fiel wieder auf den Tisch zurück. Ich lag auf dem kalten Metall. Mein Rücken war so schlaff wie ein nasser Lappen. Und zum ersten Mal, seit man mich in diesen Raum gebracht hatte, spürte ich, wie die Hormone meinen Körper durchspülten. Sie waren wahrscheinlich während des Blitzes freigesetzt worden, als der elektrische Schock mein Gehirn überwältigte.

»Meine Güte, ihr Befreier seid zäh«, sagte der Mann. »Normalerweise fangen meine Patienten jetzt an zu schluchzen.« Der Mann sah auf mich herunter. »Immerhin haben Sie sich vollgemacht. Das ist wenigstens etwas.«

Es stimmte. Während des Elektroschocks hatte mein Körper alles Überflüssige von sich gegeben. Ich war allerdings weit davon entfernt, zu schluchzen. Der Mann hatte es nur den Fesseln zu verdanken, dass ich ihm nicht das Genick brach. Meine Gelüste waren gewalttätig und dieses Mal wusste ich, dass mein Blutrausch nicht nur die Antwort auf die Endorphine war, die durch meine Adern flossen.

Ich riskierte einen Blick auf den Biofeedback-Monitor und sah etwas Interessantes. Meine Werte waren wieder auf der Nulllinie. Durch die Hormone hatten sich meine Gehirnaktivität und der Stresslevel wieder normalisiert. Mein Herz schlug etwas schneller und ich fand heraus, dass ich meinen Puls beschleunigen konnte, indem ich gegen die Fesseln ankämpfte – isometrische Übungen.

»In der guten alten Zeit hat man Leute mit der Spannung, die Sie gerade durchlebt haben, getötet«, sagte der Mann. »Wussten Sie das? Sie haben gerade zwanzig Sekunden mit zweitausend Volt erlebt. Nun, um genau zu sein waren es zehn Volt … der Stab hat nur eine Ladung von zehn Volt, aber ihre neuralen Rezeptoren glaubten, sie würden einem Schock von zweitausend Volt ausgesetzt. Das war die Spannung, die man beim elektrischen Stuhl verwendete. Man setzte die Verurteilten dreißig Sekunden lang zweitausend Volt aus, damit sie ohnmächtig wurden. Dann senkte man die Voltzahl und machte ihnen den Garaus. Jetzt wissen Sie also, wie die Verbrecher von damals sich fühlten, bevor sie starben. Der einzige Unterschied ist, dass es Sie nicht töten wird. Es wird nicht Ihr Gehirn kochen oder Ihre lebenswichtigen Organe beschädigen. Deshalb können wir Sie viel länger auf dem Blitz reiten lassen. Wir müssen uns nur sorgen, ob Sie aus Angst einen Herzinfarkt erleiden. Wenn ich mir Ihre Werte so ansehe, Colonel Harris, dürfte auch das kein Problem sein. Meinen Sie, Sie können auch nach einem zehnminütigen Schock bei Verstand bleiben?«

Ich wollte diesem Arschloch sagen, er solle sich ins Knie ficken, aber ich wollte nicht zeigen, dass ich noch die Kontrolle über mich hatte. Und ich wollte ihn keinesfalls verärgern.

»Wissen Sie, das erste Mal, als ich diese Prozedur ausprobiert habe, tötete ich den Mann. Der Kerl starb … und es war ganz allein mein Fehler. Er lag auch auf einem Tisch wie diesem hier, nur hatte der elektrische Fesseln. Es war nur ein minimaler Schock, um ihn außer Gefecht zu setzen. Er hätte ihm keine großen Schmerzen zugefügt, aber, wissen Sie, dadurch, dass die Chemikalie die Spannung heraufsetzte … Nun ja, die Fesseln hatten eine Ladung von zweihundert Volt, also erhielt er ununterbrochen insgesamt vierzigtausend Volt. Sein Herz zerplatzte. Ich weiß nicht, ob Ihnen das auch passieren könnte. Das hier ist so eine ausgezeichnete Gelegenheit. Ich hätte mir nie träumen lassen, mit einem Klon Ihrer Machart zu arbeiten. Sie haben keine Vorstellung, was Sie für ein erstaunliches Exemplar sind. Und der Gedanke, dass man Sie in Massenproduktion herstellen kann …«

Ich war nicht sicher, wie ich mich verhalten sollte, also lag ich still da, schüttelte meinen Kopf und stöhnte leise. Ich tat so, als sei jegliche Kraft aus meinem Körper gewichen. In Wahrheit war auch ein großer Teil fort. Ich hatte nicht genug Kraft, um eine Faust zu ballen oder gegen die Fesseln anzukämpfen.

»Also reden wir über die Informationen, die ich brauche, Colonel Harris.« Der Mann setzte sich auf einen Rollhocker und glitt neben den Tisch, bis sich unsere Köpfe fast trafen. »Soll ich Sie Wayson nennen? Darf ich Sie Wayson nennen?« Er lachte. »Ich nehme an, zum jetzigen Zeitpunkt kann ich Sie nennen, wie ich will. Bitte hol nicht deinen Zauberstab heraus – ist es das, was Sie denken, Wayson?«

Dank der Hormone in meinem Blut begann ich zu vergessen, wie schmerzhaft dieser Elektroschock gewesen war. Ich musste mich zusammenreißen, um diesem Mann nicht zu sagen, er solle zum Teufel fahren.

»So, Wayson, ich werde Ihnen ein paar Fragen stellen. Ob

Sie nun antworten oder nicht, ich werde Ihnen einen weiteren Schock verpassen. Eine der Regeln, die man uns beim Geheimdienst immer wieder beibringt, lautet: ›Niemals das erste Angebot annehmen.‹ Sie können mir also so viel oder so wenig erzählen, wie Sie möchten, und ich werde Sie danach immer noch rösten. Dann werde ich Ihnen erneut Fragen stellen. Und das wiederholen wir, bis ich der Meinung bin, dass Sie mir die Wahrheit gesagt haben. Die ganze Wahrheit.«

Er beugte sich noch weiter vor, bis sich unsere Gesichter fast berührten. »Sagen Sie mir, Wayson, woher wussten Sie, dass wir Tuscany angreifen würden?«

Ich ließ weiter meinen Kopf hin und her rollen und stöhnte leise. Meine Schauspielkunst muss wohl ausgereicht haben. »Wusste nichts von Tuscany«, sagte ich und ballte meine Fäuste, um meine Biowerte zu erhöhen.

Er zog den Stab mit einer knappen Handbewegung aus seinem Laborkittel und sah mich dabei nicht an. Er beobachtete den Monitor, während er den Stab auf mich zubewegte. Ich glaube, ihm gefiel, was er sah. Mein Herzschlag musste emporgeschnellt sein. Jetzt spielte ich ihm nichts mehr vor. Er legte den Stab auf den Tisch neben meinem Arm.

»Wayson, Sie können nicht ernsthaft erwarten, dass Ihnen das jemand abnimmt«, sagte der Mann. Doch etwas in seiner Stimme ließ mich glauben, dass er es trotzdem tat.

»Ich nehme an, wenn Sie nichts von dem Angriff wussten, ergibt die nächste Frage keinen Sinn. Trotzdem, Sie müssen mit jemandem in Kontakt stehen, Wayson. Ein intelligenter Mann wie Sie würde sich doch nicht zur feindlichen Flotte begeben, ohne jemandem davon zu erzählen.«

Der Mann seufzte leise und stand auf. Ich sah, dass er das Geschirr in den Händen hielt. In der Mitte des Geschirrs befand sich ein Plastikbarren. Er schob diesen in meinen

Mund und drückte damit meine Zunge hinter meinen Zähnen nieder. Ich leistete etwas Widerstand, aber ich war schwach und er behielt problemlos die Oberhand. Er legte das Geschirr um meinen Kopf und befestigte es an dem Gurt, der über meine Stirn lief.

»Ist auf diesem Schiff noch ein Spion?«

Natürlich konnte ich nicht sprechen und jetzt, da mein Gesicht fixiert und meine Atmung eingeschränkt war, sprengten die Werte meines Pulses, Herzschlags und Stresslevels die Skala.

»Haben Sie nichts mehr zu sagen?«, fragte der Mann und hob den Stab hoch. Dieses Mal legte er ihn an meine Kehle, kurz unterhalb des Kiefers. Der Schmerz war allumfassend. Meine Muskeln krampften sich zusammen und meine Gedanken verwandelten sich in eine silberne Explosion.

Der Stab glitt langsam an meinem Hals hinunter, über mein Schlüsselbein und hielt dann kurz oberhalb meines Herzens an. Die Qual hatte eine ganz besondere Qualität. Meine Hände ballten sich zu Fäusten und meine Fäuste hämmerten unwillkürlich zwischen Tisch und Fesseln auf und ab. Mein Kiefer krampfte sich um das Plastikstück und meine Augen wurden zu winzigen Schlitzen. Das war gut so, denn ich lag dort und starrte in das blendende Licht hinauf.

In dem Moment, als der elektrische Strom wie eine endlose Klinge durch meinen Körper fuhr, verlor ich jedes Denkvermögen und jegliche Kontrolle. Hätte der Mann mir eine Frage gestellt und hätte ich ihn irgendwie hören können und wäre ich genug bei Verstand gewesen, um die Frage zu verstehen und beantworten zu können, hätte ich ihm alles gesagt, was er hören wollte. Ich weiß nicht, ob er während dieser Tortur Fragen stellte. Er musste gewusst haben, dass ich nichts hören, nicht denken und nicht sprechen konnte. Ich lag auf dem

Tisch und war nur eine verkrampfte, gequälte und zitternde Masse, die nicht intelligenter war als die Elektrizität, die durch ihr Gehirn floss.

Von meinem Herzen aus bewegte der Stab sich über meinen Bauch abwärts. Wäre ich mir der Dinge bewusst gewesen, hätte ich mir Sorgen gemacht, dass der Mann mit dem Stab über meine Genitalien streichen würde. Doch er hielt bei meinen unteren Bauchmuskeln inne und legte den Stab dann wieder auf den Tisch.

»Wayson, Sie haben gerade drei Minuten und zweiundzwanzig Sekunden mit zweitausend Volt überlebt. Wenn Sie wirklich in einem altmodischen elektrischen Stuhl auf dem Blitz reiten würden, wären Ihre Augen jetzt geschmolzen und Ihr Haar hätte Feuer gefangen. Wollen Sie immer noch sagen, dass Sie noch nie etwas über Tuscany gehört haben?«

Dank der Hormone, die wahrscheinlich inzwischen im Überfluss durch meine Adern flossen, kehrte mein Denkvermögen in dem Moment zurück, als der Mann den Stab weglegte. Ich hatte Schmerzen, daran war kein Zweifel. Ich fühlte mich ausgelaugt und schwach, aber ich war in dem Moment, als die Elektrizität verschwand, wieder Herr meiner Sinne.

Ein Wimmern verließ meine Lippen. Ich war nicht sicher, ob es echt oder vorgetäuscht war. Ich weinte nicht. Ich wimmerte auch kein weiteres Mal. Als der Mann das Geschirr von meinem Mund nahm, flüsterte ich: »Ich wusste nichts über Tuscany.«

»Gibt es auf diesem Schiff noch einen Spion?«

»Ich weiß es nicht«, sagte ich. »Ich weiß es nicht.« Dieses Mal verließ jegliche Kraft meinen Körper. Ich lag flach auf dem Tisch, ohne auch nur in der Lage zu sein, meinen Kopf zu drehen. Schweiß bedeckte meinen Körper. Die kalte Luft in dem Raum schnitt in meine feuchte Haut, aber ich war ruhig. Die Hormone machten mich ruhig und resigniert.

»Wissen Sie was, Harris«, sagte der Mann mit so lässiger Stimme, dass ich sie fast nicht erkannt hätte, »ich glaube, Sie sagen die Wahrheit.«

# 35

Zwischen der ersten Tracht Prügel, die ich von Sam, dem Gefängniswärter, bezogen hatte, bis zu dem Zeitpunkt, als ich wieder in meiner Zelle aufwachte, waren fast vierundzwanzig Stunden vergangen. Die Kopfschmerzen waren die schlimmsten, die ich je gespürt hatte, aber mein Körper schmerzte nicht allzu sehr. Sam hatte ein paar üble Blutergüsse auf meinen Rippen hinterlassen. Das war das Schlimmste. Mein linker Bizeps und die rechte Wade waren an den Stellen vollkommen verkrampft, an denen der Verhörspezialist mit der Nadel zugestochen hatte. Was die Stromschläge anging, so waren einige meiner Muskeln von dem Kampf gegen die Fesseln gezerrt. Überwiegend fühlte ich mich nicht schlimmer als nach einem richtig schweren Tag im Fitnessraum.

In der Zeit, als ich verhört wurde, war das Glück mir hold. Die Konföderierten Arme hatten zehn Schiffe nach Odessa entsandt, ein reicher Planet im Sagittarius-Arm, der die Revolution unterstützte. Sie hatten nicht die Absicht gehabt, den Planeten anzugreifen, es sollte nur eine Blockademission werden.

Eine Flottille aus Zerstörern und Kampfschiffträgern der

VO-Navy hatte sie dort erwartet, als sie auftauchten. Die konföderierten Schiffe suchten ihr Heil in der Flucht, ohne die Sagittarius-Flotte anzugreifen. Die VO-Schiffe folgten ihnen. Zwei Hinode-Schlachtschiffe wurden zerstört. Die anderen flohen, bis sie sich in Sicherheit übertragen konnten.

Da ich mich tief im Inneren des Schiffs befand, nur mit Unterhosen bekleidet und auf einem Verhörtisch festgeschnallt war, als dieser Kampf stattfand, musste Crowley wohl entschieden haben, dass ich nichts damit zu tun hatte. Die Konföderierten Arme behaupteten, es gäbe ein Leck in der Kommandokette, und beschuldigten die Mogats. Die Mogats sagten, dass die Japaner sich auf den Kampf besser hätten vorbereiten müssen. Ich persönlich wollte, dass alle Seiten Tom Halverson die Schuld gaben. Mit ein wenig Glück würden sie den Bastard und mich mit demselben Erschießungskommando hinrichten.

Die Tür am anderen Ende des Flurs öffnete sich. Jemand ging auf meine Zelle zu. Die harten Sohlen der Schuhe klapperten auf dem Metallgitter des Bodens. Ich machte mir nicht die Mühe, von meiner Pritsche hinunterzuklettern. Jeden Moment würde Sam in meinem Sichtfeld erscheinen, so dachte ich. Ich würde ihm sein Genick brechen. Ich war ohnehin zum Tode verurteilt und früher zu sterben würde vielleicht eine weitere Foltersitzung verhindern. Also lag ich auf meiner Pritsche, hatte mein Gesicht der hinteren Wand meiner Zelle zugewandt und tat so, als sei ich geschlagen.

Die Schritte hielten vor meiner Zelle an. »Ich habe ein Geschenk für Sie, Colonel Harris«, sagte Yamashiro. »Dies ist das Geschenk eines Ehrenmannes. Niemand sonst muss wissen, dass ich es Ihnen überreicht habe.«

Für einen wahnsinnigen Moment dachte ich, er hätte mir ein Gewehr ins Gefängnis geschmuggelt. Ich wirbelte auf meiner Pritsche herum, um ihn anzusehen. Yamashiro stand genau vor meiner Zelle und beugte sich zum Gitter vor. Er hielt sich mit der rechten Hand an den Gitterstäben fest und streckte die linke Hand in meine Richtung aus. Die Hand umschloss das »Geschenk eines Ehrenmannes«.

Ich setzte mich auf und starrte zwischen den Gitterstäben hindurch auf den Mann. Unsere Blicke trafen sich kurz und dann nickte er in Richtung des Geschenks, das er mir geben wollte. Ich stand auf und näherte mich ihm.

»Sie dürfen nicht so nah vor dem Gitter stehen«, sagte ich. »Das ist gefährlich. Ein Gefangener könnte Ihren Arm packen und Sie an den Stäben festnageln.«

»Das bereitet mir kein Kopfzerbrechen«, sagte Yamashiro. Als ich näher kam und seine ausgestreckte Hand betrachtete, bemerkte ich die aufgequollene Haut an der Kante. Klein und kräftig gebaut, Sandpapierhände … das waren die Zeichen der Ausübung von Judo oder Ju-Jutsu.

Yamashiro drehte seine Hand um, damit die Handfläche nach oben zeigte. Seine Finger bogen sich immer noch um das Geschenk und verbargen es. Als ich näher kam, öffneten die Finger sich und gaben ihr Geheimnis preis. Ich sah Glasklumpen und zusammengeknüllte Drähte, die aussahen, als seien sie aus Gold. Yamashiro lächelte. »Das war ein toller Zaubertrick.«

Einige Sekunden vergingen, während ich auf die Hand mit den glitzernden Edelsteinen aus zerbrochenem Glas starrte. Das Herz rutschte mir in die Hose. Dann erkannte ich, dass die pulverisierte MediaLink-Brille, die er in der Hand hielt, ein goldenes Gestell gehabt hatte. Die von mir auf der Brücke zurückgelassene Brille hatte ein billiges Plastikgestell gehabt. »Ein junger Ensign hat sie auf einer Kommunikationsstation auf der Brücke gefunden.«

»Dann haben Sie es mit mehr als einem Spion zu tun«, sagte ich. »Die habe ich noch nie zuvor gesehen.«

Yamashiros Lächeln wurde breiter. »Wirklich nicht? Die Brille, die Sie zurückließen, hatte ein schwarzes Gestell. Das hier war das Beste, was ich in der Kürze der Zeit tun konnte.« Er schloss seine Faust wieder und zog seine Hand durch die Gitter zurück.

»Wo ist die echte?«, fragte ich.

»Genau dort, wo Sie sie hingelegt haben«, sagte Yamashiro. »Ich dachte, sie wäre so, wie Sie sie hinterlassen haben, am wertvollsten. Unsichtbare Ohren zu haben kann ein mächtiges Werkzeug sein.«

Ich war besorgt, dass Halverson eine Falle stellen könnte, indem er falsche Befehle in Hörweite dieser Brille gab. Ich stellte mir vor, wie der Geheimdienst diese Befehle an Huang weiterleitete und dieser die *Doctrinaire* in einen Hinterhalt schickte. Welche Art Falle könnte ein solches Schiff aufhalten? Dann fiel mir ein, dass Yamashiro dies als »Geschenk eines Ehrenmannes« bezeichnet hatte. Wieso war er hergekommen und weshalb hatte er Crowley nicht über meinen kleinen Trick unterrichtet?

»Wem hat Ihr Ensign von dieser Brille berichtet?«, fragte ich.

»Er hat seinem kommandierenden Offizier Bericht erstattet und der wiederum hat seinem kommandierenden Offizier Bericht erstattet«, sagte Yamashiro und ein ansteckendes, spitzbübisches Grinsen breitete sich auf seinem Gesicht aus.

»Und das ging bis ganz oben?«, fragte ich.

»Ja«, sagte Yamashiro.

»Aber Admiral Halverson hat keine Kenntnis davon?«, fragte ich.

»Er gehört zur Flotte der Konföderierten Arme«, sagte Yamashiro, als erklärten diese wenigen Worte alles. »Der Ensign war ein Offizier der Hinode-Flotte. Die Information landete bei mir.«

»Und Sie teilen Informationen nicht zwischen den Flotten?«, fragte ich.

»Leider nein. So wie Sie vermuten auch wir, dass unsere Verbündeten in den Konföderierten Armen nicht allzu verlässlich sind.«

»Ich verstehe«, sagte ich. »Meiner Meinung nach sind die Mogats auch nicht viel besser. Wissen Sie, wie sie überhaupt an diese Schiffe gekommen sind?«

Ohne auf Antwort zu warten, beantwortete ich meine Frage. »Sie haben die Besatzungen vergast.«

»Also würden Sie ihnen nicht vertrauen?«, fragte Yamashiro.

»Wenn ich an Ihrer Stelle wäre, meinen Sie? Ich würde den Armen eher vertrauen als den Mogats«, sagte ich. »Wissen Sie, wem Sie hätten trauen sollen? Klyber. Klyber wollte nicht auf Ihrem Planeten einmarschieren. Er versuchte, Ihnen den Senat so weit wie möglich vom Hals zu halten.«

Yamashiros Lächeln verschwand nicht, aber der Ausdruck in seinen Augen schien härter zu werden und er wirkte ernster. »Ich bewunderte Admiral Klyber, aber ich traute dem Senat nicht.«

Ich starrte Yamashiro direkt in die Augen. »Die Mogats hätten nicht gewusst, wie man Klybers Schiff sabotieren kann.«

Yamashiro erwiderte mein Starren für geraume Zeit. Dann sah er zu Boden und schüttelte den Kopf. »Klyber war ein ehrenwerter Mann. Ich wollte nicht, dass man ihn tötet.«

»Aber Sie haben den Mogats gezeigt, wie man es macht«, sagte ich.

»Ja«, sagte Yamashiro und sah immer noch nach unten. Er zog eine Packung Zigaretten hervor und zündete eine an. »Ein Ingenieur aus Hinode fand heraus, wie man die Generatoren sabotieren konnte, und brachte es einigen der Mogat-Ingenieure bei.«

»Wussten Sie, was sie damit vorhatten?«

»Ja.«

Ich lachte. Es war ein ärgerliches Lachen. »Ist das Ironie oder Schicksal? Jetzt, da Sie wissen, wie man Übertragungsmaschinen sabotieren kann, wer sagt Ihnen denn, dass die Ihnen nicht dasselbe antun?«

»Die Anhänger waren kaum in der Lage, diese Schiffe zu fliegen, als sie uns bei der Flucht von Ezer Kri halfen«, sagte Yamashiro. »Sie hatten keine Ahnung, wie man sie wartet oder repariert. Wir haben die Flotte auf Vordermann gebracht. Unsere Ingenieure haben das alles gemacht.«

»Die Mogats lernen schnell«, sagte ich, »also sollten Sie lieber die Augen offen halten. Sobald die Mogats genug Wissen haben, sind Sie oder Ihre Flottenoffiziere überflüssig. Wenn ich mich recht erinnere, sind Sie Historiker. Gerade jetzt spielen Ihre Offiziere die Rolle von Polen, die Konföderierten Arme sind die Sowjetunion und die Mogats Nazideutschland.«

Yamashiro zog an seiner Zigarette, starrte mich eine Weile an und schüttelte dann den Kopf. Seine Geschichte war offenbar ziviler und nicht militärischer Natur.

»Die Nazis und die Sowjets hatten eine brüchige Allianz. Diese endete in dem Moment, als beide in Polen einmarschierten und versuchten, sich gegenseitig abzuknallen. Sie sollten lieber einen Ausstiegsplan haben, wenn Ihr Krieg mit der Vereinigten Obrigkeit vorüber ist.«

Yamashiro dachte nach, während er mir zuhörte. Er

machte noch einen langen Zug an seiner Zigarette und atmete den Rauch durch seine Nasenlöcher wieder aus. Sein Lächeln war verschwunden und sein Ausdruck ernst und nachdenklich. »Auf die eine oder andere Weise wird der Krieg morgen vorbei sein. Wir greifen die Erde an«, sagte er.

# 36

Die Zeit war noch nie so langsam vergangen wie nach Yoshi Yamashiros Besuch. Ich saß im Gefängnis eines Schiffs, das gegen die mächtigste Navy der Geschichte in den Krieg zog, und es war das Kommandoschiff. Wenn die *Doctrinaire* es aufspürte, würde sie es unweigerlich zerstören. Mit diesen riesigen Kanonen würde ein Schuss dafür ausreichen.

Wenn die Abtrünnigen gewannen, würden die Konföderierten Arme und die Mogats übereinkommen, dass es Zeit für mich war, zu sterben; wenn die Vereinigte Obrigkeit den Sieg davontrug, würde Huang mich möglicherweise hinrichten lassen. Für jemanden, der angeblich mit seiner Existenz abgeschlossen hatte und nur noch rein instinktiv überlebte, machte mir das mehr aus, als es sollte.

Ich versuchte zu schlafen, aber ich konnte nicht still auf meiner Pritsche liegen. Sam kam jede Stunde vorbei, um nach mir zu sehen. Er stand vor meiner Zelle und starrte zu mir herein.

»Wollen Sie etwas?«, fragte ich einmal.

Er grinste mich höhnisch an. »Bequem?«

»Wollen Sie reinkommen und mein Kissen aufschütteln?«, fragte ich.

»Wissen Sie, Harris, ich wollte Sie immer erschießen. Nachdem ich gesehen habe, was man mit Ihnen im Verhörraum gemacht hat, würde ich Sie lieber am Leben halten. Ich hätte meine Freude daran, Ihnen mit dem Stab zu Leibe zu rücken.«

»Warum kommen Sie nicht herein und wir reden darüber?«, fragte ich.

»Sie sollten mir lieber etwas Respekt entgegenbringen, nach dem, was letztes Mal passiert ist. Vielleicht habe ich Sie zu sanft angefasst.« Sam schien das, was er da sagte, tatsächlich zu glauben.

»Ich würde gerne noch eine Runde mit Ihnen absolvieren. Vielleicht könnten Sie dieses Mal zuschlagen, wenn ich hinsehe.« Ich wusste, dass ich ihn provozierte, und ich wusste, es würde den gewünschten Effekt haben. Sam hielt sich für einen ziemlich harten Burschen.

Er wurde knallrot und rang seine Wut dann nieder. »Passen Sie lieber auf«, sagte er. »Das nächste Mal könnte es für Sie übler ausgehen. Ich frage mich, wie der Stab sich wohl anfühlt, wenn Sie einen gebrochenen Kiefer haben.«

»Finden wir es heraus. Wieso kommen Sie nicht hier rein und brechen ihn mir?«, fragte ich. Nach diesen Worten stürmte Sam den Flur hinunter.

Mein nächster Besucher war Admiral Halverson. Wie zuvor brachte Halverson ein Geschenk mit. Dieses Mal hatte er ein kleines rotes Visier auf einem zweibeinigen Ständer dabei. Das Gerät war einschließlich seines wackligen Stützrahmens knapp fünfzig Zentimeter hoch. Sam begleitete ihn. In Begleitung des Admirals benahm er sich wesentlich gesitteter. »Sie haben einen Besucher, Harris«, sagte er.

Beim letzten Mal, als er das sagte, hatte er mich unvorbereitet angetroffen und verprügelt. Dieses Mal blieb er mit Halverson vor meiner Zelle.

»Hallo, Colonel«, sagte Halverson.

»Was ist das?«, fragte ich.

»Das hier?« Halverson hielt das Visier hoch, damit ich es besser sehen konnte. »Damit betrachteten Seeleute vor vierzig Jahren, als dieses Schiff gebaut wurde, ihre Schlachten. Es handelt sich um ein tragbares strategisches Anzeigegerät.« Halverson ging zu meiner Zellentür und stellte das Gerät auf den Boden.

»Seien Sie damit vorsichtig, Harris. Das ist eine Antiquität.«

Ich saß auf dem Rand meiner Pritsche und ließ meine Beine baumeln. »Also wollen Sie wirklich heute die Erde angreifen?«, fragte ich. »Ist das nicht ein bisschen … lebensmüde? Die *Doctrinaire* wird auf Sie warten.«

»Ich baue darauf«, sagte Halverson vergnügt. »Ich hoffe doch, dass das mächtigste Schiff der Vereinigten Obrigkeit herbeieilt, um seine Hauptwelt zu beschützen. Ob Sie es glauben oder nicht, Harris, wir beschleunigen unsere Pläne Ihretwegen. Seit Sie hier angekommen sind, scheinen wir das Überraschungsmoment verloren zu haben. Also haben wir dank Ihnen jetzt keine andere Wahl mehr, als den Krieg zu beenden.«

»Darf ich?«, fragte ich und sah zuerst das tragbare Anzeigegerät an und dann Sam.

Halverson nickte. Ich stand von meiner Pritsche auf und ging hinüber zur Zellentür. Statt mich vorzubeugen, kniete ich mich hin, damit ich Sam im Auge behalten konnte. Dann streckte ich meine Hände zwischen den Gittern durch und hob das Gerät auf.

Das Ding wog nicht einmal ein Pfund. Das Visier selbst bestand aus billigem, hohlem Plastik. Das Äußere des Anzeigegeräts war konvex gebogen. Im Inneren befanden sich zwei Augenlinsen, die von Schaumstoffpolstern eingefasst waren.

Ein schwarzes Kabel und ein u-förmiges Steuergerät hingen von der Rückseite des Visiers herab.

»Ich fürchte, die Anzeige ist monochrom. Rot auf schwarz. Alte Technologie, aber etwas Besseres konnte ich nicht auftreiben.«

»Kann ich nicht von der Brücke aus zusehen?«, fragte ich.

»Harris, ich habe keine Ahnung, wie Sie Huang gewarnt haben, aber so gerissen, wie Sie sind, würde ich Sie niemals auch nur in die Nähe der Brücke lassen.«

»Also glauben Sie, dass Sie gewinnen können?«, fragte ich. »Sie haben wie viele … ungefähr sechshundert Schiffe? Verfügte die Galaktische Zentralflotte nicht über sechshundert Schiffe? Das war bevor Thurston vier davon beim Kleinen Mann in die Luft jagte.«

»Ein Teil der Flotte ist für einen Kampf zu alt oder zu schlecht gewartet.« Halverson lächelte weiter. »Und seit Sie an Bord gekommen sind, wurden noch weitere siebzehn unserer Schiffe abgeschossen, Harris. Wir haben nur noch fünfhundertvierzig. Nun, fünfhundertneununddreißig.«

»Haben Sie gehört, was Huang über eine Flotte ohne Jäger sagte?«, fragte ich.

»Sie sei wie ein Boxer ohne Aufwärtshaken? Er hat keine Ahnung, wovon er redet. Der Mann ist Politiker und kein Seemann. Aber er zieht eine gute Show ab.«

»Nicht so gut wie Thurston«, sagte ich. »Sie waren verrückt, Klyber zu töten. Haben Sie wirklich gedacht, Sie könnten die *Doctrinaire* aufhalten, indem Sie Klyber töten? Ist Ihnen nie in den Sinn gekommen, dass Huang ihn durch Robert Thurston ersetzen könnte?«

»Harris, Bryce Klyber war ein Freund von mir, aber wir befinden uns im Krieg. Ich hasste es, Bryce zu töten, aber ich brauchte Thurston an seiner Stelle.«

»Thurston ist ein besserer Stratege, als Klyber es je war«, sagte ich. »Sie waren dort, als Klyber versuchte, mit ihm in einer Simulation mitzuhalten.« Nur Tage nachdem Thurston an die Stelle von Admiral Absalom Barry als Kommandant der Inneren Scutum-Crux-Flotte getreten war, hatte Admiral Klyber Thurston zu einem Simulationskampf herausgefordert. Thurston hatte Klybers Eröffnungszug richtig gedeutet, jeden weiteren seiner Schritte vorausgeahnt und ihn schließlich zur Aufgabe gezwungen.

»Klyber war für unsere Zwecke viel gefährlicher«, sagte Halverson. »Ich habe unter beiden Offizieren gedient. Thurstons Stil ist wie für uns geschaffen.«

»Sie sind verrückt«, sagte ich. »Robert Thurston ist der beste Kommandant in der VO-Navy.«

»Unter den meisten Umständen«, sagte Halverson mit seinem unverwüstlichen Lächeln.

»Aber Sie hätten Klyber nicht töten müssen«, sagte ich. »Huang hatte ihm das Schiff während des Gipfels weggenommen. Er hatte Thurston die *Doctrinaire* überlassen und Klyber zur unterstützenden Flotte versetzt.«

Halversons Lächeln bröckelte. »Sie hatten Klyber zur unterstützenden Flotte versetzt«, wiederholte Halverson. Jeglicher Stolz und Prahlerei waren aus seiner Stimme verschwunden. »Ich hörte von der Versetzung, nachdem das Kabel eingebaut worden war, und zu dem Zeitpunkt, als ich davon hörte, war es bereits zu spät … zu spät.« Er starrte mich schweigend an und wandte sich dann zum Gehen. »Viel Vergnügen bei der Show, Harris«, rief er über seine Schulter.

Er und Sam verließen das Gefängnis und ich war wieder einmal allein.

# 37

Ich hatte von strategischen Anzeigegeräten wie dem, das Tom Halverson mir überlassen hatte, gehört. Seeleute nannten sie damals die »rote Welt«. Es handelte sich nicht um die ausgemusterten Bildschirme, die durch die holografischen 3-D-Anzeigen auf modernen Schiffen ersetzt worden waren. Dies war ein tragbares Anzeigegerät, das Offiziere in den Maschinenraum oder auf ihre Schlachtposten mitnehmen konnten.

Das Visier war ungefähr acht Zentimeter dick. In dem Gehäuse befand sich ein Laser, der alles bis in die kleinsten Einzelheiten nachzeichnen konnte. Das einzige Problem war, dass er dies nur in einer Farbe tun konnte – in Rot. Meine Augen gewöhnten sich nie an diese rotschwarze Anzeige.

Ich schaltete den Strom ein und drückte mein Gesicht gegen einen weichen Schaumstoffring, der auf der Innenseite des Visiers verlief. Ein kleiner Hinweis tauchte auf und wies mich an, die Augenstücke an meine Gesichtsform anzupassen. Mit zwei Drehknöpfen, die oben ins Visier eingebaut waren, stellte ich die Anzeige ein, bis die Worte des Hinweises scheinbar im All schwebten.

Die Anzeige zeigte eine Satellitenansicht der Erde. Ich

konnte die sonnenzugewandte Seite des Planeten erkennen. In der Anzeige zeichneten die Laser Wolken und Land gleichermaßen rot. Der Ozean war schwarz und hohl. Der Rand des Monds war in der rechten Ecke der Anzeige schwach zu erkennen. In der unteren Ecke zählte eine digitale Uhr rückwärts. Die Uhr zeigte 00:03:37 an.

Als die Uhr 00:01:00 erreicht hatte, hörte ich gedämpften Lärm außerhalb meines Gefängnisses, als das Schiff in Gefechtsbereitschaft versetzt wurde. Der Ruf an die Kampfstationen hielt die ganze Minute an. Er musste im gesamten Schiff wie Donnerhall geklungen haben. Im Gefängnis, wo die dicken Eisenwände die meisten Geräusche dämpften, vergaß ich bald den Ruf zu den Gefechtsstationen und bemerkte nicht, wann er aufhörte.

Das Visier wurde dunkel. Es erstarb für einen kurzen Moment und flackerte dann zurück ins Leben. Ich wusste, dass wir uns gerade in den Raum um die Erde übertragen hatten. Auf dem rot-schwarzen Panorama schien die Struktur des Weltraums um den Mond herum aufzubrechen, als 540 selbstübertragende Schiffe direkt hinter dem Mond erschienen. In Rot und Schwarz betrachtet, waren die schwarzen Hinode-Schiffe auf der Anzeige nicht zu erkennen. Nur eine Beschriftung unten auf dem Bildschirm sagte, es seien 540 Schiffe.

Ein moderneres Display hätte mir optische Befehle zur Verfügung gestellt. Ich hätte eine Möglichkeit gefunden, die Hinode-Schiffe zu sehen, indem ich Wärme- oder Bewegungssensoren eingeschaltet hätte. Auf diesem alten Relikt konnte ich lediglich hinein- und wieder herauszoomen.

Ich wandte meine Aufmerksamkeit der Erde zu und sah Hunderte Schiffe, die von überall her auf der Erdkugel aufstiegen und sich zu einer Blockade formierten. Ich sah

Kampfschiffträger der Perseus-Klasse, Schlachtschiffe und Zerstörer. Nicht alle Schiffe der Vereinigten Obrigkeit waren für den Kampf geeignet. Die Flotte unterhielt auch Sanitätsschiffe und Schiffe zur Notfallevakuierung, die Besatzungen sterbender Schiffe retten sollten.

Ich zoomte heraus, um einen besseren Überblick zu bekommen. Aus diesem Winkel sahen die Schiffe der VO so bedrohlich aus wie Staubkörner in einem Sandsturm. Als ich wieder hineinzoomte, nahmen sie Gestalt an. Meine Kamera war immer noch weit genug entfernt, um mit einem Blick von Kanada bis zur Brasilianischen Küste zu sehen. Von hier aus sahen die Erdenschiffe aus wie Glassplitter. Ich fuhr weiter hinein, bis ich die Rocky Mountains ausmachen konnte, und betrachtete die Formation der Erdenflotte.

Ein endloser Strom Jäger ergoss sich aus den Startröhren der Träger. Selbst aus dieser nahen Perspektive waren die Jäger nicht mehr als Staubpartikel. Sie formierten sich und flogen zur Spitze der Flotte.

Blindlings fummelte ich an dem Steuergerät herum und beobachtete, wie die Erdenflotte Formation annahm. Versehentlich drückte ich einen Knopf, der meine Ansicht änderte. Die Erde bestand immer noch aus festem Land und hohlen Ozeanen, und der Weltraum um den Mond herum war immer noch schwarz, aber jetzt erschienen Objekte in diesem Raum.

Die Hinode-Schiffe waren jetzt eher markiert als dargestellt. Sie waren immer noch in fast 400000 Kilometern Entfernung um den Mond herum gruppiert. Die beiden Flotten würden nur eine Minute benötigen, um die 380000 Kilometer zwischen der Erde und dem Mond zurückzulegen.

Ich drückte auf einen weiteren Knopf und änderte meine Kampfansicht, sodass ich mir die Hinode-Schiffe besser ansehen konnte. Fünf Vektorlinien verliefen über die Ränder

der Schiffe. Es gab nur drei verschiedene Schiffstypen in der Hinode-Flotte: Kreuzer, Zerstörer und Schlachtschiffe. Diese Schiffe waren groß. Sie waren leichte Ziele.

Als ich zurück zur Erdenflotte schaltete, gefiel mir nicht, was ich sah. Die Flotte hätte Klyber am Ruder gebrauchen können. Alles sah wenig erprobt und nicht kampfbereit aus … oder vielleicht auch einfach nicht bereit für diesen Kampf. Wer immer diese Flotte kommandierte, hatte die Fregatten ans vordere Ende der Formation geschickt, direkt hinter die Jäger – das war eine Lehrbuchformation für einen anderen Kampf. Die VO benötigte keine Fregatten. Diese Schiffsklasse war speziell dafür gebaut, um Jäger zu bekämpfen. Die Hinode-Flotte hatte Großraumschiffe und keine Jäger. Ich sah das und erkannte, dass Che Huang sich zweifelsohne als Flottenkommandant eingesetzt hatte.

»Tolle Leistung, Huang«, lachte ich.

Ich betrachtete die Ausrichtung der Erdenflotte und stellte fest, dass die Kreuzer so weit draußen positioniert waren, dass sie leichte Ziele für jedes Schiff abgaben, das der Formation in die Flanke fiel.

Am unteren Ende der Anzeige zählte die Uhr jetzt vorwärts. Sechs Minuten waren vergangen, seit die feindlichen Schiffe sich in den Erdenraum übertragen hatten. Die Hinode-Schiffe verteilten sich und flogen vorwärts.

Einer der alten Kreuzer schien allerdings Schwierigkeiten zu haben. Er bewegte sich nur langsam vorwärts und humpelte geradezu hinter den anderen Hinode-Schiffen her. Dies musste das fünfhundertvierzigste Schiff sein, von dem Halverson bezweifelte, dass es am Kampf teilnehmen würde. Ich hätte vermutet, dass es sich um das Kommandoschiff handelte, aber ich war auf dem Kommandoschiff. Derartige Maschinenprobleme hätte ich bemerkt.

Die Erdenflotte verfügte über zwanzig Träger mit 1400 Jägern. Diese Jäger schossen vorwärts, teilten sich vor der anrückenden Hinode-Formation auf, scherten zur Seite aus und flogen in alle Richtungen. Das Visier leuchtete auf, als Tausende Kurzstreckenlaser und -kanonen das Feuer eröffneten. Dennoch rückten die Hinode-Schiffe weiter vor und näherten sich der Erde.

Ich zoomte noch näher heran, um Einzelheiten besser erkennen zu können. Jetzt konnte ich sowohl das Kanonenfeuer sehen als auch die Wirkung, die es bei den Jägern zeigte. Laserfeuer erschien in meinem Visier als feine Haarlinien, die aus dem Nirgendwo erschienen und dann spurlos verschwanden. Den Kampf anzusehen war, als starre man in eine Löwenzahnblüte – so viele Fäden waren zu sehen. Die Jägergeschwader der VO lösten sich vor meinen Augen in Luft auf. Die größeren Hinode-Schiffe schossen sie einfach ab, während sie ihren Vormarsch unbeirrt fortsetzten.

Aber wo war die *Doctrinaire?* Die Schlacht hatte begonnen.

Die vorderen Ränge der beiden Flotten waren fast in Reichweite, da begann das Sperrfeuer. Raketen und Langstreckenstrahlen erfüllten das All. Ich konnte den Unterschied zwischen Partikelstrahlen und Lasern auf dieser Anzeige nicht erkennen. Ich wusste, dass die VO-Schiffe über beides verfügten und dass die Partikelstrahlen weitaus zerstörerischer waren.

Hinode-Schiffe waren nur mit Lasern ausgestattet.

Vielleicht waren die Fregatten Kanonenfutter. Die ersten Hinode-Schiffe zerstörten sie schnell und flogen ohne Zwischenfall an ihren verstümmelten Rümpfen vorbei. Als Nächstes kam die vorderste Reihe aus Zerstörern und Schlachtschiffen. Bevor sie vor diese felsenfeste Wand flogen, verteilten sich die Hinode-Schiffe weiträumig.

Und dann geschah es. Erst tauchten gezackte Blitze auf. Ich hatte noch nie so etwas gesehen wie die Anomalie, die die *Doctrinaire* hervorrief. Eine riesige, glänzende Blase so groß wie mindestens zwei Schiffe auf dem Schlachtfeld erschien. Auf meinem Visier war sie rot und durchsichtig.

Diese Antiquität konnte unmöglich die intensive Helligkeit der Anomalie wiedergeben. Auf dem Schlachtfeld war sie silberweiß. Sie hatte bestimmt dieselbe Farbe und Intensität wie die Elektrizität, die während der Folter meinen Kopf gefüllt hatte. Ich stellte mir das vor dem pechschwarzen Hintergrund des Alls vor. Jeder Pilot, der in diese Richtung sah, würde erblinden.

Aus dieser silberweißen Blase erschien der Bug der *Doctrinaire*. Er war riesig und furchterregend, wie ein Feuerdämon, der aus einem Flammenkokon hervorkommt. Sie war die Verkörperung des Militärs der gesamten Galaxis – einem Titanen, der jeden Krieg und fast jede Schlacht der letzten fünfhundert Jahre gewonnen hatte.

Huang war ein besserer Stratege, als ich ihm zugetraut hatte. Die Kreuzer befanden sich so weit außen, um Platz zu schaffen. Als die Anomalie begann, flogen die Schlachtschiffe der VO aus dem Weg und die *Doctrinaire* glitt in die Leere, die sie geschaffen hatten.

Noch bevor die *Doctrinaire* vollkommen aus ihrer Anomalie ausgetreten war, eröffnete sie das Feuer. Ihre riesigen Kanonen schlugen sofort zu und schienen die Hinode-Schiffe einzeln aus dem Himmel zu pflücken. Ich stellte mir das *Dzzzz*-Geräusch vor, als die neuen Spezialkanonen ihre halbsekündigen Stöße abfeuerten. In der Leere des Alls explodierte ein Hinode-Schlachtschiff, das versucht hatte, an der Frontlinie der VO-Formation vorbeizufliegen. Alles, was in dem Schiff nicht niet- und nagelfest war, wurde ins All hinausgeschleudert. Dann verbrauchten die Feuer an Bord des Schiffs jeglichen Sauerstoff und das Schiff implodierte. Der zerschmetterte Rumpf trieb seitlich ab und entfernte sich vom Kampfgeschehen.

Weiteres Kanonenfeuer folgte. Ein weiteres Hinode-Schiff explodierte, implodierte und trieb davon. Zwei weitere Kanonen feuerten in unterschiedliche Richtungen und zwei weitere Wracks blieben zurück. Jedes Mal, wenn die Kanonen der *Doctrinaire* ein feindliches Schiff trafen, explodierte dieses und riss Tausende Männer in den Tod.

Die Reaktion auf dem Schlachtfeld erfolgte umgehend. Die Hinode-Schiffe zerstreuten sich. Sie scherten aus ihren Angriffspositionen aus und schossen mit Ausweichmanövern davon. Einige Schiffe übertrugen sich hinaus. Ich hatte so weit herausgezoomt, dass ich das ganze Kampfgebiet überblicken konnte, und erkannte keine Einzelheiten. Ich wusste nicht, wie viele Schiffe geflohen waren. Ich sah nur ihre Anomalien. Es sah so aus, als seien zwanzig oder sogar dreißig Schiffe geflohen.

Aus dem Augenwinkel bemerkte ich die Zeit. Der Kampf dauerte neun Minuten und zwölf Sekunden. Die gesamte Hinode-Flotte hätte sich in Sicherheit übertragen können, wenn sie gewollt hätte. Weil ich kurz vom Kampfgeschehen wegsah, um auf die Uhr zu schauen, hätte ich fast den entscheidenden Schlag verpasst.

Ich sah das Aufblitzen und zoomte sofort wieder hinein. Gerade sah ich noch die letzten Blitze, die wie Elmsfeuer um die Außenränder der *Doctrinaire* tanzten. Das große Schiff schien sich zu neigen. Der Bug fiel nach unten ab und bewegte sich gegen den Uhrzeigersinn, als bereite er sich auf ein Spiralmanöver vor. Dann schien das Schiff zu wanken. Es wurde heller, als Licht durch seine Bullaugen fiel. Abdeckplatten auf der Oberseite zerplatzten und machten den Weg für Flammen und Dämpfe frei. Schließlich verschwand die *Doctrinaire*, das großartige Schiff, der Leviathan in einem gleißenden Ball, der Trümmer in alle Richtungen davonschleuderte, bevor er in sich zusammenfiel.

Ich zog mein Gesicht aus dem Visier. Ich brauchte eine Weile, um zu verstehen, was ich gesehen hatte. Als ich wieder hinsah, entdeckte ich das Wrack der *Doctrinaire*, das bewegungslos im All hing. Sie sah wie ein riesiger Vogel aus, der mit ausgebreiteten Schwingen dalag. Das Schiff war jetzt vollkommen dunkel. Nicht einmal ein Funken flackerte.

Nur eine Handvoll VO-Schiffe war noch in der Nähe der *Doctrinaire* zu sehen. Die Zerstörung der *Doctrinaire* hatte weitreichende Folgen gehabt: Jedes Schiff in ihrer Umgebung war ebenfalls zertrümmert worden.

Die Hinode-Flotte formierte sich neu. Sie hatten ein paar Schiffe zu Beginn des Kampfs verloren. Nach der Apokalypse der *Doctrinaire* war die Hinode-Flotte plötzlich zahlenmäßig vollkommen überlegen. Der größte Teil der Erdenflotte war zerstört. Viele der VO-Schiffe, die überlebt hatten, waren so schwer beschädigt, dass sie sich kaum verteidigen konnten, als die Hinode-Schiffe erneut angriffen.

# Teil IV

# WIEDERGUTMACHUNG

# 38

An Bord des Hinode-Flaggschiffs heulten Sirenen und schrien Leute. Ich hörte die gedämpften Jubelgeräusche durch die Wände der Arrestzelle. Sie hatten das Goliathschiff der Vereinigten Obrigkeit zerstört, aber noch hatten sie die Galaxis nicht für sich gesichert. Schiffe der VO patrouillierten Perseus, Norma, Cygnus und Scutum-Crux. Sie würden sicherlich zurückschlagen.

Die Tür des Gefängnisses öffnete sich und herein kam Yoshi Yamashiro. Er sah mürrisch aus. Er kam zu meiner Zellentür und sprach leise. »Der Krieg ist vorbei, Harris.« Er sah die uralte »rote Welt«, die auf meiner Pritsche stand, und fragte: »Wo haben Sie das Anzeigegerät her?«

»Halverson hat es mir gegeben«, sagte ich. »Wie haben sie das geschafft? Wie haben sie die *Doctrinaire* zerstört?«

Yamashiro lächelte ein freudloses Lächeln. Das Lächeln war müde, wie das eines Mannes, der einen lustigen Witz gehört hat, aber nicht mehr die Kraft hat, diesen zu würdigen. »Darüber sollten wir später sprechen.«

»Ich bin nicht sicher, wie viel später mir noch bleibt«, sagte ich.

Yamashiro steckte ein Päckchen, das in braunes Papier

eingeschlagen war, zwischen den Gitterstäben hindurch. Das Päckchen hatte etwa die Größe einer gefalteten Flagge. Es war nicht weich, aber biegsam.

»Sie werden sich selbst des Mannes annehmen müssen, der Sie eingekerkert hat«, sagte Yamashiro. »Wir werden in einer Stunde wiederkommen.«

»Mich Sams annehmen?«, fragte ich. »Wie soll ich das Ihrer Meinung nach tun?«

»Befreien Sie sich«, sagte Yamashiro mir.

Als er das Gefängnis verließ, zerrte ich an der Zellentür. Sie glitt leicht auf ihren Rollen zur Seite. Nach weniger als zwei Zentimetern fing ich sie ab. Überall im Gefängnis waren Sicherheitskameras. Drei davon waren auf meine Zelle gerichtet. Ich lächelte in mich hinein, versuchte, mich von den Kameras abzuwenden, und kehrte zu meiner Pritsche zurück.

Ich hätte aus meiner Zelle schlüpfen und Sam in seinem Büro töten können. Ich wusste, wo es war, denn ich hatte ihm am Tag meiner Gefangennahme auf dem Weg in meine Zelle einen Besuch abgestattet. Das Problem war, dass er mich höchstwahrscheinlich bemerken würde. Die Sicherheitskameras verfügten über Bewegungssensoren.

»Sie und ich haben noch eine Rechnung offen«, rief Sam von meiner Zellentür her. Statt mich zu ihm gehen zu lassen, war mein Mogat-Kerkermeister zu mir gekommen. Leider hatte er auch eine Pistole in der Hand. Das war ein Problem.

»Wollen Sie mich erschießen?«, fragte ich.

Sam gab vor, ernsthaft über diese Frage nachzudenken, und strahlte dann. »Ja. Ich glaube schon.«

»Keine Verhandlung?«, fragte ich.

Sam streckte seine rechte Hand inklusive der Pistole zwischen den Gitterstäben hindurch. Er zielte auf mich. »Wir haben ein Problem. Sehen Sie, die Japaner sind der Meinung, sie hätten den Krieg gewonnen. Sie haben die Schiffe umgebaut, müssen Sie wissen. Also glauben sie, dass sie das Sagen haben. Und die Konföderierten Arme glauben, sie hätten den Krieg gewonnen, weil Admiral Halverson die Idee hatte, den Mars anzugreifen. Sie glauben auch, sie hätten das Sagen.«

Zu dem Zeitpunkt wusste ich noch nichts von dem Übertragungsnetzwerk. Ich wusste nur, dass die *Doctrinaire* zerstört worden war. Ich hatte noch nicht einmal darüber nachgedacht, warum die anderen Flotten keine Schiffe in den Kampf entsandt hatten. »Was ist mit dem Mars?«, fragte ich.

»Haben Sie das nicht mitbekommen? Wir haben die Übertragungsstation des Mars zerstört«, sagte Sam. Er sah meinen verblüfften Gesichtsausdruck. »Davon wussten Sie nichts, hm? Wir haben dem Rest der Galaxis das Licht ausgeknipst. Jetzt sitzt das gesamte Militär der VO nicht nur im Dunkeln, sondern auch fest.«

Es dauerte einen Augenblick, bis ich verstand, wovon Sam sprach. Zuerst dachte ich, er meinte, dass das Netzwerk Elektrizität für den Rest der Republik bereitstellte. Dann erkannte ich, dass er meinte, es gäbe keine Kommunikation mehr. Ohne das Übertragungsnetzwerk saßen die äußeren Flotten nicht nur fest, sie wussten nicht einmal, was geschehen war.

»Das bringt mich wieder zu Ihnen. Halverson und die Japaner wollen Sie laufen lassen. General Crowley hingegen weiß, wie der Hase läuft. Er ist der Meinung, es ist einfacher, Vergebung zu erhalten als eine Erlaubnis, wenn Sie wissen, was ich meine. Er findet, wir sollten Sie auf der Stelle erschießen. Dann, wenn Halverson und die Japaner sich beschweren, sagen wir so was wie: ›Ups. Wir wussten nicht, dass euch das etwas ausmacht.‹«

Sam stand direkt vor den Gittern an der gegenüberliegenden Wand meiner Zelle. Lässig zielte er mit der Waffe in meine Richtung. Sein Arm und seine Hand waren entspannt. Ich saß auf dem Präsentierteller. Er wollte wahrscheinlich, dass ich bettelte oder in Richtung seiner Pistole sprang. Was er nicht erwartete …

Ich sprang von meiner Pritsche auf. Doch statt auf Sam zuzuspringen, wie er erwartet hatte, machte ich einen Salto in die andere Richtung. Wahrscheinlich dachte er, dass ich die Nerven verloren hätte und Deckung suchen wollte. Er machte sich nicht die Mühe, auf mich zu schießen.

Als ich das Ende der Zelle erreichte, trat ich zu. Die schwere Tür glitt auf ihrer Schiene seitwärts und klemmte Sams Arm ein, der zwischen den Gittern steckte. Er hatte noch nicht begriffen, was passiert war, da fiel ihm die Waffe bereits aus der Hand, die von den Gitterstäben festgenagelt war. Er brüllte vor Überraschung, Schmerzen, Wut oder vielleicht Angst und fiel auf ein Knie.

Ich wusste nicht, ob noch jemand anders auf den Sicherheitsmonitoren zusah, also beeilte ich mich.

»Du elender Sohn …«

»… eines Reagenzglases«, beendete ich den Satz für ihn.

Sam zog seinen Arm zwischen den Gitterstäben heraus und warf sich nach vorn. Er musste wissen, dass er in diesem Kampf keine Chance hatte. Er würde mich unverletzt schon nicht schlagen können. Mit seinem gebrochenen Handgelenk war er ein leichtes Opfer und ihm musste klar sein, dass ich ihn töten wollte.

Er stand auf und kam auf mich zu. Ich hämmerte ihm meine rechte Handkante gegen den Hals, dann legte ich meine rechte Hand auf seine rechte Schulter und schlug ihn mit dem Gesicht gegen die Wand. Er stolperte zurück und brüllte, als er zu Boden fiel. Ich stampfte auf seinen Nacken und brach ihm das Genick. Sam lag still und blutig auf dem

Metallgitterboden. Auf seiner Stirn war eine Platzwunde und sein Hals war in einem Sechzig-Grad-Winkel gebogen. Sein linkes Ohr lag an seiner Schulter. Sein Mund zeigte ein eingefrorenes, höhnisches Grinsen, das die meisten seiner Zähne entblößte.

Befremdliche Gedanken schossen mir durch den Kopf, als ich Sam dort so auf dem Boden liegen sah. Ich spürte Bedauern, wenn auch nicht gegenüber Sam. Ich hasste den Scheißkerl. Wäre der Krieg anders ausgegangen, hätte ich Sam trotzdem getötet. Nein, ich fühlte mich nicht mies, weil ich Sam getötet hatte. Es war, als sei mir das Leben plötzlich wichtiger geworden, weil ich so viel Verschwendung davon erlebt hatte. Ich versuchte, diese absonderlichen Gedanken zu ignorieren. Ich hatte noch etwas zu erledigen.

Ich zerrte Sam in die Zelle und wuchtete ihn mit dem Gesicht nach unten auf die Pritsche. Dann breitete ich meine Decke über ihm aus.

Yamashiros Geschenk war eine japanische Navyuniform. Ich zog sie schnell an. Meine Stunde war fast vorbei. Er würde mich abholen.

Die Uniform saß nahezu perfekt, nur an den Schultern und am Bauch war sie ein bisschen zu weit. Aber jeder, der genau hinsah, würde sehen, dass ich kein Japaner war, bevor er das schlotternde Hemd bemerkte.

Ich wusste nicht, ob ich in der Zelle warten oder mich im Büro des Gefängniswärters verstecken sollte. Yamashiro beantwortete mir diese Frage, indem er mit sieben Offizieren in den Flur spazierte. Yamashiro trug seinen üblichen dunklen Wollanzug und eine Krawatte. Er betrachtete Sams schlaffen Körper auf meiner Pritsche und dann die Pistole auf dem Boden. »Offenbar haben wir eine Hinrichtung unterbrochen.«

»Das war der Plan«, sagte ich.

»Bleiben Sie in unserer Nähe«, sagte Yamashiro.

»Wohin gehen wir?«, fragte ich.

»Auf ein anderes Schiff.«

Alle Offiziere in Yamashiros Kader waren groß; drei von ihnen waren noch zwei oder drei Zentimeter größer als ich. Yamashiro stellte sie in lockerer Formation um mich herum auf und führte uns dann aus dem Gefängnis hinaus. Wir bewegten uns mit schnellem, geschäftigem Schritt voran und benahmen uns wie Männer, die zu einem wichtigen Termin mussten. Konföderierte Soldaten in braunen Uniformen blieben stehen und beobachteten uns, als wir vorübergingen.

Je weiter wir uns vom Gefängnis entfernten, desto mehr japanische Offiziere schlossen sich uns an. Wir bildeten eine schweigende Parade. Der Rest des Schiffs feierte und die Japaner marschierten schweigend. Dabei wurden sie immer mehr. Als wir die Landebucht erreichten, in der drei Transporter auf uns warteten, waren bestimmt zweihundert Offiziere in unseren Reihen.

Wir gingen an Bord der Transporter und Yamashiro ging, um mit dem konföderierten Offizier zu sprechen, der die Landebucht leitete. Nach kurzer Unterhaltung kehrte Yamashiro zurück und der Transporter hob ab.

Die Stimmung im Transporter blieb gedämpft. Die Männer sprachen oder scherzten nicht. Die meisten von ihnen starrten auf den Boden, als schämten sie sich. Es war, als hätten sie eine Niederlage erlitten.

»Was ist denn los?«, fragte ich Yamashiro, der neben mir auf der Bank an der Außenwand saß. Er starrte mich kurz an, bevor er sprach. »Die Offiziere der Hinode-Flotte kommen für eine Siegesfeier zusammen«, sagte er. »Wir werden vier

Schlachtschiffe ganz für uns alleine haben.«

»Feier?«, fragte ich. »Hier sieht es aus wie auf einer Beerdigung.«

»Sozusagen. Genau wie Sie fliehen wir. Der Feind wird einige Hundert Schiffe haben. Wir werden vier haben. Wir betrachten diese Schlacht als Niederlage.«

»Das alles haben Sie nicht erst seit gestern Abend geplant«, sagte ich.

Yamashiro schüttelte den Kopf. »Wir wussten schon seit Langem, wo wir stehen … lange bevor wir uns unterhalten haben. Wir haben unsere Flucht seit Monaten geplant. Eins habe ich allerdings aus unserer Unterhaltung mitgenommen. Ich habe mich schon lange in Admiral Klybers Schuld gefühlt. Wäre er nicht gewesen, hätte die Navy Ezer Kri angegriffen. Er überredete den Senat, sich mit einer Besetzung zufriedenzugeben. Als Sie versuchten, mich zu warnen, beschloss ich, meine Schuld zu begleichen, indem ich Sie mitnehme.«

Das gesamte Übertragungsnetzwerk musste in dem Moment zusammengebrochen sein, als ein Hinode-Schlachtschiff seine Laser auf die Übertragungsstation des Mars abfeuerte. Die Scheiben – kilometerbreite Spiegel, die nur von elektrischen Leitungen und rasierklingendünnen Schweißnähten zusammengehalten wurden – zerschmetterten auf der Stelle. Man denke nur – die Vereinigte Obrigkeit, das größte und mächtigste Imperium in der Geschichte der Menschheit, wurde nur von Elektroverkabelung und einigen Schweißnähten zusammengehalten.

Jetzt, da das Netzwerk zusammengebrochen war, waren alle Flotten in den von ihnen bewachten Gebieten gestrandet. Als die Scheiben vom Mars zerbarsten, wurde das gesamte Übertragungsnetzwerk abgeschaltet. Die Schiffe der VO-Navy konnten achtundvierzig Millionen Kilometer pro Stunde zurücklegen, aber das war nur ein Sechstel der Lichtgeschwindigkeit und die meisten bewohnten Planeten waren Tausende Lichtjahre voneinander entfernt. Die VO-Navy hatte eine Flotte im Scutum-Crux-Arm. Diese hätte die Hinode-Flotte besiegen können, doch die Schiffe waren zehntausend Lichtjahre entfernt. Ohne das Übertragungsnetzwerk brauchten diese Schiffe sechzigtausend Jahre bis zur Erde.

Ohne Übertragungsnetzwerk war die Galaxis nicht länger eine Republik; sie war eine lockere Ansammlung bewohnter Planeten. In allen sechs Armen gab es nur sehr wenige Fälle, in denen sich zwei bewohnte Planeten in erreichbarer Entfernung voneinander befanden.

Und dann war da noch die Frage der Kommunikation. Diese Scheiben dienten als Leiter. Sie verbreiteten und richteten Radiowellen aus, sodass die Erde in ihrem gesamten Reich kommunizieren konnte. Jetzt, auch wenn man Lasertransfer verwendete, würde es schon Minuten dauern, bis Botschaften auch nur auf dem Mars eintrafen. Wie Tom Halverson es später beschrieb, war die Kommunikationsfähigkeit der Menschen ins Zeitalter des Ponyexpresses zurückgeworfen worden.

In Scutum-Crux, Sagittarius und all den anderen äußeren Armen war die Erde plötzlich verstummt. Die meisten Menschen würden wissen, dass Hinode-Schiffe die Erde angegriffen hatten. Das war alles, was sie erfahren würden. Plötzlich war jeder Planet allein im Universum. Keine Flotte hatte auch nur den Hauch einer Chance, das von ihr momentan bewachte Gebiet je wieder zu verlassen. Ums Überleben kämpfende Planeten konnten jede Hoffnung auf Hilfe oder Lieferungen begraben.

Nur die Alliierten – die Konföderierten Arme, die Mogats und die Japaner – konnten jetzt noch quer durch die Galaxis reisen. Mit Ausnahme kleiner wissenschaftlicher Schiffe, die auf die Erforschung ausgelegt waren, hatte sich die gesamte selbstübertragende Flotte der VO an Bord der *Doctrinaire* befunden. Jetzt löste sich die Allianz zwischen den Japanern, den Mogats und den Konföderierten Armen auf. Ich hatte nicht gelogen, als ich Yamashiro meine düsteren Prophezeiungen dargelegt hatte.

# 39

Wenn die Konföderierten Arme oder die Morgan-Atkins-Anhänger Verdacht geschöpft hatten, dass die Japaner fliehen wollten, so schien es ihnen nichts auszumachen. Die Japaner sagten, sie bräuchten vier Schlachtschiffe für ihre Siegesfeier, und Mogats und Konföderierte willigten ein. Wieso auch nicht? Nach Abzug ihrer Verluste gegen die *Doctrinaire* verfügten sie immer noch über 486 Schiffe in ihrer Flotte.

Yamashiros Männer durchsuchten ihr Geschwader aus vier Schiffen nach Bomben und Fallen und befanden, dass alles sauber war. Ihre Selbstübertragungsgeneratoren luden bereits auf und die neue, aus vier Schiffen bestehende Hinode-Flotte entfernte sich von den Schiffen der Konföderierten/Mogats. Offiziere auf den anderen Schiffen hätten darauf kommen können, dass die Japaner die Absicht hatten, zu fliehen. Hätten sie aufgepasst, wäre ihnen nicht entgangen, dass die Übertragungsgeneratoren aufgeladen waren.

Sobald wir uns von den anderen Schiffen wegübertragen hatten, waren wir in Sicherheit. Die Milchstraße war so ausladend, dass uns niemand finden würde, der nicht wusste, wo er suchen sollte. Vergessen wir das Bild der Nadel im Heuhaufen. Die Chancen, in der Milchstraße versehentlich auf eine feindliche Flotte zu stoßen, bewegten sich eher in der Dimension, ein bestimmtes Sandkorn in der Sahara auffinden zu wollen.

Die Stimmung auf dem Schiff entspannte sich, nachdem alle vier Schiffe aufgetaucht waren. Der größte Teil der Mannschaft nahm an einer Einsatzbesprechung teil, zu der ich nicht eingeladen war. Ich blieb in einem Bereitschaftsraum nicht weit von der Brücke und erkannte, dass ich im Grunde immer noch ein Gefangener war.

Ich saß an einem Ende eines langen Konferenztischs und mein Blick war fest auf eine unbestimmte Stelle an der Wand gerichtet. In den letzten Jahren meines Lebens hatte ich unter Ausgrenzung gelitten. Ich fühlte mich entfremdet. Ich war kein normaler Klon, ich war kein natürlich Geborener und ich spürte keine Zugehörigkeit zu irgendjemandem, der künstlich oder natürlich war. Jetzt, mit dem Wissen, dass die Republik, die mich geschaffen hatte, nicht mehr existierte, fühlte ich mich krank und leer. Die Vereinigte Obrigkeit war so riesig und unbestreitbar gewesen, dass mir nie in den Sinn gekommen war, sie könnte untergehen. Was geschieht, wenn das Universum untergeht? Wer weiß? Wen kümmert es? Wir würden alle tot sein.

Doch das Universum meiner Erschaffung war untergegangen und ich hatte überlebt. Ich saß allein in einem Konferenzzimmer und grübelte über das Ende von Erdenbräu und Waisenhäusern voller Militärklone nach. Würden die äußeren Flotten der Navy Nahrung finden oder würden sie verhungern? Auf den Golan-Trockendocks befanden sich Zehntausende Männer, die unweigerlich sterben würden, wenn niemand sie rettete. Doch die einzigen Schiffe, die sie erreichen konnten, waren konföderierte Schiffe.

Die Einsatzbesprechung dauerte Stunden, aber ich bemerkte

es nicht. Ich fragte mich, welch seltsame Schuld Yoshi Yamashiro glaubte, Bryce Klyber gegenüber zu haben, und wieso er dachte, er könne sie begleichen, indem er mich rettete. Ich fragte mich, wie tief diese Schuld reichte. War sie beglichen, indem er mein Leben rettete? Würde sie beinhalten, dass man mich in die Hinode-Navy integrierte?

Die Tür zum Konferenzzimmer öffnete sich, aber ich sah nicht hoch. Ich hätte genauso gut auf meiner Pritsche in der Arrestzelle liegen können. Yamashiro kam mit vier Offizieren herein. Seine vier Offiziere stellten sich zu beiden Seiten des Tischs auf. Sie saßen nicht am Tisch, sondern bildeten ein V um ihn herum; wie Samurai, die ihren Shogun bewachten. Die nächsten Minuten saß ich schweigend da.

»Der zweite Krieg hat bereits begonnen«, sagte Yamashiro mit einem Flüstern, das dennoch die Stille durchbrach. »Ein Kampf ist zwischen den Mogats und den Konföderierten Armen entbrannt. Die Mogats haben die Kontrolle über den größten Teil der Flotte erlangt.«

»Woher wissen Sie das?«, fragte ich.

»Wir haben uns an Ihnen ein Beispiel genommen und Sender auf allen Schiffen platziert«, sagte Yamashiro.

»Sie haben Ihre eigenen Schiffe verwanzt? Aber das würde ja bedeuten, dass wir uns immer noch in ihrer Nähe befinden?«

»Wir sind acht Millionen Kilometer von der Flotte entfernt. Man könnte sagen, wir haben uns in Lauschdistanz begeben.«

»Kann man Sie nicht entdecken?«, fragte ich.

»Und wie sollen sie das machen?«

»Radar«, sagte ich. »Radarstationen können die Anomalie auffangen, wenn Sie hineinübertragen.«

»Und die Information durch das Übertragungsnetzwerk

weiterleiten«, sagte Yamashiro. »Nur das Übertragungsnetzwerk gibt es nicht mehr.«

»Und Ihre Sender haben eine Direktverbindung«, sagte ich.

»Selbst wenn die Morgan-Atkins-Anhänger uns entdeckten, könnten wir uns woandershin übertragen, bevor sie uns erreichen. Doch, wie Sie sich vielleicht vorstellen können …«

»Haben die Mogats und die Konföderierten Wichtigeres zu tun.«

»Ich würde sagen, sie sind momentan abgelenkt«, sagte Yamashiro.

»Was bedeutet das jetzt für mich?«, fragte ich. »Bin ich jetzt ein Bürger von Shin Nippon?«

»Es tut mir leid, Ihnen sagen zu müssen, Colonel Harris, dass meine Offiziere und ich das besprochen haben, und wir sind nicht der Meinung, es wäre ratsam, einen Mann von Ihrer zerstörerischen Kapazität zu unserem Planeten zu bringen.«

»Sie meinen einen Befreier?«, fragte ich.

»Ich meine einen Killer«, sagte Yamashiro. »Einige meiner Leute haben beobachtet, wie Sie Ihren Gefängniswärter getötet haben. Befreier oder natürlich Geborener, Sie sind ein gefährlicher Mann.«

»Ich bin nicht der einzige Killer. Sie und Ihre Männer tragen Uniformen«, bemerkte ich.

»Wir sind Ingenieure. Wir modernisierten die Schiffe und halfen, sie zu fliegen«, sagte Yamashiro. »Die Mogats und die Konföderierten haben das Kämpfen übernommen. Wir wollten niemals in einen Krieg eintreten.«

»Also war das nur eine Galgenfrist«, sagte ich, weil ich dachte, Yamashiro wolle mich hinrichten.

»Ich verstehe nicht«, sagte Yamashiro. »Wir werden Sie

überall hinbringen, wohin Sie wünschen, solange es unser Schiff nicht in Gefahr bringt.«

»Sie machen Witze«, sagte ich.

Yamashiro sah verwirrt aus.

»Warum helfen Sie mir?«, fragte ich.

»Wir stehen in der Schuld von …«

»Bryce Klyber. Ja, das sagten Sie bereits. Aber Sie haben auch einem Mogat-Attentäter gezeigt, wie man Klyber töten kann, indem man an seinem Transporter herumpfuscht.«

»Wir hatten keine andere Wahl«, sagte Yoshi Yamashiro. »Admiral Halverson sagte, wir könnten den Krieg nicht gewinnen, solange Klyber die *Doctrinaire* befehligt.«

»Ich verstehe nicht, wie das sein kann. Ich habe sowohl unter Klyber als auch unter Admiral Thurston gedient. Ich sah, wie die beiden sich in einer Kampfsimulation gegenüberstanden. Thurston hat Klyber locker übertroffen. Wieso war es so wichtig, dass Thurston das Kommando übernimmt? Nach dem, was ich gesehen habe, hatten Sie die ganze Zeit etwas, das mächtiger war als die *Doctrinaire.*«

Yamashiro warf den Offizieren, die zu beiden Seiten saßen, einen Blick zu, als wolle er um Erlaubnis bitten oder suche Hilfe. Einige von ihnen schienen uns keine Aufmerksamkeit zu schenken. Diejenigen, die seinen Blick auffingen, nickten.

»Jetzt, da der Kampf beendet ist, nehme ich an, dass es keinen Grund gibt, das Geheimnis zu wahren. Ich hörte, dass Admiral Halverson Ihnen ein tragbares Anzeigegerät zur Verfügung gestellt hat. Stimmt das?«

Ich nickte.

»Als die Schlacht begann, blieb einer unserer Kreuzer zurück.«

Ich dachte darüber nach und erinnerte mich an ein Schiff, das nur stotternd vorwärtskam und hinter dem Rest zurückhing. Ich hatte angenommen, dass es technische Probleme hatte. Dann, als der Kampf fortschritt, hatte ich es vollkommen vergessen.

»Das war die Waffe«, sagte Yamashiro mit der selbstzufriedenen Ausstrahlung eines Mannes, der glaubt, dass er gerade ein gewaltiges Rätsel erklärt hat.

»Der Kreuzer hat die *Doctrinaire* zerstört?«, fragte ich skeptisch.

Yamashiro sah wieder zu seinen Offizieren und entschied dann, reinen Tisch zu machen. »Admiral Klyber war ein sehr offensiver Kommandant. Er hätte sein Kommandoschiff zusammen mit seinen anderen Schiffen in den Kampf geworfen. Robert Thurston war eher ein Organisator. Mit einem Superschiff wie der *Doctrinaire* zog er es vor, feindliche Schiffe abzuschießen, während seine unterstützende Flotte sie zu ihm trieb. Klyber hätte die *Doctrinaire* so geflogen, wie man sie hätte fliegen müssen – wie ein gigantisches Schlachtschiff. Thurston benutzte sie wie eine fliegende Festung. Verstehen Sie jetzt?«

Ich schüttelte den Kopf, obwohl das Bild sich allmählich zusammenfügte.

»Klyber hätte sein Schiff über das gesamte Schlachtfeld geflogen. Thurston blieb an einer Stelle und zerstörte jedes Schiff, das in seine Reichweite kam. Er blieb lange genug an einer Stelle, damit wir seine Position bestimmen konnten, und …«

»Sie haben den Kreuzer direkt in die *Doctrinaire* hinein übertragen«, sagte ich. Meine Bewunderung war unermesslich. »Das ist absolut brillant.«

»Wir hatten auf der Brücke des Kreuzers eine Nuklearbombe installiert.«

»Also war der Kreuzer eine Drohne?«, fragte ich.

»Man kann Drohnen nicht selbstübertragen. Man könnte die Kontrolle während der Übertragung verlieren. Wir hätten einem Drohnenschiff nicht vertraut; nicht, wo doch so viel davon abhing. Wir bildeten eine Besatzung aus Morgan-Atkins-Anhängern für eine Selbstmordmission aus.«

»Eine Kamikaze-Mission? Sie haben Kamikaze-Piloten ausgebildet?« Die Ironie war bemerkenswert, aber Yamashiro schien unbeeindruckt. Er starrte mich mit versteinertem Gesicht an. »Sie haben einer Gruppe Mogats beigebracht, wie sie einen Übertragungscomputer bedienen können?«, fragte ich. »Haben Sie ihnen auch technische Tipps gegeben?«

Yamashiro nickte.

»Und diese Information haben sie garantiert an ihre Freunde weitergegeben«, sagte ich. »Sie haben den Krieg gewonnen und sich entbehrlich gemacht. Von jetzt an werden die Mogats in der Lage sein, ihre eigenen Schiffe zu steuern.«

Yamashiro zog seine Zigaretten hervor und zündete eine an. Er zog den Rauch tief ein und behielt ihn für einige Sekunden in der Lunge. Seine Augen zuckten nicht einmal. Er blinzelte auch nicht. Er starrte in die Ferne, während er in seinem Kopf Berechnungen anstellte. Er war gedrungen und stark, aber dennoch ein alter Mann. Seine Verbündeten hatten ihn übers Ohr gehauen und er wusste es.

Da stand Gouverneur Yoshi Yamashiro in seinem Anzug und seiner roten Krawatte und grübelte über die Verbündeten nach, denen er seine Seele verkauft hatte. Wen hasste er mehr – die Konföderierten Arme, die Morgan-Atkins-Anhänger, die Vereinigte Obrigkeit oder sich selbst?

»Wir können Sie nicht zur Erde fliegen«, sagte Yamashiro schließlich, nachdem er den Zigarettenrauch ausgeatmet hatte. »Das ganze System ist ein einziges Kampfgebiet. Gibt es sonst noch einen Ort, wo Sie hinmöchten?«

»Ganz egal, wohin?«, fragte ich. »Bringen Sie mich nach New Columbia.«

# 40

Ich hatte eine Menge Gründe, warum ich nach New Columbia zurückwollte. Wenn ich schon auf einem Planeten festsitzen musste, fand ich den Gedanken von einem mit einer soliden landwirtschaftlichen Grundlage und kleiner Bevölkerung angenehm. Dank der Evakuierung gab es auf New Columbia weit mehr Nahrung als Menschen.

Auch vor der Evakuierung hatte New Columbia schon eine Wirtschaft gehabt, die eigenständig überleben konnte. In Safe Harbor und anderen Städten gab es sowohl industrielle als auch finanzielle Infrastruktur. Außerhalb der großen Städte gab es große landwirtschaftliche Betriebe. Der Planet war ursprünglich eine Bauernkolonie gewesen. Zugegeben, ich hatte Feinde in Safe Harbor. Wenn Jimmy Callahan den Angriff auf den Marinestützpunkt überlebt hatte, würde er wohl noch ein Hühnchen mit mir rupfen wollen. Vielleicht gab es auch Marines, die mich für einen Deserteur hielten, weil ich während des Angriffs nicht auf dem Stützpunkt geblieben war.

Doch ich hatte meine Gründe, warum ich nach New Columbia wollte. Der erste hieß Ray Freeman. Das letzte Mal, als ich mit Freeman gesprochen hatte, war er zu genau diesem

Planeten unterwegs gewesen, um sich dort mit mir zu treffen. Wir waren zwar nicht unbedingt Freunde, aber wir waren Partner. Mit ihm fühlte ich mich so verbunden wie sonst mit niemandem in der Galaxis. Seit die Mogats die *Doctrinaire* zerstört hatten, legte ich mehr Wert auf Menschen.

Der andere Grund, weshalb ich nach New Columbia wollte, war mein Flugzeug, der selbstübertragende Starliner, den ich von der *Doctrinaire* entliehen hatte. Das Schiff gehörte jetzt unwiderruflich mir. Da die *Doctrinaire* zerstört worden war, wusste jetzt niemand mehr, dass Johnston Aerodynamics jemals einen selbstübertragenden Starliner gebaut hatte. Sobald ich ihn wieder in meinem Besitz hatte, war ich nicht länger auf New Columbia gestrandet … vorausgesetzt, er hatte den Angriff überstanden.

Von der Brücke des Hinode-Schlachtschiffs aus nahm ein Offizier einen Satellitenscan von Safe Harbor vor und erstattete dann Gouverneur Yamashiro Bericht. »Die Stadt wurde vor dem Angriff evakuiert«, sagte er. »Sie scheint immer noch überwiegend leer zu sein. Die Hauptziele wurden alle zerstört. Ich habe einen Panzer und einige bewaffnete Truppentransporter ausgemacht, die sich innerhalb der Stadtgrenzen bewegen. Außerdem habe ich einen Schusswechsel registriert.«

»Artillerie?«, fragte Yamashiro.

»Kleine Waffen«, meldete der Offizier.

»Sind Sie sicher, dass Sie dorthin wollen?«, fragte Yamashiro mich.

»Ja«, sagte ich.

Er wandte sich an seinen Deckoffizier. »Können wir einen Transporter gefahrlos dorthin schicken?«

»Soweit ich das sehen kann, gibt es keine Menschen in der Umgebung vom Safe-Harbor-Raumhafen.«

»Glauben Sie, es ist sicher, dort zu landen?«, fragte Yamashiro.

»Ich bezweifle, dass jemand unseren Anflug bemerken würde. Der Raumhafen befindet sich einige Kilometer außerhalb der Stadt. Selbst wenn sie den Transporter unterwegs ausmachen, sollten wir in der Lage sein, wieder abzuheben, bevor irgendjemand bis auf dreißig Kilometer an uns herangekommen ist.«

»Wie sieht der Raumhafen aus?«, fragte ich.

»Unbeschädigt«, sagte der Offizier. »Ich glaube nicht, dass Plünderer es bis dort hinaus schon geschafft haben. Er befindet sich ziemlich weit außerhalb der Stadt und die Straßen wurden zerstört.«

»Wie sieht es mit dem Marinestützpunkt aus?«, fragte ich.

»Zerstört.«

»Der Armystützpunkt?«, fragte ich.

Der Offizier schüttelte den Kopf. »Alle Hauptziele wurden zerstört.«

Vielleicht war Callahan tot, dachte ich. Ich hatte den Gedanken noch nicht zu Ende gebracht, da verhöhnte eine Stimme in meinem Geist bereits dieses Ansinnen.

Yoshi Yamashiro schlug vor, dass ich einen Tarnanzug der alten Galaktischen Zentralflotte tragen sollte statt der Uniform eines Hinode-Offiziers. Um genau zu sein, befahl er mir, mich umzuziehen, aber er ließ es wie einen Vorschlag klingen, indem er sagte: »Vielleicht würden Sie sich weniger zur Zielscheibe machen, wenn Sie einen Tarnanzug trügen.«

Ich war klug genug, nicht mit ihm zu diskutieren.

Yamashiro und seine ranghöchsten Offiziere brachten mich zur Landebucht und begleiteten mich zum Transporter. Yamashiro verbeugte sich und seine Offiziere salutierten, als ich die Rampe hinaufging. Ich wandte mich um und erwiderte den Gruß.

Der Kessel war geräumig und trostlos. Er war groß genug, um einhundert Mann aufzunehmen, und vollkommen leer. Ich sah mich in der schwach erleuchteten Kabine um und registrierte die Metallwände und schattigen Abteile.

Auf der Bank stand eine Kiste. Die Karte auf der Kiste trug meinen Namen. Als die Schubdüsen das Schiff vom Deck abheben ließen, setzte ich mich und öffnete die Kiste. Sie enthielt eine M27 einschließlich eines abnehmbaren Schafts. Ich fand eine Partikelstrahlpistole. Außerdem fand ich ein Kampfmesser mit einer gezackten, fünfundzwanzig Zentimeter langen Klinge und einer Ablaufrinne für das Blut. Es sah dem Messer, das meine Hollywoodversion in dem Film *Die Schlacht um den Kleinen Mann* getragen hatte, bemerkenswert ähnlich. Früher dachte ich, dass kein Marine, der etwas auf sich hält, so ein Messer mitführen würde. Jetzt baumelte es von meinem Gürtel. In dem Morast von Safe Harbor könnte es mir möglicherweise gute Dienste leisten. Die Kiste enthielt auch einen Munitionsgürtel. Unter dem Gürtel fand ich fünf Ersatzmagazine für meine M27 und ein halbes Dutzend Granaten, die so groß waren wie Golfbälle.

Der Flug hinunter zum Raumhafen von Safe Harbor dauerte nur wenige Minuten. Währenddessen hatte ich meine M27 auseinandergenommen und wieder zusammengesetzt. Ich liebte es, wie das Einschnappen und Klicken in der leeren Kabine widerhallte. Ich steckte ein Magazin hinein und sicherte die Waffe.

»Wir landen gleich«, rief der Pilot vom Cockpit her. Das war die einzige Vorwarnung, die ich bekam. Ich hörte die Schubdüsen, spürte den gedämpften Aufprall, als das Fahrwerk auf dem Pflaster aufsetzte, und ging die Rampe hinunter, sobald die schwere Metalltür sich vor mir geöffnet hatte.

Der Transporter mit seinen Landungsleuchten und den Scheinwerfern bildete eine kleine Lichtinsel. Sobald ich die Rampe verlassen hatte, schlossen die Türen sich hinter mir und blaue Flammen stießen aus den Schubdüsen. Instinktiv duckte ich mich und rannte in Sicherheit. Dann beobachtete ich, wie das bauchige Schiff vom Asphalt abhob, sich in der Luft drehte und davonstob, bis es außer Sichtweite war. Für ein paar Sekunden konnte ich die Lichter des Transporters verfolgen, bevor sie sich auflösten.

Die Luft stand unten auf dem Rollfeld und war schwül. Die warme Nacht konnte nicht einmal mit einer Brise aufwarten. Grillen oder ähnliche Insekten verursachten ein elektronisch klingendes Summen in der Ferne. Außer diesem Summen gab es in dieser Nacht keine weiteren Geräusche.

Das weitläufige Rollfeld sah in der mondlosen Dunkelheit kohlrabenschwarz aus. Vielleicht lag es an der Folter oder vielleicht war es der Niedergang der scheinbar unbesiegbaren Vereinigten Obrigkeit … aus irgendeinem Grund fühlte ich mich winzig und einsam. Vor nicht allzu langer Zeit war ich Menschen aus dem Weg gegangen. Jetzt war mir ein neues Gefühl schmerzlich bewusst – eine öde Leere, die sich in meinem Bauch ausbreitete, wenn Menschen mich allein ließen. Ich dachte über dieses neue Gefühl nach und entschied, dass es mit Angst nichts zu tun hatte. Es war aus der neuen Erkenntnis entstanden, dass das Leben zerbrechlich war.

Ich dachte darüber nach, wie ich mich gefühlt hatte, nachdem ich Sam in meiner Zelle getötet hatte. Bedauern für den Mord an einem Mann, dessen Absicht es gewesen war, mich zu ermorden, war unlogisch. War es Einsamkeit?

Nach dem, was ich um mich herum sah, gab es nirgendwo

in dem Raumhafen auch nur ein einziges verirrtes Volt Elektrizität. Die Gebäude standen schweigend und finster wie Berge mit unnatürlich glatten Klippen. Rollfeldlampen sprossen sinnlos aus dem Pflaster. So weit ich den dunklen Schleier mit Blicken durchdringen konnte, war der Raumhafen seit dem Angriff unberührt geblieben. Ich sah den Umriss des Terminals in der Ferne. Seine Silhouette bestand aus geraden Linien.

Das gewaltige Rollfeld erstreckte sich glatt vor mir. Ich lief dort entlang und brauchte keine Angst zu haben, über etwas zu stolpern. Die blendend weißen Wände der Hangars sahen dunkelgrau aus, als ich an ihnen vorbeikam. Die großen Vordertüren der ersten Hangars standen weit offen. Ich spähte hinein und sah, dass man sie bis auf Werkzeuge und Ausrüstung geleert hatte.

Ich geriet kurz in Panik, als ich den Hangar, in dem ich den Starliner zurückgelassen hatte, sperrangelweit offen und leer vorfand. Ich spürte, wie mir das Herz in die Hose rutschte, als ich mich in der weitläufigen Dunkelheit umsah. Als ich gerade die Hoffnung verlieren wollte, sah ich nicht weit entfernt einen ähnlichen Hangar und erkannte, dass ich vielleicht in das falsche Gebäude gegangen war.

Mein Puls wurde schneller und ich rannte zu dem nächsten Hangar. Die Tür war verschlossen. Ich dachte daran, meine Partikelstrahlpistole zu ziehen und die Tür aus den Angeln zu schießen, aber ich entschied mich dagegen. Wenn mein Starliner da drin war, sollte ich für eine Tür dankbar sein, die ihn vor neugierigen Augen versteckte.

Neben dem Hangar fand ich eine Bürotür und schlug das Glas mit meiner Pistole ein. Ich streckte eine Hand hindurch, schloss auf und verschaffte mir Zutritt. Es gab keinen Strom. Das einzige Licht im Büro stammte von einem *Ausgang-*

Schild, das immer schwächer leuchtete, da es sich von den allerletzten Dämpfen seiner Notfallbatterien ernährte. Das grüne Licht des Schilds bildete eine phosphoreszierende Pfütze über der Tür. Es erstaunte mich, dass die Notfallbatterien so lange gehalten hatten, bis ich erkannte, dass der Angriff auf New Columbia vor weniger als einer Woche erfolgt war.

Ich öffnete die Tür unter dem *Ausgang*-Schild. Der Hangar war gemessen an den Raumhafenstandards klein. Trotz der zehn Meter hohen Decke war das Gebäude viel zu eng, um so einen Militärtransporter wie den, auf dem ich hergekommen war, aufzunehmen. Es war gerade groß genug, um drei Pendlerschiffe Seite an Seite zu beherbergen.

Schwaches Licht fiel durch ein Fenster an der Rückwand und löste sich in unheimlicher Schwärze auf. Meine Augen konnten sich nicht an diese völlige Dunkelheit gewöhnen. Der Hangar war nicht nur dunkel, sondern auch vollkommen still. Er war ein Geräuschvakuum, in dem nicht einmal das Zirpen einer Grille, ein tropfender Wasserhahn, eine Brise oder das Ticken einer Uhr zu hören waren.

Ich streckte eine Hand nach vorne, damit ich nicht gegen etwas rannte, und taumelte vorwärts. Ich hatte Angst, über ein Kabel oder einen Werkzeugkasten zu stolpern, aber der Boden war sauber. Ich stellte mir vor, dass ich umhertastete und etwas Kaltes, Totes fand – ein Opfer der Invasion. Doch auch das geschah nicht. Die einzigen Menschen im Raumhafen zum Zeitpunkt des Angriffs hatten die Erlaubnis gehabt, den Planeten ungehindert zu verlassen.

Ich fand das glatte, abgerundete Metall eines Raumschiffs. Es war fast zu groß für diesen Hangar. Mein Starliner war für ein Privatschiff sehr groß, aber so groß wie dieses Schiff war er nicht. Dieses Schiff war groß und bauchig. Ich strich mit der Hand über seine fast vertikale Hülle und tastete mich weiter. In der Dunkelheit konnte ich mir nicht sicher sein, aber ich war zuversichtlich, dass ich dieses Schiff erkannte.

Erneute arbeitete ich mich durch die Finsternis. Ich ging langsam und blind und hatte Angst, mir jeden Moment den Kopf an einem Flügel oder Regal zu stoßen. Nicht weit von dem ersten Schiff entfernt fand ich den Rand eines diagonal verlaufenden Flügels, der zu einem zweiten Schiff gehörte. Ich folgte dem Flügel bis zur Vorderseite des Starliners, tippte meinen Sicherheitscode auf dem Tastenfeld ein und öffnete die Luke.

Jetzt befand ich mich auf vertrautem Terrain. Ich betätigte einen Schalter und Licht flammte in der Kabine auf. Sie war lang und eng. Darin befanden sich weiße Ledersitze, und die Wände waren mit dunklen Holzpaneelen verkleidet. Aus diesem Winkel sah die Kabine wie ein Miniaturkino aus, das man in eine Röhre eingebaut hatte. Statt einer Leinwand gab es ein Cockpit.

Ich schaltete die Landescheinwerfer ein und sah mir das andere Schiff an. Wie vermutet war es Freemans Schiff. Er hatte es bis hierher geschafft. Ich hatte nicht gewusst, ob er Safe Harbor erreicht hatte, bevor die Konföderierte Navy das Übertragungsnetzwerk zerstört hatte. Freeman hatte nicht bemerkt, dass mein Starliner selbstübertragend war, sonst hätte er sich ihn unter den Nagel gerissen.

In dieser Nacht schlief ich in dem Starliner. Die Sessel ließen sich nur begrenzt nach hinten verstellen, aber sie waren weich und bequem.

Der Safe-Harbor-Raumhafen befand sich etwa fünfzig Kilometer außerhalb der Stadt. Beim ersten Tageslicht klaute ich einen Wagen von einem Parkplatz außerhalb des Passagierterminals und fuhr los. Die Autobahn war leer und ruhig. Wälder säumten die eine Seite der Straße, Felder die andere. Es gab keine Autos auf der Straße und keine Spur von Menschen. Wären da nicht gelegentlich Anzeigetafeln oder Straßenschilder gewesen, hätte man glauben können, dass es sich um einen natürlichen Pfad auf einem unbewohnten Planeten handelte.

Etwa acht Kilometer die Straße hinunter traf ich auf die Ruinen einer bewaffneten Kolonne. Panzer, Raketenträger, Mannschaftstransporter, Jeeps – Militärfahrzeuge aller Art standen verbrannt und kaputt herum. Einige waren umgekippt und ihre Räder zeigten in die Luft.

Beim Auseinandernehmen dieser Kolonne hatte der Feind auch die Straße zerstört. Drei und sechs Meter breite Gräben verunzierten die Straße. Krater übersäten die Landschaft wie Pockennarben. Eine besonders tiefe Furche schnitt durch eine Kurve der Straße und erstreckte sich wahrscheinlich noch weiter. Sie sah wie eine riesige Wunde aus, die ein Messer in der Erde hinterlassen hatte. Die aufgeworfene Erde in der klaffenden Furche war verkohlt.

Ich sah keinen Sinn darin, noch weiter zu fahren, stieg aus meinem Wagen und schulterte meine Ausrüstung. Ich war nicht der Erste, der hier parkte. Ein ziviler Lieferwagen stand direkt vor dem Konvoi. Genau wie ich hatte jemand ein Fahrzeug gestohlen und war so weit es ging vom Raumhafen weggefahren. Ich hatte einen Luxuswagen gestohlen. Der andere ein Nutzfahrzeug mit Ladefläche und Kopffreiheit. Das musste Freeman gewesen sein.

Ich sah mir den kaputten Panzer genauer an, bevor ich den Marsch in die Stadt antrat. Es handelte sich um einen Alsance-Blake. Diese Baureihe wurde normalerweise von der Army verwendet. Derselbe starke Laser, der den Boden aufgerissen hatte, war auch in den Geschützturm des Panzers gefahren und hatte ihn eingeschmolzen. Flüssiges Metall war an der Seite des Panzers heruntergelaufen wie Wachs, das von einer Kerze tropfte. Die Soldaten in dem Panzer waren wohl in dem flüssigen Stahl ertrunken, wenn sie nicht vorher in Flammen aufgegangen waren. Vor einigen Tagen hätte ich menschliches Leben nicht mit dieser Zerstörung in Beziehung gesetzt. Jetzt fühlte ich so etwas wie Mitleid mit den Männern, die hier gestorben waren. Sie waren wohl Klone gewesen wie ich, aber dennoch auch wieder nicht. Sie waren wohl die üblichen Soldatenklone gewesen, nicht meinesgleichen, aber auch nicht weit davon entfernt.

Ich sprang über einen kleinen Graben hinweg, den die Laser in die Straße geschnitten hatten, und ging zum nächsten Fahrzeug. Der Lastwagen war in zwei Teile geschnitten worden. Das war das Werk eines Schlachtschiffs gewesen. Dies war die Stärke der Schlachtschiffe bei Angriffen. Man konnte den Planeten von oberhalb der Atmosphäre durchkämmen und Laserkanonen verwenden, um feindliche Stellungen zu zerstören, die aufgrund der Entfernung das Feuer nicht erwidern konnten. Mindestens dreißig Mann waren auf diesem Lastwagen gestorben. Verkohlte Leichen in Kampfanzügen grinsten mit verbrannten Lippen und Augenlidern auf mich herab.

Ich hörte das Krächzen von Vögeln in der Ferne. Ob sie sich bereits an diesem Aas hier zu schaffen gemacht hatten, wusste ich nicht, aber sie waren unterwegs hierher. Wenn diese Toten noch saftiges Fleisch zu bieten hatten, würden die Vögel es herauspicken und abreißen. Das war vielleicht gut so. Die Luft um diese Fahrzeuge herum stank nach verbranntem Fleisch. Ich bezweifelte, dass jemand hier herauskommen würde, um die armen Kerle zu beerdigen.

Nach ein paar weiteren Fahrzeugen erreichte ich eine Stelle, an der eine Explosion ein Loch von sechs Metern Tiefe in die Straße gerissen hatte. Der Durchmesser betrug mindestens neun Meter. Den Trümmern nach zu urteilen, die ich rund um das Loch sah, musste der Laser wohl einen Raketenwerfer getroffen haben. Dabei waren die tödlichen Marschkörper detoniert. Hätte das Fahrzeug eine nukleare Ladung an Bord gehabt, wäre ich radioaktiv verstrahlt worden, lange bevor ich den Konvoi erreichte. Ich hätte es nicht einmal lebend aus dem Raumhafen geschafft.

Eine wunderbare, kühle Brise strich über die Szene. Die Baumwipfel schwankten im Wind, der über den Samtteppich aus hohem Gras und über die Felder wehte. Jenseits glitzerte ein blauer See in der hellen Morgensonne. Direkt vor mir erstreckte sich die verkohlte Nachschublinie, so weit das Auge reichte, und verschwand hinter einem Hügel. Ich schätzte, dass die Kolonne sich noch etwa zehn Kilometer weiter hinzog.

Ich schaffte es nicht ganz bis Safe Harbor, bevor der Abend hereinbrach. Die Gräben und weggeschossenen Bereiche der Straße zu überwinden hatte Zeit gekostet. Am späten Nachmittag war ich etwa drei oder vier Kilometer von den Außenbezirken der Stadt entfernt. Ich war nah genug, um sie deutlich zu sehen, aber ich wollte den Stadtdschungel nicht in der Dunkelheit erreichen. Als die Sonne unterging und der Himmel Streifen aus Bernstein, Orange und Gold annahm, schlug ich ein Lager an einem Waldrand auf. Ich aß eine Fertigmahlzeit, die ich in dem Starliner aufgetrieben hatte.

Bei Einbruch der Nacht verließ ich den Wald, um mir die Stadt in der Ferne anzusehen. In den Hochhäusern brannten keine Lichter. Ein heller Schimmer stieg von den Straßen auf. Möglicherweise brannten Feuer in den Müllcontainern und

Abfalleimern. Vielleicht waren ein paar kleinere Läden in Flammen aufgegangen. Das Schimmern deutete auf kontrollierte Feuer hin, aber man konnte nie wissen.

Bei Tagesanbruch würde ich meinen Weg in die Stadt fortsetzen. Ich würde mich nach Fort Washington begeben, der zerstörten Marinebasis. Ich brauchte Kampfausrüstung. Die Sensoren und Linsen in einem Kampfhelm würden mir bei der Suche nach Freeman und Callahan helfen.

Bei meiner Rast in den Wäldern wollte ich meine Position nicht durch ein Feuer verraten. Ich lag also in der Dunkelheit und dachte über Safe Harbor, Honolulu, den Raumhafen Mars und die Stadt namens Hinode auf Ezer Kri nach. Sie alle waren geschäftige, aufstrebende Städte gewesen. Ich versuchte mir vorzustellen, wie es war, heutzutage durch diese Städte zu laufen. Aber das einzige Bild, das ich heraufbeschwören konnte, war ein Raumhafen-Terminal vollgepackt mit Millionen von Menschen, die aus ihrer Heimat flohen. Ich erinnerte mich an verängstigte Kinder, weinende Frauen und allgemeines Schweigen.

Am Morgen aß ich noch eine Fertigmahlzeit und setzte meinen Marsch in die Stadt fort.

# 41

Als ich das letzte Mal nach Safe Harbor gekommen war, war die Stadt leer, aber gut erhalten gewesen, wie ein Ausstellungsstück im Museum. Jetzt wirkte sie eher wie eine Geisterstadt. Plünderer hatten die kleinen Läden in den Außenbezirken der Stadt ausgeschlachtet. Einige Gebäude waren niedergebrannt.

Am Abend des Angriffs hatten einige Wagen am Straßenstrand gestanden. Jetzt fand ich Autos mitten auf der Straße. Diese Wagen mussten gestohlen, leer gefahren und dann verlassen worden sein. Nicht, dass ich das Recht gehabt hätte, Autodiebstahl zu verurteilen.

Safe Harbor war zu einem Flickwerk aus Hauptstadt und Kriegszonen geworden. Ich ging einige Blocks stadteinwärts und fand ein Viertel, das wahrscheinlich den Hinode-Angriff unbeschadet überstanden hatte, dann aber von Verbrecherbanden geplündert und zerstört worden war. Diese Gegend war eine vornehme Wohngegend mit zwei- und dreistöckigen Wohnhäusern, Parks mit Spielplätzen und Hecken entlang der Gehwege gewesen.

Hinode-Laser hatten diese Zerstörung nicht verursacht. Die Straßen waren unbeschädigt, aber überall gab es Einschusslöcher.

Die Fenster und Türen der Wohnhäuser waren aufgebrochen. Einige Gebäude waren vollkommen ausgebrannt. Die Fenster dieser Häuser waren vom Rauch geschwärzt. Betten, Spielzeug und Kleidung lagen auf den Straßen verstreut. Die Plünderer dieses Viertels hatten alles mitgenommen, was sie haben wollten, und dann in einer Art anarchistischer Raserei alles zerstört, was sie nicht wollten. Ich betrachtete die Stofftiere, die Spielzeugautos, die Bücher und die Möbel und dachte an die Familien, an denen ich im Raumhafen von Safe Harbor vorbeigegangen war.

Die Diebe hatten sich wie wilde Hunde, wie ein gottverdammtes Rudel Wildhunde aufgeführt. Bald würde ich ihnen begegnen und mein neu erworbener Respekt für das menschliche Leben würde mir nicht zugutekommen. Ich begann mich zu fragen, ob ich die Fähigkeit hätte, abzudrücken, wenn es so weit war.

Ohne Menschen werden Städte ungemütlich still. Während ich durch Safe Harbor lief, hörte ich meinen eigenen Atem und das leise Klappern meiner Schritte. Ich umrundete eine Ecke und hörte das Knallen von automatischem Gewehrfeuer. Ich befand mich am Rande des Finanzviertels. Es war voller riesiger Wolkenkratzer, die aus dem Himmel zu kommen schienen.

Eins der Gebäude auf der anderen Seite der Straße hatte eine kreisförmige Auffahrt, die von vier Fahnenmasten gesäumt wurde. Flaggen der Vereinigten Obrigkeit, des Orion-Arms, von New Columbia und Safe Harbor hingen daran. Sie flatterten und winkten. Ich hielt meine M27 im Anschlag. Mein rechter Zeigefinger lag am Abzug und meine linke Hand stützte den Lauf. Ich blieb stehen und sah mir die Flaggen an.

Das Finanzviertel erstreckte sich über einige Blocks. Viereinhalb Quadratkilometer Grundstücke mit fünfzig- und sechzigstöckigen Gebäuden, deren Fassaden aus Marmor und glänzenden Fenstern bestanden. Die Plünderer waren sicherlich in das Finanzviertel gekommen, aber sie konnten diese fingerdicken Glasfenster nicht mit einfachen Ziegeln einwerfen und sie würden keine Kugeln verschwenden, um diesen Teil der Stadt zu dekorieren. Einige der Gebäude hatten Schutzgitter vor ihren Eingangstüren. Die Plünderer würden bessere Werkzeuge finden müssen, bevor sie in diese Gebäude eindringen konnten. Sie würden Laser oder Sprengstoff brauchen. Ich fragte mich, wie gut bewaffnet die Plünderer wohl waren.

Zwischen den Gebäuden sah ich kleine Flecken des Himmels. Er war blau und wolkenlos und leuchtete. Der Tag würde bis zum Nachmittag heiß und schwül werden, aber im Moment lagen die Temperaturen um die zwanzig Grad und eine kühle Brise strich durch die Stadt.

Ein paar Blocks weiter im Finanzviertel fand ich die Überreste eines Kontrollpunkts der Army. Ich roch die Zerstörung, lange bevor ich sie sah. Der Geruch von Zerfall, Staub und Feuer wurde stärker. Dann ging ich um eine Ecke und stand vor dem Kontrollpunkt. Die Männer, die die Barrikade errichtet hatten, waren auf Plünderer vorbereitet gewesen, nicht aber auf Schlachtschiffe. Einige Laserstöße hatten ihre Panzer und gepanzerten Transporter zu Schlacke reduziert. An einer Stelle hatte ein Laser ein zwei Meter tiefes Loch mitten in der Straße hinterlassen.

Der Laser hatte eine kreisförmige Grube geschnitten. Er hatte die Straße um die Grube herum geschmolzen, wodurch der Asphalt angefangen hatte, zu kochen. Er war seit Tagen abgekühlt, doch der stechende Geruch von geschmolzenem Teer hing immer noch in der Luft.

Die Männer, die diesen Kontrollpunkt bewacht hatten, wären eher auf ihrem Posten gestorben, als zu desertieren. Sie waren Standardklone der Regierung. Durch ihre Programmierung waren sie so gut wie unfähig, einen Einsatz abzubrechen. Ein direkter Treffer aus diesen Laserkanonen konnte einen gesamten Platoon in Asche verwandeln und die Hitze, wenn ein Treffer in der Nähe einschlug, würde einen Menschen töten. Sie wären dennoch geblieben. Wenn nach dem Angriff Leichen zurückgeblieben waren, hatten die Plünderer sie fortgebracht.

Ich warf einen letzten Blick auf die Zerstörung, seufzte und ging weiter. Von jetzt an ging ich durch die kleinen Straßen und Gassen. Solange ich weiter nach Norden und Osten ging, würde ich irgendwo in der Nähe von Fort Washington herauskommen. Wenn Ray Freeman in Safe Harbor angekommen war, wäre der Marinestützpunkt der erste Ort gewesen, den er aufgesucht hätte.

Nach einer weiteren Stunde führte mein Weg mich in ein Geschäftsviertel. Von dem verlassenen Finanzviertel in ein Geschäftsviertel zu kommen, war, als verließe man einen Wald und fände sich auf Weideland wieder. Während ich durch die Gassen lief und mich um Paletten und Müll herumschlängelte, hörte ich das Dröhnen eines Motors.

Das Motorbrummen in den leeren Straßen von Safe Harbor klang für mich so fremd wie das Brüllen eines Dinosauriers. Es handelte sich nicht um ein Auto, so viel war sicher. Sollte es sich um einen Lastwagen handeln, dann war er groß. Wenn ich raten müsste, so hätte ich gesagt, dass es sich um einen gepanzerten Transporter der Marines oder Army handelte. Keine Firma, die etwas auf sich hielt, würde so einen lauten Lastwagen fahren.

Ich tauschte meine M27 gegen die Partikelstrahlpistole und

spähte um eine Ecke herum. Vor mir war eine Vierwegekreuzung, über der eine abgeschaltete Ampel hing. Von jetzt ab würde ich mich noch vorsichtiger fortbewegen müssen. Ich betrat feindliches Gebiet. Hier war das Reich der Gangs. Alles und jeder war der Feind.

Ich ging von Haus zu Haus, versteckte mich so gut es ging hinter Mauern und Zäunen und pirschte mich voran. Ich folgte dem Geräusch des Lastwagenmotors. Bald hörte ich Stimmen.

»Hey, Jungs, seht mich an! Ich bin ein beschissener Marine!« Der Mann, der das sagte, hatte eine tiefe Stimme, in der keinerlei Intelligenz auszumachen war.

Die Gebäude in dieser Gegend waren überwiegend zwei- und dreistöckige Gewerbegebäude. Ihre Schaufenster erstreckten sich über einen ganzen Block und die Eingänge waren mit Markisen überdacht. Sie alle waren geplündert und ausgeschlachtet worden. Das Glas der Schaufenster war zersplittert. In einem Fenster lagen Dutzende nackter Schaufensterpuppen aufeinandergestapelt, wie Holzscheite in einem Kamin.

Das Gebäude unmittelbar hinter mir war ein geplündertes Imbissrestaurant. Die Leute, die dort eingebrochen waren, hatten es anscheinend irgendwie geschätzt. Sie hatten weder die Fenster zerbrochen noch die Tische und Stühle gestohlen. Außer einer fehlenden Tür war das Restaurant so sauber, dass es hätte öffnen können.

Der Sprecher war genau um die Ecke von mir. Er sagte: »Seid damit vorsichtig, das ist etwas wert.«

»Das Ding hier? Das würde ich nicht aufsetzen. Da ist ja Klonfleisch drin. Der Klon ist wohl da drin verrottet.«

»Ich sage dir, der Helm ist was wert. Diese Marinekampfanzüge sind echt guter Scheiß.«

»Wenn du ihn nicht willst, nehm' ich ihn«, sagte eine dritte Stimme. »Ich geb' dir fünfhundert Mäuse dafür.«

Ich erkannte die Stimmen nicht. Ich kniete in einem Schatten und versuchte, Hinweise herauszuhören, wer diese Männer waren.

»Für Geld kann ich mir nix kaufen«, beschwerte der erste Mann sich.

»Doch, vielleicht irgendwann.«

»Nur, wenn die Regierung zurückkommt. Wenn das passiert, sind wir alle am Arsch.« Das war der zweite Sprecher, der so klang, als könne er wenigstens lesen.

»Ich geb dir 'ne Dose Frühstücksfleisch dafür«, bot der dritte Mann an.

»'ne Dose Frühstücksfleisch? Ohne Scheiß?« Der Mann klang beeindruckt.

Ich blieb tief geduckt und glitt vorwärts zu einem zerbrochenen Schaufenster. Der Boden in der Auslage war mit glitzernden Glassplittern übersät. Was immer auch sich darin befunden hatte, es musste wertvoll gewesen sein, denn die Plünderer hatten das Schaufenster vollkommen ausgeleert.

Ich kletterte durch das Fenster und sah eine offene Tür, die in das eigentliche Geschäft führte. Hier waren Delikatessen verkauft worden. Natürlich war auf den Regalen nichts mehr übrig. Poster bedeckten die Wände und zeigten Koscheres hier und Importiertes da. Banner für Käse- und Kaffeesorten hingen von der Decke. Umgeworfene Kühlvitrinen, zerstörte Regale und weggeworfene Einkaufswagen lagen überall auf dem Boden. Das Geschäft war groß und dunkel, bis auf das helle Sonnenlicht, das durch kleine Fenster hereinfiel.

Ich bahnte mir einen Weg durch die Trümmer. Die Kassenstände waren umgeworfen worden und Computerkassen lagen am Boden. Ihre Schubladen waren offen und leer. Ich stieg über eine Kasse hinweg, näherte mich der Vordertür des Geschäfts und spähte um die Ecke.

Der Vorplatz war auch mit viel Fantasie nicht belebt zu nennen, aber er war dennoch gut frequentiert. Dort sah es so aus, wie ein Einkaufszentrum mitten in der Stadt an einem Samstagnachmittag aussehen musste – in einer Stadt, in der am Wochenende alles geschlossen hat. Gruppen aus Männern und Frauen saßen auf Mauern oder um einen Brunnen herum. Der Brunnen war voll mit plätscherndem, klarem Wasser, aber die Fontänen waren abgeschaltet.

Ich erkannte die Frühstücksfleisch-Jungs sofort. Sie standen um die Leiche eines Marines herum. Der größte der Männer hatte dem toten Klon den Helm abgenommen und hielt ihn in seinen Händen. Ich beobachtete, wie er einen Fuß auf den Hals des toten Mannes stellte. Als ich sah, wie er den Helm vor sein Gesicht hielt und in das Visier starrte, entschied ich, dass der Mann ein Idiot war. »Was soll an dem Ding so gut sein?«

Ich hätte dieses Visier gut gebrauchen können. Meiner Meinung nach waren Marine-Kampfanzüge mit ihren Audiosensoren und Linsen die wichtigste Erfindung für Soldaten seit dem Schwarzpulver. Außerdem gefiel mir nicht, wie diese Leichenfledderer mit dem Leichnam eines gefallenen Marines umgingen.

Ich sah mich auf dem Vorplatz um und bemerkte, dass alle Männer bewaffnet waren. Die meisten trugen die Standardausgaben der M27. Sie mussten sie toten Soldaten und Marines abgenommen haben. Ich fragte mich, ob Plünderer es bis ins Fort Washington geschafft hatten und wie gründlich sie die Basis abgegrast hatten.

»Wieso willst du den so unbedingt?«, fragte der Goliath mit dem Helm den Winzling, der neben ihm saß.

»Gibt keinen Grund. Mir gefällt sein Aussehen.«

»Du bietest doch nicht grundlos Frühstücksfleisch dafür an.«

Am Rande des Vorplatzes sahen drei Männer unter die Plane eines Versorgungstransporters der Army. Die dunkelgrüne Farbe des Lastwagens hob sich von dem Zementplatz und dem Schieferbrunnen ab. Alle möglichen selbst ernannten Machthaber hatten die Stadt wahrscheinlich in Bezirke aufgeteilt und bestimmte Abschnitte für sich beansprucht. Ich hatte wohl das Hauptquartier eines solchen Machthabers gefunden. Vorne und hinten auf dem Lastwagen waren einige schwere Maschinengewehre montiert. Wenn das alles war, was dieser Herrscher über 1-Dollar-Läden zu bieten hatte, dann würden er und seine Sippschaft nicht lange überleben.

»Leg' noch ein paar Schokoladenriegel dazu und du kannst ihn haben«, sagte der große Mann.

»Ich hab' all meine Schokoriegel aufgegessen.« Der Zwerg klang verlegen. »Wie wär's mit einer halben Kiste Cremekuchen?«

Ich ging zurück in den Laden und verließ ihn durch ein Fenster auf der anderen Seite.

Die Machthaber mit den Territorien im Stadtzentrum kümmerten sich hauptsächlich ums Überleben. Sie herrschten über kleine Gebiete, hielten ihre Gangs immer streng zusammen und sammelten alles an tragbaren Waffen ein, was sie finden konnten. Ich kam auf meinem Weg durch Safe Harbor an mehr als einem halben Dutzend ähnlicher Machtbereiche vorbei.

Was wäre, wenn alle Städte in der Galaxis auf diese Weise degeneriert waren? War Washington, D. C. auch von einer

Handvoll selbst ernannter Häuptlinge aufgeteilt worden? Wahrscheinlich nicht. Vielleicht waren Städte wie Safe Harbor, die evakuiert worden waren, eher in Anarchie versunken. Städten, in denen immer noch Soldaten und Polizei die Ordnung aufrechterhielten, war es wahrscheinlich besser ergangen. Es dämmerte mir, dass diese Anarchie möglicherweise nicht auf das Gebiet der VO beschränkt war. Die Konföderierten Arme hatten vermutlich dasselbe Problem.

Als ich allerdings die Randgebiete von Fort Washington erreichte, entdeckte ich Anzeichen einer anderen Gesetzlosigkeit. Jemand hatte diese Straßen für sich beansprucht und ich hatte eine ziemlich genaue Vorstellung davon, wer. Er hatte die Buchstaben „JC" auf Schilder und Wände gemalt. Wie ein Hund, der uriniert, um sein Revier zu markieren, hatte JC – wahrscheinlich Jimmy Callahan – Graffiti in diesem Teil der Stadt gesprüht. Auf einem größeren Gebäude stand »JC ›Auferstandung‹.«

»Auferstanden«, dachte ich bei mir. Das konnte nur Callahan sein.

Ich dachte an den schweigenden Tommy und den humpelnden Eddie, die beiden Männer, die seine Leibwächter gewesen waren. Waren sie seine Stellvertreter? Der Gedanke, dass Jimmy Callahan diesen Teil der Stadt unter sich hatte, hätte mich eigentlich zum Lachen bringen müssen. Stattdessen ließ er mich innerlich gefrieren.

# 42

Die Ruinen von Fort Washington passten hervorragend zu den Geschäften, Kirchen und Häusern in dieser hässlichen Vorstadt. Ich gelangte in ein Viertel, in dem wohl Offiziere untergebracht gewesen waren. Die Häuser hatten drei Schlafzimmer und sahen von draußen alle gleich aus, bis hin zu den Beeten und weißen Gartenzäunen. Diese Häuser waren nicht größer als anderswo Wohnungen mit zwei Schlafzimmern. Ihre Veranden waren so groß wie Briefmarken. Sie hatten gedeckte Dächer. Ich blickte die Auffahrten hinauf und sah Dreiräder und Planschbecken aus Plastik. Beinahe konnte ich die spielenden Kinder hören.

Da ich mich dem Fort nicht bei Tageslicht nähern wollte, brach ich in eins der Häuser ein und versteckte mich bis zum Einbruch der Dunkelheit darin. Die Haustür war mit einem roten „JC“ markiert, doch der Inhalt war noch nicht durchsucht worden. Ich betrat eine saubere Küche, die bis auf einen Stapel schmutzigen Geschirrs in der Spüle aufgeräumt war. In der Vorratskammer fand ich ein Glas Erdnussbutter und aß sie mit einem Löffel, während ich auf den Sonnenuntergang wartete.

Der Offizier, der in diesem Haus gewohnt hatte, war ein

Familienmensch mit einer hübschen, platinblonden Frau und zwei kleinen Jungs. Die Jungs hatten sich ein Zimmer geteilt und in einem Etagenbett mit Stahlrahmen geschlafen. Ich durchsuchte das Haus, fand eine Taschenlampe und ein billiges Fernglas und nahm beides an mich. Ich fand auch ein Märchenbuch und eine Bibel. Beides ließ ich zurück. Die Frau hatte eingemachtes Obst in der Garage aufbewahrt. Sie und die Jungs hatten zweifellos den Planeten während der Massenevakuierung verlassen. Auch, wenn er noch lebte, würde ihr Mann sie nie wiederfinden. Nicht ohne das Übertragungsnetzwerk.

Bevor ich das Haus verließ, verstaute ich meine M27 und vier Granaten zwischen einem Stapel Kinderdecken im Wäscheschrank der Familie. Ich durfte nicht zu viel mitnehmen und musste in aller Stille töten. Meine Partikelstrahlpistole und das lächerlich große Kampfmesser nahm ich mit.

Als die Sonne hinter dem Horizont versank und der Himmel sich dunkelblau färbte, schlüpfte ich wieder hinaus auf die Straße und legte den letzten Kilometer bis nach Fort Washington zurück. Eine getigerte Katze folgte mir in einiger Entfernung, als ich die Straße hinunterging. Die Leute hatten ihre Haustiere zurückgelassen. Die Katzen streiften frei herum. Die in den Häusern zurückgelassenen Hunde würden wahrscheinlich verhungern.

Fort Washington war ein riesiges, mit einem Maschendrahtzaun und Stacheldraht eingezäuntes Gelände. Nirgendwo brannten Lichter, aber ich sah Feuerschein auf dem Gelände. Laser oder Diebe hatten einen großen Teil des Zauns zerstört. Ich überprüfte mein Inventar ein letztes Mal. Neben einem umgekippten Bus kniete ich mich hin, untersuchte meine Pistole und stellte sicher, dass sie geladen war. Dann schlich ich mich auf den Stützpunkt.

Seit dem Angriff auf die Erde hatte ich eine hinderliche Wertschätzung für menschliches Leben entwickelt. Es war, als sei meine neurale Programmierung durcheinandergeraten. Ich hatte immer noch dieselben Instinkte, aber nachdem ich gesehen hatte, wie die galaktische Republik in Flammen aufging, hatte die Menschheit plötzlich einen Wert für mich. Ich hatte sogar eine Ahnung, was genau in mir falsch lief. Ich war erschaffen und programmiert worden, um die Vereinigte Obrigkeit zu schützen. Meine Programmierung war wahrscheinlich darauf ausgerichtet gewesen, alles Nötige dafür zu tun. Nur gab es jetzt keine Republik mehr. Ich hatte keine Schwierigkeiten, den Feind zu identifizieren, aber die mentale Schleife, durch die ich jede Handlung rechtfertigen konnte, war abgeschaltet worden.

Der Angriff hatte die Basis in Schutt und Asche gelegt. Jedes Gebäude, an dem ich vorbeikam, war zerstört worden. Als Erstes sah ich eine Kaserne – ein langes Ziegelgebäude mit den Schlafsälen der wehrpflichtigen Marines. Sie war eingestürzt.

Fort Washington erinnerte mich sehr an einen Universitätscampus. Es gab alte und neue Gebäude. Die modernen Bauten bestanden aus denselben roten Ziegeln, die die Freiwilligen während des Unabhängigkeitskriegs zum Bau einer Kaserne verwendet haben mussten. Tradition. Die Basis war durch ein Netzwerk aus Alleen untereinander verbunden. Zwischen den Gebäuden gab es lange, gemähte Rasenstreifen, die wie kleine Stadtparks aussahen.

Auch Bäume waren Teil der Landschaftsgestaltung auf der Basis. Es gab zehn Meter hohe Nadelbäume und Gruppen von Laubbäumen. Ich lief auf dem Stützpunkt umher und bemerkte große Bündel, die von den unteren Ästen fast jedes Baums herabhingen. Die Bündel sahen wie Rucksäcke aus. Sie hingen an langen Seilen und waren offenbar so schwer, dass auch die leichte Sommerbrise sie nicht bewegte.

Es ist schon seltsam, wie der Verstand funktioniert. Als ich den Stützpunkt betreten hatte, waren diese Kokons mir nicht aufgefallen. Jetzt, da ich einige von ihnen entdeckt hatte, hob sich der mentale Schleier und ich sah sie überall an den Bäumen und Dachsparren der Gebäude. Zwei oder drei Bündel hingen auch an jeder Straßenlaterne.

Natürlich handelte es sich nicht um Rucksäcke. Es waren die Marines von Fort Washington. Ich zog meine Taschenlampe aus der Tasche und schlich mich an eine Straßenlaterne heran. Drei Männer baumelten über mir – zwei Klone und ein Offizier. Die Klone waren offensichtlich im Kampf getötet worden. Man hatte sie ihrer Panzerung beraubt, aber ich erkannte an der mit Blasen bedeckten Haut ihrer Gesichter und den verkohlten Uniformen, dass sie durch Laserbeschuss getötet worden waren. Einige Grabräuber mussten sie gefunden haben, während sie plündernd durch die Basis zogen.

Der Offizier war allerdings nicht während des Überfalls getötet worden. Jemand hatte ihn hingerichtet und ihm eine Kugel aus nächster Nähe in den Kopf geschossen. Ich bemerkte seine gefesselten Hände. Im Lichtschein meiner Taschenlampe sah ich, dass sein Kopf oben rechts nur noch eine blutige, hohle Masse war.

Das waren Callahans Handlanger gewesen. Ganz gleich, ob die Toten im Kampf gefallen oder nach der Schlacht umgebracht worden waren, Jimmy Callahan hängte ihre Leichen als Warnung für andere Machthaber auf. Fort Washington war sein Territorium. Wenn ich mich lange genug umsah, würde ich wahrscheinlich Colonel Bernie Phillips an einem Baum hängend finden. Als Stützpunktkommandant hatte Phillips mir geholfen, Callahan einzubunkern. Er war derjenige, der mir geholfen hatte, einen Army-Jeep zu stehlen, damit ich mich in Fort Clinton einschleusen konnte. Ich war von mir selbst angewidert, dass diese Entweihung mich aufwühlte.

In Fort Washington waren etwa 20000 oder gar 30000 Männer stationiert gewesen. War es möglich, dass Callahan all diese Leichen aufgehängt hatte? Einige der Marines hatten wohl in der Stadt gekämpft. Angesichts der Hoffnungslosigkeit der Situation waren einige Offiziere bestimmt untergetaucht. Die wehrpflichtigen Klone hatten mit Sicherheit bis zum bitteren Ende gekämpft.

Ich dachte, dass viele der Männer, die während des Angriffs getötet worden waren, viel zu zerrissen waren, um sie aufzuhängen, aber ich sollte mich geirrt haben. Unter einem Baum in der Nähe sah ich eine Leiche ohne Arme und Beine und ohne sonstige Rundungen, die man mit einer menschlichen Form in Verbindung brachte. Als ich näher hinsah, entdeckte ich, dass es sich nur um Leichenteile handelte. Jemand hatte sie in ein Nylonnetz gestopft, das sonst für Schmutzwäsche verwendet wurde.

Wie bereits gesagt lag der größte Teil der Basis im Dunkeln. Ich überquerte einen Hügel und hörte das mechanische Dröhnen eines Generators. Es war nicht weiter schwierig, den Ursprungsort des Lärms auszumachen. In der Ferne befand sich ein in schillerndes Licht getauchtes, zweistöckiges Gebäude. Der Lichtschein dieses Gebäudes beleuchtete die zerstörten Häuser in seinem Umkreis.

Man konnte Jimmy Callahan nur als Vollidioten beschreiben. Ich lag auf dem Gipfel eines Grashügels, war teilweise von den sechs Leichen verdeckt, die über mir hingen, und hätte die Hälfte von Callahans Armee mit einem einzigen Schuss aus einem Raketenwerfer vernichten können. Sie hatten sich für eine Art Parade eng beieinander aufgestellt.

Das von ihm ausgewählte Gelände zeigte seinen Mangel an strategischer Ausbildung. Er hatte sein Hauptquartier in einem von Hügeln umgebenen Gebäude aufgeschlagen. Die Hügel formten einen Ring um ihn herum und gaben mir oder einer anderen eindringenden Gang den Vorteil, sich auf einer erhöhten Position zu befinden.

Und dann das Licht. Callahan fühlte sich bemüßigt, der Welt zu zeigen, dass er einen funktionierenden Generator hatte. Das Licht aus seinem Hauptquartier beleuchtete seine Truppen. Ich konnte die Männer in den Maschinengewehrnestern sitzen sehen, die er auf der Veranda errichtet hatte. Ich hatte viel bessere Sicht auf die Scharfschützen auf dem Dach als diese auf mich. Obwohl sie Nachtsichtzielfernrohre hatten, würden sie mich erst einmal aufspüren müssen, bevor sie auf mich zielen und schießen konnten. Ich hingegen konnte sie glasklar erkennen.

Eine Partikelstrahlpistole war allerdings nicht die richtige Ausrüstung für einen Scharfschützenangriff. Sie war eine Waffe, mit der man auf kurze Entfernung Menschen töten und Ziele innerhalb eines Radius von zehn Metern in die Luft jagen konnte.

Also lag ich still unter einem Baum, war durch die baumelnden Leichen vor Entdeckung geschützt und beobachtete. Die meisten von Callahans Männern trugen Tarnanzüge. Einige waren mit M27 bewaffnet. Andere hatten Pistolen dabei.

Ich schätzte Callahans Truppen auf etwa 150 bis 200 Mann. Er verfügte über Jeeps und Geländewagen und ein paar gepanzerte Truppentransporter. Wie er dieses Gebiet mit so wenigen Männern übernommen hatte, war mir ein Rätsel. Dann hörte ich das Rumpeln. Ein NG-Panzer holperte die Straße entlang auf das hell erleuchtete Gebäude zu. Die Buchstaben NG standen für Niedergravitation. Diese Gefährte waren selbstverständlich für die Verwendung auf Planeten mit niedriger Gravitation gebaut worden. Wenn man einem Ingenieur der Marines sagt, er soll einen Panzer schwerer machen, dann kann man sich genau vorstellen, was er tun wird. Er fügt dickere Panzerung hinzu, schwerere Waffen, haltbarere Ketten und einen stärkeren Motor. Die meisten Panzer wogen ungefähr fünfundsechzig Tonnen oder 130000 Pfund. Die zusätzlichen 70000 Pfund an einem NG-Panzer waren auf Töten ausgerichtet.

Deshalb war Callahan so mächtig geworden. Wer oder was könnte sich so einem Panzer wohl in den Weg stellen? Alle Kampfflugzeuge des Bolivar-Air-Force-Stützpunkts waren sicherlich zerstört worden – nicht, dass ein Kampfflugzeug einen Panzer wie diesen unweigerlich zerstören könnte. Wer immer den Armystützpunkt Fort Clinton übernommen hatte, verfügte vielleicht über ähnliche Panzer.

Ich zog das Fernglas hervor und machte mir ein genaueres Bild von der Lage. Es war zwar nur ein billiges Fernglas, mit dem man Vögel beobachten konnte, aber auch damit konnte ich etwas besser sehen. Ich konnte die Markierungen auf dem Panzer lesen, der bis auf wenige Meter an das erleuchtete Gebäude heranrollte. Gerade wollte ich das Glas absetzen, da trat ein Offizier aus dem Gebäude. Für einen schrecklichen Moment dachte ich, es handele sich um Colonel Phillips. Ich sah wieder durch das Fernglas.

Jimmy Callahan trug eine der Uniformen von Colonel Bernie Phillips und stolzierte die Treppe wie ein Mann hinunter, dem die Zukunft gehört. Seine Arme schwangen an seinen Seiten und mit hocherhobenem Kopf inspizierte er seine Truppen. Er bellte Befehle und stolzierte um den Panzer herum. Dabei tat er so, als inspiziere er ihn ebenfalls. Ich brauchte nicht einmal dieses lausige Fernglas, um den selbstzufriedenen Ausdruck auf Callahans Gesicht zu erkennen.

»Gibt es einen Grund, warum ich ihm nicht die Rübe runterschießen sollte?« Die Stimme war so tief, dass sie wie ein Flüstern klang. Ray Freeman kniete neben mir. Er hielt ein Scharfschützengewehr in einer Hand und einen Raketenwerfer in der anderen.

Ich gab vor, die ganze Zeit gewusst zu haben, dass er da war. »Ich sehe keinen Sinn darin«, sagte ich.

»Sieht so aus, als säßen wir noch lange auf diesem Planeten fest, Harris«, sagte Freeman. »Und ich will Callahan nicht als Präsidenten haben.«

Er hob das Gewehr und visierte Callahan an. Es handelte sich um ein hochmodernes Gewehr mit eingebautem Schalldämpfer. In kaum sechs Metern Entfernung würde niemand dessen Schüsse hören. Aufgrund unserer erhöhten Position würde uns niemand entdecken.

»Also bringst du Demokratie nach New Columbia«, kommentierte ich.

Freeman, der von Ironie so viel verstand wie vom Balletttanzen, grunzte nur.

»Was ist mit dem Panzer?«, fragte ich.

»Bereitet er dir Kopfzerbrechen?«, fragte er.

»Nicht unbedingt«, sagte ich. Das tat er auch nicht. Ich war eher wegen der Jeeps besorgt. In dieser Gravitation würde der Panzer so langsam durch die Gegend rumpeln, dass ein Fünfjähriger ihm davonlaufen konnte.

»Dachte ich mir.«

»Und Callahan bereitet mir auch kein Kopfzerbrechen«, sagte ich und warf einen schnellen Blick durch das Fernglas. Ich wollte Freeman gerade sagen, dass ich ein selbstübertragendes Schiff hatte.

»Mir auch nicht«, unterbrach Freeman mich. Mit diesen Worten drückte er ab. Hundertachtzig Meter unter uns bildete sich ein roter Nebel um Callahans Kopf und er fiel zu Boden. Während die Leute unten verwirrt brüllten und sich zerstreuten, pflückte Freeman vier Scharfschützen vom Dach des Gebäudes: die drei, die ich bereits gesehen hatte, und noch einen, den ich nicht bemerkt hatte.

Zwei von Callahans Soldaten rannten zu einem Jeep. Freeman knallte den schnelleren Mann ab, bevor dieser das Fahrzeug erreichte. Den zweiten Mann erschoss er, als er auf den Fahrersitz kletterte.

Dort unten brach das völlige Chaos aus. Die Männer in den Maschinengewehrnestern feuerten auf die Hügel. Nur eins der Gewehre feuerte ansatzweise in unsere Richtung. Freeman erschoss diesen Schützen zuerst und dann streckte er die in den anderen Nestern nieder.

»Bist du als Zuschauer hier oder um zu helfen?«, fragte Freeman.

»Du hast doch alles unter Kontrolle«, sagte ich, hob den Raketenwerfer auf und zielte auf den Panzer. Zu glauben, dass die Rakete den Panzer zerstören würde, war Freemans einziger Kalkulationsfehler. Eine Rakete aus einem tragbaren Werfer würde den NG vielleicht beschädigen, aber keinesfalls aufhalten.

»Weißt du, worauf du schießen musst?«, fragte Freeman.

»Den Panzer?«

»Nicht den Panzer, das Treibstofflager.«

An Rande der Dunkelheit lag das Treibstofflager, das der dahingeschiedene Jimmy Callahan für seine Fahrzeuge verwendet hatte. Irgendwie hatte es den Angriff der Hinode-Flotte überstanden. Ich zielte mit der Rakete auf einen Treibstofftank und feuerte. Das löste eine riesige Explosion aus, die die Nacht erhellte und ohrenbetäubend war.

Versteckt auf dem Hügel hörte ich sie und spürte die Erschütterung. Die Druckwelle ließ die Erde beben und der Knall donnerte in meinen Ohren. Beide Vibrationen schienen sich in meinem Kopf zu vereinen. Ein Feuerball schoss zwanzig Meter in die Höhe. Er überdeckte kleinere Explosionen der unterirdischen Tanks, Pumpen und Leitungen, die in tausend Stücke zerbarsten. Flammen schossen in alle Richtungen und tauchten das Gebiet in einen goldenen Schein.

Die Rakete setzte eine Kettenreaktion in Gang und entzündete ein Netzwerk aus unterirdischen Treibstofftanks, die sich unterhalb der Straße erstreckten. Einer nach dem anderen explodierte und hinterließ riesige Krater in der Straße. Da der NG-Panzer für Gebiete mit niedriger Schwerkraft ausgelegt war, würde er uns unmöglich verfolgen können.

Callahans Truppe bestand aus Schlägern, nicht aus Soldaten. Sie würden sich nicht so schnell wieder aufstellen wie Marines, aber sie würden sich wieder zusammenraufen. Bald würden sie Späher und Attentäter losschicken, um uns zu finden. Wir warteten nicht. Sobald sichergestellt war, dass der Panzer und die Jeeps uns nicht folgen konnten, wandte Freeman sich um und ging.

Ich beobachtete Männer, die in der Nähe der Flammen umherrannten. Das gedämpfte Knallen der unterirdischen Explosionen unterschied sich deutlich von dem Knattern des Gewehrfeuers und hallte durch die Nachtluft. Die Männer des verstorbenen Colonel Callahan würden ihren NG-Panzer vorläufig nicht aus dieser Sackgasse herausbekommen. Sie konnten versuchen, die Krater zu füllen, wenn sie verzweifelt oder ehrgeizig genug waren, um Tonnen über Tonnen von Beton anzumischen. Das könnte funktionieren. Sie hatten allerdings nicht das technische Wissen, um eine Brücke über diese Gruben zu bauen.

Ich blickte noch einmal zurück, als ich den Hügel verließ, und sah den Baum, unter dem ich mich versteckt hatte. Ich sah die Leichen, die von den unteren Ästen wie seltsame schwarze Früchte vor dem orangen Feuerschein herabhingen.

»Du hättest Callahan nicht töten müssen«, sagte ich, als wir über den Zaun kletterten und den Stützpunkt verließen.

»Ich wollte es aber«, erklärte Freeman. Er führte mich zu einem Haus in derselben Straße, in der auch ›mein‹ Haus stand.

»Mein Starliner ist selbstübertragend«, sagte ich und klang verärgerter, als ich war. »Wir können hier jederzeit weg.«

Freeman blieb stocksteif stehen und sah mich an. »Selbstübertragend? Machen wir, dass wir von diesem Felsbrocken kommen.«

»Es wäre auch egal gewesen, ob Callahan Präsident des verflixten Orion-Arms gewesen wäre«, sagte ich. »Er hätte uns nichts anhaben können.«

Freeman dachte darüber ein Weilchen nach und grinste dann. »Also war ihn zu töten ein Bonus.«

Ray Freeman sprach nicht viel. Wenn er sprach, redete er selten über sich selbst. Aus dem wenigen, das er in den nächsten Tagen von sich gab, bekam ich ein bisschen von den Geschehnissen heraus und den Rest reimte ich mir selbst zusammen. Ich glaube, so haben sich die Dinge abgespielt, als Freeman in Safe Harbor landete:

Freeman traf ein paar Tage vor mir ein. Er war bereits da, bevor die Hinode-Flotte die Erdenflotte schlug und die *Doctrinaire* zerstörte.

Freeman stahl einen Lieferwagen am Raumhafen und fuhr, bis er den Straßenabschnitt erreichte, der zu zerstört war, um weiterzufahren. Er ließ seinen Lieferwagen stehen, lief zur

Stadt und suchte den Marinestützpunkt. Genau wie ich hatte auch Freeman nicht geglaubt, dass die Hinode-Flotte einen Kampf mit der *Doctrinaire* überstehen würde. Ich glaube, er hatte gehofft, Callahan zu finden und ihn zur sicheren Verwahrung auf die Erde zu bringen.

Als er in Fort Washington eintraf, fand er mit M27 bewaffnete Männer in Tarnanzügen, die Leichen einsammelten. An dieser Stelle machte Freeman einen seiner seltenen Fehler. Er nahm an, die Männer mit den M27 wären Marines. Als er nach ihrem kommandierenden Offizier fragte, nahmen sie ihn »zum Colonel« mit. Freeman erzählte mir, dass Callahan sich selbst als »den Colonel« bezeichnete.

Wachsam, wie er war, bemerkte Freeman, dass Callahans Schläger sich nicht wie echte Marines benahmen. Ihm fiel ihr lässiger Umgang mit ihren Waffen auf, die Art, wie sie miteinander sprachen, und wie langsam sie arbeiteten. Echte Wehrpflichtige waren Klone. Da nicht alle von Callahans Leuten Offiziersabzeichen trugen, bemerkte Freeman, dass die Männer um ihn herum nicht dem üblichen Regierungsstandard entsprachen.

Sie nahmen Freeman zu dem Gebäude mit, das Callahan als Hauptquartier benutzte. Das war ein Fehler. Freeman musterte unauffällig die Gegend, merkte sich strategisch wichtige Punkte und taktische Vorteile. Dafür hatte er einen Blick. Er entdeckte die Bäume oben auf dem Hügel und wusste, dass dort der perfekte Ort für einen Angriff war.

Als Callahan schließlich herauskam, um mit ihm zu reden, wusste Freeman, wie viele Scharfschützen Callahan auf dem Dach positioniert hatte und wo. Er wusste, wie viele Maschinengewehrnester sich auf der Veranda befanden. Er hatte den NG-Panzer auf dem Paradeplatz umher rumpeln sehen und er hatte die Treibstofflager entdeckt.

Callahan beschloss, Freeman töten zu lassen. Er musste das beschlossen haben, da er und seine Schläger die Waffen hatten und den riesigen schwarzen Mann so mühelos hinrichten konnten. Sie führten ihn wahrscheinlich zu derselben Stelle, wo sie die Offiziere hingerichtet hatten. In dem Moment, als Freeman entschied, dass die Chancen zu seinen Gunsten standen, tötete er seine Möchtegern-Henker.

Freeman ließ niemals einen Angriff unbeantwortet. Er ging am nächsten Tag nach Fort Clinton. Er wusste, dass die Armybasis ebenfalls von einer Diebesbande kontrolliert wurde, und unterbreitete dieser ein unwiderstehliches Angebot. Im Austausch für ein Scharfschützengewehr, einen Raketenwerfer und eine Fahrt zum Callahan-Gebiet würde Freeman die Gang, die über Fort Washington herrschte, lahmlegen. Wie hätten die Verbrecher in Fort Clinton das ablehnen sollen? Sie gaben ihm einen Tarnkappenjeep und das beste Scharfschützengewehr, das sie auftreiben konnten.

An diesem Abend war er zurückgekommen, um seine Rechnung mit Callahan zu begleichen, und hatte mich gefunden.

# 43

Freeman verfügte über einen Tarnkappenjeep, wollte ihn aber nicht benutzen. Die Gangs, deren Territorien an den Marinestützpunkt angrenzten, mussten die Schießerei gehört haben. Jeder im Umkreis von fünfzig Kilometern musste die Explosion des Treibstofflagers gehört haben. Unser Angriff hatte wahrscheinlich in Safe Harbor einen gierigen Rausch ausgelöst.

»Wie lange hast du vom Raumhafen bis hierher gebraucht?«, fragte Freeman.

»Zwei Tage«, sagte ich. »Einen Tag, um die Stadt zu erreichen, und einen Tag, um sie zu durchqueren.«

»Zwei Tage«, wiederholte Freeman.

»Wir könnten die Stadt in dem Jeep in weniger als einer Stunde durchqueren«, sagte ich. »Dann wären wir bei Sonnenaufgang am Raumhafen.«

Freeman schüttelte den Kopf. Das Haus war drinnen dunkel. Wir befanden uns in einem Keller mit halb unterirdischen Fenstern. Aus unserer knöchelhohen Perspektive konnten wir ein Stück die Straße entlang sehen. Sie war dunkel und still, aber wir erwarteten bald umherstreifende Banditen. Callahans Truppen würden nach uns suchen. Genau wie seine Feinde.

»Wie genau hast du die Stadt durchquert?«, fragte Freeman.

»Zu Fuß«, sagte ich.

»Bist du über Hauptstraßen gekommen?«

»Hauptsächlich Gassen«, sagte ich. »Ich bin durch ein paar Kaufhäuser gegangen, um Entdeckung zu vermeiden.«

»Die Hauptstraßen sind aufgebrochen«, sagte Freeman. »Wir müssten durch die einzelnen Viertel fahren.«

»Dann säßen wir auf dem Präsentierteller«, sagte ich. »Überall sind Gangs. Es bräuchte nur einen Hitzkopf mit einer Straßensperre und einer Bazooka.«

Freeman beobachtete mich, während ich zu dieser Erkenntnis gelangte. Er war von Natur aus zu schweigsam, um mir auf die Sprünge zu helfen, aber er war mir oft einen Schritt voraus. Auf der Straße war eine schwache Bewegung zu erkennen. Er stand auf und ging zum Fenster. Sein massiger Körper war in dem schwachen Licht nur als schwarze Silhouette auszumachen.

Fünf Männer kamen langsam die Straße herunter. Vier von ihnen gingen in einer ungleichmäßigen Linie, während der fünfte die Nachhut bildete. Wie ich schon sagte, sie waren Schläger und keine Soldaten.

Sie gingen mitten auf der Straße und verschwendeten offensichtlich keinen Gedanken an Deckung. An ihren Gewehrläufen hatten sie Taschenlampen angebracht und sie suchten den Boden vor sich mit dem Licht ab. Dadurch gaben sie hervorragende Ziele ab.

»Was meinst du – sind das die Späher oder die Jäger?«, fragte ich.

»Welchen Unterschied macht das?«, fragte Freeman, hob sein Scharfschützengewehr und zeigte damit aus dem Fenster.

»Sie werden nach uns suchen«, sagte ich. »Ganz gleich, wie viele Männer Callahan in seiner Gang hatte und welche

Waffen sie noch übrig haben, sie werden uns suchen.«

Freeman nickte. In dem schwachen Licht konnte ich mit Müh und Not die Linien seines Gesichts erkennen. »Eine angeschlagene Gang zu zerschlagen ist einfacher als eine ganze.«

»Also bleiben wir heute Nacht hier?«, fragte ich. Ich kam nicht umhin, mich zu fragen, wann das Töten aufhören würde.

Wir hätten uns einfach in dem Keller verstecken können, um die Gangmitglieder einzeln abzuknallen, wenn sie näher kamen. Freeman konnte die Stellung halten, aber einer von uns – natürlich ich – musste die Straße im Auge behalten. Ich wies ihn darauf hin, rannte die Treppe hinauf und schlüpfte aus dem Haus.

Die Nacht war still und lau. Erste Anzeichen einer kühlen Brise waren zu spüren. Das Prasseln und Knistern des Feuers auf dem Stützpunkt hörte man bis hierher. Doch es war weit entfernt und die großen Explosionen hatten aufgehört. Jetzt klang es wie ein riesiges Lagerfeuer. Ich bewegte mich am Rand des Hauses entlang, überquerte dann sechs Meter Gras und duckte mich hinter eine Hecke. In vielleicht fünfundzwanzig Metern Entfernung marschierten die Männer mit ihren grellen Taschenlampen über die Straße. Ihr Geflüster war in der leichten Brise so gut zu hören, dass sie genauso gut hätten brüllen können.

Ich sprintete zu einem Baum, kroch dann hinter einer Hecke entlang, kniete neben einer Garage und rückte so langsam vor. Aus meinem Versteck konnte ich den dunklen Lauf von Freemans Gewehr erkennen, der aus einem Kellerfenster ragte.

Ich beobachtete, wie sich die weißen Augen der Taschenlampen die Straße hinauf und hinab bewegten und Büsche und Rasen beleuchteten. Ich erkannte, dass ich jetzt das tun würde, wofür ich geschaffen worden war. Ich war auf Kampf und Töten ausgerichtet. Dies wäre Mord. Die Männer hatten keine Chance, sich zu retten.

Ich zählte erneut die Strahlen ihrer Taschenlampen. Es waren fünf.

Freeman und ich mussten diese Männer so schnell töten, dass sie kein Geräusch von sich geben konnten. Es gab vielleicht noch eine Suchgruppe aus fünf Männern, die die nächste Straße absuchte, und noch weitere fünf auf der Straße dahinter. Eine Armee aus dreißig oder vierzig Mann mochte darauf warten, zu hören, was mit diesen fünf Spähern geschehen war. Ich erinnerte mich an den Soldaten, der den Raketenwerfer über die Schulter geworfen hatte. Jetzt, da Freeman sich im Keller des Hauses versteckte, war dieser Raketenwerfer mehr wert als ein Dutzend Maschinengewehre. Wenn man eine Rakete auf einen Bungalow wie diesen, in dem Freeman sich versteckt hielt, abfeuerte, würde niemand darin den Angriff überleben.

»Ich bin mir nicht sicher, was wir mit diesem verfluchten Panzer machen sollen«, hörte ich einen der Männer sagen. »Vielleicht können wir ihn auseinandernehmen und auf der anderen Seite wieder zusammenbauen.«

»Was? Und die Einzelteile tragen? Das Scheißding muss eine Million Pfund wiegen. Allein die Ketten wiegen eine Tonne!«

»Und was ist mit Treibstoff?«, fragte ein dritter Mann. »Sie haben das Lager erwischt.«

»Scheiße, es gibt noch genug Sprit«, sagte der erste Mann. »Das ist ein Riesenstützpunkt. Da muss doch noch irgendwo Treibstoff sein.«

Sie waren so in ihre Unterhaltung vertieft, dass sie nicht

einmal bemerkten, als der Mann der Nachhut getroffen wurde. Er war gut zwanzig Schritte hinter den anderen gegangen. Freeman hatte ihn mit einem Kopfschuss erwischt. Er fiel ins hohe Gras. Niemand sah sich nach ihm um.

Freemans nächster Schuss war nicht so sorgfältig. Er traf den Mann in den Kopf, aber diesem gelang es noch, aufzujaulen. Er taumelte vorwärts und ließ sein Maschinengewehr fallen. Es ging zwar nicht los, aber der Lärm war auf der ansonsten stillen Straße überdeutlich.

Ich feuerte meine Pistole ab und traf die beiden Männer, die mir am nächsten waren. Der grüne Strahl ließ ihre Körper zerplatzen. Das alles war weder leise noch schön. Beide Männer ließen ihre Waffen fallen und verursachten noch mehr Getöse.

Der letzte Mann drehte sich um und versuchte, wegzurennen. Freemans unhörbarer Schuss traf ihn von hinten und riss zwei Drittel seines Halses weg. Er brach zusammen, als sei in seinem Körper kein fester Knochen.

Es würden noch andere kommen. Wenn sie uns nicht aufspüren konnten, würden sie vielleicht die ganze Siedlung niederbrennen.

Wir mussten bis Tagesanbruch ein paar Kilometer zwischen uns und Callahans verbleibende Soldaten bringen. Wir gingen eine Straße hinunter, sahen Männer mit Lampen und gingen die nächste Straße entlang. Im Zickzack suchten wir uns einen Weg durch die verschlafene Vorstadt der Offiziere, versteckten uns hinter Häusern und flitzten manchmal in Hinterhöfe.

Genau wie die ganze Basis war auch diese Siedlung ein Labyrinth. Straßen bildeten Sackgassen und konzentrische Kreise. Hohe Ziegelmauern sonderten Gemeinschaften voneinander ab, die nicht hätten getrennt sein sollen. Wir näherten uns einer Kreuzung zweier kleiner Straßen. Ich hörte Stimmen und hielt Freeman auf. Ich zeigte auf eine Hecke und wir versteckten uns dahinter. Sekunden später zog eine Parade aus vierzig oder fünfzig Männern an uns vorbei. Sie hatten Gewehre und Pistolen, trugen aber keine Tarnanzüge, sondern unterschiedliche Zivilkleidung.

Diese Männer sprachen nicht. Sie gingen in Schlangenlinien vorwärts und hatten keine Taschenlampen oder helle Lichter, die sie verraten hätten. Ich war nur einen Meter fünfzig von diesen geisterhaften Soldaten entfernt in meinem Versteck und wandte mich an Freeman. »Die gehören nicht zu Callahan«, sagte ich.

»Plünderer«, sagte Freeman, »die sehen wollen, was die Explosionen ausgelöst hat.« Er musste nicht mehr sagen.

Die ersten Anzeichen des Tagesanbruchs zeigten sich am Horizont. Der Himmel hinter den Gebäuden in der Ferne wurde hell. Wir durchquerten die Vorstädte und wanden uns durch Gassen und kleine Straßen. Sobald wir in der Stadt waren, hatte ich die Idee, durch einen Kanalschacht in den Untergrund zu klettern. Ich hob den Deckel und Freeman sah skeptisch zu. Das Problem war, dass wir nicht wussten, wo die Tunnel eingebrochen waren. Schließlich liefen wir oberirdisch weiter.

Auf unserem Weg durch Safe Harbor begegneten wir keinen Verbrecherbanden. Einmal sah ich einen Mann. Er beobachtete uns oben von einem dreistöckigen Gebäude herab. Er saß auf dem Rand des Hauses und ließ seine Füße baumeln. Dabei sah er uns ruhig zu. Ob er sich ausruhte oder vielleicht eine Wache war, konnte ich nicht erkennen. Doch er schien mehr an uns interessiert, als besorgt zu sein.

Es dauerte einen Tag, bis wir die Außenbezirke von Safe

Harbor erreichten, und einen weiteren, bis wir es zur Autobahn geschafft hatten. Als wir bei den Fahrzeugen ankamen, die wir gestohlen hatten, sprangen wir in Freemans Lieferwagen und fuhren zum Raumhafen.

Ich hatte seit der Landung auf New Columbia nicht viel geschlafen und Freeman genauso wenig. Wir beschlossen, uns den Rest der Nacht auszuruhen. Er schlief in seinem Schiff und ich im Starliner. Als ich mein Bett machte, fand ich ein altes Buch mit trockenem Ledereinband. Nach allem, was geschehen war, erkannte ich es nicht sofort. Dann sah ich die Worte *Persönliches Tagebuch von Vater David Sanjines* und erinnerte mich daran, dass ich das Buch an dem Abend, als Bryce Klyber es mir gegeben hatte, gelesen hatte. Es war das Tagebuch dieses katholischen Priesters, der Befreier hasste, aber für Sergeant Shannon eine Ausnahme gemacht hatte. Ich las den Abschnitt noch einmal und fragte mich, was dieser Mann wohl von mir gehalten hätte.

Angesichts seiner Vorurteile, was hätte Vater Sanjines wohl gedacht, wenn er noch gelebt hätte, als die gesamte Republik unterging? Was hätte er wohl von dem Chaos in Safe Harbor gehalten? Befreier hatten diesen Mist nicht verursacht, obwohl einige bei dem Versuch, ihn zu verhindern, gestorben waren. Als Priester hätte Sanjines zugestimmt, dass das Böse auch von natürlichen Männern ausgehen konnte. Hätte er auch zugestimmt, dass von synthetischen Soldaten etwas Gutes ausgehen kann?

# 44

Während ich schlief, durchstöberte Ray Freeman den Raumhafen. Er fand hauptsächlich abgepackte Nahrungsmittel wie Kekse, Süßigkeiten und nach Plastik schmeckende Backwaren. Er verschaffte sich diese Dinge, indem er Verkaufsautomaten knackte. Dann verstaute er die Nahrungsmittel in der Kombüse hinten im Starliner. Außerdem brachte er ein paar Garnituren Kleidung zum Wechseln, ein bisschen Kampfausrüstung und ein paar seiner Lieblingswaffen mit, einschließlich des Scharfschützengewehrs, das man ihm in Fort Clinton gegeben hatte.

Wir hatten die Hangartore noch nicht geöffnet. Die Lichter unter den Flügeln des Starliners tauchten alles in einen schwachen, roten Schein. Sonst war es überall um das Schiff herum so schwarz wie das All.

Für einen Mann, der stolz von sich behauptete, es sei ihm egal, ob er lebte oder starb, verbrachte ich eine Menge Zeit mit Sicherheitschecks. Ich untersuchte die Gehäuse des Übertragungsgenerators und der Übertragungsmaschine. Ich überprüfte die Instrumente. Ich tankte den Starliner auf, indem ich mehrere Tausend Liter Treibstoff aus einem unterirdischen Tank vor dem Hangar abzapfte. Flüge im All verbrauchten nur wenig Treibstoff und die Elektrizität, die ich für die Selbstübertragung benötigte, wurde vom Übertragungsgenerator erzeugt. Doch Flüge innerhalb der Atmosphäre ließen meine Treibstoffvorräte zusammenschrumpfen und ich wusste nicht, ob und wann ich wieder auftanken konnte.

Freeman saß die meiste Zeit schweigend auf dem Kopilotensitz. Der Sitz war zu klein für ihn und zu nah an den Steuerungselementen. Das Steuer drückte gegen Freemans massive Brust. Er musste seine Baumstammbeine unter seinem Sitz verdrehen, weil die Nische unter dem Armaturenbrett zu klein und zu kurz war, um sie dort unterzubringen.

Freeman saß auf diesem Sitz, starrte aus dem Fenster und sah aus wie ein Erwachsener in einem Puppenhaus. Es dauerte eine Weile, bevor ich erkannte, was seine Aufmerksamkeit fesselte. Er betrachtete sein Flugzeug, das ihm seit Jahren gehörte. Ohne das Übertragungsnetzwerk war es zu kaum mehr als Interkontinentalflügen zu gebrauchen.

Ich war klug genug, ihn nicht danach zu fragen. Wenn man sich nach seinem Befinden erkundigte, starrte Ray Freeman einem einfach nur ins Gesicht.

»Irgendwelche Vorschläge, wo wir hinfliegen sollen?«, fragte ich und schaltete die Maschine ein.

»Delphi«, sagte Freeman.

»Nie davon gehört«, sagte ich.

»Du hast davon gehört«, sagte Freeman. »Die Neo-Baptisten haben den Ort umbenannt. Bevor mein Vater dort eintraf, hieß der Planet der Kleine Mann.«

»Zum Kleinen Mann?«, fragte ich.

»Ich war unterwegs dorthin, bevor du mich angerufen hast.«

In den letzten Tagen war so viel geschehen, dass ich Freemans Familie vollkommen vergessen hatte. Sie hatte auf dem

Kleinen Mann eine Kolonie errichtet. Die VO-Navy hatte einen Kampfschiffträger dorthin entsandt, um die Siedler zum Verlassen des Planeten aufzufordern. Und dann … und dann hatte man die Republik ausgeknipst.

»Ein Kampfschiffträger hatte ihnen einen Besuch abgestattet«, sagte ich. »Wie lange ist das her?«

»Vier, vielleicht fünf Tage«, sagte Freeman. »Wieso?«

»Ich kann mich irren, aber wenn ich mich recht entsinne, braucht man mehr als hundert Stunden von der nächstgelegenen Übertragungsscheibe zum Kleinen Mann … und das bei Höchstgeschwindigkeit. Wenn der Träger den Kleinen Mann erst vor vier Tagen verlassen hat, wird er es nicht rechtzeitig zu den Scheiben geschafft haben, um sich hinaus zu übertragen.«

»Ja«, sagte Freeman und stand auf. »Das ist mir schon klar. Ich mache den Hangar auf.« Er kletterte aus dem Cockpit. Die tiefe Decke des Starliners war für mich schon unbequem und ich war nur 1,90 Meter groß. Freeman, der mindestens zwanzig Zentimeter größer war als ich, musste seinen Kopf neigen, seinen Rücken verbiegen und seitwärts watscheln, um sich durch die Kabine zu quetschen. Damit er durch die Luke klettern konnte, musste er sich tief ducken.

Ich schaltete die Landescheinwerfer ein, während er den Hangar durchquerte. Sie tauchten den Boden in einen weißen Schimmer. Das Tor war immer noch verschlossen. Freeman zog seine Partikelstrahlpistole hervor und schoss auf den Verschlussmechanismus. Dabei hinterließ er ein Loch mitten im Tor, durch das helles Tageslicht hereinfiel.

Als Freeman versuchte, das hohe Metalltor auf seiner Laufschiene zur Seite zu schieben, bewegte es sich nicht. Es gab eine mechanische Walze mit schweren Metallzahnrädern oben auf dem Tor, direkt über der Schiene. Freeman schoss auf die Walze und sie fiel zu Boden. Er versuchte erneut, das Tor zu öffnen, aber es weigerte sich immer noch. Dieses Mal zog er seine Partikelstrahlpistole und schoss direkt auf die Schiene, an der das Tor hing. Es gab ein lautes, gähnendes Geräusch, als sich das tonnenschwere Tor, das mindestens zehn Meter hoch und dreißig Meter breit war, von seinem Träger löste. Es zitterte einige Sekunden auf der Stelle, verdrehte sich dann und fiel flach nach draußen auf den Asphalt. Das laute Krachen hallte durch den Hangar.

Eine Flut hellen Tageslichts brach durch die Lücke herein, wo vorher das Tor gewesen war. Freemans Gesichtsausdruck war unergründlich wie immer, als er sich umdrehte und zurück zum Starliner ging. Dabei steckte er seine Pistole wieder ein. Er kam nicht zurück zu mir ins Cockpit, sondern setzte sich in die Kabine.

Ich fuhr aus dem Hangar, rollte über das umgefallene Tor und hob ab. Während ich auf den Horizont zusteuerte, warf ich einen Blick hinunter auf Safe Harbor. Von hier aus sah die Stadt nicht anders aus als bei meinem ersten Besuch. In sieben Kilometern Höhe konnte ich während meines schnellen Aufstiegs die verbrannten Gebäude und zertrümmerten Autobahnen nicht mehr erkennen.

Die Atmosphäre wurde dünner und dunkler. Dann flogen wir ins All hinaus. Ich musste mir keine Sorgen über Radar oder Flugkontrollen machen, die mich verfolgten. Sobald wir die Atmosphäre von New Columbia hinter uns gelassen hatten, schaltete ich den Übertragungscomputer ein und rechnete die Koordinaten für den Kleinen Mann aus. Blitze tanzten außen um das Cockpit herum und wir tauchten in den Scutum-Crux-Arm ein, nur sechzehnhundert Kilometer vom Ziel entfernt.

# 45

Etwas in meiner Programmierung war durcheinandergeraten und hatte mich dem Verlust menschlichen Lebens gegenüber empfindlich werden lassen. Ich besaß immer noch die Fähigkeit, zu töten, aber sie bedrückte mich. Jetzt, als ich den Kleinen Mann vor mir sah, schossen mir die Erinnerungen an die Marines wieder durch den Kopf, die in dieser furchtbaren Schlacht getötet worden waren. Ich erinnerte mich an Captain Gaylan McKay … den sympathischen jungen Offizier meines Platoons auf der *Kamehameha.* Ich dachte an die idealistischen Marines und den Marsch, der sie in den Tod geführt hatte. Es mag merkwürdig klingen, aber ich schauderte unwillkürlich. Eigentlich hätte ich Wut empfinden müssen.

»Wann hast du deine Familie das letzte Mal gesehen?«, fragte ich.

»Ist fünf Jahre her«, sagte Freeman.

»Das dürfte ja dann ein frohes Wiedersehen werden«, sagte ich.

»Sie wollen mich nicht hier haben«, sagte er. Er führte das nicht weiter aus. Freeman führte nie etwas aus.

Wir flogen weiter auf den grünen und blauen Horizont zu. Mit Sensoren suchten wir nach Metall und Wärme und fanden so die Kolonie auf einer weitläufigen Ebene. Sie hatten ihre Siedlung am Rand eines Walds errichtet, nicht weit von einem See mit Trinkwasser entfernt. Am Horizont ragte ein Gebirgszug auf. Es war nicht derselbe Kontinent, auf dem wir die entscheidende Schlacht ausgetragen hatten.

Als Erstes sahen wir viele Hektar umgepflügtes Land. Jenseits der Felder war eine kleine, einfache Stadt, die aus Lagerhallen und unfertigen Wohnhäusern bestand. Auch nach ihrer Fertigstellung würden die Wohnhäuser nur vorläufige Unterkünfte sein, in denen die Menschen nur einige Tage oder Wochen wohnten. Man hatte bereits die Arbeit an größeren, beständigeren Gebäuden begonnen.

Frauen und Kinder in einfacher Kleidung kamen aus den provisorischen Unterkünften, als wir landeten. Männer in Overalls eilten von den Baustellen und Feldern herbei. Wenn es bei den Leuten auf dem Kleinen Mann eine hervorstechende Eigenschaft gab, dann ihre arbeitsame Natur.

Die Leute näherten sich meinem Schiff nicht, sondern drängten sich innerhalb ihrer Stadtgrenzen eng zusammen. Sie schienen keine Angst zu haben, sie standen nur einfach neugierig da und wollten wissen, wer wir waren.

»Ich nehme an, das Empfangskomitee ist bereits eingetroffen«, sagte ich, drehte mich um und sah, dass Freeman die Luke schon geöffnet hatte. Ich folgte ihm nach draußen.

»Ich hätte wissen müssen, dass du das bist«, rief ein Mann mit vor Verachtung triefender Stimme.

Als ich das Schiff verließ, schnappten alle gleichzeitig nach Luft. Ich nahm an, sie waren an den 2,13 Meter großen schwarzen Kerl gewöhnt, aber der Anblick eines Klons war für sie neu und befremdlich. Ich drehte mich um und sah die Menschen an. Dann bekam ich meinen ganz eigenen Schock.

Ich hatte es immer als selbstverständlich angesehen, dass Ray Freeman im Universum einzigartig war. Er, so dachte ich, war ein Einzelstück, genau wie ich. Es war mir nie in den Sinn gekommen, dass er von einer Kolonie mit Männern und Frauen abstammte, die so aussahen wie er. Die Männer und Frauen von Delphi waren Freeman sehr ähnlich. Sie waren groß und dunkelhäutig. Eine der Frauen sagte mir später, sie seien reinblütige Afro-Amerikaner. Soweit ich wusste, waren sie die einzigen Menschen überhaupt, die sich noch als Amerikaner bezeichneten.

»Was machst du hier, Sohn?«, fragte ein alter Mann. Der Mann war groß und kräftig gebaut, aber er sah unterernährt aus. Er hatte nicht Ray Freemans breite Ringerstatur. Seine Schultern waren eckig, sein Rücken gerade und die Teile seiner Arme, die aus den Ärmeln seines Hemds hervorlugten, sahen stark und wohlgeformt aus. Er zog seinen Hut ab. Sein Kopf war von dichtem, grauem Haar bedeckt. Seine staubige Haut war noch viel dunkler als Rays und wirklich fast schwarz. Sie sah nach Jahrzehnten mühevoller Arbeit unter einer brennend heißen Sonne trocken und ledrig aus. »Was machst du hier, Raymond?«, wiederholte er.

Schweigen hing wie ein Vorhang zwischen Freeman und seinem Vater. Ich konnte die Feindseligkeit beinahe spüren. Die Menschen standen still und starrend um den alten Mann herum. Sie bewegten sich nicht und blinzelten nicht einmal. Wie Freemans Vater waren auch diese Leute groß und dunkel und ihre Haut war in der Sonne zu Leder vertrocknet.

Freeman brauchte fast eine Minute, bevor er zu sprechen begann – und als er sprach, tat er das so leise, dass ich kaum hören konnte, was er sagte. »Das Übertragungsnetzwerk wurde zerstört.«

»Zerstört?«, wiederholte der ältere Freeman. Zum ersten

Mal seit unserer Landung zeigten die Menschen hinter ihm Besorgnis. Sie begannen, sich leise zu unterhalten.

»Ich wollte sichergehen, dass es euch gut geht«, sagte Freeman.

Zu diesem Zeitpunkt galt die Aufmerksamkeit des älteren Freemans nicht mehr seinem Sohn. Er hatte sich zu mir umgewandt. »Sie sind ein Freund von Raymond?«

Ich nickte und fragte mich, ob Ray Freeman jemals einen echten Freund gehabt hatte.

Der alte Mann wandte sich wieder an Freeman. »Wie kann jemand das Übertragungsnetzwerk zerstören?« Das war eine berechtigte Frage. In der Gesellschaft der VO galt das Übertragungsnetzwerk als eine feststehende Größe, so wie Sonnenlicht und Wasser. Niemand, mit Ausnahme von Rear Admiral Thomas Halverson, hatte jemals über seine Zerbrechlichkeit nachgedacht.

»Es gab einen Krieg. Einige Arme haben ihre Unabhängigkeit erklärt«, sagte Freeman. Sein Vater hätte das wissen müssen. Natürlich würde sein Vater das wissen. Das war die wichtigste Neuigkeit der Geschichte. Und dennoch, wenn ich mir den überraschten Ausdruck des alten Mannes so betrachtete, wurde deutlich, dass er von der Nachricht überrascht war.

»Ein Bürgerkrieg?«, fragte der alte Mann.

»Es ist ein Bürgerkrieg, wenn man verliert«, sagte Freeman. »Wenn man gewinnt, ist es eine Revolution.«

»Sie haben gewonnen?« Ein jüngerer Mann trat vor. Dieser Mann war viel kleiner als Freeman. Seine Schultern und seine Brust waren auch nicht so breit. Er war von drahtiger Statur, sah aber athletisch aus.

»Sie haben die Übertragungsstation des Mars zerstört«, sagte ich. »Ohne die Scheiben vom Mars schaltet das gesamte System ab.«

»Für wie lange?«, fragte der alte Mann und sah Ray wieder an. »Wie lange wird es dauern, bis sie die Übertragungsstation repariert haben?«

»Sie werden sie nicht reparieren«, sagte Freeman.

»Natürlich werden sie das«, sagte der jüngere Mann. »Sie werden die Flotte entsenden …«

»Die Erde hat keine Flotte«, sagte Ray. »Die Erdenflotte wurde geschlagen und sie können ohne die Scheiben keine Schiffe aus anderen Flotten schicken.«

Der ältere Freeman stand still wie eine Statue, sein Starren bohrte sich in die Augen seines Sohnes und in meine. »Die Menschen haben uns endlich den Rücken gekehrt«, murmelte er. Dann fügte er lauter hinzu: »Gott hat den Weg für uns bereitet, sodass wir in diesem Gelobten Land bleiben können.«

Auf Delphi lebten 113 Menschen. Ich kannte die genaue Anzahl, weil die gesamte Bevölkerung – oder vielleicht sollte ich *Gemeinde* sagen – sich in ihrem Versammlungshaus eingefunden hatte. Das Gebäude sollte eigentlich als Schlaf- und Speisesaal während großer Evakuierungen dienen. Die Leute saßen auf Plastikbänken. Archie Freeman, Ray Freemans Vater, sah von einer sehr einfachen Kanzel, über der ein Kreuz aus Glasfaser hing, auf seine Gemeinde hinab.

Unter der Zuhörerschaft befanden sich zwei Frauen mit Säuglingen. Eine von ihnen warf sich eine Decke über die Schulter und legte ihr Kind an die Brust. Man konnte das Nuckeln hören, als die Unterhaltungen erstarben. Die andere Frau hielt ein schlafendes Baby in ihren Armen und wiegte es sanft, während sie hinten in der Versammlungshalle stand. Ich bemerkte die Zärtlichkeit, mit der sie das Kind behandelte, und beneidete das Baby. Ich war im VO-Waisenhaus 553 mit anderen Klonen aufgewachsen und hatte niemals derartige Zärtlichkeit erfahren.

Die Menschen von Delphi nahmen an dieser Versammlung als Familien teil. Eheleute saßen mit ihren Kindern zusammen. Soweit ich das beurteilen konnte, gab es achtzehn Großfamilien. Sie füllten die ersten vier Reihen des Versammlungshauses. Die nächsten zwanzig Reihen waren fast leer – ein unerfülltes Streben.

»Mein Sohn sagt, dass wir in Gefahr sind.« Archie Freeman eröffnete die Versammlung mit diesen Worten. Er stand so streng und ernst auf seiner Kanzel, wie ich noch niemanden erlebt hatte. Er hatte sich gewaschen und umgezogen. Er trug einen schwarzen Anzug, ein weißes Hemd und eine schwarze Krawatte und sah wie ein Geschäftsmann aus.

Da er nun sauber war, hatte Archie Freemans Gesicht beinahe die Farbe von Onyx. Seine Haut hatte die Struktur von getrocknetem Leder. Das war die Belohnung dafür, dass er fünfzig Jahre lang versucht hatte, Kolonien auf unbewohnbaren Planeten anzusiedeln. Da er endlich auf einem fruchtbaren Planeten mit genug Wasser und gesundem Boden gelandet war, wollte er dort nicht wieder weg.

Archie hatte eine Glatze, die von einem kleinen Ring aus grauweißem Haar umkränzt war, das wie eine Makramee-Haube wirkte. Seine Augen waren von seinem Tag draußen in der Sonne blutunterlaufen.

»Raymond, komm hier hoch und sag, was du zu sagen hast«, sagte der ältere Freeman.

Ray, der mit einer Frau hinten gesessen hatte, stand auf und ging nach vorn. Niemand streckte seine Hand aus, um seine zu schütteln oder ihm auf den Rücken zu klopfen. Wenn man den Empfang sah, den diese Leute ihm bereiteten, mochte man denken, dass er niemals unter ihnen gelebt hatte. Doch er musste bei diesen Menschen gelebt haben, bevor sie auf den Kleinen Mann gezogen waren. Er war der 114. Bürger. Er kannte wahrscheinlich alle anderen mit Namen.

Archie Freeman verließ die Kanzel nicht, als sein Sohn sich zu ihm gesellte. Die beiden Männer standen nur wenige Meter voneinander entfernt. Ray war, wie bereits erwähnt, 2,13 Meter groß. Sein Vater war ungefähr sieben oder acht Zentimeter kleiner als er und viel dünner.

»Sag ihnen, was du mir erzählt hast, Sohn«, sagte Archie Freeman mit seinem angenehmen Bariton.

»Es hat einen Krieg gegeben«, sagte Freeman. »Vier Arme wollten die Vereinigte Obrigkeit verlassen. Sie hatten eine Flotte aus selbstübertragenden Schlachtschiffen. Sie griffen die Erde an und besiegten die Erdenflotte.« Hier hielt er einen Moment inne. »Und sie zerstörten die Übertragungsstation des Mars. Ohne das Übertragungsnetzwerk können Navyschiffe nicht zwischen den Systemen hin- und herfliegen. Das Schiff, das vor ein paar Tagen hierherkam, sitzt ebenfalls fest. Es wird zurückkommen.«

Bis zu dem letzten Satz verharrte der Raum in Schweigen. Als Freeman ihnen sagte, dass der Kampfschiffträger zurückkommen würde, fingen die Leute wieder an, sich untereinander zu unterhalten.

»Woher weißt du das?«, rief ein Mann aus der ersten Reihe. Es klang wie eine Herausforderung.

»Ein Träger braucht vier oder fünf Tage, um von hier bis zu den Scheiben zu fliegen«, sagte Freeman. »Der Träger, der hierherkam, hatte nicht genug Zeit, sie zu erreichen, bevor sie abgeschaltet wurden.«

Ich hörte Rufe und Weinen. Männer schrien sich gegenseitig an, drehten sich dann um und schrien die Frauen neben sich an. Ich erkannte, dass man diesen Leuten gerade gesagt hatte, dass ihre Welt dem Untergang geweiht war.

Archie Freeman hob seine Hand, um die Menge zu beruhigen, aber der Lärm ging weiter. »Raymond und sein Freund haben angeboten, uns auf einen anderen Planeten zu bringen.«

Der letzte Satz brachte die Menge zum Schweigen.

Ich hatte das merkwürdige Gefühl, mich in eine Familienangelegenheit einzumischen. Ich war ein Außenstehender. Zum Teufel, Ray war ein Außenstehender, und er war bei diesen Leuten geboren und aufgewachsen. Sie hatten etwas Besonderes, etwas, das ich nie haben würde. Ich sah mich in der Versammlung um und wusste, dass ich, selbst wenn ich zu ihnen ziehen würde, niemals einer von ihnen sein würde. Sie waren eine Familie … und ich war ein Klon. Ich sah ein letztes Mal zu Ray, der aufrecht, schweigend und verwirrt – und vielleicht sogar eingeschüchtert – auf der Kanzel stand. Dann stand ich leise auf und ging.

Es war früher Abend. Die Sonne war bereits untergegangen, aber der Himmel war noch hell. Das Blau war verblichen. Am Horizont sah man Orange und Rot und der Himmel über mir war weiß. Die Temperatur war auf angenehme zwanzig Grad gefallen. Der Kleine Mann war ein einladender Planet. Die Bewohner waren es, die mir Sorgen bereiteten.

Eine sanfte Brise wehte von den Feldern herüber und brachte den Geruch von frisch umgepflügter Erde und Dünger mit. Ich stand da und starrte auf den Boden mit seinen Reihen und Furchen. Jenseits der Felder erstreckte sich ein roter und grüner Wald, so weit das Auge reichte.

»Das sieht abends immer so hübsch aus«, sagte eine Frau. »Ich vergesse dann fast den ganzen Schweiß und die harte Arbeit, die dafür nötig sind.«

»Es ist wunderschön«, sagte ich und wandte mich um. Die Frau kam in meine Richtung. Sie hatte braune Haut, von derselben Farbe wie Rays, doch ihre war der Sonne mehr ausgesetzt gewesen. Ihre Haut war ausgetrocknet, wenn auch nicht so schlimm wie Archies.

»Bleiben Sie nicht bei der Versammlung?«, fragte ich.

»Was ich zu sagen habe, interessiert dort genauso wenig wie das, was Ray zu sagen hat. Wir sind Parias – Ausgestoßene –, und Entscheidungen zu treffen ist die Aufgabe der von Gott Erwählten.« Sie trug eine langärmlige Bluse und ihr einfacher, grauer Rock reichte bis auf ihre Füße. Es schien ihre Sonntagskleidung für die Kirche zu sein. Alles war sauber und gebügelt. »Ich bin Rays Schwester, Marianne.« Mit diesen Worten streckte sie mir die Hand entgegen.

»Wayson Harris«, sagte ich und schüttelte ihre Hand.

Ihre Handflächen und Finger waren hart und rau, viel rauer als meine. Ich war an Seilen emporgeklettert und hatte während der Schulzeit Gräben gegraben, aber ein Marine verbringt den größten Teil seines Lebens im Kampf. Diese Frau hatte ihre Tage damit zugebracht, mit Werkzeugen statt mit Ausrüstung zu pflügen und zu graben. Ihre Handflächen waren mit Schwielen bedeckt.

Sie hatte breite, männliche Schultern und ihre Handgelenke waren so dick wie meine. Sie war nur etwa zwei Zentimeter kleiner als ich. Ihre Lippen und ihre Haut hatten fast dieselbe Farbe. Ihr schwarzes Haar war lang und reichte bis zu ihrer Taille. Sie war elegant und stark. Ich dachte, dass sie in der richtigen Umgebung mit weicher Kleidung und gut frisierten Haaren bestimmt hübsch war. Auf einer anderen Welt, auf der sie parfümiert und verwöhnt war, hätte sie ausnehmend schön sein können.

»Wieso sind Sie und Ray Ausgestoßene?«, fragte ich.

»Raymond konnte es nicht ertragen, in einer religiösen Kolonie zu leben. Er glaubte nie an Jesus und er und Archie hassten sich. Als Raymond alt genug war, ließ er sich von einem Versorgungsschiff mitnehmen und machte, dass er so weit wie möglich wegkam. Ich glaube, Archie war froh, als er fort war.« Mir fiel auf, dass sie ihren Vater Archie nannte, als sei er ein alter Freund oder Bekannter. »Er wollte jemanden haben, der in seine Fußstapfen trat und die Armeen Gottes anführte. Raymond war das nicht.«

Ich versuchte, mir Ray Freeman als Kirchenmann auszumalen, und merkte, dass ich ihn mir nicht ohne seine Panzerung und seine Waffen vorstellen konnte. »Weiß Archie, womit Ray seinen Lebensunterhalt verdient?«, fragte ich.

»Darüber reden wir nicht.«

»Aber Sie sind geblieben«, sagte ich. »Was macht Sie zu einer Paria?«

»Ich blieb, aber mein Mann nicht. Ich habe einen kleinen Jungen namens Caleb. Er ist in der Versammlung und sitzt bei seiner Großmutter. Ich weiß nicht, was Jesus über geschiedene Frauen denkt, aber ich kann Ihnen sagen, was die Frauen auf diesem Planeten von ihnen halten. Wenn ich auch nur mit einem ihrer Männer rede, geht das Getuschel los.«

»Also wären Sie froh, von diesem Planeten wegzukommen?«, fragte ich.

»Mr. Harris …«

»Nennen Sie mich Wayson.«

»Wayson, ich glaube nicht, dass wir diesen Planeten verlassen werden. Unsere kleine Kolonie mag nicht nach viel aussehen, aber wir haben Tag und Nacht dafür gearbeitet, sie aufzubauen. Delphi ist viel schöner als alle anderen Planeten, die ich gesehen habe. Ehrlich gesagt, Wayson, jagt der Gedanke, noch einmal von vorne anfangen zu müssen, mir größere Angst ein als der Träger dort draußen.«

*Leicht gesagt, wenn man noch nicht erlebt hat, was eins dieser Schiffe anrichten kann*, dachte ich. Aber ich sprach es nicht laut aus.

Dunkelheit breitete sich auf einer Seite des Horizonts aus. Die Luft wurde immer kälter. Ich spürte eine angenehme Kühle im Wind. »Sie sind noch nicht so lange hier. Ihre Ernte ist noch nicht gesprossen. Wie schwer kann es sein, noch einmal von vorn anzufangen?«

Marianne lachte und lächelte dann. Ihre Zähne waren weiß und ebenmäßig. »Das Feld … Wir haben auf dem Feld Tag und Nacht gearbeitet. Dennoch haben wir es immer noch nicht endgültig gesäubert. Wir haben die meisten Steine entfernt, aber da ist noch so viel zu tun. Wir haben fast alle Samen, die wir hatten, auf diesem Feld gepflanzt, Mr. Harris.«

»Wayson«, sagte ich.

»Wenn wir das Feld zurücklassen … Ich kann nicht für alle sprechen, Wayson, aber die Leute, mit denen ich gesprochen habe, würden lieber sterben als fortgehen. Und dabei geht es nicht darum, dass wir Neo-Baptisten sind. Wir haben dies früher für die Kirche getan, aber das ist lange vorbei. Jetzt sind wir vorrangig Kolonisten und nur an zweiter Stelle Neo-Baptisten. Die Kirche wollte Kolonien gründen, genau wie die Katholiken. Das war ihr Vorhaben. Wir wollten eine Heimat schaffen. Jetzt haben wir endlich einen Planeten, der uns ernähren kann. Da können Sie nicht von uns erwarten, dass wir ihn wieder aus der Hand geben.«

»Warum ist Ihr Mann fortgegangen?«, fragte ich.

»Er dachte, es müsse auf anderen Welten ein besseres Leben geben, also flog er mit einem Versorgungsschiff mit, genau wie Raymond. Er bat mich, mitzukommen, aber ich wollte nicht fortgehen. Ich glaubte daran, dass Gott wollte, dass wir eine Kolonie errichten. Ich hatte meinen Jungen, meinen Caleb, und ich wollte, dass er in einer rechtschaffenen Kolonie aufwächst. Ich glaubte, Gott würde uns in das Gelobte Land führen, unser Goschen. Ich glaube, das hat er auch getan. Glauben Sie an Gott, Mr. Harris?«

Das war eine Fangfrage. Sie musste doch wissen, dass ich ein Klon war. Ich dachte an die Unterhaltung über Klone, die Tabor Shannon mit dem Priester auf Saint Germaine geführt hatte. »Ich weiß nicht, ob ich an Gott glaube«, sagte ich. »Und ich weiß nicht, ob er an mich glaubt.«

Es war keine Liebe auf den ersten Blick. Wahrscheinlich war es nicht einmal Liebe, aber ich fühlte mich zu Marianne hingezogen. Ich mochte sie. Es gab nur eine andere Frau, mit der ich sie vergleichen konnte – ein Mädchen namens Kasara, das ich im Urlaub kennengelernt hatte. Kasara war hübsch, verantwortungslos, ichbezogen und lustig gewesen. Sie war ein Mädchen. Marianne war etwas anderes. Sie zog alleine einen Jungen groß, arbeitete hart auf dem Bauernhof und behielt in einer lebensbedrohlichen Situation einen klaren Kopf. Ich bezweifelte, dass Kasara, auch wenn sie tausend Jahre alt geworden wäre, je zu der Frau hätte werden können, die Marianne bereits war.

»Anscheinend weiß hier niemand etwas über den Krieg«, sagte ich.

»Wir hören Dinge. Um die Wahrheit zu sagen, haben wir alle etwas gehört. Die Missionare, die uns hierherflogen, berichteten uns davon, aber es klang nicht schlimm. Es hörte sich so an, als sei es nur ein kleiner Aufruhr.«

»Haben Sie den Krieg über MediaLink verfolgt?«

»Was soll das sein?«, fragte sie.

»Was soll was sein?«, fragte ich vollkommen verwirrt zurück.

»Sie sagten etwas von dem Krieg über irgendetwas folgen.«

»MediaLink«, sagte ich. »Das ist die Nachrichtenquelle.«

»Ich kann nicht behaupten, davon jemals gehört zu haben«, sagte sie.

»Jetzt ist es ohnehin zu spät«, sagte ich. »Es empfing Kommunikationssignale, die durch das Übertragungsnetzwerk verbreitet wurden. Aber Sie wissen von dem Übertragungsnetzwerk.«

»Ja«, sagte sie und gab vor, beleidigt zu sein. »Ich weiß von dem Übertragungsnetzwerk.«

»Als man das Netzwerk zerstörte, wurde die Kommunikation genauso abgeschaltet wie Reisemöglichkeiten. Wenn ich richtig schätze, würde ein Lasersignal 70000 Jahre von der Erde nach Delphi benötigen. Ohne das Übertragungsnetzwerk könnte man genauso gut Rauchzeichen senden.«

»Also stimmt das alles. Die gesamte Republik ist zum Erliegen gekommen«, sagte Marianne.

»Jeder ist auf sich allein gestellt«, sagte ich. »Nur einigen Planeten geht es besser als anderen.«

»Warum sind Sie dann hergekommen?«, fragte Marianne. »Sie haben das selbstübertragende Schiff. Sie können überall hinfliegen.«

»Ich fragte Ray, wo er hinwollte, und er wollte hierher.«

»Und Sie sind dahin gegangen, wo er hinwollte. ›Wo du hingehst, will auch ich hingehen … Wo du bleibst, da bleibe ich auch … Dein Volk ist mein Volk.‹ Sie sind eine moderne Version von Ruth, Mr. Harris.«

Ich wusste nicht, was das bedeutete, und hatte noch niemals von Ruth gehört, aber Mariannes Lächeln bezauberte mich. »Vielleicht sollten wir noch einmal bei der Versammlung vorbeischauen«, sagte ich. »Ich will nicht, dass das Getuschel anfängt.«

»Sind Sie besorgt um meinen Ruf?«, fragte Marianne. »Machen Sie sich um mich keine Sorgen. Das Getuschel hat bereits begonnen. So ist das Leben auf einem kleinen Planeten.«

»Wie ist es gelaufen?«, fragte ich Freeman, als wir uns im Starliner schlafen legten. Archie hatte keine Betten für uns gefunden. Er hatte auch keine Laken gefunden, aber ein paar Kopfkissen.

»Sie wollen nicht weg«, sagte Freeman. Er zog seinen Brustpanzer aus und streifte seinen Overall ab. Nur mit seinen Boxershorts bekleidet streckte er sich so gut es ging aus. »Sie glauben, sie können sich herausreden.«

»Die wollen mit einem Kampfschiffträger diskutieren?«, fragte ich.

Ich hatte Freeman noch nie entkleidet gesehen. Die riesigen Muskeln auf seiner Brust und seinen Armen waren kräftig, aber nicht klar definiert. Er sah nicht wie ein Bodybuilder aus, sondern hatte die Figur eines Schmieds oder eines Bauarbeiters. »Sie glauben, Gott hat sie hierhergebracht.«

Marianne hatte im Laufe unserer Unterhaltung etwas Ähnliches geäußert. Bilder von Marianne schossen mir durch den Kopf. War ich in sie vernarrt oder nur einsam? So viele neue Emotionen vernebelten seit dem Niedergang der Regierung meine Gedanken, dass ich mir selbst nicht mehr über den Weg traute. Ich wollte Freeman über seine Schwester ausfragen, aber ich hatte Angst, ihm meine Gedanken preiszugeben.

Wir schliefen auf den Liegesitzen, die sich nur um fünfundvierzig Grad nach hinten neigen ließen. Das Gewicht unserer Köpfe lastete die ganze Zeit auf unseren Hälsen.

»Du bist doch einmal auf einem urbar gemachten Planeten gelandet, oder?«, fragte Freeman.

»Ezer Kri«, sagte ich. »Dort haben wir Kline erwischt. Du warst auch dort, erinnerst du dich?«

»Nein, einem nicht bevölkerten«, sagte Freeman.

»Ronan Minor«, sagte ich und erinnerte mich an die Mission.

»Hieß der nicht etwas mit Kri?« Der Begriff *Kri* beschrieb einen Planeten mit künstlicher Atmosphäre.

»Das war ein Scheißort.« Ich rollte mich auf meinem Sitz herum und schlug gegen das Bedienungsfeld, um das Licht auszuschalten. »Was glaubst du, was gerade auf der Erde geschieht?«

Freeman dachte darüber nach. »Kommt drauf an, wer siegreich hervorgeht. Wenn die Konföderierten Arme gewinnen, werden sie Armeen einfliegen. Die äußeren Arme hatten immer gute Bodentruppen, sie konnten sie nur nicht schützen. Wenn die Mogats gewonnen haben, wäre das schlimmer. Die Mogats scheren sich nicht um Kolonisierung. Sie wollen die Erde nicht besetzen. Sie wollen nur alles auslöschen, was mit der Vereinigten Obrigkeit zu tun hat.«

»Es sind nur ein paar Tage vergangen. Vielleicht sind die Mogats und die Konföderierten noch nicht damit fertig, sich gegenseitig umzubringen«, sagte ich.

»Harris, glaubst du, wir können die Leute hier nach Ronan Minor umsiedeln?«

»Das würde ihnen nicht gefallen«, sagte ich. »Dort war ein Dschungel und das einzige Leben bestand aus Kakerlaken und Ratten.«

Freeman verstand sofort, was ich meinte. Schiffe dürfen nicht auf urbar gemachten Planeten landen, bis diese für stabil erklärt wurden. Wenn Landbesetzer sich unberechtigt auf diesen Planeten aufhalten, entkommt Ungeziefer aus ihren Schiffen. Auf einem Planeten wie Ronan Minor, wo es reichlich Vegetation und keine natürlichen Feinde gibt, explodieren dann die Ratten- und Kakerlakenpopulationen.

# 46

Wo wir gerade von Hinterwäldlern sprechen … Archie Freeman glaubte nicht, dass da draußen in der Nähe des Planeten immer noch ein Kampfschiffträger herumflog. Es bedurfte einiger Überredungskunst, bis Ray ihn und drei weitere Dorfälteste so weit hatte, mit zu den Übertragungsscheiben zu fliegen. Wir würden ihnen zeigen, dass die Scheiben tot waren, mit Radar nach Spuren des Kampfschiffträgers suchen und uns etwas umsehen. Ray Freeman begleitete uns nicht.

Archie und seine Brüder waren Neulinge, was Weltraumreisen anging. Sie hatten noch nie in einem selbstübertragenden Schiff gesessen und die Vorstellung jagte ihnen eine höllische Angst ein. Der alte Mann musste sich gewaltig zusammenreißen, um auch nur in das Cockpit des Starliners zu klettern. Er beschwerte sich nicht und bat mich auch nicht, vorsichtig zu sein. Nervös sah er sich in der Kabine um und versuchte, so zu wirken, als fühle er sich wohl.

»Wissen Sie«, sagte er in vertraulichem Ton, der durchblicken ließ, dass es sich um ein gewichtiges Geständnis handelte, »ich habe mich immer gefragt, wie es sein würde, in so einem Schiff zu fliegen.« Er lachte. Da er bereits im Beichtmodus war, fuhr er fort. »Selbstüberträger erinnern mich an die frühen Tage der Luftfahrt und die wagemutigen Teufel, die durch Scheunen hindurchflogen. Ho, ho, ho.« Er lachte sein wunderbares Baritonlachen.

Die Dorfältesten – Männer um die dreißig, wenn ich raten sollte – saßen in der ersten Reihe der Kabine. Sie schnallten sich an und schwiegen. Sie schienen die nach außen sichtbare Angst Archies vor selbstübertragenden Schiffen zu teilen, nicht aber seine innere Begeisterung.

»Verstehen Sie, wie Selbstübertragung funktioniert?«, fragte ich Archie, als wir uns auf unseren Sitzen anschnallten. Ich selbst hatte natürlich nur ein rudimentäres Verständnis davon, aber einem Bauern/Siedler wie Archie waren die Einzelheiten wahrscheinlich egal. Ihn würden nur die Grundzüge interessieren.

»Es ist genauso, wie wenn man in eine Übertragungsscheibe fliegt«, sagte ich.

»Die Übertragungsscheiben wurden zerstört«, sagte Archie.

»Nicht zerstört – nur abgeschaltet«, sagte ich, weil mir nichts Besseres einfiel, wie ich es erklären sollte.

»Sie haben keine Elektrizität mehr?«, fragte Archie.

»Richtig. Dieses Schiff kann sich selbst übertragen. Ein elektrisches Feld wird sich genau vor der Übertragung um das Schiff herum aufbauen. Es wird einen hellen Blitz geben und wenn wir hinauskommen, befinden wir uns in der Nähe der Übertragungsscheiben.«

»Und was, wenn wir auf den Träger treffen?«, fragte Archie, als ich meine Konsole einschaltete.

»Das wäre möglich«, sagte ich, »aber ich wette, sie sind zu den Scheiben geflogen, haben sie tot vorgefunden und bereits umgedreht, um zum Kleinen Mann zurückzufliegen.«

»Delphi«, sagte Archie.

»Wie meinen Sie?«, fragte ich.

»Wir nennen den Planeten *Delphi*.«

»Ach richtig. Tut mir leid.«

»Was passiert, wenn wir auf den Träger treffen? Ich sehe keine Waffen auf Ihrem Schiff.«

»Ich habe keine.«

»Können Sie einem Träger entkommen?«

Ich drückte den Knopf, um die Übertragungsmaschine aufzuladen. »Keine Chance. Diese Schiffe können bis zu achtundvierzig Millionen Kilometer pro Stunde fliegen. Ich schaffe, wenn's hochkommt, zehn Millionen pro Stunde.«

»Also was machen wir dann?«, fragte Archie.

»Hören Sie, Archie, da draußen ist eine große Galaxie. Man trifft dort nicht zufällig auf andere Schiffe. Man kann losfliegen und andere Schiffe suchen und sie niemals finden. Wenn Sie und ich die einzigen Menschen auf Delphi wären, wie groß wäre Ihrer Meinung nach die Chance, dass wir uns zufällig über den Weg laufen würden? Die Galaxis ist eine Milliarde mal größer als Delphi.«

Wir hoben in einem steilen Winkel ab und verließen schnell die Atmosphäre. Jetzt, da wir den Boden verlassen hatten, umklammerte Archie die Lehnen seines Sitzes. Seine knochigen Finger bogen sich wie Katzenkrallen. Er konnte anscheinend seinen Blick nicht vom Fenster abwenden. Der Anblick des Planeten unter uns schien ihn zu hypnotisieren.

Ich warf einen Blick nach hinten in die Kabine und sah, dass die drei Dorfältesten genauso reagierten. Sie beugten sich zu den Fenstern und starrten hinaus.

»Okay, ich werde uns jetzt übertragen«, sagte ich und fuhr die getönten Schilde hoch.

»Was ist das?«, fragte Archie. »Das Fenster ist schwarz geworden.«

»Das sind getönte Schilde. Sie schützen unsere Augen«, sagte ich. »Es wird ganz schön hell da draußen, wenn wir übertragen. Ohne die getönten Scheiben werden Sie blind.«

»Oh, okay«, sagte er und klang irgendwie beruhigt.

Elektrische Fäden zeigten sich durch die geschwärzte Frontscheibe und dann schimmerte der Blitz hindurch. Archie erschrak. Er sah sich nervös im Cockpit um. Seine Beine, die auch nicht besser hier hereinpassten als die seines Sohnes, wurden steif. Dann erhob er sich ein wenig aus dem Sitz. In diesem Moment der Angst verlor er teilweise die Kontrolle über seinen Körper. Er machte sich nicht in die Hose oder Schlimmeres, aber er furzte vernehmlich und übelriechend.

Ich wollte gerade sagen: »Wir sind da«, aber als ich den entsetzten Ausdruck auf Archies Gesicht sah, musste ich einfach lachen.

»Oh, Sie finden das lustig?«, fragte Archie. »Sie gottverdammter Klon.«

Manchmal sagt man Dinge, die man bereut, bevor sie fertig ausgesprochen sind. Ich sah die Verlegenheit und den Zorn auf Archies Gesicht. Er lehnte sich in seinem Sitz zurück und starrte vor sich hin.

Gewohnheitsmäßig startete ich den Generator, der die Übertragungsmaschine auflud, in der Sekunde, als wir ankamen. Diese Angewohnheit rettete uns das Leben.

Wir kamen ein paar Kilometer von den Übertragungsscheiben entfernt an und schwebten hinüber, um sie anzusehen. Ich verringerte die Geschwindigkeit bis fast zum Stillstand und flog den Starliner um die erloschenen Spiegel herum.

»Sind das die Scheiben?«, fragte Archie.

Er hatte sie wahrscheinlich nicht gesehen, als er nach Delphi gekommen war. Er und die anderen Siedler waren höchstwahrscheinlich in einem Frachter hergereist. Selbst in einem Handelsschiff wären die getönten Schilde lange hochgefahren gewesen, bevor sie auch nur in die Nähe der Scheiben kamen.

»Das ist die Übertragungsstation«, sagte ich.

»Fliegt man da hinein?«, fragte Archie.

Ich rief mir ins Gedächtnis, dass er auf einem Planeten ohne moderne Einrichtungen lebte. »Man fliegt darauf zu. Sie erzeugen ein Energiefeld, das Ihr Schiff transportiert.«

»Ich verstehe.«

»Wenn die Scheiben unter Spannung stünden, wären sie von einem weißen Schimmer umgeben. Es gäbe Ampeln und Warnlichter an ihrer Oberseite. In dieser Station gibt es nicht ein einziges Volt.« Meine Übertragungsausrüstung schloss ein fortschrittliches Radar ein. Ich streckte meine Hand aus, um den Bildschirm einzuschalten, als ein Harrier uns angriff. Wir sahen nur einen verschwommenen, grau-weißen Streifen, der am Cockpit vorbeisauste und wieder verschwunden war.

»Grundgütiger Gott! Was war das?«, schrie Archie.

Rote Lichter flackerten auf meinem Armaturenbrett und auf meinem Warnbildschirm. Eine Warnleuchte blinkte auf meinen Instrumenten. Alarmsignale ertönten. Ich schaltete das Radar mit einer Hand ein und riss das Ruder scharf nach rechts herum. »Festhalten«, brüllte ich.

»Was geht hier vor?«, schrie Archie. Das war kein Kreischen. Er hatte sich unter Kontrolle. »Was war das?«

»Sie haben mich gefragt, was passieren würde, wenn wir auf den Träger treffen«, sagte ich. »Genau das ist grade der Fall.«

Er presste sein Gesicht gegen die Scheibe und starrte aus dem Fenster. »Ich sehe nichts.«

»Archie«, sagte ich und starrte auf das Radar, »das Schiff bewegt sich mit achtundvierzig Millionen Kilometern pro Stunde. Wenn die wollten, könnten sie genau vor unserer Nase auftauchen und uns rammen, bevor Sie sie entdecken.«

»Wollen sie uns töten?«, fragte Archie.

»In dem Fall wären wir bereits tot. Das war ein Jäger. Der Pilot hätte uns mit einem einzigen Schuss in Brand setzen können, wenn er das gewollt hätte.« Ich warf einen Blick auf die Übertragungsausrüstung. Sie würde noch zwei Minuten aufladen müssen, bevor ich sie verwenden konnte.

Der Harrier kam von hinten. Er wurde langsamer, damit wir ihn sehen konnten, schoss über den Starliner hinweg und verschwand im All. Das Radar verfolgte seine Spur.

»Die werden noch nicht auf uns schießen«, sagte ich.

»Woher wissen Sie das?«, fragte Archie.

»Die sitzen hier draußen fest und die Übertragungsstation ist ausgeschaltet, nicht wahr?«, fragte ich. »Die werden wissen wollen, wie wir hierhergekommen sind, bevor sie das Feuer eröffnen. Wenn die herausfinden, dass wir ein selbstübertragendes Schiff haben, werden sie es kapern wollen.«

»Unbekanntes Raumschiff, hier ist die VON *Grant*. Identifizieren Sie sich.«

»Die *Grant*«, flüsterte ich zu mir selbst. Ich kannte das Schiff.

»Was werden wir tun?«, fragte Archie.

»Die werden wissen wollen, wie wir hierhergekommen sind«, sagte ich. »Ich werde es ihnen zeigen.« Ein gelbes Licht blinkte über der Anzeige der Übertragungsmaschine und zeigte an, dass sie bereit war. Ich hatte bereits die Koordinaten für den Kleinen Mann einprogrammiert und leitete jetzt die Übertragung ein.

Sie hatten keine Möglichkeit, zu wissen, wohin ich übertrug, aber sie konnten es sich wahrscheinlich denken. Wenn ich aus diesem galaktischen Sektor gekommen war, konnte ich nur vom Kleinen Mann – Delphi, wie Archie ihn nannte – kommen. Das war der einzige bewohnbare Planet in der Gegend.

Mit diesem kurzen Besuch hatte ich alles ins Rollen gebracht. Ich begann den Countdown. Archie konnte seine Kolonie nicht mehr evakuieren. Wir hatten Zeit, um seine Leute in Sicherheit zu bringen, aber er würde seine Gebäude und seine Ausrüstung zurücklassen müssen. Er glaubte, dass Gott ihm den Kleinen Mann zugesprochen hatte und ihn beschützen würde. Alles, was er brauchte, war Glaube.

# 47

»Raymond hatte recht«, sagte Archie mit leiser Stimme zu seinen Leuten. Er sah entmutigt aus. Seine Arme hingen an seinen Seiten herab, während er sprach, und er hatte den Kopf leicht zur Seite geneigt. »Der Träger kann nicht durch die Übertragungsscheiben reisen. Er wird nicht heute in Delphi eintreffen, und vielleicht auch nicht innerhalb der nächsten Woche. Aber früher oder später wird er zurückkehren.«

Die Versammlung stieß ein kollektives Seufzen aus. »Rette uns, Herr«, rief eine Frau. Sie streckte flehend ihre Arme über ihren Kopf aus.

Ich saß allein in einer Ecke hinten in der Stadthalle und war abreisefertig. Freeman saß neben Marianne und ihrem Sohn eine Reihe hinter dem Rest der Gemeinde. Sie waren bei ihren Leuten, aber kein Teil von ihnen.

»Raymond meint, dass wir diesen Planeten verlassen sollten. Er glaubt, dass die Philister vor den Toren stehen und wir unser Gelobtes Land aufgeben müssen. Gott hat uns Erlösung versprochen. Wir werden unseren Planeten nicht aufgeben. Ich habe den Feind mit eigenen Augen gesehen. Seine Jäger sind schnell wie das Licht. Doch wir müssen den schwachen Arm der Menschen nicht fürchten, denn Gott wird uns beschützen.«

Die Gemeinde stieß ein Zischen aus. Freeman sah sich zu mir nach hinten um und unsere Blicke trafen sich. Schweigend kommunizierten wir unseren Unglauben miteinander.

Wenn sie den Kleinen Mann ihr »Gelobtes Land« nennen wollten, nun, dann hatten sie das Recht, das auf jede erdenkliche Weise zu interpretieren. Wenn sie allerdings sagten, dass Gott sie vor der *Grant* retten würde – nun, das war völliger Schwachsinn. Niemand konnte sie vor der *Grant* retten und die Einzigen, die das vielleicht hätten versuchen können, wären der »gottverdammte Klon« und der Paria der Kolonie gewesen.

Das Problem war, ich konnte sie nicht einfach verlassen. Klyber hatte mir einmal erzählt, dass Militärklonen eine gewisse altruistische Ader einprogrammiert worden wäre. Wir waren dazu erschaffen worden, zu dienen und zu beschützen. Das galt besonders dann, wenn es darum ging, Feinde der Republik zu töten. Doch jetzt verdrehte sich das. Ich war darauf programmiert, für die Vereinigte Obrigkeit zu kämpfen. Irgendwo im Hinterkopf erinnerte ich mich ständig selbst daran, dass die Vereinigte Obrigkeit nicht mehr existierte und dass derjenige, der die *Grant* flog, keine Befehle aus Washington, D. C. mehr erhielt. Ich wusste nicht, ob ich mich selbst davon überzeugen konnte, und würde es nicht wissen, bis ich entweder im Kampf überzeugte oder einfror, weil meine Programmierung mich nicht weitermachen ließ.

Ich beobachtete diese Leute und hasste sie. Ich bedauerte es, nach Delphi gekommen zu sein. All die Wut, die ich gegenüber der Vereinigten Obrigkeit empfunden hatte, konzentrierte sich jetzt auf diese Gemeinde. Und doch hatte keiner von ihnen mir Schaden zugefügt. Nicht einmal Archie.

Archie begann ein Gebet. In dem Gebet dankte er für den Planeten Delphi. Immer noch betend sagte Archie, dass Ray und ich von Gott zu dem Planeten geführt worden waren, damit wir Instrumente der Rettung sein konnten. Wir waren »Werkzeuge in Gottes Hand«.

Als die Versammlung endete, fragte ich Ray, wie er jemals mit diesen Leuten hatte leben können. Er zuckte mit den Schultern und ging davon.

»Wayson«, sagte Marianne und beobachtete, wie Ray davonging, »das ist Caleb. Das ist mein Junge.« Sie legte ihre Hände auf die Schultern eines jungen Mannes, der knapp unter 1,80 Meter groß war. Sein Kopf reichte mir bis zur Nase.

»Nett, dich kennenzulernen«, sagte ich und versuchte, so zu klingen, als fühlte ich mich in der Gesellschaft von Jugendlichen wohl. Ich wusste nicht, was ich sonst zu dem Jungen sagen sollte.

»Schön, Sie kennenzulernen, Mr. Harris«, sagte Caleb.

Dann entstand ein unbehaglicher Moment, in dem keiner von uns wusste, was er als Nächstes sagen sollte. Archie kam herbei und tippte mir auf die Schulter. »Kann ich Sie einmal sprechen?«, fragte er.

Ich nickte und war dankbar für den Ausweg.

Archie führte mich zu einer ruhigen Ecke des Gebäudes. Wir sahen die Leute, die im Gänsemarsch aus der Tür gingen. Niemand kam herüber, um mit uns zu reden. Ich glaube, sie konnten an Archies Haltung erkennen, dass er etwas Ernstes mit mir zu besprechen hatte.

»Mr. Harris, ich muss mich bei Ihnen entschuldigen«, sagte er. Er sprach mit seiner Baritonstimme und klang wirklich demütig. Er sah zu Boden, während er sprach, und schaukelte auf seinen Fußsohlen vor und zurück. »Ich weiß nicht, was in mich gefahren ist.«

Bei diesen Worten konnte ich nicht anders, als an den Tagebucheintrag zu denken, den der katholische Priester über Sergeant Shannon geschrieben hatte. »Ich hätte nicht lachen sollen«, sagte ich.

Archie sah zu mir auf und lächelte. »Es muss wirklich

urkomisch ausgesehen haben … Ich mit dem entsetzten Gesichtsausdruck und dann furze ich auch noch.«

Ich erwiderte das Lächeln. »Das hat es.«

»Mr. Harris, Sie und Raymond hätten nicht hierherkommen müssen. Niemand hat Sie gebeten, uns zu helfen, aber Sie sind dennoch hergekommen. Und jetzt bitten wir Sie erneut, uns Ihre Großzügigkeit zu gewähren.«

Ich hob die Hand. »Ist schon gut. Hierherzukommen war Rays Idee. Ihm sollten Sie danken.«

»Er sagt, es sei Ihr Schiff.«

Ich nickte.

»Nun, ich wollte Ihnen danken.« Archie drehte sich um und wollte davongehen.

»Kann ich Sie etwas fragen?«, sagte ich.

»Alles«, sagte Archie.

»Sie glauben nicht, dass ich eine Seele habe«, sagte ich. Mir war es eigentlich egal, ob ich eine Seele hatte oder nicht. Ich hatte es auch ohne bis hierher geschafft. Aber das Vorurteil machte mir zu schaffen. Ich war hergekommen, um diesen Leuten zu helfen. Wenn sie mich als Untermenschen betrachteten, bereitete mir das großen Kummer.

Archie Freeman stand so schweigend und bewegungslos wie ein Baum vor mir und starrte mir in die Augen. Seine Augen waren dunkelbraun mit leicht gelblichen Augäpfeln. Sie waren blutunterlaufen, müde und voller Intelligenz. Ich starrte in diese Augen und entschied, dass Archie Freeman vielleicht voreingenommen sein mochte, dass er aber nie wissentlich lügen würde.

»Nein, mein Sohn, ich glaube nicht, dass Sie eine Seele haben.«

»Wissenschaft kann Leben erschaffen, aber sie kann keine Seele erschaffen?«, fragte ich. »Ist es das, was Sie glauben?«

»Die Wissenschaft kann kein Leben erschaffen«, sagte Archie.

»Ich lebe«, sagte ich, »und ich bin ein Werk der Wissenschaft.«

»Ich versuche nicht, Sie zu verurteilen, Mr. Harris. Es tut mir leid, was ich gesagt habe. Das war schrecklich. Ich fürchte, ich werde es nicht zurücknehmen können. Niemand kann seine Zunge hüten. Ein kleines Glied richtet große Dinge an.« Ich wusste nicht, ob der letzte Teil ein Gedicht, Philosophie oder aus der Bibel war, aber Archie klang traurig, als er die Worte zitierte.

»Beurteilen Sie nicht mich, beurteilen Sie die Wissenschaft. Ich bin aus einem Reagenzglas gekrochen, nicht aus dem Mutterleib. Was sagt Ihr Evangelium darüber?« Ja, ich zielte darauf ab, mich mit dem Mann zu streiten, der zu mir gekommen war, um sich zu entschuldigen. Ich war wütend und beleidigt. Ich wusste, dass ich im Unrecht war, und es war mir egal.

»Mr. Harris, ich gebe nicht vor, das Klonen zu verstehen. Ich bin ein Priester und ich habe die letzten fünfzig Jahre meines Lebens auf öden Planeten, die von den Menschen und der Galaxis abgeschnitten waren, zugebracht.«

»Aber glauben Sie nicht, dass die Wissenschaft durch das Klonen Leben schaffen kann?«, fragte ich.

»Klonen erschafft kein Leben, es dupliziert es«, sagte Archie. »Wenn ich ein Feuer habe und Sie halten einen Stock über die Flammen, bis er ebenfalls Feuer fängt, haben Sie kein neues Feuer geschaffen, sondern sie haben einfach eine Flamme von mir entliehen. Man hat kein Leben erschaffen, als man Sie hergestellt hat, Mr. Harris. Man hat sich Gene von einer Kreatur Gottes geliehen … von jemandem, der eine Seele hatte. Sie haben seine Haare, seine Haut, seine Augen, aber ich glaube nicht, dass Sie seine Seele haben. Ich glaube nicht, dass seine Seele in der DNA enthalten war.

Ich finde es wirklich sehr nett, dass Sie und Raymond hergekommen sind, um uns zu retten. Und ich bin dankbar dafür, dass Sie so großzügig waren. Sie scheinen ein äußerst tugendhafter Mann zu sein, obwohl Sie sich meinem Sohn angeschlossen haben und wahrscheinlich ein Berufskiller sind. Doch solange die Wissenschaft das Gen nicht gefunden hat, in dem die Seele enthalten ist, sehe ich keinen Grund, daran zu glauben, dass Sie mehr oder weniger sind als ein Mensch auf Zeit … ein Körper mit einem irdischen Funken Leben und keiner Chance auf die Ewigkeit.«

Ich dachte an Shannon, der dem Erzbischof gegenüber Nietzsche zitiert und ihm gesagt hatte, dass kein Mensch eine Seele habe. Ich überlegte, ihn darauf hinzuweisen, dass es eine Zeit gegeben hatte, in der die Weißen gedacht hatten, Schwarze hätten keine Seele. Aber nichts davon spielte eine Rolle. Ich hatte Archie gefragt, wie er die Dinge sah, und er hatte mir ehrlich geantwortet.

»Ich kam her, um mich für meine Worte zu entschuldigen, Mr. Harris. Was ich auf Ihrem Schiff gesagt habe, tut mir sehr leid. Ich hoffe, Sie können meine Entschuldigung annehmen.« Mit diesen Worten wandte Archie sich um und ging fort.

»Das ist nicht das, was er den anderen über Sie gesagt hat«, sagte Marianne und kam hinter einer Ecke hervor.

»Sie haben gelauscht?«, fragte ich und schämte mich.

Sie lächelte mich an. Ihre dunklen Augen, die denen ihres Vaters so sehr ähnelten, überstrahlten sogar ihr Lächeln. »Er ist mein Vater.«

»Und dann ist es in Ordnung, zu lauschen?«

»Ja.« Sie sprach zögerlich, als müsse sie sich noch entscheiden. Dann sagte sie mit mehr Entschlossenheit: »Ja, das ist es.«

»Was hat er denn zu den anderen gesagt?«

»An dem Abend, als Sie gelandet sind, wurde eine Stadtversammlung einberufen.«

»Ich weiß. Ich habe ihr eine Zeit lang beigewohnt. Dann bin ich hinausgegangen, Sie sind mir gefolgt und wir haben uns unterhalten.«

»Nein«, sagte Marianne, »das war eine öffentliche Versammlung. Nachdem Sie und Raymond fort waren, hielt Archie eine geschlossene Versammlung nur für die Männer ab.«

»Und Sie haben gelauscht?«

»Wollen Sie hören, was er gesagt hat, oder nicht?«

»Was hat er gesagt?«, fragte ich.

»Die Leute hatten Angst vor Ihnen. Sie sagten, dass das Klonen eine Abscheulichkeit sei. Archie sagte, dasselbe gelte für Inzest.«

»Na, jetzt fühle ich mich besser«, sagte ich.

»Sie verstehen nicht. Lesen Sie die Bibel?«

»Folgen Sie dem Tagesgeschehen auf MediaLink?«

»Wayson, Sie sind so ein Esel.«

»Tut mir leid.«

»Haben Sie von Lot gehört?«, fragte Marianne.

»Sodom und Gomorrha«, sagte ich. »Seine Frau schaute zurück und wurde zur Salzsäule. Man muss nicht die Bibel lesen, um die Geschichte zu kennen.«

»Wussten Sie, dass Lots Töchter ihn nach dem Tod seiner Frau betrunken gemacht und verführt haben? Sie bekamen zwei Söhne und beide Söhne gründeten Nationen.«

»Wenn sie nicht geklont waren, verstehe ich nicht, was das mit mir zu tun hat«, sagte ich.

»Eine dieser Nationen war Moab«, sagte Marianne. »Eine Frau aus Moab heiratete einen Juden. Ihr Urenkel war König David.«

»Und?«, fragte ich. Ich hatte von David und Goliath gehört. Ich wusste, dass er die Psalmen geschrieben hatte. »Was hat das alles mit Klonen zu tun?«

»Jesus war ein Abkömmling von David. Hätte es Lots Töchter nicht gegeben, wäre Jesus nicht geboren worden. Merken Sie nicht, dass Archie Sie in Schutz genommen hat? Er sagte, dass man auch mit bösen Mitteln einen guten Zweck erreichen kann.«

# 48

Der Auftrag war nicht gefährlich. Ich übertrug nur irgendwohin ins Nichts, um ein paar Radarmessungen zu machen und die *Grant* zu orten. Ich würde mich nicht in ihre Nähe übertragen und wenn sie nicht gerade nach einer Übertragungssignatur suchten, würden sie mich nicht bemerken. Sollten sie mich dennoch entdecken, würde ich wegübertragen, bevor sie mich erreichten. Falls sie mich erreichten, würden sie mein Schiff in einem Stück haben wollen und nicht riskieren, auf mich zu schießen.

Ray kam ins Cockpit. Marianne lud Nahrungsmittel in die Kombüse des Starliners, während ich mich auf den Start vorbereitete. Die letzten Leute im Starliner waren Archie und Caleb, Mariannes Sohn. Im Laufe der letzten paar Tage war Caleb zu meinem Schatten geworden, meinem Gehilfen und meinem Stellvertreter. Der Junge war zwölf Jahre alt, viel zu groß für sein Alter, und stand kurz vor einem weiteren Wachstumsschub. Er stellte gerne Fragen und beobachtete seine Umgebung mit großem Wissensdrang.

»Was glaubst du, wo du hingehst?«, fragte Marianne.

»Ich werde mitfliegen«, sagte er.

»Du fliegst nirgendwohin«, sagte Marianne.

»Ich habe ihm das erlaubt«, sagte Archie.

»Er ist doch bei mir«, sagte ich.

Sie starrte mich an, als wolle sie sichergehen, dass ich das ernst meinte. Caleb grinste wie ein Kind und schob sich an ihr vorbei zum Cockpit. Marianne warf mir einen bösen Blick zu und kletterte aus dem Starliner.

»Geh und setz dich da hinten hin«, sagte Ray und zeigte auf die Kabine. Caleb und Archie saßen in derselben Reihe. Caleb saß an der Wand und starrte aus dem Fenster, Archie saß am Gang und beobachtete Ray und mich.

»Er adoptiert dich«, sagte Ray. »Das ist dir doch klar, oder?«

Ich riss mich von meinen Instrumenten los und sah nach hinten zu Caleb. Nur sein Hinterkopf war sichtbar. Ich stellte mir vor, dass er lächelte und aufgeregt war, ins All zu fliegen.

»Ich weiß nicht viel über Familien«, sagte ich. »Nennt man das so?« Ich legte einen Schalter um und schaltete die Bedienelemente ein. In einer Minute würde ich abheben.

»Wenn ein vaterloser Junge anfängt, dir überallhin zu folgen, dann sucht er mehr als nur einen Freund«, sagte Ray. Er warf Marianne einen Blick zu, die in der Tür des Versammlungshauses stand. »Sie und Caleb sind allein. Wenn du nicht hier auf dem Kleinen Mann leben willst, dann solltest du das Marianne lieber sagen.«

»Ich kann dir nicht folgen«, sagte ich. »Lass uns die Sache mit der *Grant* hinter uns bringen und dann können wir über Familien reden.«

Ray saß eingeengt auf seinem Sitz und beobachtete mich. Ich warf einen verstohlenen Blick auf Caleb. Wenn er sein Gesicht noch fester gegen das Fenster presste, würde er das Glas zerbrechen. Der Anblick des Jungen brachte mich zum Lachen.

»Harris«, sagte Freeman, »diese Kolonie ist eine andere Welt im Vergleich zu deiner alten Klonfarm. Hier wird nichts umsonst getan.«

»Das heißt was?«, fragte ich.

»Marianne sucht nach einem Ehemann«, sagte Freeman. »Ihr Junge braucht einen Vater und du bist zu haben.«

»Ich bin ein Klon«, sagte ich.

»Siehst du noch andere Auswahlmöglichkeiten?«, fragte Ray.

Ich brütete über Freemans Warnung nach und warf einen Blick nach hinten zu Caleb. Archie starrte ihn wütend an, aber er sah aus dem Fenster und tat so, als merke er es nicht. Also wollte Ray jetzt die Rolle des beschützenden Bruders spielen.

Ich wollte mich nicht auf einem gemütlichen kleinen Planeten mit einer Familie niederlassen. Vielleicht lag es an meiner militärischen Erziehung oder an der neuralen Programmierung, die Befreier zu dem machte, was sie waren, aber ich konnte mir ein Leben auf einem Bauernhof einfach nicht vorstellen.

»Sie könnte mit uns kommen«, sagte ich und dachte, ich hätte eine brauchbare Alternative gefunden. »Wir könnten sie mitnehmen zur Erde oder zu … einem anderen Planeten.«

Freeman schüttelte den Kopf. »Sie will hier nicht weg. Sie will dich hereinholen.«

»Ray, der Junge will einfach nur mitfliegen«, sagte ich.

»Du sollst nur wissen, worauf du dich einlässt«, sagte Freeman. »Marianne ist kein Buschfeuer, das du am Strand aufgelesen hast.« Nachdem er seine Warnung losgeworden war, verließ er das Cockpit und kletterte aus dem Schiff. Seine Aufgabe war es, die Umgebung der Farm abzusuchen. Wir mussten wissen, wo die *Grant* ihren Landungstrupp absetzen würde und wie wir uns verteidigen konnten.

»Willst du hier oben sitzen?«, fragte ich Caleb.

Er strahlte noch mehr und trabte ins Cockpit. Dann setzte er sich auf den Sitz des Kopiloten.

Archie stand geduckt in der Tür des Cockpits. Caleb und er beobachteten jede meiner Bewegungen, während ich Knöpfe drückte und Schalter umlegte. »Wofür ist der? Und was ist mit dem hier?« Caleb stellte Fragen wie ein Sechsjähriger, aber er speicherte die Einzelheiten wie ein Erwachsener. Archie beobachtete ihn schweigend.

Als ich den Übertragungscomputer einschaltete, erhellte sich Calebs Miene. »Was ist das?«, fragte er.

»Das«, sagte ich, »ist der Grund, weshalb wir immer noch umherreisen können, obwohl der Rest der Galaxis an einem Ort feststeckt. Das ist ein Übertragungscomputer. Damit können wir an verschiedene Orte gelangen, ohne hinfliegen zu müssen.«

»Ohne fliegen zu müssen?«, fragte er.

»Ich sage diesem Computer, wo ich hinwill, und er versetzt uns genau dorthin.«

»Das ist der Teil, der mir Angst macht«, sagte Archie.

Ich fürchtete, dass Caleb nach Einzelheiten fragen würde, aber das tat er nicht. Stattdessen hing er über dem Computer und fand Stück für Stück heraus, wie er arbeitete. »Wie sagst du ihm, wo du hinwillst?«

Ich zeigte ihm, wie man interaktive Karten in Koordinaten umwandelte. »Zu einem Planeten zu übertragen ist einfach. Der Computer kennt die Koordinaten für jeden Stern und Planeten in der Galaxis.« Ich wollte den Jungen beeindrucken. Archie ignorierte ich zum größten Teil. »Schwer wird es, wenn du an einen bestimmten Ort willst, wie zum Beispiel eine ganz bestimmte Stelle oberhalb eines Planeten. Man zielt nicht immer auf etwas Großes wie einen Planeten. Manchmal muss man das genau abstimmen.«

»Wie irgendwo im tiefen Weltraum?«, fragte Caleb. »Wo wir jetzt sind?«

»Es gab einmal eine Raumstation, die hieß Golan-Trockendocks«, sagte ich. »Sie war sehr geheim. Wenn man sich dorthin übertragen wollte, musste man die Koordinaten selbst eingeben.«

Und dann erinnerte ich mich an eine Geschichte, die er vielleicht interessant finden würde. »Du hast doch gehört, dass es einen Krieg gab, nicht wahr? Das war der Grund, warum dein Onkel und ich nach Delphi gekommen sind.«

»Ein Krieg gegen die Erde?«, fragte Caleb.

»Ja. Und die Erde hatte ein riesiges Schiff, das *Doctrinaire* hieß. Es war größer und stärker als jedes andere Schiff in der Galaxis«, sagte ich. »Es war so stark, dass es ganze Flotten feindlicher Schiffe zerstören konnte. Außerdem hatte es ganz besondere Schilde, sodass kein anderes Schiff ihm etwas anhaben konnte.«

»Also hat die Erde es benutzt, um den Krieg zu gewinnen«, sagte Caleb. Seine Augen waren vor Aufregung geweitet.

»Nein, die Erde hat verloren. Die Leute, die die Erde angriffen, zerstörten das Schiff mit einem Schlag«, sagte ich. »Und das haben sie mit so einem Computer gemacht.«

Unser Flug dauerte zwei Stunden. Caleb und ich unterhielten uns die ganze Zeit. Wir hätten in dem Moment zurückfliegen können, nachdem ich die Radarmessungen durchgeführt hatte. Stattdessen zeigte ich Caleb, wie der Starliner funktionierte. Er war ein netter junger Mann, ein Kind, dessen Gesellschaft mir viel Freude bereitete. Ich erzählte ihm Geschichten vom Krieg. Freeman hätte wohl gesagt, dass ich den Jungen auch adoptiert hatte.

»Wie kann man ein Schiff mit einem Computer zerstören?«, fragte Archie.

»Die Schilde der *Doctrinaire* waren so stark, dass nichts sie durchdringen konnte. Mit ihren Kanonen konnte sie jedes Schiff in Reichweite abschießen. Doch der Captain der *Doctrinaire* verharrte mit seinem Schiff immer an derselben Stelle, während die kleineren Schiffe der Flotte dem Feind hinterherjagten.«

»Wieso tat er das?«, fragte Caleb.

»Er war schlau. Große Schiffe sind nur schwer zu lenken. Wenn sie sich von ihrer Position entfernen, haben sie Probleme. Also benutzte Thurston die *Doctrinaire* als fliegende Festung. Er wollte den Feind einkesseln mit der *Doctrinaire* auf der einen und seinen Kreuzern und Schlachtschiffen auf der anderen Seite. So etwas habt ihr noch nie gesehen. Es sah so aus, als würde die *Doctrinaire* … einschlafen. Das Schiff glitt aus der Formation.« Ich hielt meine rechte Hand flach hoch, um das Schiff darzustellen, und neigte sie dann so zur Seite, wie es die *Doctrinaire* getan hatte.

»Und plötzlich fliegt sie in die Luft. Weißt du, die Mogats wussten, dass Thurston gerne mit seinem Schiff an einer Stelle blieb.«

»Sie wollen doch nicht sagen, dass sie ein anderes Schiff hineinübertragen haben?«, fragte Archie. »Die haben sich selbst getötet?«

»Und sie haben die ganze verdammte Vereinigte Obrigkeit mitgerissen«, sagte ich. »Sie hatten eine Nuklearbombe an Bord, aber das war schon fast zu viel des Guten. Die Anomalie von der Übertragungsmaschine allein hätte jeden an Bord getötet.«

»Wow«, sagte Caleb. »Und Schiffe können durch Schilde hindurchfliegen, wenn man sie überträgt?«

»Ich weiß auch nicht genau, wie es funktioniert«, gab ich zu. »Ich nehme an, sie tauchen einfach auf. Ich glaube nicht, dass der Kreuzer einfach durch die Schilde hindurchgeflogen ist. Ich glaube, er ist einfach mitten in dem anderen Schiff materialisiert.«

Calebs Augen waren immer noch weit aufgerissen, aber ihm fielen keine Fragen mehr ein. Er dachte für einige Sekunden über alles nach. »Also ist das, als ob man tot ist, wenn man überträgt. Man existiert für einen Moment lang nicht und dann kehrt man wieder ins Leben zurück.« Er klang ein wenig verängstigt.

»Es ist sicher«, sagte ich. »Milliarden und Abermilliarden von Menschen haben das getan. Ich muss es mindestens hundertmal gemacht haben.«

»Aber man kann doch nicht einfach auf einen Punkt zeigen und mit dem Computer darauf zielen. Woher wussten sie, dass sie das Schiff treffen würden?«, fragte Caleb.

Ich erklärte ihm die Triangulation und wie man ein Ziel genau berechnen kann, wenn man die X-, Y- und Z-Koordinaten anwendet. Caleb war zwölf Jahre alt und verstand die Mathematik weit besser als ich. Archie schien nicht daran interessiert zu sein. Er ging zurück in die Passagierkabine.

Caleb fragte mich, ob wir für unsere Übertragung nach Hause einen Punkt in der Nähe von Delphi per Hand eingeben konnten. Ich ließ ihn die Berechnungen vornehmen, die Koordinaten eintragen und die Übertragung nach Hause einleiten. Wenn Archie gewusst hätte, wer uns nach Hause flog, hätte er wohl ein Gebet gesprochen.

# 49

Klone sind zeugungsunfähig. Es war nicht vorgesehen, dass die Militärklasse Kinder zeugte. Dieser Gedanke war bereits uralt, als Christus geboren wurde. Plato, auf dessen Schriften die Sozialstruktur der Vereinigten Obrigkeit basierte, war der Meinung, dass Krieger in Kommunen leben und dass ihre Kinder von allen gemeinsam aufgezogen werden sollten. In der modernen Zeit wuchsen militärische Klone in Waisenhäusern auf und waren nicht in der Lage, eigene Kinder zu haben.

Marianne bot mir einen Ausweg aus Platos Gesellschaft. Sie hatte eine fertige Familie und das Beste war – ich mochte den Jungen.

Fünf Tage waren vergangen, seit Archie und ich losgeflogen waren, um die *Grant* zu suchen. Marianne und ich begannen, jeden Abend spät spazieren zu gehen. Wir setzten uns hin, starrten in den Himmel und ich erzählte ihr Geschichten von Planeten und Schlachten. Ich erzählte ihr von Ezer Kri und den Japanern. Ich erzählte ihr auch von Bryce Klyber und wie sinnlos er gestorben war.

Manchmal suchte ich den Himmel nach Anzeichen für Kämpfe zwischen den Mogats und den Konföderierten Armen ab. Sie waren irgendwo da draußen und brachten sich gegenseitig um. Mehr als einmal fragte sie mich, ob es mich kümmerte, wer den Krieg gewann. Ich verneinte das. Ich log. Ich wollte, dass die beiden Seiten sich gegenseitig vernichteten; aber wenn eine Seite überlebte, dann zog ich ein Universum mit den Konföderierten Armen vor statt einem mit Morgan Atkins und seinen Fanatikern.

Doch an diesem Abend sagte sie etwas, das mich mit Wärme und Aufregung erfüllte. Sie sagte: »Caleb redet die ganze Zeit von dir. Er liebt dich, Wayson.« Und sie nahm meine Hand in ihre schwielige, ledrige und sagte: »Und ich liebe dich.«

Ich drehte mich zu ihr und wir küssten uns. Es war ein unschuldiger Kuss – die Art Kuss, die Schulkinder sich gaben, wenn sie beschlossen, ›miteinander zu gehen‹. Meine Lippen waren geschlossen und meine Augen offen, aber ich spürte ihre Wärme und schmeckte ihren Atem. Ich hatte seit Jahren keine Zärtlichkeiten mehr mit einem anderen Menschen ausgetauscht. Es schwächte mich innerlich.

Wäre dies hier Kasara gewesen, das Mädchen, das ich auf Hawaii kennengelernt hatte, hätten wir uns wohl geliebt. Sie hätte mich in ihre Wohnung geführt und ich hätte sie ausgezogen. Kasara war jung und hübsch und sorglos. Ich spürte kein Verlangen mehr nach Kasara, obwohl sie manchmal durch meine Fantasien geisterte.

Mit Marianne geschah alles viel langsamer. Wir blieben draußen, saßen auf einer Bank mit Blick auf die Farm, tauschten kindliche Küsse und hielten Händchen. Vielleicht wusste sie, dass ich mehr wollte, vielleicht auch nicht – aber sie ließ es nicht zu.

»Ich liebe dich, Wayson«, sagte sie erneut.

Der Himmel war dunkel und die Sterne klar zu erkennen. Wie stecknadelkopfgroße Diamanten lagen sie ausgebreitet auf einer schwarzen Samtdecke. Eine kühle Brise strich über das Feld. Ich wollte Marianne sagen, dass ich sie ebenfalls liebte, aber ich wusste nicht genau, wie man liebt.

»Was empfindest du für mich und Caleb?«, fragte sie. In ihrer Stimme war keine Verzweiflung zu hören. Es war, als hätte sie mir ihr bestes Angebot unterbreitet und würde aufgeben, wenn es nicht genug war.

»Ich hatte noch nie eine Familie«, sagte ich. »Ich weiß nichts über Vater-Sohn-Beziehungen. Ich verbringe gerne Zeit mit Caleb. Es macht Spaß. Ich bringe ihm gerne Dinge bei und ich mag es, wenn er mir Fragen stellt.«

»Du bist die einzige Vaterfigur, die er je hatte«, sagte Marianne. »Und was ist mit mir, Wayson? Was empfindest du für mich?« Sie unterstrich die Frage mit einem langen, etwas leidenschaftlicheren Kuss als die kindlichen Küsse, die sie mir bisher gegeben hatte. Ich legte meine Hand auf ihre Taille, widerstand aber dem Drang, sie auf Wanderschaft zu schicken. Unsere Blicke trafen sich und wir küssten uns erneut.

»Wirst du bleiben?«, flüsterte sie und wir küssten uns wieder.

Ich wollte gerne Ja sagen. Ich war sicher, wenn ich sagte, dass ich blieb, würde sie zulassen, dass ich mit ihr schlief. Aber in dem Moment wusste ich nicht, ob ich in der Lage sein würde, zu bleiben. Da draußen in der Galaxis tobte ein Krieg. Es gab viele Kriege. Die Mogats und die Konföderierten Arme bekämpften sich. Flotten der Vereinigten Obrigkeit patrouillierten immer noch in jedem Arm. Die Vereinigte Obrigkeit verfügte immer noch über die meisten Schiffe und Truppen, auch wenn die Regierung selbst nicht mehr existierte. Was wäre geschehen, wenn Rom im Meer versunken wäre und seine Legionen hätten sich noch in Gallien und Karthago befunden?

»Wirst du bleiben, Wayson?«, wiederholte sie und ihre Hand strich über meinen Oberschenkel. Ihre Brüste berührten meinen Arm, als sie sich zu mir herüberbeugte und mich erneut küsste.

Ein Leben auf dem Bauernhof ... Sie hätte mich genauso gut bitten können, den Rest meines Lebens im Gefängnis zu verbringen. Ihre Lippen waren trocken, aber sanft. Ihr Atem war süß und ihre Berührung warm. Marianne war zweiunddreißig Jahre alt. Ich war nur zweiundzwanzig, aber ich fühlte mich wesentlich älter. Ich musste nur versprechen, zu bleiben, und sie würde sich mir hingeben. Plötzlich verstand ich, dass das Leben noch mehr Erfahrungen bereithielt außer zu töten. Auf ihre Art wusste Marianne viel mehr über das Leben als ich.

Doch die samtige Nacht und die funkelnden Sterne riefen mich immer noch. »Bleib bei uns«, flüsterte sie. »Bleib bei mir.« Und sie küsste mich. Ihre Hände streichelten meine Brust und meinen Bauch. Die Nacht war warm und ihre Hände waren heiß. Mir hätte unbehaglich zumute sein müssen, aber ihre Berührungen fühlten sich gut an.

Meine Gedanken rasten. Erinnerungsfetzen an Kasara und unsere gemeinsamen Nächte blitzten auf und ich zwang mich, Kasara durch Marianne zu ersetzen. Dann wurde mir klar, dass ja, wahrscheinlich liebte ich Marianne. Und dieser Gedanke machte mir bewusst, dass ich sie nicht anlügen konnte. »Ich weiß es nicht«, sagte ich.

»Oh, Wayson«, sagte sie. Ihre Stimme war nicht verärgert, sondern traurig.

»Ich wurde für den Krieg geschaffen. Ich weiß nicht, ob ich noch etwas anderes in mir habe. Ich kann kein neo-baptistischer Bauer werden. Ich weiß einfach nicht, wie.«

Sie rückte mit ihrem Gesicht ein Stück von mir weg, aber

sie entzog sich mir nicht. Ich sah Tränen über ihre Wangen laufen. In dem schwachen Licht, das vom Hof herüber schien, sah ihre Haut dunkelgrau und glatt aus. Ihr Blick hielt meinen fest und ich konnte die Augen nicht von ihr abwenden. *Ja*, dachte ich bei mir, *ich liebe sie.*

»Ich nehme dich und Caleb überall mit hin, egal, wo ich hingehe«, sagte ich. »Es kann wie mit Ruth sein. ›Wo du hingehst, will auch ich hingehen.‹ Oder so ähnlich.«

Sie seufzte und vergrub ihr Gesicht an meiner Schulter. »Oh, Wayson«, seufzte sie erneut. »Du verstehst es nicht.«

Ich verstand sehr wohl. Es gab nur nichts, das ich tun konnte.

# 50

Sie hätten vielleicht früher angegriffen, aber sie konnten nicht riskieren, den Starliner zu beschädigen. Im Lauf der letzten Woche hatten Caleb und ich immer wieder hinaus übertragen, um die *Grant* jeden Tag aufzuspüren. Sie kam näher. Manchmal flog sie mit nur sechzehn Millionen Kilometern pro Stunde; das war nur ein Drittel ihrer Höchstgeschwindigkeit. Einige Male blieb sie ganz stehen. Die Besatzung ließ sich Zeit.

Die Gemeinde schlief in Familienverbänden in kuppelförmigen, provisorischen Unterkünften, die wie Blasen auf dem Boden aussahen. Ich hätte gerne bei Marianne geschlafen, aber das Angebot blieb aus. Ray und ich schliefen weiterhin auf den Liegesitzen im Starliner. Caleb schlief bei uns.

Caleb hatte einen tiefen Schlaf. Ray und ich schliefen nicht ganz so fest. Wir hatten unsere Lehnen nach hinten gestellt und die Füße hochgelegt. Vielleicht bemerkte mein Unterbewusstsein eine Bewegung durch das Fenster neben meinem Sitz. Etwas weckte mich auf und ich drehte mich um, um genauer hinzusehen.

Draußen erhellte der Mond die Lichtung mit blassgrauem

Schimmer. Wir befanden uns am Waldrand und ich sah die Silhouetten der Bäume im Hintergrund schwanken. Reihen aus kuppelartigen Unterkünften – bessere Zelte – hoben sich vom Boden wie Schneewehen ab. In einigen dieser Zelte brannte Licht.

Aber ich konzentrierte mich nicht auf die Zelte oder Bäume, als ich aufwachte. Die Phantome erregten meine Aufmerksamkeit. Sie sahen wie Phantome aus. Männer in Kampfanzügen der VO-Marines suchten sich einen Weg zwischen den Zelten hindurch. Für mich sahen sie wie Geister der Schlacht vom Kleinen Mann aus, die sich aus dem Tal erhoben hatten und gekommen waren, um uns zu holen.

Als ich erwachte, rückten vielleicht fünfzehn dieser gespenstischen Marines langsam vor. Sie trugen M27 mit befestigten Gewehrschäften. Während ich sie beobachtete, tauchten noch weitere Männer aus den Bäumen hinter dem Lager auf. Anscheinend waren sie von einem Landepunkt hinter dem Wald hierher marschiert.

»Ray.« Ich flüsterte nicht. Sie würden mich durch die dicken Wände des Starliners nicht hören. Da ich wusste, dass Freeman einen leichten Schlaf hatte, gab es keinen Grund, mich zu wiederholen. Er wachte alarmiert auf. Ich fragte: »Siehst du das?«

»Wie viele«, fragte er und war bereits in Kampfbereitschaft.

»Ich schätze zweiundvierzig.« Ein Platoon zählte zweiundvierzig Männer.

Ich beobachtete, wie sie vorrückten, und war leicht verärgert. Diese Männer schienen alles vergessen zu haben, was man ihnen in der Grundausbildung beigebracht hatte. Platoons teilen sich in Schützenteams auf, die aus einem Schützen mit Faustfeuerwaffe, einem Grenadier, einem Schützen mit automatischem Gewehr und einem Teamleiter bestehen. Sie nähern sich ihrem Ziel von der Flanke her. Man rückt nicht einfach in einer halbherzigen Schützenkette vor.

Freeman zog seine Panzerung über den Kopf und die Schultern und legte sie an. Dann holte er sein Arsenal heraus. Er wählte ein automatisches Gewehr, eine Pistole und drei Granaten. Ich nahm meine M27 an mich. Wir beide wussten, dass wir nicht einem ganzen Platoon Marines die Stirn bieten konnten; nicht einmal einem Platoon, der seine Grundausbildung vergessen hatte.

Einige der Marines warteten mit ihren M27 im Anschlag am anderen Ende des Lagers, falls jemand sein Zelt verließ. Der Rest der Männer ging an den Zelten vorbei und überquerte das offene Gelände in Richtung meines Schiffs.

Ich wusste, die Marines draußen vor dem Schiff konnten trotz der raffinierten Linsen in ihren Helmen nicht in den Starliner hereinsehen. Dennoch rannte ich geduckt zum Cockpit. »Ich werde mal die Chancen etwas gleichmäßiger verteilen«, sagte ich.

»Licht einschalten?«, fragte Freeman.

Wir machten uns nicht die Mühe, auszusprechen, was wir beide wussten: Sie waren wegen des Starliners hier. Sie waren gekommen, um mir den Freifahrtschein an jeden Ort der Galaxis wegzunehmen. Ich schaltete die Konsole ein und sah auf die Messungen. Selbstverständlich zeigten sie ein Schiff der VO über der Atmosphäre an.

»Irgendwas auf dem Radar?«, fragte Ray.

Jetzt waren die Männer schon sehr nah, weniger als drei Meter vom Schiff entfernt. Ich sah, wie sie sich duckten, um in Position zu gehen.

»Sie haben ein Schiff in ungefähr sechzehnhundert Kilometern Höhe.« Ich ließ die Landungsscheinwerfer aufflammen und überflutete die ganze Siedlung mit blendend hellem Licht. Getönte Schilde in den Visieren der Marines würden ihre Augen vor dem Gleißen schützen. Sie konnten direkt ins Licht starren und es würde ihnen nichts ausmachen.

Die meisten der Marines ließen sich auf den Boden fallen oder suchten nach Deckung. Drei rannten zum Schiff und Ray tat ihnen den Gefallen und öffnete die Luke.

Standardausbildung der Marines: Man rennt nicht blindlings in eine Situation hinein. Man nähert sich von der Seite her. Man setzt den Feind fest und kommt dann von der Seite. Diese Jungs hatten das vergessen. Mit ihren Gewehren im Anschlag rannten sie die Rampe herauf und brüllten etwas. Ich hatte allerdings keine Ahnung, was sie sagten, denn Freeman knallte sie umgehend ab. Seine Automatik hatte einen schallgedämpften Lauf. Das Geräusch der Panzerung, als die toten Marines die Rampe hinunterrollten, war lauter als Freemans Schüsse. Die toten Männer bildeten unten vor dem Schiff einen kleinen Haufen.

Draußen vor dem Starliner krabbelten Leute aus ihren Zelten und sahen vollkommen verängstigt aus. Sie sahen, wie die toten Marines die Rampe hinunterfielen. Einige Frauen schrien. Eine junge Frau fiel auf die Knie und weinte. Ihr Mann stand neben ihr und war offenbar verwirrt. Er wusste nicht, ob er ihr helfen oder still stehen bleiben sollte.

Ich hatte gar nicht gewusst, dass Verhandeln zu Freemans Fähigkeiten gehört, aber seine Strategie war unfehlbar. Als Erstes ließ er eine Granate die Rampe hinunterfallen. Sie rollte gleichmäßig, plumpste auf die drei Männer und rollte dann auf dem Boden weiter.

Die Marines zogen sich noch weiter zurück und warteten ab.

Ein Mann sah die Granate und sprang aus seinem Zelt, nur um von einem Marine mit dem Gewehrschaft gegen den Kopf geschlagen zu werden. Die Männer und Frauen von Delphi waren Siedler, keine Soldaten. Das war mehr, als sie ertragen konnten. Sie waren vollkommen verängstigt.

Caleb, der das meiste verschlafen hatte, wachte auf und legte eine Hand vor sein Gesicht, um das Gleißen abzuschirmen.

»Die hat immer noch ihren Stift drin«, brüllte Freeman.

»Was ist los?«, rief Caleb, der jetzt etwas wacher war.

Einer der Marines wagte es, vorzutreten, um Freemans Aussage zu überprüfen. Er hob die Granate auf, untersuchte sie und warf sie dann mit einer Hand beiseite, wie ein Kind einen Baseball. Freeman schoss ihm in den Kopf.

»Oh Gott!«, kreischte Caleb, als er sah, wie der Marine fiel.

»Die hier hat keinen Stift mehr!«, rief Freeman. Er schrie nicht. Freeman klang wie ein Mann, der alles unter Kontrolle hat. Doch dieses Mal warf er nicht die Granate die Rampe hinunter, sondern den Stift. »Habe ich eure Aufmerksamkeit?«

Freeman und seine Granate blieben in dem Starliner. Caleb ging mit mir hinaus. Die meisten der Marines taten ganz lässig, als ich die Rampe hinunterging. Einige zielten mit ihren Gewehren auf mich, aber die meisten hielten einfach ihre Stellung und beobachteten jede meiner Bewegungen. Die Marines unterhielten sich wahrscheinlich über die ComLinks in ihren Helmen, aber ich hörte sie nicht.

Caleb stand direkt hinter mir; der Junge, der sich so viel Mühe gab, ein Mann zu sein. Wenn er wollte, dass ich ihn in den Arm nahm oder ihn beschützte, so ließ er es sich nicht anmerken. Er ging neben mir, nur wenige Zentimeter entfernt. Er jammerte oder weinte nicht. Er duckte sich nicht, aber er machte vorsichtige Schritte, wie ein Mann, der auf Eis ging.

»Es steht unentschieden«, rief ich.

»Nicht ganz«, rief einer der Marines. Er beugte sich vor und zerrte einen Mann aus einem Zelt. Der Marine hielt seine M27 an den Kopf des Mannes. Er wollte gerade noch etwas sagen, da erschoss ich ihn.

Die Marines weiter vorne hoben ihre Waffen und senkten sie sofort wieder. Wer immer die Befehle erteilte, wollte mich wohl nicht auf die Probe stellen.

»Was wollen Sie?«, fragte einer der Marines.

»Ich möchte, dass Sie gehen«, sagte ich. Das war natürlich unmöglich. Sie konnten nirgendwohin. Der Kleine Mann war der einzige bewohnbare Planet im Umkreis. Sie konnten Hunderte Lichtjahre in jede Richtung fliegen und würden keinen passenden Planeten finden. »Aber das können Sie nicht tun, oder?«

Ein Marine trat vor und setzte seinen Helm ab. Mir gefiel nicht, was ich sah. Er hielt seine M27 in seiner rechten Hand. In seiner Linken hielt er seinen Helm, als sei er ein Eimer. Er war natürlich ein Klon. Der Mann mochte Ende dreißig sein, also sozusagen ein Veteran. In seinen Augen war das kalkulierte Selbstbewusstsein zu sehen, das üblicherweise in den Augen von Veteranen der Marines stand.

Doch etwas war merkwürdig an ihm. Seine Augenlider waren sehr weit hochgezogen und zeigten das Weiße oberhalb und unterhalb seiner Pupillen. Er litt an einem nervösen Zucken, das ihn dauernd zur Seite blicken ließ.

Genau wie ich hatte der Mann braune Haare und braune Augen. Er war knapp unter 1,80 Meter groß. Der Mann sah ausgezehrt aus, als hätte er seit Wochen nichts gegessen. Dies war nicht das dünne Gesicht eines Mannes, der nur wenig aß – es war das knochige Gesicht eines Mannes, der innerhalb kürzester Zeit viel Gewicht verloren hatte.

Es war erst zwei Wochen her, seit das Netzwerk zerstört worden war. Sogar auf einem Schiff, das in einem entlegenen Teil der Galaxis festsaß, sollten die Vorratskammern für mindestens ein paar Monate gefüllt sein.

»Du glaubst, du hast hier alles unter Kontrolle, was, du Arschgeige?«, fragte der Marine. Er benahm sich, als fände er die ganze Situation lustig.

»Das kommt drauf an, wie sehr ihr mein Schiff wollt«, sagte ich.

»Wer sagt, dass ich dein Schiff haben will?« Er stieß ein merkwürdiges, hohes Wiehern aus. »Vielleicht will ich nur 'n paar Weiber vögeln und dann ab nach Hause.«

So sprach kein Marine mit Außenstehenden. Wäre der Mann kein Klon gewesen, hätte ich vermutet, er sei ein Pirat oder ein Guerilla, der gestohlene Panzerung trug.

Marianne stand vor ihrem Zelt und beobachtete alles ängstlich. Sie machte kleine, zögernde Schritte, als wolle sie zu Caleb rennen, und blieb dann stehen. Sie sah mich mit flehenden Augen an.

»Ist das dein Junge?«, fragte der Marine und zeigte mit seinem Gewehr auf Caleb. Ich liebte den Jungen und hatte keine Ahnung, was dieser verrückte Marine tun würde. Ich hob meine rechte Hand und schlug seine Waffe zur Seite. Dann packte ich den Lauf und stieß ihn so hart ich konnte nach hinten. Der Gewehrschaft traf den Marine an der Schulter.

»Vorsicht, Freundchen«, knurrte er.

»Ja, ihr seid wegen des Schiffs hier«, sagte ich höhnisch und ließ das Gewehr los.

Anspannung malte sich auf seinem Gesicht ab. Er wollte mich erschießen, konnte es aber nicht. Wenn er mich erschoss, würde er den Starliner verlieren. Dank Ray Freemans Eröffnungszug – drei erschossene Marines und ein aus dem Flugzeug geworfener Granatenstift – wagte niemand, uns einen Bluff zu unterstellen. »Ich könnte dich töten.« Der Mann mit dem hageren Gesicht, den hohlen Wangen und den hervorquellenden Augen fletschte die Zähne.

»Du dämlicher Hund«, sagte ich, »du wärst nicht mal 'ne Aufwärmübung.«

Er hob seine M27. Die anderen Marines taten es ihm gleich. Für einen Moment hatte ich keine Ahnung, was passieren würde. Dann hörte ich *klack, klack, klack* und ein zweiter Stift fiel aus dem Starliner.

»Wieso bringst du mich nicht zu deinem kommandierenden Offizier?«, fragte ich.

Die Waffen blieben oben. Der Marine starrte mir weiterhin ins Gesicht. »Ich werde dir das Hirn durch den Arsch rausreißen«, sagte er.

»Weißt du, du redest erheblich mehr, als du denkst«, sagte ich. »Da ist mindestens ein Mann in dem Schiff, der scharfe Granaten hat. Wenn du also nicht dauerhaft auf Delphi ... auf dem Kleinen Mann hausen möchtest, dann schlage ich vor, du nimmst die beschissene M27 runter und bringst mich zu deinem Befehlshaber.«

Der Marine hielt seinen Blick auf mich gerichtet und senkte sein Gewehr. »Du willst mit dem Mann sprechen, der die Befehle gibt? Ich hole ihn für dich. Aber du wirst ihn nicht mögen. Du wirst den General nicht mögen, aber vielleicht hat er ein bisschen Spaß mit dir.«

Der Marine setzte seinen Helm wieder auf, damit er das ComLink benutzen konnte. Ich war froh, sein Gesicht nicht mehr sehen zu müssen. Das nahm der Situation die Schärfe. Ich sah hinüber zu Caleb und sagte ihm, er solle zu Marianne laufen. Wortlos rannte der Junge zu seiner Mutter und sie umarmten sich. Sie küsste ihn einige Male auf den Kopf und sah mich an.

Kampfhelme erstickten Geräusche. Sie hatten einen Außenlautsprecher, durch den man mit Leuten in seiner Umgebung sprechen konnte. »Willst du mit zum Schiff kommen?«, fragte der Marine mich über den Lautsprecher.

»Klar. Ich springe nur kurz in den Kessel des Transporters, den du irgendwo in den Wäldern versteckt hast, und wir alle fliegen als beste Freunde zum Mutterschiff. Träum weiter, Marine.«

Eine Pause entstand, während der Marine meine Botschaft weiterleitete. »Okay. General Lee sagt, er kommt runter.«

Ich wusste nicht alle Namen der Generals im Marine Corps und ich kannte auch nicht jeden Offizier in der Scutum-Crux-Flotte, aber ich wagte einen Schuss ins Blaue. »General Lee?«, fragte ich. »Etwa General Vince Lee?«

Nach einer kurzen Pause sagte der Marine: »Der General dachte sich schon, dass du den Namen erkennst, Harris. Er sagte auch, dass du besser einen verdammt guten Grund für dein Hiersein haben solltest.«

# 51

Wir drei – Ray, Archie und ich – trafen uns allein im Starliner. Entweder Ray oder ich mussten jederzeit im Schiff bleiben. Mit ihren Satelliten und der Überwachungsausrüstung konnte die Mannschaft des Schlachtschiffs uns genau beobachten. Außerdem hatten sie vielleicht noch Kommandotruppen oder Scharfschützen in der Umgebung des Lagers. Solange einer von uns auf dem Schiff blieb und eine Granate in der Hand hielt, konnten sie uns nicht vergasen, erschießen oder hereinstürmen.

»Wir waren besser dran, bevor ihr aufgetaucht seid«, brüllte Archie mit seinem donnernden Bariton. Er war einige Zentimeter größer als ich und trotz seines Alters hatte sein verärgertes Starren etwas Bedrohliches. Seine Augen waren so dunkel wie Gewehrläufe und wenn er die Stirn runzelte, bildeten sich Vs darauf.

Es war immer noch Nacht draußen, aber jetzt schlief niemand mehr. Die Gemeinde saß um ein Lagerfeuer herum. Ich konnte sie durch das Fenster sehen. Das Feuer schien hell und warm. Seine Funken stiegen in den Himmel auf.

Archie rannte im Gang auf und ab, während er nachdachte und redete. »Ich hätte es besser wissen sollen, als Berufskillern zu vertrauen. Ich hätte wissen sollen, dass ihr einen Krieg anfangt.«

Vielleicht hatte er recht. Mit Ausnahme von Ray und mir hatte niemand einen Schuss abgefeuert, aber das würde sich zweifellos ändern.

»Alles, was die wollen, ist euer Schiff«, sagte Archie. »Ich sage, gebt es ihnen.«

Ich wollte Archie daran erinnern, dass ich kein Mitglied seiner Gemeinde war, aber ich unterdrückte das Bedürfnis. Ich wollte ihm außerdem sagen, dass es hier nicht darum ging, dass ich mein Schiff aufgab, um ihm dabei zu helfen, sein Klone hassendes Königreich Christi aufzubauen. Bevor ich dazu kam, sagte Ray, was ich eigentlich hätte denken sollen.

»Du glaubst, die nehmen unser Schiff und hauen ab?«, fragte Ray.

Archie antwortete nicht sofort. »Sie haben keinen Grund zu bleiben«, sagte er und beobachtete die Mitglieder seiner Gemeinde durch eins der Fenster. »Es gibt keinen Grund, warum sie nicht wegfliegen sollten, wenn sie haben, was sie wollen.«

»Wie viele Leute, glaubst du, haben die da oben auf dem Träger?«, fragte Ray.

Archie schüttelte den Kopf. »Ein paar Hundert?«

»Hast du jemals einen Träger gesehen?«, schnaubte Ray. Er wandte sich an mich. »Harris, wie groß ist die Besatzung auf einem VO-Träger?«

»Volle Besatzung? Zweitausendfünfhundert«, sagte ich.

»Ein paar Tausend«, wiederholte Ray. »Und wie viele Leute, glaubst du, passen in dieses kleine Schiff?«

»Ein Dutzend, vielleicht zwei«, sagte Archie.

»Wie lange wird es wohl dauern, bis diese Marines ein paar Tausend Mann dorthin geflogen haben, wo sie hinwollen?

Fünf Monate? Sechs? Vorausgesetzt, die Übertragungsmaschine hält der Dauerbelastung stand. Was, wenn sie kaputtgeht? Du hast den Marine gesehen. Glaubst du, der könnte sie reparieren?« Ray sprach in ganzen Absätzen. Ich war daran gewöhnt, ihn in einzelnen Silben sprechen zu hören – hin und wieder in ganzen Sätzen.

»Einige dieser Marines werden sehr lange hierbleiben müssen. Wenn die Hälfte von ihnen fort ist, haben sie nicht mehr genug Männer als Besatzung für ihr Schiff. Früher oder später werden sie es verlassen müssen. Meinst du, die werden gute Nachbarn? Was denkst du – wollen sie diesen Planeten teilen oder übernehmen?«

»Ich wette, sie wollen teilen«, sagte ich. »Wer wird denn die Ernte anbauen und die Nahrung heranziehen? Das sind Klone, die auf Kampf programmiert sind, nicht auf Landwirtschaft.« Ich erinnerte mich an den Klon, der den Witz gemacht hatte, »Vielleicht will ich 'n paar Frauen vögeln«. Ich hoffte, dass Archie sich auch daran erinnerte.

»Also nach sechs Monaten Frondienst wären wir frei. Unser Leben im Austausch gegen sechs Monate Sklavenarbeit. Das klingt nach einem fairen Handel«, zankte Archie weiter, aber er klang verzweifelt.

»Glauben Sie, die werden sich in den sechs Monaten anständig benehmen?«, fragte ich. »Sie sind Klone. Sie haben die Gewehre. Sie können darauf wetten, dass die vorgesetzten Offiziere die Ersten sind, die abhauen, also übernehmen die Wehrpflichtigen die Kontrolle. Die sind unfruchtbar, aber nicht impotent.«

»Harris meint, dass es Vergewaltigungen geben könnte«, sagte Freeman.

»Vögeln, nicht bevölkern«, sagte ich wie hingeworfen. »Das ist ein Motto des Marine Corps.«

Das drang zu Archie durch. Er hörte die Worte, erstarrte, rang seine Hände und dachte nach. »Und ihr glaubt, ihr könnt sie dazu bringen, fortzugehen, ohne euer Schiff aufzugeben?«, fragte Archie. »Vielleicht kommt es ihnen in den Sinn, wenn sie das Schiff nicht haben können, soll es auch niemand anders bekommen. Sie könnten beschließen, uns einfach alle zu töten.«

»Das werden sie nicht«, sagte Ray. »Sie brauchen das Schiff intakt oder sie hätten uns schon letzte Nacht niedergemäht.«

Inzwischen hatte Freeman die Stifte der beiden Granaten ersetzt. Wir mussten nur die Illusion der scharfen Granaten aufrechterhalten.

»Sie brauchen den Starliner«, sagte ich. »Sie und Ihre Gemeinde mögen vielleicht für den Rest Ihres Lebens hierbleiben wollen, aber die nicht. Der einzige Grund, weshalb sie uns noch nicht angegriffen haben, ist dieses Schiff. Wollen Sie wirklich unser einziges Druckmittel aufgeben?«

Archie seufzte. »Also was sollen wir tun?« Sein Kampfgeist war gebrochen. Seine Schultern fielen nach vorn und er ließ den Kopf hängen. Als ich aufsah, hatte er das Gesicht eines alten Mannes. »Wir können nicht gegen sie kämpfen.«

»Ich weiß nicht«, sagte ich. »Ray und ich haben vier von ihnen bereits erwischt. Somit bleiben nur noch zweitausendvierhundertsechsundneunzig übrig.«

Archie nahm den Humor nicht wahr. Ray auch nicht. Das war keine Überraschung.

Ray warf mir einen kalten Blick zu und sagte: »Warten wir ab, was ihr Befehlshaber zu sagen hat. Dann können wir über die nächsten Schritte beraten.«

Draußen vor dem Schiff brach der Morgen an. Die Versammlung ließ das Tageslicht nicht ungenutzt. Wir befanden uns in der Nähe eines Flusses. Drei Jungs, unter ihnen Caleb, gingen und holten Wasser. Eine Gruppe Männer widmete sich wieder der Säuberung eines Felds, die sie am Tag zuvor begonnen hatten. Andere arbeiteten an den provisorischen Behausungen.

»Sie kennen den kommandierenden Offizier … diesen General Lee?«, fragte Archie. »Ist er ein vernünftiger Mensch?«

»Lee war mein bester Freund, als ich noch im Corps war«, sagte ich.

»Verstehen Sie sich immer noch gut mit ihm?«

»Das letzte Mal, als ich Vince sah, verstanden wir uns blendend«, sagte ich. »Er dachte, ich sei ein paar Tage später im Kampf gefallen, also meint er wahrscheinlich, ich bin ohne Erlaubnis abwesend und ein Verräter am Marine Corps.«

»Das sind schlechte Nachrichten«, sagte Archie.

»Vince hält auch nicht viel von Ihrem Sohn«, sagte ich und sah hinüber zu Ray. Er musste gewusst haben, dass ich das sagen würde, denn er zuckte nicht mit der Wimper. »Das letzte Mal, als sie sich trafen, hat Ray Vince zwanzig Dollar dafür bezahlt, damit er meinen Kampfanzug anzog.«

»Ich kann Ihnen nicht folgen«, sagte Archie.

»Ray sagte ihm, er wolle einem gemeinsamen Freund einen Streich spielen, indem er mich in den Kampfanzug von jemand anderem steckte. Nur handelte es sich nicht um einen Freund, sondern um einen Attentäter. Da war ein Mann, der mich erschießen wollte. Ray benutzte Vince als Köder, während wir in ein Gebäude schlichen und den Mistkerl erwischten.«

Archie verarbeitete diese Worte. Dann hellte sich seine Miene auf. »Aber du hast das Schiff nicht verlassen, Raymond, als diese Marines hier waren. Er wird also nicht wissen, dass du hieran beteiligt bist.«

Freeman zeigte auf die colafarbene Haut auf seinem Handrücken. »Er wird schon noch dahinterkommen.«

Der größte Teil des Tags verstrich und wir hatten Vince Lee noch nicht zu Gesicht bekommen. Vielleicht dachte er, dass er sich einen psychologischen Vorteil verschaffte, wenn er uns warten ließ. Ich dachte, das sei sein Plan, bis ich Lee vor mir sah.

Seine Invasionsmacht war mitten in der Nacht gekommen. Lees Transporter erschien am frühen Abend am Himmel. Zu dem Zeitpunkt hatten die meisten der Gemeinde ihn schon abgeschrieben. Die Frauen schufteten mit ihren Hacken auf einem bereits gesäuberten Feld. Männer fällten mit Sägen und Äxten Bäume. Rays Mutter, eine Frau Ende fünfzig mit langem, lockigem Haar, lehrte die Kinder neben dem verlöschenden Lagerfeuer Mathematik, Lesen und Religion.

Ich war im Cockpit, brütete über meinen Möglichkeiten und fühlte mich schuldig, weil ich mich entspannte, während alle anderen schufteten. Als ich einen Blick auf den Navigationscomputer warf, entdeckte ich den Transporter.

»Er kommt«, rief ich Ray zu. »Ein Schiff, kommt direkt auf uns zu.«

»Meinst du, er wird vernünftig sein?«, fragte Freeman, präparierte die Granate und versteckte ein paar Pistolen im hinteren Bereich der Kabine.

»Archie würde Vince Lee lieben«, sagte ich. »Lee war der antisynthetischste Klon, den ich je kennengelernt habe. Ich glaube, er vermutete, dass er ein Klon war. Er schützte sich vor dem Todesreflex, indem er andere Klone hasste.«

»Können wir nicht vielleicht einfach sagen, ›Lee, du bist ein Klon‹, und ihn damit umbringen?«, fragte Freeman.

»Vielleicht könnten wir eine Kettenreaktion in Gang setzen?«, sagte ich, nur halb im Scherz. Diese Idee hätte vielleicht funktionieren können. Wenn wir genug von Vince' Marines davon überzeugten, dass sie Klone waren, würden wir einen Todesreflex im großen Stil auslösen. Wenn ein Klon daran glaubte, würden andere es vielleicht auch tun. Die Drüsen in ihren Gehirnen würden ihr tödliches Hormon ausstoßen und die ganze Mannschaft würde möglicherweise sterben. Vielleicht hatten wir eine Waffe, wenn nur genug von ihnen zusahen.

Eine Minute später tauchte ein silbergrauer Fleck am blauen, wolkenlosen Himmel auf. Für einen Moment wirkte er wie eine Erscheinung oder eine Reflexion. Der Transporter sank weiter herab. Als wir ihn entdeckten, befand er sich in ungefähr dreißig Kilometern Höhe und weit entfernt am eisblauen Horizont. Er senkte sich schnell aus dem Himmel herab, flog über den Wald hinweg und schien dann über dem Lager zu schweben. Alle hörten auf zu arbeiten. Die Männer und Frauen ließen alles stehen und liegen und versammelten sich in einer Gruppe.

Ich rannte aus der Luke und holte Marianne und Caleb. »Wartet im Schiff«, sagte ich. »Ihr seid dort sicherer.«

Marianne nickte. Sie wirkte eher unglücklich als ängstlich. Ihre Stirn war gefurcht, ihre Lippen zusammengepresst und ihre Augen flehten stumm. Wortlos nickte sie und ging zum Starliner. Ihre Hände ruhten auf Calebs Schultern. Sie ließ ihn nicht los, während sie zum Schiff rannten.

Ich eilte durch die Menge und fand Archie und seine Frau in der Nähe der Feuergrube. »Sie sollten lieber mit mir kommen«, sagte ich. Er folgte mir wortlos.

Transporter waren große, ungeschickte Vögel mit aufgeblasenen Bäuchen, die dafür gebaut waren, Soldaten zu transportieren. Sie verfügten über mächtige Schilde, dicke Panzerung und nahezu unzerstörbare Maschinen, aber keine Waffen.

Der Transporter landete auf einem Feld, in dem einige Frauen gesät hatten. Zunächst zündeten die Schubdüsen, um die Landung zu dämpfen. Sie gaben heiße Schwaden von sich, die die Erde verbrannten, während der Transporter sich in der Luft drehte, damit sein hinteres Ende zum Lager zeigte.

Die Schwaden aus den Maschinen bliesen zwei auf dem Feld zurückgebliebene Hacken um und setzten ihre Griffe in Brand. Dann landete das Schiff auf seinen schweren Eisenkufen und presste die Erde darunter zusammen. Das Schiff musste an die dreißig Tonnen wiegen. Angesichts ihrer Arbeit, die jetzt zunichte gemacht worden war, vergrub eine Frau ihr Gesicht an der Schulter ihres Mannes und weinte.

Bis das Schiff gelandet war, hatte ich den Starliner wieder erreicht. Ich schickte Archie, seine Frau, Marianne und Caleb ganz nach hinten in die Passagierkabine. Dann gesellte ich mich zu Ray im Cockpit, um alles zu beobachten.

Die hintere Luke des Transporters öffnete sich mit einem mechanischen Gähnen, das mich an meine Vergangenheit erinnerte. Heraus kamen acht Marines in blutroten Kampfanzügen. Von der Regierung ausgegebene Kampfanzüge hatten genau eine Farbe: Tarngrün. Die roten Anzüge ergaben keinen Sinn. Sie mussten sie rot angemalt haben, aber warum? Dann erinnerte ich mich an die Mogats während der Schlacht um den Kleinen Mann. Sie hatten rote Kampfanzüge getragen. Lee eiferte den überlegenen Mächten nach.

Oberhalb der Rampe, die aus dem Kessel herausführte, stand in goldenen Lettern „König der Klone“.

Ich sah mir das alles aus dem Cockpit heraus mit Ray Freeman an. »Ich schätze, er hat herausgefunden, dass er ein Klon ist«, sagte ich.

»Hast du jemals die Nase voll davon, dich zu irren?«, fragte Freeman.

Die acht Männer in der roten Kampfausrüstung standen zu beiden Seiten der Rampe Spalier und hielten ihre M27 an die Brust gedrückt. Als Nächstes kam das Gefolge – zwanzig Mann in Offiziersuniformen – und stellte sich unten an der Rampe auf. Soweit ich wusste, waren bisher nur sieben Klone jemals in den Offiziersstatus erhoben worden und nur einer davon diente in der Scutum-Crux-Flotte. Doch hier waren zwanzig Männer mit exakt demselben Gesicht, derselben Haut und denselben Haaren und standen in Offizierskleidung Spalier.

Diese Ausstiegszeremonie kam mir bekannt vor. Ich dachte einen Moment darüber nach und erinnerte mich dann daran, wie Klyber und sein Gefolge von Bord gegangen waren, als Lee und ich ihn als Ehrenwache begleitet hatten.

Als Letztes kam Vince Lee gekleidet in eine Generalsuniform. Er konnte natürlich kein General sein. Er stand mit vorgeschobener Unterlippe oben an der Rampe, blinzelte mit den Augen und betrachtete die Reihen seiner Leute vor sich. Dann schritt er langsam und majestätisch die Rampe herunter. Das musste doch ein Witz sein, aber ich hatte Angst, zu lachen.

Die Männer und Frauen im Lager waren zu verblüfft, um etwas zu sagen. Ein Mann fiel auf die Knie, als wolle er beten, doch seine Augen waren weit aufgerissen. Seine Frau stand neben ihm und versuchte, ihn wieder auf die Füße zu zerren. Der Mann beachtete sie nicht.

Eine von Lees Ehrenwachen kletterte in den Starliner und rief: »General an Deck!«

Freeman erschoss ihn. Seine Leiche glitt die Rampe herunter und landete ziemlich genau dort, wo die anderen drei Leichen zuvor gelandet waren. Lee sah mit verwirrtem Gesichtsausdruck hinunter auf den toten Mann.

»Ich kann mich nicht daran erinnern, eine Einladung, an Bord zu kommen, ausgesprochen zu haben«, rief ich.

Lee lächelte, nickte seiner Wache zu und stellte einen Fuß auf die Rampe. »Erbitte Erlaubnis, an Bord kommen zu dürfen!«, rief er mit hämischem Unterton.

»Weißt du was, Lee«, antwortete ich, »ich glaube, ich komme zu dir runter. Ich kann ein bisschen frische Luft gebrauchen.«

Ray zog den Stift aus einer Granate und setzte sich auf den Sitz des Kopiloten. Ich ging durch die Kabine und sagte: »Archie, möchten Sie mitkommen?«

Er nickte und wir gingen die Rampe hinunter.

Der Vince Lee, den ich kannte, hätte sein Haar niemals länger wachsen lassen, als die Vorschriften es erlaubten. Er war ein Vorbild für jeden Marine mit seiner kräftigen Statur. Der Mann war von Bodybuilding besessen und nicht nur von Bodybuilding, sondern auch vom guten alten Gewichtheben.

Als Archie und ich die Rampe hinuntergingen, sah ich den neuen Vince Lee. Diesem Mann hingen seine Haare bis über die Ohren. Er hatte denselben glasigen Ausdruck in den Augen wie der Marine, der den Überfall geleitet hatte. Auch er sah so aus, als hätte er in letzter Zeit gehungert. Seine Haut war bleich. Große, dunkle Tränensäcke hingen unter seinen Augen. Außerdem war er seit einigen Tagen unrasiert.

»Hallo Wayson«, sagte er ohne jede Begeisterung, als ich näher kam. Dann brach seine Häme durch und er lächelte. »Für einen Toten siehst du gut aus.« Er streckte weder die Hand aus noch salutierte er.

»General Lee?«, fragte ich.

»Sehen wir mal. Vor zwei Jahren hörte ich, du seist gestorben. Vor einigen Wochen sagte mir jemand, du seist zum Colonel befördert worden. Außerdem hörte ich, du seist unerlaubt abwesend. Und hier bist du nun, gesund und munter, ein Landbesetzer ohne Uniform auf dem Territorium der Vereinigten Obrigkeit. Gute Männer sind bei der Verteidigung dieses Planeten gestorben.« Er kniff seine Augen zu Schlitzen zusammen, dann lächelte er und sein Gesicht entspannte sich. »Gib mir dein Schiff und wir vergessen, dass du hier warst.«

»Du wirst einfach davonfliegen und so tun, als hättest du mich nie gesehen?«, fragte ich.

»So etwas in der Art«, sagte Lee.

Hinter ihm stand sein Gefolge in einer Reihe. Sie standen nicht stramm und flüsterten untereinander. Alle hatten Vince Lees Gesicht, obwohl keiner von ihnen seinen Körperbau hatte.

Eine Weile verging und Schweigen hing bedeutungsschwanger in der Luft. »Was heißt ›König der Klone‹?«, fragte Archie.

Vince lachte. »Sie haben es bemerkt? Da bin ich aber froh.« Er wandte sich zu mir um. »Ich wollte sichergehen, dass du es auch siehst. Lass uns spazieren gehen, Wayson. Wie klingt das?«

»Macht es dir etwas aus, wenn Archie mitkommt?«, fragte ich. Vince hätte Archie eigentlich nach seinem vorherigen Besuch mit der *Grant* auf dem Planeten kennen müssen.

»Nur du und ich«, sagte Lee.

»Hat man so nicht politische Gefangene getötet? Man nahm sie mit in die Wälder und erschoss sie. Du hast doch immer noch den Transporter voller Marines da draußen, oder?«

»Ich schätze ja«, sagte Lee.

Ich drehte mich um und sah Archie an. »Vielleicht ist es sicherer, wenn Sie im Schiff warten.«

Er nickte.

»Schließen Sie ab, bis ich wiederkomme«, sagte ich.

»Ich bin froh, dass wir uns gegenseitig vertrauen, alter Freund«, sagte Lee.

»Semper fi, Marine«, entgegnete ich.

Lee lachte. Wenigstens folgten seine Wachen uns nicht, als wir in den Wald gingen.

Wir durchquerten den Wald. Das waren nicht die Wälder, durch die wir während der großen Schlacht marschiert waren, aber auch hier gab es dieselben hohen Bäume. Vereinzelte Lichtstrahlen brachen durch das Blätterdach zwölf Meter über uns. Der Wald war dunkel und schattig und das Licht schnitt hier und da durch die Finsternis.

Während unseres Marschs durch das Tal, das Archie Freeman »Armageddon« nannte, hatten Scharfschützen unsere Späher und Offiziere einzeln erschossen. Ich behielt das im Kopf, als wir über eine schummrige Lichtung liefen.

»Was ist passiert?«, fragte Lee. »Erst hörte ich, dass in der Nähe der Erde ein großer Krieg tobt. Man sagte, dass der Feind seine gesamte Flotte dorthin geschickt hatte, und ich war sicher, dass die *Doctrinaire* mit denen kurzen Prozess machen würde. Und dann schaltete das Netzwerk ab.«

»Das fasst den Kampf mehr oder weniger zusammen«, sagte ich. »Die *Doctrinaire* übertrug hinein und die Mogats haben sie plattgemacht. Sie haben ein paar Schiffe losgeschickt, um die Übertragungsscheiben des Mars zu zerstören, und wie du bereits sagtest, wurde dadurch das Netzwerk lahmgelegt. Vince, ich war dabei. Huang hatte mich losgeschickt, um mich in ihre Flotte einzuschleusen, und sie haben mich erwischt. Ich war in der Arrestzelle auf Halversons Kommandoschiff.«

»Halverson? Rear Admiral Halverson?«

»Er hat Klyber getötet«, sagte ich. »Er ist übergelaufen.«

»Scheiße«, zischte Lee. »Was passiert, wenn jemand die Übertragungsstation des Mars wieder hochfährt? Wird die Vereinigte Obrigkeit wieder zum Leben erwachen?«

»Bei dir hört sich das so einfach an«, sagte ich. »Die Konföderierten haben ihre gesamte Flotte vor Ort, soweit ich weiß. Das sind mehr als fünfhundert Schiffe. Ich habe die Station nicht gesehen, aber ich nehme an, dass sie die Scheiben zerstört haben. Das wäre ein gigantischer Wiederaufbau. Man müsste bei null anfangen.«

»Klingt übel«, sagte Lee. »Halverson ist übergelaufen? Ich habe unter ihm gedient. Ich kann nicht glauben, dass er das tun würde. Kein Wunder, dass sie uns geschlagen haben. Er und Klyber haben zusammen das Lehrbuch geschrieben.«

Vince' Verstand schien in Wellen zu kommen und zu gehen. Er hatte lichte Momente, in denen er sich benahm und anhörte wie der Corporal Vince Lee, mit dem ich gedient hatte. Dann wieder gab es Momente, in denen er nicht still stehen konnte und seine Augen in alle Richtungen zuckten, als sei er in einem Rausch. Gleichzeitig kicherte er über nichts Besonderes.

Dies war einer seiner lichten Momente. Wir gingen schweigend nebeneinander her, während er das Gesagte verdaute.

»Also, was heißt nun ›König der Klone‹?«, fragte ich.

»Gerade du solltest das nicht fragen müssen«, sagte Lee.

»Du meinst mich damit?«, fragte ich.

»Nun, du warst es. Jetzt bin ich es. Jetzt bin ich der König der Klone.«

Die Baumstämme um uns herum hatten einen Durchmesser von etwa 4,50 Meter. Die Färbung der Blätter über unseren Köpfen war rot und grün. Ich sah Vögel und Tiere, die durch die Zweige über uns hüpften.

»Du warst vielleicht der größte Held, den das Corps jemals kannte«, sagte Lee. »Ich meine, die Schlacht auf dem Kleinen Mann und Hubble … und als du den SEAL-Klon auf Hawaii getötet hast! Ich glaube, das war das Beste. Das einzige Problem ist, dass außer uns niemand davon wusste. Und weißt du, was noch besser war, Wayson? Erinnerst du dich daran, wie du herausgefunden hast, dass du ein Klon bist, und es dich nicht gejuckt hat? Gott, habe ich dich damals beneidet! Du warst der beschissene perfekte Marine. Nichts konnte dich töten, nichts konnte dich aufhalten. Nicht einmal der gottverdammte Todesreflex. Ich war einfach nur ein weiterer Standardklon. Du warst ein verfickter Befreier.«

Ich erstarrte.

»Ja, ich weiß, dass ich ein Klon bin. Jeder auf meinem Schiff ist ein Klon. Es ist die einzige Mannschaft in der Geschichte der Vereinigten Obrigkeit, die einzig und allein aus Klonen besteht.«

»Was ist mit …«

»Dem Todesreflex?«, unterbrach Lee mich. Er schaffte es hervorragend, die Unterhaltung zu steuern. »Das ist interessant. Als das Netzwerk ausging, verfielen die natürlich Geborenen in Panik. Ich weiß nicht, ob du das wusstest, aber ich hatte schon immer den Verdacht, dass ich ein Klon bin.«

»Das wusste ich«, sagte ich.

Lee kicherte und ich bereute, das zugegeben zu haben.

»Die Offiziere waren in Panik. Erinnerst du dich an Captain Pollard? Du bist ihm auf dem Weg nach Ravenwood begegnet. Du weißt doch, der Ort, an dem du angeblich gestorben bist.« Zu diesem Zeitpunkt gab es in Lees Stimme keine Anzeichen von Zurechnungsfähigkeit mehr.

»Pollard war vollkommen außer sich. Er parkte unser Schiff neben der Übertragungsstation und wollte einfach nur dort bleiben, bis sie wieder eingeschaltet wird. Ich sagte ihm, dass er phantasierte … und dass das Ding niemals wieder angeschlossen werden würde. Wir warteten und warteten und warteten. Jeder wusste, dass sie nicht wieder zum Leben erwachen würde … zumindest die Klone wussten es. Pollard sagte, ich würde von Tag zu Tag schlimmer …«

»Schlimmer?«, fragte ich.

»Er verwendete den Ausdruck *verstört*«, sagte Lee.

»Wegen des Wartens?«, fragte ich.

»Weil mir klar war, dass die verfluchte Vereinigte Obrigkeit nicht mehr existierte. Ich spürte es. Und wir würden dort warten, bis die gottverdammte *Grant* nur noch eine Kiste voller Knochen wäre. Also zwingt Pollard mich dazu, Medikamente gegen den Stress einzunehmen. Er gibt mir diesen Serotoninhemmer und jetzt rate mal, was passiert ist?«

*Du hast den Verstand verloren?*, dachte ich. »Was?«

»Ich sehe in den Spiegel und erkenne einen Typen mit braunen Haaren und braunen Augen. Und mir wird klar, verdammt, ich bin jetzt genau wie du und wenn ich schon wie du sein soll, dann muss ich auch in der Lage sein, in einer schwierigen Situation Verantwortung zu übernehmen. Ich musste die Offiziere einsperren lassen. Nur, wenn ich die Offiziere einsperren muss, dann wird den Wehrpflichtigen früher oder später aufgehen, dass nur die Klone nicht eingesperrt sind.«

»Nicht, wenn du es ihnen nicht sagst«, sagte ich. »Sie haben im Waisenhaus nie herausgefunden, dass sie Klone sind, als ich noch dort war. Wenn das nicht reichte, um es ihnen vor Augen zu führen, dann glaube ich, dass sie es nie herausgefunden hätten.«

»Stimmt wohl«, gab Lee mir recht und lachte hysterisch.

»Also nahm ich eine Gruppe Klone mit auf die Krankenstation und ließ ihnen dasselbe Medikament verabreichen, das ich bekam. Weißt du, was passiert ist? Gib einem Matrosen genug Serotoninhemmer und nichts passiert, wenn du ihm sagst, dass er ein Klon ist. Verstehst du? Du pumpst sie voll und dröhnst sie so zu, dass nichts sie mehr aus der Ruhe bringen kann, und dann gibt es keinen Todesreflex mehr.«

Lee lachte und lachte. »Es ist scheißoffensichtlich. Meine gesamte Mannschaft nimmt ein Medikament namens Fallzoud. Auf dem Schiff kursiert ein Witz, dass alle so zugedröhnt sind, dass es ihnen auch egal wäre, wenn ihnen der Schwanz abfiele. Das einzige Problem ist, dass man das Zeug nicht länger als drei Tage hintereinander nehmen sollte. Ich schlucke es jetzt seit neun Tagen.«

Ich wusste nicht, was ich sagen sollte. Eine ganze Mannschaft geklonter Marines, mit einer Droge vollgestopft und sich der Tatsache bewusst, dass sie Klone sind … Sie waren eine Gefahr für sich selbst und jeden in ihrer Umgebung.

»Was ist mit Pollard passiert?«

»Ich habe ihn natürlich festnehmen lassen. Nachdem wir begonnen hatten, Fallzoud zu nehmen, haben wir die Kommandokette neu strukturiert. Wir hatten das Kommando und wir brauchten keine natürlich geborenen Offiziere, um uns herumzuschubsen, also haben wir sie in die Arrestzellen geworfen.«

»Ist er immer noch da drin?« Ich begann, einen Plan zu entwickeln. Wenn Freeman und ich uns an Bord dieses Schiff schlichen, wären wir vielleicht in der Lage, die Offiziere zu befreien. Vielleicht konnten wir eine Gegenmeuterei auf die Beine stellen.

»Nein, dafür hast du gesorgt«, sagte Lee ohne ein Anzeichen von Emotion. »Nachdem wir dich im All entdeckt hatten, beschlossen die Offiziere, auszubrechen, also mussten wir sie töten.«

»Ihr habt sie getötet?«, fragte ich. »In ihren Zellen? Unbewaffnete Offiziere können auf gar keinen Fall aus diesen Zellen ausbrechen.«

Lee hielt inne. »Darüber habe ich nie wirklich nachgedacht«, sagte er und klang leicht überrascht, aber nicht betroffen. »Ich habe einen Platoon losgeschickt, der sich um sie kümmern sollte, und habe danach nichts mehr darüber gehört.«

Sonnenlicht schien zwischen den Bäumen in der Ferne hindurch. Wir befanden uns in der Nähe einer großen Lichtung mitten im Wald. Hier lag der Gesang von Heuschrecken oder etwas Ähnlichem in der Luft. In einiger Entfernung glitzerte der nackte Metallrumpf eines Militärtransporters im Sonnenlicht. Einen Moment lang dachte ich, Vince hätte mich hierhergelockt, um mich zu erschießen. Doch das war das Letzte, das er im Sinn hatte. Er nahm ein Medikament, das seine Emotionen ausschaltete. Alle seine Leute nahmen diese Droge.

Wahrscheinlich aßen und schliefen sie nicht besonders viel. Sie nahmen morgens eine Überdosis und lebten mit den Nebenwirkungen wie Paranoia, Stimmungsschwankungen, Appetitlosigkeit … Ich wusste, was mit Lee und diesem anderen Marine nicht stimmte – sie hatten den Verstand verloren und ich hatte keine Ahnung, wie lange ihre Drogenvorräte noch reichten.

Lee drehte sich um und ging wieder in die Richtung, aus der wir gekommen waren. »Also, was sagst du, Wayson? Wirst du mir dein selbstübertragendes Schiff geben?«

Ich hatte die Lage falsch beurteilt und es war pures Glück,

dass wir nicht alle getötet worden waren. Kein Mann bei klarem Verstand würde ein Raumschiff zerstören, das er brauchte, nur, weil er es nicht haben konnte. Ein Wahnsinniger würde das aber vielleicht tun. »Kann ich ein paar Tage über meine Optionen nachdenken?«, fragte ich.

»Klar«, sagte Lee und klang großmütig. »Doch wenn du auch nur auf den Gedanken kommst, deine Maschinen einzuschalten, blase ich dein beschissenes Schiff in die nächste Galaxie. Haben wir uns verstanden?«

# 52

Ich hatte dieses lächerliche Kampfmesser, zwei M27 und eine Partikelstrahlpistole. Ray hatte eine Pistole, die Kugeln feuerte, und eine weitere, die Partikelstrahlen verschoss, diverse Messer, eine übergroße Partikelstrahlkanone, ein Scharfschützengewehr und einen Beutel voller Granaten. Wenn der Kampf in unserem Sinne verlief, konnten wir natürlich in seinem Verlauf noch weitere Waffen einsammeln.

»Wenn sie sich immer noch an die Vorschriften halten, werden sie sich morgens volldröhnen. Ich glaube, deshalb brauchte Lee so lange, bis er herunterkam. Er musste sein Fallzoud nehmen und dann warten, bis der Nebel in seinem Gehirn sich wieder verzogen hatte.«

Wir hielten eine Notfallsitzung im Starliner ab, der als behelfsmäßige Einsatzzentrale fungierte. Archie und die drei Dorfältesten saßen in der ersten Reihe des Starliners. Von den 113 Leuten in der Gemeinde waren nur dreiundzwanzig im kampffähigen Alter. Ich hielt eine formlose Volkszählung ab und zählte neunundsechzig Frauen (einschließlich der Mädchen), dreizehn Jungs unter sechzehn und acht Männer im Alter von fünfzig oder älter. Die dreiundzwanzig kampftauglichen Männer hatten sich in die Kabine des Starliners gequetscht. Drei von ihnen saßen auf dem Boden.

»Volldröhnen?«, fragte einer der Dorfältesten. »Was ist das?«

Ich hatte ihnen gerade alles erklärt, was ich wusste. Ich hatte ihnen von Fallzoud erzählt und wie es Lee und die anderen Klone in die Lage versetzte, mit dem Wissen über ihren Ursprung umzugehen. Außerdem hatte ich ihnen davon erzählt, wie Lee die natürlich geborenen Offiziere ermordet hatte und dass ich glaubte, er habe den Verstand verloren.

»Medizin verabreichen …«, sagte Archie. »Sie nehmen ihre Medizin morgens ein … Fallzoud? Hast du jemals von dieser Droge gehört?« Archie sah Ray an, wenn er Fragen stellte. Das taten die anderen Männer in der Kabine ebenfalls. Ray und ich waren im Cockpit und leiteten diesen wirren Haufen.

Ray schüttelte den Kopf.

»Vince sagte, es sei ein Serotoninhemmer«, sagte ich. »Ich bin kein Arzt, aber wenn er es nimmt, um den Todesreflex zu unterdrücken, dann ist Fallzoud eine Art Entspannungsdroge.«

»Und Sie glauben, die Droge schwächt ihn?«, fragte Archie.

»Ich vermute, dass die Droge ihn schlapp macht«, sagte ich. »Wir warten, bis sie alle zugedröhnt sind, und dann greifen wir an.«

»Sie machen doch wohl Witze«, sagte einer der Dorfältesten. »Wie viele Männer sind auf dem Schiff?«

»Das Schiff ist die *Grant*«, sagte ich, »ein Kampfschiffträger der VO. Voll besetzt wäre sie mit zweitausendfünfhundert Mann, von denen ein Fünftel Offiziere sind. Bis auf einen sind die Offiziere alle tot. Ray und ich haben fünf der Wehrpflichtigen beseitigt. Bleiben tausendneunhundertfünfundneunzig plus minus. Da wir die Ausgangssituation schon im Vorfeld so verbessert haben … nun, ich bin recht zuversichtlich«, sagte ich.

Niemand antwortete.

»Haben Sie einen Plan?«, fragte Archie und stand auf.

»Ich habe den Transporter gesehen, mit dem die Marines letzte Nacht hergekommen sind. Er steht ein paar Kilometer entfernt hinter dem Wald. Ich schlage vor, wir schleichen uns morgen früh hin und spionieren ihn aus. Wir warten, bis wir sicher sein können, dass sie sich zugedröhnt haben ...«

»Und töten sie?«, fragte der jüngste der Dorfältesten. Er mochte vielleicht zwanzig Jahre alt sein. *Er ist nur ein Kind*, dachte ich. Er war groß und drahtig, mit breiten Schultern und langen Armen.

»Wir töten sie oder sie töten uns«, sagte Ray mit seiner üblichen emotionslosen Stimme. Seine Körpersprache war nichtssagend geworden. »Manchmal hat man keine andere Wahl.«

Ray wirkte in Gegenwart seines Volks immer leicht verlegen und die hochmütige Art, die sie in seiner Gegenwart an den Tag legten, war auch nicht hilfreich.

»Levi und Simeon haben Tausende Hiwiter an einem Tag getötet«, sagte Archie. »Sie taten es genau wie Raymond und Mr. Harris es vorgeschlagen haben.« Ich hatte die Geschichte nie gehört, aber jeder in der Versammlung kannte sie offenbar. Ob es an Archies Geschichte lag oder auch nur an seiner Unterstützung, die Grundstimmung der Versammlung änderte sich. Die Dorfältesten nickten und ich will verflucht sein, wenn ich nicht ein paar leise »Hallelujah« gehört habe.

Nach der Versammlung erzählte Marianne mir, was zwischen Levi, Simeon und einem hiwitischen Prinzen namens Sichem geschehen war. Da dies aus der Bibel stammte, wusste sie, dass ich es nicht kennen würde.

Ein Mann namens Jakob hatte zwölf Söhne von verschiedenen Frauen. Zwei der Jungs, Levi und Simeon, und ein Mädchen mit Namen Dina stammten von derselben Mutter ab. Sichem vergewaltigte Dina und hielt dann bei Jakob, ihrem Vater, um ihre Hand an. Levi und Simeon sagten Jakob, sie würden der Heirat zustimmen, solange Sichem und alle Männer in seiner Stadt beschnitten würden. Sichem stimmte zu und es gelang ihm, auch alle seine Männer davon zu überzeugen, es ihm gleichzutun.

Also warteten Levi und Simeon, bis die Männer dieser Stadt ihre Vorhaut verloren hatten und vom Fieber geschwächt und hilflos waren, packten ihre Schwerter und ritten in die Stadt. Keiner der Männer in der Stadt konnte ihnen die Stirn bieten, also töteten Levi und Simeon sie alle.

Archie setzte Ray und mich mit zwei hinterhältigen Mördern gleich. Hallelujah.

Es war spät am Abend, als die Versammlung sich auflöste. Sterne blinkten am Himmel. In der Ferne zeigte sich ein Mond in der Dunkelheit.

»Glaubst du, einer dieser Sterne ist ihr Schlachtschiff?«, fragte Marianne mich. Sie, Caleb und ich saßen auf dem großen Felsbrocken mit Blick auf den Fluss. Mit ihren Händen umfing sie meinen Bizeps.

Die Nacht war kühl und ihre Berührung warm. Sie lehnte sich an mich. Heute konnte vielleicht die Nacht der Nächte werden, dachte ich bei mir. Sie hatte dieses Glitzern in den Augen.

»Das ist Tausende Kilometer entfernt«, sagte ich. »Du würdest es nicht einmal mit einem Teleskop erkennen. Es ist zu klein und zu weit weg.«

»Hast du Angst?«, fragte Caleb mich. Er kannte keine Einzelheiten, aber er wusste, dass wir einen Angriff planten.

»Nein«, sagte ich. Dann dachte ich darüber nach. »Ja.

Ja, ich habe Angst. Aber das ist nicht das erste Mal, dass ich Angst habe. Und ich glaube nicht, dass es das Gefährlichste ist, was ich je getan habe.«

Das Wasser unten im Fluss rauschte und schäumte. Das Geräusch ließ alte Bilder in meinem Kopf wieder auferstehen. Ich dachte an Tabor Shannon und Bryce Klyber, Freunde, die gestorben waren. Ich dachte an Kline, den linkischen, einhändigen Attentäter, der versucht hatte, Vince Lee zu erschießen, weil Freeman Vince dazu überredet hatte, meinen Helm zu tragen.

Die Luft war kühl und der frische Geruch von Pinien wurde von einer Brise herbeigetragen. In dem Moment wollte ich auf diesem Planeten mit Marianne als meiner Frau und Caleb als meinem Sohn leben. Das war das beste Angebot, das ich je bekommen hatte.

»Du hast sieben Gewehre und ein Messer«, sagte Caleb. »Und du wirst vierzig Marines in Kampfanzügen angreifen. Also ich hätte Angst.«

»Schhhh«, sagte Marianne. »Jemand könnte uns belauschen.«

»Hast du jemals von David und Goliath gehört?«, fragte Caleb.

»Ja, ich habe von David und Goliath gehört«, sagte ich. »Goliath war der Riese und David war der König der Schäfer.«

»Das ist aus der Bibel«, sagte Caleb.

»So sagte man mir.«

»Ich wollte nur sichergehen«, sagte der Junge.

»Christus stammt auch aus der Bibel«, sagte ich. »Von ihm habe ich auch gehört.«

»Jedenfalls«, sagte Caleb und ignorierte meine Bemerkung, »stellt ihr euch gegen diese Marines. Das ist so ähnlich wie David, der gegen Goliath kämpft.«

»Ich wünschte, es wäre so einfach«, sagte ich.

»Einfach?« Caleb hob einen Stein auf und warf ihn ins Wasser. »Goliath hätte jeden Menschen töten können.«

»Du verstehst das ganz falsch«, sagte ich. »König David war niemals in Gefahr. Jeder Goliath hat eine Schwäche. David wusste genau, welche das war.«

»Er kannte Goliaths Schwäche«, wiederholte Caleb. »Mann, das ist schlau.«

*Klar ist das schlau*, dachte ich, *ich bin ein künstlicher Bibelgelehrter.*

Ein paar Minuten später brachte Marianne Caleb im Starliner zu Bett. Archie war im Schiff. Er war der Mann mit der Granate, nur für den Fall, dass Lees Leute auftauchten, bevor wir sie erwischen konnten.

Ich saß allein am Flussufer und dachte an Marianne. Ich stellte mir vor, wie ich sie auszog und ihren warmen Körper spürte, wie sie sich hinlegte und ihr langes Haar unter ihrem Rücken ein Laken bildete. Mein Körper reagierte auf die Vorstellung.

Als Marianne zurückkam, ging sie langsam. Ich konnte sie deutlich im Mondlicht erkennen. Ihre Haut war glatt. Ihr Blick war auf mich gerichtet. Sie schien das Mondlicht in ihren Haaren einzufangen. Wortlos setzte sie sich neben mich und drückte ihren Mund auf meinen. Sie atmete schwer. Der Kuss war warm und feucht. Ich griff durch ihr Haar hindurch, legte meine Hand um ihren Kopf und hielt sie ganz nah bei mir.

*So passiert es*, dachte ich. *Genauso.*

Der Kuss war vorbei und ihr Gesicht entfernte sich ein paar Zentimeter von meinem. »Wayson«, flüsterte sie.

Ich hätte sie in dieser Nacht haben können. Stattdessen stand ich auf, um zu gehen. »Ich liebe dich«, sagte ich, »aber ich kann das nicht tun. Ich kann nicht auf diesem Planeten bleiben, und du suchst jemanden, der hierbleibt.«

»Ist schon in Ordnung, Wayson«, sagte sie und nahm meine Hand. »Ich weiß es und verstehe das.«

Zu dem Zeitpunkt hatte ich mich bereits entschieden und die Stimmung war verflogen.

Ich hätte sie in dieser Nacht lieben können. Ich hätte sie in dieser Nacht lieben sollen. Doch so, wie sich alles entwickelte, sollten wir uns niemals lieben.

# 53

Ray Freeman kroch bäuchlings vor, legte sein Zielfernrohr ans Auge und sah nach den Wachen. Das Zielfernrohr hatte Nachtsichtlinsen und gewaltige Vergrößerung. Die Wachen waren zweihundertachtzig Meter entfernt, aber das spielte kaum eine Rolle. Mit Freemans Zielfernrohr hätte ich die Haare auf ihren Köpfen zählen können.

Von den dreiundzwanzig kampftauglichen Männern hatten wir nur zwanzig mitgenommen. Einer hatte zu viel Angst. Zwei hatten wir als Wachen im Lager gelassen, falls wir nicht zurückkehrten.

Wir versteckten uns am Rand des urwüchsigen Walds. Wir hörten das Kratzen winziger Tierchen, die über unseren Köpfen durch das Geäst huschten. Hin und wieder heulte etwas Großes, das über den Waldboden lief, aber wir sahen nie ein Tier schleichen oder klettern. Diese Wälder waren sogar bei Sonnenlicht dunkel, in der Nacht waren sie schwarz.

»Sieh dir das an«, sagte Freeman.

Zwei Marines bewachten die Lichtung und saßen auf einem umgefallenen Baumstamm. Sie hatten kein Feuer gemacht. Sie brauchten keins. Durch die Nachtsichtlinsen in ihren Helmen konnten sie besser sehen als mit jedem Feuerschein. Die Klimatisierung ihrer Kampfanzüge sorgte für angenehme vierundzwanzig Grad.

Ich lag auf dem Boden neben Freeman und verlagerte mein Gewicht, damit ich durch das Fernrohr sehen konnte. Am Horizont ging gerade die Sonne auf und jener Teil des Himmels zeigte ein sattes Blau. Hinter den Wächtern stand die Kesseltür offen und ich konnte die Rampe hinauf spähen und die Marines drinnen durcheinanderlaufen sehen.

Weißes Licht flammte im Kessel auf. Die meisten Männer darin trugen ihre Körperpanzerung, hatten aber die Helme nicht aufgesetzt. Dann sah ich ihn. Ein Mann mit der Uniform eines Mediziners lief im Kessel herum und verteilte Plastikbecher. Die Männer tranken den Inhalt dieser Becher aus und zerknüllten sie dann.

»Das sieht vielversprechend aus«, sagte ich.

Der Mediziner kam heraus zu den Wachen und gab ihnen die Becher. Sie leerten diese wie Schnapsgläser – sie warfen ihre Köpfe in den Nacken und kippten die Flüssigkeit in den Mund.

Ich gab Freeman das Gewehr zurück und kniete mich neben ihn. »Geben wir dem Medikament ein paar Minuten, bis es wirkt«, sagte ich.

Wir konnten die Partikelstrahlpistolen wegen des Risikos, den Transporter zu beschädigen, nicht benutzen. So blieben uns nur meine beiden M27, Freemans Pistole und mein überdimensionales Kampfmesser. Ich dachte an das Messer, das Hollywood-Harris in *Die Schlacht um den Kleinen Mann* verwendet hatte, und grinste.

»Geht auf Position«, sagte Ray. »Ich warte auf dein Zeichen.« Ich nickte und nahm fünf Männer mit. Diese Männer waren als Abstauber mitgekommen. Sie würden den von Ray und mir zurückgelassenen Leichen die Waffen abnehmen.

Wir bewegten uns geduckt am Waldrand entlang und versteckten uns hinter dicken Baumstämmen. Als wir an einem Baum anhielten, waren die Wachen noch höchstens fünfzehn Meter entfernt. Sie saßen zusammengesunken auf ihrem Baumstamm und trugen ihre Helme nicht. Sie sprachen auch nicht miteinander.

Ich übergab eine M27 an einen der Männer, einen jungen, sehr dünnen Mann. Dann befahl ich allen fünf, hinter dem Baum zu bleiben.

Wenn man Tarnmissionen beginnt, kommt alles nur sehr langsam voran. Nichts macht Tarnung besser zunichte als Ungeduld. Ich hätte die fünf mitgenommen, aber wenn das Adrenalin in Schwung kommt, werden Anfänger gerne ungeduldig.

Ich bewegte mich langsam, machte lange, flache, geräuschlose Atemzüge und näherte mich den Wachen bis auf sechs Meter. Sie saßen auf ihrer provisorischen Bank. Ihre Augen starrten geradeaus ohne zu blinzeln und ihre Hände hingen lose an den Seiten. Sie waren nicht gerade komatös, aber sie waren vollgedröhnt. Einer von ihnen drehte sich um und blickte in meine Richtung. Ich war zwischen einigen Farnen und einem Baumstumpf recht gut versteckt. Mit seinem Helm hätte er mich vielleicht sehen können. Möglicherweise hätte er mich auch ohne entdecken können, aber er reagierte nicht. Seine braunen Augen bewegten sich unkoordiniert und sein Unterkiefer hing herab.

Ich zeigte mit meinem Zeigefinger hoch in die Luft und senkte ihn dann, als ziele ich mit einer Pistole auf die Wachen. Der Knall von Freemans Gewehr war nicht lauter als das Ausspucken eines Mannes, aber er scheuchte zwei große schwarze Vögel auf, die ein paar Meter entfernt gesessen hatten. Die erste Kugel schoss durch den Kopf der einen

Wache und riss das Ohr und einen großen Teil der Stirn weg. Der Mann fiel vom Baumstamm. Die andere Wache fiel kurz darauf ebenfalls hinunter. Beide Männer gaben keinen Laut von sich, als sie starben, aber ihre Panzerung klapperte, als sie auf dem Boden aufschlug. Der Baumstamm versperrte mir die Sicht auf die Leichen, aber eine Blutlache sickerte sichtbar darunter hervor.

Die Hormone begannen bereits durch meine Adern zu kursieren. Ich sah mich auf der Lichtung um, atmete tief durch und rannte zum Transporter. Ich versteckte mich hinter einer der Türen am Fuß der Rampe, kniete mich hin und überdachte meinen nächsten Schritt. Die Morgensonne brannte heiß herunter. Die Hitze wurde vom Schiff reflektiert.

Die Männer im Kessel waren nicht so benommen wie die Wachen, die wir gerade getötet hatten. Ich hörte sie leise miteinander sprechen. Sie klangen entspannt, nicht zugedröhnt. Ich hätte eine Granate die Rampe hinaufwerfen können, aber ich brauchte den Transporter. Eine Granate in dem Loch hätte sie alle getötet. Freeman und ich hätten auch jeden, der danach versucht hätte zu fliehen, beim Verlassen des Schiffs erschießen können. Doch der Transporter musste funktionsfähig bleiben.

Ich gab Freeman ein Zeichen, herzukommen. Die Männer kamen ebenfalls. Eigentlich wollte ich nicht, dass sie dieses Blutbad mit ansehen mussten. Sie sahen so jung aus. Die meisten waren um die dreißig, doch durch ihre weit aufgerissenen Augen und verängstigten Blicke wirkten sie auf mich jung und verwundbar.

»Bleibt hier«, sagte ich zu dem Mann neben mir.

»Ich kann helfen«, sagte er.

Ich zeigte auf die beiden toten Wachen. Wir konnten sie von unserer Position neben dem Schiff deutlich erkennen.

Die Oberseiten ihrer Köpfe waren weggerissen. Einer der Männer war so gefallen, dass sein Gesicht in unsere Richtung zeigte. Unterhalb seiner Augenbrauen und rechts seiner Nase war alles unversehrt. Der Rest war eine blutige Fleischmasse.

Der Mann neben mir sah die Leichen und schluckte. Er fing an, schwer zu atmen. Ich kannte den Ausdruck auf seinem Gesicht. Er stellte sich vor, dass er auch auf diese Weise fallen würde. Zum Glück tauchte Freeman auf, bevor der Mann in Panik geriet.

»Ich nehme die linke Seite, du die rechte«, sagte ich zu Freeman. »Wir fangen beide in der Mitte an.«

Er nickte und nahm seine Pistole. Wir schlichen uns vorsichtig zum Fuß der Rampe und rannten dann schießend hinauf. Auf diesem Transporter befanden sich sechsunddreißig Männer; zwei Piloten und ein Platoon – minus die vier Männer, die wir bereits früher getötet hatten, und die beiden ausgeschalteten Wachen.

Die meisten Männer hatten nicht einmal ihre Waffen dabei. Sie drehten sich um und sahen Freeman und mich verblüfft an, als wir das Feuer eröffneten. Ein Mann im hinteren Teil sprang zu der Bank, wo seine M27 lag. Ich traf ihn dreimal, während er noch im Sprung durch die Luft segelte. Sein Kopf krachte auf die Bank und er fiel zu Boden. Ein anderer Mann wirbelte herum und zielte mit seinem Gewehr auf mich. Ich schoss ihm in die Brust und ins Gesicht, dann tötete ich den unbewaffneten Mann neben ihm.

Einige der Marines versteckten sich in den Schatten. Als ich an der ersten Stahlrippe vorbeiging, streckte jemand seine Hände aus und packte mich an Schulter und Nacken. Ich drehte mich blitzschnell um und rammte ihm den Gewehrschaft meiner M27 mit so viel Wucht gegen die Brust, dass der abnehmbare Schaft brach.

Die Gewalt meines Schlags fügte dem Marine in seiner Panzerung keine Schmerzen zu, aber er verlor das Gleichgewicht. Er fiel aufs Deck und ich schoss ihn in den Rücken, als er versuchte, wieder aufzustehen. Inzwischen war mein Blut mit den Hormonen überschwemmt.

Der Lärm unserer Waffen im Kessel war ohrenbetäubend und die Mündungsfeuer sahen wie Blitze aus. Ein Marine sprang mich von hinten an. Ich sah ihn im letzten Moment, holte mit der Waffe aus und schlug zu. Splitter des zerbrochenen Schafts bohrten sich in Wange und Lippen des Mannes. Er schrie vor Schmerzen und Blut sprudelte aus seinen Wunden. Ich erschoss ihn.

Ein anderer Mann rannte zur Leiter, die zum Cockpit führte. Vielleicht wollte er sich verstecken, vielleicht wollte er auch nach Hilfe rufen. Ich schoss ihm zwischen die Schulterblätter und er fiel zu Boden.

Dann war es vorbei und ich hatte das verfluchte Messer gar nicht benutzt. Es war wie bei einem Regenschauer, bei dem es eine Minute lang gewaltig schüttet und der dann wieder vorbei ist. Ich sah mich im Kessel um und betrachtete seinen bitteren Eintopf aus toten Marines. Die Wände waren blutüberströmt. Der Boden war voller Männer in dunkelgrüner Panzerung. Mit all dem Blut und dem Fleisch um sie herum sahen sie eher wie zerquetschte Insekten aus.

Sie waren einmal meine Kameraden gewesen. Vor einigen Jahren hätte ich nur zu gern Seite an Seite mit diesen Männern gestanden. Die Zeit zieht tiefe Gräben.

Wir hatten nur ein kleines Zeitfenster. Die ersten von uns erschossenen Männer hatten sich kaum bewegt. Sie saßen lethargisch herum und ließen zu, dass wir sie abschlachteten. Als wir den Transporter stürmten, waren die Marines, denen wir begegneten, schon wieder aufnahmefähiger. Einige von ihnen schienen aus ihrem Vollrausch fast vollkommen erwacht zu sein. Das hieß, wir mussten so schnell wie möglich zur *Grant*. Wenn der Kampfschiffträger bereits voller wachsamer Klone war, wurde es Zeit, sich zu ergeben.

Ich ließ die Männer hereinkommen, um sich umzusehen. Die meisten von ihnen erbrachen sich, als sie die Rampe heraufkamen, aber das war zu erwarten. Sie kannten die Mechanismen des Todes nicht – sie waren Bauern.

Die Dorfältesten trugen die Leichen aus dem Schiff. Sie arbeiteten in Zweiergruppen und nahmen die Leichen an Händen und Füßen. Dann warfen sie die Leichen draußen vor dem Schiff auf einen unförmigen Stapel. Diese Männer gewöhnten sich schnell an den Tod. Als sie die ersten Leichen hinaustrugen, behandelten sie diese noch zaghaft. Nachdem sie den Kessel fast ausgeleert hatten, zerrten diese guten Christen die Leichen mit derselben Ehrerbietung hinaus wie einen Getreidesack.

Meine Aufgabe war eine andere. Ich war der Leichenfledderer. Ich klaubte Panzerungen von den toten Wachen, wischte das Blut ab und stellte einen kompletten Kampfanzug zusammen. Das war genau das, was ich Derrick Hines angetan hatte – dem Techniker auf dem Schiff der Konföderierten Arme –, aber es machte mir mehr aus. Um genau zu sein, ging mir die ganze blutige Mission an die Nerven.

Ray kletterte auf den Pilotensitz. Er hatte noch nie einen Transporter geflogen, aber ein paar ziemlich große Schiffe. Was mich anging, ich hatte noch nie irgendetwas außer ein paar privaten Raumschiffen gesteuert, und alle waren von Johnston Aerospace gebaut worden.

Der Rest der Mission dauerte ganze vier Minuten. Ich folgte Ray die Leiter hinauf ins Cockpit. Er hatte keine Schwierigkeiten, aus der Steuerung schlau zu werden. Ich hörte das Quietschen, als die Rampentür sich schloss. Dann ertönte das Zischen der Schubdüsen, während wir einen perfekten Senkrechtstart durchführten.

»Das hat ja gut geklappt«, sagte Freeman und wandte seinen Blick kurz vom vorderen Fenster ab.

»Sah es so aus, als ließe die Wirkung des Medikaments bereits nach?«, fragte ich.

Freeman nickte. »Da oben sind fast zweitausend Männer. Das wird nicht so einfach werden.«

»Alles oder nichts … wir müssen das Schiff sabotieren und sie alle mit einem großen Knall töten«, sagte ich.

Wir starrten uns schweigend an und wussten beide, dass wir keine Chance hatten, das zu schaffen. Doch wir wussten auch, dass es viel zu spät für einen Rückzieher war.

»Transporterpilot, hier ist die *Grant*. Fred, was zum Henker machst du da?« Die Stimme tönte über Funk und klang hellwach und irritiert. In seiner Stimme war keine Spur von drogenverursachtem Lallen zu hören.

Wir waren auf dem halben Weg zwischen dem Planeten und dem Schiff, aber sie hatten uns bereits bemerkt. Der Himmel um uns herum war dünner geworden. In ein paar Sekunden würden wir die Atmosphäre verlassen.

»Fred, antworte. Transporterpilot …«

In der Entfernung sah ich die *Grant*, die wie eine große weiße Motte im All hing. Strahlendes Licht von der Atmosphäre schimmerte auf ihrem Bauch. Der obere Teil des Schiffs war durch Außenscheinwerfer erleuchtet. Dahinter erstreckte sich die Schwärze des Alls in alle Richtungen.

»Fred, du hattest den Befehl, auf dem Kleinen Mann zu bleiben. Melde dich.«

Freeman und ich tauschten Blicke. Ich ging zur Kommunikationskonsole. Inzwischen hatte ich die virtuelle Hundemarke des Kampfanzugs überprüft, den ich der Wache abgenommen hatte. Jetzt war ich Private First Class Thomas Cain.

»*Grant* Flugkontrolle, hier ist Cain. Unser Pilot ist außer Gefecht«, sagte ich. »Er ist letzte Nacht krank geworden. Wir bringen ihn zurück.«

*Klatsch. Klatsch. Klatsch.* Das Geräusch, wie wenn jemand dreimal hämisch in die Hände klatschte, ertönte von der Kommunikationskonsole. »Wenn Fred krank ist, wer fliegt dann den Transporter? Fred ist der einzige Wehrpflichtige auf der *Grant*, der weiß, wie man einen Transporter fliegt. Wayson Harris. Du wirst dich niemals ändern.« Ich erkannte die Stimme. Sie gehörte Vince Lee.

»Harris, sie haben ihre Schilde hochgefahren«, flüsterte Freeman. Inzwischen waren wir nahe bei der *Grant*. Man sah Schilde im Weltraum nicht, doch ihre Energiemessungen tauchten auf unseren Computern auf. Was noch wichtiger war, ihre Kanonen und Raketen waren mit Sicherheit auf uns gerichtet.

»Lee?«, fragte ich. »Bist du das?«

»Du machst das hier viel zu einfach, Wayson. Ich hatte schon beschlossen, dich auszuschalten, und jetzt kommst du zu mir. Wer hat denn bitte je davon gehört, dass man einen Träger überfällt? Und dann noch in einem unbewaffneten Transporter. Wayson, das ist großartig.«

Und dann geschah es. Flammen brachen aus verschiedenen Bereichen der *Grant* hervor. Der gesamte Rumpf schien wie ein Blasebalg ein- und auszuatmen. Dann explodierte das Schiff. Es sah nicht so beeindruckend aus wie die Explosion der *Doctrinaire*. Diese Explosion war nicht annähernd so gewaltig oder so hell. Sechs Meter hohe Feuerbälle schossen aus der Hülle und verloschen im Vakuum des Raums.

Teile des Schiffs flogen davon ins All.

Die Aufbauten der *Grant* fielen nicht auseinander. Das Schiff schien sich einfach abzuschalten. Hinter den Fenstern der Brücke wurde es dunkel, das Schiff neigte sich leicht zur Seite und glitt dann davon.

Wir landeten den Kessel und marschierten durch den Wald zurück. Wie erwartet war der Starliner bei unserer Rückkehr verschwunden.

Die Gemeinde hatte angenommen, ich sei damit weggeflogen. Als sie mich sah, begann Marianne eine verzweifelte Suche nach Caleb. Sie fand ihn draußen auf dem Feld. Erst dann begriff ich.

Archie musste gelauscht haben, als ich Caleb beibrachte, wie man ein Schiff überträgt. Caleb sagte, dass Archie ihm frühmorgens befohlen hatte, den Starliner zu verlassen. Der alte Mann hatte bestimmt lange gebraucht, um die Position der *Grant* in den Computer einzugeben. Als es ihm gelungen war, hatte er das Schiff gestartet.

Alle verglichen Archie mit Samson und sagten, er sei als Märtyrer gestorben. Ich weiß nicht, ob er das auch so gesehen hatte. Er hätte sich als Schäfer beschrieben, der seine Herde beschützt, der Mistkerl. Doch er hatte dafür gesorgt, dass ich auf dem gottverdammten Kleinen Mann festsaß. Marianne und Caleb würden mich adoptieren und ich glaubte, ich könnte sie lieben, aber ich war für das All geschaffen, nicht für die Landwirtschaft. Ray, so dachte ich, würde wohl noch mehr Schwierigkeiten haben, sich einzugewöhnen. Er hatte dieses Leben bereits einmal hinter sich gelassen.

# EPILOG

»Das ist ein Transporter mit geringer Reichweite. Der ist nicht auf lange Reisen ausgelegt«, sagte ich zu Ray, während er den hinteren Teil des Kessels verschloss. »Wir werden einen Monat oder mehr brauchen, um die Übertragungsstation zu erreichen. Wenn wir sie überhaupt erreichen. Und selbst wenn wir dort ankommen, wird das hier wahrscheinlich eine Reise ohne Wiederkehr. Du glaubst doch nicht wirklich, dass wir sie zum Laufen bringen.«

»Tod im All oder den Rest meines Lebens auf Delphi festsitzen«, sagte Freeman. »Das Risiko gehe ich ein.« Weniger als ein Monat war seit unserem Kampf mit der *Grant* vergangen und er drehte jetzt schon schier durch. Draußen im All zu sterben wäre wohl einfacher für ihn gewesen.

Sein Plan grenzte haarscharf an Selbstmord. Er wollte diesen Navytransporter zur Übertragungsstation fliegen. Ich hatte noch nie einen Kessel länger als einen Tag fliegen sehen – und wir wären einen ganzen Monat unterwegs. Wenn wir es zu den Übertragungsscheiben schafften, hoffte Freeman, die Übertragungsausrüstung aus ihnen aus- und für dieses Schiff umbauen zu können.

Die Maschine des Schiffs sollte die Energie dafür bereitstellen. Sie erzeugte Joule um Joule Energie für die Schilde. Doch dieses Shuttle war nicht für die Belastung der Selbstübertragung ausgelegt. Es hatte nicht einmal getönte Schilde. Selbst wenn wir es zu den Scheiben schafften und es Ray gelang, die Übertragungsausrüstung irgendwie anzupassen, konnte alles noch schiefgehen. Ich hatte aus erster Hand erlebt, was passiert, wenn Übertragungen misslingen.

»Selbst wenn das klappt, müssten wir schon großes Glück haben, wenn wir einen Flug damit hinbekommen«, sagte ich.

»Ich bin bereit, das Risiko auf mich zu nehmen«, antwortete Freeman. Das war ich auch, wenn es bedeutete, dass ich in den Krieg zurückkehren konnte.